李健吾译文集

I

上海译文出版社

- 包法利夫人
- 圣安东的诱惑

图书在版编目(CIP)数据

李健吾译文集:全十四卷 / 李健吾译.—上海:
上海译文出版社, 2019.12
ISBN 978 - 7 - 5327 - 7975 - 8

Ⅰ.①李… Ⅱ.①李… Ⅲ.①外国文学—作品综合集
Ⅳ.① I11

中国版本图书馆 CIP 数据核字(2018)第 203097 号

李健吾译文集(全十四卷)
责任编辑/冯　涛　装帧设计/胡　枫

上海译文出版社有限公司出版、发行
网址：www.yiwen.com.cn
200001　上海福建中路 193 号
江阴金马印刷有限公司印刷

开本 890×1240　1/32　印张 222.75　插页 84　字数 3468,000
2019 年 12 月第 1 版　2019 年 12 月第 1 次印刷
印数：0,001—3,000 册

ISBN 978 - 7 - 5327 - 7975 - 8/I・4906
定价：1498.00 元（全十四卷）

本书中文简体字专有出版权归本社独家所有,非经本社同意不得转载、摘编或复制
如有质量问题,请与承印厂质量科联系。T: 0510 - 86683980

70年代

文化生活出版社 1948 年版《包法利夫人》

人民文学出版社"外国古典文学名著丛书"1958 年版《包法利夫人》

人民文学出版社"外国文学名著丛书"1979 年版《包法利夫人》

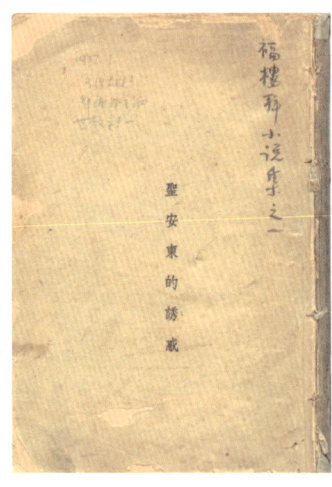

生活书店 1937 年初版《圣安东的诱惑》

目 录

编者的话 …………………………………………… 001
总目 ………………………………………………… 001
《李健吾译文集》序言 …………………………… 001
仁者李健吾 ………………………………………… 001
包法利夫人 ………………………………………… 001
圣安东的诱惑 ……………………………………… 481

编者的话

李健吾先生是我国文学界、翻译界、戏剧界的大家，其译著的浩瀚、成果的绚烂、文笔的奇崛跳踉、批评与剖析的犀利、眼界的独到与开阔、理论研究的深入，无不令人叹服。

2016年5月，山西北岳文艺出版社历经多年坚持不懈的努力，收集、编辑出版了李健吾先生毕生所著的各种文体作品，有戏剧、小说、散文、文学批评、杂文以及大量学术论著，逾五百五十万字，共十一卷。这一整套《李健吾文集》为爱好李健吾先生作品的读者、为研究李健吾先生的学者和有志于为文学艺术献身的青年提供了难得的源泉。但是，《李健吾文集》所囊括的著作绝非是他对中国近现代文学艺术贡献的全部，他的主业还是翻译和外国文学艺术理论的研究，这方面的成就同样耀眼辉煌。

李健吾先生的父亲李岐山是清末秀才，早在李健吾先生出生以前，便投笔从戎，献身辛亥革命，曾任山西第一混成旅旅长和陆军部少将。尽管戎马倥偬，但他对儿子的教育极严，为背书出错而罚儿子下跪是常事；甚至在遭阎锡山陷害入狱时，也不忘督责来探监的儿子苦读，乃至亲授学业。1915年末，他因率兵讨袁得罪了依附袁世凯的山西督军阎锡山，家宅尽毁；1920年又因支持靖国军而不幸遇害，家乡至今还留有于右任为他题名的烈士陵墓。家庭的变故促成李健吾先生的早熟，是那永志不渝的父辈的谆谆教诲和自己内心的强烈渴求，驱使还是少年的他就走上了戏剧和文学的漫漫征途。

李健吾先生尚在师大附小读书期间，就敢登上话剧舞台，在陈大悲、封至模、熊佛西的戏里男扮女装；之后，作为师大附中一个懵懂少年，就能组织起文学团体"曦社"、创办刊物《爝火》和《爝火旬刊》，开始自己的文学创作之路：童话、散文、诗、小说、剧本，品类之繁多、水平之出类拔萃都令人叹为观止，以致当年周作人谈到散文时，竟将李健吾和徐志摩并列为引他注意的两位年轻人；鲁迅更在编选《中国新文学大系·小说二集》时，选入了中学生李健吾创作的《终条山的传说》，并在该书的《导言》中写道：它"是绚烂了，虽在十年以后的今日，还可以看见那藏在用口碑织就的华服里面的身体和灵魂"。

中学毕业，李健吾先生进了清华大学国文系，四年的学制他读了五年，多这一年是因为生病也是因为听从朱自清老师的建议，转读了西洋文学系。西洋文学系的主任是特级教授王文显，一位声名显赫的只用英语写话剧的戏剧家，他对李健吾十分器重，留他在毕业后担任自己的助教。但是胸怀远志的李健吾先生却在任教一年之后就告别了清华，开启了自己赴法深造之旅。是从小浸润的家学渊源，是清华园六年的名师指引，是留学法兰西两年里的刻苦钻研，奠定了李健吾先生翻译和研究外国文学的深厚根基，结出了这里我们将要呈现给读者的丰硕成果。

在《李健吾文集》出版之前，我们就有幸得到李健吾先生子女的慨允与通力配合，开始收集、编辑出版李健吾先生毕生所译的外国小说、戏剧、散文、杂文、诗歌和大量的学术论著。

李健吾先生是法国文学研究专家，他在30年代发表的《福楼拜评传》被公认为是罕见的扛鼎之作，书后并附上了他的研究论文《十九世纪法国现实主义的文学运动》。他还主持并亲自参与编译了《西方古典作家论现实主义和浪漫主义·法国部分》和《法兰西十七世纪古典主义理论》等许多论著。李健吾先生更是我国翻译界的翘楚，译介过福楼拜、莫里哀等人的很多作品，而且都达到了极高的水准。实际上，他在清华学习期间就开始关注国内的翻译问题，以笔名刘西渭发表过一系列关于翻译的评论文章。他认为翻译和创作都难,创作是表现,翻译是再现,翻译也是一种艺术;并且宣称:"一位译者要有艺术家的心志,学者的思想和方法。"他说到做到,在翻译中融汇了自己的艺术体验和文学研究心得,通过一支生花妙笔,将一件件西方艺术精品再现给读者。

  我们编辑出版的《李健吾译文集》,前三卷是李健吾先生翻译的福楼拜的五部小说和精选的部分书简——这些书简被公认为是了解福楼拜创作理论的秘笈。福楼拜是他留学法国时选定的研究对象,为此,他曾研读了福楼拜的全部作品、信函以及所有能查阅到的相关资料,探访过福楼拜的出生地和故居,写出了旷世杰作《福楼拜评传》。第一卷是小说《包法利夫人》和《圣安东的诱惑》,前者我们选用的是译者生前修订后交由人民文学出版社出版的 1979 版;后者则是编者依据译者生前对上海生活书店 1937 版修订后留下的手稿,首次整理问世。第二卷是《情感教育》,我们选用的是译者生前交由我社出版的 1984 版。第三卷由《三故事》、《萨郎宝》和《福楼拜信函选》三部分组成,《三故事》选用的是文化生活出版社出版的 1949 版,但其中的《一颗简单的心》则选用了译者生前修改后在 1978 年上海文艺出版社的《外国短篇小说选》一书中发表过的版本。在《三故事》栏目下,编者还附上了 1936 年商务印书馆以《福楼拜短篇小说集》之名首次出版《三故事》时译者写的序和跋,还有译者生前为《三故事》再版预先写下的遗稿《三故事引言》;《萨郎宝》则是我们依据译者生前遗留下的半部手稿,约请译者留学法国的孙女李眩女士补译完成的,其中的插图也是由李眩女士提供的,它们是法国画家布洼松(Victor Armand Poirson, 1859—1893)专门为 1887 年巴黎昆丁(Maison Quantin)出版社出版的《萨郎宝》创作的;最后的《福楼拜信函选》则是由编者收集了译者 1935 年至 1958 年间先后在不同刊物上发表的译稿汇聚而成的。

第四卷是所有李健吾先生翻译出版过的司汤达的作品，他在1948年的《拉杂说福楼拜》一文中承认："近几年来，我的感情逐渐离他①远了。"而且"他讨厌司汤达，我偏偏喜欢"。

第五卷至第八卷是《莫里哀喜剧全集》，李健吾是国内公认的莫里哀戏剧的权威，的确，莫里哀是李健吾先生的最爱，这源于他从小对戏剧的热爱，也出自他对莫里哀的崇高评价："法兰西的国宝，人类在喜剧方面最高的造诣。"李健吾先生最初只从莫里哀的剧本中选译了自己"深深感到兴会"的十七出戏，翻译后在1949年交给开明书店，出版了《莫里哀戏剧集》，但是他在该书的《总序》里留下豪言："或许将来有一天我一高兴，全补齐了也难说。"万幸在他离世之前，终于实践了自己当年的豪言。我们这里选用的就是1982—1984年湖南人民出版社的四卷本《莫里哀喜剧全集》。

第九卷至第十二卷收集了李健吾先生翻译的其他剧本，其中除去《月亮上升》是清华时期的习作，《爱与死的搏斗》是上海孤岛时期他为上海剧艺社演出而赶译的，其他多是在1949年前后为他亲手创立的上海实验戏剧学校教学服务的，那些俄罗斯和苏联的剧本都是他从英文改译过来的。作为第十二卷收尾的《王文显剧作选》则有些特别。王文显先生是他在清华时期最敬爱的老师之一，书中收译了老师用英文写的两出戏《委曲求全》和《梦里京华》，前者翻译于离开清华留法前夕，后者则是他在上海沦陷时期得知老师早已离开清华南下到圣约翰大学教书而且眼下生活拮据，于是将原名《北京政变》的剧本改名为《梦里京华》翻译出来，托付洪谟导演交美艺剧社演出，所得酬金悉数呈奉老师解困。这本书是李健吾先生离世前委托人民文学出版社出版的，为表示对老师的纪念，除去这两个剧本，还翻译刊载了当年清华的

---

① "他"指福楼拜。——编者按

外教温源宁老师所写的《王文显先生》。

第十三卷上部收录了李健吾先生所译的诗歌、童话和杂文,下部收录了巴尔扎克、司汤达和圣佩夫的各类论文。

第十四卷是李健吾先生选译的西方古典主义文艺理论,包括先生生前编译的《西方古典作家论现实主义和浪漫主义·法国部分》中他亲自译介的内容,以及由先生主持编译的《法兰西十七世纪古典主义理论》中他本人译介的部分,后面这一部分完全是根据手稿录入的。

由于编者水平所限,李健吾先生的翻译作品又多,手稿也难辨认,收录时肯定有疏漏不当之处,恳请读者不吝指正。

总目（全十四卷）

第一卷

编者的话

《李健吾译文集》序言

仁者李健吾

包法利夫人

圣安东的诱惑

第二卷

情感教育

第三卷

三故事

萨郎宝

福楼拜信函选

第四卷

意大利遗事

司汤达小说集
司汤达行状

第五卷

莫里哀喜剧全集　卷一

第六卷

莫里哀喜剧全集　卷二

第七卷

莫里哀喜剧全集　卷三

第八卷

莫里哀喜剧全集　卷四

第九卷

屠格涅夫戏剧集

第十卷

托尔斯泰戏剧集
契诃夫独幕剧集

第十一卷

高尔基戏剧集

第十二卷

其他剧作

第十三卷

综合译文集

第十四卷

西方古典文艺理论

《李健吾译文集》序言

柳鸣九

一个刚从大学毕业的青年学子，第一次走上了致学之途，最难忘记的是什么？那就是第一个善待他的人，第一个在尖锐的、审视的、疑惑的、考核的、逼视的众目睽睽之下善待他的人。我与李健吾先生的关系就是这样，我不能说他是我的伯乐，因为，他不是我的直接领导，我也不是一匹纯种良马，我并没有得到他的格外重用，第一天他怎么对我，就定下了以后两人关系的基调，一辈子，至少是一辈子的相互理解、相互善待，在他，是一贯对人的仁义心肠，对后生后辈的热忱与关怀，在我，只不过是懂得青年人对饱学之士的长者应持弟子之礼，就这点感情与互待，我与李健吾先生之间的关系，基本上可以用一个"善"字来概括，我从他那里得到不少教益，拾得不少牙慧。因此，当李健吾的女公子李维永告诉我上海译文出版社将出版《李健吾译文集》要我写一篇序的时候，我几乎是没有什么推辞就答应了，因为，我觉得，为李先生的事情搭一把手，加一点推力，不是别的问题，而是一个做人的原则问题，虽然这个时候，我的视力在大病一场之后，只剩下了百分之三十，虽然对一个视力丧失百分之七十的人来说，写出这样一篇序，其难实在是难于上青天。

李序之难，首先在于其人之大、首先在于他是翻译界的一个大师级人物，他几乎把法国十七世纪的喜剧之王莫里哀的全部文学作品翻译成中文，把法国十九世纪的小说巨匠福楼拜的全部小说名著佳作翻译成中文，而且还翻译了世界文学中很多其他的名著。我从初中时代起，也就是上世纪四十年代，就有常跑书店、看"站书"的习惯，在一排排开架书柜中，排列着大量的外国文学作品，就像一个海洋包围着我，这个外国文学译品的海洋，法国作品的大部分几乎都是出自李健吾的译笔，而不是出自傅雷，比如说：雨果有一个不太起眼的剧本《宝剑》，就是李健吾译的，他的译笔还跨过法兰西国界，涉猎其他国家的作品，如果我的老年病还没搅乱我的记忆力的话，我记得他还译过苏俄的作品，其劳绩之巨，其声势之浩大，实较傅雷有过之而无不及。按我现在的理解，当时李健吾的世界文化视野要比傅雷大，对外国文学作品、文化学术坚实内涵的敏感度也胜于傅雷，显示出他是研究家型的翻译家，而不是一个单纯的翻译者。至于翻译的技艺而言，窃以为，傅、李两位都是"化派"，我所说的化派之"化"是钱锺书心目中的翻译是一种文字的作品化为另一种文字的作品，而不是直译或硬译，这一点并不奇怪，正好钱锺书与李健吾和傅雷是三位好朋友，当时四十年代他们都在上海。这个化派如果还有谁的话，那就是译了《吉尔·布拉斯》与《小癞子》的杨绛。在我看来，李健吾所译的《包法利夫人》与《莫里哀全集》都将原作的原汁原味化进了中文译作，和傅雷所译的巴尔扎克、杨绛所译的《吉尔·布拉斯》，实为中国翻译的主流译作，是他们构成了中国两三个世纪以来译坛的主流，李健吾不仅译得多，而且译得好，在传达莫里哀与福楼拜的真髓与神貌上，可谓翻译中的极品。

值得注意的是，化派的主将几乎没有一个人没受到过攻击，傅雷的译文被挑出"硬伤很多"，李健吾的经典翻译《包法利夫人》被称有"六百个误译"，杨绛因《堂吉诃德》竟被非议为"不懂西班牙文"，这些责难与非议基本上都发生在上世纪五十年代以后，发动攻击者一般都是在国外待得时间久，自恃精通该国语言的硬译高手、直译高手。但文化上的结论是需要历史来作出的，这要看读者大众的选择了。

《李健吾译文集》的出版是一件大事，它标志着又一次的文化选择，标志着历史时代对又一个重大文化问题做出了新的结论。事物的发展过程、事物的前进过程，是否定之否定，呈螺旋形。

我相信，不久以后，中国译界将出现新的重大事件，它将标志着中国译界两种思潮的合流，从目前的人才资源背景来看，这一事件很可能发生在中国的东南方。贫道的预言是否有准，且到那时分解。

2017 年 6 月 30 日

仁者李健吾

柳鸣九

一

一九八二年十一月下旬，李健吾先生在京去世，那时，我正在外地开会，回到北京时，他的葬礼已经举行。我当时悼念他几乎是怀着感恩的心情：是他认可通过了我的第一篇正式的翻译作品——莫泊桑的《论小说》；是他在我的《法国文学史》上册问世时，发表了一篇热情洋溢的评论文章；是他对我所译的《〈克伦威尔〉序》，表示了赞赏；是他在"文化大革命"后期我与朱虹挨整时，给了我们亲切的同情与关照；是他仅仅因为我没有在运动中批判过他、对他表示了同情，后来就把我称为"孩子"……

他没有在大学里教过我的课，但对我有师恩；他长我二十八岁，与我非亲非故，但对我有长辈般的关怀。人非草木，我能不怀有感恩之情？

我这一辈子最不善于做的事情，就是讲应景的话、做应景的事。健吾先生去世时，我没有写悼念文章，但从那时开始，我一直感念他、谈论他，一直要写点什么、做点什么，以怀念他、纪念他，一直把这当作我今生今世必须完成的职责，必须偿还的"债务"……

时至二〇〇四年伊始，我总算有可能为健吾先生、为其他前辈师长做一件像样的事了，那就是开始筹办《盗火者文丛》。此书系以中国二十世纪从事西学研究有业绩、有影响的学者名家为展示对象，每人一集，内容为散文随笔、休闲文字，并附有学术代表文论一种、学术小传一篇，以期构成该学者学术成就、精神风采、艺术品位、生活情趣、文化魅力的一个缩影，实际上，就是一套西学学者散文书系。首先入选的就有李健吾，当然还有其他与我在同一个单位共同工作多年的师长冯至与卞之琳。与其说我是将他们收入书系，不妨说，这个书系最初的创意就是因他们而产生的，在一定程度上，是要为他们做的一件事，为他们量身定做的一套书。

这套书系中每一集的编选，尽最大的可能尊重已故作者的亲属的意愿，并发挥他们的作用，但健吾先生众多子女中，只有李维永一位是从事文艺方面工作的，而这一位偏偏又有非常沉重的工作负担，且身体不好，实在无能为力承担基本的编选任务。我责无旁贷，便把编选工作承担了下来，主要从健吾先生的《福楼拜传》、《咀华集》、《杂忆录》、《切梦》、《意大利游简》、《希伯先生》、《戏剧新天》等十来部作品中选出了二十多万字精彩篇章，组成了一本《李健吾散文随笔选集》，取名为《咀华与杂忆》。为了让李先生的子女有一个纪念，又特请李维永同志写了一篇后记。我自己则没有写任何纪念性、评论性的文字。此书已于二〇〇五年由中央编译出版社出版。

我总算做了一件事，但我做得还不全，我还没有写出我对健吾先生的认知与感念，我还得把事情做完。

二

一九五七年，我从北大毕业后，被分配到当时属于北京大学的文学研究所，具体的工作岗位是在《古典文艺理论译丛》编辑部。健吾先生早在一九五四年就从上海戏剧学院调到北京，在文学研究所任研究员，同时担任《古典文艺理论译丛》的编委。因此，几乎可以说，我大学一毕业，就认识了健吾先生，并有了相当直接的工作关系。

《古典文艺理论译丛》以系统地翻译介绍外国，特别是西方各国各时代文艺理论的经典名著名篇为宗旨,在新中国成立初期,是文艺理论与美学领域里唯一一扇向西学敞开的橱窗,是唯一一家公然以"大""洋""古"为标榜的刊物,在五十年代中期后对"大""洋""古"倾向越来越否定的风气中,显得颇为另类别格。刊物的编委会由钱锺书、朱光潜、李健吾、田德望、金克木、蔡仪等一批名家、权威组成,刊物上的译者也都是译界的高层次人士,所有这些,使得这个刊物颇有点"贵族气派"。物以稀为贵,该刊物在那个历史时期很得学术文化界的重视与青睐,每一期的问世,均格外令人瞩目。刊物从一九五七年创刊,到一九六六年因"文化大革命"的来临而停刊,共出版了十七期,共五百多万字,为后来几十年我国西方文艺理论、美学理论的研究,打下了坚实的基础。

在编委会中,李健吾是一位主要的编委,而我则是执行主编蔡仪手下负责联系西语这一片的小编辑,与李先生接触较多,在那几年中,亲眼见证了他对于这个刊物的诸多贡献。就他的重要性与所发挥的实际作用而言,他仅次于刊物的实际主编蔡仪,在十七期刊物中,他做出了明显贡献的就有九期之多,如文艺复兴时期文论一期,十七、十八世纪文论一期,巴尔扎克与现实主义问题两期,悲剧问题一期,喜剧问题一期,莎士比亚专论一期等。有的是他全面提供该集的选题,有的是他承担了重要文论的翻译,有的则是他承担了校稿的"劳务"。

业内人士或对学术工作内情有所了解的人都知道,确定一期学术刊物选题,其实就是规定其基本内容,勾画出其基本轮廓,没有学问是做不出来的,尤其是《古典文艺理论译丛》这样高层次的期刊。举例来说,编委会或主编确定某一期的主旨是巴尔扎克与现实主义问题后,就必须选译巴尔扎克关于现实主义的主要文论与欧洲批评史上论巴尔扎克、论现实主义的经典文论,而要选得全、选得准、选得精当,就必须有广博的批评史知识,就必须对这两个问题有比较精深的研究与厚实的学养。其他如悲剧问题、喜剧问题、美学问题的选题,均莫不如此。说实话,在国内,能全面有此选题能力的,仅钱锺书、朱光潜、李健吾等少数几个人而已。我在进入文学研究所工作之前,只知道李健吾译《包法利夫人》《情感教育》与莫里哀喜剧译得生动传神,他的《福楼拜传》写得灵动精彩,只是通过《古典文艺理论译丛》,才大大增加了对学者李健吾的认识,看到了李健吾对西方批评史与法国文学史中名家名著名篇渊博的、精微的学识,那是学界里端着大架子、自命天下第一的学霸式的人物望尘莫及的。正是从那时起,我开始认定李健吾先生要算是高手如云的法国文学界中真正执牛耳的学者,后来,当罗大冈先生筹建中国法国文学研究会之时,我就力主李健吾应与罗大冈并列为研究会的会长。

也是从《古典文艺理论译丛》的工作开始,我对李健吾先生的学术人格开始有所认知、开始景仰崇敬。仅以上述选题工作而言,从事这个行当的人都知道,每条学术材料,对于学者而言,都是辛劳阅读生活中的所获,有的甚至来之颇为不易,而《古典文艺理论译丛》的每一则选目,其实就是一条条学术材料。我曾经见过不少学人均视学术资料为个人珍贵的"私有财产",不仅自己"学术行囊"中的一条条学术材料、卡片箱里一张张学术卡片,从不见示于他人,而且连自己看了什么书、找到了什么书,也向人保密。在学术工作尚采取小手工业方式而不像当今有网站可查询的时代,这种闭关自守的精明与私心是很自然的,要知道,自己的每一条材料都可以变成一篇翻译,形成一篇文章,甚至扩张成一部论著。慷慨解囊,岂非傻帽儿?愈是学术行囊里货色不多,而又偏要在学界称王称霸的人物,这种小家子气愈是厉害。健吾先生与此截然不同,他围绕已确定的中心题旨,总是热情洋溢地提供选目选题,让编辑部组织人去翻译、去介绍,甚至把只有他才藏有的原文孤本主动出借供别人去翻译,这种情况在现实主义一期、悲剧一期与喜剧一期中特别突出,我自己所译出的费纳龙《致法兰西学院书》与菲力克斯·达文的《〈哲学研究〉导言》,不论是选题选目,还是原文书籍,都是健吾先生主动提供的。他在学术上这种慷慨解囊,无私奉献,成全他人的大度气派,只有钱锺书、朱光潜才拥有,而我自己所以能在参加工作之初就能顺顺当当走上文学理论翻译的道路并多少有些成绩,首先就应该感谢健吾先生。

在《古典文艺理论译丛》,还有一项工作更见李健吾先生无私的学术热情与乐于助人的豪爽,那便是校改译稿。这个期刊所发表的译文基本上都是出自一些权威学者、教授之手,组稿的对象不仅是在外语翻译方面属第一流水平,而且还要在文艺理论方面具有相当的修养,道理很明显,能译外国小说的人不见得译得好外国理论家、批评家的论著。对这样一个刊物,自然就形成译者不够用的问题,于是,主编就采取了一个变通的办法,也约请一部分科班出身、中外文均佳,并有一定人文学科工作经验的中青年承担一些非主打文论的翻译,但同时又立下了一个死规定,即这些青年学人的译文必须经过编委的审校与认可才可刊用。即便如此,事情也并不好办,因为这些编委都是权威学者、顶尖教授,或者正身负教学授业的重担,或者正致力于构建皇皇巨著,以校对这种劳役相烦,实在难以启齿。幸亏有健吾先生,他总是格外豪爽,特别热情,痛痛快快地承担了不少校稿的事务,不仅校法文译稿,而且也校英文译稿,有不止一个青年学人的译稿经过他的审阅与校对而得到了发表,其中就有我译的莫泊桑的《论小说》与费纳龙的《致法兰西学院书》。对于李先生来说,这是"为他人做嫁衣裳"的义务劳动,只不过,实际的主编蔡仪先生为了尊重老一辈专家的劳动,也为了保持刊物译文的权威性,规定这类青年学人的译文一概都必须署出校对者的名字,因此,至今我们仍可从这个期刊上见到桂裕芳、文美惠等人的译文后署有"李健吾校"的字样，而当年这些青年学人如今早已是名声卓著的大译家了。《古典文艺理论译丛》的这条规矩、这个做法无疑是理所应当、公平合理的，有敬老尊贤的意味，但时至今天的"翰林院"，在后人使劲猛推前人的潮流与时尚中，却成为了一个古老的童话，早已被人抛到了脑后，甚至被人不屑一顾。

《古典文艺理论译丛》是李健吾调来北京后一个重要的学术平台，在这个平台上，他展示了自己多年来作为一个西学学者积累下的深厚学养，为这一个学术文化项目做出了多方面的贡献，而且，也是从这里，他在学术上又开拓出自己一个专深的领域，即西方戏剧理论批评史的领域。他系统地研究收集了西方戏剧史上的所有重要的文论，并着手组织翻译，进行整理，要出版一部大型的西方戏剧理论资料的书籍，足有好几百万字的篇幅。这显然是一个巨型的文化积累工程，他正式投入这个工程的时候，已是六十年代初《古典文艺理论译丛》的后期了，那时，我已经调离了《古典文艺理论译丛》编辑部，听说他在研究所里找了一个从德国留学回来，专攻莱辛《汉堡剧评》的青年学者当他的助手与合作者，到"文化大革命"前夕，据说整个大型资料已完成了相当一部分。但是，经过十年浩劫之后，当李先生到研究所的仓库里去找他那些被抄家的重要稿件、想重起炉灶时，却再也找不到他那份凝聚了自己心血的戏剧思想史资料了。杨绛比他还幸运一点，总算在本单位仓库的杂物堆里，把她在"文化大革命"前译出的《堂吉诃德》的译稿抱了回去。

三

李健吾在北京大学文学研究所工作期间，住在北大中关村二公寓。那是北大教职工的宿舍，环境当然不及燕南园那么清雅幽静。一九五八年后，文学研究所从北大划归中国科学院哲学社会科学部，搬到了城里的建国门内，李健吾后来也就住进了哲学社会科学部在东单干面胡同新建的高级宿舍大楼，这幢大楼的住户还有钱锺书、杨季康、卞之琳、罗念生、戈宝权等。

不论是住在中关村，还是住在干面胡同，李健吾家里的陈设都非常简单朴素，客厅里没有高级的家具，书房里没有古色古香的书案与柜架，墙壁上没有任何字画条幅，虽然巴金、郑振铎、曹禺都是他多年的老友，他如果有心的话，那是不愁没有名人墨迹来装点的。和燕东园、燕南园好些名教授、名学者的寓所比较起来，他毫无气派、雅致与情趣可言，陈设氛围颇像一个小康的市民之家，完完全全是一派过柴米油盐日常生活的景况，唯有宽大书架与旁边书几上堆得满满的书籍，透露出主人的学养与渊博。

李健吾的书桌与书几，是他寓所里唯一能吸引人注意，也值得你观察的景观，在我也许不尽准确的印象中，他的书桌首先是一张古典的书桌，也就是说基本都是洋书，而且是古旧的洋书，一看就是多年来自己所购置的，不是从任何一个图书馆里借用的。与他家的生活陈设、生活景况充满了日常现实气息形成强烈对照，他的书桌倒是绝无"人间烟火气"，没有大报大刊，没有文件通知，甚至也没有文艺界的权威性、指导性刊物。我想，这种情形大概正反映了他在文学研究所期间一直在集中精力研究法国十九世纪现实主义、研究与翻译莫里哀的业务状况……其次，他的书桌书几是拥挤不堪的，堆放的书足有几十本之多，而且杂乱纷呈，零散倒置，一本本都夹着书签、夹着纸条纸片，或者临时夹了一支铅笔、一支钢笔，有的仰面摊开，有的朝桌面扑俯，一看就是主人在迅速阅读时急于留记号，作眉批，或者是在查阅出处、引经据典、寻章摘句时，总那么手忙脚乱，实在是顾不上桌面的整齐……也许你对李健吾关于莫里哀与十九世纪现实主义的论著论文中旁征博引、注脚引文之多大有钱锺书之风记忆犹新，他那种学力学风的原始状态与奥秘就正是在他的书桌上……我曾经对李健吾学术文章中思绪的灵动、视角的多变、论点的飞跃感到惊奇，自从见了他书桌书几之后，我便愈益明白了，其原因就在于他读得多，见得多，食粮的来源广，品种杂，他没法不兼收并蓄，没法不丰富，他的文章没法不像倒在杯子里的啤酒一样，丰饶得直冒泡……也许，正是在如此成堆的卷帙，如此纷繁的资料中他常常会应接不暇，他在思绪与思绪之间、论点与论点之间经常就跳蹦得太频繁，距离太远了一点，而且，他手写的速度肯定大大跟不上思想的灵动与飞跃，以至于他的手迹往往像天书一样难以辨认，愈到他晚年，就愈是如此，叫人捧读起来实在头疼……

我初次见到李健吾时，他大概是五十多岁，就其外观而言，他可说是再普通不过了，正像他的寓所陈设无雅致与情趣可言一样，他本人也没有任何派头与风度。他长得倒仪表堂堂，大头大脸盘，看起来像是一个富态的商人，但一身穿着，从不讲究，经常是蓝布中山装，夏天是白色的确良的夏威夷衫，很少见他穿呢料与丝绸的衣服，穿着水平比当时文学研究所里的一些老专家、老学者似乎还要低一个档次，当然，更看不出他有作为一个西学大学者的洋派架势了。在我的记忆里，他几乎从来就没有着过西装，只有一次例外。那是一次游行，在那个年代，游行都是领导上发动组织的，不是庆祝什么事，就是拥护什么方针政策，要不然就是向国外敌对势力示威抗议，一般这种政治活动，研究所里有地位的老专家、老学者都是免参加的，这是青年人的"政治性的活儿"，李健吾主动参加颇说明他很有政治热情，不拿架子，与年轻人打成一片，而且那一次他穿了一套西装，正式打着领带，在他而言，显然是为了郑重其事，参加一次"盛典"。不过，那是一套老掉了牙的西装，颜色发旧，领带又过于红艳，没有穿皮鞋，而是像平时一样，穿着一双布鞋，显得有些土气，有些不伦不类……但我可以感到他是带着一份心意参加那次政治活动的。

这次着装方式值得多说几句，它在李健吾身上似乎可说是一个以小见大的典型现象，当时，他也许是出于这样一个心态：他在意并看重那次政治活动，他不仅要和年轻人一道来参加，而且要表示自己的郑重其事，表示自己的诚心诚意，"纷吾既有此内美兮，又重之以修能"。既有这一份心意，那就把西装穿上，把领带打上吧。至于样式、色彩与格调，外观、形象与效应，那就用不着去顾，也懒得去顾了……

这次着装方式，其实是李健吾行为方式的一次缩影，其本质、其核心、其根本的形态就从自我心意出发，从自我真情出发，径直往前，求其直畅表达，求其朗爽展示，而不顾其他……既然是一次缩影，当然就能常见于其行为方式之中，我所见到他在《古典文艺理论译丛》的工作中，就有类似的表现形态：为了推进一期刊物，为了完成一个选题的介绍，他往往挺身而出，见义勇为，主动担当，不辞琐细，而不顾是否耽误了自己的时间，是否给自己造成麻烦，古道热肠之情，令人可感。如果说这类学术事务在现实生活中并非常能碰见的话，那么，有一种场合是人们经常碰得到的，几乎已经成了日常的生活，不可分割的组成部分，那便是每一个基层各种各样的"会"，特别是"政治学习会"、"生活例会"，它们是那个历史时期人们生活中真正的"公共场合"，碰头会面、行来走往的必由之路……从六十年代初我调到外国文学研究所的西方文学室之后，我与李健吾就同属于一个基层单位，经常要在上述这种"公共场合"碰头见面。

在那个历史时期，基层单位的"会"，一般都是大家重复"官话"或稍作微调而讲"套话"的场合，但这是对"大是大非"问题而言，如果不涉及"大是大非"问题，会上的"小自由"与"个人风格"还是有一点的,那时的文学研究所里,至少西方文学室就有这么一点气氛,开起会来,有点像自由主义空气弥漫的"神仙会"。请想想看,在座的潘家洵、李健吾、杨绛,哪一个不是"大仙",主持会议的研究室头头卞之琳自己就是一"仙",此外,还有郑敏、袁可嘉等等"小仙",开起会来,岂能不"生动活泼"?说实话,这些"神仙"的说话发言,绝对是一道道"景观",有的通篇只讲自己前一天夜里失眠之苦,如果时间允许,还要上溯到前几天夜里的失眠。有的以天真的语调细说现实生活中一些琐事,有的从来都是以冷面幽默讲一些风凉话,甚至是"怪话",有的以绍兴师爷的精明劲较真矫情……但基本上有一个共同点,那便是尽可能绕着"大是大非问题"走,毕竟他们都是功成名就的学人,都有各自的灵魂与特定的视角,还少不了几分矜持,不可能像小青年与"基本群众"那样"放声歌唱",那么,在这个日常的公共场合中,李健吾的"着装方式"、"行为状态"怎样呢?

这位"大仙"多少有些不一样,首先是他喜欢讲,讲得多,这很符合"发言积极"这一个当时的政治标准,而且他讲得兴高采烈、眉飞色舞,真可谓高谈阔论,甚至是"挥斥方遒",大有当年刘西渭作书评时的才情四溢、豪情十足,虽然这是他外向型性格的自然之态,但似乎也还够得上"政治热情高"这一条,不过,在这种场合中,他总有那么一点"那个"地方,说得轻一点是"不和谐",说得重一些是"刺耳、刺眼",就像那次游行中他那个服装一样。

事情是这样的:他在"积极发言"中,不免经常直面政治与理论问题,甚至涉及马列主义基本原理,因为这是政治学习。但这哪是他的所长?何况,他偏偏又喜欢精神跑马、思绪跳跃、语言飞扬,严谨的马列主义体系、严肃的政策怎经得他这么一折腾?因此,听起来经常走味跑调,不伦不类。他的发言绝对是"浪漫主义式"的,经常引申蔓延,别开生面,抒发个人情怀,弹奏自己的心曲,并时有段落赞颂党中央的英明,党委的领导,但每到这种时候,几乎都会蹦出一个特别刺耳的词汇——"党国"、"党部",这不是新中国成立前对国民党反动派的称谓吗?怎么用在我们伟大的党身上了呢?不了解李健吾的人,一定会以为他在混淆敌我,对伟大的党有所中伤,甚至是污蔑。但所幸是在本单位,在座的都是"家里人",而且,一看这老头的确是满怀热情在真诚地唱赞歌,唱颂歌,何况,众所周知,"白纸黑字"有文为证:一九五〇年,为迎接解放他发表了一篇热情洋溢的文章《我有祖国》,高呼"我有了祖国,我爱我的祖国",接着,他又撰文歌颂志愿军,不久,他在参观游历了山东之后,足足写出了一本高奏社会主义时代主旋律的《山东好》,再次激情地高呼"我爱这个时代"……

说实话,对于政治化话语操练得非常滚瓜烂熟的"基本群众"与"党团青年"来说,李健吾在"政治学习会"上的这种发言,的确听来有些别扭,好在"家里人"对他还是很有谅解的,所以一些好心人一听他要唱颂歌了,倒往往为他捏一把汗,唯恐他蹦出一两个不成体统的词来。但他行为状态、语言状态上的粗疏与闪失,难免会以讹传讹,风风雨雨,久而久之,人们也就形成了李健吾"在政治上落后"的先入之见,在"翰林院"里,他比那些被领导视为"努力学习马列主义"的老学者、老专家自然就低矮了一截。在一九五八年"拔白旗"的批判运动中,他之所以先于其他"大仙"而成为首当其冲的目标,与此不无关系。而对于那种不怀善意、伺机要在学术上将李健吾置于死地的"左撇子"而言,这些就更成为了其"革命大批判"的突破口。当时有一位借批判李健吾之举而登上了理论学术舞台的某某,在其批判檄文中就以尖酸刻薄的文词,把李健吾形容为昆明湖中的那个死气沉沉的石舫,在"祖国惊天动地的变化中"竟"依然故我,纹丝不动"!

四

投入、合拍、倾情、赞颂，这是"翰林院"里的李健吾对自己时代社会的精神状态与立场态度，而他对自己的人际领域，对周围的友人熟人，甚至是不认识的人，则是亲和、善意、贴近与热忱。

与李健吾稍有接触后，就能很容易地发现他是个重友谊、讲交情、崇义气的人，他乐于与人接近、与人亲和，与人建立和谐、愉悦、诚挚、善意的关系，即使是与跟他有年龄差距、有学养深浅不同、有地位悬殊的年轻人。在与他交往接触之中，你只会感到平易、亲切、随和、宽厚，而看不到那种名士或自视为名人的人身上常见的尊严、矜持、倨傲、冷峻、架势。他与人交谈的态度与语言风格都十分平实，甚至有点平民化、凡俗化，没有一星半点才智之士的风雅矫饰与文绉绉，但说起话来却兴高采烈、眉飞色舞，完全处于一种与对方坦诚相待的状态，一种"不设防"、"不保留"的状态，有时说得兴起，还高声咯咯地笑，不过他的嗓音实在不适于高声发笑，有些尖细，像一个女性，听起来有些夸张。难怪，他年轻时从事演艺活动时，在舞台上常常是男扮女装，演"旦角"、"青衣"……他与人交往时倒十分有涵养，从来不闲话家长里短，从不尖酸刻薄，从不非议影射他人，总之，是一个打起交道来只使人感到自然亲切、单纯朴实、厚道正直的人，不存在人际关系中常有的错综复杂，不存在任何可能的麻烦与后患……我想这大概是旁人乐于跟他交往的首要原因。

他在同辈名人中朋友很多，多得使人感到惊奇，这在"翰林院"里的名家学者中是不多见的：既是名家嘛，总会有几分孤傲劲，自我格式难免有几分固定封闭，与他人也就难免会有几分"落落寡合"，而且,更糟糕的是,"文人相轻"既已成为世间的一条定律,身为文人,岂能不受此命定?然而,李健吾似乎有点例外,他经常提到他这些老朋友:巴金、郑振铎、傅雷、陈占元,还有本单位的何其芳与钱锺书、杨绛夫妇,就像提到自己的家人一样自然、亲切、平常,没有炫耀,没有用心,完全自然而然,完全在一种和谐愉悦的心情之中,他似乎像呼吸着空气一样呼吸着跟他们的友情,呼吸着对这友情的愉悦感……

他是怎么与这些优秀人物结成真挚持久的友谊的?似乎可以说是开始于以刘西渭的笔名写著名的《咀华集》的三十年代,首要的原因显然是世人所谓的"志同道合",他们都是中国二十世纪人文道路上的同路人,都曾深受西方人文主义文化的熏陶并得其精髓。从内心状态来说,他们都是纯粹的人文理想主义者,都对社会文化积累与人文精神宣扬充满了献身的热情,并都创建了不会速朽的业绩。如果缺乏人文主义的理想与热情,如果掺杂了功利主义的实用谋算,如果自认为有革命的资格对文化"挥斥方遒",如果自认为有刀笔吏的功力可任意对传统文化进行分厘必究的刀割,自然就与他们格格不入,对他们侧目而视,更谈不上做到他们这样的份儿上。在中国二十世纪下半叶的文化领域,他们实际上是一批"上帝的造民",构成了一个不成形的精神文化流派,曾被一些现代文学史的论者视为与革命文学主流不合拍的边缘化的流派。不论对此如何评价,如何定位,李健吾与他这些"哥们儿"牢不可破的天然纽带,正在于共同的思想倾向、人文情怀与学养志趣。

友谊如何才能形成、持久?一个最为重要的条件恐怕就是互相欣赏、互相尊重了。应该承认,这种雅量,偏偏在知识文化界是难遇难求,甚为珍贵的。本来,文化学术、文艺创作是一个广阔无际、浩瀚永恒的天空,而每一项认真的创作与劳动,又都是非常独特、非常个性化的，看起来，这个领域行者不绝，来往于途，似乎是摩肩接踵、拥挤不堪的，实际上却是一个真正的"万类霜天竞自由"的无垠空间。然而，以小眼光、小胸怀、小家子气面对这个大千世界的人却大有人在，"文人相轻"，其最终根源就在于此，其形态林林总总，各有不同：有的对自己毫无信心，唯恐他人有任何进展；有的无自知之明，总以"全能冠军"自命，不能容忍他人亦有自己的强项……在此心态下，各种手段伎俩应需而生了：或涂脂抹粉、自我标榜；或自我膨胀、大肆吹嘘；或贬低他人，抬高自己；或侧目而视，含沙射影……个性剽悍者，天性如师爷讼棍者，更将种种世故手段推演为"文攻武斗"：或佯动暗袭，如吕蒙偷取荆州；或硬行闯上学术台面，拳打脚踢，一股打擂台的架势；或乘风借势，以革命的名义，借思想批判的外衣，进行辱骂；或凭老资格、高名位，居高临下对潜在的竞者、后进的晚生施行打压，甚至人身攻击，必欲置于死地……好一个文绉绉的"翰林院"内外，不说是充满刀光剑影吧，总也不免时有狼烟……

当然，敦厚大度、高洁脱俗的学人也是有的，李健吾即为其中的显著者。他对自己的同辈、同行、同道，首先是充满了善意，他乐于承认他人，欣赏他人，赞扬他人，在整整二三十年中，我几乎从来没有从他口里听到他对同辈同行的任何刻意的贬损，而总有一些肯定的好话。在法国文学研究与翻译界，他无疑要算是才气最高、业绩厚重的一人，无需盖棺论定、身后定评，当时他就要算是文学研究界的执牛耳者，而他的学术地位与政治地位却明显地被置于他人之下，对此，他似乎浑然不觉，仍心胸豁达，毫无嫉意，对人依然宽厚善良。那时，在中关村与燕园、魏公村十几平方里之内，就集中了本学界的一批在全国皆名重一时的学者、教授，多达十来位。据我所知，他至少与其中的绝大多数人都有良好和谐的关系，如吴达元、陈占元、郭麟阁、曾觉之、盛澄华、沈宝基、鲍文蔚，并时有亲切友好的往来，以至业务上的合作,至少从我与他们接触中所闻所见,他们双方的态度都是互相赏识、互相尊重、颇有君子之风的。唯一的例外,只有某公。此公与李健吾大有泾渭分明、格格不入之态,而他们两人不仅同在一个研究所,而且同在一个研究室,同一个文种学科。众所周知,这并不是李健吾造成的,他五十年代初一调到文学研究所,就主动前往此人的府第进行拜会,颇有"拜码头"的意味,可惜的是,热脸贴冷脸,他从未得到回访与其他友好回应,而是冷漠与冷峻。这也是意料之中的事,不足为怪,此公的政治地位与社会地位都比李健吾高,难免有居高临下之态,而且,他以"马列主义学习得好的老专家"的身份,不时发表革命大批判文章,风头正健,还曾在公开的文章中辱骂过傅雷的翻译有"洋场恶少"之风,他会如何藐视学界其他人就不在话下了,况且,他也很了解,傅雷与李健吾都是"海派",想来他俩的私交定然不错……

学界一位惯于持雅士眼光论世的先生曾经这样戏评李健吾说,"他行事处事颇有走江湖的味道"(大意),此话说得不无一定原因,的确反映了某些客观情况。阿庆嫂说得好,"江湖义气第一桩",如果说李健吾有"江湖味道",倒是表明了他称得上是个"讲义气的人"。这方面,我至少知道这样两件事:其一,解放前,有一个时期,卞之琳在上海无住处,便是李健吾招待卞在自己家里住下,据说,像兄长对弟弟一样,时间相当久。其二,一九五八年时任文化部副部长、文学研究所所长的郑振铎被康生所点起的"革命大批判"之火烧到头上,他的学术论著被公开批判,他在全国成为了一面显然要被拔去的"白旗",但同年十月,他因公出差遭空难逝世,对他的批判才被迫中止。这时,李健吾以一个老朋友的身份,发表了悼念文章《忆西谛》,在文章中竟然勇敢地为郑振铎被批判鸣不平,即使是对一个"一身轻"的人来说,面对来头如此之大的批判运动,有此见义勇为、挺身而出的壮举,已大有为朋友"两肋插刀"之气概，何况李健吾这时已经是"泥菩萨过河自身难保"，他的一篇纯学术文章《科学对法兰西十九世纪现实主义小说艺术的影响》，已经在报刊上被"左派"点名批判，他自己已经成为了一面待拔的"白旗"。

至于在"文化大革命"中，他先后两三次偷偷地打发自己的子女从经济上接济比他更陷入困境的巴金与汝龙，更是表现出他那种几乎是奋不顾身的义气，可称得上是高风亮节，后来因为汝龙就此写了文字，巴金也在自己的《随想录》中记载了此事，故在知识文化界广为传颂。

五

特别使我感念难忘的，是李健吾对后学晚辈的厚道与热忱。

在"翰林院"里待了一些年头的人，不难发现有两个似乎相左的学界规律：一是长江后浪推前浪，一是人文学术领域其实是一个积累的领域，而不是取代的领域。这两条相克相成的规律，决定着学术的上下承继与不断发展。

何谓学术界里的智者、贤者？不过是看透了这两条规律，并自觉地顺应、自觉地促进、自觉地予以成全的人士，说得直白一点，即所谓"知天命，顺天意"也。在前一条上，有高智慧、有大雅量、有仁者胸怀、有爱才美德者，自然就会自觉而乐意地顺应、推进学界新陈代谢机制的进行与完成，自然就会对后进晚学以善意、宽厚与热忱待之，予以扶植、援手、提携。而对学界发展之道缺乏识大局、知大体之精神境界，任自我霸气与主观妄想扩张无度，其襟怀狭小又如鼠肚鸡肠者，那就势必处心积虑阻碍学界的发展以追求个人的王道，对学界里进来的晚生后学，往往一开始就是冷眼相加、侧目而视，绝不给好脸色看，继而就是设埋伏、置路障,唯恐后生在道上有所进展,甚至你要做一个专题研究,他也要找借口予以反对,即使你做出了成果,他也要利用审批权予以否决,最后,如果"小媳妇"熬出了头,走出了自己的路,那他更恨之入骨,变本加厉,采取极端手法,甚至是人身攻击,必欲置之死地而后快……

在后一条学术真理上,智者、贤者以他对文化历史的洞悉与博大的人文情怀,有深切的认知,他们深信人文创造与学术文化业绩的价值是不朽的,或者至少是"非速朽的",是人际世界中的"后浪推前浪"所取代不了,因而专心致志,全力投身于这种创造,并对自我在这种创造中的业绩与价值充满某种程度的自信,于是,也就能够对学界中来来往往、新陈代谢的人事泰然视之、豁达面对、宽厚包容,而且,智者、贤者只顾忙于自己的创造与开拓,实在无暇也不屑于去搞那些鸡零狗碎的名堂,这就是他们宽厚仁德的长者风度的根由。而学界里那种施虐者、作威作福者之不能容人,不能容物,却正暴露了自己的虚弱:不仅对人文文化历史的规律缺乏认识,而且也缺乏对自我人文创造能力的信心,唯恐失去通过世俗与人事的途径而已获得的地位与坐椅。当然,此种人也并非全无才能、修养与一技之长,但一任草木皆兵,鸡零狗碎,刀笔讼状充塞于其脑际,岂不将自己已有的人文底蕴与创造能力大大打了折扣?于是,到头来所做出的业绩,所创造的价值也就为数不多了。原来自己最大的敌人就是自己!

我在"翰林院"多年,亲身见证了、感受了两种学者不同的人品、意境与风格,一批智者、贤者不仅给了我深切的感受,而且使我深受其惠。使我受惠更多的,则是李健吾。时至今日,仍有几个凸显的事例,使我一直感念不忘。

其一,我的第一篇翻译稿是健吾先生校对的,对于这件事我曾在《被逼出来的一个译本》一文中,作过如下的记载:我刚分配到《古典

《文艺理论译丛》编辑部做编辑、翻译工作。这个丛刊每期都有一个中心，围绕一个特定的主题翻译介绍西方诗学、西方文艺批评史上的经典理论文献，但每一期都配一两篇作家谈创作的文章，或者是作家的文学书信、文学日记。每期特定中心主题的重要篇目均由编委决定，译者也由他们提名，被提名者皆为翻译家中有理论修养的专家、教授。至于重点主题之外的配搭文章，则由编辑部里两三个年轻的编辑自行选定与组稿，当然所有的译稿都需经编委的审阅通过。记得一九五九年的一期中，正好缺一篇配搭文章，于是，我便将这个任务承担了下来。我选定了莫泊桑的《论小说》这一篇在世界现实主义创作论中脍炙人口的理论文字，由于当时需要赶时间发稿，来不及请著名翻译家译出，只好由我这个初出茅庐的小编辑来试试。说实话，当时《古典文艺理论译丛》这个高层次的学术庙堂，是轮不上我这么一个大学刚毕业一两年的小字辈入场的，因此，我这个选题与译文由领导交给了编委李健吾审阅批改。李先生也和钱锺书、朱光潜一样，对后学晚辈充满了爱护与提携的热情，不像我所遇到过的学界"焦仲卿之母"那样，以恶打虐待为能事、为乐事。李先生通过、赞许了我所提出的选题，在百忙中审阅了我的译文，只在莫泊桑所引证的布瓦洛的那句诗上，改动了几个字。原来，我把这一句诗译得甚为刻板，有点"硬译"、"死译"。而李先生则改得很活，两三个字之差，达意传神，优劣尽显，正像那首诗所言，显示了"一个字用得其所的力量"。

其二，我的第一批翻译，其选目有相当大一部分都是由健吾先生指点的、提供的。外文系出身的人，从事文化学术工作往往是从文学翻译起步，我在从事外国文学研究工作之前先做了几年的翻译编辑工作，由于岗位的性质，我早期的一批翻译成果很少是外国文学作品，而是外国文学理论批评的篇章。当然这两种翻译颇为不同，理论翻译有它特定的难度,对于年轻的译者来说,哪些理论批评的名著名篇该译、可译,首先就是一个问题。如果没有人指点,你就如同进入了一个大森林,究竟什么地方有美味的果子好采、可以采哪一种、应该采哪一种,你都会感到茫然的。李健吾对我正起了这种指点者与引导者的作用,如十七世纪大学者费纳龙的《致法兰西学院书》与巴尔扎克的挚友菲力克斯·达文的《〈哲学研究〉导言》,以我个人当时的知识积累与学力,是怎么也不可能找到这两个宝贵的选题的。它们就像两颗宝石埋藏在地底,正是健吾先生将这两个选题指点给我,并主动将两本原书借给我用,我才得以译出的。我还记得那是两本旧得发黄的法文书,想必是他早年在法国购存的。其中一本是有关巴尔扎克的资料汇编,十九世纪末出版的,一看就是"善本书",用俗话来说,是"压箱底的存货",在还没有《七星丛书》版的《巴尔扎克全集》的当时,实在是宝贵得很!

其三,我出版的第一个翻译成果《雨果文学论文选》,首先是得到了健吾先生的首肯与称赞。由于我大学的毕业论文题目是雨果,走上工作岗位,便一直保持了对雨果的兴趣,并一直没有中断对雨果文艺论著的翻译。从容译来,自得其乐,因雨果的理论篇章写得华美瑰丽,文采斐然,翻译之中若遣词造句巧妙得手,那简直就是一种艺术享受。数年磨一剑,到六十年代初,总算译出了一本十几万字的选集,有幸被列入了《外国古典文艺理论名著译丛》的出版计划之中。这个译丛是著名的"三套丛书"中的一套,要算当时国家最高层次的译事项目,被视为巍峨的学术殿堂,朱光潜、季羡林、金克木、辛未艾等名家所译的理论著作都已收入其中。这个项目本来审稿制度就很严,对于我这样一个年轻的译者当然更要慎之又慎,全部译稿必须经过多位资深专家一致审查通过。译稿先是交李健吾与鲍文蔚两位专家审阅,鲍文蔚是法文翻译界与李健吾同辈的一位权威,以善译难度较高的作品著称。审查通过了，健吾先生还直接告诉我，他与鲍先生都认为"译稿达到了出版的水平，其中《〈克伦威尔〉序》译得特别出色"，他还补充了一句："鲍先生特别要我告诉你这一点。"《〈克伦威尔〉序》是雨果讨伐伪古典主义的檄文，洋洋洒洒五六万字，是批评史上一篇经典文献，文笔如天马行空，而且旁征博引，典故繁多，翻译难度很高，译文能得这两位师长的首肯与赞赏，说实话，我是深感荣幸的。几年的苦熬苦译，得此褒奖，岂能不有点欣喜若狂？多年来，这件事我一直感念难忘，因为它是我青年时期漫长行程中难得遇见的一件充满了善意、关怀与温暖的事件，特别是与这部译稿后来的遭遇相比更是如此。译稿通过李、鲍二位审查后，还得通过那套丛书的一位掌实权的权威批准后才能"放行"。那位人物既然可以公开辱骂傅雷为"洋场恶少"，对我这样一个"年少"的"初生牛犊"，就更不会有什么善意，译稿在他手上居然压了将近一年，最后只审校了一千五百字，而他的审查鉴定书，既提不出任何像样的否定性的意见，但也有意不作任何肯定，他身居要职，这种不置可否的态度显然就是故意要"让这盘菜黄掉拉倒"。拖延了长达一年的时间之后，出版机遇终于因"文化大革命"的来到而彻底丧失了，这一误就是十多年！直到十年浩劫之后的一九八〇年，这部译稿才绕过了那位先生的阻碍得以出版。

其四，我主编的《法国文学史》出版时，最先得到了李健吾先生的——用他自己的话来说——"雀跃欢呼"。三卷本《法国文学史》开始写作是在"文化大革命"的后期，那时我开始做这件事的动力，仅仅是对"四人帮"那一套"无产阶级政治"与"革命路线"看透了、厌透了，不想再浪费时间与生命，而想去做点值得做的事情。说实话，就是为了躲避现实，找点寄托，并无任何实在的企图，因为，那时仍旧是在"文化浩劫"期间，实在看不到将来有可出版的前景，于是，做起来也就特别潜心，但求寄托自我，忠于自我。这样，一方面就充分释放出了我们被十年浩劫惨重压辗与摧残的对传统文化、对人类精神遗产的感情，努力把大学毕业后十来年积累的学养与见识尽数施展出来。另一方面，则十分自觉、十分有意识地要摆脱从六十年代初就已经方兴未艾的极"左"文艺思潮，甚至力图与那条"革命文艺路线"对着干。这两个方面的自我意识，成全了《法国文学史》：写于"文化浩劫"中的上卷，却脱净了"文化野蛮主义"的气息，脱净了"四人帮"那种"红彤彤的革命色彩"。一般来说，在"四人帮"时写就的论著与文章，由于总有流毒的痕迹，到"四人帮"垮台后是无法出版的，梁效成为过眼烟云就是最典型的一例，而《法国文学史》上卷却只字未改，于一九七九年得以出版。坚持了、努力了、脱颖而出了，有了多卷本的架势，有了真正的文化气息。坦率地说，我认为应该得到回报与赞扬，但我没有想到，回报与赞扬并没有来自"翰林院"里的领导与"同志们"，而是来自李健吾，唯一的李健吾。他在一家大报上发表了一篇长达三四千字的文章，又是"不亦悦乎"，又是"兴奋"，又是"雀跃者再"，真是热情之至。作为一个长辈，竟把后生的进展与成功视为自己的欢乐，其情状就像一个天真的儿童，这种忘我的人、赤诚的人，你见过吗？不仅高兴得像小孩过节一样，而且还有智者的见识与明悟，他毫无保留地这样说："世纪变了，现实变了，旧的该让位给新的……作者为中国人在法国文学史上创出了一条路。"他还讲出长者的赤诚心地与肺腑之言："老迈如我之流，体力已衰，自恨光阴虚度，无能为力，而他们胆大心细，把这份重担子挑起来，我又怎么能不为之雀跃者再？"试问，李健吾此种襟怀，此种意境，此种品格，学界有几人能有？而头戴冠冕、身居高位、人贵言重、炙手可热的庙堂人物却偏偏比比皆是。

在各个不同的学术领域与学科内，传道授业的方式可能都会有所不同,在人文学科里,我不大相信"手把着手教"是一种普遍适用、绝对必需的方式,因为,人文学科的研习很重要的是靠习者的个人感悟与体验,"手把着手教",对教育者而言是不堪重负,不胜其烦的,而对研习者来说,若无个人的感悟,也是收效甚微的,人们常见某些"手把手教"的培养对象、某些内定接班人之所以少有成大器而多有无大作为的原因,也许正在于此。在人文学科里,善意的关怀,必要的指引,重要时刻的援手以及热情的鼓励,却如阳光、空气与水,就足以使树苗茁壮成长了。

我在"翰林院"里大半辈子以中等的资质,历经摔打、敲击与点批,终未趴地不起,反倒多少还长了一些个头,做出了一些事情。除了因为自己还算勤奋求活、自强不息外,就不能不说是得益于仁厚师长的如和煦阳光般的善待与鼓励了。这里,有几个名字,我是终身未忘的,首先是李健吾,还有蔡仪、钱锺书与朱光潜……及至不才侥幸"出道"、"掌门",之所以尚能不忘要求自己敬老尊贤、善待同门、奖掖晚进,并尽力援手、推荐、提携,实乃先贤之德润我细无声所致也。

虽然李健吾对我关怀鼓励有加,但我们之间的状态称得上是"君子之交淡若水",既无半点封建师徒关系的成分,也没有丝毫门户派系的气味,甚至没有什么私人关系色彩,在现实生活中,这是一个青年党员与一位党外老专家的关系,一切都是采取公事公办的形式,该怎么着就怎么着的形式。只是过了多年,在"文化大革命"之后,我从一件事、一个称呼中才发现、才体会出他那种父辈式的亲切与感情。

一九八二年夏,美籍华人作家木令耆到北京访问,她是朱虹在美国的老朋友,因此要我陪同她、引见她去见几位文化名人,其中就有李健吾。那是一个晚上,在李健吾的干面胡同寓所,时间虽只有两个来小时,但晤谈甚欢。李健吾像平常一样谈兴很高,热情洋溢,谈到他

"文化大革命"前不久被当做"白旗"批判的经历时,他指着我对木令耆说:"那些人在批斗我时,这孩子挺身而出,为我辩护,说了真话。"他这一番话后来被木令耆写进了她的散文《悼念李健吾先生》中,该文发表在香港《秋水》杂志上,后又被著名作家韩石山转记在他的《李健吾传》(北岳文艺出版社)中。在那次谈话的当时,他这句富有情感色彩的话就深深触动了我的耳根,这是我第一次听见他称我为"孩子",而且是当着一个从未交往过的外人,虽然他年龄几乎比我大了三十多岁,完全有资格这么称呼,但我仍然觉得颇有倚老卖老的味道,而且话说得不够淡,太腻了一点,我不大习惯,不过,我倒非常明确地感到了他存放在心底里的那份感念,对他那种重仁义、重感情的脾性有了深切的体会。显然,他是把人与人之间的理解、善意、照应、情义视为最宝贵的东西,凡是他所接收到的、他所"收入"的,即使再微不足道,他也看重着、存放着、珍惜着,而他则顺应自己善良、仁义、热情的本性,在人与人的关系中自然而然地付出这些,释放这些,就像君子兰散发自己的清香……

至于他对木令耆所讲的这件事本身,我倒记得不十分清楚了,我记得很清楚的是,在当时那些对李健吾大大小小的"学术思想批判会"上,我的确是"一枪未发",我十分有意识地不参加那个"时尚大合唱"。原因很简单,我同意李健吾那篇受批判的文章中的观点,认为十九世纪现实主义的的确确受到了当时自然科学发展的影响。我也记得,我在会下的场合(图书馆里),曾向他明确地表示过对他的赞同。至于我在批判他的大会上,是否曾"挺身而出","力排众议",为这位老学者辩护,我的确是记不得了,我想我大概还没有那么英勇,在当时那种"左"的炽热气温下,在会上一言不发,对于一个青年来说,已经是很不合时宜、很不像话了,我生性胆小,不勇敢,我不至于有那份勇气敢在大会上挺身而出、见义勇为,李健吾肯定是在记忆上有出入,把我当时的状态放大了、美化了……

六

在"文化大革命"期间，现实生活乱哄哄、一团糟，像不知用什么东西熬成的一大锅粥，混沌、浑浊……但人群却常清晰而明确地被分割成不同的板块，彼此间隔起来，不能逾越，就像禁锢在不同的笼子里，因此，在整个"十年浩劫"中，我与李健吾的接触与关系，少得出奇。

这是伟大领袖"革命路线的神奇威力"，是"'文化大革命'政策的奇妙效应"："无产阶级司令部"一声全民性的号召"横扫一切牛鬼蛇神"，最先就造成了一个全国性的"牛棚"，把"走资派"、"反动学术权威"、"现行反革命分子"以及各种各样的"坏分子"……统统扫了进去，而经手承办此事的，一般都是当时各地基层的革命权力机构，如"文革领导小组"之类。剩下"牛棚"外的广阔天地，就让给广大革命群众去打派仗，争"革命左派"的桂冠，争"无产阶级革命路线"的诠释权，争具体某个单位、某个部门的控制权、领导权。争得不亦乐乎，打得不可开交，从"口诛笔伐"的"文攻"到以棍棒刀枪相对的"武卫"，革命群众分属于不同的"司令部"、"战斗队"，坚守在各自的营垒之中，怒目而视，咬牙切齿，就如同关闭在一个个"间隔"里的猛兽。整个"文化大革命"期间，几乎全民就是处于这样一种状态中。

李健吾当然一开始就被掌权的"文革小组"当做"反动学术权威"扫进了"牛棚"。一旦进了那个地方的人，似乎就成为了全民的"公共财产"，各单位的红卫兵、"革命左派"都有权动用他，勒令他作为祭品出席各种"盛典"：批斗大会，誓师大会，革命联合大会，等等。我在革命风暴来临之初,虽然也被若干大字报公开点名或半公开影射为"修正主义苗子",但毕竟未成气候,尚无资格进入"牛棚",从此只能与李健吾在"牛棚"内外相望。他是如何被扫进"牛棚"的,他作为"公共财产"出席过哪些"革命盛典",他吃过什么苦、受过什么罪,所有这些,我都不清楚,只是到了"文化大革命"的中期,我才与他多少有过一点点间接的关系。

那时,"翰林院"正处于"战国时代",各个群众组织、战斗队各自独立、各自为政。经过两三年"翰林院"里的政治风云变幻,沧海桑田,我们这个小单位里有一批二十来个基本上走"中间路线"的"革命群众",经过政治风浪淘来淘去,总算聚集在一起,成立了一个自己的"群众组织"。我当时被大家选进这个组织的"领导班子",在五个"领导成员"之中,算是倒数第二号人物。那时,李健吾和他那个"牛棚群体",仍然是低于革命群众一等,将他们拉出来批斗的事倒是少了许多,但他们每天必须服一定的"劳役",即打扫整个院子、公共场所,特别是因"革命大串联"而承载量过多的厕所,这些事都是革命群众用不着承担的。我们这个"群众组织"既然是由"中间派"组成的,对"牛棚群体"也就温和一些,我作为这个小小山头的第四号或第五号人物,也就力促并经办了这么一件事:将本单位"牛棚群体"的待遇略加改善。其实,也很简单,那就是通知他们以后每天不用去服劳役了,只需集中坐在办公室里"学习毛选"就行了。说老实话,这样做既有对冯至、卞之琳、李健吾、杨绛等这些老辈念旧情、讲人道的成分,也有派性思维在起作用:"买个好",标榜本派"政策水平高",如果对方组织反对,那就让他们出个"不讲政策"的洋相……但对方组织也不傻,并没有出来攻击我们"右倾机会主义"。于是,从"文化大革命"以来,本单位的"牛棚群体"第一次至少在形式上结束了屈辱状态。从此,他们在办公室里学"毛选","革命群众"在办公室外仍然打派战,一直到了工宣队、军宣队进驻后,才把整个"翰林院"完全管了起来,结束了两派对立的无政府状态。

"翰林院"的"文化大革命"后期,基本上就是在军宣队、工宣队的严格管理与铁的纪律下度过的,时间长达三四年,而内容不外有三:一是清理"牛棚"里的问题,——落实政策;二是大规模清查"反革命五一六";三是下干校劳动。第一大内容,相当容易,也相当快就完成了,"牛鬼蛇神"中有"历史问题"的,早就在过去历次运动中被审查得透而又透的,"文化大革命"不过是将他们又折腾了一次。在军宣队、工宣队领导下,又花了一次"内查外调"的功夫与经费,不难纷纷落实,维持过去历次运动所作出的结论。至于曾受冲击的"走资派"与"反动学术权威",本来就只是"路线问题"与"思想问题",有了军宣队、工宣队的教育与帮助,端正了立场之后,很快就一一落实了政策,有被结合进了领导班子的,有等着官复原职的,其余都获得了解放,恢复了革命同志、革命群众的身份。李健吾就是在这个时期卸下了包袱与帽子,完全松快了下来。

军宣队、工宣队进驻后的重头戏是"清查反革命五一六",下干校之前、下干校之后,从干校回北京之后,大家全是干这个活,时间拖了好几年。试想,要把几乎整整一派群众作为"五一六"一网打尽,工程何其巨大?而且,是要从这一派人几百口中破获出开国以来一个天字第一号"反革命政变"的巨案,要把这个巨案"破获得"天衣无缝,从舆论准备、组织营建到军事布置,从头到尾、从上到下,所有的步骤与细节都要"破获得详尽明白",这个活计即使只由一个"历史小说家"统一进行编写,也难以事无巨细、丝缕显现、天衣无缝,何况被勒令交代天字第一号巨案的是好几百号"五一六"。他们被分割、被幽闭在一个个小小的"学习班"里,却要集体编纂出这样一个统一的大案的全部案情与始末。偏偏这些人从来都自以为是"毛主席革命路线"的忠实追随者,从来都是根据《人民日报》社论与"中央文革指示"来决定自己的立场与态度,突然碰到了"参加反革命政变"的"自传题",怎么也难以达到如此高的自我想象度。要知道,熟悉小说叙事学能编点故事的人毕竟较少,他们呼天抢地的委屈感倒是令人撕心裂肺,试想这需要军宣队、工宣队做多么"艰苦耐心的思想工作",需要他们为这样高超的政治思想工作艺术付出多少时间与精力!……大案"破获"之后,又如何给这些人定案,如何给这足以惊动世界的"大案"收场,以至最后不得不将所有"五一六成员"关于此一大案的"自述"与"交代材料"一烧了事,将大案一风吹告终,都是叫人很难转弯,也叫人殚思竭虑的事。这是一个需要层层汇报,等待上级研究、考虑,制定政策、做出决定的漫长过程。因此,"清查五一六"在"翰林院"一拖就是好几年,最后以"落实政策""一风吹"为结束。狂风过去,解放区的天仍是蓝蓝的天,只不过,不少人心里存留下了浓重的阴影。

在这次独特的运动中,领导上既然把革命斗争的方向指向一个反革命政变的集团,另一派革命群众终于发现几年以来的对立派原来是在"颠覆红色江山",自然而然在这场"对敌斗争"中特别勇往直前。早已从"牛棚"里鱼贯而出、恢复了革命资格的人士,很多人也都在对"五一六"的斗争中焕发了革命的青春,有的施展了自己原来的领导艺术与政治思想工作经验,有的借用了自己多年的学术思维与精妙的语言艺术。在我的记忆中,李健吾则一直很沉默寡言,这与他过去爱说话、说起话来就神采飞扬、慷慨激昂的脾性很是不合。自从出了"牛棚",恢复革命同志身份以后,他在革命群众的公共政治生活,主要是在各种会议中,就很少说话了,即使说那么一星半点,也是"言不及义"的,我再也没有见过"文化大革命"之前的那个总爱高谈阔论、"挥斥方遒"的李健吾了。使人更为难忘的是,在这次运动中,李健吾与被认定为"五一六"的人接触时,从来没有故意避嫌、有心保持距离、冷面相对,而是仍然随和、自然、平淡、亲切,一如过去,没有把他们当"现行反革命"对待,仅仅这一点,我就应该感谢他。

七

从"文化大革命"完全落幕到李健吾一九八二年逝世,为时不到十年,这是他的晚年时期,但也是他学术文化的固有积养与新进展、新成果的大展示时期。他相继问世的论著有《福楼拜传》、《李健吾散文选》、《戏剧新天》、《李健吾戏剧评论选》、《李健吾文学评论选》等,译品则有《包法利夫人》、《意大利遗事》与《莫里哀喜剧全集》等,就其数量之多与出版率之高,在整个外国文学研究与翻译领域,要算是遥遥领先的第一人。他充分利用了七十年代后改革开放时期较为宽松的文化空间,以他的劳绩,证实了他在外国文学与文化艺术领域里的大师地位,他才华横溢、深入透彻的文学传记,他文思泉涌、灵感飞动的文学评论与戏剧评论,他生动传神、独树一帜的译笔译品,都要算中国二十世纪学术文化领域里的"绝品",那是一两个世纪里也难以有人超过的。

在这一个时期,各人忙各人的,李健吾的课题全是古典文学范围的,而我的主要精力则是在当代二十世纪,因此,在具体学术业务上互相没有多少接触。但我毕竟忝为他所在的研究室的主任,又同为硕士研究生的导师,还因为他是法国文学学会的名誉会长之一,而我则是学会的副会长,通气、汇报、征求意见之类的事总是少不了的,为此,他的家,我倒是常去。

七十年代后期,我国开始建立起硕士研究生学制,"翰林院"里自然也成立了研究生院,当时所招的研究生均为"文化大革命"前就完成了大学学业,并经历过专业实践与政治磨炼长达十年之久的新一代精英,即所谓的"老三届"。那时,正是"翰林院"学术实力与学术影响的高峰时期,也是它的研究工作最为繁荣昌盛的黄金时代,到九十年代以后,随着全国范围里高等学校的发展与兴起,"翰林院"的强势影响与繁荣景象就日渐式微,颇像"风力磨坊的时代已经一去不复返了"。

但毕竟还是风光过一大阵子。就法国文学这个小小的分支学科而言,第一届研究生就招收了十几个人,导师则是李健吾、罗大冈与我三人,他们是我的师辈,与他们同列,当时是我的荣幸,也正因为我比较年轻,有关研究生的工作也就主要落在我肩上,从出考题、定考卷、主持面试、判分、录取到讲授两年专业课。就学术资历与积养而言,我显然不如两个长辈,但李健吾以特别的随和与宽容,放手让我去做,从不"以高妙自居"、"从旁指点"、"提醒告诫",他那种超然物外的态度,似乎已经完全到了"难得糊涂"的境界。不过,第三年是研究生写毕业论文的时期,哪个导师带哪个研究生写论文,对于双方都是重要的事。在导师方面,这涉及到收了什么高徒,自己的学养是否后继有人、发扬光大,自己是否能得一"传人"、"助手"甚至"儿辈";对研究生而言,这涉及是否出自"大师名门",是否能有值得自己一辈子引以为荣的一面大旗。我在对十几位研究生进行分配时,总算做到了体察人意,知情达理,把所有心气高、表现相对出色的研究生都分配在李、罗二位的名下,达到了"皆大欢喜"的效果。时至今日,回顾起来,从李、罗二"名门"中脱颖而出的,确有才能出众的"高足"。李先生特有见解的学术研究课题,也造就了其高足的专业所长,并做出令人瞩目的业绩。特别令人欣慰的是,心气特高,大有冲云霄之势者,亦终能侍奉名师,以李健吾为其旗帜。李先生亦达到了唐玄奘收服了孙悟空之妙，以八十岁的高龄而仍能如此"降龙伏虎"，真令人钦佩。

从一九七八年起，罗大冈先生就积极筹备中国法国文学研究会，在这个方面，他的确是"开国之君"，而我则是此事的一个主要的参与者与"辅佐"。虽然是一个小小的学会，并无多少实务与实权，但也免不了要面对在中国无法回避的"排名次"、"排座位"的问题，主要是如何将法国文学界资格与地位最为显赫的三位"元老"安排在一种比较公正、公平的合理关系中，他们就是李健吾、罗大冈与闻家驷。我当时作为一个担负着部分筹建任务的"少壮派"，对他们三位都有较深的了解，也都有长期的接触，因此，有责任促使这个难题有合理的解决。我提出了三个方案：方案一，三位"长老"同为"会长"；方案二，三位"长老"同为"名誉会长"；方案三，两位对实务不感兴趣的"长老"任"名誉会长"，一直"掌实权"的"长老"任会长。三个方案何取何舍，完全由罗大冈先生决定。最后，罗先生拍板定案，选择了第三方案。在这个过程中，我与李健吾先生有过不止一次接触，向他汇报，征求他的意见，可是李先生对此从不置一词，从不表一次态，他每次都是闭着双眼听着我陈述，脸上全然是超然事外、无动于衷的表情，像是一泓古井里的水。我不敢说，李健吾对自己在学术文化领域里的作用、地位与影响是完全不在乎的，至少在"文化大革命"前，从他的言谈之中还可以感觉得到他的"在乎"，但到了"文化大革命"后，特别是到了七十年代末，在这个问题上，他是完全做到了"难得糊涂"，甚至可以说已经达到"看破红尘"、"超脱红尘"的境界。显然，他已经把这类名位俗务视为身外之物，完全摒弃在他的视野与意念之外。后来，他当了好几年名誉会长，但从不行使他的职权，从不过问研究会的任何事务。

晚年，他一直笔耕不辍，我每次去拜访，都见书桌上全是书与资料,他都在伏案工作,有时是忙自己的事,有时则是替素不相识的译者与青年作者"做嫁衣裳":校稿、改稿,推荐与张罗出版人家的东西。

一九八一年秋,李健吾与夫人同赴上海,重游了他们过去居住的故地旧居,且又赴杭州游山玩水,然后,去长沙与贵阳看望老友。这年的冬天,他偕夫人回他的故乡山西。一九八二年,他与夫人又三度出游:宁夏、北戴河与西安。这两年的出游,每次除了参加文化活动或戏剧活动外,就是看望老友,与老友合影留念。这年的夏天,他有一天还兴冲冲地带着相机来研究所与他的晚辈留影,那天我正好外出开会,错过了机会。见他兴致十足,跋涉南北,我很为他高兴,但多少也有点感觉到,他大概意识到自己已经老了,要趁脚力尚健的时候,多跑些地方,多见些故人,毕竟他已经快八十岁了!

一九八二年十一月中旬,他从外地回北京后,仍在不断写作,仍像正常人一样参加研究所的活动。十一月二十四日,他在撰写游四川观感的文章时,在书桌前离世而去。他去得太令人痛惜,还不到八十岁,而且并未"江郎才尽",但他未受病痛的折磨,又不失为不幸中之大幸。

仁者天寿,无病而终,堪称圆寂。他该是在对巴山蜀水之乐的奇妙感受中乘鹤而去的……

包法利夫人

[法] 福楼拜 著

《包法利夫人》译本序[①]

I

一八二一年十二月十三日,居斯达夫·福楼拜(Gustave Flaubert)生于法国西北部鲁昂的市立医院。他的父亲是市立医院外科主任兼院长。他的童年在浪漫主义风靡法国社会的时期度过,使他受到极深的影响。他一生致力于摈斥这种影响。他本来攻读法科,由于害了一种奇怪的脑系病,回到家里休养。这反而称了他的心愿,得以安心写作。他的父亲在一八四六年去世,他陪着母亲住到鲁昂远郊克瓦塞。他在国内游历,又去中东一带游历,但是他不爱活动,一直在克瓦塞待到他一八八〇年五月八日去世。父亲给他留下一些地产,他过着安逸的生活,晚年外甥女的丈夫的船公司破产,为了挽救,他卖掉自己名下的地产,生活有些紧张。他严格要求自己,豪爽,正直,热诚,埋头写作,教育莫泊桑,忠于朋友,过独身生活,憎恨资产阶级的伪善作风。

一八五一年九月,他开始写《包法利夫人》,直到一八五六年四月,才有定稿。原稿分卷不分章,直到付印前夕,为了便利读者起见,他才分章。所以上下章并不断气,分章也并不妨碍一气呵成的感觉。脱稿之后,他送了一份稿本给他的朋友杜刚,预备在他和劳朗·皮沙主编的《巴黎杂志》上发表。[②] 经过三个月的搁置,他们决定从十月起,开始分期刊登,同时他们写信给初出茅庐的小说作者(福楼拜当时三十五岁),要他把删削的全权交给杂志,因为他们认为极有删削的必要:"你把你的小说埋在一堆写得好然而没有用的东西底下;人看不大清楚;需要解脱开来;这是一种容易的工作。"福楼拜没有回信,仅仅在背面写了这么一个大字,译成中文就是:"荒谬绝伦!"[3]他最后得到同意,在小说正文底下,刊出他的抗议:"若干我不赞同的考虑,促使《巴黎杂志》在十二月一日那一期加以删削;现在这一期,杂志方面又有了顾虑,以为应当再取消几节。为此,我宣布否认下文的责任。读者看到的仅是片段,不是整体。"这份经过宰割的发表本,他留作纪念,在末一页注道:"依照杜刚,必须取消全部婚礼;依照皮沙,必须删削或者至少大事节缩,从头到尾重写'农业展览会'!杂志方面一般意见,'跛脚'未免太长,没有用。"

对帝国政府说来,《巴黎杂志》已经是一个不太顺眼的刊物,现在刊物上又发表了一部连主编人也认为是很有问题,应当大加删节的小说,这部小说怎样要不得,也就可想而知了。拿破仑第三的官吏不等小说出书,就注意到了它的内容倾向。福楼拜很快就收到传票,罪名是败坏道德、诽谤宗教。公诉状要求法官减轻发行人和印刷者的处分,"至于主犯福楼拜,你们必须从严惩办!"

今天看来,官方控告《包法利夫人》的作者,实在不足为奇。统治者本身岌岌不安,处处小心提防,且不说它。我们只从小说方面来说,例如,我们提出这样一个问题:女主人公怎样走到服毒自杀的道路的?随便一个读者(官方当然也不会那样嗅觉不灵!)都会看出:统治阶级和它的社会制度要在这里负重大责任。为了说明作者的态度,我们顺便举几个例看。包法利夫人是一个农村姑娘,在修道院受到贵族教育,一心向往贵族生活,养成游手好闲的习惯作风。她在渥毕萨尔的舞会上见到了贵族。作者这样冷峭地形容一群老、少贵人的肤色:

---

[1] 本文是李健吾先生为人民文学出版社一九五八年出版的外国古典文学名著丛书版《包法利夫人》所写的译本序,一九七九年该社出版外国文学名著丛书版《包法利夫人》时,李先生又做了少许修改。——编者
[2] 杜刚(Maxime Du Camp, 1822—1894)和劳朗·皮沙(Laurent-Pichat, 1823—1886)主编的《巴黎杂志》(Revue de Paris),创办于一八五一年,一八五八年由政府勒令停刊。
[3] "荒谬绝伦"的原文是 Gigantesque。

"肤色是阔人肤色,白白的,其所以能这样白而又白,显然是饮食讲究,善于摄生的结果。"英国舰队在特拉发耳卡打败了法国舰队。可是这些贵族半夜用点心,就用"特拉发耳卡的布丁"!点心名称有的是,作者何苦选择这种丢国家体面的点心名称?福楼拜不主张作者在自己的小说里面表示意见,可是我们不得不说,选择本身就是一种意见。中卷第八章的农业展览会是一篇文字上的交响乐,作者在这里狠狠地挖苦了一顿资产阶级和它的上层人物。他对教会人物同样不客气。谁读了中卷第七章包法利夫人和布尔尼贤教士的谈话,也会为她感到啼笑皆非。这只是一些片段的例证。整个小说的内在倾向性是异常鲜明的。

福楼拜仰仗辩护律师塞纳①的声望和词令,免却处分,但是祸兮福所倚,福兮祸所伏,《包法利夫人》的划时代的历史地位却因而更加确定下来。

II

但是,《包法利夫人》的绝高造诣,却是作者自己给自己争到的。正如马克思的女儿爱琳娜·马克思·艾威林在她的英译本②的"导言"里讲起的:"完整无缺的《包法利夫人》出书以后,在文坛上产生了类似革命的效果。这种异常完美的风格,——福楼拜像考勒律治③一样,认为散文应当像诗一样有自己的节奏,——还有这种观察与分析的奇异的力量、这种结合科学论文的有诗意的形式、这种作者人格完全隐匿

---

① 塞纳 (Sénard, 1800—1885) 在第二共和国时期是国民议会主席与内政部长。他在第二帝国初期是巴黎律师公会会员。
② 爱琳娜·马克思·艾威林 (Eleanor Marx Aveling, 1856—1898) 是马克思最小的女儿。她译的《包法利夫人》一八八六年在伦敦出版,后来收入《万有文库丛书》。
③ 考勒律治 (Coleridge, 1772—1834) 是英国诗人。

的情况,以及全部人物的现实性(最小的人物也是一个有血肉的、有嘘息的生命):这一切在帝国当时是新颖的。"《包法利夫人》出现在时代迫切需要它的时际。圣佩夫轻易不推许同代作家,读到《包法利夫人》,立刻明确它的历史意义道:"作品处处打着它出现的时间的戳记。……我相信看出一些新的文学的标志:科学、观察的精神、成熟、力量、一点点严酷。这似乎正是感染新一代领袖的特征。"①福楼拜去世,布雷地耶在做全面估价的时候,强调这种千载难逢的际遇,也说:"在法兰西小说史里,《包法利夫人》是一个日期。它点出某些东西结束和某些东西开始。"②

  首先我们应当指出,在《包法利夫人》问世的时候,巴尔扎克去世已经六年多了。个个小说作者希望自己成为他的事业的继承人。但是读者望眼欲穿,发现他们中间没有一个能在这方面满足他们的热望。于是一个僻居乡间的无名作者,鄙视杜刚的社交生活,信奉布瓦洛那句写作的格言:"流畅的诗,艰苦地写"③,同时接受布封的指导:"写好,就是同时想好、感受好、表达好"④。同时斯宾诺莎的哲学,永远活在他的灵魂深处,作为他的世界观的基本部分,——我们只要读到《圣安东的诱惑》末尾,就会从安东关于物质的颂词听出了自然界是自身原因的无神论者斯宾诺莎来。⑤于是僻居乡间的福楼拜,出乎人人意料之外,以他的《包法利夫人》继续了《人间喜剧》的小说传统。"继续"在这里不止于是字面上的意义,而是就小说艺术说来,也包括

---

① 圣佩夫 (Sainte-Beuve, 1804—1869) 的《包法利夫人》书评,收在《星期一漫谈》第十三册内。"新一代领袖"只就小说方面而言。
② 布雷地耶 (Brunetière, 1849—1906) 是法国批评家,引文见《法兰西自然主义》第二节,收在《自然主义小说》内。
③ 见福楼拜与高莱 (Louise Colet) 夫人书 (1854年3月25日)。布瓦洛 (Boileau) 是法国十七世纪的批评家。
④ 见福楼拜与乔治·桑书 (1876年3月9日)。布封 (Buffon) 是法国十八世纪的自然学家与风格论者。
⑤ 福楼拜热爱斯宾诺莎 (Spinoza),终身诵读,曾写信给乔治·桑说:"什么样的天才!"说他比康德与黑格尔伟大到三倍以上 (1872年3月梢)。

着发展。巴尔扎克去世的时候,福楼拜二十九岁,正在土耳其旅行,写信给朋友,表示沉重的哀痛:"巴尔扎克死了,我为什么极其难过?死了一个我们仰慕的人,我们总是伤心的。我们原想以后认识他,为他所爱。是的,他是一个了不起的人,曾经透彻了解他的时代。他曾经对妇女有过深刻的研究,不料才一结婚,就故世了。而他所熟悉的社会,也开始在瓦解。路易·腓力普一去,有些东西跟着一去而不复返。如今该唱唱别的歌了。"①他对巴尔扎克唯一的指责,就是不注意文字:"巴尔扎克要多伟大,如果他懂得写的话!而他短的也只是这个。话说回来,一位艺术家不见得会写那样多,会有这种广阔。"②我们不妨指出,巴尔扎克在最好的时候,行文如有天助,只有比福楼拜更其有声有色、更其具有艺术的深度。一个明显的事实就是,福楼拜希望自己能像巴尔扎克那样发掘现实,忠于现实,而又在他的每一部小说里,能在艺术上达到应有的完美。《包法利夫人》作为小说的历史意义正在这里。左拉评论福楼拜,开门见山,肯定了这一点道:"《包法利夫人》一出现,就形成了整个一种文学进展。近代小说的公式,散乱在巴尔扎克的巨著中,似乎经过收缩,清清楚楚表达在一本四百页的书里。新的艺术法典写出来了。《包法利夫人》的清彻与完美,让这部小说变成同类的标准、确而无疑的典范。"③

现实主义小说作家重视观察,把这作为创作方法的一面,从巴尔扎克起,就肯定下来。精确的观察和科学的发展有关。一八六二年,福楼拜读完《悲惨世界》,感到莫大的苦恼,尤其因为小说作者是他衷心尊敬的当代巨人,不过他依然指出雨果反科学的精神道:"观察在文学上是一种二等品质,不过当我们是巴尔扎克和狄更斯的同代人的时

---

① 与布耶书(1850年11月14日)。
② 与高莱夫人书(1852年12月17日)。
③ 引自《居斯达夫·福楼拜》一文,收在《自然主义小说家》内。

候，就不许可这样错误地描绘社会。题材虽然很美，可是多需要心平气和、多需要科学胸襟！雨果老爹看不起科学也是真的，而且他也证明了。"①福楼拜求学的时候，和许多年轻人一样，在浪漫主义的风浪中打过滚，而他之所以能平安到达海岸，科学对他起了不小的作用。他认为小说是生活的科学形式。②而《包法利夫人》的出现和成就，在它的社会意义之外，也正说明科学进展，在小说方面，对观察现实和处理材料所起的影响。而郝麦这个完美的半调子科学家形象，作为历史人物，最先在《包法利夫人》里出现，也正说明科学在当时开始普遍发展这一事实。郝麦完全属于十九世纪。郝麦是一个放在任何不朽的想象人物一旁而无愧色的典型。③我们不打算在这方面多占读者的时间，但是作为时代精神，我们必须在指出继承巴尔扎克的现实主义小说传统的同时，也把这第二个主要意义交代一下。

而第三个主要意义，紧接着也必然就是，作为艺术实践，《包法利夫人》的造诣稳定了现实主义运动在当时文坛上的摇摆局势。现实主义在《包法利夫人》问世的时候不是一个什么好听的名词。④法官宣判福楼拜无罪，就一连两次使用现实主义这个名词，认为属于它的范畴的作品，一定"不堪入目"，"否定美与善"。我们知道，浪漫主义运动打开形式主义的枷锁，给感情生活找到一个出口，然而很快就连首当其冲的战士，也觉得基地不够坚实。雨果提出文学必须有用。⑤和他的人道主义精神背道而驰的，是早年帮他打定浪漫主义天下的戈及耶⑥，主张为艺术而艺术。就在资产阶级艺术趋于分裂的时候，一个惊天动

---

① 与翟乃蒂（Roger des Genettes）夫人书（1862年7月）。
② 参看与马利古尔（René de Maricourt）书（1865年8月）。
③ 福楼拜的好友屠格涅夫，在他的《烟》（1867）的第三章里，也写了这样一个人物，名字是伏罗希洛夫，但是篇幅不多，印象不深。
④ 普通说一个人是现实主义者，就往往指他有功利思想。
⑤ 参看他的《莎士比亚》（1864）第二卷第六章《美为真理服务》。
⑥ 即戈蒂耶。——编者

地的事实强迫艺术家予以注意：新兴的无产阶级，以浩大的声势，参加一八四八年的政变，作为基本队伍，推翻旧王室幼支奥尔良系的统治。工人们斗争来的共和国，不几个月，又在资产阶级的阴谋操纵之下变了质。资产阶级对无产阶级流血的酬谢就是六月的大屠杀。最后，卑鄙的资产阶级又把共和国送给拿破仑三世改成第二帝国。可是这并不妨害无产阶级的存在逐渐在艺术家的创造意识中取得明显的位置。包法利夫人的可怜的女儿，我们从小说结尾知道，"为了谋生"，被送进"一家纱厂"。作者没有宣扬无产阶级，但是处处表现了他对本阶级的憎恨。他歌颂的人物永远只是一辈子都在无声无息地劳动着的奴仆。形象世界扩展了，现实有了坚实的基地，这些人物开始成为艺术家有好感的对象。资产阶级品鉴家大起反感，把这种新倾向叫做"现实主义"。

现实主义作为运动，和福楼拜初不相干。它和另外一位来自内地的艺术家发生直接关系。他是一位画家，名字叫做古尔拜[①]。他在工人阶级此起彼伏的一八四九年画了三幅闻名遐迩的油画：《砸石子的》、《葬礼在奥南》和《饭后在奥南》。工人、农民和一般百姓在画里出现了。他们是活生生观察来的人物。资产阶级的展览会拒绝展览他的作品。正统思想的批评家骂他："想做一个现实主义者，真实还算不了一回事：要紧的是丑！"[②]他拾起这个骂他的名词，充作战斗的旗帜，设了一个"现实主义画馆"，展览他的不合资产阶级口味的作品。他的军师是小说家尚夫勒里[③]。后者从一八五五年以后，又把现实主义这个旗帜用在文学运动上。福楼拜僻居乡野，埋头写作，和运动毫无往来。然而在没有作品能说明现实主义的正确内容的时候，《包法利夫人》的

---

① 古尔拜（Courbet, 1819—1877）后来拥护巴黎公社，死在瑞士。
② 参看布维耶（E.Bouvier）的《现实主义战役》（Le Bataille réaliste）一书第七章。
③ 尚夫勒里（Champfleury, 1821—1889）是当时现实主义文学运动的领袖。

出现正好满足了这种要求。也正是这样,圣佩夫才把它们拉在一起,认为"作品处处打着它出现的时间的戳记"。而我们今天简直忘掉了这段曲折的经历。

III

《包法利夫人》有一个副题是"外省风俗"。我们的确在这里看到大量关于风俗的描绘,真实的程度,只有绘画上现实主义大师古尔拜勾勒故乡的出色写照,可以相提并论。但是绘画上难以具体做到,而文字上就可以组织进来的——只要作者有意,却是风俗因时而异的变化痕迹。这正是现实主义小说的一个主要特征,具体表现人物活动,从来不会遗忘时代与环境所起的重要影响。作家的希图不仅是写出支配情节的几个主要人物,而是连他们周围和背景的男、女、老、少,以至于可能结合的当代事件,都在不超越规定下来的典型环境之内,栩栩如生,一一提供出来。《红与黑》的副题是"一八三〇年纪事"。巴尔扎克的成就,像他说的那样,是"完成一部描写十九世纪法兰西的作品"①。福楼拜的《情感教育》的局面远比《包法利夫人》的局面复杂、宏大,但是《包法利夫人》却也并不由于故事局限在一个乡村的狭小地面上,就忽略重大思潮的渗入。正相反,读这部关于一个医生太太自杀的艺术记录,我们的深刻印象完全和时代与环境分离不开。故事的完整和结构的严密,把传奇成分从小说里一干二净地洗刷出去。它的概括力和现实性跃然入目,就在作者最后严厉惩罚他的女主人公的时候,他时时刻刻写出了罪不在她一个人,而陷她于罪的,反倒置身局外。作者具体追溯成长的原因,十足说明他的用心。维护"世道人

---

① 引自《人间喜剧》的前言。

心"的所谓"正人君子"也不会看不出来的。福楼拜听说本区神甫从妇女手里抢掉他的小说,欣喜欲狂:"对我说来,这下子就十全十美了:政府攻击、报纸谩骂、教士仇恨!"①而这一向待在象牙塔里不出来的隐士,居然在说:"就目前而言,任何写照是讽刺,历史是控诉。"②

　　小说的历史背景正好吻合波旁王室幼支的十八年统治。这也正是《人间喜剧》大部分现实小说的背景。包法利夫人本人的故事从上卷第二章开始,到下卷第十章结束,前后整整占了九年:从一八三七年一月六日起,到一八四六年三月止。一年用在求婚和订婚上,八年用在婚姻生活上,四年半过着沉闷的妇道生活(一八三八年四月到一八四二年九月),十一个月和罗道耳弗过着偷情生活(一八四二年十月到一八四三年九月),随后养了几个月的病,最后又和赖昂·都普意过了将近两年的偷情生活(一八四四年夏季到一八四六年三月)。如果按分卷来说,上卷从一八三七年一月六日到一八四〇年三月,正好三年多一点点;中卷占了四年;下卷从一八四四年夏季起,约莫两年③。准确的年月增加真实感觉,是季节变换、景物描写与心理交流的界碑。但是作用仅止于此,年月的框架并不反映时代和环境对人物的重大关系,也就不能说它完成了它的主要任务。

　　爱玛·卢欧是一个富裕的佃农的独养女儿。佃农在这里是"以官册为凭的土地持有者"④,实际属于地主阶级。由于卢欧老爹并不离开土地,所以笼统说来,他是一个农民或者农民中间的头面人物,然而不是庄园贵人。旧贵族和大革命制造出来的这种"土地持有者"之间,还有着不小的距离。这拦不住这种特殊的佃农(尽管生活日趋下降)企

---

① 与布耶书(1857年10月8日)。
② 与浦拉及耶(Pradier)夫人书(1857年2月)。
③ 参看包外(E.Bovet)的论文《福楼拜的现实主义》一文,对年月有详细分析,登在《法兰西文学史杂志》一九一一年第一季度。
④ 参看正文上卷第三章译者注。

图改变阶级成分的野心。他们是在复辟时代。大革命前的贵族又回来过着耀武扬威的日子,成为他们心目中的人物,于是不能希望于自身的,他们希望于子女。修道院附设的寄宿学校是一个准备子女进入贵族生活的现成机会。巴尔扎克曾经说破这种爬向社会上层的方式道:"大革命前,有些贵族家庭,送女儿入修道院。许多人跟着学,心想里头有大贵人的小姐,女儿送去,就会学到她们的谈吐、仪态。"①爱玛受的正是这种陶铸贵族思想、感情的不切实际的修道院教育。一个女红老姑娘,"大革命摧毁的一个世家的后裔",②常来修道院对女学生讲前一世纪的故事,低声唱一些情歌。这个必须在农村过一辈子的农家姑娘,没有任何希望进入贵族社会,甚至于连在城市住家的机会也没有,却一脑门子贵族思想、感情与习惯,在家里"一点没有用处"③,嫁给一个乡村医生,"谈吐就像人行道一样平板,见解庸俗,如同来往行人一般,衣着寻常,激不起情绪,也激不起笑或者梦想"④。

  福楼拜随时在小说里点醒贵族教育对她的祸害。上卷第六章说起的修道院教育,对爱玛一生起着决定性的影响。而第八章又肯定了她走进贵族社会的可能性。侯爵的舞会是她实现愿望的开端(不料也竟是末一次):"渥毕萨尔之行,在她的生活上,凿了一个洞眼,如同山上那些大裂缝,一阵狂风暴雨,只一夜工夫,就成了这般模样。她无可奈何,只得看开,不过她的漂亮衣着,甚至于她的缎鞋,——花地板滑溜的蜡磨黄了鞋底,她都虔心虔意放入五斗柜。她的心也像它们一样,和财富有过接触之后,添了一些磨蹭不掉的东西。"⑤陪她跳舞的子爵成了她理想中可能再现的美男子。罗道耳弗勾引她的时候,她"不由

---

① 参看正文上卷第六章译者注。
② 引自正文上卷第六章。
③ 引自正文上卷第三章。
④ 引自正文上卷第七章。
⑤ 引自正文上卷第八章。

想起在渥毕萨尔陪她跳回旋舞的子爵"①。罗道耳弗之所以能勾引成功,老实说,子爵的憧憬在暗中帮了他相当的忙。她给情人写信,"见到的恍惚是另一个男子,一个她最热烈的回忆、最美好的读物和最殷切的愿望所形成的幻影"②。福楼拜的笔墨是残酷的。他要子爵这个有诱惑性的幻影一直跟她跟到她死。她到鲁昂没有借到一文钱,眼看身败名裂的悬崖就在眼前,心神交疲,走过礼拜堂,"眼泪在面网底下直淌,头昏脑涨,眼看就要软瘫下来,一辆马车的车门正好开开,里头有人喊道:

"——当心!

她收住脚步,让过一辆提耳玻里,当辕一匹黑马,一位貂皮绅士赶车。这人是谁?她认识他……马车向前驰去,转眼不见了。

这人就是他、子爵!她转回身子,街空空的。她又难过,又伤心,靠住一堵墙,免得跌倒。"③

她的头一个情人不是贵人,然而至少也有庄园贵族的身份。每况愈下,她的第二个情人是一个练习生。婚后她第一次跳舞,是在侯爵的庄园,而第二次,也是末一次,却在四旬斋狂欢节,和一个练习生、两个医学生和一个商店伙计在一起,妇女"十九属于末流社会"④。教育离她的实际生活十万八千里远!而更糟的是,修道院把她教育成了一个游手好闲、不事生产的闺秀。身体是农民的结实底子,里头来了一副歇斯底里的气质。婆婆老于世故,对儿子一语道破她的病根:"你

---

① 引自正文中卷第八章。
② 引自正文下卷第六章。
③ 引自正文下卷第七章。
④ 引自正文下卷第六章。

知道你的女人需要什么？就是逼她操劳、手不闲着！只要她多少像别人一样，非自食其力不可，她就不会犯神经了。"①

　　复辟社会又给爱玛带来第二个后天性格的根源。那就是一八三〇年前后风靡人心的浪漫主义。浪漫主义在这里不是作为文学运动出现的，也不是作为要求个性解放出现的。而是我们谈起它来，经常忘记的一种属于反动性质的浪漫主义。它紧密配合天主教卷土重来的社会活动。宗教被虚伪的感情美化了，然而神秘色彩无时不在透露庸俗的甚至于病毒的气息。福楼拜在这方面同样决不吝惜他的鞭挞的笔墨。正如贵族心性的养成来自修道院的寄宿学校，这种不健康而又同样使人脱离实际的浪漫心性，也来自修道院的寄宿学校。"布道中间，往往说起的比喻，类如未婚夫、丈夫、天上的情人和永久的婚姻，在灵魂深处，兜起意想不到的喜悦。"爱玛的稚弱心灵，整个浸沉在夏多勃里昂的忧郁之海和"拉马丁的蜿蜒细流"。作者没有因为拉马丁还活着，人望高，就避而不用。她的最好的读物要算司各脱的历史小说了，然而也只使她向往中世纪和它的女庄主与骑士的虚伪社会。她从田野来，浪漫主义的风景对她没有吸引力，然而她喜好感情的渲染，把满足感情看成生活里的真实东西。于是"热狂而又实际，爱教堂为了教堂的花卉，爱音乐为了歌的词句，爱文学为了文学的热情刺激，反抗信仰的神秘，好像院规同她的性情格格不入，她也越来越忿恨院规一样"②。这就是修道院的悲剧，培养了她的贵族与浪漫缅想，实质上她却变成了宗教叛徒！

　　然而贵族与浪漫缅想，不是穷困所能担负得了的。金钱是资本主义社会的精神生活的物质基础。一个人可以为爱情而死，但是对于一般人（爱玛是其中的一个）说来，死在债台高筑上，却更合乎资本主义

---

① 　引自正文中卷第七章。
② 　参看正文上卷第六章。

社会的发展规律。《包法利夫人》的故事发生在穷乡僻壤，但是正如"农业展览会"在永镇这个小地方出现一样，无孔不入的资本家代理人照样要在任何有利可图的角落活动。布尔尼贤教士给爱玛守尸，听见远远有狗叫唤，对一同守尸的药剂师道："据说，它们闻得见死人气味。"①商人勒乐的鼻子比狗灵多了，一见爱玛，就闻出了她心里的偷情气味。他的名字有"快乐"的涵意。他是资本主义社会里一个有前程的人。而幸福就建筑在逼死邻居的高利贷手段上。他在爱玛面前出现，总在无巧不巧，发现她有私情勾当可能之后。福楼拜写一次爱情生活，就掉转笔锋，写一次高利贷者的钻营行径。爱情和金钱看起来好像各自为政，但是一到两股力量扭成一股的时候，戏剧紧张了，爱玛迅速走到她的生命的终点。爱玛追求精神生活，末了总遇到肉体餍足："爱玛又在通奸中间发现婚姻的平淡无奇了。"②福楼拜打击这脱离实际的少妇，不就到此为止。他剥下来她的情人的绅士脸皮，让他们个个露出资产者见死不救的自私自利的吸血灵魂。庞大的债务把她逼到死路，可是使她不得不死的，九九归一，仍是由于爱情的幻灭。他们在本质上和奸刁的商人并无二致。"她不记得她落到这般地步的原因了，就是说：金钱问题。她感到痛苦的，只是她的爱情。"③她想到自尽，也就服毒自尽了。

"什么人也不要怪罪……"爱玛的遗嘱这样说。

作者不给我们机会读全她的遗嘱。也许她接着要说：怪罪只好怪罪她自己。也许她像她庸庸碌碌的丈夫一样，说一句达观的话："错的是命。"④不过作者不肯这样如实写出来，显然是要我们细想想真正使她自杀的原因。他找了一个瞎子抒情地、象征地唱着民歌给她送终。

---

① 引自正文下卷第九章。
② 引自正文下卷第六章。
③ 引自正文下卷第八章。
④ 引自正文下卷第十一章。

她其实只是一个瞎子。是谁害得她在人生的严肃的道路上双目失明的?这不是个别问题。在她之前,乔治·桑以革命者的毅力,冲出不合理的婚姻的扼制。妇女开始觉醒。然而不是每一个妇女都能这样远走高飞的。正相反,大多数妇女还没有足够的力量摆脱封建之网,而资本主义社会的经济关系,又像胶一样,把她们粘在上头,还不提修道院教育所给的毒害!这些错综复杂的落后的社会因素,在她盲目要求满足的时候,让她不折不扣,变成一个"正人君子"耻与为伍的"淫妇"。所以爱玛希望自己生一个男孩子,"她过去毫无作为,这样生一个男孩子的想法,就像预先弥补了似的。男人少说也是自由的;他可以尝遍热情,周游天下,克服困难,享受天涯海角的欢乐。可是一个女人,就不断受到阻挠。她没有生气,没有主见,身体脆弱不说,还要处处受到法律拘束。她的意志就像面网一样,一条细绳拴在帽子上头,随风飘荡。总有欲望引诱,却也总有礼防限制"[①]。这样我们就知道,她丈夫只是一个偶然现象(却那样沉重!)落在她的头上罢了。和他一道落在她的头上的,还有那些远不是她本人所能理解的社会因素。

然而作者具体入微地分析了这些因素。爱玛受到资产阶级的谴责,可是作者从来没有放过谴责者本身的丑态与罪行。福楼拜憎恨本阶级是有名的。"农业展览会"是一幅绝妙的图画。爱玛死前哀求公证人和税吏,更锐利地暴露了资产阶级自私自利的本质。所以作者在塑造这个资本主义社会道德犯的典型形象的期间,说什么"我的可怜的包法利夫人,不用说,就在如今,同时在法兰西二十个村落受罪、哭泣"[②]。他反对作者在作品中表示意见。但是他的批判现实主义艺术形象,并不因而就少泄露他对时代的看法。不然他也不会又说什么"任何写照是讽刺,历史是控诉"了。一位思想比较开明的

---

① 引自正文中卷第三章。
② 与高莱夫人书(1853年8月14日)。

主教，说起《包法利夫人》来，就以见证人的口吻道："对在外省听过忏悔的人说来，这是一部杰作。"①这话说明它的真实性，也说明作者的概括力。

---

① 说这话的人是奥尔良主教杜邦路（Dupanloup, 1802—1878）。见于考勒（Pierre Kohler）的《法兰西文学史》第三册第五七四页。

《包法利夫人》的时代意义[①]

圣佩夫批评《包法利夫人》,最后点出时代和它的巧合:

"作品处处盖着它出现的时间的戳记。据说,写了好几年,恰好在这辰光赶到。介乎泰尼(Taine)两篇论文之间,听完一出小仲马的喜剧的尖锐干脆的对话,或者给《假好人》[②]喝完采,正好来读这本书。因为在许多地方,形式尽管不同,我相信看出一些新的文学的符志:科学、观察的精神、成熟、力、一点点严酷。这似乎正是感染新一代的领袖的特征。著名的医生的子弟,居斯达夫·福楼拜先生捉笔就和别人操刀一样。解剖家与生理家,我处处又找到你们!"

同样是布吕地耶(Brunetière),在福楼拜去世的时候,指出《包法利夫人》在时代上获得的千载难逢的际遇:

"在法兰西小说史里,《包法利夫人》是一个日期。它点出某些东西结束和某些东西开始。让我们拾起这个观念,依照我们的力量和我们的方式来说,福楼拜的小说在它所有的其他价值之外,赶在它的时代出现先是一个价值。这是一个价值,十分现实,比我们所想得到的还要稀有,正如另一个是能够持久,还有另一个是能够在它的时间终结。我们需要加以解释。在它的时代出现,有时候太常有了,像一个聪明人,利用一下一时浮嚣的意见,一阵时髦的奇想,一阵世俗的悠忽的热忱,如此而已。……但是出现在它的时代,有时候,也就是本能地认清它的时代的艺术,来到什么地方,什么是它的正当的要求,它对于新奇能够承受些什么:这,这不仅不是追逐时髦,而且常常是违反时髦,这不仅不是顺流而下,正相反,是抵抗,是逆流而上。"

那么,假如福楼拜的第一部应世制作,博得哄堂大采的《包法利夫人》,如响斯应,投进时代的怀抱,成为时代的宠儿,什么是这时代的面貌?什么是布氏所指,在这里结束,又是什么在这里开始?而且,什么是《包法利夫人》,是顺流而下,还是逆流而上,还是如圣佩夫所点定,新的文学的符志是它的特征,也正是时代的特征?

人人知道,从十八世纪中叶起,浪漫主义的情绪和感觉如同瘟疫,在欧洲蔓延开了,有时候化气为云,狂风暴雨一样驰过天空,有时候小鸟啼春,寂寞的哀唱分外令人流连,高亢的呐喊和无病的呻吟同时响彻九霄。新的感触给作家带来新的世界。他们年轻、热情,有勇气,也有才分,而面对的是世俗、拘束、形式、典雅和传统。他们的第一个敌人是正统,那群食古不化的平庸的古典作家。双方选定了法兰西剧院做战场,台上是雨果的《欧纳尼》(Hernani):一边是雨果和他的义务打手,戴着宽大的水手帽,穿着独出心裁的衣裳,红颜绿色,专为喊好而来;另一边是将朽未朽的学院作家,燕尾服,大礼帽,以绅士的气度,专为喝倒彩而来,一连继续了几夜,扔苹果,丢纸团,《欧纳尼》在喧呶之中站稳了,真正的观众站到这群热狂的青年一边,学院作家的阵容凌乱了,溃败了,于是就在一八三〇年的初春,浪漫主义的大纛高高飘扬在巴黎的上空。他们打开想象的槛车,"妓女帮外交官出主意,阴谋夺到有钱的小姐,囚犯的天才出众,命运向高强认输",同时也撕烂生活的条款,赤裸裸把自己放在文字当中,请人世连美带丑一同观赏。高地耶(Gautier),冲锋陷阵的将官,为他们的放荡不羁歌

---

① 此文原载于一九四七年九月《文艺复兴》第一期,一九四八年九月上海文化生活出版社用作《包法利夫人》译者序。——编者
② 《假好人》,四幕散文喜剧,作者是巴芮耶尔(Barriere)和喀邦都(Capendu),一八五六年在巴黎演出。

颂道：

"人知道我的名姓，我的日子过得欢喜轻快。"

这风靡了全法兰西，这酩酊了大小城乡的智识初开的年轻人，福楼拜便是其中的一个，他在布耶的《遗诗》序里回忆学生时代道：

"我不清楚中学生的梦想是什么，然而我们夸张到了万分，——浪漫主义最后一直开扩到了我们这里，不为外省环境所容，却在我们的头脑形成奇异的沸腾。热狂的心灵希冀戏剧性的爱情，有游艇、黑面具，和晕在喀拉布尔①山林之间驿车里的贵夫人，同时有些比较严肃的性格（爱上了阿尔芒·喀耐勒②，一位同乡），企望报章或者讲坛的喧嚣、叛逆的光荣。一个修辞科学生，写了一篇洛布斯比耶（即罗伯斯庇尔 Robespierre——编者）的辩状，流传到校外，引起一位正人君子的忿慨，结局是交换函札，提议决斗，这个角色正人君子扮的并不漂亮。我记得一个好小伙子，永远戴着一顶红小帽；另一个好小伙子，许愿以后要像墨西哥人过活。我的一个知己打算出教，好去帮忙阿布德·艾勒·喀特尔③。然而大家不仅是土巴都尔④，反抗的、东方的，尤其是艺术家的；被罚的额外功课做完，文学就开始了；有人努破了眼睛，在寝室读小说；有人在口袋带着一把刺刀，犹如安东尼⑤；有人还厉害：厌恶生存，巴尔……一枪打碎脑壳，昂德……用他的领巾上吊；当然

---

① 喀拉布尔（Calabres）是意大利最南端的山地。
② 阿尔芒·喀耐勒（Armand Carrel, 1800—1836）著名新闻记者，反对复辟，和人决斗死掉。
③ 阿布德·艾勒·喀特尔（1807—1883）是法国殖民地的酋长，反对法国统治，纠众抗战，屡蹶屡起，迄一八四七年力竭投降。
④ 土巴都尔是中世纪行吟诗人。
⑤ 安东尼（Antony）是大仲马一八三一年的同名戏剧的人物。他和一位有夫之妇相爱，为了避免情人丈夫的怀疑，刺死他的情人阿黛勒，对他讲："她拒绝我……我把她杀了。"和雨果的《欧纳尼》同是浪漫主义风行之作。

了,我们不配誉扬!然而多憎恨一切平庸!多心往伟大!多尊敬大师!大家怎样赞赏维克多·雨果!在这一小群激昂者之中,布耶是诗人,悲哀的诗人,废墟和月光的歌者。"

然而宽广不就是长久,经过十年的考验,风雨渐渐在情感之中凝定,在思维上起了反应,而往日以"少年法兰西"自命的一群浪漫主义的运动先锋,年事日长,社会地位日趋稳定,虽然没有以"今日之我反对昨日之我",也都好像从梦里清醒了,明白小我之外还有世界,热情之外还有文学。高地耶大谈其至上的"为艺术而艺术"的议论,乔治·桑放下化名的人物,到田园寻找人类的同情,随后她为浪漫主义辩护,也不得不承认它"留下它的过失"。就是曾经沉醉于新浪漫主义的福楼拜,终其一生爱戴天才洋溢的雨果,一时批评拉马丁的小说:

"这需要拉马丁所没有的一种人格的独立,人生的医学的眼光,总之,这是唯一抵于清洁伟大的效果的方法。"

一时贬斥另一位诗人缪塞的"要唱歌只要受苦就够了"的唯情论调。十年不是一个短时间,潮退了,大家开始思维。

在野的浪漫主义进了庙堂,另外一群年轻人,还要穷,还需要挣扎,从乡野赶到巴黎,希望抓住一个机会表白他们的切身的感受,以他们的忧患换取文艺女神的青睐。他们看到的是丑陋,他们没有理由为人生粉饰:美丽和想象不在他们的信心以内。生活的坎坷、经验的凄凉、奋斗的艰辛、才分的缺少,把他们逼到一条反叛的道路。雨果和他的人马只是"文学的小丑";通俗的山歌作者白朗翟(Beranger)(即贝朗瑞——编者)应当受他们欢迎了,也只被他们看作一名新闻记者；那和他们一样穷，一样被丢在正人君子的大门外的波德莱尔，又因为取材偏于丑恶，不为他们看重；巴尔扎克似乎应当是他们的师法了，然而也让他们说作："他没有时间正确地看，正确地描写！"可怜是他们自己又一直写不出像样儿的东西。他们的名姓早已和他们的作品，进了楼阁。然而至少，我们必须承认，他们留下了一个不朽的名词，涵义即或大有更改，成为，永远成为文学的辉煌的主流：现实主义。

现实主义在最初露面的时候正如浪漫主义，或者正如后来的自然主义，只是应战方便的一个口号。没有文学作品引人注目，一群年轻人围着古尔拜（Courbet）的油画摇旗呐喊。批评家在这里看见奇形怪状的乡下佬，大惊小怪，想不出更坏的名词来诅咒，便拾起"现实主义"这块烂泥投了过去：

"想做一个现实主义者，真实还算不了一回事；要紧的是丑！……"

于是这群不见经传的年轻人便赌气拾起这块抛来的烂泥，作为他们敌对的旌旗。一八五六年七月，"现实主义"以一个杂志的名义出现，或断或续，出了六期，就和世人永诀了。同年十月，《包法利夫人》在《巴黎杂志》按期刊载。这是一个无名作家的处女作，不在他们的群里，也不在任何人的队伍。官方把作者告到法庭，说他的小说败坏道德宗教，归入"现实主义文学"之林。尽管现实主义的主编杜朗地（Duranty）把所有的毛病给了《包法利夫人》，认为一无可取，"用不着追寻作品本身的观点"，然而读者惊于它的新颖，一时没有更相宜的标记来说明它的特征，由于懒惰，由于方便，也由于一部分的道理，便拿杜朗地之流的"现实主义"招牌，借花献佛，转赠《包法利夫人》

的作者。乔治·桑曾经排斥这种看法：

"自从这本名作出现以来，在我们小小的角隅，我相信，犹如在各地，有人叫喊：——这是现实主义派一个十分惊人、十分雄壮的范本。那么，现实主义者存在了，因为这本书十分新颖。

但是仔细一想，我们就发现，这仍然属于巴尔扎克（**对于作者确然只有更好**），除尽了传奇的喜好的巴尔扎克、尖刻愁苦的巴尔扎克、集中的巴尔扎克，假如可以这样说的话。"①

甚至于任凭福氏向朋友们抗议：

"人家以为我爱上了现实，其实我厌恶它，因为我从事于这部小说，由于憎恨现实主义。可是我也不因而就少所厌憎于虚伪的理想观念，流动的时代拿这个也就奚落够了我们。"

没有用。一般文学史把《包法利夫人》看做现实主义的杰作。原因是太简单了，在这纷呶然而空白的时代，没有一部作品像《包法利夫人》那样能够说明它的时代的进展的方向和特征，如圣佩夫所列举："科学、观察的精神、成熟、力、一点点严酷。"时代在等着它的真宰。巴尔扎克在一八五〇年去世，小说的宝座空了六年，于是福楼拜无所企求，原来默默无闻，一下子甚嚣尘上，成了时代的宠儿。

十九世纪是一个普遍的觉醒的时代。人类在过去曾经三番四次觉醒，然而不相呼应，间歇而又隔绝，直到十八世纪末叶，法兰西大革命

---

① 参阅乔治·桑的《文艺问题》论文集，里面有一篇"现实主义"。

暴发，加快血液的循环，加强知识的传播，一切重新估价，重新加以认识。人在寂寞之中，首先看到自己，于是浪漫主义席卷文学，随手抛掷过剩的情感，然而同时正有许多东西，在文学之外，在人心之中跃然前进，学问不是少数人的了，工具和知识通俗了，也提高了，文学是繁复的社会的反映，不可能孤立，所以就在呻吟呼号"处处闻"的时候，有心人不得不拨开情感的云雾，加深考虑文学创作和人生其他活动的密切联系。假如贫苦增强战斗的意志，社会主义美化了理想，科学的宣示同时也摇动了许多执迷不悟的心灵。这不是古今之争的优劣问题，而是创作上认识和表现问题。文学不和战争一样，建设永远要比摧毁重要。不破坏，然而以作品本身的时代的意义，往前推进。在文学上，没有一个东西能够可以说做代替另一个东西的，因为时代和个性是文学的双重基石，有价值（相对而又绝对）便存在，不存在一定是没有价值。福楼拜不可能代替巴尔扎克，但是由于性情不同，尤其重要的是，由于体验不同，福氏尽可以从他不同的环境发掘一些达到真理的不同方法。他可以否认杜朗地之流的粗俗的现实主义，然而他由时代所领会的种种关于文学的理论，让他活在他的时代，同时他的生命含有新的种子，连同"未来"也跟着他活在他的时代。于是"未来"酬谢他，把他带过他的时代。

就在从事于《包法利夫人》的期间，福氏认为：

"越往前进，艺术越要科学化，同时科学也要艺术化。二者从底基分手，回头又在顶尖结合。"

在另一个地方，他推论科学方法的重要：

"一个人弄批评，必须和弄自然历史一样，不带道德的观念。问题不在痛斥何种形式，而在表明它含有什么，它怎么样和另一种形式结合，它仗什么活着（美学等待它的焦夫瓦·圣·伊莱耳①，这位大人物曾经指出妖怪合法）。当我们费若干时日处理人类的灵魂，如同物理学研究物质，大公无私，我们可以大为进步。人类把自己稍稍放在自己之上，这是唯一方法。然后对着作品的镜子，人类可以坦白地纯洁地端详自己。人类将如上帝，从高处裁判自己。好啦，我相信这行得通的。这或许只是一种方法的寻求，如同数学。这特别可以应用到艺术与宗教方面，观念的两大表征。假定这样开始：最先的上帝的观念有了（最薄弱的），最先的诗的情绪生了（最轻微的），先追寻它的表征，很容易就在小孩子、野人等等身上找到了。这是第一点。这里，你已经可以建立关联了。随后，继续下去，把一切相对的偶然现象算进账去，如同气候、语言等等。于是，一步又一步，我们就这样一直到了未来的艺术，"美"的假设，它的现实存在的明白理解，最后，那理想的典型（我们的力量全朝这里汇聚）。然而担当这个苦工的不是我，我有别的笔尖要修。"

他在《包法利夫人》之前曾经试过不少制作，曾经把他的心全部浸润进去，然而他自己说的好："人用脑子写文章，不用心写文章。"他把它们放在一边，从事于一种新的尝试，根据一个修正的观点，完成他对自己同时也就是对时代的一种非常的考验，因为在摸索和体验之中，他逐渐为自己找到一个恰当的表现方法。

《包法利夫人》对于它的作者原来只是一种考验：

"对于我，《包法利夫人》是一个定局，一首命题。我所爱的全不

---

① 焦夫瓦·圣·伊莱耳（Geoffroy Saint-Hilaire, 1772—1844）是法国的最有名的动物学家，发现动物的结构相同，用正常的情形解释各种奇形怪状的禽兽。

在这里。"

他所爱的在浪漫主义化育的想象的自由天地,在他念念不忘的《圣安东的诱惑》初稿里。然而杜刚和布耶,两位最好的朋友,异口同声,劝他放下这芜乱的制作:"你想弄音乐,弄出来的只是嘈杂的音响"。福氏据说动摇了,向他们请教补救的方略。他们这样回答道:

"你必须放弃那些冗长的主旨,它们本身模糊,你就不可能加以集中;你既然克制不了你抒情的倾向,必须挑选一个主旨,抒情在这里万分可笑,你不得不加意小心,弃绝这种倾向。挑选一个实际的主旨,一个中产阶级生活所富有的事故,例如巴尔扎克的《白特》(Cousine Bette)(即《贝姨》——编者)或者《彭》(Cousin Pons)(即《邦斯舅舅》——编者),强迫自己用一种自然的情调,差不多亲切的情调,来处理它,去掉那些题外的枝节。本身美丽,然而就你的概念的发展来看只是无用的小菜,对于读者也只是腻烦而已。"

但是,写什么呢?假如写的话。他们坐在花园里,想为苦闷的福氏打出一条活路,忽然布耶破口道:

"——你为什么不写德楼迺(Delaunay)的故事?"

福氏仰起头来,欢欢喜喜喊道:

"——就是它!"

杜刚在他的回忆录里记错了德楼迺的姓氏,根据后人实地调查和研究的结果,那可怜的乡下医生的本来姓名是欧皆·德拉马尔(Eugene Delamare),是福氏父亲主持的市立医院的一个实习生,毕业以后,在叫做"芮"(Ry)的一个小镇开业行医。小说里的查理·包法利,忠厚、老实、无知、无学,心性和遭遇全同他相似。就是永镇的风景、房屋的排比、邻舍的远近,也都和芮镇大同小异。德拉马尔能够娶到一位阔小姐,戴耳芬·古杜芮耶(Delphine Couturier),和小说里相仿,不是由于本人具有任何优越条件,而是比福氏所提供的还要有趣:古杜芮耶地主,不肯宣泄他的财产实况,每逢有人向他的女儿求婚,总是在这一点灰了对方的心。最后,来了我们的穷医生,戴耳芬将近二十三岁,传说不要再等下去,她便用手帕做了一个假肚子,引起家人的焦灼,急不择食,匆忙把她嫁给这忠厚的年轻人。她生了一个女儿。她在近邻结识了一个情人,一个叫做路易·康皮雍(Louis Campion)的荒唐鬼,破了产,跑到美洲,空着两只手回来,在巴黎的街道拿手枪打死自己。小说的进展几乎全部根据事实:生活糜烂,债台高筑,她另外交结了一个情人,一个小书记,最后活不下去,服毒自尽。德拉马尔为她立了一方"贤妻良母"的墓碑,不堪伤心,不久也就随她下世了。

这样一个凡庸的主旨,这样一个报上常见的故事,对于中产生活并无好感的福氏,当然成为他所谓的"一首命题"。他必须从他四周的中产阶级选取他的全部人物。然而中产阶级,到了十九世纪,又是什么样的中产阶级?"我看不见他们读别的报章,用不同的音乐自娱,具有更高的喜悦。这个人,或者那个人,都同样爱钱,同样尊敬既成事实,同样为了破坏需要偶像,同样憎恨一切优越,同样讥笑的精神,同样无底的愚骏!"法郎士(France)以为"他最敬重吉诃德先生,他自己正和他一样"。①但是当吉诃德先生走一个极端的时候,福氏,一个

---

① 参阅法郎士的《文学生涯》第二集。

现代的吉诃德先生,走的是两个极端,或者全灵,或者全肉。但是唯有折衷,中产者的生存之道,才最违反他的浪漫主义的追求:

"我爱人间两种东西:第一,物,物的本身,肉;其次,高而希有的爱情。这就是为什么,我最欢喜隐居生涯,我也欢喜玩世不恭。然而我憎恨取悦妇人的精神。真的,没有它,人也活得了!这种臀与心的永久的揉混,唯有令人作呕。"

爱玛·包法利追逐理想的失败,如若寻找一个注解,如若想从福氏的观点寻找一个根据,我们可以说,便是"臀与心的永久的揉混"的结果。任何搀杂,到了最后,失去平衡,两相伤害:

"身体的满足与头脑的满足一点没有共同的地方,如果它们凑巧遇在一起,就听之好了。然而不要想法联起它们来,因为这就成功人为的了。这种幸福的观念,正是人类一切不幸的几乎无二的原因。"

拿这种哲学家观念说给爱玛·包法利听,显然是对牛弹琴。中产生活多的是爱玛·包法利的悲剧,因为男男女女,就福氏看来,大都犯了把理想和现实揉成一个的错误。他永远把自己说做一个浪漫主义者的心情,但是,他在心里应当比任何人明白,他的厌恶并不妨害他的观察,因为他就活在中产生活之中:

"我同兄嫂整整在一起过了两天。离这里半里光景,有一所很美的房产出售,他有意去看一下。起初他想买,热了上来,回头冷了下去,回头又热了上来,于是考虑,于是反对,本来同卖主定好了约会,不过怕上当,今早他离开这里,故意先给卖主一个失望。所以由我代他出面说话。一点钟睡下,四点钟我就起来:从昨天起,我喝了多少杯酒!研究中产阶级,怎样一种研究!啊!我开始认识中产阶级的这片化石了!怎样的半性格!怎样的半意志!怎样的半热情!脑里一切是漂浮、踌躇、脆弱……"

说到临了,我们必须承认,这首"命题"在感情上如若形成他的苦恼,或者苦闷,甚至于冲突,然而因为这种冲突原来就含在他的心情,和他的心情生成一个,他有绝大的可能容受双方的存在,到了作为表现提取的时候,所谓冲突反而成为他认识生活和处理材料的最大的根据。他完全明白:

"打个譬喻,我可以分成两个不同的人:一个喜好高声朗诵,诗的热情、鹰的翱翔、句子所有的铿锵的音调和观念的极峰;另一个倾其所能,挖掘真实的东西,事无大小,都好用力剔扒,叫人感到他的出产,犹如实有其物。后者爱笑,而且好以人的兽性为乐。"

浪漫主义,现实主义,作为战斗的标记,福氏无不加以指摘,然而作为艺术的方法,基于心情,禀于气质,自然也就极其真实。当然,用不着因为是方法,便锣鼓喧天,把他们当作招牌挂在艺术的门首。

我们厌恶一种东西,不是由于它的稀有,往往由于它的常见,正如福氏说他"厌恶"现实,只是因为现实近在他的手边。这是一种浪漫的情绪,然而家常便饭,正如福氏所称许于爱玛的第二个情人:"每一录事含有诗人的残膏剩馥"。尽管他说:"我的主旨的俗鄙有时候简直叫我作呕",他接下去就讲:"同时遥望着那么多的猥琐的东西,全要好好地写出来,我想到这种困难就心惊。"《包法利夫人》的写作不是一种机械的工作,如批评家法盖(Faguet)所说:一种喜好赶走另一种倾向,现实主义代替浪漫主义,交相为用,宛如一件良好的机器,今天出货属于浪漫,明天出货属于现实。把浪漫主义和现实分开,属于立论的方便,永远不是事实。追根究底,浪漫主义只是一种夸张,一种反动,一种追求,现实做成它的出发点,跑一趟野马,归来仍在现实落脚。这里没有压抑,没有冲突,福氏本人说得好:"我的书,所有的价值,如果有的话,在能够匹马直前,驰骋于俗鄙与诗的热情的双重绝崖之间。"一个作家不是因为今天重写历史,属于浪漫主义,如《萨郎宝》或者《圣安东的诱惑》;也不是因为描绘现实,以为和自己的心性违误,属于现实主义,如《包法利夫人》或者《情感教育》。不写便罢,既然写,任凭材料的来源和背景全不同,甚至于本质上起了差异,他必须把全副灵魂寄放在工作的对象,全副灵魂,如福氏所谓:"好好地写出来。"尽管这是"命题",《包法利夫人》的作者不敢不小心加意,缴出他的清醒的灵魂,不肯也不应再像往常重复失败:"如今我开始第二次尝试,这该是成功的时辰了,不然的话,只好把自己从窗口扔出去了。"他第一次尝试如若失败,说成浪漫主义作祟,实际是灵魂的眼睛没有睁开,不曾清醒而已。抓住一点,不就等于抓住全部的真理。同样,以为福氏"厌恶"现实,他就不会"同情"他的"无人知晓的粪土",我们很有陷入机械的立论的危险。让我们记住福氏在开始写作的时候留下的一句话:"如果《包法利夫人》值点儿什么,就是不缺乏心。"

  他是一个活人,我们必须把他当一个活人看。他容易受伤,也容易兴奋。一粒微屑,怨天怨地;一声呼喊,欢天喜地。法郎士形容他:

  "福氏是个大好人。他有绝大的热忱和同情。这就是为什么,他总在愤怒。他和一切作战,因为不断地有侮辱要报复。他最敬重吉诃德先生,他自己正和他一样"。

了解创造过程，书的资料的索引并不重要，我们首先应当揭发的是，作者的同情或者精神上的人格是否渗了进去。读者对于作品的冷热，就最高的意义来看，往往在无形之中依照这种"同情"的深浅而升降。这种道理有人叫做移情作用，托尔斯泰叫做情感的诚恳，福氏曾经指出它在创造过程的重要道：

"所有杰作的秘诀全在这一点：主旨同作者性情的符合。"

他不选择他的主旨，他的性情早已为他在事前选择好了他的主旨。法郎士把福氏看成吉诃德先生，"总在愤怒"，正如不少批评家拿包法利夫人和吉诃德先生放在一个模子，后者以盲目的武士精神毁灭武士制度，前者以盲目的浪漫教育毁灭浪漫主义。狄保戴以为"爱玛的感觉的欲望，吉诃德先生的慷慨的想象，本身即是辉煌的现实，塞万提斯和福楼拜在这里看到而且投出他们最好的心"。[①] 检点一下福氏的书信，我们从他的自白会遇见多少包法利夫人的可能的存在：

"工作一不接气，我就梦想威尼斯的府第，鲍斯佛（**即博斯普鲁斯——编者**）的亭榭等等——同时我一点不懂算账，什么利息不利息，我整个糊涂。"

爱玛对于账目同样不懂，然而更有甚于此者：

"好些人以为我阔绰，然而我觉得我时时刻刻感到窘迫，因为不幸我有最狂妄的欲望，自然我从来不给它们满足的机会。"

---

① 参阅狄保戴的《居斯达夫·福楼拜》第五章。

爱玛在人世失败了，因为她"给它们满足的机会"。满足本身含有幻灭。对于福氏，

"幸福是一个债主，借你一刻的欢悦，叫你付出一般的不幸。"

福氏有他的女主人公的破灭的可能，不过因为他有了一种哲学，有了一种实际的应世哲学，知足常乐，如一般中产阶级而已！

"为什么你不接受事物的本来面目，人与其环境，与其生命的一切需要？然而我不责备你。你有自由另一个样子来爱吗？人是自己所向往的样子吗？"

爱玛比她的创造者往前多迈了一步，不肯逆来顺受，一意要冲破与生以具的拘束，跌进了毁灭的陷阱。她和吉诃德先生一样盼望奇遇。她的灵魂充满了虚伪的教育所给的绮丽的变故。她希望变动："她不相信在不同的地方，事物会老是一种样子，经过的一部分如若坏，余下的不曾消耗的当然是要好多了。"她的创造者把一个更多的可能给了她，其实，互相含有，正如回答别人的问询，福氏说："包法利夫人，就是我！——根据我。"

了解《包法利夫人》在文学上的特殊成就，因而也就认识作者在时代上担负的使命，我们必须用心记取他对于当代诗人德李勒（Delile）的奇怪见解，一方面是科学、医学或者生理学，一方面是表面上似乎不相融洽的浪漫成分。浪漫精神到了最高意义即是自我扩展，而自我扩展不就是把自我放在第一义，往往成就的倒是忘我的境界。假如福氏根据这种见解观察并且制作，假如现实主义在这里是科学方法和浪漫精神的谐调，法盖之流对于福氏的解释自然而然也就

落空：

"我不赞成德李勒不肯住院，可是我也并不纳罕。没有到过妓院的人，应当害怕医院。它们属于同类的事。他缺乏浪漫成分，这位好德李勒。他一定不大欣赏莎士比亚。他看不见在某些丑陋之中也有道德的密度。所以他缺乏生活，虽说有颜色，甚至于也缺乏凹凸。凹凸来自一种对于外物的深刻的观看，一种深入，因为外在的现实要想好好重现出来，必须进到我们里面，差不多逼得我们呼号才成。一个人永远写得好，如若模特儿在眼前清楚，而且真实在什么地方另外纤微毕呈，如若不是在那些人类忧患的美丽的陈览之中？它们异常鲜妍，在精神上激起高度的食欲。他扑了过去，加以吞咽，加以同化。"

艺术的精神在这里既不讴歌，也不责贬，人生是什么样子，还它一个什么样子，美丽如若是对象，丑陋并非没有分量，道德含在本质之中，并不由于美丑有所轩轾。艺术家的同情是普遍的，和他面对面的是宇宙的无休无歇的进行，并不单把同情留给某一组合，特别是大多数人所留恋的称心如意的传奇程式。好景不常，或者好景不长，真理不是狂妄，而是摆脱程式的世俗之见。诗人拉马丁，浪漫主义的主将之一，读完《包法利夫人》，责备作者"创造了一种可怕的、可怖的死亡"，辩护律师用惩恶作为"创造"的借口，甚至于散慈玻芮（Saintsbury）也担心作者可能有什么教训的存心。然而对于福氏，这只是一个人生有没有这种死亡的问题，假如是事实，他不逃避，因为这里关系着艺术家的良心。死亡含在爱玛的追求的程序本身，而人人错以为作者有意加强它的作用，借此劝善惩恶！福氏所谓"道德的密度"，永远不和善恶相干。善恶由于应用，而道德属于人性本身。因为艺术的道德并不两样，福氏自己说得好："理想犹如太阳，吸收地上全部垢污。"

对于福氏,把宇宙看作一个有机体进行,他的小说在他处理之下也呈出一种自然的气势,不在一般小说家应断的地方开笔或者搁笔。故事,整整齐齐,放在自古以来的传奇程式之中,不是他最欣赏的东西。任何事物的因果不会止于本身,一切只是现象的明灭。我们从现实获有的真实,属于形态,"一切不过是相对的而已"。风吹下一片瓦来,或许砸在我们的头上,然而同时整个一座树林正在和风一同嬉戏。火山摧毁了一县,也许做成一省的肥沃。他寻找艺术的集中的效果,他推敲字句之于艺术的功能,但是所有他对于艺术的迷恋挡不住他对于大自然具有完整的认识:

"我特别喜爱废墟里面的野草:这种自然的侵入给我一种深沉而广大的愉悦。人手不来保护了,自然立即占有它的作品。生命过来替代死亡,生命叫草长在化成石质的脑壳,同时我们中间的一位曾经在石头上刻出他的梦想,小黄花瓣里重新出现不朽的真理。"

然后我们不再纳闷,《包法利夫人》这部小说拿爱玛做中心,却以查理的帽子开始,以查理的伟大的感叹终止:"错的是命!"实际上,小说的进行还要远,"他新近收到十字勋章",若有意,若无意,悠悠无所止,于是止于所止。同样是他的第二部关于现代生活的小说,《情感教育》,牵一发而动全局,全个社会在动,主人公夹在当中,和宇宙踏着一个步子在动。他尽量要小说和人生合而为一,如若形式上发生扞格,也要两两化于无间。

这种对于人生的有机的新的看法,加强人物和环境的关联,无形之中还把小说的艺术带到一个完美的境界。人物不是孤立,甚至于杜朗地之流所攻击于《包法利夫人》的描写,本身并不就是目的,不到必要的时候，作者轻易不肯使用。这是一个不小的成就，假如我们回到前人的小说，那些最好的古典的制作，就明白《包法利夫人》的景物和心理的密契，在表现的方法上怎样进步。《漫朗摄实戈》（Manon Lescaut）是我们熟习的，这里几乎看不见一段景物的描写，作者的注意完全集中在叙事、叙人，或者人事相生的奇巧的离合。从浪漫主义的作品起，景物开始有了重要的地位。风景在这里属于背景，或者用比较现代的术语，属于环境，然而环境对于心理的性格的影响从来没有一笔记录。景物美在本身。卢梭（Rousseau）的《新爱洛伊丝》把山写在他的故事里面，拜纳丹（Bernardin）的《保罗和维吉妮》把海写了进来，宇宙扩展了，但是并非基于一种必要。最后我们到了巴尔扎克的《人曲》，他喜欢在人物进场以前，照例描绘一遍人物活动的场合，有照相的准确，有照相的呆板。福氏不到必要，决不单独描写景物。人物的感受是他描写的根据。而描写也只限于人物的视野。他不会多告诉你一句，如果和人物不生关联，告诉你又有什么用处？

"有一天黄昏，窗户开着，她坐在窗口，先还看见教堂的执事莱斯提布都瓦在修剪黄杨树，忽然就听见晚祷的钟声响了起来。

正当四月初旬，莲馨花开放，一阵温煦的风卷过掘好的花畦、花园，犹如妇女，似乎为了夏节全在打扮。隔着棚架，往远里看去，河在草原流着，在草上勾成蜿蜒的线路。黄昏的雾气在枯落的白杨之间飘浮，用紫颜色描出它们的轮廓，比挂在树枝的轻纱，还要苍白、还要透白。远远有牲畜走动；听不见它们的脚步，也听不见它们的鸣吼，钟一直在响，在空里继续着和平的啼哭。

听着钟声来回在响，少妇的思想失落在她幼年和学塾的陈老的回忆。"

作者不是白描，一切为了那位郁郁寡欢的"少妇"，风景让她回到过去，回到一个纯洁的天真的生涯，于是她顺着晚祷的钟声，问牧师要活着的道理去了。在《包法利夫人》里面，中卷的开端用在永镇的描写，没有个性，正如一般的乡村，我们立即明白爱玛到了这里，势将一无所得。为什么作者不同样描写一遍道特，在全书的开端？他不能够；道特和永镇在本质上原无二致，然而只有放到后头，悲剧的艺术效果才会格外明显。

这就是《包法利夫人》所以能够耐久的缘故：即使是一个字，即使是一段景物，一切朝着一个方向走，为了一个更大的目的，艺术的匠心深深埋在里面，然而表面上，自自然然，丝毫不见斧凿的痕迹。对于这样一个自觉的艺术家，太显然了，他不会允许自己的意见在作品里面冒冒失失或者情不自禁，随便出现。从作品删去作者的印象，不是从作品删去作者的性情，这是两件事，杜朗地在他的《现实主义》上把这当作毛病看待，因为传统的小说都有作者说书的口吻存在，但是福氏认为：

"依照我，一个小说家没有权力说出他对于人事的意见。在他创作之中，他应该模拟上帝，这就是说，制作，然后沉默。"

自从《包法利夫人》问世以来，小说家从这里学到不少的巧妙、匀整、准确、平正、富裕、深厚，无所偏失，正如一般人把作者看作"小说家的小说家"，他的作品成为"小说的小说"。和它的主旨完全相近，二十多年以后，我们读到哈代的《还乡》，女主人公优丝太西亚（Eustacia），在若干方面和爱玛的心性相似，希望从沉闷的乡野逃到文明的都市，反抗命运，面对现实的铁掌，以自杀作为骄傲的唯一归宿。假如年月没有错误，我们愿意指出，倒像《包法利夫人》来在《还乡》以后，优丝太西亚仿佛女仙谪世，然而爱玛生在尘世，属于尘世，"一个通常所见的女人"，如作者所自期许，因而分外真实：

"人所创造的一切，你相信好了，全是真实的。犹如几何学，诗同样正确。归纳法和演绎法具有同一价值，而且，达到某一阶段，人弄错不了任何属于灵魂的东西。不用说，就在现时，就在同时，就在法兰西的三十个乡村里，我的可怜的包法利在受苦，在哭泣。"

目次

第一部 ……………………………………………… *043*
第二部 ……………………………………………… *104*
第三部 ……………………………………………… *267*
附　录 ……………………………………………… *391*

福楼拜在解剖包法利夫人

第一部

一

我们正上自习,校长进来了,后面跟着一个没有穿制服的新生和一个端着一张大书桌的校工。正在睡觉的学生惊醒了,个个起立,像是用功被打断了的样子。

校长做手势叫我们坐下,然后转向班主任,对他低声道:

"罗杰先生,我交给你一个学生,进五年级①。学习和操行要是好的话,就按照年龄,把他升到高年级好了。"

新生站在门后墙角,大家几乎看不见他。他是一个乡下孩子,十五岁光景,个子比我们哪一个人都高。他的神情又老实又拘谨。头发剪成平头,像教堂唱诗班的孩子那样。肩膀不算宽,可是他的黑钮扣绿呢小外衣,台肩一定嫌紧,硬袖的袖口露出裸惯的红腕子。背带抽高了浅黄裤子,穿蓝袜的小腿露在外头。他穿一双鞋油没有怎么擦好的结实皮鞋,鞋底打钉子。

大家开始背书。他聚精会神,像听布道一样用心,连腿也不敢跷起来,胳膊肘也不敢支起来,两点钟的时候,下课钟响了,班主任要他和我们一道排队,不得不提醒他一声。

我们平时有一个习惯,一进教室,就拿制帽扔在地上,腾空了手好做功课;必须一到门槛,就拿制帽往凳子底下扔,还要恰好碰着墙,扬起一片尘土;这是规矩。

可不知道他是没有注意这种做法,还是不敢照着做,祷告完了,新生还拿他的鸭舌帽放在他的两个膝盖上。这是一种混合式帽子,兼有熊皮帽、骑兵盔、圆筒帽、水獭鸭舌帽和睡帽的成分②,总而言之,是一种不三不四的寒伧东西,它那不声不响的丑样子,活像一张表情莫名其妙的傻子的脸。帽子外貌像鸡蛋,里面用鲸鱼骨支开了,帽口有三道粗圆滚边;往上是交错的菱形丝绒和兔子皮,一条红带子在中间隔开;再往上,是口袋似的帽筒,和硬纸板剪成的多角形的帽顶;帽顶蒙着一幅图案复杂的彩绣,上面垂下一条过分细的长绳,末端系着一个金线结成十字形花纹的坠子。崭新的帽子,帽檐闪闪发光。

教员道:

"站起来。"

他站起身:帽子掉下去了。全班人笑了起来。

他弯下腰去拾帽子。旁边一个学生一胳膊肘把它捅了下去;他又拾了一回。

教员是一个风趣的人,就说:

"拿开你的战盔吧。"

学生哄堂大笑,可怜的孩子大窘特窘,不知道应该拿着他的鸭舌帽好,还是放在地上好,或是戴在头上好。他又坐下,把它放在膝盖上。

教员继续道:

"站起来,告诉我你叫什么名字。"

新生叽里咕噜,说了一个听不清楚的名字。

"再说一遍!"

全班哗笑,照样听不出他叽里咕噜说的是什么字母。

先生喊道:

"大声说!大声!"

---

① 相当于初中二年级。
② 熊皮帽是一种既高且圆的军帽。骑兵盔是一种顶子方而且小的战盔。睡帽是一种编结夹层软帽,尖顶下垂,有坠。

于是新生下了最大的决心，张开大口，像喊什么人似的，扯嗓子嚷着这几个字："查包法芮。"

只见轰的一声，乱哄哄响成一片，渐强音①夹着尖叫（有人号，有人吠，有人跺脚，有人重复："查包法芮！查包法芮！"），跟着又变成零星音符，好不容易才静了下来。笑声是堵回去了，可有时候还沿着一排板凳，好像爆竹没有灭净一样，又东一声，西一声，响了起来。

不过由于大罚功课，教室秩序逐渐恢复了；教员最后听出查理·包法利②这个名字，经过默写、拼音、再读之后，立刻罚这可怜虫坐到讲桌底下的懒板凳。他立直了，可是行走以前，又逡巡起来。

教员问道：

"你找什么？"

新生向四围左张张，右张张，怯生生道：

"我的鸭……"

教员喊着：

"全班罚抄五百行诗！"

一声怒吼，就像 Quos ego③ 一样，止住新起的飓风。

"不许闹！"

教员从瓜皮帽底下掏出手绢，一边擦额头的汗，一边气冲冲接下去道：

"至于你，新生，罚你给我抄二十遍动词 ridiculus sum④。"

然后声音变柔和一些：

"哎！你的鸭舌帽，你回头会找到的；没有人偷你的！"

---

① 渐强音，音乐术语。
② 包法利（Bovary）含有"牛"意。一八七○年三月二十日，作者致函考尔努夫人，说："我根据布法赖（Bouvaret）这个姓，虚构出包法利这个姓。"作者似乎看中了这个含有"牛"意的姓，晚年又拿这个姓变化成"布瓦尔"（Bouvard），参看他的长篇遗作《布瓦尔与佩库歇》。
③ 拉丁文：我要。——见维吉尔的史诗《埃涅阿斯》第一章第135行，是海神威吓飓风的话。
④ 拉丁文：是可笑。

大伙又安静下来，头俯在笔记本上。新生端端正正坐了两小时，尽管不时有笔尖弹出的小纸球，飞来打他的脸，可是他擦擦脸，也就算了，低下眼睛，一动不动待到下课。

夜晚他在自习室，从书桌里取出他的套袖，把东西理齐，小心翼翼，拿尺在纸上打线。我们看见他学习认真，个个字查字典，很是辛苦。不用说，他就仗着这种坚强意志才不降班；因为他即使勉强懂了文法，造句并不高明。他的拉丁文是本村堂长开的蒙，父母图省钱，尽迟送他上中学。

他的父亲查理·德尼·巴尔托洛梅·包法利先生，原来当军医副，一八一二年左右，在征兵事件上受了牵连，被迫在这期间离职，当时就利用他的长相漂亮，顺手牵羊，捞了六万法郎一笔嫁资：一个帽商姑娘爱上他的仪表，给他带过来的。美男子，说大话，好让他的刺马距发响声，络腮胡须连髭①，手指总戴戒指，衣服要颜色鲜艳，外貌倒像一个勇士，说笑的兴致却像一个跑外的经纪人。结婚头两三年，他靠太太的财产过活，吃得好，起得迟，用大瓷烟斗吸烟，夜晚看过戏才回家，常到咖啡馆走动。岳父死了，几乎没有留下什么来；他生了气，兴办实业，赔了些钱，随后退居乡野，想靠土地生利。可是他不懂种田，正如不懂织布一样，他骑他的马，并不打发它们耕地，一瓶一瓶喝光他的苹果酒，并不一桶一桶卖掉，吃光院里最好的家禽，用猪油擦亮他的猎鞋，不久他看出来，顶好还是放弃一切投机。

所以他一年出两百法郎，在科②和庇卡底交界地方一个村子设法租了一所半田庄半住宅的房子；他从四十五岁起就闷闷不乐，懊恼万分，怪罪上天，妒忌每一个人，闭门不出，说是厌恶尘寰，决意不问世事。

---

① 络腮胡须盛行于浪漫主义时期。
② 科，诺曼底一地区，属塞纳河下游北部沿海高原地带，西北与庇卡底相邻。科地出产麦、苹果，农民多兼营畜牧业。

他的女人从前迷他，倾心相爱，百依百顺，结果他倒生了外心。早年她有说有笑，无话不谈，一心相与，上了岁数，性子就变得（好像酒走气，变成酸的一样）别别扭扭，喊喊喳喳，急急躁躁的。她看见他追逐村里个个浪荡女人，夜晚不省人事，酒气冲天，多少下流地方叫人把他送回家来！她受尽辛苦，起初并不抱怨，后来自尊心怎么也耐不下去了，索性不言语，忍气吞声，一直到死。她奔波、忙碌，一刻不停。想起期票到期，她去见律师，见庭长，办理了缓期支付；在家里又是缝缝补补、洗洗熨熨，又是监督工人、开发工钱，而老爷无所事事，始终负气似的，昏天黑地挺尸，醒转来只对她说些无情无义的话，在炉火角落吸烟，往灰烬里吐痰。

她生了一个男孩，必须交给别人乳养。小把戏回到家，惯得活像一个王子。母亲喂他蜜饯；父亲叫他打赤脚，甚至冒充哲学家，说他可以学学幼畜，全身光着走路。他对教育儿童有一种男性理想，所以排斥母亲的影响，试着按照这种理想训练，用斯巴达方式，从严管教。他打发他睡觉不生火，教他大口喝甘蔗酒和侮辱教堂行列。可是小孩子天性驯良，辜负了他的心力。母亲总把他拖在身边，帮他剪裁硬纸板，给他讲故事，喋喋不休，一个人和他谈古道今，充满了忧郁的欢乐和闲话三七的甜蜜。日子过得孤零零的，好胜心支离破碎，她把希望统统集中在这孩子身上。她梦想高官厚禄，看见他已经长大成人，漂亮，有才情，成了土木工程师或者法官。她教他读书，甚至弹着她的一架旧钢琴，教他唱两三支小恋歌。可是包法利先生不重视文学，见她这样做，就说："不值得！"难道他们有钱让他上公立学校，给他顶进一个事务所[①]或者盘进一家店面？再说，"一个人只要脸皮厚，总会得意的"。包法利夫人咬住了嘴唇，孩子在村里流浪着。

---

① 指律师、公证人事务所。

他跟在农夫后头,拾起碎土块,赶走飞来飞去的乌鸦。他吃沿沟的桑椹,拿一根竿子看守火鸡,收成期间翻谷子,在树林里跑来跑去,雨天在教堂门廊玩造房子,遇到盛大节日,就央求教堂听差让他敲钟,为的是整个身子吊住粗绳,上下来回摆动。

所以他长得如同一棵橡树,手臂结实,肤色健康。

十二岁上,母亲给他争到开蒙,请教堂堂长教。可是上课的时间又短,又不固定,不起什么作用。功课不是忙里偷闲,站在圣衣室,匆匆忙忙,赶着行洗礼和出殡之间教,就是在做晚祷以后,堂长不出门,叫人把学生找过来教。他们上楼,到他的房间坐下;蚊子和蛾子兜着蜡烛飞翔。天气热,孩子睡着了;老头子手搭在肚子上,昏昏沉沉,跟着也就张开嘴,打起鼾来。有时候,堂长给邻近病人做临终圣事回来,望见查理在田里撒野,喊住他,开导他一刻钟,利用机会,叫他在树底下变化动词。落雨了,或者过来一位熟人,打断他们。其实他一直对他满意,甚至说:年轻人记性很好。

不能让查理这样下去。太太下了决心。老爷惭愧了,或者不如说是疲倦了,不抗拒就让了步。他们又拖了一年,等孩子行过他的第一次圣体瞻礼。

一晃又是半年,第二年才决定把查理送进鲁昂的中学。约摸十月末,赶在圣罗曼节集市期间①,父亲自己带他来。

我们现在没有一个人能想起他当时的情形。他是一个性情温和的男孩子,游戏时间玩耍,自习时间用功,在教室听讲,在寝室睡得好,在饭厅吃得好。他的保证人是手套街一位铜铁器皿批发商,星期天铺子不做生意,每月一次,把他接出来,打发到码头散散步,看看船,然后一到七点,晚饭之前,送回学校。每星期四夜晚,他用红墨水给母亲

---

① 圣罗曼,七世纪鲁昂主教,十月二十三是他的节日,届时举办集市,这是鲁昂最大也最著名的集市,前后共有二十五日。

写一封长信,拿三块小圆面团子封口;随后他就温习历史笔记,或者读一本扔在自习室的旧书《阿纳喀尔西斯》①。散步中间,他和校工闲谈,校工像他一样,是乡下来的。

他靠死用功,在班上永远接近中等,也一直保持下来;甚至于有一次,他考博物,得到表扬。但是临到第三学年②末尾,父母叫他退学读医,深信他单靠自己,就会得到学位。

母亲到罗拜克河附近相识的染匠家,给他在五楼挑了一间屋子。她讲定他的房饭钱,弄来几件木器:一张桌子,两把椅子,另外从家里运来一张樱桃木旧床,还买了一个小生铁炉子和一堆劈柴,为她可怜的孩子取暖用。随后她待了一星期,再三叮咛他正经做人,今后就只剩下他一个人了,这才回乡。

布告牌上的课程表,他一念,就觉得头昏脑涨;解剖学、病理学、生理学、药理学、化学、植物学、诊断学、治疗学,还不提卫生学、药材论,没有一个名词他晓得来源,一个一个全像庙门,里面庄严而又黑暗。

他完全不懂;听也白听,他跟不上。可是他用功,他有成本的笔记。他每课必上,一次实习不缺。他干完一天的乏味工作,好像拉磨的马一样,两眼蒙住,兜着一个地方转,不知道磨了些什么。

母亲为他省钱,每星期托邮车给他带来一块灶火烤的小牛肉,他上午从医院回来,一边在墙上拍打鞋底,一边拿它就午饭吃。用过午饭,他该朝教室、解剖室、救济院跑了,然后穿过一条又一条街,回到住所。他用罢房东的菲薄晚饭,又上楼回到房间,埋头用功,他的湿衣服当着熊熊的炉火,直在身上冒气。

---

① 《阿纳喀尔西斯》(1778),一本游记,叙述古代徐西亚人阿纳喀尔西斯,到希腊观光,访问当时所有的名流。作者是巴尔泰莱米 (1716—1795)。
② 相当于高中一年级。

夏季黄昏美好,郁热的街巷空空落落,女用人在大门口踢毽子,他打开窗户,胳膊肘靠在上头。小河①在他底下桥和栅栏之间流过,颜色发黄、发紫或者发蓝,把鲁昂这一区变成一个肮脏的小威尼斯。有些工人,蹲在岸边,在水里洗胳膊。阁楼顶撑出去的竿子,晾着成把的棉线。从对面房顶望过去,一轮西沉的红日,衬着一片清澄的天空。那边②该多好啊!山毛榉底下有多凉爽啊!他张开鼻孔去吸田野的清香味道,但是没有吸到。

他瘦了,个子长高了,脸上显出一种哀怨的表情,几乎能引起别人的几分兴趣。

自然而然,漫不经心地,他把早先下的决心统统丢到脑后。他有一次不实习,第二天不上课,尝出了偷懒的味道,索性渐渐不去了。

他养成坐酒馆的习惯,爱上了牙牌。每天夜晚,钻进一家肮脏的赌窟,在大理石桌上,掷着有黑点的小羊骨头:他觉得这是他得到自由的一种珍贵凭据,提高他对自己的尊重。这就像初入社会,初尝禁脔一样;他往里走,将手放在门的扶手上,心头兜起一种近乎肉感的喜悦。于是心里许多被压抑的东西冒出来了:他学会几个小调,唱给女伴们听,迷上了贝朗瑞③,能调五味酒,最后,懂得了爱情。

多亏这些准备工作,他的医生资格考试④完全失败。当天黄昏,家里等他回来,庆贺他当上了医生!

他一路走去,在村口停住,托人找母亲出来,一五一十,讲给她听。她原谅他,把失败推到主考人员身上,说他们不公道,勉励了他两句,负责安排一切。五年以后,包法利先生才知道实情;过去的事,他

---

① 指罗拜克河,它的两岸是鲁昂最贫困、最醒龌的城区。河流在此受染坊、硝皮作坊的严重污染。一九三〇年后,这条臭河才被填掉。
② "那边"指他的乡村。
③ 贝朗瑞(1780—1857),法国民歌诗人,反对宗教和王室复辟,所作民歌,风行社会各阶层。
④ 一八〇二年,共和政府颁布法令,凡学生年届十七岁,读完第三学年,虽无医学博士学位,只要在普通医学校考试及格,便取得乡间行医资格。此法令于一八九二年十一月三十日取消。

也就由它去了，再说，他不能设想他生出来的孩子会是蠢材。

于是查理埋头用功，坚持不懈，预备他的考试项目，事先记住全部问题。他录取了，分数相当高。这对他母亲来说，是一个了不起的大喜日子！他们大摆酒宴。

他到什么地方行医呢？道特①那边只有一个老医生。许久以来，包法利夫人就盼着他死，老头子还没有卷铺盖，查理作为继承人，就在对面住下了。

但是把儿子教养成人，让他学医，帮他在道特挂牌行医，还不算完：他需要一位太太。她给他找到一位：她是第厄普一个执达吏的寡妇，四十五岁，一年有一千二百法郎收入。

杜比克夫人尽管长得丑，像柴一样干，像春季发芽一样满脸疙瘩，可的确不缺人嫁。包法利太太为了达到目的，不得不一个一个挤掉，甚至于一个卖猪肉的，有教士们撑腰，她也想出办法，破坏了他的诡计。

查理满以为结过婚，环境改善，他就自由了，身子可以自主，用钱可以随意。然而当家做主的是他的太太；他在人面前，应该说这句话，不应该说那句话；每星期五吃素；顺她的心思穿衣服；照她的吩咐逼迫不付钱的病人。她拆他的信，窥伺他的行动，隔着板壁，听他在诊室给妇女看病。

她每天早晨要喝巧克力，要他一个劲儿疼她。她不住口抱怨她的神经、她的肺、她的气血。脚步声音刺激她；人走开了，她嫌寂寞；回到身旁，不用说，是为了看她死。查理夜晚回来，她从被窝底下伸出瘦长胳膊，搂住他的脖子，要他在床沿坐下，开始对他诉说她的苦恼：他忘掉了她，他爱别人！人家先前同她讲过的，她会不幸的；说到最后，

---

① 道特，鲁昂与第厄普之间一小镇。正东不远，即小镇圣维克托。

她为她的健康，向他要一点甜药水，再多来一点爱情。

二

一天夜晚，约莫十一点钟，来了一匹马，当门停住，响声吵醒他们。女用人打开阁楼天窗，问明下面街上一个男子的来意。他带了一封信来请医生。娜丝塔西打着寒噤，走下楼梯，一道又一道，开锁，拔门闩。来人下了马，跟着女用人，一直上来。他从他的灰冠子毡帽，取出一封旧布包着的信，小心翼翼，呈上查理。查理拿胳膊肘支住枕头看信。娜丝塔西在床边举着灯。太太害羞，脸转向墙，露出后背。

这封信用一小块蓝漆封口，求包法利先生立刻就来拜尔托田庄，接一条断腿。可是从道特到拜尔托，经过长镇和圣维克托，走小路也要十足六古里①。夜晚黑漆漆的，少奶奶担心丈夫遇到意外。所以决定，厩夫先打前站。查理等月亮上升，三小时后动身。那边派一个小孩子迎他，帮他指点田庄道路，开栅栏门。

早晨四点钟左右，查理披好斗篷，向拜尔托出发。人刚离开暖被窝，还迷迷糊糊的，由着牲口的安详脚步，颠上颠下。靠近田垄处，掘了一些荆棘围着的窟窿，马走到跟前不走了，查理身子一耸，惊醒过来，立时想起断腿，试着回忆他知道的种种接骨方法。雨已经不下了；天开始发亮，有些鸟动也不动，栖在苹果树的枯枝上，晨风料峭中，敛起它们小小的羽毛。平原展开，一望无际。田庄周围，一丛一丛树木远远隔开，在这灰灰的广大地面，形成若干黑紫点子。地面在天边没入天的阴暗色调。查理不时睁开眼睛，但精神疲惫，困劲又上来了，没有多久，坠入一种昏迷境界，新近的感觉和记忆混淆在一起，看见自己

---

① 指法国古里，一古里约合四公里。

变成两个：同时是学生，又是丈夫，就像方才一样躺在床上，又像往常一样走过一间手术室。在他的意识上，药膏的暖香和露水的清香混合起来了；他听见床顶铁环在帐杆上滑动，太太睡着……走过法松镇，他望见沟沿草地坐着一个小男孩。

小孩子问道：

"您是医生吗？"

查理回答一声"是"，他拿起木头套鞋，就在前面跑开了。

路上听向导谈话，医生领会到卢欧先生一定是一位富裕的农民。昨天黄昏，他在邻居家里过三王①回来摔断了腿。太太死去两年，身边只有他的小姐帮他料理家务。

车辙更深了。他们到了拜尔托。只见小孩钻进一个篱笆窟窿，不见了，过后由一座院子尽里回来，开开栅栏门。马走湿草地，朝前滑溜；查理弯着腰，在树枝底下过。看门的狗在狗舍拉起链子吠叫。他走进拜尔托，马一害怕，来了一个大闪失。

这是一家外表殷实的田庄。马厩敞开，从门上望过去，就见耕田的大马，安安静静，吃着新槽的草料。沿房有一大堆肥料，直冒水汽，五六只孔雀——科这地方田家的奢侈品，站在上头，在母鸡和火鸡当中，啄东西吃。羊圈长长的，仓库高高的，墙光溜溜的，就像人手一样。车棚底下放着两辆老大的大车、四把犁，还有鞭子、套包、全副马具，楼上谷仓落下浮尘，污了马具的蓝羊毛。院子越上越高，种着行列整齐的树木，池塘附近，响彻一群鹅的欢叫。

一个年轻女人，穿着镶了三道花边的美里奴②蓝袍，来到房门口，迎接包法利先生，让到厨房坐。厨房生着旺火，伙计的早饭，盛入高低不齐的小焖罐，在四周沸滚。灶头烘着几件湿衣服。铲子、钳子、吹

---

① 过三王，过"三王节"的意思，节日在一月六日。
② 美里奴，西班牙优良羊种的细毛织品。

筒，都大得不得了，明晃晃的，好像钢一样发亮，沿墙摆了许多厨房器皿，大小不等，映着通红的灶火和从玻璃窗那边射进来的曙光。

查理上到二楼去看病人，就见他躺在床上，蒙着被窝出汗，睡帽扔得老远。他是一个五十岁的矮胖子，白皮肤，蓝眼睛，秃额头，戴耳环。旁边有一张椅子，上面放着一大瓶烧酒，不时喝一口，给自己打气；可是他一看见医生，就泄劲了，十二小时以来，他一直都在咒天骂地，如今却轻轻哼唧起来。

腿伤简单，情形并不复杂。查理做梦也没有想到这么容易。他于是想起师长在病床旁边的姿态，用各种好话安慰病人，——外科医生的温存，就像抹手术刀的油一样。有人到车棚底下找来一捆板条，当夹板用。查理挑了一块，劈成几小块，用碎玻璃磨光了，同时女用人撕开床单作绷带，爱玛小姐试着缝小垫子。父亲嫌她找针线盒找久了，一不耐烦，说了她两句；她没有顶嘴，不过，缝的中间，扎破手指头，然后放在嘴里嘬。

指甲的白净使查理惊讶，亮晶晶的，尖头细细的，剪成杏仁样式，比第厄普的象牙还洁净。其实手并不美，也许不够白，关节瘦了一点；而且也太长了，周围的线条欠柔。她美在眼睛：由于睫毛缘故，棕颜色仿佛是黑颜色。眼睛朝你望来，毫无顾忌，有一种天真无邪的胆大神情。

包扎完了，卢欧先生亲自邀医生走前"用一口"。

查理下楼，来到底层厅房。里头有一张华盖大床，挂着印花布帐子，帐子上画了土耳其人物①；床脚放一张小桌，摆了两份刀叉和几只银杯。他闻见蝴蝶花和面窗的橡木高橱散发出来的湿布气味。角落上，直挺挺排了几袋小麦，是谷仓装满剩下的。谷仓就在近旁，有三层

---

① 中东形象曾经风行一时，但在小说中已将近过时。

石头台阶通到那里。墙上裱糊的绿纸受潮,剥落了;黑铅画的密涅瓦①头像装饰着房间,挂在墙当中钉子上,镶了镀金框子,下面用哥特字体②写着:"献给我亲爱的爸爸"。

他们起初讲病人,后来就谈天气、严寒、夜晚在田里跑东跑西的狼。卢欧小姐在乡间并不开心,尤其是现在,田庄几乎归她一个人料理。厅房冷凄凄的,她一边吃,一边打哆嗦。她一吃东西,就露出一点她丰腴的嘴唇。不说话的时候,她有咬嘴唇的习惯。

白领子朝下翻,露出她的脖子。一条中缝顺着脑壳的弧线,轻轻下去,分开头发;头发黑乌乌、光溜溜的,两半边都像一整块东西一样,几乎盖住了耳朵尖,盘到后头,绾成一个大髻,又像波浪一样起伏,朝鬓角推了出去。这在乡下医生,还是有生以来头一回看见。她的脸蛋是玫瑰红颜色。她像男子一样,在上身衣服两颗钮扣中间,挂了一只玳瑁眼镜。

查理上楼,向卢欧老爹告辞,然后在走以前,又回到厅房。她站着朝花园望,额头贴住窗户。先前起风,吹倒园里的豆架。她转回身,问道:

"您找什么东西?"

他答道:

"对不住,我的鞭子。"

他开始在床上、门背后、椅子底下寻找;原来掉在口袋和墙壁之间的地上。爱玛小姐瞥见了;她伏到小麦口袋上。查理表示殷勤,连忙跑过去,也同样伸出胳膊,女孩子弯在底下,他觉出他的胸脯蹭到她

---

① 密涅瓦,罗马神话中的智慧女神,即希腊神话中的雅典娜。
② 哥特人,公元三世纪的北欧民族,后来迁往东南一带。哥特字体是古体字的一种,实际和哥特人没有多大关系,十二世纪末叶代替罗马字体,十五世纪又为意大利字体所代替,如今仅仅德文还保留它的形态。

的后背。她涨红了脸,立直了,朝后望,递鞭子给他。

原来答应三天过后再来拜尔托,但是第二天他就来了。此后,他一星期经常来两次,还不算他有时候意想不到的偶尔探望。

其实,一切顺利,病按部就班好起来了;四十六天之后,大家看见卢欧老爹试着独自在他的破屋走路,他开始把包法利先生看成一位名医。卢欧老爹说:伊弗托①,就连鲁昂的头等医生,医病也不见其医得更好。

至于查理,他并不细想他为什么喜欢去拜尔托。万一想到这上头,不用说,他会把热忱说成患者病情严重,要不就说成想挣钱。不过平日业务猥琐,难道去田庄看病成为可喜的例外,真就由于这些理由吗?去田庄的日子,他老早起来,骑上牲口,打着它跑;然后下马,在草地擦干净脚,进去之前,戴上黑手套。看见自己来到院子,觉得栅栏门随着肩膀转,公鸡在墙上啼,小伙计们过来迎他,他就欢喜。他爱仓库和马厩;他爱卢欧老爹拍着他的肩膀,喊他救命恩人;他喜欢爱玛小姐的小木头套鞋,踩着厨房洗干净的石板地;她的高后跟托高了她一点点,她在前面走,木底飞快掀起,牵动女靴皮,嘎吱直响。

她送他永远送到第一层台阶。马要是还没有牵来,她就待在这里。再会已经说过,他们也就不再言语;风兜住她,吹乱后颈新生的短发,或者吹起臀上围裙的带子,仿佛小旗,卷来卷去。有一次,时逢化冻,院里树木的皮在渗水,房顶的雪在溶解。她站在门槛,找来她的阳伞,撑开了。阳伞是缎子做的,鸽子咽喉颜色,阳光穿过,闪闪烁烁,照亮脸上的白净皮肤。天气不冷不热,她在伞底下微笑;他们听见水点,一滴又一滴,打着紧绷绷的闪缎。

查理初去拜尔托,少奶奶免不了打听病人的底细,甚至于为卢欧

---

① 伊弗托,道特之西一大镇,在勒阿弗尔的大路上。

先生，在她的复记账簿选了又白又干净的一页。但是她一听说他有一个女儿，就四下打探，得知卢欧小姐是在虞絮林修道院长大的，据说受过良好教育①，自然也就懂得跳舞、地理、素描、刺绣和弹琴了，这还了得！

她想："那么，就是为了这个缘故，他去看她，这才脸上发光，这才穿上他的新背心，也不怕雨淋坏？啊！这个女人！这个女人！……"

她本能地恨她。起初她闷不下去，说暗话试他。查理听不懂；后来她偶尔挖苦几句，他怕吵闹，权当没有听见；最后，她当面指责，他不晓得怎么回答。——卢欧先生已经病好了，诊费又没有付，他凭什么还去拜尔托？啊！因为那边有一个人儿、一位能说会道的人儿、一位刺绣家、一位女才子。他爱的就是这个：他要的是城里小姐！她接着道：

"卢欧老爹的女儿，一位城里小姐！去她的吧！他们的祖父是放羊的，他们有一个亲戚，同人吵架，差点儿吃官司。她犯不上那样瞎神气，也犯不上星期天上教堂，穿一件绸袍子，活像一位伯爵夫人。再说，可怜的老头子，去年要不是油菜收成好，兴许连地租都交不上！"

查理嫌烦，不去拜尔托了。艾洛伊丝爱情大发作，哭了吻，吻了哭，之后，叫他赌咒，手放在弥撒书上，说他再也不去，他只得依顺；可是欲望强烈，他不甘心奴颜婢膝，就此屈服：这道禁止看她的阃令，通过一种天真的虚伪想法，在他看来反而成为爱她的权利。而且寡妇瘦括括的，牙又长，整年披一件小黑披肩②，尖尖头搭在肩胛骨之间；骨头一把，套上袍子，就像剑入了鞘一样；袍子又太短，露出踝骨和大皮鞋的交叉搭在灰袜上面的带子。

查理的母亲不时来看他们；可是待不了几天，刀口对刀口，媳妇

---

① 法国女子教育过去由教会主持，一般妇女没有机会受到正式学校教育。
② 一种方形披肩，帝国时代由印度传入，盛行于一八七〇年以前。

像是把她磨快了一样，于是好比两把刀，你一言，我一语，她们扎过来，刺过去，拿他出气。他吃东西不该吃得那么多！为什么不管谁来，总请他喝酒？死不穿法兰绒背心，多固执！

就在开春，安古镇一个公证人、杜比克寡妇财产的保管人，有一天带了他的事务所的全部现金，搭船卷逃了。不错，除去值六千法郎的船股之外，艾洛伊丝还有她在圣弗朗索瓦街的房子；可是这份产业，尽管吹了个天花乱坠，除去几件家具和几件旧衣服之外，就没有别的再在家里露过面。事情必须查究明白。原来第厄普的房子，连打地基的桩子，都抵押掉了；她在公证人那边存了一些什么，只有上帝知道；船股也决多不过一千埃居①。原来她撒谎来着，好娘儿们！公公一怒，在石板地上摔坏一张椅子，骂老婆祸害儿子，给他套了这样一匹干瘪马，鞍辔不及马皮值钱，他们来到道特。话一扯穿，吵起来了。艾洛伊丝哭着，扑到丈夫怀里，求他帮她对付公婆。查理试着替她分辩。父母一怒而去。

但是病根扎下了。过了一星期，她在院子晾衣服，吐了一口血，第二天，查理转过背去拉窗帘，她说："啊！我的上帝！"叹息一声，晕倒过去。她死了，真想不到！

坟地的事一了，查理回到家，没有在底下遇见一个人，走上二楼卧室，看见她的袍子还挂在床头，于是靠住书桌，一直待到天黑，沉在痛苦的梦境。无论如何，她爱他来着。

三

一天早晨，卢欧老爹来了，给查理带来医腿的诊费：七十五法郎，

---

① 埃居，法国古币名，每枚值六法郎或三法郎，这里指后一种。

用的是四十苏①一枚的辅币②，另外还有一只母火鸡。他听人说起他的不幸，就尽力安慰他，拍他的肩膀道：

"我知道这是怎么一回事！我也像您一样，经过这事！我丢了我的老伴儿，当时我走到田里，只想一个人待；我倒在一棵树旁边，又哭，又喊老天爷，直讲浑话；我真愿意像我看见的树枝上的田鼠一样，肚子里头长蛆，一句话，死了拉倒。我一想到别人这期间，和他们的小媳妇亲热，搂得紧紧的，我就拿我的手杖拚命敲地；我差不多疯了，饭也不吃；您也许不相信，单只想到上咖啡馆，我就腻味。好啦，慢条斯理，一天又一天，春天接冬天，秋天跟夏天，也就一星一点过去了，去远了，走开了，我的意思是说，沉下去了，因为您心里总有一点什么东西留下来，像人们说的……一块石头，在这儿，压着胸口！不过，既然我们人人命当如此，就不该糟蹋自己，别因为伴儿死了，自己也想死……包法利先生，应当打起精神来才是；这会过去的！看我们来吧；您明白，我女儿一来就想到您，说您忘了她啦。眼看春天要来了；我们陪您上林子里打野兔，也好散散心。"

查理听他劝，又去了拜尔托。他发现一切如旧，就是说，和五个月以前一模一样。梨树已经开花，卢欧老头子如今站起来了，走来走去，田庄也就因而越发生气蓬勃。

在卢欧老爹想来，医生遭逢不幸，尽可能体恤成了他的责任，所以他求他不要摘掉帽子，低声同他说话，仿佛他成了病人，甚至看见别人没有为他准备一点比较轻松的吃食，如同小罐奶酪，或者烧熟的梨呀什么的，还假装生气。他讲故事，查理意料不到自己笑了；可是他忽然想起太太，就又郁郁不欢。咖啡端上来，他不再思念她了。

---

① 苏，法国辅币名，二十个苏值一法郎。
② "四十苏一枚的辅币"，就是一个值二法郎的辅币。"七十五法郎"却是单数。作者可能指多数用二法郎辅币付账。

过惯一个人的日子，他越来越不思念她。他有了自由自在这种新到手的快乐，不久反而觉得寂寞好受了。现在他可以改改用餐时间，出入不必举理由，人累狠了，就四肢一挺，躺到床上。他于是贪舒服，心疼自己，接受外人的慰唁。再说太太一死，他的营业反而好转，因为一个月以来，大家总在说："这可怜的年轻人！多不幸！"他有了名气，主顾多了；而且他去拜尔托，无拘无束。他起了一种漫无目标的希望、一种模模糊糊的幸福；他理他的络腮胡须，照照镜子，觉得脸好看多了。

　　有一天，三点钟上下，他来了；人全下地去了；他走进厨房，起初没有看见爱玛。外头放下护窗板，阳光穿过板缝，在石板地上，变成一道一道又长又亮的细线，碰到家具犄角，一折为二，在天花板上颤抖。桌上放着用过的玻璃杯，有些苍蝇顺着往上爬，反而淹入杯底残苹果酒，嘤嘤作响。亮光从烟突下来，掠过铁板上的烟灰，烟灰变成天鹅绒，冷却的灰烬映成淡蓝颜色。爱玛在窗、灶之间缝东西，没有披肩巾①，只见光肩膀冒着小汗珠。

　　她按照乡间风俗，邀他喝酒。他不肯，她一定要他喝，最后一面笑，一面建议他陪她饮一杯。于是她从碗橱找出一瓶橘皮酒，取下两只小玻璃杯，一杯斟得满满的，一杯等于没有斟，碰过了杯，端到嘴边喝。因为酒杯差不多是空的，她仰起身子来喝；头朝后，嘴唇向前，脖子伸长，她笑自己什么也没有喝到，同时舌尖穿过细白牙齿，一点一滴，舔着杯底。

　　她又坐下来，拾起女红，织补一只白线袜；她不言语，低下额头，只是织补。查理也不言语。空气从门底下吹进来，轻轻扬起石板地的灰尘；他看着灰尘散开，仅仅听见太阳穴跳动，还有远远一只母鸡在院

---

① 指一种三角形肩巾，乡间妇女喜欢用来遮盖头、肩裸露部分。

子下了蛋啼叫。爱玛不时摊开手心冰脸,手心发热,放在火篦的铁球上再沁凉了。

她诉说入夏以来,就感头晕;她问海水浴对她有没有用[①];她谈起修道院,查理谈起他的中学,他们有了话说。他们上楼,来到她的卧室。她让他看她的旧音乐簿、她得奖的小书[②]和扔在衣橱底层的栎叶冠。她还说起她的母亲、坟地,甚至指给他看花园里的花畦,说她每个月的第一个星期五,都要掐下花来,放到母亲的坟头。可是他们的花匠一点也不知道;用人简直不管事!她情愿住在城里,哪怕单是冬季也好,虽然夏季天长,住在乡间,也许更腻味;——依照说话的内容,她的声音一时清楚,一时尖锐,忽而懒洋洋,临了差不多变成自言自语时的呢喃,——转眼之间,兴高采烈,睁开天真的眼睛,马上却又眼皮半闭,视线充满厌烦,不知想到什么地方去了。

查理夜晚回来,一句一句掂量她说过的话,试着一面追忆,一面补足意思,想把他还不认识她的那段生活为自己编造出来。不过他所能想象到的她,和他第一次看见的她,永远不差分毫,不然的话,也就是前不多久,他刚离开她时的模样。随后他问自己:她结了婚,会变成什么模样?而且嫁谁?唉!卢欧老爹很有钱,她呀!又……那样美!不过爱玛的脸总在眼前出现,有种单调的声音,仿佛一只陀螺在耳边嗡嗡道:"可是,假如你结婚的话!假如你结婚的话!"他夜晚睡不着,喉咙发干,直想喝水,下床走到水罐跟前,打开窗户;满天星斗,吹来一阵热风,狗在远处吠叫。他的头不由得转向拜尔托。

查理一想,反正没有什么损失,决计一有机会就求婚;但是每次机会来了,他又牢牢闭拢嘴唇,害怕找不到适当的字句。

[①] 海水浴当时刚刚时兴。
[②] 宣传宗教的小册子,有很多彩色插图。

女儿在家，帮不了他什么忙，有人把她带走，卢欧老爹不至于难过。他私下原谅她，觉得她才情高，不宜稼穑，——老天爷瞧不上的行业，从来没有见过出一位百万富翁。老头子不但不发财，而且年年蚀本：因为他谈交易虽说精明，喜欢耍耍本行的花枪，可是稼穑本身，还有田庄内部管理，对他说来，却没有再不相宜的了。他不高兴操劳，生活方面，一钱不省，衣、食、住，样样考究。他喜欢酽苹果酒、带血的烤羊腿、拌匀的光荣酒①。他一个人在厨房用饭，小桌端到跟前，当着灶火，菜统统摆好，如同在戏台上一样。

所以看见查理挨近他女儿就脸红，——意味有一天，对方会为了她向他求婚，他便前前后后先考虑了一番。他觉得查理人有些单薄，不是他一直想望的一位女婿；不过人家说他品行端正，省吃俭用，很有学问，不用说，不会太计较陪嫁。何况卢欧老爹欠泥瓦匠、马具商许多钱，压榨器的大轴又该调换，他的产业非卖掉二十二英亩应付不了。

他想：

"他问我要她的话，我就给他。"

圣米迦勒期间②查理来拜尔托待三天。末一天像前两天一样过掉，一刻又一刻拖延。卢欧老爹送他一程；他们走了一条坑坑洼洼的小道，眼看就要分手；是时候了。查理盘算，走到篱笆角落，一定开口，最后过都过去了，他唧哝道：

"卢欧先生，我打算同您谈一点事。"

他们站住，查理又不吱声了。卢欧老爹笑微微道：

"把您的事说给我听吧！我还有什么不清楚的！"

查理结结巴巴道：

---

① 光荣酒，即掺烧酒的咖啡。
② 圣米迦勒，基督教中的天使长，九月二十八日是圣米迦勒节。

"卢欧老爹……卢欧老爹……"

佃农①继续道：

"就我来说，我是求之不得。不用说，闺女和我是一个心思，不过总该问问她，才好算数。好，您走吧；我把话带回去就是了。答应的话，您听明白，用不着回转来，一则人多口杂，再则，也太让她难为情。不过为了免得您心焦，我会推开护窗板，一直推得贴住墙：您趴在篱笆上，从后头就望见了。"

他走开了。

查理把马拴在树上，跑到小径等待。过了半小时，后来他数表又数了十几分钟。墙那边忽然起了响声；护窗板推开，钩子还直摆动。

第二天，才九点钟，他就到了田庄。爱玛见他进来，脸红了，碍着面子，勉强笑了一笑。卢欧老爹吻抱未婚女婿。银钱事项留到日后再谈；而且他们目前有的是时间，因为办喜事，照规矩说，也该等到查理除服，就是说，开春前后。

大家在期待中过了冬天。卢欧小姐忙着办嫁妆。一部分到鲁昂定制；她照借来的时装图样，做了一些衬衣、睡帽。查理一来田庄，他们就谈婚礼筹划，研究酒席摆在哪一间屋子；他们考虑必需的菜肴道数、上什么正菜。

爱玛希望点火炬，半夜成亲②，不过卢欧老爹根本不懂这种想法。婚礼举行了，来了四十三位客人，酒席用了十六小时，第二天又开始，拖拖拉拉，一连吃了几天。

---

① 根据田庄的描写、卢欧的生活，特别是他能做主卖田这件事，他这个佃农应当是"以官册为凭的土地持有者——缴纳封建地租的终生和世袭的佃农"（参看《马克思恩格斯全集》第1卷第193注）。
② 属于浪漫主义的想法。

四

客人老早乘车来了：一匹马拉的小货车、一排一排板凳的双轮车、没有车篷的老式轻便马车、挂了皮篷的搬运车；邻近村庄的年轻人，一排一排，站在大车里头，扶住车栏杆，生怕摔倒，因为马放开蹄子，车颠得厉害。有的从十古里以外的高代镇、诺曼镇和喀尼来。两家亲戚邀遍了；绝了交的朋友，又和好如初；长久不见的故旧，也捎了信去。

篱笆外不时传来鞭子的响声，栅栏门紧跟着开开，便见进来一辆小货车，直奔台阶第一级，猛一下子停住。乘客四面八方下来，揉揉膝盖，挺挺胸脯。妇女戴帽子，穿城里款式的长裙，挂金表链，披小斗篷，下摆掖在带子底下，或者披小花肩巾，拿别针在背后别住，露出后颈。男孩子照爸爸的模样打扮，穿新上衣，倒像添了拘束（这一天，许多孩子还是生平第一遭穿靴子），他们旁边，闷声不响坐着一个十四岁或者十六岁的大姑娘，不用说，是他们的姐姐或者堂姐，穿着第一次圣体瞻礼时穿的白袍，为了这趟做客才又放长了。她脸红红的，心慌慌的，头发厚厚地抹了玫瑰油，直怕碰脏手套。厩夫少，车来不及卸，老爷们挽起袖子，亲自动手。他们依照不同的社会身份，有的穿燕尾服，有的穿大衣，有的穿制服，有的穿小礼服；——讲究的燕尾服受到一家老小的敬重，不逢大典，不从衣橱里拿出来；大衣是随风飘扬的宽下摆，圆筒领子，口袋一般大小的衣袋；粗布制服，寻常还来一顶铜箍帽檐制帽，小礼服很短，后背有两个钮子，聚在一道，好似一双眼睛，对襟就像木匠一斧子从一整块料子上劈下来的一样。有些人（这种人，当然应该敬陪末座）穿着出门穿的工人服，就是说，领子翻在肩膀上，后背打小褶子，一条缝好的带子，在顶低的地方勒紧了腰。

胸脯上的衬衣都胀鼓鼓的，仿佛铠甲！人人新理的发，耳朵露出,脸刮得溜光;有些人天不亮就起床,刮胡须看不清,不是鼻子底下来几道垂直伤口,就是沿上下颚剃掉一块块埃居大小的皮,路上冷风一吹发了炎,于是那些容光焕发的大白脸,像大理石般添上了一片片小小的淡红色印记。

镇公所离田庄半古里远,去时步行,教堂行礼回来,仍是步行。行列起初齐齐整整,走在绿油油小麦之间的狭窄阡陌,曲曲折折,好似一条花披肩,在田野动荡起伏,不久拉长了,三三两两,放慢步子闲谈。前面走着提琴手,提琴的卷轴扎了彩带;新人跟在后头,亲友随便走动;孩子们待在末尾,掐荞麦秆子尖尖的花儿玩,要不然就瞒着大人,自己玩耍。爱玛的袍子太长,下摆有些拖来拖去,她不时停住往上拉拉,然后用戴手套的手指,灵巧敏捷地除去野草和蓟的小刺,查理空着两手,在旁边等她。卢欧老爹戴一顶新缎帽,青燕尾服的硬袖连手指甲也盖住了。他挽着包法利太太。至于包法利老爹,心下看不起这群人,来时只穿一件一排钮扣的军式大衣,向一个金黄头发乡下姑娘,卖弄咖啡馆流行的情话。她行着礼,红着脸,不知如何回答才好。别的贺客,谈着自己的事,要不就兴致勃勃地彼此在背后捣乱;提琴手一直在田野拉琴,咯吱咯吱的声音总在大家耳边响。他一看大家落远了,就站住歇口气,仔细给弓子上松香,弦子吱嘎起来,也好听些,然后举步又走,琴柄忽高忽低,帮自己打拍子。乐器的声音惊起小鸟,远远飞去。

酒席摆在车棚底下。菜有四份牛里脊、六份炒子鸡、煨小牛肉、三只羊腿、当中一只烤乳猪、边上四根酸模香肠。犄角是盛烧酒的水晶瓶。一瓶瓶甜苹果酒,围着瓶塞冒沫子,个个玻璃杯先斟满了酒。桌子轻轻一动,大盘的黄色奶油就晃荡,表皮光溜溜的,上面画着新人名姓的第一个字母,用糖渍小杏缀成图案。他们到伊弗托找来一位点心师傅,专做馅饼和杏仁糕。他在当地初次亮相,特别当心,上点心时,亲自捧出颤巍巍一盘东西,人人惊叫。首先,底层是方方一块蓝硬纸板,剪成一座有门廊有柱子的庙宇,四周龛子撒了金纸星宿,当中塑着小神像;其次,二层是一座萨瓦蛋糕①望楼,周围是独活、杏仁、葡萄干、橘瓣做的玲珑碉堡;最后,上层平台,绿油油一片草地,有山石,有蜜饯湖泊,有榛子船只,还看见一位小爱神在打秋千:巧克力秋千架,两边柱头一边放一个真玫瑰花球。

大家一直吃到天黑。坐得太累了,大家到院子散步,或者到仓库玩瓶塞②,然后回来再吃。临到散席,有些人睡着了打鼾。不过咖啡一来,大家又都有了生气,有人唱歌,有人表演,有人举重,有人钻大拇指③,有人试扛大车,有人说玩笑话,有人吻抱妇女。马吃荞麦,吃到鼻子眼儿都是,夜晚动身,左右不肯套车,又踢,又跳,鞍带也挣断了,主子骂着,要不然就是笑着;整整一夜,月光如水,小货车沿着乡间大道疯狂奔驰,蹦水沟,跳石子堆,爬险坡,妇女身子探出车门来抓缰绳。

留在拜尔托的那些人,在厨房饮酒消夜。孩子们早在板凳底下睡着了。

新娘子事先央求父亲,免去闹房习俗。不料亲戚当中,有一个海鱼贩子(还带了一对比目鱼作贺仪),对准钥匙眼儿,拿嘴往里喷水;正巧他要喷水,卢欧老爹过来拦住,对他解释:女婿有身份,这样闹是不可以的。亲戚勉强依了,可是心里直嫌卢欧老爹傲气,走到一个角落,和另外四五个客人打成一伙;这几个人偶尔一连几回在席上吃了次肉,也认为主人亏待他们,就嘀嘀咕咕,话里带刺,咒他败家。

---

① 萨瓦,法国东南地区,和意大利接壤,最初是一个伯国。相传十四世纪,阿梅代六世纪伯爵宴请日耳曼皇帝,特制一种蛋糕,象征本国山川,极受欢迎;后来蛋糕有庄园形象的,都叫萨瓦蛋糕。
② 瓶塞上放钱,用种种条件限制,看谁能把钱打下来。
③ 一种游戏。

包法利老太太整日没有开口。媳妇的梳妆、酒席的安排，全没有同她商量；她老早上了床。她的丈夫非但不跟她安息，反而差人到圣维克托买雪茄，吸到天明，一边拿樱桃酒兑上柠檬酒喝，——这种掺和方式，在座的人因为不懂，分外敬重他。

查理生性不诙谐，婚礼期间，并不出色。从上汤起，贺客作为一种责任，朝他直说俏皮话、同音字、双关语、恭维话和猥亵话，他也就是应付而已。

第二天，异乎寻常，他仿佛成了另一个人。大家简直把他看成昨天的女郎，而新娘子若无其事，讳莫如深，就连最狡黠的人也猜不透她的心思；她走过他们身边，他们打量她，显出万分紧张的心情。可是查理什么也不掩饰。他喊她"我的太太"，称呼亲热，逢人问她，到处找她，时常把她拉到院子，人远远望去，就见他在树木中间，搂住她的腰，继续行走，身子弯过去，头蹭乱她胸前的花边。

婚后过了两天，新夫妇动身，查理要看病人，不便多待。卢欧老爹套上他的小货车送他们，又亲自陪到法松镇。他在这里最后吻抱一次女儿，下了车，往回走。他走上百十来步，站住望着小货车走远，轮子在尘土中滚动，长叹了一口气。接着他想起他的婚礼、他的往事、太太第一次怀孕；他从岳父家带她回去，这一天，他也很快活来的，她骑在他的背后，马踏着雪；因为当时是在圣诞节前后，田野正好白茫茫一片；她一只胳膊抱牢他，一只胳膊挎着她的篮子；帽子是科地样式，风吹动花边长帽带，有时候飘到嘴上；他一回头，就见她的小红脸蛋，贴紧他的肩膀，在她的金黄帽檐底下，静悄悄微笑。她为了取暖，不时拿手指伸进他的胸怀。这一切，都多么遥远！他们的儿子，活到如今，该三十岁了！他不由得朝后望望。路上一无所有。他觉得自己好生凄凉，活像一所空房子；热气腾腾的酒菜，早已冲昏头脑，现在横添上动情的回忆和悲伤的心情，他一时真想到教堂旁边①转上一转。不过他怕去了愁上加愁,就一直回家去了。

约摸六点钟光景,查理夫妇到了道特。邻居凑到窗户跟前,看他们的医生的新夫人。

老女佣过来同她见礼,道歉晚饭没有备好,请太太先认认她的住宅。

五

房子前脸,一砖到顶,正好沿街,或者不如说是沿路。门后挂一件小领斗篷、一副马笼头、一顶黑皮便帽,角落地上扔一双皮裹腿,上面还有干泥。右手是厅房,就是说,饮食起居所在。金丝雀黄糊墙纸,高头镶一道暗花,由于帆布底子没有铺平,整个在颤动,压红边的白布窗帘,又开挂在窗口;壁炉台窄窄的,上面放一只亮闪闪的座钟,上面饰有希波克拉底②的头像,一边一支椭圆形罩子扣着的包银蜡烛台。过道对面是查理的诊室、六步来宽的小屋,里头有一张桌子、三张椅子和一张大靠背扶手椅。一个六格松木书架,单是《医学辞典》③,差不多就占满了。辞典没有裁开④,但是一次一次出卖,几经转手,装订早已损坏。看病时候,隔墙透过来牛油融化的味道;人在厨房,同样听见病人在诊室咳嗽,诉说他们的病历。再往里去,正对院子和马棚,是一间有灶的破烂大屋,现在当柴房、堆房、库房用,搁满废铁、空桶、失修的农具和许多别的东西,布满灰尘,也摸不清做什么用。

花园长过于宽,夹在土墙当中,沿墙是果实累累的杏树,靠近田野,有一道荆棘篱笆隔开。当中是一个石座青石日晷。四畦瘦小野蔷

---

① 指教堂旁边的公墓,里头有他太太的坟。
② 希波克拉底(约公元前460—前377)古希腊名医,被誉为医学之父。
③ 《医学辞典》,八开本,共六十册,一八一二年开始出版,一八二二年出齐。
④ 法国的平装本书由读者自己裁开。"没有裁开",表示没有看过,只是装门面罢了。

薇，互相对称，环绕着一块较为实用的方菜地。院子深处云杉底下，有一座读祷告书的石膏堂长像。

爱玛来到楼上。第一间没有家具。第二间是卧室，尽里凹处有一张红幔桃花心木床；还有一只蚌壳盒子，点缀五斗柜；窗边一张书桌，上面放着一个水晶瓶，里头插了一把白绫带束扎的橘花。这是新娘子的花、前人的花！她看着花。查理发觉了，拿花放到阁楼；爱玛坐在一张扶手椅上（她带来的东西放在周围），想着纸匣里她的结婚的花，凝神自问，万一她死了，这束花又将如何。

开头几天，她盘算着改动家里的布置，去掉蜡台的罩子①，换上新糊墙纸，又漆一遍楼梯，花园日晷四周，搁了几条板凳。她甚至打听怎样安装喷水鱼池。最后，丈夫知道她喜欢乘马车散心，买了一辆廉价出让的包克②，装上新灯和防泥的花皮护带，宛然就是一辆提耳玻里③。

于是他快乐，无忧无虑。两个人面对面用饭、黄昏在大路散步、她的手整理头发的姿势、她的草帽挂在窗户开关上的形象和许多查理梦想不到的欢愉，如今都是他连绵不断的幸福的组成部分。早晨他躺在床上，枕着枕头，在她旁边，看阳光射过她可爱的脸蛋的汗毛，睡帽带子有齿形缀饰，遮住一半她的脸。看得这样近，他觉得她的眼睛大了，特别是她醒过来，一连几次睁开眼睑的时候；阴影过来，眼睛是黑的，阳光过来，成了深蓝，仿佛具有层层叠叠的颜色，深处最浓，越近珐琅质表面越淡。他自己的视线消失在颜色最深的地方，他看见里面有一个小我，到肩膀为止，另外还有包头帕子和他的衬衫领口。他下

---

① 巴尔扎克在《风雅生活论》第一章第一节中说："在这愁苦的市区，有一笔年金或者……有流苏窗帘、船形大床和玻璃罩蜡烛台，风雅就解决了。"玻璃罩子，《包法利夫人》的时代已经不时兴了。
② 包克，一种小型轻便马车，两个座位。
③ 提耳玻里，一种英国式轻便马车，无篷，也是两个座位。

了床。她来到窗前,看他动身,胳膊肘拄着窗台,一边放一盆天竺葵,穿着她的梳妆衣,松松的,搭在身子周围。查理在街上蹬住界石,扣牢刺马距;她在楼上继续和他说话,咬下一瓣花或者一片叶来,朝他吹过去,鸟儿似的,一时飞翔,一时停顿,在空中形成一些半圆圈,飘向门口安详的老白牝马的蓬乱鬣毛,待了待,这才落到地上。查理在马上送她一个吻;她摆摆手,关上窗户,他便出发了。他走大路,路上尘土飞扬,如同一条长带子,无终无了;或者走坑坑洼洼的小道,树木弯弯曲曲,好似棚架一般;或者走田垄,小麦一直齐到腿弯子,他的双肩洒满阳光,鼻孔吸着早晨的空气,心中充满夜晚的欢愉,精神平静,肉体满足,他咀嚼他的幸福,就像饭后消化中还在回味口蘑的滋味一样。

在这以前,他生活哪一点称心如意?难道是中学时期?关在那些高墙中间,孤零零一个人,班上同学全比他有钱,有气力,他的口音逗他们发笑,他们奚落他的服装,他们的母亲来到会客室,皮手筒里带着点心。难道是后来学医的时期?钱口袋永远瘪瘪的,一个做工的女孩子明明可以当他的姘头,因为她陪他跳双人舞的钱,他付不出,也告吹了。此后他和寡妇一道过了十四个月,她那双脚在床上就像冰块一样凉。可是现在,他心爱的这个标致女子,他能一辈子占有。宇宙在他,不超过她的纺绸衬裙的幅员;他责备自己爱她爱得不够,想再回去看看她;他迅速回家,走上楼梯,心直扑腾。爱玛正在房间梳洗;他潜着脚步,走到跟前,吻她的背,她猛吃一惊,叫了起来。

他一来就忍不住摸摸她的筐梳、她的戒指、她的肩巾;有时候他张开嘴,大吻她的脸蛋,要不然就顺着她的光胳膊,一路小吻下去,从手指尖一直吻到肩膀;她推开他,半微笑,半腻烦,好像对付一个死跟在你后头的小孩子一样。

结婚以前,她以为自己有爱情;可是应当从这种爱情得到的幸福不见来,她想,一定是自己弄错了。欢愉、热情和迷恋这些字眼,从前

在书上读到,她觉得那样美,那么在生活中,到底该怎样正确理解呢,爱玛极想知道。

六

她读过《保尔和维吉妮》①,梦见小竹房子、黑人多明戈、名唤"忠心"的狗,特别是,一个好心小哥哥,情意缠绵,爬上比钟楼还高的大树,给你摘红果子,或者赤脚在沙地跑,给你带来一个鸟窠。

十三岁上,父亲送她去修道院,亲自带她进城②。他们投宿在圣热尔韦区一家客店,晚饭用的盘子,画着拉瓦利埃尔小姐③的故事。解释传说的文字,句句宣扬宗教、心地的温柔以及宫廷的辉煌景象,可是东一道印,西一道印,划来划去,上下文连不起来了。

她在修道院,起初不但不嫌憋闷,反而喜欢和修女们在一起相处。她们要她开心,领她穿过一条长廊,走出饭厅,去看礼拜堂。休息时间,她很少游戏,把教理问答记得滚瓜烂熟,有了难题,总是由她回答主教助理先生。她终日生活在教室的温暖气氛里,在这些面色苍白、挂着铜十字架念珠的妇女中间,加之圣坛的芳香、圣水的清冽和蜡烛的光辉散发出一种神秘的魅力,日子一久,她也就逐渐绵软无力了。她不听弥撒,只盯着书上天蓝框子的圣画;她爱害病的绵羊、利箭穿过的圣心或者边走边倒在十字架上的可怜的耶稣④。她练习苦行,试

---

① 《保尔和维吉妮》(1787),法国作家贝纳尔丹·圣皮埃尔的著名小说,初期浪漫主义的代表作品:保尔和维吉妮,两小无猜,自幼相爱,生活在非洲旁的毛里求斯小岛,伴侣有黑人多明戈和一条狗。
② 指鲁昂。
③ 拉瓦利埃尔小姐(1644—1710),路易十四早年的宠姬,失宠后隐居修道院。
④ "害病的绵羊",象征有罪的人。"圣心"崇拜,特别在法国流行,倡导者是女修士玛丽·阿拉考克(1647—1698)。据波米埃与勒鲁编订的《包法利夫人》新版本(185页):"倒在十字架上"作"倒在十字架下"。《约翰福音》第十九章第十七节却写明:"耶稣背着自己的十字架出来"。

着一天不吃饭,还左思右想,要许一个愿。

临到忏悔,她为了多待一会儿,便编造一些小罪过,跪在暗处,双手合十,脸贴住栅栏门,听教士喃喃低语。布道中间说起的那些比喻,诸如未婚夫、丈夫、天上的情人和永恒的婚姻等,总在她灵魂深处唤起意想不到的喜悦。

晚祷之前,在自习室读宗教作品。星期一到星期六,读一些圣史节要,或者福雷西路斯院长的《讲演录》①;星期日读几段《基督教真谛》②作为消遣。浪漫主义的忧郁,回应大地和永生,随时随地,发出嘹亮的哭诉,她头几回听了,十分入神!我们接受自然的感染,通常要靠作品做媒介,她的童年如果是在商业区店铺后屋度过,她也许容易受到感染,可是她太熟悉田野,熟悉牲畜的叫声,懂得乳品和犁铧。她看惯了安静的风物,反过来喜好刺激。她爱海只爱海的惊涛骇浪,爱青草仅仅爱青草遍生于废墟之间。她必须从事物得到某种好处;凡不能直接有助于她的感情发泄的,她就看成无用之物,弃置不顾,——正因为天性多感,远在艺术爱好之上,她寻找的是情绪,并非风景。

有一个老姑娘,每月来修道院,做一星期女红。因为她是大革命摧毁的一个世家的后裔,有大主教保护,她和修女们一道在饭厅用饭,饭后和她们闲聊一会儿,再做女红。住堂生常常溜出教室看她。前一世纪有些情歌,她还记得,一边捻针走线,一边曼声低唱起来。她讲故事,报告新闻,替你上街买东西,围裙袋里总有一部传奇小说,私下借给大女孩子看,老姑娘休息的时候,自己也是一章一章拚命看。书上无非是恋爱、情男、情女、在冷清的亭子晕倒的落难命妇、站站遇害的驿夫、页页倒毙的马匹、阴暗的森林、心乱、立誓、呜咽、眼泪与吻、

---

① 福雷西路斯(1765—1841),法国宗教活动家,复辟时期曾出任部长。一八二五年出版演讲集《基督教辩》。
② 《基督教真谛》(1802),法国浪漫主义作家夏多布里昂(1768—1848)的作品,著名中篇小说《阿达拉》与《勒内》就包括在这部作品中。

月下小艇、林中夜莺，公子勇敢如狮，温柔如羔羊，人品无双，永远衣冠楚楚，哭起来泪如泉涌。就这样，爱玛在十五岁上，有半年之久，一双手沾满了古老书报租阅处的灰尘。后来她读司各特①，醉心历史事物，梦想着大皮柜、警卫室和行吟诗人。她巴不得自己也住在一所古老庄园，如同那些腰身细长的女庄主一样，整天在三叶形穹隆底下，胳膊肘支着石头，手托住下巴，遥望一位白羽骑士，胯下一匹黑马，从田野远处疾驰而来。她当时崇拜玛丽·斯图亚特②，衷心尊敬那些出名或者不幸的妇女。在她看来，贞德、爱洛伊丝、阿涅丝·索雷尔、美人拉弗隆与克莱芒丝·伊索尔③，超群出众，彗星一般，扫过历史的黑暗天空，而圣路易与他的橡树、临死的巴雅尔、路易十一的若干暴行、圣巴托罗缪的一些情况、贝恩人的羽翎和颂扬路易十四的彩盘的经久不忘的回忆④，虽然东一闪，西一闪，也在天空出现，但是彼此之间毫无关联，因而长夜漫漫，越发不见形迹。

她在音乐课上唱的歌，不外乎金翅膀的小天使、圣母、潟湖、贡多拉船夫⑤，全是一些悠闲之作，文字拙劣，曲调轻浮，她在这里，影影绰绰看见感情世界的动人形象。有些同学，年节贺礼收到诗文并茂

---

① 司各特(1771—1832)，苏格兰历史小说家。
② 玛丽·斯图亚特(1542—1587)，苏格兰女王，信奉天主教，新教信徒执掌政权后，逃往英国，被囚约二十年之久，后被处决。
③ 贞德(1412—1431)，法国村姑，执戈从戎，号令民众击败英军，收复许多城市，后为贵族所出卖，死于敌人之手。爱洛伊丝(1101—1164)，法国神学家阿倍拉尔的女弟子，师生相爱，受到家庭反对，男受阉刑，女人修道院。阿涅丝·索雷尔(1422—1450)，法国国王查理七世的情妇，掌握大权有七年之久。美人拉弗隆，法国国王弗朗索瓦一世的情妇。克莱芒丝·伊索尔，法国南方一贵妇，传说生在十四世纪，曾创立欧洲最早的诗会。
④ 圣路易即法国国王路易九世(1215—1270)，传说他曾坐在一棵橡树下审问官司。巴雅尔(1473—1523)，法国武士，远征意大利时，石头打断他的脊椎，他让人把自己放在树底下，面向敌军，说："我从来没有背向敌人，我死的时候也不想这样做。"路易十一(1423—1483)，法国国王，传说即位前曾毒死父亲的情妇阿涅丝·索雷尔，即位后，运用阴谋，处决许多和他作对的贵族。一五七二年八月二十三日之夜，即圣巴托罗缪节前夕，查理九世迫于母命，下令屠杀胡格诺派教徒，挑起第五次内战。贝恩人，指法王亨利四世(1553—1610)，一五九〇年，他在作战之前向士兵演说："你们要是丢了你们的军旗，就朝我的白羽翎聚拢好了；你们永远在荣誉之路看见它。"羽翎是他的帽饰。
⑤ 潟湖，指威尼斯附近的环礁湖。贡多拉是威尼斯特有的小船。

的画册，带到修道院来，必须藏好；查出来，非同小可；她们躲在寝室读。爱玛小心翼翼，掀开美丽的锦缎封面，就见每首诗文底下，陌生作家署名，大多数不是伯爵，就是子爵，这些名字让她看呆了。

她战战兢兢，吹开保护画幅的绢纸；绢纸掀起一半，又轻轻落下。上面画的是：阳台栏杆后面，一个穿短斗篷的青年男子，搂住一个腰带挂着布施袋的白袍少女；要不然就是英吉利贵妇的无名画像，金黄发环，戴圆草帽，睁开又大又亮的眼睛望你。有的贵妇仰靠在马车内，驰骋草地，马前有一只猎犬跳跃，两个白裤小僮驭马。有的贵妇坐在沙发上，身旁一封开口的信，仰首凝思，遥望月亮，窗户半开，还让黑幔挡住一半。天真烂漫的贵妇，脸上一滴泪珠，隔着哥特式鸟笼的小柱，逗着笼中的斑鸠；要不就是偏着头微笑，十指尖尖，翘起如波兰式鞋①，掐着雏菊的花瓣。画上还有吸长烟袋的苏丹②，在凉棚底下陶醉在印度舞姬的怀抱里；还有"邪教徒"③、土耳其刀、希腊帽；特别是酒神故乡暗淡的风景④，我们经常在这里看到棕榈、冷杉，右边几只老虎，左边一只狮子，天边几座鞑靼尖塔，近景是罗马遗迹，稍远是几只蹲在地上的骆驼；——一片洁净的原始森林，像框子一样，环绕四周，同时一大道阳光，笔直下来，在水中荡漾，或远或近，青灰的湖面露出一些白痕，表示有几只天鹅在游动。

挂在墙上的甘该灯⑤，正在爱玛头上，罩子聚下光来，照亮这些人生画幅，一幅一幅，从眼前经过，寝室静悄悄的，远远传来一辆马车的响声，马车回来晚了，还在路上走动。

母亲死的头几天，她哭得十分伤心。她拿死者头发给自己编了一

---

① 波兰式鞋，中世纪一种朝上翘的尖头鞋，十四、十五世纪从波兰传入法国。
② 苏丹，土耳其皇帝和王公的称号。
③ "邪教徒"，伊斯兰教对异教徒的统称，特别是基督教徒。
④ 酒神故乡指希腊。
⑤ 甘该灯，一种煤油灯，有两个风眼，"甘该"是制造商的名字。

个纪念卡;她写了一封家信,满纸人生辛酸,要求日后把她也埋在母亲坟里。老头子以为她病了,赶去看她。灰暗人生的稀有理想,庸人永远达不到,她觉得自己一下子就达到了这种境界,于是心满意足了。所以她由着自己滑入拉马丁的蜿蜒细流①,谛听湖上的竖琴、天鹅死时的哀鸣、落叶的种种响声、升天的贞女和在溪谷布道的天父的声音。她感到腻烦,却又绝口否认,先靠习惯,后靠虚荣心,总算撑持下来;她最后觉得自己平静下来,心中没有忧愁,就像额头没有皱纹一样,不由得大吃一惊。

女修士们从前一直认为卢欧小姐有灵性,有前程,如今发现她似乎辜负她们的爱护,惊奇万分。她们也确实在她身上尽过心。一再要她参加日课、静修、九日祈祷②、布道,一再宣讲应当尊敬先圣与殉教者,也谆谆劝诲应当克制肉体、拯救灵魂,可是她就像马一样,你拉紧缰绳,以为不会出事,岂知马猛然站住,马衔滑出嘴来了。她是热狂而又实际,爱教堂为了教堂的花卉,爱音乐为了歌的词句,爱文学为了文学的热情刺激,反抗信仰的神秘,好像院规同她的性情格格不入,她也越来越怠恨院规。所以父亲接她出院,大家并不惜别。院长甚至发觉,她在末期,不尊重修道院的共同生活。

爱玛回家,起先还高兴管管仆人,过后却讨厌田野,又想念她的修道院了。查理初来拜尔托,她正自以为万念俱灰,没有东西可学,也没有东西值得感受。

但是对新生活的热望,或者也许是由于这个男人的存在而产生的刺激,足以使她相信:她终于得到了那种不可思议的爱情。在这以前,爱情仿佛一只玫瑰色羽毛的巨鸟,可望而不可即,在诗的灿烂天空翱

---

① 拉马丁(1790—1869),法国浪漫派诗人,他的《孤独》、《绝望》、《回忆》、《湖》、《秋天》、《将死的诗人》、《祈祷》等诗,足可说明这一段文字。
② 九日祈祷,一种天主教仪式,连续九天,通过祷告、弥撒、忏悔等等功事,求圣母赐恩。

翔;——可是现在她也不能想象,这种安静生活就是她早先梦想的幸福①。

七

她有时候寻思,她一生最美好的时日,也就只有所谓蜜月。领略蜜月味道,不用说,就该去那些名字响亮的地方②,新婚夫妇在这些地方有最可人意的闲散!人坐在驿车里,头上是蓝绸活动车篷,道路崎岖,一步一蹬,听驿夫的歌曲、山羊的铃铛和瀑布的喧豗,在大山之中,响成一片。夕阳西下,人在海湾岸边,吸着柠檬树的香味;过后天黑了,只有他们两个人,站在别墅平台,手指交错,一边做计划,一边眺望繁星。她觉得某些地点应当出产幸福,就像一棵因地而异的植物一样,换了地方,便长不好。她怎么就不能胳膊肘支着瑞士小木房的阳台,或者把她的忧愁关在一所苏格兰茅庐,丈夫穿一件花边袖口、长裾青绒燕尾服,踏一双软靴,戴一顶尖帽!

她也许想对一个什么人,说说这些知心话。可是这种不安的心情,捉摸不定,云一样变幻,风一样旋转,怎么出口呢?她缺乏字句,也缺乏机会、胆量。

不过假使查理愿意的话,诧异的话,看穿她的心思的话,哪怕一次也罢,她觉得,她的心头就会立时涌出滔滔不绝的话来,好比手一碰

---

① 巴尔扎克在《婚姻生理学》的"沉思六",有些话可以移作本章的注释:"一个姑娘从她的寄宿学校出来,也许是处女,然而决不贞洁。她在购人的秘密所在,不止一次,讨论情人的重要问题,心灵或者头脑(也不见得两者不可兼),必然受害。"他进一步指出普通人家女儿进修道院的祸害:"大革命前,有些贵族家庭,送女儿入修道院。许多人跟着学,心想里头有大贵人的小姐,女儿送去,就会学到她们的谈吐、仪态。这种攀高的谬举,首先妨害家庭幸福,还不说修道院具有寄宿的一切不方便处。长年无所事事。幽闭的栅栏刺激想象。……有的姑娘,由于过去耽于空想。就要引起一些多少令人感到莫名其妙的误会。有的姑娘,由于过去夸大结婚的幸福,嫁夫之后,就要对自己说:什么!不过尔尔!……"

② 指南欧意大利等地。

墙边果树,熟了的果子纷纷下坠一样。可是他们生活上越相近,她精神上离他却越远了。

查理的谈吐就像人行道一样平板,见解庸俗,如同来往行人一般,衣着寻常,激不起情绪,也激不起笑或者梦想。他说,他在鲁昂居住的时候,从未动过上剧场看看巴黎演员的念头。他不会游泳,不会比剑,不会放手枪,有一天,她拿传奇小说里遇到的一个骑马术语问他,他瞠目不知所对。

正相反,一个男子难道不该无所不知,无所不能,启发你领会热情的力量、生命的奥妙和一切秘密吗?可是这位先生,一无所教,一无所知,一无所期。他相信她快乐;然而她恨的正是他这种稳如磐石的安定,这种心平气和的迟钝,甚至她带给他的幸福。

有时候,她画素描,查理把这当做重要娱乐,直挺挺站在一旁,看她俯向画册,眨动眼睛,端详她的作品;要不然就在大拇指上,拿面包心子揉成小球①。说到钢琴,她的手越弹得快,他越觉得出奇。她弹音键,信心在握,上上下下,打遍键盘,停也不停。这架旧乐器,钢丝倚里歪斜,经她一弹,响声震耳,只要窗户开开,村头也听得真切;执达吏的文书走过大路,光着头,穿着布鞋,手里拿着公文,也站住了听她弹琴。

另一方面,爱玛懂得料理家务。她送账单给病人,附一封信,措词婉转,不露索欠痕迹。星期六,有邻人来用饭,她设法烧一盘精致的菜,还会拿青梅在葡萄叶上摞成金字塔,蜜饯罐倒放在盘子上端出来,她甚至说起为用果点买几只玻璃盏。凡此种种,影响所及,提高了人们对包法利的敬重。

娶到这样一位太太,查理临了也自视甚高了。她有两小幅铅画

---

① 面包心子搓成小球充橡皮用。

稿，他配上很宽的框子，用绿长绳挂在厅房墙上，傲形于色，指给人看。大家做完弥撒出来，就见他站在门口，穿一双漂亮绣花拖鞋。

他回家晚，十点钟，有时候半夜。他要东西吃，女仆睡了，只有爱玛伺候他。他要晚饭吃得自在，脱掉大衣。他一个一个说起他遇见的人、去过的村子、开过的药方，心满意足，吃完洋葱烧牛肉，剥去干酪外皮，啃掉一只苹果，喝光他的水晶瓶，然后上床，身子一挺，打起鼾来了。

他长久养成戴睡帽睡觉的习惯，包头帕子在耳边扣不牢实，一到早晨，头发就乱蓬蓬散了一脸，枕头带子夜晚松了，鸭绒搅白了他的头发。他总穿一双笨重靴子，脚背两个厚褶子，斜趋踝骨，靴筒笔直向上，紧绷绷的，活像一只木头脚。他说"这在乡下够好的啦"。

他母亲赞成他这样俭省；因为，自己家里吵凶了，她待不住，像往常一样来看他；可是老太太对儿媳妇似乎有成见。她觉得"他们的家境不衬她这种作风"；柴呀、糖呀，还有蜡烛，"就像高门大户一样糟蹋"，光是厨房烧的木炭，足可以上二十五道菜！她帮她整理衣橱，教她监视屠户送肉。爱玛拜领这些教训，老太太的教训反而多了；两个人整天"媳妇呀"、"妈呀"呼来唤去，嘴唇微微发抖，话说得很柔和，声音颤悠悠的，透着怒气。

杜比克夫人在的时候，老太太觉得自己还受儿子爱戴；可是现在，查理对爱玛的恩情在她看来，分明等于一种对她的慈爱的捐弃行为，一种取而代之的侵占行为；她注视儿子的幸福，闷不做声，仿佛一个人破了产，隔着玻璃窗，望见别人坐在自己的旧宅吃饭。她用回想当年的方式，向他提起她的辛苦和她的牺牲，相形之下，爱玛心粗气浮，单宠爱玛一人，显然不合理。

查理不知道怎么样回答才好；他尊敬母亲，爱极了太太；他觉得前者判断正确，而后者无可贬责。老太太说过的最不痛不痒的指责，他在她走后，用同样的话，畏畏缩缩，冒昧说了一两句；爱玛一句话就证明他错，打发他看病人去了。

不过她根据自以为正确的原则，愿意表示自己的恩爱。于是月光皎洁之时，她在花园一首一首吟诵她记得起来的情诗，一面叹息，一面为他唱一些忧郁的慢调；可是吟唱之后，她发现自己如同吟唱之前一样平静，查理也似乎并不因而爱情加重，感动加深。

仿佛火刀敲石子，她这样敲了一阵自己的心，不见冒出一颗火星来，而且经验不到的东西，她没有能力了解，正如不经传统形式表现的东西，也没有能力相信一样，她轻易就认定了查理的热情毫无惊人之处。感情流露，在他成了例行公事；他吻抱她，有一定时间。这是许多习惯之中的一个习惯，就像晚饭单调乏味，吃过以后，先晓得要上什么果点一样。

有一个猎警①，害肺炎，经他医好，送了他太太一只意大利种小母猎犬；她带它散步，因为她有时候出去走走，独自待上一时，避免老看日久生厌的花园和尘土飞扬的大路。

她一直走到巴恩镇的山毛榉林子、田边墙角的荒亭子附近。深沟乱草之中，有叶子锋利的高芦苇。

她先望望周围，看和她上次来，有没有什么变动，她又在原来地点看到毛地黄和桂竹香，荨麻一丛一丛环绕大石块，地衣一片一片沿着三个窗户。护窗板永远关闭，腐烂的木屑落满了生锈的铁档。她的思想起初漫无目的，忽来忽去，就像她的猎犬一样，在田野兜圈子，吠黄蝴蝶，追鼩鼱，咬小麦地边的野罂粟。随后，观念渐渐集中了，于是爱玛坐在草地，拿阳伞尖尖头轻轻刨土，向自己重复道：

"我的上帝！我为什么结婚？"

---

① 猎警的职司是保护动物，禁止违法行猎，禁止损害田产。

她问自己，她有没有方法，在其他巧合的机会，邂逅另外一个男子。她试着想象那些可能发生的事件、那种不同的生活、那个她不相识的丈夫。人人一定不如他。他想必漂亮、聪明、英俊、夺目，不用说，就像他们一样、她那些修道院的老同学嫁的那些人一样。她们如今在干什么？住在城里，市声喧杂，剧场一片音响，舞会灯火辉煌，她们过着心旷神怡的生活。可是她呀，生活好似天窗朝北的阁楼那样冷，而烦闷就像默不作声的蜘蛛，在暗地结网，爬过她的心的每个角落。她想起发奖的日子，她走上讲台，接受她的小花冠。她梳着辫子，身穿白袍，脚上是开口黑毛线鞋，一副可爱模样；回到座位，男宾斜过身子向她致贺，满院车辆，大家在车门口同她话别，音乐教员挟着他的小提琴匣，边走、边打招呼。这一切都多远啊！多远啊！

她喊加里过来，抱在膝盖当中，摸着它的细长头，对它道："来，无忧无虑的东西，吻吻女主人。"

随后小狗慢悠悠打呵欠，她望着它忧郁的嘴脸，心软了，于是把它当成自己，好像安慰一个受苦人一样，大声同它说话。

有时候，狂飙骤起，海风一跃而过科地的高原，就连远方田地、空气也有了盐水味道。灯心草伏在地面，簌簌作响，山毛榉的叶子立即打寒噤，发出响声，而树梢也总在摇来摆去，呼啸不已。爱玛拉紧披肩站起来。

林阴道的树叶，密密层层，映下一片绿光，照亮地面的青苔。青苔在她的脚底下，细声细气喊喳。夕阳西下，树枝之间的天变成红颜色，树身一般模样，排成一条直线，仿佛金色底子托着一排棕色圆柱。她怕起来了，呼喊加里，急忙走大路奔回道特，倒进扶手椅，整夜未曾开口。

但是九月梢左右，她的生活中出了一件大事：昂代维利耶侯爵邀她去渥毕萨尔。

复辟时期[1]，侯爵是国务大臣，现在希望再过政治生涯，许久以来就在进行众议院选举的准备工作。冬天他分批大量馈送木柴；他在县议会总是慷慨激昂，为本区要求多修道路。大夏天他害口疮，查理凑巧一竹叶刀，奇迹似的治好了他。管家到道特送手术费，当天黄昏回来，说起他在医生小花园看见上品樱桃。而樱桃树在渥毕萨尔就长不好，侯爵向包法利讨了一些接枝，觉得理应亲自道谢，恰巧看见爱玛，觉得她身材窈窕，行起礼来，决不似乡下女人；因为印象好，他相信请年轻夫妇到庄园来，既不失身份，也不至于使自己难堪。

有一天星期三，三点钟，包法利夫妇坐上他们的包克，去了渥毕萨尔，车后捆了老大一件行李，脚篷前面放了一个帽盒。查理腿当中，还夹着一个纸匣。

他们到达时，正好天黑，有人在草地点起油灯，给马车照亮道路。

八

侯爵府邸是近代建筑，意大利风格，两翼前伸，三座台阶，连着一片大草坪，有几只母牛在吃草，一丛一丛大树，距离相等，分列两旁，同时一簇一簇灌木、杜鹃花、紫丁香和雪球花，大小不等，沿着曲曲折折的沙砾小道，密密匝匝，朝外拱出它们的枝叶。桥下流过一条小河；人隔着雾，隐约望见零零落落几所茅庐散布在草地上；两座山冈，坡度不大，树木蓊郁，环绕草地，再往里去，绿阴翳翳，车房和马厩，平列两线：它们是拆毁的旧庄园的残余部分。

查理的包克停在当中台阶前面；听差们露面了；侯爵迎上前，挎

---

[1] 复辟时期（1814—1830），指拿破仑帝国崩溃之后，波旁王室（长支）复位这段时期。

起医生太太的胳膊，领她走进过厅。

过厅很高，大理石地，脚步响动和说话声音，像在教堂一样有回声。正面笔直一座楼梯，左手一道走廊，对着花园，通到弹子间，人在门口，听见象牙球碰来碰去的响声。她穿过弹子间，走向客厅，看见几个男人，围住球台，面孔严肃，下巴贴着高领结，个个挂勋章，一脸微笑，不声不响，推动他们的球杆。板壁发暗，挂着几个镀金大框，框边靠下，黑字写着他们的名姓，上面是："约翰·安东·昂代维利耶·伊维本维尔，渥毕萨尔伯爵、弗雷奈伊男爵，一五八七年十月二十日，殉于古特拉司之役①。"另一个写着："约翰·安东·亨利·昂代维利耶·渥毕萨尔，法兰西海军总司令、圣米迦勒骑士勋章获得者，一六九二年五月二十九日，虎格-圣法之战②负伤，一六九八年一月二十三日，在渥毕萨尔逝世。"再下去就辨认不清了，因为灯光聚在球台绿毡上，房间别的地方，阴影重重，灯光偶尔照到画像，碰上油漆裂口，分成一道一道细线，把画像变成棕色。所有这些金边大黑方幅，东一块，西一块，露出画上一些较亮的部分：一个苍白的额头、两只望人的眼睛、披在红燕尾服有粉的肩头的假发，或者丰满的小腿上部的一只吊袜带扣子。

侯爵推开客厅门；一位贵妇（侯爵夫人本人）站起来迎接爱玛，请她靠近自己，坐在双人沙发上，和她亲亲热热谈话，如同旧相识一般。她是一个四十岁上下的女人，肩膀很好看，鹰嘴鼻子，声音拖长，栗色头发，当天夜晚，头上蒙了一条素花边肩巾，三角样式，垂在后背。一个金黄色头发女孩子，坐在旁边一张高背椅上；有几位绅士，翻领缀一朵小花，围着壁炉，和贵妇们闲谈。

---

① 古特拉司，位于法国西南部卡隆河上游，一五八七年十月二十日，法国天主教军队南下，和胡格诺派军队作战，在这里全军覆没。
② 圣米迦勒十字骑士勋章，一四六九年颁发，大革命时代废除，专为赏赐朝廷大臣之用。虎格-圣法是法国西部瑟堡附近小海湾，一六九二年五月二十九日，英、荷联合舰队在这里打败法国舰队。

七点钟入席。男宾较多,坐在过厅的第一桌;女宾坐在饭厅的第二桌,有侯爵夫妇相陪。

爱玛一进去,就感到四周一股热气,兼有花香、肉香、口蘑味道和漂亮桌布气味的热气。烛焰映在银罩上,比原来显得长了;雕花的水晶,蒙了一层水汽,反射出微弱的光线;桌上一丛一丛花,排成一条直线;饭巾摆在宽边盘子里,叠成主教帽样式,每个折缝放着小小一块椭圆面包。龙虾的红爪伸出盘子;大水果一层又一层,压着敞口筐子的青苔;鹌鹑热气腾腾,还带着羽毛。司膳是丝袜、短裤、白领结、镶花边衬衫,严肃如同法官,在宾客肩膀空间,端上切好的菜,一勺子就把你选的那块东西送到面前。带铜条的大瓷炉上,有一座女雕像,衣服宽宽适适的,从下巴裹起,一动不动,望着满屋的人。

包法利夫人注意到,有几位贵妇,没有拿自己的手套放进她们的玻璃盏①。

酒席上座是一个老头子,独自坐在全体妇女中间,伏在他的满盘菜上,饭巾挽在后背,仿佛一个小孩子,一面吃,一面嘴里一滴一滴流汤汁。眼睛有红丝。他戴的小假发,用一条黑带子系牢。他是侯爵的岳父拉维迪耶尔老公爵,孔福朗侯爵在沃德勒伊举行猎会,他曾经一度得到阿图瓦伯爵的宠幸,据说他在柯瓦尼之后与洛赞之前,做过王后玛丽·安托瓦奈特的情人。②他一辈子荒唐,声名狼藉,不是决斗、打赌,就是抢夺妇女,荡尽财产,害得全家人担惊受怕。他期期艾艾,指着盘子问,椅后一个听差,对着他的耳朵,大声告诉他菜的名目。爱玛不由自主,时时刻刻,望着这耷拉着嘴唇的老头子,像望着什么不同

---

① 这种风习在当时开始流行,所以特别引起爱玛注意。
② 阿图瓦伯爵(1757—1836),法国复辟时期国王查理十世即位之前的爵号。他是路易十八的弟弟。孔福朗、柯瓦尼、洛赞均为法国阀阅世家。这里的洛赞公爵和比隆是一个人,一七九三年死在断头台上。玛丽·安托瓦奈特是路易十六的王后,一七九三年和路易十六一道死在断头台上。

凡响的庄严事物。他在宫里待过，后妃床上睡过！

香槟酒冰镇过，爱玛经不起嘴里那么凉，浑身上下打颤。她从来没有见过石榴，也没有吃过菠萝蜜。就连砂糖，她也觉得比别处的砂糖更白更细。

晚饭用过，贵妇们上楼，回到房间，准备参加舞会。

爱玛重新梳妆，小心在意，仔细从事，好像一个女演员初次登台一样。她照理发师的建议理好头发，穿上搭在床上的细呢袍。查理嫌裤腰紧，说：

"鞋底下的带子要妨碍我跳舞的。"

爱玛反问道：

"跳舞？"

"是啊！"

"你发痴啦！人家会笑话你的，你待着吧。"

她添上一句话道：

"再说，这更合医生身份。"

查理住了口，走来走去，等爱玛穿衣服。

他从背后，在一边一支蜡烛的镜子里看她。她的黑眼睛似乎更黑了。靠耳朵那边，头发有一点蓬起来，放出一道蓝光；发髻插了一朵玫瑰，小枝子摇来摇去，花跟着晃荡，叶尖上有几滴人造露水。她穿一件淡郁金香袍，上面点缀三簇有绿叶相衬的小玫瑰花。查理过去吻她的肩膀。她说：

"走开！当心弄皱我的衣裳。"

他们听见小提琴的前奏曲和喇叭的声音。她下楼时真想跑下去，总算克制住了。

四组舞已经开始。人们纷至沓来，向前拥挤。她坐在门边一条长凳上。

四组舞结束，舞场只有男人留下来，一群一群站着说话，听差穿着制服，端着大盘子，往来穿梭。妇女坐成一排，摇动画扇，微笑的面孔被花遮住一半，白手套显出指尖的轮廓，紧紧扣住腕上的肉，手松松攥着一个金塞鼻烟壶，在手心转来转去。花边缀饰在衣服上颤动，钻石别针在胸前闪烁，镶坠子的手镯在光胳膊上作响。头发贴在额头，盘在后颈，插着勿忘草、素馨花、石榴花、黍穗或者矢车菊，有王冠样子、花簇样子、树枝样子。母亲们裹着红头巾①，颦蹙着脸，安安详详，待在她们的座位里。

邀爱玛跳舞的男子，用指尖搂着她；她过去站好，等候音乐开始：这期间她有一点心跳。不过她很快就镇定下来，随着乐队的节奏，左右摇曳，脚向前滑，颈项微微摆动。有时候，别的乐器停止，只有小提琴演奏，她听到妙处，嘴唇露出微笑；隔壁传来金路易②倒在桌毯上的叮当声；随后，乐器又全响了，铜号吹出嘹亮的声音。脚再合上拍子，裙子飘开，蹭了过去，手时而握在一起，时而分开，眼睛原来在你面前低下去，现在又仰起来，望你的眼睛。

有些男子（约十四五位），二十五岁到四十岁不等，散见在舞客中，或者在门口闲谈，其年龄、衣着和面貌纵然各异，由于家世相近，一眼望去，就显出了与大家的不同。

他们的燕尾服，缝工分外考究，料子也特别柔软；头发一圈一圈压在太阳穴，亮光光的，抹了更好的生发油。肤色是阔人肤色，白白的，其所以能这样白而又白，显然是饮食讲究、善于摄生的结果，而瓷器的青白、锦缎的闪光、上等木器的油漆，越发衬白了肤色。领结低低的，颈项旋转自如；领子朝下翻，络腮胡须长长的，搭在上头；他们揩

---

① 模仿近东装束，流行于第一帝国时期，参看斯塔尔夫人画像，在本书中已近过时，仅母亲一代还用红巾包头。
② 路易，有路易九世头像的金币，一枚值二十法郎。

嘴唇的手绢，有一股香气逸出，上面绣着姓名的第一个字母，绣得大大的。开始走向老境的人，模样透着年轻，而年轻人的脸显着老成。情欲天天得到满足，所以他们的视线，有一种漠然和恬适的神情。他们举止虽然温文尔雅，却隐隐透出一种特殊的粗暴气息，借此控制那些易于驾驭的事物。他们玩纯种马，追逐浪荡女人，以显示力量来满足虚荣心。

离爱玛三步远，有一位绅士，穿蓝燕尾服，和一位戴珍珠花钗、面色苍白的年轻妇女，闲谈意大利。他们称赞圣彼得教堂柱子的粗大、热那亚的玫瑰、月光下的圆形剧场，也称赞蒂沃里、维苏威、斯塔比亚海堡和卡辛①。爱玛另一只耳朵听来的话，有许多字句她听不懂。大家围着一个年轻男子：他上星期赛马，赢了阿拉贝尔小姐和罗慕路②，在英吉利跳一道沟，赚了两千路易。一个人叹息他的赛马长膘了，另一个人抱怨印错了他的马的名字。

舞场空气窒闷；灯暗下来了。人朝弹子间走。有一个听差，踩上椅子，砸破两块玻璃；包法利夫人听见玻璃碎，回过头去，望见花园里有一些乡下人，脸贴住窗玻璃，往里张望。她不由得想起拜尔托。她又看见田庄、泥泞的池塘、苹果树下穿工人服的父亲；她也看见自己，像往常一样，在牛奶棚揭掉瓦盆里的乳皮。她过去的生活，虽然像在眼前一样，可是在现时五光十色之下，也就完全消逝了，她几乎不相信自己这样生活过。她在舞厅；舞厅之外，朦胧一片，统统盖在黑影底下。她当时左手握着一只镀银介壳，正在吃里面的樱桃酒刨冰，眼睛半闭，勺子放在口中。

---

① 圣彼得教堂在梵蒂冈广场，两侧游廊有二百八十四根大圆柱。热那亚是意大利重要商埠。圆形剧场在罗马，可容纳十万观众，废墟现在还保存着。蒂沃里，在罗马东北，以瀑布出名。维苏威火山，在那不勒斯附近。斯塔比亚海堡位于意大利那不勒斯海湾，以温泉闻名。卡辛是意大利名山，风景秀丽。
② 阿拉贝尔、罗慕路此处均为马名。

旁边一位贵妇,掉了扇子,正好过来一位舞客。贵妇道:

"先生,我的扇子掉在这张沙发后头,能不能劳驾拾起来!"

绅士弯下腰去,伸出胳膊,爱玛就见少妇乘机往他的帽子里扔进一点白东西,叠成三角形。他捡起扇子,恭恭敬敬,献给贵妇;她点点头,谢了谢他,开始嗅她的花。

夜宵有大量西班牙酒和莱茵葡萄酒,虾糊汤和杏仁汤,特拉法尔加的布丁①,还有各色冷肉,四边冻子直在盘里颤抖。用过夜宵之后,马车开始一辆一辆走动。掀起一角纱帘,你就看见车灯的亮光,星星点点,在黑夜里消逝。长凳空了;有几个赌徒,还没有走;乐师拿手指尖放在舌头上取凉;查理背靠一扇门,几乎睡着了。

早晨三点钟,开始花色舞。爱玛不会华尔兹。人人跳华尔兹,侯爵夫人,连昂代维利耶小姐也跳。留下来的,只有住宿的客人,一共不过十二三位。

有一位跳华尔兹的,背心敞得开开的,就像照胸脯裁成的一样,大家顺口称他"子爵",邀包法利夫人跳过一次舞,现在又来邀她,答应教她,还说她会跳得好的。

他们开始慢,后来快了。他们旋转,样样东西围着他们旋转,灯、木器、板壁和拼花地板,就像一个圆盘在轴上旋转一样。走过门边,爱玛的袍子,靠下飘了起来,蹭着对方的裤管;他们的腿,一来一去,轮流捣动;他朝下看她,她朝上看他;她觉得头昏眼花,连忙停住。他们又跳起来,子爵转得越发快了,一直把她带到走廊尽头,离开众人;她气喘吁吁,险些跌倒,有一时,头倚着他的胸脯。随后,他仍然转下去,不过慢了一些,送她回到原来座位;她朝墙一靠,手蒙住眼睛。

---

① "布丁"是一种英国果馅点心。一八〇五年,英国舰队曾在特拉法尔加海岬摧毁法国舰队。

她睁开眼睛,就见客厅当中,有一位贵妇,坐在一张小凳上,三个跳华尔兹的男子跪在面前。她挑选子爵,小提琴又响起来了。

大家望着他们。他们来了又去,去了又来,她低下头,身子一动不动,他也一直是一个姿势,身子有些类似一张弓,胳膊肘放圆,下巴向前。这个女人,会跳华尔兹!他们跳了许久,人人累了,他们还在跳。

客人们又闲谈了一阵,说过再会,或者不如说是早安,这才走开睡觉。

查理扶着楼梯,累得腿也站不直了,一步一拖。一连五小时,他站在牌桌前面,看人斗牌,自己一窍不通。所以临到他脱靴子,如释重负,舒了一口长气。

爱玛拿一条披肩盖住肩膀,打开窗户,胳膊肘支在上头。

黑漆漆的夜晚,细雨蒙蒙。她吸着湿润的空气,风吹凉她的眼皮。跳舞的音乐还在她的耳边鸣响。她尽力挣扎不睡,延长这种豪华生活的境界,因为没有多久,她就非放弃不可。

天开始亮。她望庄园窗户望了许久,试着猜测她这一夜注意的那些人睡在哪些房间。她巴不得知道他们的生平事迹,渗进去,打成一片。

但是她直打寒噤。她脱去衣服,缩进被窝,躺在睡熟了的查理一旁。

早饭有许多人用,十分钟了事;任何酒也没有,医生诧异了①。饭后,昂代维利耶小姐捡了一些蛋糕屑,放进一只小盘,带给池塘的天鹅吃。大家散步,来到花坞,里面有一些奇怪的植物,毛茸茸的,一层层垒在架子上,像金字塔一样,上面悬着一些花盆,仿佛蛇窟的蛇太多

---

① 查理"不管谁来,总请他喝酒",同时早晨出门看病,病人家也会请他先饮一杯酒,挡挡寒气。

了,滴里搭拉,垂下几条绿油油的长枝子,盘在一起。花坞过去,就是橘林,密密层层,直到庄园的附属建筑。侯爵要少妇开心,带她去看马厩。马槽是篮子形状,上空挂了一些瓷牌,用黑字写着马的名字。每一匹马,见人走过,打舌头响,就在枥间骚动起来。马具间的地板如同客厅里拼花地板一样耀眼。当中两根柱子,可以旋转,上面挂着鞍辔,沿墙是一长排马衔、马鞭、马镫和马勒。

查理这期间,烦劳一个听差,驾好他的包克。车停在台阶前面,包裹一件一件塞上车,包法利夫妇向侯爵夫妇辞过行,向道特出发了。

爱玛默不作声,望着车轮滚动。查理坐在长凳外沿,伸开两只胳膊赶车。马小,车辕太宽,马在当中,放开蹄子跑,缰绳软搭搭的,浸在汗水里,直打屁股。盒子捆在包克后头,不时撞着车箱,咕咚咕咚响。

他们上到狄布尔镇高坡,眼前忽然来了几个骑马的人,噙着雪茄笑。爱玛自以为认出了里面有子爵;她扭回头看,仅仅望见天边人头或高或低,依照奔驰快慢,起伏无定而已。

又走了四分之一古里,后鞧断了,他们只得停下来,用绳子接好。

查理最后查看一眼马具,发现马腿之间,地上有什么东西;他捡起一只雪茄匣,绿绸镶边,当中家徽,好像大户人家马车的车门一样。他说:

"里头还有两支雪茄,正好今天晚饭后用。"

她问道:

"瞎说,你吸烟吗?"

"有时候,也看机会。"

他拿拾来的东西放进衣袋,抽打小马。

他们回到家,发现晚饭还没有烧好。太太发脾气了,娜丝塔西顶嘴。爱玛说:

"滚!岂有此理,你给我走。"

晚饭是葱汤和一块酸模小牛肉。查理坐在爱玛对面,一副快乐神气,搓着手道:

"回到家里,开心多了!"

他们听见娜丝塔西哭。他有点喜欢这可怜的女仆。从前鳏居无聊,她陪他消磨过许多黄昏。她是他的第一个病人、当地最早的熟人,他终于道:

"你当真打发她走?"

她答道:

"是啊。谁拦我不成?"

女仆整理卧室时,他们来到厨房取暖。查理开始吸烟。他伸长嘴唇吸,不住吐痰,吐一口烟,闪开一回。她显出鄙夷的样子道:

"你要把自己弄病了。"

他放下雪茄,跑到水龙头跟前,喝了一口冷水。爱玛抓起雪茄匣,顺手丢进碗橱里。

第二天,日子长悠悠的。她在她的小花园散步,在几条小径上走来走去,站在花畦前、贴墙的果树前、石膏神甫像前停一停。往日非常熟悉的这些东西,如今看在眼里却感到诧异。舞会似乎已经离她很远!前天早晨和今天黄昏,中间到底出了什么事,相隔如此遥远?渥毕萨尔之行,在她的生活上,凿了一个洞眼,如同山上那些大裂缝,一阵狂风暴雨,只一夜工夫,就成了这般模样。她无可奈何,只得看开些,不过她的漂亮衣着甚至她的缎鞋,——拼花地板滑溜的蜡磨黄了鞋底,她都虔心虔意放入五斗柜。她的心也像它们一样,和财富有过接触之后,添了一些磨蹭不掉的东西。

于是对舞会的回忆,成了爱玛的重要生活内容。每逢星期三,她醒过来,就问自己道:"啊!一星期以前……两星期以前……三星期以前,我在那边!"然而在她的记忆之中,面貌渐渐混淆;她忘却了四组舞的曲调;她不再能真切地想起仆从的号衣和房间;若干细节淡忘了,可是心头留下了怅惘。

九

查理不在家,她常常走到碗橱跟前,取出绿绸雪茄匣,她先前丢在叠好的饭巾一类东西当中。

她看了又看,开了又开,甚至还闻了闻衬里的味道:一种杂有美女樱与烟草的味道。是谁的?……子爵的。说不定是他的情妇用红木绷子绣出来,作为纪念送他的。绷子是一件细巧物件,藏起来不给人看,绣的人满腹心事,轻柔的发鬐搭在上面,一绣就好几小时,爱情的气息透过绣花底布上的针眼,每一针扎下去,不是扎下希望,便是扎下了回忆:这些交错的丝线,只是同一缄默的热情的延续。绣成了,有一天早晨,子爵带走,放在宽炉台上,花瓶和彭巴杜尔式①座钟之间。他们这时候谈些什么?她在道特。他呀,如今在巴黎;在巴黎!巴黎是个什么样子?名气多大!她为解闷,低声重复这两个字。它们像礼拜堂的钟声一样在耳边响,就连她的生发油瓶商标,也成了巴黎的化身,灼烁耀眼。

夜晚,海鱼贩子驾着大车,走过她的窗户底下,唱着牛至草②歌,铁轱辘转出村庄,很快就声音小了,她醒过来,听了听,自言自语道:

---

① 路易十五的宠姬彭巴杜尔夫人(1721—1764)得势期间,艺术风格趋向纤柔精巧。复辟期间,由于贝里公爵夫人的倡导,这种风格又盛行一时。
② 牛至草,生长在石灰质硬地,红花,唇形,表示幸福。

"他们明天就到了那边!"

于是她在想象中,跟了他们上坡下岭,穿村越庄,星光熹微,顺着大路跋涉。走过一段似近又远的道路,总有一个地点,模模糊糊,打断她的梦想。

她买了一张巴黎地图,用手指指点点,游览纸上的京城。她走到大街,逗留在每个角落,在街与街之间表示房屋的白方块前面。最后,她看累了,闭住眼睛,又见煤气灯在暗处随风摇曳,在剧院的柱廊前,一辆辆敞篷四轮马车,哗啦一声把踏板放下。

她订了一份妇女刊物《花篮》,又订了一份《沙龙精灵》。她一字不漏,读完赛马、晚会和初次公演的全部报道,关心女歌唱家的首演和店铺的开张。她了解时装新款式、上等裁缝的地址、森林①和歌剧院的日程。她研究欧仁·苏的小说②中关于家具的描绘;她读巴尔扎克和乔治·桑的小说,寻找想象的愉快,满足本人的渴望。甚至用饭,她也带了书看,查理一边吃饭,一边同她谈话,她却只顾翻动书页。她一读书,总要想到子爵。她虚构了一些他和小说人物的关系。但是以他为中心的圆圈逐渐扩大,他的这种圆光也离开他的脸,到更远的地方,照亮别的梦想。

所以在爱玛看来,巴黎比海洋还大,到处金碧辉煌,闪闪发光。活动在这翻腾的海洋中的芸芸众生,按景况的差异,分成不同的类别。爱玛只注意到两三种,便以为他们代表了全人类,再看不见其他人了。一种是外交家社会,他们在四面全是镜子的客厅里,在铺有金穗天鹅绒桌毯的椭圆桌周围,人们穿着后摆长长的袍子,踩着闪亮的拼花地板,这里有重大的秘密,有用微笑来掩饰的焦虑。其次是公爵

---

① 指巴黎近郊布洛涅森林。巴黎人常在这里举行赛马会、音乐会。
② 欧仁·苏(1804—1857),法国小说家。包法利夫人读的,应当是他刻画上流社会的早期作品。

夫人的社会,这儿的人面色苍白,四点钟起床;女人们,可怜的天使!裙子下摆都镶着英吉利花边;男人们,外表平平,怀才不遇,为追寻欢乐,让马跑死了也不在乎,夏天到巴登①避暑,临了四十岁左右,娶一位女继承人拉倒。最后是餐馆的包间:一群文人和女演员,五颜六色,过了半夜来吃夜宵,烛光辉映,纵声狂笑。这些人挥霍如王侯,一腔没有着落的野心和荒唐无稽的狂热,傲然于天地之间、狂风暴雨之中,睥睨众人,不可一世。至于人世的其他部分便不知去向了,没有明确的位置,就像不存在一样。而且离她越近的东西,她越回避。身边的一切,沉闷的田野也好,愚蠢的小市民也好,平庸的生活也好,依她看来,都是一种例外,一种她不走运,偶然遇见的特殊情况,然而离开现实,浩渺无边,便是幸福和热情的广大地域。由于欲望强烈,她混淆了物质享受与精神愉悦、举止高雅与感情细致。难道爱情不像印度植物一样,需要适宜的土地、特殊的气候?所以月下的叹息、长时间的拥抱、流在伸出来的手上的眼泪、肉体的种种不安和情意的种种缠绵,不但离不开终日悠闲的大庄园的阳台、铺着厚实地毯和有活动帘的绣房、枝叶茂密的盆景、放在台上的宝榻,也离不开珠玉的晶莹和号衣的饰带。

驿站小伙计,每天早晨来刷洗母马,大木头套鞋在过道穿出穿进,工人服有窟窿,光脚穿一双布鞋。他就是她应当知足的短裤马僮!他做完活,一天就不来了。查理回来,亲自把马牵到马棚,卸下鞍子,戴上马笼头,女仆这期间抱来一捆草,使劲扔进槽头。

爱玛找了一个十四岁小姑娘、面相善良的孤女,代替娜丝塔西(她哭得像开了河一样,终于离开了道特)。她不许她戴软布帽,教她用第三人称②回话,端一杯水要用盘子,进来以前要先敲门,又

---

① 巴登,法国城市,以其温泉著名,十九世纪初叶以来,成为消夏胜地。
② 用第三人称"他",代替第二人称"您",是尊敬地位高贵的人们的方式。

教她浆衣服、烫衣服、伺候她穿衣服，一心一意，要把她训练成为她的贴身使女。新女仆怕被辞，服服帖帖，没有半点怨言；太太经常留下钥匙，不锁菜橱，全福每天晚晌偷一小包糖，做完祷告，一个人躺在床上吃。

下午有时候，她到对面和驿夫们闲谈，太太待在楼上自己的房间。

她穿一件敞口便服，披肩料子的翻领底下，露出一件打褶子的衬衫，有三粒金扣子。腰带是一根坠着大流苏的绦带。石榴红小拖鞋，一簇宽带子披在脚面。她给自己买了一本吸墨纸、一匣信纸、一支笔管和一些信封，虽然她没有一个人可以写信；她拂拭干净她的摆设架①，照照镜子，拿起一本书，然后看着看着，想到别处，书掉在膝盖上。她巴望旅行，或者回到她的修道院。她希望死，又希望住到巴黎。

查理风里来，雨里去，骑着马，四乡奔波。他在田庄的饭桌上吃炒鸡蛋；胳膊伸进潮湿的床铺，给人放血，热血溅到脸上；听快死的人喘哮，检查洗脸盆；撩起肮脏的被单。但是每天黄昏回家，他就看到一炉旺火、饭菜摆好、家具舒服，还有一个衣着讲究的秀媚女人，一股清香，也不知道这种气味是从什么地方来的，说不定是她的皮肤熏香了她的衬衫。

她有许多别出心裁的地方使他入迷：她有时候花样翻新，给蜡烛剪些纸托盘，给她的袍子换一道压边，或者给简单的菜肴取一个动听的名字，女仆烧坏了，可是查理欢欢喜喜，一扫而光。她在鲁昂看见有些太太，表链来一串小玩艺；她买了一串小玩艺。她要壁炉上摆一对碧琉璃大花瓶，过了一阵，她又要一个象牙针盒和一枚镀银顶针。查

---

① 摆设架时兴于路易十六末年，多学中国格式。

理越不懂这些考究物品,越觉得可爱。它们增加他的官能的愉快和家室的安乐,仿佛金沙,一路洒遍他的生命小径。

他身体好,气色好,名誉也完全稳定了。乡下人喜欢他。因为他不骄傲。他抚摸小孩子,从来不进酒店,而且他的人品得到大家信任。他的特长是治轻重伤风和胸腔内诸般炎症。查理怕治死他的病人,实际开出来的方子,只是一些止痛剂,偶尔来一副呕吐剂,要不就是烫烫脚,或者放放血。他不畏惧外科,给人放血,好像给马放血一样,拔牙的手劲仿佛"铁腕子"。

他终于想赶上潮流,订了一份新刊物《医林》,他收到过要出版的广告,他用罢晚饭,读上一页两页,但是食物正在消化,加上房间热,不出五分钟,他就睡着了;于是他坐在那边,一双手托住下巴,头发披散下来,鬣毛一般,一直披散到灯座前头。爱玛一见他这般模样,就耸肩膀。单说嫁丈夫吧,她怎么连那样一个人也嫁不到:勤奋寡言,夜晚埋头著述,熬到六十岁上,风湿病的年龄来了,可是不合身的青燕尾服挂着一串勋章。她巴不得包法利这个姓——她现在姓这个姓——赫赫有名,在书店公开陈列,在报上经常出现,全法兰西知道。可是查理没有野心!伊弗托一个医生,新近会诊,简直就在病人床前,当着病人家属,多少给他难堪来的。查理夜晚讲给爱玛听,她气坏了,大骂这位同业。查理受了感动,挂着眼泪吻她。可是她羞死了,恨不得打他一顿。她走到过道,打开窗户,吸新鲜空气,好让自己平下气来。她咬住嘴唇,低声道:

"世上会有这种人!会有这种人!"

再说,她越看他,越觉得有气。年纪一大,他举动也粗俗不文了:用果点的时候,他切空瓶的塞子;吃过东西,他拿舌头舔牙;喝起汤来,他咽一口,咕噜一声;而且他开始发福,眼睛本来就小,脸蛋胖虚虚的,像拿眼睛朝太阳穴挤。

有时候，爱玛拿他的编结汗衫的红边掖到背心底下，帮他打好领结，或者手套旧了，他还想戴，她给扔开了；她这样做，并非像他想的，为了他，而是为了她自己，由于过分想着自己，由于嫌烦。有时候，她也同他谈谈她读过的东西，诸如一节小说、一出新戏，或者副页上刊登的上流社会逸闻；因为话说回来，查理到底是一个人，总有耳朵听，总有嘴唯唯诺诺。她对她的猎犬不就无话不讲！即使是对钟摆和壁炉的木柴，她也一样会讲的。

然而在她的灵魂深处，她一直期待意外发生。她睁大一双绝望的眼睛，观看她的生活的寂寞，好像沉了船的水手，在雾蒙蒙的天边，遥遥寻找白帆的踪影。她不知道什么地方有机会，哪一阵好风把机会吹到跟前，把她带到什么岸边，是小船还是三层甲板大船，满载忧虑还是满载幸福。但是每天早晨，她醒过来，希望当天就会实现，细听种种响声，一骨碌跳下床，纳闷怎么还不见来，于是夕阳西下，永远愁上加愁，她又把希望寄托在明天。

春天又来了，梨树开花，暖洋洋的天气使她呼吸有些困难。

一入七月，她就掐指计算，还有多少星期，才到十月，心想昂代维利耶侯爵，也许还会在渥毕萨尔举行舞会。然而整个九月过去了，不见信息，也不见有人拜访。

失望之下，百无聊赖，她的心又空虚起来，于是类似的日子，一个连一个，重新开始。

日复一日，如今仿佛不断头的线，真要这样继续下去，永远一模一样，数又数不清，什么也带不来！别人的生活，再平板，起码也有机会碰到意外。哪怕是一个偶然事件也好，有时候就会变化无穷，环境有了改动。可是上帝有意同她为难！她就偏偏什么事也碰不到。未来是一个过道，黑洞洞的，门在尽里关得严严的。

她不弹钢琴了。弹它做什么？有谁听啊？她没有机会穿短袖丝绒袍,到音乐会弹一架艾拉①钢琴,十指灵活,打象牙键,听见众口啧啧,如同一阵微风,在身边荡来荡去。既然如此,犯不上破费精力去学。画册和刺绣,她丢在衣橱不管。有什么用?有什么用?缝纫惹她生气。她自言自语道:

"书我全念啦。"

于是闲来无事,她拿火钳烧得红红的,或者看下雨。

星期日,晚祷钟声响了②,她多愁闷!她呆呆瞪瞪,细听钟声一下一下在响。日光黯淡,猫在屋顶耸起了背,慢条斯理地走动。风在大路扬起一阵一阵尘土。有时候,远远传来一声犬吠;单调的钟声,按着均匀的拍子,响个不停,在田野里消散了。

人们从教堂出来,女人穿着涂了蜡的木套鞋,男子穿着新工人服,小孩子光着头,在他们前面蹦跳,一个一个,回到家里。有五六个男子,总是这几个人,在客店大门口玩瓶塞,一直玩到天黑。

冬季严寒,每天早晨,玻璃窗凝一层霜,射过来的日光,灰灰的,像是从毛玻璃透过来的一样,有时候,整天不见变化。一到下午四点钟,就得掌灯。

每逢晴天,她下楼来到花园。露水在白菜上留下一些银线花边,有些长线明晃晃的,从这一棵白菜挂到另一棵白菜。听不见鸟声,好像全在睡觉一样,草盖住沿墙的果树,葡萄藤仿佛一条大蛇,有了病,盘在墙檐底下。走近了,就见爬着多足的鼠妇。云杉底下,靠近篱笆,戴三角帽的堂长像掉了右脚,连石膏也冻脱了皮,脸上留下一些白癣,还在读他的祷告书。

随后她又上楼,关了屋门,剔剔炭,火旺旺的,她浑身无力,觉得心中分外烦闷。她未尝不想下楼和女用人谈谈话,不过体面攸关,也

---

① 艾拉(1752—1831),法国出色的钢琴制造家。
② 约下午三时。

就只好作罢。

每天在同一时间，小学校长戴一顶青缎小帽，推开他的护窗板；乡间警察走过，工人服上佩着刀。黄昏和早晨，驿站的马，穿街而过，三匹一起，到池塘饮水。一家酒馆门铃不时在响；理发师的小铜脸盆，用作铺子的招牌，起了风，就见在两根铁杆上，吱嘎乱响。一张旧时装画，给铺子作装潢，贴在窗玻璃上，还有一座黄头发女人半身蜡像。理发师也直在自嗟自叹，一筹莫展，前途黯淡，梦想在大城市开铺子，比方说吧，鲁昂就好，在码头上，靠近剧场；他整天走来走去，从镇公所走到教堂，愁眉苦脸，等待顾客。包法利夫人仰起头来，总见他待在那边，仿佛一个值班哨兵，歪戴希腊小帽，穿着呢上身。

到了下午，有时候，厅堂窗户外边，出现一个男人脑壳，脸晒得焦黄，黑络腮胡须，微笑起来，又慢，又随便，又柔和，露出一嘴白牙。华尔兹舞跟着开始了；风琴上面，有一个小小客厅，里头是手指般高的舞俑、裹着玫瑰红包头巾的妇女、穿着背心的蒂罗尔人①、穿着青燕尾服的猴子、穿着短裤的绅士，在扶手椅、大沙发和茶几之间，转来转去，一道道金纸连接的镜片，映出他们的舞姿。这人一面旋转摇手，一面向左、向右、向窗户张望。他不时朝界石吐一口又长又黏的老黄痰。乐器的硬皮带挂久了肩膀，肩膀支不住，他拿膝盖顶住乐器。一个叶形铜钩吊起一幅玫瑰红缎幕，匣子里头传出呜哝呜哝的音乐，一时悲伤、徐缓，一时喜悦、急促，全是别处舞台上演奏的曲调、客厅歌唱的曲调、夜晚烛光下伴舞的曲调：这些社会回声，就这样一直传到爱玛耳边。萨拉邦德②舞曲，无尽无休，在她的脑内萦回。她的思想随着音符跳跃，飘忽无定，一个梦去，一个梦来，旧忧未消，新忧又起，好像印度舞姬，在地毯的花卉上舞来舞去一样。那人摘下鸭舌帽，敛过

---

① 蒂罗尔人，奥地利山民，擅长歌舞。
② 萨拉邦德，一种双人舞曲，十七、十八世纪，流行于贵族社会。

了钱,拉下一幅旧蓝呢,蒙好风琴,扎在后背,拖着沉重的脚步走开。她望着他走。

最让她受不了的是用饭的时间:楼下这间小厅房,壁炉冒烟,门吱嘎响,墙上渗水,石板地潮湿。她觉得人生的辛酸统统盛在她的盘子里,闻到肉味,她从灵魂深处泛起一阵恶心。查理吃饭吃得慢;她不是嘎叭一声咬榛子,就是支起胳膊肘,用刀尖在油布上划小道道。

家务她如今听其自然;四旬斋①期间,婆婆来道特住了几天,见她改了样,很是诧异。说实话,她从前那样经心在意,如今整天乱发粗服,穿一双灰布袜,点一根油烛②。她一来就说,他们不是有钱人家,应该省吃俭用,还说什么她很称心,很快活,她非常喜欢道特和一些别的新调调,来堵老太太的口。而且爱玛似乎没有听劝的意思;甚至有一回,老太太兴之所至,信口说起主人应当监督用人信教,她惟一的回答就是怒目而视,连声冷笑,老太太吓得再也不说起这类话了。

爱玛越来越乖戾任性。她要了几样菜。菜来了,动也不动;今天光喝新鲜牛奶,明天就来几杯淡茶。她常常赌气不出门,随后又嫌气闷,打开窗户,穿一件薄薄的袍子。万一恶声恶气申斥了女用人,事后她不是送她礼物,就是打发她到邻居家散心去。同样,她有时把口袋的银币统统给了穷人,一个子儿不剩。虽然她并不心软,也不那么容易被别人感动,正如大多数农村出身的人,灵魂之中,一直保留着父亲手上的膙子一样。

将近二月梢,卢欧老爹纪念女婿医好他的腿,亲自送来一只肥大的母火鸡,在道特住了三天。查理料理病人,只有爱玛陪他。他在卧室吸烟。朝火篮吐痰,说起庄稼、小牛、母牛、家禽和乡行政委员会,左说右说,临到他走,她把门一关,觉得松快,连她自己都没有想到。

---

① 四旬斋指复活节前,四十天的斋戒期间。
② 油烛,一种土烛,"有臭味"(见作者的书信——1853年8月14日)。

再说，她看不起任何事、任何人的心情，也没有意思隐瞒；有时候，故意表示见解特别，别人称道的，她偏指摘，要不然就称道恶行败德：丈夫听了吃惊得睁大一双眼睛。

这可厌的生活，真就永远这样下去？她有没有跳出去的一日？其实，生活快乐的妇女，她哪一个比不上！她在渥毕萨尔，也曾见过几个公爵夫人，腰身比她粗笨，举止比她伧俗；她恨上帝不公道，头顶住墙哭；她歆羡动乱的生涯、戴假面具的晚会、闻所未闻的欢娱、一切她没有经历然而应当经历的疯狂爱情。

她脸色苍白，心跳也不正常。查理要她服缬草汤①洗樟脑澡，种种努力，似乎只是使她格外有气罢了。

有些天，她像发高烧，说胡话一样，絮叨不完；兴奋过了，紧接着又像失去知觉一样，不言不动。她要自己振奋起来，便拿起一瓶科伦香水②，朝胳膊上洒。

因为她一直抱怨道特不好，查理心想，她生病一定是水土不服之故；他存了这种心思，当真想着换一个地方行医了。

她从这时候起，喝醋要自己瘦，得了干咳小毛病，一点胃口也没有了。

待了四年，刚站稳脚跟，查理离开道特，并不合算。可是万一势在必行的话，也就顾不得了！他把她带到鲁昂，去看他的老师。她害的是一种精神病：应该换换空气才是。

查理几方面进行打听，后来听说，新堡③区有一个殷实大镇叫永镇寺，医生是一个波兰难民④，前一星期去了别处。他听到这话，写信给当地药剂师，询问人口数目、最近的同业的距离、前任每年进益等等；

---

① 缬草，多年生草本植物，根可入药，镇挛止痉，一般服法是煎熬成汤。
② 科伦，德国城市，以产香水闻名。
③ 新堡，地处鲁昂和道特东北，在第厄普通巴黎的大路上，以产干酪闻名。
④ 一八三〇年，波兰人民反抗俄罗斯沙皇统治，起义失败，大多逃往法国。

答复满意,爱玛的健康如果还不见好的话,他决计开春迁徙。

有一天,预备动身,她清理抽屉,有什么东西扎了手指。原来是一根铁丝,捆扎她的结婚的花用的。橘花已经在灰尘之中变黄了,银滚条缎带沿边也绽了线。她拿花扔进火里。它烧起来,比干草还快,随后在灰烬里,仿佛一堆小红树,慢慢销毁。她望着它燃烧。小纸果裂开,铜丝弯弯扭扭,金银花带熔化;纸花瓣烧硬了。好像一只只黑蝴蝶,沿着壁炉,飘飘荡荡,最后,飞出烟筒去了。

临到三月,他们离开道特,包法利夫人这期间有了身孕。

第二部

一

永镇寺（从前有一座嘉布遣①寺，所以才这样称呼，现在连遗址也看不见了）是一个离鲁昂八古里远的村镇，在阿柏镇大路和博韦大路之间，紧靠里厄河灌溉的一个盆地。小河在河口附近推动三座水磨，然后流入昂代尔河②；水里有些鳟鱼，到了星期天，男孩子们就来钓鱼玩。

人们在布瓦西耶离开大路，顺着平地，走到狼岭高头，就望见了盆地。河在中间流过，盆地一分为二，成了两块面貌不同的土地：左岸全是牧场，右岸全是农田。丘陵绵绵，草原迤逦蔓衍，从山脚绕到后山，接上布赖③地区的牧场，同时平原在东边，一点一点高上去，向外扩展，金黄麦畦，一望无际。水在草边流过，仿佛一条白线，分开草地的颜色和田垅的颜色，整个田野看上去，就像一袭铺开的大斗篷，绿绒领子上镶了一道银边。

走到天边尽头，就有阿格伊森林④的橡树和圣约翰岭的巉岩，挡住去路。山坡自上而下，显出一些或宽或窄、又长又红的条纹，全是雨水冲洗的痕迹；许多含有铁质的泉水，四处流淌，流成那些红砖颜色，一道细线又一道细线，衬着山的灰底子，分外触目。

这里是诺曼底、庇卡底和法兰西岛⑤交界处，一个三不管地区，语音没有高低轻重，就像风景没有特色一样。新堡全区干酪，数这地方做得最坏，另一方面，耕种费钱，因为土地充满沙砾、石子，毫无黏性，要施大量肥料才成。

直到一八三五年以前，人去永镇，没有好路可走；然而也就是在这期间，当地修了一条交通要道，连接阿柏镇大路和亚眠大路，车大有时候从鲁昂送货到弗朗德勒⑥，也走这条要道。永镇寺虽然有了新出路，照样驻足不前。他们不改良土壤，只是死守牧场，不管收入坏到什么地步。懒惰的村镇，一成不变，看也不看平原一眼，继续朝河那边开拓，人从远处望去，只见它伸展在岸上，像一个放牛郎在水边睡午觉。

过了桥，就在山脚，辟了一条垫高的堰路，栽着小白杨树，一直把你带到村子的头几家。院子周围有一道篱笆，当中是住宅，还有许多零星小屋、压榨间、车棚、蒸馏间⑦，在树木底下散开，枝叶茂密，中间挂着梯子、杆子或者镰刀。窗矮矮的，玻璃又厚又鼓，仿佛瓶底，当中有一个圆疙瘩。泥草房顶几乎遮住窗户的三分之一，好像皮帽拉到眼睛上面一样。几根乌黑的龙骨，扯斜穿过石灰墙，偶尔有一棵瘦小的梨树，伸出墙头；小鸡站在底层的门槛上，啄着泡过苹果酒的黑面包屑，门口有活动小栅栏，防它们进屋里去。再往前走，就见房屋密了，院子小了，篱笆不见了；窗户底下有一捆羊齿草⑧。绑在扫帚把的尖尖头，摇来摆去。过了一家马掌铺，就是一家车厂，外头搁着两三辆新车，堵住了路。再过去，有一个栅栏门，望进去是一块圆草坪，点缀着一个小爱神，手指放在嘴上；再往里去，就是一所白房子，台阶两头一边一个铜瓶，门上钉着一块亮晶晶的事务所小牌：这是公证人的住宅，当地数它漂亮。

---

① 嘉布遣，意大利天主教方济各派的一个支派，一五七三年传入法国；该派教士帽宽而尖，故名。原文（capucins），意即风帽。
② 昂代尔河流入塞纳河。里厄河有人认为就在克勒封。
③ 布赖地区在塞纳河以北，科地以东。农产情况，大致和科地相同。新堡是它的政治中心。永镇寺有人认为就是里（Ry），在布赖地区南端、首邑鲁昂以东。
④ 阿格伊森林在永镇寺东北，约十五公里距离。有人认为就是圣德尼。
⑤ 诺曼底应当是高诺曼底，指塞纳河以北地带，实际也就是指塞纳河下游州而言。河以南地带为低诺曼底。法兰西岛雄踞塞纳河中游，首府巴黎，河心有小岛，古时以法兰西岛为名，衍成法兰西国家的发祥地。
⑥ 弗朗德勒，法国西北沿海、比利时和荷兰部分地域的统称。
⑦ 为了蒸馏苹果酒。
⑧ 羊齿草晒干，可以做药材。

教堂在街的斜对面,离事务所有二十步远近,把着广场入口。公墓不大,环绕教堂,墙有大半个人高,里面墓冢垒垒,旧墓石倒在地上,块块相连,倒像铺的石板地,草长在夹缝,四四方方,绿茵成畦。查理十世在位的末年,教堂翻修一新①,现在木头屋顶高处,开始腐烂,上面涂的蓝颜色,有些地方陷下去,成了黑颜色。门上方搁风琴的地方,变成人们聚会的楼台,有一道楼梯盘旋而上,木头套鞋一踩,咯噔咯噔直响。

阳光透过匀净的玻璃窗,迤斜照亮顺墙排列的板凳;有的板凳放上一张草垫,钉牢了,底下写着几个大字:"某先生之凳"。再往里去,在大厅狭窄的地方,有一个忏悔间,和一座小小的圣母像相对。圣母穿一件缎袍,头上蒙一幅银星点点的面网,朱红颜色脸蛋,活像夏威夷群岛的一尊神像;最后,靠里有一帧复制的《神圣家庭》,写明"内政部部长赠",挂在圣坛上四支蜡烛当中,视野也就到此为止。唱经堂是枞木做的,一直没有上过油漆。

菜市场占了永镇广场一半大小,其实也就是二十来根柱子撑起的一个瓦棚罢了。镇公所是"按照巴黎一位建筑师的图样"盖起来的,好似一座希腊神庙,紧挨着药房犄角,底层有三根爱奥尼亚圆柱,二楼有一条半圆穹隆长廊②,横楣画了一只高卢公鸡③,一只爪子踩住宪章,一只爪子举起公道天平。

不过最引人注意的,却是金狮客店对面郝麦先生④的药房!特别是夜晚,甘该灯点起来,装潢铺面的红、绿药瓶,朝地面投出两道彩色熠

---

① 查理十世在位期间(1824—1830),年久失修的教堂,大都有了翻修的机会。
② 爱奥尼亚圆柱以典雅著称,但是半圆穹隆是罗马建筑特征,和希腊神庙风格无关。
③ 公鸡是法国民族的象征。大革命时代,用作军旗标志,一八三〇年,代替旧王朝的百合花徽成为国徽。拿破仑三世即位后取消。
④ 郝麦(Homais)这个名字,来自郝莫(homo),意思是'人'。"作者有这样一条札记,见《包法利夫人》新版本一一八页。

熠的亮光，便见影影绰绰，隔着亮光，如同隔着孟加拉烟火①一样，出现了药剂师伏几而坐的影子。他的住宅，由上到下，贴满招贴，有的是行书字体，有的是圆环字体，有的是铅印字体，写道："维希水、塞兹水、巴赖吉水、清血汁、拉斯帕依药水、阿拉伯健身粉、达塞药糖、勒尼奥药膏、绷带、蒸馏器、卫生巧克力"等等，②不一而足。招牌像铺面一样长短，金字写着：郝麦药剂师。几架大天平，钉死在柜台上，天平后头铺子尽里，一扇玻璃门上，在一半高地方，黑底金字，"郝麦"这个名字又出现一次，同时横楣上，还写了实验室三个字。

此外，永镇也就没有什么可看的了。街道（惟一的一条街）有子弹射程那样长，两边几家店铺，在大路拐弯地方，收了形迹。出了街，往左转，沿圣约翰岭山脚走，很快就到了公墓。

有一时期，霍乱流行③，教堂扩大坟地，推倒一堵墙，在旁边买了三亩地；可是这块新开拓出来的地区，难得有人用，墓冢照常朝大门那边挤。看守又管掘坟，又当教堂管事（这样就从教区死人身上得到两笔收益），利用空地，种了一些马铃薯。不过他的田地本来就小，加之年复一年的收缩，所以他遇到传染病盛行的季节，便左右为难，不知道死人多了应当开心，还是坟墓多了应当难过才是。堂长先生终于有一天发话了：

"赖斯地布杜瓦，你吃死人呢！"

他听了这句话，觉得阴风惨惨，寻思之下，有一时期也就住了

---

① 孟加拉分隶印度和巴基斯坦，烟火具有各种颜色。
② 维希，法国中部著名矿泉水产地。塞兹，德国南部矿泉水产地，不过应市的多属人工汽水。巴赖吉，法国西南部上比利牛斯山区一地名，以其硫磺泉水著名，治各种皮肤病。拉斯帕依（1794—1878），法国政治活动家，后来研究人体寄生虫，配药水医治。不过这是一八四二年以后的事，在小说这段期间，他还没有配出药水来。而且当时人们把他看成政治上的可疑人物，郝麦不见得会代销他的药水。达塞（1725—1801），法国化学家，著名医生。勒尼奥（1810—1878），法国物理学家兼化学家。
③ 一八三二年初夏，欧洲霍乱肆虐，三个月内，仅巴黎就死了两万人。

手，可是他今天照旧种他的块根，还硬说是野生的。

自从下文说起的事故发生以来，事实上，永镇就没有什么改变。马口铁三色旗，在教堂钟楼顶端，旋转如故；布庄两幅印花布幌子，依然迎风招展；药房的胎儿，仿佛一捆一捆白火绒，泡在浑浊的火酒里面，日渐腐烂；还有客店大门上头的老金狮子，风吹雨打，颜色褪掉，活像长毛犬，向过往行人露出它的鬈鬈毛。

包法利夫妇要来永镇的那天黄昏，女店家勒弗朗索瓦寡妇，正忙得不可开交，一面烧菜，一面直冒大汗。原来明天是镇上赶集的日子，必须先把肉切好，鸡开好膛，汤和咖啡煮好。另外，还要做出包饭人的饭、医生夫妇和他们女用人的饭。弹子房传出一片震耳的笑声；小间有三位磨房老板，喊人给他们拿烧酒去；劈柴在燃，焦炭在响，有人在案板上剁菠菜；厨房长桌上，盘子摞得高高的，和整块生羊肉夹杂在一起，案板一动，盘子就晃荡。偏院家禽咯咯叫唤，女用人在后头追赶，要宰它们。

一个男人穿绿皮拖鞋，有几颗细麻子，戴一顶金坠小绒帽，背向壁炉烤火。他一脸洋洋自得的表情，神态就像挂在他头上的柳条笼里的金翅雀那样安详，这人就是药剂师。

女店家喊着：

"阿尔泰蜜丝！撅些细枝子，给水瓶装水，送烧酒去，快呀！您等的客人，我单知道上什么果点，也就好了！老天爷！帮搬家的那伙人，又在弹子房闹开了！他们的大车停在大门底下！燕子来了，兴许把它撞坏了！喊伊玻立特，把车搁好！……说说看，郝麦先生，打早上起，他们打了约摸有十五盘球，喝了八坛苹果酒！……他们要杵坏我的台球毡子的！"

她拿着撇沫的勺子，边讲，边远远望他们。郝麦先生回答道：

"没有什么大不了，您买一张新的就是了。"

寡妇一听这话，叫了起来：

"再买一张台子！"

"勒弗朗索瓦太太，旧的不去，新的不来；我早就对您说过了，您这是自己害自己！大大地害了自己！再说，打弹子的人，如今讲究口袋窄，杆子重。人家不照老法子打啦；全变啦！必须跟着世道走！看看泰里耶，宁可……"

女店家气红了脸。药剂师说下去：

"他那张台子，随您怎么说，比您这张玲珑多了；好比说吧，人家就想得出来，帮波兰人募捐或者帮里昂遭水灾的人募捐①……"

女店家耸着她的胖肩膀，打断他的话道：

"像他那种叫花子，别想吓得了人！看吧！看吧！郝麦先生，金狮开一天，人来一天。我呀，有的是办法！您看好了，总有一天早上，法兰西咖啡馆会关门大吉，窗板上贴封条的！……（她接下去，自言自语道）换掉我这张台子，可是搁搁我洗的衣服，有多方便！赶上打猎，我好让上头睡六个客人！……伊韦尔这慢腾鬼怎么还不来！"

药剂师问道：

"您等他回来给客人开饭？"

"等他回来？毕耐先生就不答应！六点钟一敲，您看吧，他准进来，世上像他那样刻板的人，没有第二个。用饭也总要在小间用！死也别想他换换地方！又爱挑剔！又讲究喝好苹果酒！一点也不像赖昂先生；人家呀，有时候，七点钟来，连七点半钟的时候也有；有什么吃什么，看也不看一眼。年轻人真好！从来说话斯斯文文的。"

"这就因为呀，您明白，一个受过教育的人，和一个当过重骑兵的税务员，大有区别。"

---

① 波兰人，指亡命法国的难民，由于一八三〇年革命失败，逃到国外。里昂水灾发生在一八四〇年。

六点钟响了。毕耐进来。

他穿一件蓝大衣，笔直下垂，裹住他的瘦身子，皮便帽的护耳，在顶门用小绳拴牢，帽檐朝上翻，底下露出光秃秃的额头，过去戴久了战盔，压出印子。他穿一件青呢背心、一条灰裤，戴着硬领，一年四季，穿一双贼亮靴子，偏巧脚拇趾跷，脚面一边高起一块。小眼睛，鹰嘴鼻，金黄络腮胡须，一根不乱，齐下巴兜住他少光无色的长脸，活像花圃的边。他玩一手好牌，写一手好字，是一个打猎的好手，家里有一台旋床，闲来无事，他就旋餐巾环，怀着艺术家的爱心、资产者的私心，攒满了一屋。

他朝小间走去；但是先得请出三位磨房老板；他坐在炉火旁边，默不作声，等人给他摆好刀叉，然后像平日一样，关了门，摘掉便帽。

药剂师一看就剩下他和女店家了，发话道：

"说上两句客气话，不见得就烂掉他的舌头！"

她回答道：

"他向来少言寡语；上星期，来了两个布贩；两个年轻人挺有才气，夜晚讲了许多笑话，可把我笑死啦。好，他呀，坐在那边，闷声不响，活活儿一条死鱼。"

药剂师道：

"是呀，没有想象，没有才情，一点应酬都不讲！"

女店家驳他道：

"可是人家说他有本事啊。"

郝麦回答道：

"本事！他！本事？"

他换了一种比较平静的语气，接下去道：

"在他那一行，也许是吧。"

于是他往下讲道：

"啊！一个场面大的商人、一个法学家、一个医生、一个药剂师，专心业务，人变古怪了，甚至于粗暴了，这我懂；历史上尽有这种事例！不过，那是因为，起码他们在想什么事情。我，好比说吧，我写标签，在写字台上找钢笔，有许多回，找来找去找不到，临了发现夹在我的耳朵上头！……"

勒弗朗索瓦太太走到门口，看看燕子到了没有。她吓一跳。一个穿一身黑的男子，突然走进厨房。黄昏一丝余光，照出他有一张赤红的脸和运动家的体格。

"堂长先生，有事要我做吗？"

女店家一面问，一面走向壁炉，去拿一支铜蜡烛台。铜蜡烛台和蜡烛并排摆在一起。

"您要不要吃点东西？喝一小盅黑醋栗酒、一杯葡萄酒？"

教士十分客气地谢绝了。他是来找他的雨伞的：他前一天把雨伞忘在艾讷蒙修道院了，所以来拜托勒弗朗索瓦太太，派人替他取回来，夜晚送到他的住处。晚祷的钟声在响，他回教堂去了。

药剂师听他的皮鞋声在广场消失以后，就批评说，方才他的行为，很不礼貌。喝一杯酒，算得了什么，居然拒绝，在药剂师看来，是最要不得的一种虚伪。教士个个偷偷摸摸，大吃大喝，企图再过那种什一税的日子①。

女店家帮她的堂长说话：

"凭您怎么说，像您这样的男人，他在膝盖上，可以一撅四个。去年，他帮我们收麦秸，真结实啦，一趟扛六捆！"

药剂师道：

"妙啊！那么，打发你们的姑娘找有这般体格的小伙子忏悔去！我

---

① 什一税，天主教规定教民缴纳的税款数字，合教民收入十分之一，一七九三年，政府通令废除，从此教会少了这笔庞大收入。

呀，我要是政府的话，我要教士一个月抽一次血。是啊，勒弗朗索瓦太太，为了治安和风俗，每一个月，好好儿抽他们一回血！"

"别说了，郝麦先生！您不敬神！不信教！"

药剂师还口道：

"我信教，信我自己的教，别看他们装腔作势，像煞有介事，我比他们哪一个都有信仰！正相反，我崇拜上帝！我信奉上天，相信有一个造物主，随他是什么，我不在乎。他要我们活在人世，尽我们的公民责任、家长责任；但是我用不着走进教室，吻银盘子，拿钱养肥一群小丑：他们吃得比我们好！人在树林，在田地，甚至像古人一样，望着苍天，一样可以敬仰上帝。我的上帝、我所敬礼的上帝，就是苏格拉底的上帝、富兰克林的上帝、伏尔泰和贝朗瑞的上帝！我拥护《萨瓦教务协理的信仰宣言》和八九年的不朽原则①！所以我不承认什么糟老头子上帝，拄了拐杖，在他的花圃散步，让他的朋友住在鲸鱼肚子里，喊叫一声死去，三天之后再活过来②。这些事本身就荒唐，还不说根本违反全部物理学原理；这顺便也就为我们证明：教士一向愚昧无知，厚颜无耻，还硬要世人和他们一样。"

他住了口，目光炯炯，看周围有没有听众，因为药剂师一时兴起，忘乎所以，竟以为自己是在乡行政委员会了。可是女店家已经心不在焉，伸长耳朵，听远处什么东西滚动的声音。她听出是马车响，还掺杂着松了的马掌叭哒叭哒打地的声音。燕子终于在门前停住了。

这是一只黄箱子，夹在两个大轱辘当中，轱辘有车篷那样高，旅客看不见路，肩膀还要吃土。窗户窄小，车门一关，玻璃就在框子中间震动，上头灰尖已经够厚的了，还左一块，右一块，沾了好些泥点，即

---

① 《萨瓦教务协理的信仰宣言》，见卢梭的《爱弥儿》(1762)第四卷。"八九年的不朽原则"指一七八九年大革命时《人权宣言》第十条宣布的信仰自由。
② 参看《旧约·约拿书》第一章："耶和华安排一条大鱼吞了约拿，他在鱼腹中三日三夜。"

使倾盆大雨，一时也冲洗不掉。车套了三匹马，一匹打头，每逢下坡，车一颠簸，箱子底就碰了地。

永镇有些市民，也到了广场，同时说话，七嘴八舌，问消息，要解释，找鸡鸭筐子，闹得伊韦尔不知道回答谁好。原因是他替本地人进城办货，到铺子买东西，给鞋匠带回几捆皮，给马掌匠带回一堆废铁，给店东家带回一桶鲱鱼，从女帽店带回几顶帽子，从理发店带回一些假发；他一路回来，一包一包分好，沿着各家的院墙扔进去，站在车座上，扯嗓子嚷嚷，马也不管了，由它们走去。

路上发生意外，车回来迟了；包法利夫人的猎犬，在田地迷失了。大家足喊了一刻钟。伊韦尔甚至倒回了半古里路，时刻以为瞥见了，偏又不是；但是没有时间再找，非赶路不可。爱玛又是哭，又是生气，直抱怨查理不好。布商勒乐先生，凑巧同车，试着安慰她，举了许多例子：狗丢了，经过多年，又找到主人。他听人讲起一条狗，从君士坦丁堡回到巴黎。还有一条狗，照直走了五十古里路，泅过四条河；他的父亲有一条长毛狗，不见了十二年，有一天黄昏，他到城里用饭，狗在街头冷不防跳上他的后背。

二

爱玛头一个下车，全福、勒乐先生，还有一个奶妈，跟着也下了车；天一黑，查理就在他的角落睡着了，临到下车，不得不喊醒他。

郝麦上前，介绍自己，向夫人表示他的热忱，向先生表示他的敬意，说他能稍尽绵薄，不胜荣幸。接着就恓恓款款，说他擅作主张，陪他们一道用饭，再说，他的太太又不在家。

包法利夫人一进厨房，就走到壁炉跟前，伸出两个手指，在膝盖地方，把袍子提到踝骨上，露出一只穿黑靴子的脚，跨过烤来烤去的羊腿,伸向火焰。火光照亮整个身子。一道强光射透袍料纬线、白净皮肤的细毛孔甚至时时眨动的眼皮。门开了一半,风吹进来,一大片红颜色罩住她的身子。

一个金黄头发青年,在壁炉另一边,不言不语地望她。

赖昂·迪皮伊先生(他是金狮客店第二个包饭客人),在公证人居由曼那边做文书,在永镇百无聊赖,推迟用饭的时间,希望客店来一位旅客,聊一黄昏。有些天,工作完毕,他不知道干什么好,只好准时前来,无可奈何,从头到尾,和毕耐一道吃饭。所以女店家提议他陪新来的客人用饭,他就欢欢喜喜接受了。勒弗朗索瓦太太争体面,特意在大厅摆了四份刀叉。

大家走进大厅,郝麦怕伤风,请大家允许他戴他的希腊小帽,然后转向旁边的包法利夫人:

"夫人,不用说,有点累了吧?我们这辆燕子,真要把人颠死!"

爱玛答道:

"是啊;不过我一向就觉得变动好玩,我喜欢出门。"

文书叹一口气,说:

"老待在一个地方,简直把人腻死!"

查理道:

"您要是也像我,老得骑着马来来去去……"

赖昂转向包法利夫人,接茬道:

"可是,我觉得,这再有意思不过……"

他添上一句话道:

"要能这样的话。"

药剂师讲:

"其实,在我们这地方行医,并不怎么辛苦;因为道路平坦,马车来往无阻,而且一般说来,农民生活富裕,酬金相当丰厚。就病而论,除去肠炎、气管炎、胆汁过多等等常见病例之外，我们也就是收获期间，偶尔害害疟疾，不过大体说来，情形并不严重，也没有特殊值得注意的地方，顶多爱生瘰疬罢了，这不用说，是我们乡下人居住不合卫生条件的缘故。啊！包法利先生，到时您就知道，种种偏见，需要排除；顽固的旧习惯，天天和您的一切科学努力冲突；因为他们宁可求救于九日祈祷、圣骨、教堂堂长，也不按照常情，来看医生或者药剂师。不过说实话，气候不坏，本乡就有几个九十岁的人。寒暑表（我观察过），冬季降到摄氏表四度，大夏天高到二十五度，顶多三十度，合成列氏表，最大限度也就是二十四度，或者华氏表（英国算法）五十四度①，不会再高啦！——而且实际上，我们一方面有阿格伊森林，挡住北风，另一方面，又有圣约翰岭，挡住西风；不过河水蒸发，变成水汽，草原又有许多牲畜存在，你们知道，牲畜呼出大量阿莫尼亚，就是说，呼出氮气、氢气和氧气（不对，只有氮气和氢气），其所以热，就因为吸收了土地的腐烂植物，混合了所有这些不同种类的发散出来的东西，好比说，绑成一捆东西，遇到空气有电的时候，自动同电化合，时间久了，就像在热带一样，产生出妨害卫生的瘴气②；——这种热，我说，在来的那边，或者不如说是可能来的那边，就是说，南方，经东南风一吹，也就好受了；风过塞纳河，已经凉爽了，有时候冷不防自天而降，就像俄罗斯小风一样。"

包法利夫人继续向年轻人道：

"附近总该有散步的地方吧？"

他回答道：

"简直没有！有一个地方，叫做牧场，在岭子高头，森林一旁。星期天，我有时候去，带一本书，待在那边看日落。"

---

① 摄氏三十度，等于列氏表二十三度，等于华氏表八十七度。
② 阿莫尼亚是氨气，不同于氮、氢、氧，同电化合，成为瘴气，更属无稽之谈。

她接下去道：

"我以为世上就数落日好看了，尤其是海边。"

赖昂道：

"我就爱海！"

包法利夫人回答道：

"汪洋一片，无边无涯，您不觉得精神更能自由翱翔？凝望大海，灵魂得以升华，不也引起对无限和理想的憧憬？"

赖昂接下去道：

"山景也一样。我有一位表兄，去年在瑞士旅行，对我讲，湖泊的诗意、瀑布的瑰丽、冰河的壮观，非常人所能想象。松树高大无比，挺立湍流当中；茅屋草舍，悬于峭壁之上；在你脚下千尺之处，云雾微开，溪谷全部在望。这些景象一定令人感动、令人神往、使人想到祈祷！所以那位出名的音乐家，为了激发想象，经常对着惊心动魄的景色弹琴，现在看来，也就不足为奇了。"

她问道：

"您是音乐家？"

他回答道：

"不是，不过我很爱好。"

郝麦一边俯向盘子，一边插话道：

"包法利夫人，别相信他，他说这话，完全由于谦虚。——怎么，好朋友！那一天，您在您房间唱《守护天使》①，实在好听。我在实验室就听见了。您像一位演员，说收就收。"

赖昂的确住在药剂师家三楼一间小屋，面对广场。听见房东这样恭维，他臊红了脸。郝麦已经转向医生，一个又一个，列举永镇的缙

---

① 《守护天使》是当时一首流行歌曲。作曲者是杜尚惹夫人 (1778—1858)。

绅。他叙述逸事，提供说明。公证人的财产，没有人知道准确数字；还有"杜法赦那一家人"，就爱摆架子。

爱玛问下去道：

"您喜欢什么音乐？"

"德国音乐；引人入梦的音乐。"

"您看过意大利歌剧吗？"

"还没有；不过明年我要住到巴黎，把法科读完，那时候我就看到了。"

药剂师道：

"方才我正对您丈夫说起那个跑了的、可怜的亚诺达；亏他瞎讲究，回头您就知道，您住的房子是永镇最舒服的一所房子。一个做医生的，特别觉得方便的是：巷子有一扇门，出入没有人看见。再说，就居住而论，应有尽有：洗衣房、厨房带食具间、客厅、水果储藏室等等，不一而足。这家伙活活儿就是一位大爷，满不在乎！他在花园尽头近水的地方，搭了一座花棚，单单就为夏季喝喝啤酒！夫人要是爱好园艺的话，不妨……"

查理道：

"内人对这不感兴趣，人家劝她活动活动，可是她就爱待在房间里看书。"

赖昂插话道：

"我也是这样；说实话，风吹打玻璃窗，灯点着，晚上在火旁一坐，拿起一本书……还有什么比这称心的？"

她睁大她的黑眼睛，看着他道：

"可不是？"

他继续道：

"什么也不想，时间就过去了。静静坐着，就在恍惚看见的地方漫游，你的思想和小说打成一片，不是玩味细节，就是探索奇遇的曲折起伏。思想化入人物，就像是你的心在他们的服装里面跳动一样。"

她说：

"对！对！"

赖昂说下去：

"您有没有这种经验：有时候看书，模模糊糊，遇见您也有过的想法，或者人影幢幢，遇见一个来自远方的形象，好像展示出来的，全是您最细微的感情一样？"

她回答道：

"我有过这种体会。"

他说：

"所以我特别喜爱诗人。我觉得诗词比散文温柔，更容易感人泪下。"

爱玛道：

"可是读久了也起腻；如今我就爱一气呵成、惊心动魄的故事。我就恨人物庸俗、感情平缓，和日常见到的一样。"

文书发表意见道：

"的确也是。这些作品既然不感动人，依我看来，就离开了艺术的真正目的。人生每多失望，能把思想寄托在高贵的性格、纯洁的感情和幸福的境界上，也就大可自慰了。就我来说，住在这偏僻地方，远离社会，读书成了我惟一的消遣；因为永镇是什么也拿不出来的！"

爱玛接下去道：

"还用说，和道特一样；所以我从前总去一家书店租书看。"

药剂师听见这末几句话，就说：

"我有一架书,都是最好的作家写的:伏尔泰啦、卢梭啦、德利尔①啦、瓦尔特·司各特啦、《回声报副刊》啦等等,而且我收到各种不同期刊,其中《鲁昂烽火》,天天送来,因为我是比西、福尔吉、新堡、永镇和附近一带的通讯员,所以只要夫人赏脸,我没有不乐意借的。"

他们的晚饭用了两小时半;因为女用人阿尔泰蜜丝,穿一双布条鞋②,懒懒散散,在石板地上拖来拖去,端了一个盘子,再端一个盘子,丢三落四,样样不懂。弹子房的门,老是打开忘了关,门闩头直撞墙。

赖昂一面说话,一面心不在焉,拿脚踩着包法利夫人坐的椅子的横档。她系一条蓝缎小领带,兜紧圆褶细麻布领,像花领箍③那样硬挺;头上下一动,她的小半个脸,也就跟着优雅地在领口出出进进。查理和药剂师闲聊中间,他们就这样靠近了,泛泛而谈,东扯一句,西扯一句,但是总回到一个引起共鸣的中心。巴黎戏剧、小说的标题,新式四组舞,她住过的道特,他们现在待的永镇,以及他们没有见识过的社会,天上地下,无所不谈,一直谈到晚饭用罢,这才住口。

上咖啡的时候,全福去新宅布置寝室。客人们没有多久,也就离席了。勒弗朗索瓦太太在将熄的炉火旁睡着了。马夫提了一盏灯,守在一旁,送包法利夫妇去他们的新居,红头发沾着碎麦秸,左腿瘸着。大家等他另一只手拿好堂长先生的雨伞,就出发了。

全镇入睡。菜场的柱子投下长长的影子。像在夏天夜晚一样,地全是灰的。

不过医生住宅离客店只有五十步远,大家差不多紧跟着就互道晚安分手了。

---

① 德利尔,法国诗人,风格、内容近似拉马丁,在当时很有名气。
② 布的边幅,质料较坚,颜色不同,有些人用来编成鞋面。
③ 花领箍是十六、十七世纪一种圆篷篷的裥褶领饰。

爱玛一进门厅，就觉得冰冷的石灰，像湿布一样，落在她的肩头。墙是新刷的，木头梯子嘎吱直响。窗户没有挂窗帘，一道淡淡的白光射进二楼房间。她影影绰绰，望见树梢，再往远去，还望见一半没在雾里的草原，月光皎洁，雾顺着河道冒气。房间里面，横七竖八，随地放着五斗柜的抽屉、瓶子、帐杆、镀金小棒，椅子上搁着褥垫，地板上搁着脸盆，——搬家具的两个男人，漫不经心，信手扔了一地。

这是第四次，她睡在一个陌生地方，第一次是她进修道院的那一天；第二次是她到道特的那一天；第三次是她去渥毕萨尔的那一天；如今是第四次。每次都像在她生命中间开始一个新局面。她不相信事物在不同地方，老是一个面目；活过的一部分既然坏，没有活过的一部分，当然会好多了。

三

第二天，她一下床，就望见文书在广场。她穿的是梳妆衣。他仰起头，向她致敬。她赶快点了点头，关上窗户。

赖昂整天在盼下午六点钟到，但是走进客店，仅仅看见毕耐坐在饭桌一旁。

昨天那顿晚饭，对他来说，是一件大事；一连两小时，同一位太太谈话，他还从来没有过。这许多事，往常他说都说不清楚，和她一谈，怎么就会那样娓娓动听？他一向胆怯，庄重自持，一半也是害羞，一半也是作假。永镇上人，认为他举止得体。成人高谈阔论，他洗耳恭听，不发一言，似乎并不热衷政治：对于一个年轻人说来，确实难得。而且他多才多艺，能画水彩画，能看乐谱，晚饭后不玩牌的时候，他就钻研文学。郝麦先生看重他有知识；郝麦太太喜欢他为人随和；因为他常在花园陪伴那些小郝麦；这些小家伙，一向邋遢，缺乏管教，还有点迟钝，如同他们的母亲。他们除去女用人照料之外，还有药房伙计朱斯丹照料他们：他是郝麦先生的远亲，郝麦先生行好，把他收留下来，同时当用人使唤。

为了表示他是最好的邻居，药剂师指点包法利夫人买谁家东西，特地把他照顾的苹果酒贩叫来，亲自尝酒，监视酒桶在地窖摆好。他又教她怎样买到便宜的牛油。教堂管事赖斯地布杜瓦，除去教会和殡葬两项职务之外，还随各家喜好，按年或者按钟点料理永镇的主要花园，药剂师也为她的花园接好了头。

药剂师曲意奉承，并非单为关怀别人，其中还有别的文章。

十一年风月①十九日法律，第一条规定：任何人没有执照，不得行医。他严重违反这一条法律，经人暗中告发，王家检察官传他到鲁昂问话②。司法官穿了公服，肩膀上披一条白鼬皮，头上戴一顶瓜皮小帽，站着在办公室见他。这在早晨开庭以前。他听见过道有宪兵的笨重靴子走动，远处像有大锁关闭的声音。药剂师耳朵轰隆轰隆的，眼看自己像要中风一样；他恍惚看见自己被拘禁在地牢深处，一家大小号啕，药房出让，瓶瓶罐罐丢了一地，所以离开法院，他不得不走进一家咖啡馆，喝一杯掺塞兹水的甘蔗酒，恢复他的神志。

日子一久，训斥的回忆渐渐淡了，他像往常一样，在铺面后间看病，开上一些无关紧要的方子。但是他有镇长作对，同行忌妒，必须加意小心；他之所以礼数频频，讨好包法利先生，就是为了使他感激在心，万一日后有所觉察，也就难以开口。所以每天早晨，郝麦送报纸给他看，下午常有一时离开药房，到医生那边聊天。

查理愁眉不展：顾客不见上门。他不言不语，一坐好几小时，不是

---

① 风月是大革命时代共和国的六月，从二月十九日到三月十九日。
② 根据柯兰的注解：共和国十一年的法律，对冒名行医的惩处相当宽大。管这种事的，不是王家检察官，而是州长。

在他的诊室睡觉,就是看他的太太缝东西。他为了消遣,在家里学干粗活,甚至拿漆匠用剩下来的油漆,试着油漆阁楼。不过他真正操心的,是银钱事务。修葺道特的房屋,太太添置化妆品,还有搬家,三千多埃居嫁资,两年下来,全花光了。再说,从道特搬到永镇,东西不是损坏,就是遗失,还不算石膏堂长像,有一次车颠得太厉害,滚到大车底下,在甘冈普瓦的石路上摔碎了!

有一件事,虽然担心,却也分忧,就是太太有喜了。分娩期越近,他越疼她。另外一种血肉联系在建立,像是不断提醒一种更为复杂的结合。他远远望见她,走起路来,懒洋洋的,不穿胸衣,身子软绵绵的,在屁股上扭来扭去,要不然就是,坐在扶手椅里,一副慵倦模样,面对面,尽他饱看,他太幸福,再也憋不住,站起来,搂住她,摸她的脸,叫她小妈妈,想同她跳舞,于是半笑半哭,尽他想得起来的柔情蜜意的戏言戏语,说个不停。他想到生孩子,心花怒放。他现在什么也不缺了。他经历到全部人生,于是坐在人生一旁,悠然自得,尽情享受。

爱玛起先觉得很惊奇,后来想知道做母亲是怎么一回事,也就急于分娩。不过她不能由着她的心思用钱,好比说,买一只玫瑰红缎帐摇篮、几顶绣花小帽,所以她一怄气,不加挑选,不和人讨论,什么也不料理,统统交给村里一个女工去做。这样一来,引起母爱的准备工作的乐趣,她就体会不到了;也许是由于这个缘故吧,她的感情,从一开始,就欠深厚。

不过查理顿顿饭说起小把戏,她慢慢也就老想着这事。

她希望养一个儿子,身子结实,棕色头发,名字叫做乔治[①]:她过

[①] 爱玛看重这个名字,不是由于它的本义"农夫",而是由于它给她带来强壮和浪漫的启示。公元四世纪,有一个殉难的基督徒,叫这个名字。他是一个军官,小亚细亚人,传说在北非洲除过一条有害于民的恶龙。许多地方把他奉为护圣,英国即是。法国浪漫主义运动很受英国影响。

去毫无作为,这种生一个男孩子的想法,就像预先弥补了似的。男人少说也是自由的;他可以尝遍热情,周游天下,克服困难,享受天涯海角的欢乐。可是一个女人,就不断受到阻挠。她没有生气,没有主见,身体脆弱不说,还处处受到法律拘束。她的意志就像面网一样,一条细绳拴在帽子上头,随风飘荡。总有欲望引诱,却总有礼法限制。

星期天早晨,六点钟左右,太阳正出来,她分娩了。查理道:

"是一个女孩子!"

她转过头,晕过去了。

郝麦太太差不多跟着就跑过来吻她,勒弗朗索瓦太太离开金狮,也来了。药剂师不便进屋,只在门缝说了几句道喜的话。他希望看看婴儿;他觉得相貌端正。

休养期间,她费了不少心思,给女儿想名字。她最先考虑所有那些有意大利字尾的名字,诸如克拉拉、路易莎、阿芒达、阿达娜;她相当喜欢嘉尔絮安德这个名字,尤其喜欢绮瑟和莱奥卡狄这两个名字[①]。查理愿意小孩子叫母亲的名字;爱玛不赞成。他们上下查历书[②],还向外人请教。

药剂师道:

"我和赖昂先生前一天说起这事,他奇怪你们为什么不取玛德兰娜这个名字,眼下非常时髦。"

但是包法利老太太坚决反对用这有罪女人的名字[③]。至于郝麦先生,凡足以纪念大人物、光荣事件或者高贵思想的,他都特别喜爱;他

[①] 嘉尔絮安德(约532—568),西班牙哥特王国的公主,嫁给法兰克国王西佩里克(Chilpéric),在鲁昂举行婚礼,不久被丈夫缢死。绮瑟,中世纪故事诗《特里斯当与绮瑟》的女主人公。莱奥卡狄,西班牙一个女基督徒,三〇四年殉教。
[②] 天主教历书纪念死难的信徒,每天一个圣者,注明名字,可供参考。
[③] 玛德兰娜,旧译"抹大拉",是地名,全名应当是"抹大拉的马利亚",后人把抹大拉用成人名。《路加福音》第八章:"曾有七个鬼从她身上赶出来。"她不是一个"有罪女人",一般人错把她看成第七章说起的抹香膏女人,"那城里有一个女人,是一个罪人"。

给四个孩子取名字,根据的就是这种原理。所以一个叫拿破仑,代表光荣;一个叫富兰克林,代表自由;一个叫伊尔玛,也许是对浪漫主义的一种让步[①];一个叫阿塔莉,却是对法兰西戏剧最不朽之作的敬意[②]。因为他的哲学信念并不妨碍他的艺术欣赏;他的思想家成分,也决不抑制感情流露;他懂得怎么样加以区别,把想象和狂热的信仰分开。就拿《阿塔莉》这出悲剧来说,他指摘思想,但是欣赏风格;他诅咒概念,但是称道全部细节;他厌恶人物,然而热爱他们的对话。他读伟大篇什,神魂颠倒;但是一想到戴黑瓜皮帽之流[③],当做生意经用,他就伤心;于是百感交集,心困神惑,他一方面希望自己能亲手给拉辛戴上桂冠,一方面也希望和他认真地讨论一番。

最后还是爱玛想起,她在渥毕萨尔庄园,听见侯爵夫人喊一个年轻女人白尔特[④],就选定了这个名字。卢欧老爹不能来,他们请郝麦先生做教父。他的礼物全是他的药房的出品,诸如:六匣黑枣、一整瓶健身粉、三筒药用蜀葵片,还有在壁橱里找到的六根冰糖棍。举行洗礼的当天晚晌,摆了一桌酒席;教堂堂长也在座。大家兴高采烈,临到行酒,郝麦先生唱《好人们的上帝》[⑤],赖昂先生来了一首船夫曲,包法利老太太是教母,也唱了一首帝国时代流行的恋歌;闹到后来,老包法利硬要抱小孩子下来,举起一杯香槟酒,说是给她行洗礼,朝头上浇。布尔尼贤堂长见他取笑第一条圣事[⑥],未免有气;老包法利的答复是引

---

① 伊尔玛,一部同名通俗历史小说的女主人公;小说是早期浪漫主义(1830年以前)的产物。
② 阿塔莉,十七世纪古典主义悲剧家拉辛的同名杰作的女主人公。她是公元前九世纪犹太国的女王。
③ 指教士而言,日常头上戴一顶黑瓜皮帽。
④ 白尔特的字义是"明亮",来自日耳曼语。这个名字常见于早期法国历史。最著名的是查理曼大帝的母亲"大脚白尔特"。中世纪关于她的传说很多。
⑤ 《好人们的上帝》,贝朗瑞的作品,每节叠句是:"手里拿着酒杯,我快快活活把自己交给好人们的上帝。"
⑥ 圣事共有七条,洗礼是第一条。

证一句《众神之战》①；堂长离席要走；太太们央求，郝麦解劝，才算留住教士又坐下来：他端起碟子，心平气和，又喝着他喝了一半的小杯咖啡。

老包法利在永镇住了一个月之久。早晨他到广场吸烟斗，戴一顶漂亮的银箍船形帽，居民真还让他给唬住了。他喝烧酒有瘾，一来就差女用人到金狮替他买一瓶，写在儿子账上：他要手帕有香味，用光儿媳妇储藏的全部科伦水。

儿媳妇并不讨厌他。他有阅历，讲起柏林、维也纳、斯特拉斯堡，还有他当军官的时期、他有过的情妇、他摆过的盛大午宴。而且他显出一副可爱模样，有时候甚至在楼梯上或者花园内，搂住她的腰，喊道：

"查理，当心啊！"

这样一来，老太太不放心了，生怕丈夫会有一天对年轻女人起坏影响，连累儿子的幸福，急于要早走。她也许有更严重的顾虑吧。老包法利是个无法无天的人。

小女儿交给木匠女人乳养，有一天，爱玛忽然动了看她的心思，也不看看历书，圣母的六个星期过了没有②，就朝罗莱住的地方走去。他住在岭下村子尽头，在大路和草原之间。

正是中午，家家下了护窗板，碧空烈日，青石板屋顶明光闪闪，山墙头好像在冒火花。一阵热风吹来。爱玛觉得行走乏力；人行道的石子磨脚；她拿不定主意回家好，还是进谁家歇歇好。

正在这时，赖昂先生胳膊底下夹着一卷文件，从邻近一家大门出来。他走过来问候她，站在勒乐铺子前面，灰帐篷底下的荫凉里。

---

① 《众神之战》，法国诗人帕尔尼（1753—1814）的作品，叙述基督教战胜外教，语多嘲讽，信徒认为亵渎神圣。
② 从圣诞节（12月25日）到圣母节（2月2日）约六星期。这也是一般产妇需要养息的时间。

包法利夫人说她去看她的孩子，不过她已经觉得累了。

"如果……"

赖昂嗫嚅一声，不敢再讲下去了。

她问他：

"您有事忙吗？"

文书说他没有事，她求他陪她一道去。一到黄昏，永镇传遍这事，镇长太太杜法赦夫人，当着女用人的面讲："包法利太太惹火烧身。"

去奶妈家的路，就像去公墓的路一样，出了街，必须朝左转，穿过一些窄小的房屋和院落，走一条小径。道旁一排小女贞树，正在开花，还有威灵仙、野蔷薇、荨麻和在灌木丛上亭亭玉立的木莓，也不甘落后。从篱笆窟窿望进去，就见草棚周围，不是猪在粪堆上爬，就是脖子套着夹板的母牛，拿犄角在蹭树身。两个人，并肩漫步，她靠住他，他照她的脚步，放慢步子；空气燥热，一群苍蝇在他们前头飞来飞去，嘤嘤作响。

他们看见一棵老胡桃树，知道到了。老胡桃树阴下，有一所棕色瓦房，矮矮的，阁楼天窗底下挂着一串大葱。一捆一捆小树枝，竖直了，靠住荆棘篱笆，圈着一畦生菜、一小片香草，架子支起正在开花的豌豆，泼在草上的脏水，东一摊、西一摊，房子周围有几件叫不出名堂的破衣烂裤，编织的袜子、一件红印花布短袖女衫和一大幅晾在篱笆上的厚帆布。奶妈听见栅栏响，抱着一个吃奶的孩子出来，另一只手还牵着一个可怜的小瘦家伙，一脸瘰疬：鲁昂一个帽商的儿子，父母忙于做生意，把他留在乡下。

她说：

"进来吧，您的孩子在那边睡着呐。"

全楼惟一的卧室，就是下面的房间，尽里贴墙，有一张大床，不挂钩子；沿窗放着面盆；玻璃有一块裂开，拿蓝纸剪成一颗星星，粘在一道。门后角落，水槽石板底下，摆着几只高筒靴子，靴底钉子发亮，旁边有一只瓶子，盛满了油，瓶口插着一根羽毛；炉架全是灰尘，上面扔着一本《马太·朗斯贝格》①，夹杂在打火石、蜡烛头和零星火绒当中。这间屋子最用不着的奢侈品是一幅画，画的是信息女神吹喇叭，不用说，一定是从什么香料广告画上剪下来的，拿六个木头套鞋钉子，钉在墙上。

爱玛的小孩子睡在地上一个柳条摇篮里。她连被窝一道抱起来，一边摇晃身子，一边低声歌唱。

赖昂在屋里踱来踱去；这位漂亮太太，穿一件南京布②袍子，周围一片穷苦景象，他越看越觉得不伦不类。包法利夫人脸红了；他转开身子，心想他这样看她，也许有些失礼。小孩子吐奶吐到她的领子上，她放她躺回去。奶妈赶忙过来揩，直说不会留下印子。她说：

"她净朝我身上吐奶，我除去洗她，就甭想再干别的！您可不可以吩咐杂货店卡穆一声，我缺肥皂用，许我拿上一块两块？往后我用不着吵扰您，对您也方便多了。"

爱玛道：

"好吧！好吧！罗莱嫂子，再见！"

她出来在门槛上揩了揩脚。

乡下女人陪她一直陪到院子尽头，诉说她夜晚不得不起床的苦处。

"我有时候累得要命，好端端坐在椅子上就睡着了；所以再不怎么，您也该赏我一磅磨好的咖啡，一磅够我一个月用的，早上我兑牛

---

① 《马太·朗斯贝格》，一本万宝全书式的历书，从一六三六年起，通行民间，十九世纪中叶，由新历书代替。
② 南京布，浅黄发亮，当时法国人喜欢用作夏装，特别是裤子、背心一类衣服，郝麦在第八章就穿这样一条裤子。

奶喝。"

包法利夫人勉强听完她的道谢，拔脚就走，眼看在小径已经走了一程，只听传来一片木头套鞋响声，回头一望：原来又是奶妈赶来了。

"又是什么事？"

于是乡下女人把她拽到一棵榆树后头，唠唠叨叨，说她的丈夫，干那行营生，一年六法郎，船长还……

爱玛道：

"快说吧。"

奶妈说一个字，叹一口气，接下去道：

"可不，单我一个人有咖啡喝，我怕他看了会难过的；您知道，男人家……"

爱玛一连几次道：

"少不了您的，我给您就是了！……别跟我蘑菇！"

"唉！我的善心太太，都只为他先前受伤，胸口死抽着疼。他讲，就连苹果酒也不顶事。"

"罗莱嫂子，有话快讲！"

后者行了一个大礼，接下去道：

"那，您不嫌我太贫气……"

她又行了一个大礼：

"您乐意的话……"

一双眼睛哀求着，她终于说出了口：

"一小坛烧酒，我拿它擦小姐的脚，她那小脚丫呀，嫩得就像舌头一样。"

爱玛打发掉奶妈，又挎上赖昂先生的胳膊。她放快脚步，走上一阵，又慢了下来，眼睛朝前望来望去，望到年轻人的肩膀。他的大衣有一条黑绒领子。栗色头发，梳得又平又齐，搭在领子上。她看出他的指甲，永镇谁也没有他长。文书一件大事，就是保养指甲；他的文具盒里有一把小刀，专修指甲用。

他们沿河岸回到永镇。到了夏季，河岸宽了，花园墙连墙基也露了出来。花园有一道台阶，通到水边。河水静静流着，望过去觉得水又急又凉；水草细长、顺流俯伏，仿佛松开的绿头发，在清澈的水里摊开了一样。有时候，一只细脚虫，在灯心草尖端或者荷叶上面，爬来爬去，要不然就是待着不动。波纹粼粼，一道阳光，像细丝一样，穿过蓝色的小气泡；小气泡一个接一个，朝前趱赶，随即又裂碎。缺枝断条的老柳树，在水里映出它们的灰色树皮。四周草原，远远望去，空空落落，好像一无所有。现在是田庄用饭的时辰，万籁俱寂，少妇和她的同伴就只听见他们自己的谈话、他们在小径行走的整齐步伐和爱玛袍子的窸窣响声。

花园墙顶砌着碎玻璃，墙像暖房玻璃窗那样烫。砖缝长着桂竹香，有些花开败了，包法利夫人从旁走过，阳伞撑开，伞边一碰，就有黄粉撒了下来；要不然就是，有时，金银花和铁线莲的枝子，伸出墙外，和流苏绞在一起，在绸面上拖一阵。

他们谈起一家西班牙舞蹈团，不久要在鲁昂的剧场表演。她问道：

"您去不去看？"

他答道：

"看情形。"

难道他们就没有别的话讲？然而他们的眼睛，有的是更传情的语言；每逢他们竭力搜寻无关紧要的话题，两个人就全感到一种相同的懒散心情，好像灵魂还有一种深沉、持久的呢喃，驾乎声音的呢喃之上。他们想不到自己会有这种甜蜜感受，惊愕之下，没有想到点破它的存在，或者寻找它的原因。未来的幸福好像热带的河岸，天性仁厚，滋润两旁的大地一样，放出阵阵香风，由他们尽情享受，他们也如醉如痴，乐在其中，什么顾虑都不搁在心上。

有一个地方，牲畜踩来踩去，路陷下去，烂泥里搁着几块大绿石头，他们必须踩着石头过去。她一来就停住，看看下一步在什么地方落脚，——于是石头活动，身子摇摆，胳膊伸在半空，胸脯朝前，眼睛犹疑不定，生怕掉进水坑，她笑了起来。

包法利夫人走到自己花园前面，推开小栅栏门，跑上台阶，就闪进去了。

赖昂回到办公室。老板不在；他望了一眼案卷，然后修了一支鹅毛笔，临了戴上帽子走了。

他来到阿格伊岭上的牧场，躺在森林旁边冷杉底下，隔着手指望天。他自言自语道：

"真无聊！真无聊！"

住这种村子，和郝麦做朋友，在居由曼先生手下做事，他觉得倒霉。后者心上只有事务，戴一副金丝眼镜，留一圈红络腮胡须，系一条白领带，摆出一副死板的英吉利派头，开头唬住了文书，其实，毫无精神生活。至于药剂师的女人，她是诺曼底最贤德的太太，绵羊一般柔顺，爱护她的子女、她的父亲、她的母亲、她的亲戚，听见别人家出事就哭，家事概不过问，就恨穿胸衣；——但是行动那样迟缓，听她讲话那样乏味，面貌那样寻常，谈吐那样干巴，虽然她三十岁，他二十岁，他们睡觉门对门，他每天同她说话，他从来没有想到她对任何男子也是一个女人，除去袍子，看不出还有别的东西表示她是女性。

此外，还有谁？毕耐、几个生意人、两三个开小酒馆的、教堂堂长，最后还有，镇长杜法赦先生和他的两个儿子：他们是粗鲁、愚蠢的阔人，亲自下地，在家大吃大喝，而且虔心信教，根本没有可能待在一起。

但是在所有这些面目形成的共同背景之上，爱玛的形象，孤零零的，离他只有更远；因为他觉得在他和她之间，就像隔着好些一片模糊的深渊一样。

起初他有几回，和药剂师一道到她家去。查理似乎并不特别欢迎他；赖昂也不知道怎样才好，一面惟恐自己冒昧，一面却又希图亲近，然而说到亲近，照他估计，几乎就没有指望。

四

天气一冷，爱玛就离开原来的卧室，住到楼下厅房：一间长屋，天花板低低的，壁炉镜子前面，有一盆多枝珊瑚。她坐在窗边扶手椅里，看镇上的人从人行道走过。

赖昂每天两趟，从事务所走到金狮。爱玛远远听见他来，斜过身子听脚步响；年轻人老是那么一身衣裳，在窗帘外，头也不回，溜了过去。傍晚，开了头的彩绣，她丢在膝盖上，左手支起下巴，正在出神，看见这个影子突然溜开，常常心里一紧。她站起来，吩咐开饭。

正吃晚饭，郝麦先生来了。他怕吵了他们，蹑着脚步进来，手里拿着希腊小帽，永远重复这句话："各位晚安！"然后他挨近桌子，在他们夫妇之间的老位子一坐，向医生问起病人的消息，同时医生向他请教，诊费该多该少。他们接下来就谈报纸上的新闻。郝麦整天看报，赶到掌灯时分，差不多把新闻背也背下来了，讲起来有头有尾，一直讲到记者的议论、国内外个别人士的灾难，说到无可再说，就立时调转话头，谈论眼前的菜肴。他有时甚至体贴入微，探起身子，给夫人指出最嫩的一块肉，要不然就转向女用人，教她烧菜的规程与合乎卫生的调味方法；他说起香料、味精、肉汁和胶质一类东西，头头是道。而且郝麦满脑方子，比他药房里的瓶子还多，他擅长酿造各色蜜饯、醋和香油，也知道种种新出的省煤的锅釜和保存干酪、料理坏酒的方法。

一到八点，朱斯丹就来找他回去上门。郝麦看出他的学徒好来医生家，所以显出嘲弄的眼神望他，特别是碰巧全福也在的时候。他说：

"我这小伙子，开始懂事啦，我敢说，他爱上了你们的丫头，不是才怪！"

但是他责备他的，还有一个更大的过失，就是：老待下来听人谈话。譬如说，星期天，在郝麦家的晚会上，孩子们在扶手椅里睡着了，椅子布套太宽，让后背拖得歪歪扭扭的，郝麦夫人把他叫了来，要他抱走，他愣在客厅，就没有办法让他离开。

药剂师这些晚会，没有多少人参加，士绅怕听他的闲言闲语和他的政治见解，陆陆续续，也就避而不来了。但是文书决不错过。他一听门铃响，就跑去迎接包法利夫人，接过她的披肩；碰到下雪，她在鞋上套一双布条大拖鞋，他也接过来，放在药房书桌底下。

大家先玩几盘"三十一点"，接着郝麦先生就和爱玛玩"换牌"①，赖昂站在背后，帮她指点，手搭在椅背上，看着她插在发髻上的梳子。她每回出牌，右边袍子就往高里耸。头发向上卷，后背映成一片棕色，越来越淡，逐渐没入黑影。她出过牌，往回一坐，衣服蓬蓬松松，全是褶子，搭在椅子两旁，垂到地上。赖昂有时候觉出他的靴底踩到上头，连忙挪开，好像踩了人一样。

斗过扑克，药剂师就和医生玩牙牌，爱玛换了座位，胳膊支着桌子，翻看《画报》②。时装杂志是她带来的。赖昂坐在旁边，和她一道看图，谁先看完，谁就等另一个人看完了再往下翻。她一来就求他读几首诗给她听；赖昂拉长声音朗诵，念到爱情段落，用心煞尾。但是牙牌的声音吵他；郝麦先生是个中能手，查理输得一塌糊涂。他们打满

---

① "三十一点"扑克牌一种玩法：五十二张牌，人数不拘，三十一点最大。"换牌"是一种两个人玩的扑克牌戏，三十二张牌，从国王到七，每人五张，得对方允许，可以换牌。
② 《画报》，一种周刊，一八四三年创刊，以图画说明政治以及一般社会活动。

三个一百分，两个人全在壁炉前，伸直身子，很快也就睡着了。火灭了，茶壶空了，赖昂还在念。爱玛一边听他念，一边心不在焉，随手转动灯罩；纱罩上面，画了几个乘车的皮埃罗①和拿着平衡棒的走索姑娘。赖昂住口不念，指着他的睡熟了的听众。于是他们低声说话，因为没有别人听，觉得谈话分外甜蜜。

他们之间，就这样建立了一种默契，不断交换书籍和歌曲；包法利先生难得忌妒，并不引以为怪。

生日那天，他收到一颗骨相学的漂亮人头，涂成蓝颜色，上上下下，写遍数字，连胸口也有。这是文书送的一份厚礼。盛情不止于此，他甚至替医生到鲁昂买东西。有一部小说，引起爱好仙人掌科植物的风气，赖昂买了一盆，送医生太太，坐在燕子里面，捧在膝盖上，硬刺扎破他的手指。

她靠窗装了一个有栏杆的小木架，放她的小花盆。文书也安了一个悬空的小花圃；他们彼此望见在窗口养花。

镇上有一扇窗户，望过去分外透着忙碌。如果天气晴和，每天下午，星期日甚至于从早到晚，就见一家阁楼的天窗，露出毕耐先生半张瘦脸，身子俯向他的旋床。旋床单调的响声，就连金狮那边也听得见。

一天黄昏，赖昂回来，发现屋里有一条呢绒毯子，白底，树叶图案。他喊郝麦太太、郝麦先生、朱斯丹、小孩子、女厨子；他告诉他的老板；人人想见识见识这条毯子；医生太太为什么送文书礼物？未免出奇；大家断定她是他的相好。

也不由人不相信。他不住口夸她美貌多才，夸到后来，毕耐有一回老实不客气回他道：

---

① 皮埃罗，十六世纪意大利喜剧中的一个定型小丑，十八世纪常在欧洲舞台出现。

"关我什么事,我同她又没有来往!"

他绞尽脑汁,寻思对她表白心事的方法;他一方面怕她不高兴,一方面惭愧自己懦弱,瞻前顾后,永远迟疑不前,又是胆怯,又是相思,简直哭也要哭出来了。他后来横了心,拿定主意,可是信写了,他又撕掉,时间确定了,他又延宕。他常常迈步向前,跃跃欲试,然而来到爱玛面前,这种决心很快就烟消云散,不知去向。查理蓦地出现,邀他坐上他的包克,一同到附近看看病人,他满口应承,向女主人一鞠躬,也就去了。她的丈夫,不也几乎等于她了吗?

至于爱玛,她并不希望知道她是否爱他。她以为爱情应当骤然来临,电光闪闪,雷声隆隆,仿佛九霄云外的狂飙,吹过人世,颠覆生命,席卷意志,如同席卷落叶一般,把心整个带往深渊。她不晓得,承溜堵塞,淫雨可以把房顶的平台变成湖泊。她这样住下去,自以为安全无事,不料事出意外,忽然发现墙上有了一条裂缝。

五

二月,星期日,一个落雪的下午,包法利夫妇、郝麦和赖昂先生,全到离永镇半古里远的盆地,参观一家新建的麻纺厂。药剂师要拿破仑和阿塔莉活动活动,也带了去,朱斯丹照管他们,肩头扛着雨伞。

其实,他们要看的地方,根本不值得一看。一大片空地,乱七八糟,东一堆沙,西一堆石子,旁边撂着几个已经长锈的齿轮,当中一座长方形建筑,开着许多小窗,还没有盖好,隔着房椽,望见了天。山墙小梁绑着一捆掺杂麦穗的秸秆,尖头三色带子,迎风招展,呼呼直响。

郝麦高谈阔论,向同伴解释这家厂房的重要性,计算地板的力量,墙壁的厚度,连声后悔没有带一管尺来,毕耐先生就有一管,供本人不时之需。

爱玛挎住他的胳膊，微微靠着他的肩膀，遥望圆圆的太阳在雾里射出耀眼的白光；但是她一转脸，就看见了查理。他的便帽低低盖住眉；上下厚嘴唇微微颤抖，脸格外显得蠢；就连他的背，他安详的背，也不顺眼；他穿的大衣亦如其人，俗不可耐。

她这样打量他，觉得有气，可是心头也起了一种变质的快感，赖昂这期间正好迈前一步。由于天冷，他的脸变白了，似乎也更显得少气无力，温柔动人。衬衫领子有一点点松，在领带和颈项中间，露出皮肉；一绺头发盖住耳朵，耳朵尖露在外头，同时他的大蓝眼睛，望着浮云，爱玛觉得比起那些群山环绕、映照天日的湖泊，还要清，还要美。

药剂师忽然喊了起来：

"坏东西！"

他的儿子正跳到石灰堆，打算把鞋抹白。他跑过去责备，拿破仑嚎叫起来。朱斯丹找了一把麦秸帮他擦鞋，不过还需要一把小刀；查理掏出小刀，借给他用。

她想："啊！他像庄稼汉一样，衣服口袋里搁一把小刀！"

下霜了，他们走回永镇。

当天晚上，包法利夫人没有去邻居家，查理自去了。她觉得只剩她一个人，对比又在心头涌起，固然是一转眼的事，还历历在目；可到底是回忆，中间又隔着一段距离。她躺在床上，望着明亮的旺火，就像还在那边一样，看见赖昂站着，一只手弄弯他的细手杖，另一只手领着阿塔莉。阿塔莉安安静静，咂一块冰。她觉得他可爱，就连不想也不成；她记起他在别的日子别的姿态、他说过的话、他说话的声音、他的一切，于是嘴唇向前，好像接吻一样，她重复道：

"是啊，可爱！可爱！"

她问自己道：

"他有心爱的人吗？是谁？……是我呀！"

全部证据同时摊开，她心跳了。壁炉的火焰放出一道亮光，欢欢腾腾，在天花板上摇晃。她背转身子，伸出胳膊。

于是无终无了的哀怨开始了："唉！只要天从人愿，也就好了！凭什么不？谁拦着了？……"

查理半夜回来，她装出才醒的模样，他脱衣服起了响声，她诉说头疼，然后随随便便，打听晚会的情形。他说：

"赖昂先生老早就上楼了。"

她不禁有了笑意，于是灵魂充满新的喜悦，她沉沉入睡了。

第二天傍晚，时装商人勒乐看她来了。这位掌柜精明强干，是个做生意的能手。

他生在南方加斯科涅，本来就爱说话，之后在诺曼底定居，又添上科地的狡黠。虚虚的胖脸，不留胡须，仿佛抹了一层薄薄的甘草汁；一双贼亮的小黑眼睛，衬上白头发，越发显得灵活。人们不清楚他的来历，有人说是背包贩子，又有人说是鲁托①开钱庄的。确切的是，他工于心计，就连毕耐也怕。他礼貌，胁肩谄笑，腰一直哈着，姿势又像鞠躬，又像邀请。

他把镶一道绉纱的毡帽留在门厅，然后走进屋来，往桌子上放下一个绿色硬纸匣，满嘴客套话，一开口就表示遗憾，说他直到现在，还没有承蒙太太赏光，像他开的那种小铺，吸引风雅妇女（他加重口气），本来不配。其实只要太太吩咐一声，他会尽心尽意，供应她的需要，不管是针线、衬衣、帽子或者新衣料，全有办法，因为他每月规定进城四趟。他和最大的行庄有联系。在三兄弟、金胡须或者大野人那边，提起他来，家家掌柜晓得，就像他们口袋里的东西一样熟！所以他今天顺便给太太看几样货色，机会难得，凑巧他有。说着说着，他从纸

---

① 鲁托，鲁昂西南厄尔省一地区名。

匣取出半打绣花领子。

包法利夫人看了看,说:

"我都用不着。"

勒乐先生听了这话,小心在意,取出三条阿尔及利亚围巾①、几包英吉利针、一双草拖鞋,最后,四只由囚犯精镂细雕的吃蛋用的椰子小杯,然后他张开嘴,两只手搭在桌面,伸长脖子,身子向前,随着爱玛犹疑不决的视线,浏览这些货物。围巾长长的,整个摊开,他似乎为了掸掉浮尘,不时拿指甲弹一下缎面,于是围巾窸窸窣窣,映着黄昏发绿的亮光,微微一动,就见上面的金点子,仿佛一颗一颗小星星,闪闪烁烁。

"卖多少钱?"

他回答道:

"没有几个钱,没有几个钱;也不必急着就给,随您方便;我们不是犹太人!"

她沉吟了一下,结局还是不买。勒乐先生满不在乎,答话道:

"好吧!我们以后会相熟的;我一向凑合太太们,不过贱内可不在内!"

爱玛微笑了。

他说过这句趣话,就做出一副老实人模样,接下去道:

"我讲这话,就是说,我不拿钱搁在心上……您要是钱不凑手,我先借给您也行。"

她听了这话,不由一惊。他连忙低声道:

"啊!您用钱,近处就好周转;放心好了!"

他转过话头,问起法兰西咖啡馆的老板泰里耶老爹的消息,包法

---

① 阿尔及利亚围巾是直道道,多色,光彩夺目。

利当时正在给他看病。

"泰里耶老爹到底是怎么一回事？……他一咳嗽，整个房子摇晃，我担心他过不了几天，不穿法兰绒内衣，会穿松木大衣的①。年轻时候，他拚命荒唐！这种人呀，太太，一点儿也没有条理！光喝酒也把他喝干了！不过眼睁睁看着相识的人死，不管怎么样，总不好过。"

他一面扣硬纸匣，一面就这样议论医生的病人。他望着玻璃窗，一脸不愉快的神情，说：

"自然喽，时令不正，就生这些病。我呀，我就觉得自己不怎么适意；我的后背有一个地方疼，改一天，我也许来看看大夫。可不，再见啦，包法利太太；有事尽管吩咐；在下一定伺候！"

他轻轻把门带上。

爱玛叫人把饭开到卧室，放在盘子里头；她坐在炉边，慢慢腾腾用饭，感到很舒坦。她想着围巾，自言自语道：

"我真叫乖啦！"

她听见楼梯上脚步响：赖昂来了。她站起来，五斗柜上放了几条抹布，等着缭边，她拿起头一条；他进来，她显得很忙。

谈话无精打采，包法利夫人有一句没一句，时时停顿，他自己也像有话难以出口。他坐在炉边一张矮椅上，手里拿着象牙针盒，转来转去；她不是穿针引线，就是不时拿指甲压压布褶子。她不说话，他也开不得口，她的沉默迷住了他，就像先前她的语言迷住了他一样。

她心里想："可怜的孩子！"

他问自己："她嫌我什么？"

临了还是赖昂说起，他有一天要去鲁昂，办理一件业务上的事。

"您订的音乐刊物满期了，要不要我续下去？"

---

① 指棺材。

她回道：

"不要。"

"为什么？"

"因为……"

她闭紧嘴唇，慢条斯理，抽出一根长长的灰线。

赖昂看着这件女活有气。爱玛的手指尖都像扎破了似的；他想起一句漂亮话，可是又不敢说出来。他接下去道：

"您不学啦？"

"什么？"

她赶快改口道：

"音乐？啊！我的上帝，是啊！难道我不要管家，不要照料丈夫，总之，手边还有一大堆活儿，许许多多分内事，要我先操心？"

她望望钟。查理回来迟了。她不放心。她重复了两三遍：

"他人真好！"

文书喜欢包法利先生。可是他想不到她待他这样深情，听着未免别扭；不过他照样恭维他，他说，他听见人人夸他，尤其是药剂师。爱玛接下去道：

"啊！他是一位好人！"

文书接下去道：

"当然。"

他调转话头，讲郝麦夫人，他们平时一来就笑她不修边幅。爱玛打断道：

"这有什么关系？做慈母的，没有心思打扮自己。"

说过这话，她又默不作声了。

一连几天，都是如此；她的谈话、她的姿态，统统变了。大家见她关心家务，按时上教堂，对女用人也管得更严了。

她从奶妈那边接回白尔特。家里一有客人,全福就带她过来,包法利夫人撩起孩子的衣服,叫人看看她的小胳膊、小腿。她讲她就爱小孩子;这是她的安慰、她的喜悦、她的迷恋;她的爱抚带有感情,除去永镇人,任何人看了,都会想到《巴黎圣母院》里的小麻袋①。

查理回家,发现拖鞋放在炉火旁,烤得暖暖的。现在,他的背心不再缺里子了。衬衫不再短纽扣了。甚至他的睡帽,也一顶一顶,整整齐齐,在橱里摆好,他看在眼里,觉得开心。她不像往常,花园转转,就皱眉头;他有建议,她总同意,即使她猜不透他的意思,她也百依百顺,不露一丝抱怨;——赖昂看见他坐在炉边,用罢了饭,一双手搭在肚子上,两只脚搁在火笼上,脸蛋由于消化也发红了,眼睛由于幸福也润泽了,孩子在地毯上爬着,而这位细腰女子,就着椅背,吻她的额头。他向自己道:

"简直胡闹!怎么接近得了她?"

所以在他看来,她十分端庄,亲近不得,他连一星半点的希望也不存了。

可是意有所舍,心犹未甘,他只好把她放在非凡的境界。他在肉身方面既然一无所得,所以对他说来,她不具肉身,在他的心头扶摇直上,仿佛成仙得道,云脚冉冉,气象万千。这是一种纯洁感情,并不妨碍日常生活,有了它,心里快活,一旦丢了,就会特别难过,正因为这种感情可贵,人才加以培养。

爱玛瘦了,面色苍白,脸也长了。大眼睛,直鼻子,一绺一绺黑头发,走路像鸟飞一样轻,而且现在永远静默:难道她不像亭亭玉立,经浊世而不染,额头隐隐约约,打着崇高宿命的印记?她十分忧郁,而又十分安详;十分温柔,而又十分矜持。人在她旁边,感到一种冷冰冰

---

① 小麻袋,雨果的小说《巴黎圣母院》中的隐修女,即爱斯梅拉达的母亲。

的魅力,仿佛走进教堂,花香香的,大理石凉凉的,不禁寒颤起来。就连别人也逃不出这种诱惑。药剂师说:

"她是一个天资卓绝的女子,做县长夫人也不过分。"

太太们称赞她节省,病人们称赞她有礼貌,穷人们称赞她仁慈。

但是她内心却充满欲念、忿怒和怨恨。衣褶平平正正,里头包藏着一颗骚乱的心;嘴唇娴静,并不讲出内心的苦恼。她爱赖昂,追寻寂寞,为了能更自由自在地玩味他的形象。真人当面,反而扰乱沉思的快感。听见他的脚步,她就心跳;但是待在一起,心就沉下去了,她有的只是莫大的惊奇,临了又陷入忧郁。

赖昂走出她家,心灰意懒,却不知道她跟踪而起,看他在街上走动。她关心他的行止,窥伺他的脸色;她找借口看看他的房间,编了一个有头有尾的故事。药剂师女人和他住在同一房顶底下,在她看来,幸运之至。她一想就想到这家房屋,好像金狮的鸽子,一飞就飞到这家的承溜,在里头洗净它们的玫瑰红爪子和它们的白翅膀。可是爱玛越觉得自己有爱情,越加以抑制,为的是减弱它的声势,不要流露出来。她巴不得赖昂猜破,也设想了一些作成赖昂猜破的机会、变故。她没有放手去做,不用说,是由于懒散或者畏惧的缘故。还有羞耻的缘故。她寻思自己太拒人于千里之外,时机不再,无从补救了。她自以为牺牲很大,什么也安慰不了她,后来只能说说"我是贞节女子",还摆出听天由命的姿态照照镜子,显出一脸的骄傲和喜悦,心头才有一点点好受的味道。

于是肉体的需要、银钱的欠缺和热情的悒郁,揉成一团痛苦;——她不但不设法摆脱,反而越陷越深,到处寻找机会加深她的痛苦。一盘菜做坏了,或者一扇门没有关严,她就有气;想起自己没有丝绒衣衫,幸福插翅飞过,想望太高,居室太窄,她就难过。

顶气人的是,她受折磨,查理似乎没有察觉。他自以为使她幸福的信念，在她看来，就是一种岂有此理的侮辱；他那方面心安理得，就是忘恩负义。请问，她为谁贤惠？难道不正是他作成一切幸福的障碍、一切灾难的缘由，就像身上皮带的尖插头一样，把她扣得牢牢的，气也出不来一口？

所以种种怨恨，不管是不是从自己的烦闷来的，统统算在他的账上；她未尝不想减轻怨恨，可是回回努力，回回扑空，不但没有减轻，反而更深了。她这样白白辛苦一场，已经于心不快，加上使她痛苦的其他原因，彼此之间的隔膜，也就越发大了。她对自己的柔顺起了反感。家庭生活的平庸使她向往奢华，夫妇之间的恩爱使她缅想奸淫。她巴不得查理打她一顿，她好抓住理由恨他、报复他。面对着自己想起的一些残酷的假设，她有时候不由一惊。然而她必须继续笑脸相向，听见自己重复说：她很快乐，而且装模作样，要人相信自己快乐。

可是她厌恶这种虚伪行为。她有心和赖昂逃之夭夭，到天涯海角试试新的命运；不过一想到这上头，她立刻觉得有一道黑压压的大沟横在面前。她寻思道：

"而且，他已经不爱我了，怎么办？指望谁帮助、谁安慰、谁搭救？"

她心碎了，气喘吁吁，痴痴呆呆，低声呜咽，满脸眼泪。

女用人有时候进来，赶上她犯病，就问她道：

"为什么不告诉老爷？"

爱玛回答：

"这是神经性的毛病；别告诉他，他要难过的。"

全福接下去道：

"啊！是啊，您就像小盖丽娜一样，波莱①的渔夫盖兰老爹的闺

---

① 波莱，地处第厄普之北，分据河口。

女,我来您家以前,在第厄普认识的,她呀,一天到晚,愁眉不展,站在她家门槛,看她那模样,真还以为是一条裹死人的布,挂在门前头。她害的病,看上去,就像脑子里头有了雾一样,大夫治不了,堂长也没有办法。病狠了,她就一个人到海边待着,海关上的官儿巡逻,常常看见她脸朝下,趴在石子上头哭。后来,据说,嫁人以后,她就好啦。"

爱玛接下去道:

"不过,我呀,我是嫁人以后得的。"

六

一天傍晚,打开窗户,她坐在窗口,刚才还望见教堂管事赖斯地布杜瓦在修剪黄杨,忽地听见晚祷的钟声响了。

正当四月初旬,樱草开花,一阵熏风吹过新掘的花畦,花园如同妇女,着意修饰,迎接夏季的节日。从花棚的空隙望出去,就见河水曲曲折折,漫不经心,流过草原。黄昏的雾气,在光秃的白杨中间浮过,仿佛细纱挂在树枝,却比细纱还要白,还要透明,弥蒙一片,把白杨的轮廓勾成了堇色。远处有牲畜走动,却听不见蹄声,也听不见叫唤。钟声含着淡淡的哀怨,在空中响个不停。

钟声阵阵,唤起少妇对童年和寄宿时期的回忆。她想起圣坛的蜡烛台,高出花瓶和细柱神龛之上。她真愿意像往常一样,混在修女们中间,伏在跪凳上,一长排白面网当中,东一块、西一块黑点,是修女们的硬风帽。星期日望弥撒,她一抬头就望见淡蓝香云,环绕圣母慈容,冉冉上升。她的心被触动了,觉得自己柔弱无力,四处飘零,好像一根鸟羽,在狂风暴雨之中打转。她于是身不由己,不知不觉,去了教堂,准备虔心信教,什么方式都行,只求她的灵魂俯首帖耳,人间烦恼不再存在。

她在广场碰见赖斯地布杜瓦回来；他为了不影响收入，宁可中断工作，敲完钟再回来接着干。所以什么时候晚祷敲钟，只能趁他方便。再说，提早敲钟，正好警告顽童：教理问答的时间到了。

有些孩子已经来了，在公墓的石板地玩弹子。有的骑在墙头，腿荡来荡去，拿木头套鞋踢着墙和新坟之间高高的荨麻。这块地方是此处仅有的绿地；此外都是石头，尽管经常打扫，总挡不住上头老有一层浮土。

似乎这就是孩子们的拼花地板，他们穿着布鞋，在里头跑来跑去，钟声再响，也听得见他们喧声如雷。钟楼高空垂下一根粗绳，有一头搭在地上，钟绳摆幅缩短，钟声也就跟着小了下来。燕子一面啁啾，一面掠空而过，迅速飞回檐瓦底下的黄窠。教堂尽里，点着一盏灯，就是说，玻璃盏挂在半空，里头有一根灯心。远远望去，亮光仿佛一个灰白点子，漂在油上晃荡。一道细长的阳光，穿过教堂中部，相形之下，两侧和四周越发显得阴沉。

转门的轴已经松了，一个小孩还在摇着玩。包法利夫人问他：

"堂长在哪儿？"

他回答道：

"就快来啦。"

的确，门咯吱在响，布尔尼贤堂长走出住宅；孩子们一窝蜂似的逃进教室。教士唧咕道：

"这些小家伙！总是这样！"

他的脚碰到一本破烂的教理问答，他拾起来：

"什么也不敬重！"

他一瞥见包法利夫人，就说：

"对不住，我没有认出您。"

他把教理问答塞进衣袋，收住脚步，圣库的钥匙沉甸甸的，夹在两个手指当中,一直来回摇晃。

夕阳西下,余辉照亮他的整张脸,道袍下摆脱线,胳膊肘底下透亮,阳光掠过,毛呢颜色显得淡了。胸脯宽阔,沿着上面一排小纽扣,上上下下,全是油渍、烟污,离领巾越远,也就越多。颈项的红肉褶子搭在领巾上。皮肤上沥沥拉拉,撒着一些黄点子,直到鬣毛似的灰白胡须,才算看不见。他刚用过晚饭,气咻咻的。他问道:

"您好啊?"

爱玛回答道:

"不好,我难受。"

教士接下去道:

"可不!我也是。这些日子,古里古怪,天刚热,人就四肢无力,您说对不对?不过您要怎么着?圣保罗说得好,我们生下来就为受罪。倒是包法利先生,他是什么看法?"

她做了一个轻蔑的手势,说:

"他呀!"

老好人吃了一惊,忙道:

"什么!他不给您开方子,配一点药吃?"

爱玛道:

"啊!我要的不是人世的药。"

但是堂长不时朝教堂张望。孩子们全在里头跪着,你拿肩膀推我,我拿肩膀推你,好像一排纸人,倒了头一个,连串往下倒。

她接下去道:

"我想知道……"

教士声音带怒,喊叫道:

"好,好,里布代,看我不打你耳光,捣蛋鬼!"

随后转向爱玛道:

"他是木匠布代的儿子；父母有钱，惯坏了他。不过只要他用功，他会学得快的，因为他很聪明。我呐，有时候打趣，就叫他里布代（去马罗默经过的岭子这样叫），我甚至说'蒙里布代'。啊！啊！蒙里布代①！前一天，我把这话讲给主教听，他笑起来了……居然赏脸，笑起来了。——倒是，包法利先生，他好吗？"

她仿佛没有听见。他继续道：

"不用说，总在忙喽？因为他跟我的确是本教区最忙的两个人了。不过他呀，是身体的医生（他放声笑着），而我呀，是灵魂的医生！"

她显出一种哀求的眼神盯着教士道：

"是啊……您解除所有的苦难。"

"啊！说的是呀，包法利太太！就在今天早晨，有一条母牛吃了飞虫②，我不得不去下狄欧镇一趟；他们以为牛中了邪。他们的母牛，我不晓得是怎么一回事，头头……不过，对不起！龙格马尔，还有布代！家伙！你们有完没完？"

他于是一步跳进教堂。

顽童们正兜着大讲经台，前推后拥，打开弥撒书，爬上唱诗班领队的凳子；有的蹑手蹑脚，眼看就要溜进告解座③。但是堂长冷不防赏了大家一顿巴掌。他抓起他们的上衣领子，提到半空，使劲往唱经堂的石板地一按，让他们双膝下跪，像要将他们活活栽进地里。

他回到爱玛身边，摊开他的大印花布手帕，拿一个犄角塞到他的上下牙中间，说：

"真的，庄稼人实在可怜！"

她回答道：

---

① 马罗默镇，在鲁昂西北。"蒙里布代"是谐音双关语：一个意思是"我的里布代（mon Riboudet）"，指小孩子而言；一个意思是"里布代岭（Mont-Riboudet）"，指鲁昂西郊的小山。
② 牛误吃萤等鞘翅类小虫，肠腹绞痛。
③ 告解座，教士听忏悔的小室。

"还有别人。"

"当然!比方说,城市的工人。"

"我说的不是他们……"

"您说得对!我就晓得有些可怜的母亲,身边一堆孩子,全是贤德妇女,您听我说,全是道地女圣人,连面包也没有。"

爱玛(说话之间,嘴角抽搐)接下去道:

"不过有些人,有些人,堂长先生,有面包,却没有……"

教士道:

"冬天没有火。"

"哎呀!有什么关系?"

"怎么!有什么关系?我觉得,一个人只要温、饱,就……因为,说到临了……"

她叹气道:

"我的上帝!我的上帝!"

他显出关心,走前一步,问道:

"您觉得难受?想必是,消化不良吧?包法利太太,您应当回家,喝一点茶;这您就有精神了;要不然,喝一杯清水,放一点红糖也行。"

"为什么?"

她的模样如同一个人做梦方醒。

"因为您拿手搁在额头上。我以为您头晕。"

随后改变话题道:

"不过您有话要问我来着?到底是什么?我忘记啦。"

爱玛重复道:

"我?没有……没有……"

她的眼睛望着四周,慢悠悠落在穿法衣的老人身上。他们面对

面,不言不语,两个人互相打量,最后他道:

"那么,包法利太太,原谅我,您知道,责任第一;我得伺候我那些宝贝家伙。孩子们的第一次圣体瞻礼,眼看就要到了。我们又要临时抓瞎啦,我还真担心!所以从升天节起,我要他们准备每星期三多上一小时课。这些可怜的孩子!指点他们走上我主的大道,只有嫌晚,我主通过圣子的口,就是这样劝戒我们的……希望您身体好,太太;替我向您丈夫致意。"

他走进教堂,才到门口,就做了一个下跪的姿势。

爱玛看他脚步沉重,头朝一边歪,两只手张开一半,手心朝外,在两排长凳中间不见了。

她接着掉转脚跟,又笨又重,如同一座雕像顺着中轴挪动一样,走上回家的道路。堂长严肃而又洪亮的声音、顽童们清脆的声音,依然传进她的耳朵,在背后继续响着:

"你是基督徒?"

"是,我是基督徒。"

"什么叫做基督徒?"

"基督徒就是一个人领了洗……领了洗……领了洗……领了洗。"

她抓住栏杆,一步一步蹭上楼梯,走进卧室,倒在一张扶手椅里。

玻璃窗映过来的夕照,漪澜成波,悠悠下降。家具待在原来地方,似乎越发死板了,阴影笼罩,好像沉入漆黑的大洋。壁炉熄了,钟总在敲打,爱玛心潮翻滚,看见事物这样安静,感到说不出的惊愕。但是小白尔特站在窗户和女红桌子中间,穿着编织的小靴,摇摇晃晃,打算来到母亲跟前,揪她的围裙带子。母亲拿手一推,说:

"走开!"

没有多久,小姑娘又来了,越发靠近母亲的膝盖;她拿胳膊支在

上面,朝她仰起她的大蓝眼睛,嘴里流下一道晶莹的口水,滴在绸围裙上。少妇烦了,重复道:

"走开!"

小孩子望着她的脸,一害怕,哭起来了。她拿胳膊肘把孩子往外一搡,道:

"哎呀!倒是走开啊!"

白尔特一跤掼在五斗柜前头,脸蛋碰到抽屉的铜拉手,划破了,流血。包法利夫人赶上前去,扶起她来,拼命拉铃叫用人,把铃绳都揪断了,正要咒骂自己,就见查理出现了。晚饭时辰到了,他回转家来。爱玛不动声色地说:

"看呀,亲爱的朋友,小东西玩着玩着,就在地上摔破了脸。"

查理叫她放心,情形并不严重,说完话,就找橡皮膏去了。

包法利夫人愿意一个人看守她的孩子,没有下楼用饭。她看她睡熟了,这才一点一点放下心来。这么一丁点小事,她就慌了神,回想起来,觉得自己又善良,又傻气。的确,白尔特已经不哭了。现在已经看不大出她的呼吸掀动棉被。大颗泪珠停在眼角,眼皮闭了一半,睫毛当中,露出两个深黝黝的没有光彩的瞳孔。橡皮膏贴在脸上,紧绷绷的,把脸蛋拉歪了。爱玛寻思:

"也真怪,这孩子多丑!"

夜里十一点钟,查理从药房回来(他饭后去归还用剩下来的橡皮膏),发现太太站在摇篮一旁。他吻她的额头道:

"我不是叫你放心,说不碍事么;别心焦,小可怜,你这样会生病的!"

原来他在药房待了许久。他并没有显出很着急的样子,可是郝麦先生照样鼓舞他,要他打起精神来。于是他们说起种种威胁儿童的危险和用人的鲁莽。郝麦夫人知道这是怎么一回事:她小的时候,一个厨娘把一碗汤，打翻在她的小围嘴上，现在胸脯还有痕迹。所以她慈爱的双亲，也就处处当心，小刀从来不磨，地板从来不打蜡。窗户装上铁栅，壁炉前头安上结实的护栏。郝麦的小孩子，别看是无拘无束的，也一动就有人跟在后头；一点点伤风，父亲就灌他们药汁，直到四岁多了，也不可怜他们，还让他们一人戴一顶棉箍①。说实话，这是郝麦夫人的怪主意；她的丈夫私下发愁，怕戴久了，可能理智器官受伤，所以不免脱口冲她说：

"难道你真要他们当加勒比人或者包陶库道斯人②？"

其实，查理有好几次，试着想打断谈话。文书正要上楼，走在前头，查理附耳低声对他说：

"我想同您谈谈。"

赖昂心跳了，左猜右想，暗自纳闷：难道他看出什么破绽来啦？

查理最后关上门，央他到鲁昂打听一下达盖尔摄影法③照一张相要多少钱；他想照一张青燕尾服肖像，送给他的太太，这是一件表示感情的礼物，一种细心的体贴。不过他愿意先知道价钱；这大概不会给赖昂添太多麻烦，因为他差不多每星期进一趟城。

进城干什么？郝麦疑心他年轻荒唐，搞女人。不过他猜错了；赖昂并不拈花惹草。他反而更忧郁了，留在盘里的菜，现在也多起来了，勒弗朗索瓦太太一眼就看出来。她想知道底细，问税务员；毕耐显出一副傲慢的样子，粗声粗气回答道："警察没有支薪水给他。"

可是他觉得他的餐伴十分古怪；因为赖昂常常摊开胳膊，人朝椅背一仰，泛泛抱怨人生。税务员说：

"这是因为您消遣不够。"

---

① 棉箍套在头上，防止小孩子摔伤脑壳。
② 加勒比人是西印度群岛土著。包陶库道斯人是巴西的印第安人。
③ 达盖尔(1789—1851)，摄影机的发明者，达盖尔的暗匣摄影在当时还是新事物。

"什么消遣?"

"我要是您呀,就来一台旋床!"

文书回答:

"可是我不会旋东西。"

"这倒是真的!"

对方摸摸下巴,显出蔑视而又得意的神情。

毫无结果的爱情,赖昂疲倦了;生活千篇一律,没有乐趣,没有希望,他开始感到苦闷。他讨厌永镇和永镇人,有些人、有些房屋,他一看就有气,简直耐不下去;药剂师为人再好,他也忍受不了。另一方面,改变环境的远景固然引诱他,却也使他畏惧。

害怕很快变成了烦躁:巴黎遥遥向他招手,化装舞会的铜管乐吹响了,姑娘们的笑声起来了。他既然要到那边读完法科,为什么不去?谁拦着他?他心里开始筹划,预作远游期间的生活安排。他设想自己那边有一间屋子,布置着家具。他要在那边过艺术家生活!他要在那边学六弦琴!他要穿一件室内穿的长便袍,戴一顶巴斯克人戴的圆便帽①,拖一双蓝绒拖鞋!壁炉墙上交叉插着两把花剑,再往高去,是六弦琴和一颗死人脑壳,而且他已然在赞赏了。

困难在于母亲是否同意;不过,看上去,也没有比这再合理的了。连他的老板也劝他换事务所,谋求发展。于是赖昂采取折衷办法,到鲁昂谋一个二等文书的职位,但是没有成功,最后他给母亲写了一封长信,详详细细,说明他立刻要去巴黎的理由。她同意了。

他并不急着要去。足有一个月,伊韦尔每天从永镇到鲁昂,从鲁昂到永镇,帮他运送箱箧包裹。赖昂添置衣服,修理三只扶手椅,选购大批手绢,总而言之,准备的东西,周游世界也嫌多,但是他一星期又

---

① 巴斯克人,居住法兰西与西班牙之间的山民。他们戴的圆便帽,我们一般叫法兰西帽。

一星期，拖延行期，直到后来，母亲两次来信，催他动身，既然他希望在放假之前通过考试。

辞行的时间到了，郝麦夫人啼哭，朱斯丹呜咽，郝麦是男子汉，藏起悲痛，要亲自拿着朋友的大衣，送到公证人门口。公证人乘自己的车，送赖昂到鲁昂去。留下的时间，正够向包法利先生告别。

走到楼梯高头，他觉得自己气喘吁吁，只好停步。他一进来，包法利夫人连忙立起。赖昂道：

"我又来啦！"

"我早料到了！"

她咬紧嘴唇，血往上涌，脸一直红到耳朵梢。她站直了，肩膀靠住墙壁。他接下去道：

"先生不在家？"

"他出去了。"

她又说一遍：

"他出去了。"

于是你望我，我望你，沉默下来。他们的思想，感到同一痛苦，好像两个上下起伏的胸脯，紧紧搂在一起。赖昂道：

"我挺想亲亲白尔特。"

爱玛走下几级楼梯，呼唤全福。

他向周围迅速扫视，一眼望过墙壁、摆设架、壁炉，依依不舍，像是想要钻进一切，带走一切。

她又进来了，女用人带着白尔特。孩子甩动一根绳子，绳子一头是一架风车，尖头朝下。

赖昂吻了几遍她的颈项。

"再会，好孩子！再会，小宝贝，再会！"

他把她交还给她母亲。后者说：

"带她下楼吧。"

就留下他们两个人了。

包法利夫人背过脸去,贴住一块窗玻璃;赖昂拿起他的便帽,轻轻拍打臀部。爱玛道:

"就要下雨。"

他回答:

"有斗篷。"

"啊!"

她转回身来,额头向前,下巴朝下。阳光掠过额头,照到眉毛的弧线,犹如一块大理石,猜不出爱玛望天边望见了什么,也猜不出她心里到底在想什么。他叹气道:

"好,再会!"

头骤然一扬,她说:

"是啊,再会……您走吧!"

两个人全朝前走,他伸出手,她迟疑了一下,这才伸过手去,勉强笑着说:

"照英国人规矩。"

赖昂觉出他的手指握住她的手,似乎他的全部生命,顺着胳膊,集中在这只湿津津的手心。

他随后松开手;他们的眼睛又遇到一起;他走了。

他在菜场站住,躲到柱子后头,最后一次,望望这所白房子和它的四块绿色窗帘。他依稀望见卧室窗口有一个人影;但是窗幔似乎没有人碰,就离开钩子,扯斜的长褶,慢慢移动,一下子就全平整了,比一堵石灰墙还要硬挺。赖昂只好跑开。

他远远望见老板的轻便马车,停在大路,旁边有一个男人,前胸系一条粗布围裙,手拉住马。郝麦和居由曼先生一边闲谈,一边在等他来。药剂师眼泪汪汪，说：

"搂搂我。这是你的大衣，我的好朋友，当心别着凉！保重身体！凡事经心！"

公证人道：

"来吧，赖昂，上车！"

郝麦俯在防泥板上，声音夹杂呜咽，好不容易说出这四个伤心的字眼：

"一路平安！"

居由曼先生回答道：

"晚安。放马！走！"

他们出发了，郝麦也回家去了。

包法利夫人打开面向花园的窗户，眺望浮云。

西边鲁昂那个方向，起了乌云，波涛汹涌，前推后拥，太阳放出长线，却又金箭一般，赶过云头，同时天空别的地方，空空落落，如同瓷器一般白净。一阵狂风吹来，白杨弯腰，骤雨急降，滴滴答答，敲打绿叶。太阳跟着又出来，母鸡啼叫，麻雀在湿漉漉的小树丛拍打翅膀，沙地上一摊摊积水。朝低处流，带走一棵合欢树粉红色的落花。她寻思：

"啊！他一定已经走远啦！"

郝麦先生照旧在六点半钟用晚饭的时间过来。他坐下来道：

"好！我们的年轻人，这会儿该上船了吧？"

医生回答道：

"大概吧！"

然后他在椅子上转过身子：

"府上没有什么？"

"没有什么。也就是我太太,今天下午,有一点难过。您知道女人们,芝麻大的小事,也架不住!尤其是我那一口子!这也不能怪她们,因为她们的脑神经组织,本来就比我们脆弱。"

查理道:

"可怜的赖昂!他在巴黎怎么过活!……他待得惯吗?"

包法利夫人叹了一口气。

药剂师打了个响舌,道:

"哪儿的话!聚餐游戏呀!化装舞会呀!香槟酒呀!告诉您,样样趁心!"

包法利反驳道:

"我不相信他会胡闹。"

郝麦先生连忙接下去道:

"我也不相信!不过,除非他不怕别人把他看成耶稣会会士①,否则,他将来就得同流合污。您不知道这些小荒唐鬼在拉丁区②,和女戏子过的是什么生活!再说,学生在巴黎很吃香。只要他们有一点点作乐的才分,上流社会就欢迎他们,甚至圣日耳曼区③的贵妇们也爱他们,机会到手,岂可错过,他们自然就当上了豪门贵婿。"

医生道:

"不过我担心他……在那边……"

药剂师打断他道:

"您说得对,事情还有另一面!人到了那边,不得不老拿手攥住腰包。好比说吧,您在一座公园里,来了一个陌生人,衣着考究,甚至挂着勋章,您以为是一位外交官;他走到您跟前;你们聊起来了,他摸熟

---

① 耶稣会会士往往被人看成伪君子。
② 拉丁区包括第五、第六两区,重要教育机构多在本区。
③ 圣日耳曼区是巴黎贵族居所在,邻近拉丁区。

您的脾气，请您吸鼻烟，或者替您拾帽子。后来两个人谈出了交情，他带您上咖啡馆，请您去他的别墅，喝酒之间，介绍各色人等和您相识，而十之八九，不是为了抢您的钱袋，就是拉您去干坏事。"

查理回答道：

"话是对的；不过我担心的，倒是生病，譬如，伤寒，外省去的学生就爱害这种病。"

爱玛不寒而栗了。药剂师继续道：

"这是由于饮食改变，人的整个机体产生紊乱的缘故①。再说，巴黎的水，您晓得是怎么一回事！还有饭馆的菜，样样吃食加香料，临了把你的血烧得滚烫，其实，说什么也抵不上一锅肉汤。我呀，一向就喜欢家常菜：卫生多了！所以过去我在鲁昂念药剂学，我就住到私人家里吃包饭，和教师们一道用饭。"

他就这样继续发表他的一般意见和他的个别爱好，直到朱斯丹来，找他回去配制蛋黄橘汁糖水，这才喊道：

"就没有一刻休息！永远拴得牢牢的！我就不能走开一分钟！像下地的马一样，累死了也得做！多苦的命哟！"

已经走到门口了，他道：

"对了，您听到消息没有？"

"什么消息？"

郝麦竖起眉毛，一脸像煞有介事的表情，接下去道：

"塞纳河下游州的农业展览会，今年要在永镇寺举行。至少，有这种风声。今天早晨，报上还提起过。这对本县太重要了！不过我们改天谈吧。谢谢，我看得见；朱斯丹有灯。"

---

① 这些其实并非伤寒病的起因。

七

　　第二天对爱玛成了一个死气沉沉的日子。她只觉一片愁云惨雾，弥漫天空，乱腾腾浮游在事物的外部，而悲痛沉入心底，低哭轻号，仿佛冬天的风，在荒凉的庄园啸叫。这好像韶光一去不返，魂牵梦萦，又像做完一件事，身心疲劳，更像习惯动作中断，或者经久不停的摆，骤然停止。

　　她的心情好像往年从渥毕萨尔回来、四组舞还在脑子里转来转去，悒悒寡欢，昏昏沉沉，只是一味难受。赖昂似乎又出现了，人也显得更高、更美、更温柔、更模糊；他虽然走了，可是没有离开她，就在眼前，房子的墙好像把他的影子留下来了。她看不厌他走过的地毯、他坐过的空椅子。河水一直在流，顺着滑溜溜的河堤，慢慢悠悠，涟漪成纹。他们有许多次在这里散步，石子遍体青苔，水波流过，照样潺湲作响。头上太阳多好！下午单单两个人待在花园尽头有阴凉的地方，多有意思！他坐在一张干木条凳子上，不戴帽子，高声朗诵；草原清风徐来，书页颤动，棚上的旱金莲摇摆……啊！他走了，她的生命的惟一欢乐，幸福的惟一有可能实现的希望！幸福当前，她怎么就不抓住！眼看幸福远扬，为什么就不双手伸出，双膝下跪，一把揪牢？她诅咒自己没有向赖昂表示爱情；她想念他的嘴唇。她恨不得追上他，扑进他的胸怀，对他说："是我；我是你的！"可是爱玛想到困难重重，先失了张本；她一起懊恼之心，欲望便越发活跃了。

　　从这时候起，回忆赖昂成了她的愁闷的中心；回忆的火星劈啪作响，比旅客在俄罗斯大草原雪地上留下的火堆还闪烁不定。她扑过去，蹲在一旁，小心在意，拨弄这要灭的火，前后左右寻找，看有没有东西能把火弄旺；于是最远的回忆和最近的会晤、她感觉到的和她想象到的、她对欢愉的落空的期待、她的枯枝一般在风中哽咽的幸福、她的劳而无获的道德、她的幻灭的希望、家庭的牺牲,细大不捐,她全拣过来,拾起来,聚在一起,烘暖她的忧郁。

然而不知道是供应不足,还是堆积过多,火苗弱了下来。别离渐渐泯灭了爱情,久而久之,怅惘也就窒息了。这道火光先前照亮她的灰色的天空,如今越来越暗,慢慢消失了。昏昏沉沉中,甚至厌恶丈夫的心,她也颠三倒四,当做思念情人的表现;甚至憎恨的炙伤,她也糊里糊涂,看成恩爱的缠绵。可是狂风一直在吹,热情烧成灰烬,无可挽救,也不见太阳出来,黑漆漆的夜晚,四面八方,重锁密布,她觉得自己无路可走,寒气逼人,冷彻骨髓。

于是道特的坏日子又开始了。她觉得现在比过去还要糟,因为她经过伤心事,而且确信要一直伤心下去。

一个女人强迫自己做出这样大的牺牲,生活上很可以看开一些。她买了一只哥特式跪凳;她一个月花十四法郎买柠檬,洗指甲;她写信给鲁昂,要一件克什米尔①蓝呢袍;她到勒乐那边,挑了一条顶好的围巾,当腰扎在室内穿的便袍上,然后关上屋里的护窗板,拿起一本书,就这样一身装束,躺在一张大沙发上。

她常常改换头发样式;她照中国样式梳头,不是柔软的圈圈,就是辫子;头发靠旁边挑一条缝,像男人一样朝下卷。

她想学意大利文,买了几本字典、一本文法、一叠白纸。她试着看正经书:历史和哲学。查理夜晚睡得沉沉的,有时候惊醒了,跳下床来,以为有人找他看病,咕哝道:"我就去。"原来只是爱玛擦火柴点灯的响声。不过她念书就像她刺绣一样,开了一个头,就全丢进衣橱了。她拿起来,放下去,又换别的活做、别的书读。

---

① 克什米尔呢,印度出品。法国有仿制品。

赶上怄气，别人不过三言两语，她就失了分寸。有一天，她和丈夫打赌，说她可以喝大半杯烧酒，查理一时糊涂，说他不信，她便一口气喝光。

爱玛虽说作风轻狂（永镇的太太们这样说她），却不显得快活。她的嘴角常有一条纹路，骏骏呆呆，像老姑娘，也像失意政客，由于这条纹路，脸都皱了。她面无血色，布单一般白，鼻子的皮朝鼻孔抽搐，眼睛望着你，一副神不守舍的模样。她在鬓角见到三根灰头发，便说自己老了。

她常常晕倒。有一天，她甚至咯出一口血来，查理着急，显出焦灼不安，她回答道：

"得啦！这算得了什么？"

查理躲到他的诊室，坐在他的大靠背扶手椅上，两只胳膊肘拄着桌子，对着骨相学人头，哭了起来。

他给母亲捎信，求她来一趟。他们商量爱玛的事，谈了好长时间。

这事怎么解决？她拒绝医治，怎么办？

老太太说：

"你知道你女人需要什么？就是逼她操劳，手不闲着！只要她多少像别人一样，非自食其力不可，她就不会犯神经了。这都是因为她整天没事干，脑子净胡思乱想的缘故。"

查理道：

"可是她也很忙呀！"

"啊！忙！忙什么？看小说；看坏书；看反对宗教的书；看用伏尔泰的语言讥笑教士的书。不过，我可怜的孩子，糟的还在后头，不信教的人，结局总是坏的。"

于是他们决定阻止爱玛看小说。事情看来不大好办。老太太自告奋勇说她路过鲁昂，可以亲自到租书的地方，声明爱玛停止订阅。万一书局坚持这种害人的生意，难道他们没有权利通知警察？

婆媳并不惜别。她们在一起待了三星期，没有说过几句话，除去用餐时和睡前的问讯和问候。

老太太星期三走，这一天是永镇有集的日子。

从早晨起，广场堆满大车，个个车辕朝天，由教堂到客店，顺着房屋，摆了一排。对面是帆布摊子，出卖布帛、被褥、毛袜、马络和成包的蓝带子；带子露出一头，随风飘扬。地上是粗笨的铜铁器皿，一边是高高摞起的鸡蛋，一边是小柳条筐，里头放着干酪，干酪外皮还有黏黏的草。好些母鸡，靠近打麦机，头探出笼子，咯咯叫唤。人群有时候险些挤破药房门面，聚在一个地点，谁也不肯走动。星期三，药房整天不空，人挤进去，说是为了买药，不如说是为了看病，郝麦先生的名气传遍四乡。他坚定的口吻迷住了乡下佬。他们把他看成一个比任何医生都伟大的医生。

爱玛倚着窗户（她常常待在这儿，外省窗户有代替看戏和散步的作用），瞧着乱哄哄的乡下佬解闷，却见一位绅士，穿一件绿绒大衣，戴一副黄手套，而又套着一双厚皮护腿，——一直走向医生住宅，后面跟着一个庄稼汉，耷拉着头，若有所思的模样。

他问在门口和全福闲谈的朱斯丹道：

"医生在家吗？"

他把他看成医生的男用人：

"请告诉他，于歇特的罗道耳弗·布朗热先生要见他。"

新来的人并非为了夸耀他有土地，才拿于歇特放在姓名前头，不过是让人知道他是谁罢了。于歇特确实是永镇附近的产业，他新近买下庄园，有两块庄田，亲自耕种，可是并不过分经心。他过的是独身生活，据说一年起码有一万五千法郎收入！

查理走进厅房。布朗热先生向他解释，他的用人想放放血，因为他觉得"浑身痒痒"。别人怎么劝说，他也不听，只是讲：

"出出血，我就干净啦。"

包法利听了这话，先取来一捆绷带和一只脸盆。他求朱斯丹端好脸盆，然后转向面色已经发白的乡下人道：

"老乡，别害怕。"

另一位回答道：

"不，不，您动手好啦！"

他伸出他的粗胳膊，摆出一种若无其事的姿势。竹叶刀刺了一下，血涌出来，溅到镜子上。查理喊道：

"盆子端到跟前！"

乡下人道：

"瞅！活像一道小泉眼在流！我的血多红！这该是好现象，对不对？"

医生接下去道：

"有时候，开头不觉得怎么样，过后说晕倒就晕倒，尤其是像这种人，身子骨儿结实。"

乡下佬手指捏着竹叶刀的匣子，转来转去，一听这话，松开了。肩膀猛然一动，椅背嘎吱响。帽子掉下去了。包法利拿手指捺住血管，道：

"我说什么来着。"

朱斯丹两手直抖，脸盆开始摇晃；脸成了白的，腿也站立不住。查理喊道：

"太太！太太！"

她一步跳下楼梯。他嚷道：

"拿醋来！啊！我的上帝！一下子两个人！"

他一激动,连紧压布也几乎放不平稳。布朗热先生抱起朱斯丹,镇定地说:

"不要紧的。"

他叫他背靠墙,坐在桌子上。

包法利夫人解开他的领带。衬衫绳子挽了一个死结;她灵活的手指,在年轻人的颈项,停了几分钟;然后她拿醋倒在她的麻纱手绢上,轻轻拍湿他的太阳穴,还小心在意,往上嘘气。

赶大车的乡下人醒过来了;朱斯丹仍然不省人事,瞳仁在眼白中间消散,就像蓝花在牛乳中间消散一样。查理道:

"别叫他看见这个。"

包法利夫人拿起脸盆,放到桌子底下;她一弯腰,袍子(一件夏天袍子,滚了四道花边,黄颜色,腰身长,裙幅宽大)就在周围的方石板地上摊开;同时,爱玛弯腰,伸开胳膊,有一点摇晃,膨起的衣裙有些地方随着身体的曲线陷下去了。她接着取来一瓶水,溶化几块糖。药剂师到了。女用人找他,他正在大发雷霆。看见学徒睁开眼睛,他这才放心。跟着他就兜过来,兜过去,上上下下,打量他道:

"废物!一点不差,小废物!十足的废物!放放血,算得了什么!好一个顶天立地的汉子!你们看呀,这就是那只松鼠,不怕头晕,爬到树梢摇核桃。啊!是的,说呀,夸嘴呀!真是块好料,赶明儿还要当药剂师呢;兴许有一天,情况严重,法院传你,要你指点指点法官们的良心;这时你就该头脑冷静,讲得头头是道,像一个男子汉大丈夫,不然的话,只好让人当傻瓜看!"

朱斯丹不回答。药剂师继续道:

"谁请你来的?你总在麻烦包法利先生和包法利太太!再说,星期三,我离不开你。药房现在就有一大堆人。为了你的缘故,我只好丢开他们不管。好啦,滚!跑!等我来,看好瓶子!"

朱斯丹穿好衣服，走了以后，大家谈起昏厥的事。包法利夫人从来没有昏厥过。布朗热先生道：

"女人能不昏厥，的确了不起！其实，有些男人就很脆弱。有一回决斗，我见到一位证人，听见手枪装子弹，就失了知觉。"

药剂师道：

"我呀，看见别人淌血，一点也不在乎；可是单只一想自己淌血，要是想过了头，我就难免会晕过去。"

布朗热先生打发走他的听差，劝他安心，好在已经照他的想法放过血了。他接下去道：

"有机会认识你们，我很高兴。"

说这句话的时候，他望着爱玛。

然后他在桌角放下三法郎，随便一鞠躬，扬长去了。

过了一刻，他走到河对岸（他回于歇特的小路）；爱玛望见他在草原白杨底下行走，仿佛一个人想心事，走着走着，就走慢了。他自言自语道：

"她很可爱！这位医生太太，很可爱！牙齿美，眼睛黑，脚轻俏，长得如同一个巴黎女子。家伙，她打哪儿来的？那笨小子打哪儿找到她的？"

罗道耳弗·布朗热先生，三十四岁，性情粗暴，思路敏捷，而且常和妇女往来，是一位风月老手。他觉得这个女人标致，所以一心思念她和她的丈夫。

"我想，他一定很蠢。不用说，她讨厌他。指甲长，三天不刮胡子。他在外头跑来跑去看病人，她待在家里补短袜子。她一定闷居无聊！一定愿意住到城里，每天夜晚跳波兰舞！小可怜儿！巴望爱情，活像厨房桌子上一条鲤鱼巴望水。来上三句情话，我拿稳了她会膜拜你！一定温柔！销魂！……是的，不过事后怎么甩掉？"

想到寻欢作乐,却又阻碍多端,他只好掉转方向,回味自己的情妇。她是他贴养的一个鲁昂女戏子;单单一想,他就对这女人感到腻味。他寻思道:"啊!包法利夫人比她漂亮多了,尤其是,鲜妍多了。维吉妮显然在发胖。她玩也玩得那样乏味!再说,吃斑节虾吃成了瘾!"

田野空旷,罗道耳弗四顾无人,仅仅听见草拂打着鞋,动作有致,蟋蟀远远伏在荞麦底下,唧唧鸣叫。他恍惚又在厅房看见爱玛,穿的衣服和他方才见到的一模一样:他脱掉她的衣服。他抡起手杖,敲碎前面一块土,喊道:

"我一定要把她弄到手!"

他立即考虑进行的策略。他问自己:"到什么地方相会?用什么方法?小孩子死钉在后头,女用人、邻居、丈夫、形形色色的麻烦。——去他妈的!"他说:"太糟蹋时间!"

"她那双眼睛就像钻子一样,一直旋进你的心。还有脸色发白……我就爱脸色发白的女子!"

上到阿格伊岭,他下了决心:"问题只在寻找机会。好啦!我偶尔拜访两趟,送他们几只野味、几只家禽;必要的话,我去放放血;我们变成朋友,我请他们到家里来……啊!有啦!"他灵机一动,道:"展览会不久就要举行;她会来的,我会看见她的。趁热打铁,勇往直前,一定成功。"

八

这有名的展览会确实到了!从节日早晨起,居民就全站在门口,谈论应有的准备工作;镇公所正面缀着常春藤;草地搭起一座帐篷摆酒席;广场当中,教堂前面,有一架旧炮,到时宣告州长驾到和得奖的农民的姓名。比西的国民自卫军（永镇没有）开来参加毕耐率领的消防队。他这一天戴一条比平日还高的领子；制服紧绷绷的，上身直挺挺的，一动不动，就像气血统统移到下边两条腿里一样；他按照节奏，抬高两条腿，步伐合拍，起落一致。税务员和联队长，争强好胜，炫耀才能，分别率领部下，在一旁操练，就见红肩章和黑胸甲①，过来过去，川流不息，简直没完没了！如此庄严景象，从未见过！有些人家，前一天刷洗干净房屋，窗户开开一半，三色旗挂在外头；家家酒店客满；天气晴和，上浆的帽子、金十字架和花肩巾，仿佛比雪还白，在明亮的阳光下，熠熠发光，同时五颜六色，星星点点，衬得一般颜色较深的大衣和蓝布工人服也醒目了。四乡佃农妇女，生怕袍子沾上泥点，兜身撩起，拿大别针别好，临到下马，再解下来；丈夫相反，爱惜帽子，用手绢从上包住，拿牙咬牢手绢的一个犄角。

  人们从村子两头涌进大街。小巷、夹道、远房近舍，到处有人出来；门环时刻响动，太太们戴上线手套，去看热闹。一对尖塔似的长三角架，立在司令台两侧，上上下下全是花灯，特别为人称道。此外还有四根竿子，绑在镇公所四根圆柱上②，各自挑起一幅淡绿小布幡，金字标语，一幅写着"商业"；另一幅写着"农业"；第三幅写着"工业"；第四幅写着"艺术"。

  人人笑逐颜开，只有女店家勒弗朗索瓦太太，显得愁眉苦脸，站在厨房台阶，嘴里咕咕哝哝道：

  "简直胡闹！帆布摊子，简直胡闹！难道他们以为州长也像一个卖艺的，喜欢坐在棚子底下吃饭吗？这些碍手碍脚的东西，也好说成给本乡增光！所以啊，根本就犯不上到新堡找一个糟厨子来！而且为谁找？为些放牛的！一些叫花子！"

---

① 国民军有红肩章，消防队有黑胸甲。
② 第二部第一章，说镇公所"底层有三根爱奥尼亚圆柱"。

药剂师过来了。他穿一件青燕尾服、一条南京布裤、一双海狸皮鞋,还戴一顶毡帽——一顶矮筒毡帽,真正难得①。他说:

"您好!对不住,我有急事。"

胖寡妇问他去什么地方,他回答道:

"您觉得好笑,是不是?我一直关在我的实验室,比老鼠在好好先生的干酪里②待得还久。"

女店家道:

"什么干酪?"

郝麦接下去道:

"没有什么!没有什么!我只是告诉您,勒弗朗索瓦太太,我经常闭门不出,可是今天,情形特殊,我必须……"

她显出一副蔑视的神气道:

"啊!您到那边去?"

药剂师诧异了,回答道:

"是呀,那边去;我不是咨询委员会的委员吗?"

勒弗朗索瓦太太打量了他几分钟,最后笑吟吟回答道:

"原来是这样!不过耕地关您什么事?难道您懂这个?"

"当然懂,因为我是药剂师,就是说,化学家!而化学,勒弗朗索瓦太太,目的就在认识自然界一切物体的分子的相互作用,农业自然也就包括在它的范围内!事实上,肥料的配合、酒的发酵、煤气的分析和瘴气的影响,我问您,这一切,不是化学,又是什么?"

女店家并不回答。郝麦继续道:

"难道您以为做农学家,本人就该耕田、喂家禽吗?他首先应当知

---

① 郝麦平日总戴一顶希腊小帽,所以现在改戴一顶毡帽,"真正难得"。海狸皮鞋流行于十九世纪,不过当时是夏季,并不相宜。
② 见《拉封丹的寓言》卷七,寓言第三《隐居的老鼠》说有一只老鼠,钻在一块干酪里,不问世事,吃得又肥又胖。"好好先生"是拉封丹的绰号,与老鼠无关。

道的，倒是有关物质的成分、地层的次序、大气的作用、土地、矿石和雨水的性质、不同物体的密度和它们的毛细管现象！等等，等等。他应该彻底掌握全部卫生原则，以便指导、批评房屋的构造、牲畜的管理、仆人的饮食！勒弗朗索瓦太太，还应当掌握植物学，学会辨别草木。您明白不？哪些对身体有益、哪些对身体有害；哪些产量低、哪些有营养；这里是否该拔掉，那里是否该补种，是否推广这个，消灭那个；总而言之，应当读小册子，看出版物，迎头赶上科学潮流，永远有准备，随时指出改良的道路……"

女店家的眼睛不离开法兰西咖啡馆的门。药剂师继续发挥道：

"但愿我们的农民都是化学家，或者起码多听听科学建议，也就好了！所以我最近写了一部出色的小书，一篇七十二页之多的论文，题目是：《论苹果酒及其酿造与效用，附有新见解》，我送到鲁昂农学会去了；他们接受我当会员，分在农学组果学类；是啊，我的作品如果公之于世……"

但是药剂师一看勒弗朗索瓦太太心在别处，也就住了口。她道：

"看他们哎！简直不像话！成了饭摊子！"

她一耸肩膀，胸脯上毛衣的网眼也绷开了。她的对头酒馆传出歌唱的声音。她伸出一双手，边指点，边接下去道：

"其实，也长不了；不到一星期，整个完蛋。"

郝麦听了这话，大吃一惊，往后倒退。她走下三级台阶，俯耳向他道：

"怎么！您不知道？本星期就要执行扣押。是勒乐坑了他。他出借票害了他。"

世上任何情况，只要想得出来，药剂师总有词句配合，所以他就嚷道：

"有这等惊人的祸事！"

女店家于是讲起这件事的来龙去脉。她是听居由曼先生的听差泰奥多尔说的。她恨泰里耶，可是她也怪罪勒乐：他是个佞口骗子、一个卑鄙小人。她道：

"啊！您看，他在菜场，冲包法利太太行礼。包法利太太戴一顶绿帽子，还挎着布朗热先生的胳膊。"

郝麦道：

"包法利太太！我要赶过去，表示一下我的敬意。她也许高兴在近处廊子底下来一个座位。"

勒弗朗索瓦太太喊他回来，还要一五一十讲下去，可是药剂师不理睬，快步走开。他左一躬，右一躬，笑容可掬，后腿弯子蹬直，青燕尾服的大小摆在后头随风飘荡，占了好大地方。

罗道耳弗远远望见他来，也走快了，不过包法利夫人气喘，他只好放慢步子，粗声粗气，笑微微向她道：

"我是为了避开那个胖家伙，您知道，药剂师。"

她拿胳膊肘捅了他一下。他暗琢磨：她这是什么意思？他边走，边乜斜眼睛打量她。

看她的侧面，十分安详，简直什么也看不出来。她戴的帽子是椭圆形，白帽带仿佛芦苇叶子，阳光灿烂，把脸照得特别清楚。长睫毛弯弯的，眼睛虽然睁开了朝前望，可是由于血在白净皮肤底下轻轻跳动的缘故，看上去睁得还不够痛快，有一点像是颧骨在拘着眼睛似的。一道玫瑰红颜色照亮鼻孔之间的中隔。头朝一边歪，嘴唇当中露出皓白牙齿的珍珠似的尖梢。

罗道耳弗心想：难道她是讥笑我？

其实，爱玛捅他，只是一种警告；因为勒乐先生陪伴他们，像煞有意搭话似的，不时插上一句："今天可真好！""人人上街！""风打东来！"包法利夫人，还有罗道耳弗，并不理他，可是他们稍微一动，他就碰碰帽子，凑到近边，说："什么？"

来到马掌铺前面，罗道耳弗不沿大路去栅栏门，却骤然带了包法利夫人，拐进小径，喊道：

"晚安，勒乐先生！再见！"

她笑道：

"您怎么这样打发他！"

他接下去道：

"为什么让人打搅？何况今天，我有福分同您……"

爱玛红了脸。他掉转话头，说起天气晴好和草地上散步的愉快。有些春白菊又长出来了。他说：

"这里有好看的延命菊，大可以供本地全部害相思病的姑娘们问卜了①。"

紧跟着他又说：

"要是我也掐一朵，您看怎么样？"

她微微咳嗽道：

"您闹恋爱？"

罗道耳弗回答道：

"哎！哎！谁知道？"

草地上开始拥挤。管家婆挟着大雨伞，提着盒子，拖着孩子，朝你身上撞。还得经常回避一长列乡下妇人、女用人，她们穿蓝袜子、平底鞋，戴银戒指，你从旁边走过，闻见一股牛奶气味。她们走路手拉手，从那排白杨起，到宴会的帐篷为止，熙熙攘攘，满草原全是。不过审查时间到了，农民一个跟一个，走进一个赛马场似的地点：一条长绳，拴在桩子上，圈出这样一块空地。

---

① 根据花瓣数目，推断对方是否爱她。延命菊和春白菊属于同科，但有差异。

里头是牲口，鼻子冲着绳子，屁股有大有小，乱乱腾腾，排一长条。猪昏头昏脑，拿嘴拱土；牛犊叫；羊羔咩；母牛曲起后腿弯子，肚皮贴着草地，也不管牛蝇围住身子嗡嗡乱飞，眨巴着沉重的眼皮，慢条斯理，来回嚼嘴里的东西。种马尥起蹶子，朝母马扯嗓子嘶鸣，赶大车的光着胳膊，揪住种马的络绳。母马安安静静，伸长头和耷拉下来的鬃毛，马驹不是躺在母马身影里，就是偶尔凑到底下吮奶。这些牲口挤作一团，起伏无定，不是雪白的鬃毛波涛一般随风扬起，就是东露出一堆尖犄角，西露出一堆人头。人在里头跑来跑去。围场外边，百步远近，单有一只大黑公牛，戴上嘴套，鼻孔挂着一个铁环环，像青铜铸出来的，站着一动不动。一个衣服破烂的小孩子牵着它，揪住一条绳子。

大人先生们夹在两排牲口当中，步伐沉重，一面前进，一面一只一只检查，检查过后，就彼此会商，声音相当低。其中一位，似乎地位更高，边走边记。他是评判委员会主席、邦镇的德罗兹赖先生。他一看见罗道耳弗，就快步向前，和颜悦色，笑吟吟向他道：

"布朗热先生，您怎么放下大家伙儿的事不管？"

罗道耳弗保证他来。可是主席刚走远，他就说：

"家伙，我才不去，同您在一起，比同他在一起好得多。"

罗道耳弗一面打趣展览会，一面却也为了通行无阻起见，掏出他的蓝帖子给宪兵看，有时候甚至看见一件好展品，停住脚步。可是他一见包法利夫人不感兴趣，就拿装束作题目，取笑永镇的太太们。跟着他就为他的衣着马虎道歉。他的衣着又随俗，又考究，显出不协调的情调，一般人看了，有的会受吸引，有的会感到愤慨，因为他们总觉得这种装束，表示生活离奇、感情纷乱、艺术的强大影响以及某种永远蔑视社会习俗的心理。细麻布衬衫的袖口缀着褶纹纱，风吹过来，衬衫就在灰夏布背心领口地方鼓了起来；宽道道裤子，脚踝地方，露出一双南京布靴子,靴筒底下有一圈漆皮,亮堂堂的,草也照了出来。他穿着这样一双靴子,践踏马粪,一只手插在上衣口袋,草帽歪戴一旁。他接下去道:

"再说,一个人住在乡下……"

爱玛道:

"什么也是枉然。"

罗道耳弗回答道:

"说得是呀!想想看,这些老好人,就连燕尾服的式样,也没有一个人能懂!"

于是他们谈起内地的庸俗、生活的窒闷、理想的毁灭。罗道耳弗道:

"所以我郁闷到了极点……"

她诧异道:

"您!我一直以为您很快活,不是吗?"

"啊!是的,单看外表;因为我对社会戴了一副玩世不恭的面具。其实,月光之下,看见公墓,有多少回,我问自己:我是不是顶好还是追踪那些长眠地下的人……"

她道:

"唉呀!您那些朋友呢?您就不想想他们?"

"我那些朋友?都是谁?我有朋友吗?谁关心我?"

说到末一句话,嘴里同时吹出一种类似口哨的声音。

不过后头走来一个人,抱了高高一摞椅子,他们只好分在两下。左也椅子,右也椅子,除去他的木头套鞋的尖尖头露在外面以外,就只看见他的胳膊伸得开开的,露出两只手来。原来是那个掘坟的赖斯地布杜瓦,把教堂椅子搬到外头。他想挣外快,结果想出这种利用展览会的方法,而且获得成功,因为生意兴隆,他应付不过来了。说实话,

175

乡下人热得受不了，全抢椅子坐，草垫有香料气味，厚椅背沾着蜡渍，他们恭而敬之，往上一靠。

包法利夫人又挽起罗道耳弗的胳膊。他像是自言自语，继续道：

"是啊！我错过许多机会！总是一个人，啊！我活着要是有一个目的，我要是遇到真心相待的人，我要是发现有人……哎呀！我会竭尽全力，我会克服一切困难，粉碎一切困难！"

爱玛道：

"不过我觉得您不该让人可怜。"

罗道耳弗道：

"啊！您觉得？"

她接下去道：

"因为说到临了……您自由。"

她迟疑了一下：

"又有钱。"

他回答道：

"别取笑我啦。"

她赌咒不是取笑，这期间只听轰然一声炮响，大家立刻你拥我挤，乱乱腾腾，往村里跑。

原来炮发错了。州长大人并没有来；这就开会，还是再等下去，评判委员们左右为难，不知道怎么办才好。

最后，广场尽头，来了一辆前后有活篷的四轮出租大马车，驾着两匹瘦马，一个白帽车夫，狠命抽打。毕耐急忙喊："举枪！"联队长急忙学他。人人朝枪位跑。人人向前抢。有些人连硬领也忘记戴了。但是州长的马车，似乎意会到这种困难局面，两匹并驾的羸马，拉起辕木链子，摇摇晃晃，小步紧跑，来到镇公所前面，正好赶上国民自卫军和消防队打着鼓，大踏步，摆队相迎。毕耐喊着：

"齐步走！"

联队长喊着：

"立正！向左看齐！"

接着就是举枪敬礼，枪箍扳开，踢里当啷，响声好似一只铜锅滚下楼梯。敬礼已毕，枪又统统放下。

只见一位先生，穿一件银线绣花短燕尾服，秃额头，后脑勺一撮头发，脸色灰白，外貌极其和善，走下马车。眼睛很大，厚眼皮半睁半闭，打量着群众，同时仰起他的尖鼻子，瘪嘴露出一丝笑意。镇长系着绶带，他认出他来，对他解释：州长有事来不了，本人是州行政委员，接着还讲了几句抱歉的话。杜法赦的回答只是一味恭维，另一位表示愧不敢当：两个人就这样站着，面对面，额头几乎碰额头，周围是评判委员、乡行政委员、缙绅、国民自卫军和群众。州行政委员先生，三角小黑帽贴住胸脯①，频频还礼，同时杜法赦哈下腰来，仿佛一张弓，也是笑盈盈的，结结巴巴，寻找字句，一面表示自己忠心王室②，一面为永镇得到的荣誉表示感激。

客店伙计伊玻立特走到车夫跟前，接过缰绳，一只脚跛着，把马牵到金狮门廊底下。许多乡下人，聚在门廊，瞻仰马车。鼓在敲，炮在响，先生们鱼贯而行，走上主席台，坐在杜法赦夫人借出来的乌特勒支③红绒大扶手椅上。

这些人像是一个模子塑出来的。软搭搭的脸，新苹果酒颜色，亮堂堂的，太阳晒得有点发黑，络腮胡须龙龙茸茸，拱出高硬领外；白领带箍紧硬领，匀匀停停，结着一个鼓囊囊的领花。背心有压边，全是丝

---

① 万松在《不符事实的包法利夫人》一文中指出：州行政委员戴的是两角帽，从来不戴"三角帽"，穿的是蓝线绣花长燕尾服，不是"银线绣花短燕尾服"。
② "王室"，指七月革命之后登基的波旁家族幼支奥尔良系路易·菲力浦的王室。
③ 乌特勒支，荷兰一市镇，十七世纪末叶，一个移居荷兰的法国人发明了一种仿丝绒面料做沙发面，用山羊毛织成，称乌特勒支绒。

绒料子，表有一根长带，尖尖头全坠着一颗深红玛瑙椭圆印章；人人是一双手搭在两条大腿上，仔细分开裤裆，裤料没有磨掉光泽，比靴子的厚皮还亮。

上流妇女坐在后头过厅底下和圆柱中间，大多数群众站在对面，或者坐在椅子上。说实话，赖斯地布杜瓦把椅子全从草场搬过来了，甚至时时刻刻跑进教堂去找椅子。人们想靠近司令台的小梯子，因为他这样一做生意；交通堵塞，也就很难过去。

勒乐先生向药剂师（他正要到他的座位上去）道：

"我以为应当竖两根威尼斯旗杆，弄点新鲜东西挂在上头，又富丽，又有一点威严，望过去，就很美观了。"

郝麦回答道：

"的确是的。不过有什么办法！这是镇长一手包办的结果。可怜的杜法赦，这人没有多少鉴赏力；根本缺乏所谓艺术天分。"

罗道耳弗这时陪伴包法利夫人，走上镇公所二楼，来到会议厅，看见没有一个人，就讲：他们在这里瞭望，尽兴多了，国王半身像底下有一张椭圆桌子，他到旁边搬了三张凳子，放到一个窗口跟前，然后他们挨挨挤挤，并肩坐下。

主席台上起了一阵骚动：长久耳语和交换意见。最后还是州行政委员先生站起。大家现在晓得他姓廖万，群众一个传一个，说起他的名姓。于是他掏出几张纸，凑近眼睛细看了看，这才开口道：

诸位先生：

  首先请允许我，在没有和你们谈起今天的盛会之前：——我相信，你们全有这种感情，我说，首先请允许我赞扬一下最高当局、政府、国君，诸位先生，赞扬一下我们的主上、万民爱戴的国王。大家知道，事关繁荣，不问公私，圣上一律关怀，即使怒海狂涛，危险百出，圣上也坚定审慎，稳步行车，何况圣上谋求和平，重视战争、工业、商业、农业与艺术。

罗道耳弗道：
"我该退后一点坐。"
爱玛道：
"为什么？"
不过州行政委员的声音分外高了，他朗诵道：

　　诸位先生：兄弟阋于墙，血染公众广场的时期，已经一去不复返了；业主、商人、甚至于工人，夜晚安眠，听见警钟齐鸣，忽然惊醒的时期，已经一去不复返了；邪说横行，擅敢颠覆社稷的时期，已经一去不复返了……

罗道耳弗接下去道：
"因为下面也许有人望见我；这样一来，我就要一连两星期道歉，像我这样的坏名声……"
爱玛道：
"哎呀！您成心糟蹋自己。"
"不，不，您听我讲，坏极了。"
州行政委员继续道：

　　可是，诸位先生，放下这些暗无天日的画面不去回想，转过眼睛，浏览一下我们美丽祖国的现状，我又看见了什么？处处商业繁盛，艺术发达，处处兴修新的道路，仿佛国家添了许多新的动脉，构成新的联系；我们伟大的工业中心又活跃起来；宗教得到巩固，法光普照；我们的码头堆满货物，信心再起，法兰西终于得到了新生……"

罗道耳弗又道：
"其实，就社会观点看来，他们也许有道理。"
她道：
"什么道理？"
他道：
"怎么！难道您不知道，有人无时无刻不在苦恼？他们一时需要梦想，一时需要行动，一时需要最纯洁的热情，一时需要最疯狂的欢乐，人就这样来来去去，过着形形色色荒唐、怪诞的生活。"
于是她看着他，就像一个人打量一个到过奇土异域的旅客一样，接下去道：
"我们这些可怜的妇女，就连这种消遣也没有！"
"微不足道的消遣，因为人们在这里找不到幸福。"
她问道：
"可是人们找得到吗？"
他回答道：
"是的，会有一天遇到的。"
州行政委员道：

你们明白这个。你们是农民和田野的工人；你们是真正为文化而工作的和平的先驱！你们是进步和道德人士！我说，你们明白，政治风暴，比起大气紊乱，确实可怕得多……

罗道耳弗重复道：

"有一天,有一天赶巧万念俱灰,会忽然遇到的。于是云散天开,好像有一个声音在喊:'这就是!'您觉得需要向这个人诉说衷情,把一切给他,为他牺牲一切!用不着烦言解释,彼此就一见如故,似曾梦里相逢。(他看着她)总之,就在眼前,四处寻觅的珠宝就在眼前,光华灿烂,火星迸射。可是仍然怀疑,仍然不敢相信;眼花缭乱,好像走出黑暗,乍见亮光一样。"

罗道耳弗说到末了这几句话,添上手势。他拿一只手放在脸上,就像一个人晕眩一样,然后落下来搭在爱玛手上。她抽回她的手。可是州行政委员总在读着:

诸位先生,有谁惊奇吗?也只有他们惊奇:就是那种瞎了眼的人、那种沉溺于(我不怕说出口来)前一世纪的偏见,照旧否认农民是有头脑的人。说实话,寻找爱国精神、热心公众事业,一言以蔽之,智慧,除去田野,还有什么地方更多?诸位先生,我说的不是那种表面的智慧、那种闲汉的点缀。我说的是那种深刻、稳健的智慧,专心致志于追求那些有用之物,因而有助于个人福利、一般改善与支援国家,它是——尊重法律和完成任务的收获……

罗道耳弗道:

"啊!又是这个。总是任务,我听也听腻了。他们一堆穿法兰绒背心的老昏聩、一堆离不开脚炉和念珠的假虔婆,不住口在我们的耳梢唠叨:'任务!任务!'哎!家伙!任务呀,任务是感受高贵事物、珍爱美丽事物,并非接受社会全部约束和硬加在我们身上的种种耻辱。"

包法利夫人反驳道:

"不过……不过……"

"哎,不!凭什么反对热情?难道它不是世上惟一美丽的东西?难道它不是英勇、热忱、诗歌、音乐、艺术以及其他一切的根源？"

爱玛道：

"可是也该听听世人的意见、遵守一般立身处世之道。"

他回答道：

"啊！立身处世之道有两种。一种是渺小的、众人公认的处世之道，因时而异，目光如豆，吵吵嚷嚷，低级庸俗，就像眼前这群蠢家伙一样。另一种是万古长存之道，在周围，也在上空，风景一般环绕我们，碧天一般照耀我们。"

廖万先生方才掏出手绢擦过嘴，接下去道：

诸位先生，农业的重要，还用得着我在这里向你们指出来吗？请问，谁供应我们的需要？谁接济我们的生活？难道不是农民？诸位先生，农民拿一双勤劳的手，把种子撒在肥沃的田地里，种子长成麦子，麦子被精巧的机器磨成细末，以面粉的名称运到城市，没有多久，就进了面包房，制成食品，不分贫富，一概供应。为了我们有衣服穿，难道不又是农民养肥牧场众多的羊群？没有农民，我们穿什么，我们吃什么？诸位先生，我们有必要到老远的地方寻找例证吗？谁不常常想到那只羞怯的动物、我们家禽群里值得骄傲的珍品？它一方面长毛给我们做绵软的枕头，一方面有丰美的肉给我们吃，一方面还下蛋。地耕好了，出产种种物品，好比慈母心疼儿女，尽量供应，我要是一一枚举的话，就要不胜其举了。这边是葡萄藤；那边是苹果树；远望，是油菜；再往远望，是干酪；还有麻，诸位先生，千万不要忘记麻①！近年以来，麻的产量增加了许多，我特别希望你们注意。

---

① 路易·菲力浦重视工业，所以州行政委员也有同样表示。参看第二部第五章，永镇寺新建麻纺厂。

他不必希望；因为群众个个张大了嘴，好像要喝掉他的话一样。杜法赦在他一旁，睁大了眼睛听；德罗兹赖先生，有时候，微微合上眼皮；再过去，药剂师两腿夹住他的儿子拿破仑，拿手张在耳边，一个字音不叫漏掉。别的评判委员表示赞同，慢慢悠悠，上下摇摆背心里的下巴。消防队员站在主席台底下，靠住他们的刺刀；毕耐一丝不动，胳膊肘朝外，刀尖向上。他也许在听，不过他一定什么也看不见，由于他的盔檐太低，一直罩到鼻子。副队长是杜法赦先生的小儿子，盔檐低得出奇；因为他戴了一顶绝大的战盔，在头上晃来晃去，花布手绢垫在底下，有一头露出来了。他在战盔底下，笑嘻嘻的，一副小孩子的可爱模样，小白脸蛋淌着汗，流露出一种欢愉、疲倦和睡眠的表情。

广场两边的房屋都挤满了人。家家有人靠着窗户，有人站在门口。朱斯丹站在药房前面，似乎看愣了，动弹不得。虽说安静，廖万先生的声音照样听不清楚：群众中间，椅子出了响声，东一打岔，西一打岔，截断演说，只有一句半句传到耳朵；接着就是背后，冷不防起了漫长一声牛鸣，或者就是街角羊羔咩咩叫唤。说实话，放牛的和放羊的，一直把牲口赶到这边，它们有时候你一声，我一声，一面还吐长舌头，拉曳挂在脸上的三两片树叶。

罗道耳弗更挨近爱玛了，声音压低，急促地说：

"人世这种阴谋，您不忿恨？哪一样感情它不谴责？最高贵的本能、最纯洁的同情，也逃不脱迫害、诽谤；一对可怜虫要是碰在一起的话，就组织一切力量来拆散他们。不过他们偏要试试，扇扇翅膀，你呼唤我，我呼唤你：是啊！迟早有什么关系，半年，十年，他们照样结合，照样相爱，因为命里注定这样，彼此天生就是一对。"

两只胳膊横在膝盖上，他仰起脸，凑到近边，死盯着看爱玛。她看见纤细的金光，一道又一道，兜着他的黑瞳仁，从眼睛里面朝外放射。她甚至于闻见他抹亮头发的生发油的香味，于是心荡神驰，不由想起在渥毕萨尔陪她跳华尔兹的子爵，他的胡须就像这些头发，放出这种香草和柠檬气息；她不由自已，闭了一半眼皮往里吸。但是她坐在椅子①上，身子往后一仰，恍惚远远望见驿车燕子，在天边尽头，慢慢腾腾，走下狼岭，车后扬起长悠悠的灰尘。赖昂就是乘了这辆黄车，时刻来到她的身边；也就是经这条路，他又一去不回！她仿佛看见他在对面窗口，接着就又一片模糊，满天浮云，她觉得吊灯照耀，她还像在跳华尔兹，挎着子爵的胳膊，同时赖昂离得也不远，眼看就要过来……但是她总觉得罗道耳弗的头在她旁边。这种甜蜜的感觉就这样渗透从前她那些欲望，好像一阵狂飙，掀起了沙砾，香风习习，吹遍她的灵魂，幽渺的氤氲卷起了欲望旋转。她好几回用力张开鼻孔，吸入柱头常春藤的清新气息。她摘去手套，擦了擦手，然后拿起手绢扇脸，太阳穴虽说跳动，她照样听见群众叽里咕噜、州行政委员说来说去的单调声音：

继续努力！坚持不懈！既不要墨守成规，也不要采纳过分莽撞急躁的建议！尤其要致力于改良土壤、施用优质肥料，发展马、牛、羊、猪的优良品种！让展览会对你们成为充满和平景象的比武场，胜利者向战败者伸出友爱之手，希望他下一次竞赛成功！可敬的臣民！谦逊的仆人，你们辛勤劳苦，往日得不到任何政府重视，现在就来接受你们默默无闻的道德的酬劳吧。而且你们相信政府从今以后，一定会注视你们，鼓励你们，保护你们，满足你们的正当要求，尽一切可能，减轻你们痛苦牺牲的负担！

廖万先生终于坐下。德罗兹赖先生站起，开始另一篇演说。他的

---

① 前文说罗道耳弗"搬了三张凳子，放到一个窗口跟前，然后他们挨挨挤挤，并肩坐下"。并非"椅子"。

讲演也许不像州行政委员的讲演那样华丽；不过他有他的特点：风格切实，就是说，学识比较专门，议论比较高超，少了一些颂扬政府的话，宗教和农业分到更多的地位，二者息息相关，一向就同心协力，促进文化。罗道耳弗和包法利夫人谈着梦、预感、催眠术。演说家追溯到原始社会，形容野蛮时代，人在树林深处，靠橡实过活；后来人们扔掉兽皮，改穿布帛，耕田犁地，种植葡萄。这算不算幸福？这种发现会不会弊多于利？德罗兹赖先生对自己提出这个问题。罗道耳弗由催眠术一点一点谈到亲和力。主席引证：辛辛纳图斯掌犁，戴克里先种菜[①]，中国皇帝立春播种。年轻人这期间向少妇解释：吸引之所以难以抗拒，就是前生的缘故。他说：

"所以，就拿您我来说，我们为什么相识？出于什么机缘？我们各自的天性，您朝我推，我朝您推，毫无疑问，像两条河一样，经过千山万水，合流为一。"

他握住她的手；她没有抽回去。

主席喊道："一般种植奖！"

"譬方说，方才我到府上……"

"甘冈普瓦的比内先生。"

"我怎么晓得我会陪伴您？"

"七十法郎！"

"有许多回，我想走开，可是我跟着您，待了下来。"

"肥料奖。"

"既然今天黄昏会待了下来，明天、别的日子、我一辈子，也会待了下来！"

"阿格伊的卡隆先生，金质奖章一枚！"

[①] 辛辛纳图斯（公元前519—前430），罗马共和国的执政官，当选之后，官员往迎，见他正在耕田。戴克里先(245—313)，罗马皇帝，三〇五年退隐，相传公卿请他复位，他正在种植生菜。

"因为我和别人在一道，从来没有感到这样大的魅力。"

"基弗里-圣马丹的班先生！"

"所以我呐，我会永远想念您的。"

"一只美里奴种公羊……"

"不过您要忘记我的，我会像一个影子般消逝的。"

"圣母村的……柏劳先生。"

"哎呀！不会的。我会不会成为您的思想、您的生命的一部分？"

"猪种奖两名：勒埃里塞先生与居朗布尔先生；平分六十法郎！"

罗道耳弗捏住她的手，觉得又温暖，又颤抖，如同一只斑鸠，虽然被捉住了，还想飞走；但是不知道是她试着抽出手来，还是响应这种压抑，她动了动手指；他喊道：

"谢谢！您不拒绝我！您真好！您明白我是您的！让我看您，让我端详您！"

一阵风飘进窗户，吹皱了桌毯，同时底下广场，乡下女人的大帽子，像白蝴蝶扇动翅膀一样，个个翘了起来。

主席继续道："豆饼的使用。"

他加快道："养粪池，——种麻，——排水，长期租赁，——家庭服务。"

罗道耳弗不再说话。两个人你望我，我望你，欲火如焚，干嘴唇直打哆嗦，于是心旌摇摇，手指不用力，就揉在一道。

"萨司托-拉盖里耶的卡特琳-妮凯丝-伊莉莎白·勒鲁，在一家田庄连续服务五十四年，银质奖章一枚——值二十五法郎！"

州行政委员重复道："卡特琳·勒鲁，在什么地方？"

不见她的踪影。只听见好些声音窃窃私语道：

"去呀！"

"不。"

"左边走!"

"别害怕!"

"啊!看她多蠢!"

杜法赦喊道:"她到底在不在?"

"在!……那不是!"

"那么,到前面来呀!"

这时人们看见一个矮小的老妇人,走上主席台,神情畏缩,好像和身上的破烂衣服皱成了一团一样。她脚上蹬一双大木头套鞋,腰里系一条大蓝围裙,一顶没有镶边的小凤帽兜住她的瘦脸;一脸老皱纹,风干的苹果也没有她的多。红上衣的袖筒伸出两只长手,关节疙里疙瘩;谷仓的灰尘、洗衣服的碱水、羊毛的油脂在手上留下一层厚皮,全是裂缝,指节发僵;清水再洗,也显着肮脏;苦干多年,合也合不拢来:好像明摆着这一双手,就是千辛万苦的卑微的凭证一样。脸上的表情,如同一个修行的道姑那样呆滞。任何喜怒哀乐也软化不了她那黯淡的视线。她和牲畜待在一起,也像它们一样喑哑、安详。她还是第一次看见自己在这样大的一群人当中,眼前又是旗,又是鼓,又是青燕尾服的先生们,又是州行政委员的十字勋章,心中惶恐,一步不敢移动,不知道该往前走,还是该向后逃,也不知道群众为什么推她,审查员为什么朝她微笑。这干了半世纪劳役的苦婆子,就这样站在这些喜笑颜开的资产者面前。

州行政委员从主席手上接过得奖人员的名单,然后道:

"过来,可敬的卡特琳-妮凯丝-伊莉莎白·勒鲁!"

他看一遍名单,看一遍老妇人,用慈父的声音,重复道:

"过来,过来!"

杜法赦在扶手椅上跳道:

"您聋了吗?"

他朝她的耳朵喊道：

"五十四年服务！银质奖章一枚！二十五法郎！是给您的。"

她接过奖章，仔细打量，随即一脸幸福的微笑，径自走开；大家听见她咕哝道：

"我拿这送给我们的教堂堂长，给我做弥撒。"

药剂师朝公证人俯过身子，喊道：

"信教信到这步田地！"

大会开完，群众散去；现在，演说词读过了，人人回到原来地位，一切照旧：主子谩骂下人，下人鞭打牲畜；得奖的牲畜，犄角挂着一顶绿冠，漠不关心，又回槽头去了。

国民自卫军这期间上到镇公所二楼，刺刀扎了一串点心，大队鼓手提着一篮酒瓶。包法利夫人挎着罗道耳弗的胳膊；他送她回家；他们在她的门前分手；然后他一个人在田野散步，等候到入席的时间。

宴会又长又闹，而且侍奉不周；根本就人山人海，移动不得，窄木板变成临时条凳，人坐多了，险些压断。菜肴丰盛，人人狠命吃喝自己名下的一份，个个额头冒汗。桌面上高悬的甘该灯之间，浮起白蒙蒙一片热气，好像秋天早晨河水的雾气一样。罗道耳弗一心在想爱玛，背靠篷布，什么也没有听见。背后好些听差，在草地上摞脏盘子；邻座同他讲话，他不回答；有人给他斟酒；嘈杂的声音越来越响，可是他心里静静的，追忆她说过的话和她的嘴唇的形态；军帽的徽章仿佛一面照妖镜，照出她的脸来；她的打褶的袍子恍惚沿墙而下；遥望未来，恩爱的日月悠悠展开，好像没有尽期一样。

夜晚放烟火，他又见到她；但是她和丈夫，还有郝麦夫妇在一起。火花四射，药剂师十分担心会出危险，他时刻走开，过去关照毕耐几句。

爆竹送到杜法赦先生那边，他过分小心，放在他的地窖里，所以火药受潮，根本点不着，主要节目应当表现一条龙咬自己的尾巴，又完全失败。天空偶尔出现一串不值一看的罗马蜡烛①，群众张口凝望，喊成一片，里面还掺杂着在黑地里腰让胳肢了的妇女的叫唤。爱玛悄不做声，缩成一团，轻轻靠住查理的肩膀，然后仰起下巴，望着射出来的火花在黑黝黝的天空掠过。罗道耳弗借着花灯亮光张望她。

花灯渐渐熄灭。天上出来星星。飘下一丝半点细雨。她拿肩巾挽在头上。

就在这时，州行政委员的马车走出客店。车夫喝醉了酒，立刻昏昏沉沉，打起盹来了。大家远远望见他，坐在两盏车灯中间，大半个身子耸出车篷，车厢前后一动，也就左右摇晃起来。药剂师道：

"真的，应当严厉反对酗酒！我希望镇公所门口，每星期专挂一块牌子，写出这一星期喝酒喝醉了的人的名姓。再说，有统计报告，好比年鉴一类东西，遇到必要，不妨拿来参考参考……对不住。"

他又朝队长跑过去了。

队长惦记他的旋床，正要回家看看。郝麦向他道：

"也许碍不了您什么事，打发您的部下，要不您就亲自去……"

税务员回答道：

"什么事也没有，您就别跟我捣乱了吧！"

药剂师回到他的朋友旁边，道：

"你们放心好啦。毕耐先生告诉我，已经有了防备。火花不会落下来的。水龙装得满满的。我们睡觉去吧。"

郝麦夫人大打呵欠，道：

"说的是呀！我尽想睡；不过没有关系，我们这一天过得好极啦。"

罗道耳弗放低声音，眼睛充满感情，道：

---

① 罗马蜡烛是一串星形爆竹。

"是啊！好极啦！"

大家道过晚安，各走各的。

两天以后，《鲁昂烽火》登出一篇报道展览会的大文章。郝麦兴之所至，第二天就把它写出来了：

为什么张灯？为什么悬花？为什么结彩？一种热带的太阳，直射我们的阡陌。这群人仿佛怒海巨涛，冒着头上的热流，朝什么地方跑？

接着他就谈起农民的情况。政府的确尽了大力，但是不够！他向政府呼喊道："勇敢！千千万万的改革需要着手，我们就来完成这些改革吧。"随后他写到州行政委员驾到，没有忘记"我们军队的武士气概"，也没有忘记"我们最活泼的乡村妇女"，也没有忘记秃了头的老年人，"仿佛古代族长，岸然而立，其中有几位，曾经置身于我们不朽的行伍，听见雄壮的鼓声，觉得心还在跳"。他列举重要的评判委员，还说到自己；甚至在一个小注里，也提醒读者：药剂师郝麦先生，曾经给农学会送去一篇关于苹果酒的论文。他写到赠奖，形容得奖者的喜悦，运用抒情笔调："父亲吻抱儿子，哥哥吻抱兄弟，丈夫吻抱妻子。许多人傲形于色，指着他们的小小奖章，不用说，回到家中，在贤内助身旁，边哭、边拿它挂到茅庐的缄默的墙头。

"六点钟左右，酒席摆在利艾加尔先生的牧场，参加大会的主要人物聚在一道，自始至终，充满着发自内心的最大热忱。宴会中间，不时举杯致敬：廖万先生提议，为国君的健康干杯！杜法赦先生提议，为州长的健康干杯！德罗兹赖先生提议，为农业干杯！郝麦先生提议，为工业和艺术这一对姊妹干杯！勒普利谢先生提议，为进步干杯！到了夜晚，烟火忽然照亮天空。五彩缤纷，简直像是真正的歌剧布景。一时间我们这小镇,竟如同进入了《天方夜谭》的梦境。

"这次家庭集会,可以说,没有任何不愉快的事发生。"

他还加上一句:"此次教士不露面,特别惹人注目。不用说,教会对进步别有看法。罗耀拉的信徒们①,请便!"

九

六个星期过去了,还不见罗道耳弗来。最后有一天黄昏,他露面了。展览会的第二天,他对自己讲:

"别去早了;去早了反而坏事。"

头一个星期,过到末尾,他打猎去了。打过猎,他一想,去也太晚了,接着他又这样理论道:

"不过如果头一天她就爱上了我的话,她一定盼望我去,她越情急,越会爱我。还是继续下去吧!"

他走进厅房,望见爱玛脸色变白,明白他划算对了。

只她一个人。天色向晚,小纱窗帘遮着玻璃,越发显得阴暗。阳光一线,照亮晴雨计的镀金;金光闪闪,穿过珊瑚桠杈的空隙,在镜子里变成了一团火。

罗道耳弗一直站着;爱玛几乎等于没有回答他的问候。他说:

"我呀,有事忙,又害了一场病。"

她着急道:

"病重吗?"

罗道耳弗坐到她身旁一张凳子上,道:

"啊!不……其实是我不想来就是了。"

---

① 指依纳爵·罗耀拉(1491—1556),西班牙人,耶稣会的创建者。

"为什么？"

"您猜不出来？"

他又看了她一眼，但是神色热烈，她涨红了脸，低下头去。他接下去道：

"爱玛……"

她稍稍走开，道：

"先生！"

他用一种忧伤的声音对答道：

"啊！您看，我不想来，我有道理；因为您这名字，您这名字充满我的灵魂，可是脱口而出，您又禁止！包法利太太！……哎！人人这样称呼您！……其实，这不是您的姓；这是别人的姓！"

他重复一遍：

"别人的姓！"

他拿脸藏到两只手里。

"是的，我时时刻刻想您！……我一想到您就难过！啊！对不住！……我离开您……永别了！……我要到远地方去……远到您再也不会听见有人说起我来！……可是……今天……我不知道又是什么力量把我朝您推过来！因为人斗不过天，人拗不过天使们的微笑！人不由自主，就跟着美丽、愉快、值得热爱的事物走！"

爱玛还是第一次听见这种话，她的骄傲好似一个人在蒸汽浴室，养息精神，伸开四肢，驱除疲劳，把自己整个儿交给这热雾腾腾的语言。他继续道：

"可是就算我不来，就算我不来看您，啊！至少您周围的东西，我尽饱看的。夜晚，每天夜晚，我爬起床，一直走到这儿，望着您的房屋：月光照亮屋顶，花园树木在您的窗前摇来晃去，窗玻璃里，阴影中间，点着一盏小灯，透出一丝亮光。啊！您说什么也不知道，那边有一个可怜人，说近也算近，说远可真远……"

她朝他转过身子，呜咽道：

"啊！您真好！"

"不对，我爱您，就是这个！您相信我！说给我听！一句话！只一句话也就成了！"

罗道耳弗不知不觉，就从凳子溜到地上；厨房传来木头套鞋的响声，同时他望见厅房门也没有关。他站起来，讲下去道：

"我有一个怪心思，您行行好，满足满足吧！"

原来是带他看看房屋；他想熟识熟识，包法利夫人看不出有什么不合适，两下方才站起，正好查理进来。罗道耳弗向他道：

"您好，博士。"

医生听了这天外飞来的头衔，受宠若惊，殷勤趋奉。另一位利用这期间定了定神，就说：

"尊夫人同我谈起她的健康……"

查理插话道：他的确担心到了万分；他的女人又开始感到郁闷。罗道耳弗于是问，骑马有没有用处。

"当然！很好，对！……这倒是一个好办法！你应当照这话做。"

她说困难在于没有马。罗道耳弗愿意借她一匹，她谢绝了，他也并不坚持。他随后解释他的来意，说他的赶大车的、前次放血的那个家伙，总觉得头晕眼花。包法利道：

"改天我去看看。"

"不，不，我打发他来；我们来，您方便多了。"

"啊！很好。我谢谢您啦。"

罗道耳弗一走，查理就说：

"布朗热先生好意借马，你为什么不应下来？"

她摆出噘嘴模样，找了许多话推托，最后才讲："我也许会惹人笑话。"

查理打了一个转身,道:

"啊!我不在乎!健康第一!你错啦!"

"哎呀!我没有骑马衣服,你怎么好叫我骑马呀?"

他回答道:

"你就该添置一身!"

她看在骑马衣服份上,同意了。

衣服做成,查理写信给布朗热先生,说:盛意可感,拙荆待命,不胜翘企。

第二天正午,罗道耳弗带了两匹鞍辔齐备的马,来到查理门前。有一匹耳朵还系着玫瑰红小绒球,背上搭了一副鹿皮女鞍。

罗道耳弗穿了一双软皮长靴,心想这样东西,她从前一定没有见过;事实上,他在楼梯口一出现,身上是丝绒长燕尾服,腿上是灯心绒白裤,爱玛就已经在欣赏他的翩翩风度了。她打扮停当,正等他来。

朱斯丹溜出药房看她,连药剂师也惊动出来了。他一再叮咛布朗热先生:

"意外说来就来!千万当心!您的马也许性烈!"

她听见头上有响声:原来是全福哄小白尔特,敲打玻璃窗。小孩子远远递了她一个吻;母亲的回答是摇摇鞭子把儿。郝麦先生喊道:

"一路快乐!千万小心!小心!"

他摇动他的报纸,望着他们走远。

爱玛的马一出镇子,就小跑起来,罗道耳弗的马跟在一旁。他们偶尔交谈一句。她坐在鞍子上,脸微微向下,手举起来,右胳膊伸开,由着马上下颠簸。

来到岭下,罗道耳弗放松缰绳,他们一道驰骋;随后跑上岭,马猛然站住,她的大蓝面网坠了下来。

正当十月上旬，田野有雾。雾气沿着丘陵的边缘，弥漫在天边，有的地方云雾裂开，升上天空消失了。有时候，一道阳光破云而出，让他们远远望见永镇的屋顶、水边的花园、院落、墙壁和教堂的钟楼。爱玛眯着眼睛，寻认她的住宅；她住的这可怜的小镇，从来没显得这样小。他们站在高处，觉得整个盆地就像一座白茫茫的大湖，在半空化成雾气。左一丛树木，右一丛树木，黑岩似的，兀立一侧；白杨高耸雾上，齐齐一排，好像风卷沙移的海滩。

他们旁边，冷杉蓊郁，中间一块草坪，上空有一道褐光，在温暖的大气里游来游去。土像烟草屑一样的颜色，近似红褐，马走上去，听不见蹄子响。马朝前走，铁掌踢开遍地的松实。

罗道耳弗和爱玛就这样兜着树林边沿走。她回避他的视线，不时转过头去，可是这样一来，就只看见一排一排冷杉树干，络绎不绝，看到后来，未免头晕眼花。马在喘气。鞍皮略吱咯吱直响。

他们走进森林，太阳正好出来。罗道耳弗道：

"上帝保佑我们！"

她道：

"您相信？"

他接下去道：

"再往前！往前走！"

他打响舌；两匹马跑了起来。

道旁的羊齿草，横拦竖遮，一来就卷进爱玛的脚镫。罗道耳弗一面纵马跑，一面斜过身子，一根又一根，把羊齿草抽出来。有的时候，他靠近了，推开树枝，爱玛觉得他的膝盖蹭到她的腿。天变成蓝色。树叶一动不动。许多空地长满正在开花的映山红；一片片紫罗兰夹杂在树丛中，这些树丛枝叶各异，有的呈灰色，有的呈灰褐色，有的呈金黄色。灌木丛中，他们不时听见翅膀轻轻扑扇，或者乌鸦在橡树之间盘旋，哑哑哀鸣。

他们下了马。罗道耳弗拴马，她在车辙之间的青苔上漫步前行。

但是袍子太长，她虽说撩起后摆，仍然妨碍走路。罗道耳弗跟在后头，望着她细致的白袜，在黑衣料和黑靴之间，像是她的一部分光光的皮肉似的。她站住道：

"我累啦。"

他回答道：

"来，再走走看！加油！"

又走了百来步远，她又站住。她戴一顶男人帽子，面网坠下来，斜搭在臀部，看上去像在碧波底下游泳一样，隔着透明的浅蓝颜色，他依稀认出她的脸相。

"我们到底去什么地方？"

他不回答。她的呼吸急促了。罗道耳弗向周围扫了一眼，咬着上嘴唇的髭。

他们来到一个地点，小树砍去，比较宽阔。他们坐在一个放倒了的树干上，罗道耳弗对她谈起他的爱情。

他生怕吓着了她，一入手，先收起恭维话不说。他安静、严肃、忧郁。

爱玛低着头听，一边还拿脚尖翻动地上的碎木片。

"难道我们的命运如今不是同一个？"

她一听这话，就驳道：

"不是同一个！您清楚的。不可能。"

她站起来要走。他揪住她的手腕。她只好站住。然后她用湿润的媚眼打量了他几分钟，急忙道：

"啊！好，别说下去啦……马在什么地方？回去吧。"

他做了一个又生气又苦恼的手势。她重复道：

"马在什么地方？马在什么地方？"

他于是目不转睛，咬紧牙关，透出一种奇怪的微笑，伸开胳膊，逼向她来。她一边哆嗦，一边倒退，期期艾艾道：

"您让我害怕！您让我难过！走吧！"

他改变面貌，回答道：

"您一定要走……"

他立时就又变得敬重、温存、懦怯。她挎住他的胳膊。他们往回走。他说：

"您到底怎么啦？为什么？我不明白。想来您是误会了吧？您在我心里，就像一位圣母娘娘，高高待在底座上，又坚固，又纯洁。不过没有您，我活不下去！我需要您的眼睛、您的声音、您的思想。做我的朋友、我的妹妹、我的天使吧！"

他于是伸长胳膊，搂住她的腰肢。她半推半就，试着挣扎出来。他边走，边这样搂着她。

他们听见两匹马在吃树叶。罗道耳弗道：

"再待一会儿！别就走！停下来吧！"

他把她带到更远的地方，兜着一口小水塘转悠。满池浮萍，绿波如茵。残荷安安静静，夹在灯心草中间。他们走在草上，青蛙听见脚步，跳开了躲藏起来。她道：

"我错了，我错了，我不该听您的话。"

"为什么？……爱玛！爱玛！"

少妇一面倒向他的肩膀，一面慢悠悠道：

"唉！罗道耳弗！……"

她的衣裙贴紧他的丝绒燕尾服。她仰起白生生的颈项，颈项由于叹息而涨圆了。她于是软弱无力，满脸眼泪，浑身打颤，将脸藏起，依顺了他。

天已薄暮,落日穿过树枝,照花她的眼睛。周围或远或近,有些亮点在树叶当中或者地面晃来晃去,好像蜂鸟飞翔,抖落羽毛。一片幽静,树木像有香气散到外头。她觉得心又开始跳跃,血液仿佛一条奶河,在皮肤底下流动。她听见一种模糊而悠长的叫喊,一种拉长的声音,从树林外面别的丘陵传出,她静静听来,就像乐曲一样,与她激动的神经的最后震颤交织在一起。断了一根络绳,罗道耳弗噙着雪茄,拿小刀修理。

他们走原路回到永镇。他们又在泥地看见马的并排蹄印,又看见小树丛和草里的石子。周围什么也没有改变;可是就她来说,却发生了好比大山移位般的大事。罗道耳弗不时斜过身子,举起她的手吻。

她骑在马上,婀娜多姿!挺直细腰,膝盖齐着马鬣弯下去,晚霞和新鲜空气在脸上薄薄敷了一层颜色。

走进永镇,马打着石头地,左右回旋。

大家在窗口望她。

晚饭时节,她的丈夫觉得她气色很好,但是问起出游情形,她装出没有听见的模样,胳膊肘挂在盘子一旁,两边一边点着一支蜡烛。他道:

"爱玛!"

"什么事?"

"喏,今天下午,我是在亚历山大先生家里过的;他有一匹老母马,看上去还很英挺,只有膝盖磕掉一小块皮,不长毛,我拿稳了,出一百埃居,准能买下……"

他接下去道:

"我一想,你会喜欢的,我就留下它……把它买过来了……我办得好吧?你说呢。"

她点了点头,表示赞成,过了一刻钟,她问道:

"你晚晌出去吗？"

"出去。你问这干什么？"

"啊！好人，没有什么，没有什么。"

她打发掉查理，上楼来到卧室，把门关了。

开头就像头晕眼花了一样，她又看见树木、小道、沟渠、罗道耳弗，照样感到他的搂抱，听见树叶摇摆、灯心草呼呼吹动。

但是一照镜子，她惊异起来了。她从来没有见过她的眼睛这样大，这样黑，这样深。她像服过什么仙方一样，人变美了。

她三番两次自言自语道："我有一个情人！一个情人！"她一想到这上头，就心花怒放，好像刹那间又返老还童了一样。她想不到的那种神仙欢愉，那种风月乐趣，终于就要到手。她走进一个只有热情、销魂、酩酊的神奇世界，周围是一望无涯的碧空，感情的极峰在心头闪闪发光，而日常生活只在遥远、低洼、阴暗的山隙出现。

她于是想起她读过的书中的女主人公，这些淫妇多感善歌，开始成群结队，在她的记忆之中咏唱，意气相投，使她陶醉，就像自己变成这些幻象的真正一部分一样，实现了少女时期的长梦，从前神往的多情女典型，如今她也成为其中的一个。再说，爱玛还感觉到报复的满足。难道她没有受够折磨！可是现在，她胜利了。久经压制的感情，一涌而出，欢跃沸腾。她领略到了爱情，不后悔，不担忧，不心乱。

第二天，整天沉入新的欢乐。他们海誓山盟。她对他说起她的种种哀愁。罗道耳弗用吻打断她；她闭住一半眼皮，目不转睛，要他再叫一遍她的名字，再说一遍他爱她。他们像昨天一样，走进森林，待在一个做木头套鞋的人的小屋。墙是草堆成的，屋顶低极了，他们不得不弯下腰来。他们相倚相偎，坐在一张干树叶床上。

从这一天起，他们没有例外，天天晚晌写信。爱玛来到花园尽头，把信放在河边墙缝。罗道耳弗拿到信，另放一封进去。她总嫌他的信太短。

有一天早晨,不等天亮,查理就出门了,她忽然异想天开,起了立刻看见罗道耳弗的念头。她可以赶到于歇特,待一小时,回到永镇,人人还在睡梦之中。她这样一想,心急欲炽,气也短促了。没有多久,她就到了草原,头也不回,只是快步趱行。

天方破晓,爱玛远远望到情人的住宅。两只燕尾风标,迎着白蒙蒙的曙光,显得黑糊糊的。

穿过院落,便是一所房子,想必就是庄邸。她走进去。墙壁一见她来,像是自动闪到一旁一样。一座大楼梯笔直通到过道。爱玛挑起门闩,骤然望见一个男人,在屋子尽里睡觉。原来就是罗道耳弗。她叫了起来。他说了几遍:

"是你!是你!你怎么来的?……啊!你的袍子也湿啦!"

她拿胳膊搂住他的颈项,回答道:

"我爱你!"

这大胆的举动,头一次成功,以后每逢查理早出,爱玛就连忙穿好衣服,蹑着脚步,走下通到水边的台阶。

但是遇到牛走的便桥抽掉,就得沿着河旁的墙走,堤是滑的,她抓住一把残了的桂竹香,生怕跌倒。她随后穿越犁过的田,陷在里头,绊了脚,好不容易才拔出她的小靴。风吹动她的包头帕子,在牧场翻来卷去。遇到了牛,她又害怕,提脚就跑,跑到了,直喘气,脸庞通红,浑身发出一种树液、青草和新鲜空气的清香气味。罗道耳弗这期间还在睡觉。她像春天的早晨一样来到他的房间。

一道沉重的金光悄悄透过沿窗的黄幔。爱玛眨巴眼睛,边走边摸索,露珠挂在头发上,一圈黄玉圆光似的,环绕脸蛋。罗道耳弗一面笑,一面把她拉到身边,搂在怀里。

过后,她就检查房间,打开抽屉,用他的梳子梳头,用他刮脸的镜子刮脸。床几上放着柠檬和方糖,靠近水瓶,还有一支大烟斗,她经常叼在嘴里。

他们分手足足需要一刻钟。爱玛哭着,希望永不离开罗道耳弗。有什么东西把她朝他推过来,一点由不得她,连他也嫌欠妥。有一天,他见她不期而至,皱起眉头,模样像是很不以为然。

她道:

"你怎么啦?难受吗?说给我听!"

他最后神色严肃,对她说:她来看他,粗心大意,会给自己惹乱子的。

十

她也像罗道耳弗一样,渐渐有了畏惧心理。她起初什么也不放在心上,一味陶醉在爱情之中。可是如今她的生命少不了它,她生怕失落一星半点,或者受到意外干扰。所以她走出他的庄园,东张西望,忐忑不安,天边走过的每一个身影、镇子里可能望见她的每一个天窗,都要看个明白,脚步、叫喊、犁的响声,也要听一个分晓:她站住不动,头上摇来摇去的白杨叶子,也不及她的脸色白,也不像她的身子抖得那么厉害。

有一天早晨,她正提心吊胆,转回家去,眼睛一晃,忽然看见一管猎枪似乎瞄准了她。枪筒长长的,扯斜露在一只小木桶的外沿。小木桶有一半埋在沟边草里。爱玛吓得魂飞魄散。正待朝前走去,就见一个男人爬出桶来,活像盒子打开,弹簧人往上一跳。皮护腿裹到膝盖,便帽盖住眼睛,鼻子通红,嘴唇颤抖:原来是毕耐队长埋伏好了等野鸭打。他嚷嚷道:

"您老远就该说话!望见枪,总得嚷一声才好。"

税务员说这话，打算掩盖方才的恐惧。因为州长有令，除去船上许可猎鸭以外，禁止在别处猎鸭，毕耐先生虽然守法，在这上头，偏巧违禁。所以他心中有鬼，时时刻刻，以为听见猎警过来。但是这种杌陧心情刺激他的乐趣，一个人缩在木桶，妙法在握，自以为得计。

他看见爱玛，一块石头落地，显得松快了，跟着就闲谈起来：

"天不暖和，凉飕飕的！"

爱玛一句话也不回答。他讲下去：

"您出门真早啊？"

她结结巴巴道：

"是的；小孩在奶妈家，我才看她来着。"

"啊！很好！很好！拿我来说，您看见的，天刚一亮，就到了这儿。不过天气死沉沉的，除非飞到枪口……"

她转过脚跟，打断他道：

"毕耐先生，再会。"

他冷冷回了一句：

"请便，太太。"

接着他又钻回木桶去了。爱玛后悔这样干巴巴就离开了税务员。不用说，他要往坏事上想的。永镇上人人晓得，包法利家小女孩子，接回家来，已经一年了，去看奶妈的说法，糟不可言。再说，周围没有人家，这条小道只通于歇特；这样一来，毕耐猜出她从什么地方回来，不会秘而不宣的；逢人就讲，是必然的了！直到天黑，她还在煞费苦心，思前想后，编排种种谎话，可是这挂猎囊的蠢人，总在眼前晃来晃去。

查理用罢晚饭，见她愁眉不展，提议带她到药剂师家消遣消遣。她在药房遇见的头一个人，偏偏又是税务员！他站在柜台前面，红药瓶的亮光照着，他说：

"请您给我半两矾。"

药剂师喊道：

"朱斯丹，拿硫酸来。"

爱玛想上楼去看郝麦夫人。他拦住道：

"不必了，用不着，她就下来，还是在底下坐吧。您在炉子那边烤烤火，等她下来……对不住……好啊，博士（因为药剂师非常爱说博士这两个字，好像这样称呼另一个人，自己也就跟着体面了似的）……当心打翻那些臼！到小房间搬些椅子来；客厅的扶手椅不许乱动，你不是不知道。"

药剂师正要跑出柜台，放好他的扶手椅，就见毕耐问他要半两糖酸。药剂师鄙夷地说：

"糖酸？我不晓得，没听说过！您要的也许是草酸吧？是草，不是糖，对不对？"

毕耐解释，他要一种腐蚀剂，配成一种搽铜药水，去掉各种猎具的锈。爱玛听了这话，直打哆嗦。药剂师道：

"的确也是，天湿，不相宜。"

税务员透出狡黠的神色，回答道：

"不过有人就不在乎。"

她连气也不敢出。

"再给我……"

她想：他就永远不走！

"半两松香和树胶，四两黄蜡，再给我一两半骨炭，搽我的装备上的漆皮用。"

药剂师正在切蜡，郝麦太太出现了，怀里抱着伊尔玛，旁边走着拿破仑，后头跟着阿塔莉。她过去坐到窗边丝绒长凳上，男孩子蹲到一张凳子上，大姊兜着她的小爸爸旁边的枣匣转悠。后者灌漏斗，封瓶口，贴标签，打小包。周围鸦雀无声，仅仅不时听见天平的砝码响，还有药剂师吩咐他的学徒,偶尔唧咕几句。

郝麦太太忽然问道:

"您的小宝宝好吗?"

她的丈夫正在流水簿上写账,喊道:

"别做声!"

她低声又道:

"您怎么不带她来呀?"

爱玛指着药剂师道:

"嘘!嘘!"

不过毕耐一心在看账,大概什么也没有听见。他终于出去了。爱玛如释重负,出了一口长气。

郝麦夫人道:

"您出气出得好粗!"

她回答道:

"啊!因为天热呀。"

这样一来,他们的幽会地点,第二天只好另作打算。爱玛想送一件礼物,把女用人收买过来;不过顶好还是在永镇找一所稳便的房子。罗道耳弗答应去找。

一整冬天,每星期有三四回,他趁黑夜来到花园。爱玛故意拿掉栅栏门的钥匙,查理还当丢了。

为通知她,罗道耳弗抓起一把沙子扔到百叶窗上。她跳下床;不过有时候,她必须等待,因为查理喜欢围炉闲谈,谈起来就没完没了。

她急死了:假如她的眼睛办得到的话,一定会让他从窗户跳进来的。她最后开始卸妆,接着拿起一本书,心平气和,安安静静读下去,好像津津有味一样。但是查理躺在床上,喊她睡觉。他道:

"来呀,爱玛,是时候啦。"

她回答道：

"是啊，就来啦！"

不过蜡烛耀眼，他转向墙壁睡着了。她屏住呼吸，微笑着，心跳着，不穿衣服，溜了出去。

罗道耳弗披一件大斗篷，上下裹好了她，然后胳膊搂住她的腰，不言不语，把她带到花园深处。

他们来到花棚底下，坐在那张烂木条长凳上，从前夏天黄昏，赖昂就在这里，情意绵绵地望着她。她现在想不到他了。

星光闪烁，映照素馨的枯枝。他们听见背后河水潺潺，堤上的枯苇不时簌簌作响。黑暗中影影绰绰，东鼓一堆，西鼓一堆，有时候不约而同，摇曳披拂，忽而竖直，忽而倾斜，仿佛巨大的黑浪，翻滚向前，要淹没他们。夜晚寒冷，他们越发搂紧，叹起气来，也像更响了，眼睛隐约可辨，彼此觉得似乎更大了。万籁无声，有些话低低说出，落在心头，水晶声音似的响亮，上下回旋，震颤不止。

夜晚落雨，他们避到车房马棚之间的诊室。厨房的蜡烛，她先在书后藏好，这时取出一支来点亮。罗道耳弗坐在这里，如同待在自己家里一样。书架、书桌，总而言之，整个房间，在他看来，好笑异常，不由自已，就大开查理的玩笑。爱玛听了，未免窘促，她希望他分外严肃，甚至必要时，分外紧张，就像有一回，她觉得小巷有脚步走近的响声，言道：

"有人来！"

他吹灭蜡烛。

"你带手枪了没有？"

"做什么？"

爱玛回答道：

"为……自卫呀。"

"对付你丈夫？啊！可怜的孩子！"

说完这句话，罗道耳弗做了一个手势，意思是："我一弹手指，他就完蛋。"

他的勇敢使她吃惊，可是语气不文，用词粗野，也令她反感。

手枪这句话，罗道耳弗寻思了许久，心想：万一她说话当真，这就非常可笑，甚至于可憎了，因为他本人毫无理由怨恨善良的查理，他不是那类忌妒成性的人；——爱玛说起他不忌妒，怕他不信，还赌了大咒，他也嫌她有伤大雅。

而且她越来越重感情。先是一定要交换小照，剪一绺头发相送；现在她要一枚戒指、一枚真的结婚戒指，表示百年相好。她动不动同他谈起晚钟或者天籁，接着又说到自己的母亲，问起他的母亲。罗道耳弗的母亲已经死了二十年了。爱玛还要婉言安慰他，好像他是个弃儿，甚至有时候，她望着月亮对他道：

"我拿稳了，她们在天上全都赞成我们相爱。"

可是她长得也真标致！他玩过的女人，像她这样爽快的，也少有过！就他来说，这种不放荡的恋爱，不但新鲜，而且逼他走出老一套习惯，让他又骄傲又动兴。爱玛的兴奋，根据他的资产阶级见识，他看不上眼，可这是冲他来的，所以心下又觉得滋味不错。于是他拿稳了她爱他，疏忽大意之下，不知不觉，变了态度。他不像往常那样，一来就甜言蜜语，感动得她直哭，也不像往常那样，一来就热吻紧抱，使她发疯。他们的伟大爱情，从前仿佛长江大河，她在里面优游自得，现在一天涸似一天，河床少水，她看见了污泥。她不肯相信，加倍温存。罗道耳弗却越来越不掩饰他的冷淡。

她不知道她是后悔不该依顺了他，还是相反，她不希望再爱下去。她嫌自己软弱；羞愧慢慢变成怨恨；癫狂又减轻了怨恨。这不是热恋，倒像一种长远的诱惑。他制住了她。她简直怕起他来了。

罗道耳弗顺利地按照自己的心意支配奸情，所以表面也就分外平静。一晃半年,到了春天,他们发现自己面对面,好像一对夫妇,家居无事,但求爱火不灭一样。

又到了卢欧老爹纪念治好他的腿,送母火鸡的时期。礼物之外,照例有一封信。爱玛剪掉筐子上拴着的绳子,读着下面的词句:

我亲爱的孩子们,

　　我希望信到时,你们身体康健,这只火鸡像往年一样好;因为如果我敢这么说的话,我觉得它更嫩一点,个儿也大些。不过下一次,变变花样,我要送你们一只公的,除非你们偏喜欢母的。请你们把鸡筐子送还我,还有两只旧的。有天晚上,起了大风,我不走运,车房的顶子给刮到树林里去了。收成也不太争气。总之,我不知道我什么时候去看你们。自从我成了一个人以来,可怜的爱玛,我如今就很难离开家啦!

紧跟着两行之间,有一个空当,好像老头子想心事,笔掉下去了一样。

　　我本人,除去前不久到伊弗托赶集,着凉之外,身子倒也结实。我歇掉我那放羊的,原因是他太讲究吃食了,所以我才去伊弗托,另雇一个。人就对付不了这些家伙,个个全是强盗!再说,他也不老实。

　　有一个小贩,去冬在你们那地方跑生意,拔掉一只牙,我听他讲,包法利总在辛苦。我不觉得奇怪。他拿牙给我看;我们一道喝了一杯咖啡。我问他看见你没有,他说没有,不过他看见马棚有两匹牲口,这样看来,生意还有起色。这就好,我亲爱的孩子们,人间至福,愿上帝全给你们。

直到如今，我还不认识我心爱的小外孙女白尔特·包法利，难过就不必说了。我在花园你的屋子窗户底下，栽了一棵"奥尔良"种李子树。我不许人碰树上的李子，除非将来摘下来给她做蜜饯，就是蜜饯，我也留在橱里，单单等她来吃。

再见，我亲爱的孩子们。我吻你，我的女儿，还有你，我的女婿，还有宝宝，吻两个脸蛋儿。

愿你们快乐。

你们慈爱的父亲

泰奥多尔·卢欧

这张粗纸，她捏在手心，捏了好几分钟。连篇错字，可是思想厚道，在字里行间，揪着爱玛的心，仿佛一只母鸡，躲躲闪闪，藏在荆棘篱笆里头，咯咯叫唤。墨水是炉灰吸干的，因为信上有一些灰颜色屑子，落在她的袍子上。她差不多隐约望见父亲，朝灶头弯下了腰，去拿火钳。她好久不在他跟前了！黄刺条噼里啪啦，冒出老高的火焰，她坐在壁炉角落的方凳上，拿起一根火柴，就着火烧……她想起夏季黄昏，阳光灿烂。有人走过，马驹全在嘶叫，奔驰，奔驰……她的窗户底下有一个蜂房，有时候，蜜蜂在阳光里飞来飞去，碰着玻璃窗，好像金球一样跳跃。当时多幸福！多自由！多少希望！多少绮梦！现在什么也没有！她已经把它们耗光了，耗在她灵魂的高低波澜上、环境的前后变动上、处女、婚姻和恋爱的各个阶段上；——它们就这样跟着她的生命，一路丢光，好像一位旅客，在沿途家家小店，留下一点他的财物一样。

那么，她怎么会这样不快乐呢？出了什么大变动，使她坠入了苦海？她仰起头来，四下眺望，像在寻找她落难的原因。

一道四月的阳光，照着摆设架的瓷器，晶莹耀眼。炉火燃烧。她穿着拖鞋，觉出地毯的绵软。天气晴和，她听见她的小孩子扯嗓子大笑。

果然，草割下来要晒，她正在上面打滚。她爬在草堆高头，脸朝下，女用人揪住她的下摆，赖斯地布杜瓦在旁边除草，每次他一凑近，她就斜过身子，抡起两只胳膊，在空里乱打。

她的母亲跑过去吻她，道：

"带她过来！我多爱你，我的小可怜儿！我多爱你！"

她看见她的耳梢有一点脏，赶快拉铃，要来热水，帮她洗干净，给她换衬衫，换袜子，换鞋，问起她的身子好坏，一遍又一遍，好像出远门才回来一样，最后又吻了一回，这才挂着眼泪，交还女用人，女用人看她疼孩子疼到这步田地，惊得话也说不出来了。

当天晚晌，罗道耳弗发现她比平时严肃多了。他盘算道：

"就会好的；她在闹脾气。"

他一连三天爽约。等他再来，她显出一副冷淡、差不多鄙夷的神情。

"啊！我的小心肝，你这叫白糟蹋时候……"

他心里这样想着，同时装模作样，就像没有注意到她伤心叹气，掏她的手绢一样。

原来是爱玛忏悔了！

她甚至问自己：她凭什么痛恨查理，是不是还是顶好想法子爱他。然而她改变心情，他并不理会，所以她虽然有心奉献，却不知从何着手；正在此时，药剂师适逢其会，给她提供了一个机会。

他新近读到一篇表扬新法治疗跛脚的文章；他一向拥护进步，所以就起了这种爱乡的想法：永镇为了看齐起见，也应当施行畸形足手

术,他对爱玛道:

"因为,有什么不好?您合计合计(他用手指数着尝试的利益):成功十拿九稳;病人消除痛苦,增加美观;施手术的人立时出名。比方说,您丈夫为什么不救救金狮的伙计、可怜的伊玻立特?看吧,病治好了,他不会不对个个旅客讲的,再说(郝麦放低声音,四下张望),谁拦着我不往报上送一小段新闻,谈谈这事?是啊!我的上帝!人手一篇……个个说起……结局就名扬天下!谁知道?谁知道?"

包法利的确可以成功;爱玛还没有看见什么证明他做不了的手术;一件事名利双收,又是她撺掇他做的,她该怎么称心啊?她但求有某种比爱情更坚实的东西作自己的支柱。

经不起药剂师和她双管齐下,查理也就听从了。他托人到鲁昂取来杜瓦尔博士的论文①,每天晚响,手捧住头,用心研读。

他研究马蹄型、外拐型、里拐型,就是说,趾畸形足、内畸形足、外畸形足(或者说明白些,就是形形色色的跷脚;跷后跟、里跷、外跷),以及底畸形足和踵畸形足(也就是平脚底板和跷脚尖),同时郝麦先生千方百计怂恿客店伙计动手术。

"你也许连一点点疼都觉不出来;也就是像放血一样,扎一下子,比去脚膙子还好受。"

伊玻立特沉吟不语,傻瓜似的,转动眼睛。药剂师接下去道:

"其实不关我的事!为的是你!纯粹是人道观点!一瘸一拐的,走路难看,后腰摆过来摆过去,你再嘴硬,干起活儿来,也一定很碍事,我的朋友,我是指望你好。"

郝麦于是帮他指出:好了以后,他会觉得自己更快活,更灵活;甚至还暗示:他博女人欢心,也会容易些。马夫听了这话,不由得一脸蠢

---

① 杜瓦尔(1796—1876),法国医学博士,以研究畸形矫正知名,著有《跷脚矫正论》(1839)。

相，有了笑意。郝麦接着拿话激他：

"家伙！你是不是男子汉？万一祖国要你应征，到前线打仗的话，你怎么着？……啊！伊玻立特！"

郝麦边走开边讲：一个人拒绝科学的恩典，居然这样固执，这样盲目，真是不可思议。

可怜虫让步了，因为人们好像串通好了对付他。从来闭门不问世事的毕耐，还有勒弗朗索瓦太太、阿尔泰蜜丝、邻居们，甚至镇长杜法赦先生，也伙在一起，个个劝他，说他，臊他；不过最后起决定作用的，却是：这不要花他一个钱。包法利甚至答应供应手术机器。做好事是爱玛的主意；查理同意了，私下直说他女人是一位天使。

于是他结合药剂师的意见，还有锁匠帮忙，叫木匠做了一个盒子样式的东西，开头做错了两回，第三回总算做成了，约摸八磅重，铁、木、皮、铅皮、螺丝钉和螺丝口，应有尽有，决不偷工减料。

但是割哪一条筋，先该知道伊玻立特是哪一类跛脚。

他的脚差不多和腿成为一条直线，同时还朝里歪，看上去是马蹄型，兼一点外拐型，或者也可以说成轻微的外拐型，结合严重的马蹄型。这只马蹄型脚，确实也有马蹄大小，疙瘩皮，硬筋，粗脚趾，脚趾甲黑得像马掌钉子一样，可是跛子从早到晚，快步如飞。大家看见他，时刻在广场跳跳蹦蹦，兜着大车转。这条坏脚朝前一甩，简直像比那条好腿还要得力。侍应日久，它通达灵性，养成忍耐和刚强的品质，赶上重活，他信赖的，总归是它。

既然是马蹄型，就该切断后跟的大腱；医治外拐型，要动前胫筋，只有留到以后再做：因为医生不敢一下子冒险开两次刀，其实行第一次手术^①，他已经打哆嗦了，直怕伤着什么他不清楚的重要部位。

---

① 像包法利这样普通考试出身的医生，平时行重大手术，须有医学博士在旁，会同进行。

自从塞尔苏斯行医以来，经一千五百年而有昂布瓦斯·帕雷，他第一次紧急接合动脉，或者如迪皮特伦，穿过老厚一层脑髓，割治脓疮，或者如冉苏，第一次移动上颚骨①，都没有像包法利拿着他的截腿刀来到伊玻立特跟前，心那样跳，手那样抖，人那样紧张。好像在医院一样，就见旁边桌子上，放着一堆旧布条、蜡线、许多绷带——金字塔一般高的绷带、药房的全部绷带。郝麦先生从早晨起，就在料理一切，一方面为了向公众炫耀，另方面也为了自己心上受用。查理扎破肉皮，只听嘎吱一声，腱就断了，手术完成。伊玻立特还在心惊肉跳，不料已经完事大吉；他朝包法利弯过身子，吻他的手。药剂师道：

"好啦，放安静吧，改天谢你的恩人不迟！"

院里站着五六个好事的，郝麦下来告诉他们结果，原来他们满以为伊玻立特会像常人一样走出来。查理接着就把病人的腿装进机关，回家去了。爱玛焦灼不安，正在门口盼他。她搂住他的脖子。饭开上来，他饱餐一顿，甚至想在饭后喝一杯咖啡：这样的奢侈，除非是星期天有客人，他才偶尔为之。

这是个愉快的夜晚，他们谈天说地，闲话共同的梦想、未来的财富、家中应有的改良。他看见自己名扬四海，生活稳定，太太永远爱他；她也发觉自己心旷神怡，通过更健康、更美好的感情，取得新生，对这爱她的可怜的孩子，终于有了若干恩情。她偶尔想到罗道耳弗，并不留恋，望着查理，甚至发现他的牙齿并不难看，未免一惊。

他们还在床上，郝麦先生不顾女用人阻拦，就突然走进卧室，拿着一张方才写成的稿纸。原来是他给《鲁昂烽火》写的宣传文章。他带过来给他们看。包法利说：

---

① 塞尔苏斯，公元一世纪的罗马大医学家，著有《医学论》。昂布瓦斯·帕雷(1517—1590)，法国文艺复兴时期著名外科医生。迪皮特伦(1777—1858)，十九世纪法国外科名医，首创开颅手术。冉苏(1797—1858)，法国外科医生，首创上颚骨手术。

"您自己念。"

他读道：

　　成见好似一张网，依然盖着欧洲一部分土地，尽管如此，光明却也开始照到我们的田野。例如我们永镇，就在星期二，看到试验外科手术，同时还是高尚的人道行为。我们一位最知名的手术家包法利先生……

查理好生激动，连说：
"啊！言过其实！言过其实！"
"不！一点也不！正该这样！……'割治一个跷脚……'我没有用科学名词，因为您知道，报纸……不见得人人都懂；群众必须……"
包法利道："当然。念吧。"
"我往下念，"药剂师道。

　　我们一位最知名的手术家包法利先生割治一个跷脚患者。他是寡妇勒弗朗索瓦太太在阅兵广场开的金狮饭店用了二十年的马夫，名叫伊玻立特·托坦。无数居民由于事属创举，与对病人的关心，聚在饭店门首，前拥后挤，水泄不通。施行手术，好像仙家作法一样，几乎没有血冒出来，证明倔强的大腱，终于向技艺之门纳降。说来也怪，病人并不感到疼痛（我们亲眼看见，可以作证）。到现在为止，情形良好，相信他不久就会复元。下次镇上过节，谁能说我们看不见勇敢的伊玻立特，夹在寻欢作乐的伙伴中间，大跳其酒神之舞，兴会淋漓，步伐便捷，向众人证明，脚完全治好了呢？所以光荣属于高贵的学者！光荣属于夜以继日、增进同胞的幸福或者减轻同胞痛苦的那些人！光荣！三倍的光荣！

难道我们不该高声呐喊:瞎子将要看见,聋子将要听见,跛子将要行走如常?①上天先前许给它的选民的,科学如今为全人类完成!这不可思议的医治的经过,我们将随时向读者报告。

这挡不住五天以后,勒弗朗索瓦太太惊惶失措,走来叫喊:
"救命呀!他要死啦!……我不晓得怎么办才好!"
查理拔腿就朝金狮跑;药剂师望见他走过广场,不戴帽子,也离开药房。他赶到了,喘着气,脸通红,不放心,问起个个上楼的人:
"我们的畸形足患者,到底怎么啦?"
畸形足患者正在疯狂抽搐,裹腿的机关打着墙,简直要把墙打穿了。

他们不移动腿的部位,小心翼翼,去掉盒子,看到一种可怕的景象。脚肿得连脚样都没有了,整个肉皮像要胀破了似的,上面全是有名的机器弄出来的瘀血点子。伊玻立特早就喊疼了,没有人在意。现在他们不得不承认,他叫喊,也有部分道理。他们让腿晾了几小时。可是浮肿刚有一点消散,两位学者认为应当再拿腿装进机关,而且为了促进治疗效果,捆得还要紧些。过了三天,伊玻立特说什么也受不住了,他们又挪开机器,面对结果,触目惊心。腿肿成铅皮似的,东一个水泡,西一个水泡,往外冒黑水。情况显然严重。伊玻立特心焦了,勒弗朗索瓦太太把他搬进挨近厨房的小间,好歹也能散散心。

不过税务员,天天在这里用饭,坚决反对,只好又把伊玻立特移到弹子房。

他躺在这里,哼哼唧唧,蒙着他的厚被窝,面无血色,胡须长长的,眼睛陷下去,头直冒汗,不时在落苍蝇的脏枕头上来回挪动。包法

---

① 见《旧约·以赛亚书》第三十五章第五节:"那时瞎子的眼必睁开,聋子的耳必开通,那时瘸子必跳跃像鹿,哑巴的声音必能歌唱。"

利夫人看望他,还给他带了敷药的布来,一边安慰他,一边鼓励他。其实他不缺人陪伴,尤其是赶集的日子,乡下人在他的周围打弹子,拿起杆子比剑,吸着烟,喝着酒,又唱歌,又嚷嚷。他们拍着他的肩膀道:

"怎么样?啊!看样子,你情绪不高呀!不过是你不对。你该这么的,那么的。"

于是他们同他讲起别人,不用他的法子,用旁的法子,都治好了,接着,像安慰他似的,又讲道:

"你太迁就自己啦!起来吧!你把自己娇养得活像一位国王!啊!坏小子!你身上气味可不好闻。"

痈确实越来越往上走。包法利自己也像病了一样。他时时刻刻来。伊玻立特望着他,一双眼睛惊恐万分,期期艾艾,呜呜咽咽道:

"我什么时候可以好?……啊!救救我!……我真倒楣!我真倒楣!"

医生临走,总劝他少吃东西。

勒弗朗索瓦太太等他走了,就说:

"别听他的话,我的孩子;他们已经把你害够了!吃得少你只会虚弱下去。来,大口吃吧!"

她于是给他端来好肉汤、几片羊肉、几块腌肉,偶尔还来几小杯酒,不过他没有勇气端到嘴唇跟前。

布尔尼贤堂长听说他病转重了,希望看看他。开头他表示同情,不过又讲:既然主要他病,他就该欢喜才是,同时就该赶快利用机会,请求上天饶恕。教士用严父口吻道:

"因为你不怎么尽本分;我很少看见你做礼拜;你领圣体以来,又有多少年没有来啦?我晓得你生活忙碌,尘事纷扰,你一时想不到拯救灵魂。不过现在,该是想想这个的时候了。可是也不必难过;我就认识好些人,犯过大罪,快到上帝面前受审时(我知道,你还没有到这一步),再三求他开恩,过后当然也就心到福到,安安宁宁咽了气。希望你像他们一样,也给大家做个好榜样!所以就该早作准备才是。那么,谁拦着你每天早晚,先说一遍,'敬礼马利亚'和'我们在天上的父'①?是啊,做吧!就算为了我,为了讨我欢喜!这又费得了什么?……你答应不答应?"

可怜虫答应了。堂长接连来了几天。他和女店家闲话三七,甚至还讲掌故,夹杂一些逗哏的话和伊玻立特听不懂的双关语。情形一许可,他就换上一副合适的脸相,又谈宗教问题。

他的热心似乎有了收获;因为畸形足患者不久表示:他要是病好了的话,愿意朝拜普济②去。布尔尼贤先生听了这话,回答:他看不出这有什么不妥;采取两项措施,总比一项措施强。反正没坏处。

药剂师忿恨他所谓的"教士策略",认为妨碍伊玻立特复元,再三劝勒弗朗索瓦太太道:

"别吵他!别吵他!你的神秘主义只会扰乱他的精神!"

但是善心的太太不理会他这一套。他是祸根。她有意作对,在病人床头挂了一个满满的圣水瓶,里头插一枝黄杨。

然而宗教也像外科一样,似乎无能为力,坏疽所向无敌,一直在朝肚子蔓延。改药水,换药膏,一无用处,眼看肌肉一天天烂下去,最后,勒弗朗索瓦太太请教查理:她好不好尽尽人事,邀一下新堡的名医卡尼韦?查理只好点点头,表示赞成。

这位同业是一位医学博士,五十岁,有地位,自信心强,发现这条腿一直烂到膝盖,毫无克制地发出鄙夷的笑声。他宣布必须把腿割掉,然后去了药房,臭骂那些蠢材,把一个倒楣蛋坑到这步田地。他抓

---

① 这是两篇祷告。前者关于耶稣降生,由教会拟制;后者见《马太福音》第六章,是耶稣拟制的。
② 普济,指鲁昂东郊普济山上的普济教堂(建于1840年,1842年落成)。

住郝麦先生的大衣纽扣,边摇,边在药房谩骂道:

"这就是巴黎的发明!京城先生们的高见!这和斜视、麻醉药、膀胱石扫除手术①一样,荒诞不经,政府应该加以禁止!可是人家假装内行,不问结果,乱塞药给你吃!我们不像人家那样有本领;我们不是学者;我们不会异想天开,给大好一个常人行手术!治好跷脚?谁能治好跷脚?简直就像,好比说,叫驼背挺直脊梁骨!"

郝麦听这篇演说,起了一身鸡皮疙瘩,不过心里尽管不自在,照样满脸谄媚的笑容,因为卡尼韦先生的药方有时候也在永镇出现,非拉拢不可;所以他也就不帮包法利辩护,甚至不发一言,放弃原则,为了商业上更重大的利益,牺牲他的尊严。

卡尼韦博士割大腿,成了镇上一件大事!这一天,个个居民早起。大街挤满了人,不过景象有些凄惨,好像观看死刑。杂货铺有人讨论伊玻立特的病;商店停止营业;镇长太太杜法赦夫人,害怕看不到外科医生路过,守着窗户,只是不走。

他亲自吆喝着他的轻便马车来了。但是马车走起来,有一点歪斜,原因是他身子沉重,日子久了,右边弹簧压了下去。旁边另一只坐垫,放着一个老大盒子,上面盖着红羊皮,三个铜襻,亮光光的,威仪凛凛。

马车旋风似的,进了金狮门厅,博士大喊大叫,要人卸马,然后走进马棚,看是不是喂它荞麦;因为他出诊时,首先挂心的,总是他的母马和他的轻便马车。提起这话,大家就说:"啊!卡尼韦先生呀,他是一个怪人!"你别看他泰然自若,旁若无人,可是大家反而更敬重他。世上人即使死绝了,他的习惯也不会有丝毫改变。

郝麦露面了,博士道:

"我正需要你。齐备了吧?开步走!"

---

① "斜视"在这里应作"正眼术"。麻醉药的发现在一八三一年。"膀胱石扫除手术"于一八二三年施行,使用碎石机获得成功。

但是药剂师面红耳赤,不打自招,说他过于敏感,不便参与这种手术。他讲:

"一个人光在旁边看,您知道,想象容易受到刺激!再说,我的神经组织非常……"

卡尼韦打断道:

"得啦!依我看,恰巧相反,您容易中风。其实,不足为奇;因为你们药剂师先生,老是蹲在配方室,久而久之,体质必然受损害。您看我:天天四点钟起床,拿凉水刮胡子(我从来不怕冷),不穿法兰绒,也不害感冒,身子骨儿才叫棒!东一顿,西一顿,有什么吃什么,决不挑剔。所以我也就不像你们这样娇嫩,拿刀割起基督徒来,才像宰鸡宰鸭一样,根本不放在心上。你们听了这话,要说啦,习惯……习惯……"

于是两位先生一点也不管伊玻立特在被窝里头焦急出汗,大谈特谈起来。一位外科医生,在药剂师看来,就和一位将军同样冷静。卡尼韦爱听这种比较,滔滔不绝,谈论行医的条件,把医道看成一种神圣事业,虽然普通考试出身的医生玷辱了它。最后,谈到眼前的病人,他检查郝麦带来的绷带、做跛脚手术用过的绷带,要一个人帮他捧住坏腿。他们派人去找赖斯地布杜瓦来。卡尼韦先生卷起袖管,走进弹子房,药剂师在这期间,和阿尔泰蜜丝、女店家待在一起。两个女人全拿耳朵贴住门,脸比她们的围裙还白。

包法利在这期间,一步不敢走出家门。他坐在底下厅房,靠近没有生火的壁炉,下巴搭在胸口,手握在一起,两眼发直。他寻思道:真不走运!真是失望!其实,事前的预防工作,应有尽有,他也全做到了。命该如此。有什么关系?万一伊玻立特死了的话,害他的还不就是自己?再说,看病中间,有人问起,他拿什么话对答?难道他真有什么地方错了不成?左思右想,他想不出错在什么地方。名望最高的外科医生,照样也犯错误。可是人们偏偏不肯相信?而且相反,人家要笑他,骂他!话会传到福尔吉!新堡!鲁昂!天涯海角!谁知道同业中间,会不会有人写文章攻击他?笔战一出现,他就得在报上回答。伊玻立特很可能告他一状。他看见自己出丑、破产、毁灭!心里左一个假定,右一个假定,他的想象在中间忽上忽下,仿佛一只空桶,随波逐浪,翻来滚去。

爱玛坐在对面望他;她并没感觉到他的耻辱,她感到的是另一种耻辱:这样一个人,她先前怎么会指望他有出息,好像他庸碌无能,她看了二十回,还没有看透一样。

查理在房里踱来踱去。靴子嘎吱直响。她道:

"坐下吧,把人烦死!"

他又坐下。

她怎么会(她这样聪明的人!)又做错了事的?再说,她怎么会天差地错,痴心妄想,就这样一而再,再而三,白白牺牲她的一生的?她想起她爱好奢华的种种本能、她心灵上享受不到的种种东西、婚姻和家庭生活的微贱、她那像受伤的燕子跌进泥淖般的绮梦、她向往的一切、她放弃的一切、她可能得到的一切!为什么她得不到,为什么?

安安静静的镇子,破空起了一声尖叫。包法利脸色转白,险些晕倒。她做了一个心烦的手势,皱紧眉头,接着又寻思下去。然而就是为了他,为了这家伙,为了这个什么也不懂、什么也感觉不到的男子!因为他坐在那边,安安静静,想也不想,从今以后,他的可笑的名姓不但玷辱他,而且还玷辱她。她曾经试着爱他来着,她曾经哭哭啼啼,后悔顺从另一个男子来的。

包法利出神冥想,忽然喊道:

"也许是里拐型吧?"

这句话脱口而出，冲撞她的思想，如同一颗铅球落在一只银盘，爱玛大吃一惊，仰起头来，猜他是什么意思。于是他们悄不做声，你望我，我望你，也正因为各想各的，忽然发觉身边有人，就几乎惊呆了。查理打量她，仿佛一个醉鬼，视线模糊，同时一动不动，听着病人割腿，发出最后的嘶喊，好像屠宰什么牲口一样，远远吼号，拉长声音，冷不防中间来一声尖叫。爱玛咬着她青灰的嘴唇，掰断一个珊瑚枝子，在手心搓来搓去，瞳仁亮晃晃的，仿佛两支就要射出去的火箭，目光炯炯，盯牢查理。他的脸、他的衣服、他没说出来的话、他的整个身子，总而言之，他的存在，如今她样样看了有气。她后悔早先不该守身如玉，像后悔不该犯罪一样。残留的一点妇德，禁不住她的骄傲狂抽乱打，终于倒塌了。她欣赏胜利的奸淫的种种恶意揶揄。情人的形象回到她的心头，光采熠熠。销魂动魄，一股新的热情卷带着她，不由她不献出她的灵魂。她觉得查理离开她的生命，永远走出，不再回来，杳无形迹，就像她眼睁睁看着他确实在死、在咽气一样。

便道响起了脚步声。查理从放下来的活动窗帘望出去，就见卡尼韦医生在菜场一旁太阳地，拿手绢擦额头的汗。郝麦跟在后面，捧着一个大红盒子。两个人全朝药房走去。于是查理心灰意懒，觉得自己忽然需要温暖，转向他的女人道：

"好人，亲亲我！"

她心头火起，气红了脸道：

"走开！"

他一惊之下，做声不得，一遍又一遍重复道：

"你怎么啦？你怎么啦？别急！想想看！你知道我爱你……来！"

她气势汹汹，大声嚷道：

"够啦！"

爱玛溜出厅房，使劲拿门一带，墙上的晴雨计震到地上，摔碎了。

查理倒进扶手椅,凄凄惶惶,寻思个中缘故,以为她是神经失常,眼泪纵横,觉得周围阴风惨惨,隐约感到有什么不可理解的不祥的东西在周围游来荡去。

罗道耳弗晚上来到花园,发现他的情妇在台阶底下第一级等他。他们搂成一团,怨恨像雪一样,在热吻之下消融了。

十二

他们又开始相爱。甚至大白天,爱玛也心血来潮,动不动给他写信;信写好了,她隔着玻璃窗,朝朱斯丹做手势。朱斯丹连忙解开粗布围裙,飞也似的去了于歇特。罗道耳弗来了;原来就为告诉他:日子过得气闷,丈夫可憎,生活太不称心!

他有一天不耐烦了,喊道:

"我能有什么办法?"

"啊!只要你肯!……"

她坐在地上他的两腿当中,头发辫子解开,视线恍恍惚惚。罗道耳弗问道:

"肯什么?"

她叹气道:

"我们可以去别的地方过活……随便一个地方……"

他笑道:

"真的,你疯啦!这怎么成?"

她第二回又谈这话,他假装不懂,另找话讲,恋爱这事,再简单不过,他不明白怎么会这样混乱。原来她另有一种动机、原因;这仿佛一支援军,接应她的眷恋。

这种恩情的确每天见长。缘故是她厌恶丈夫。她越倒向这一个，就越憎恨另一个；她同罗道耳弗幽会之后，再和查理在一起，分外嫌他讨厌，指头特别显得粗，人特别显得笨，举止特别显得庸俗。所以她虽然装出贤妻模样，可是想到另一个男子，她就淫心荡漾，按捺不住。人家是黑乌乌头发，梳成一个圈圈，朝太阳晒黑了的额头卷过去，腰身又结实，又俊雅，总而言之，判事富有经验，情之所至，却又如醉如痴！也就是为了他，她才像镂刻匠一样，细心修剪指甲，皮肤上的冷霜，手帕上的香精，永远嫌少。她戴镯子、戒指、项圈。她估量他要来了，两只碧琉璃大花瓶插满玫瑰花，收拾房间，打扮自己，活像一个妓女等候一位大贵人。女用人一天到晚洗呀浆的。全福从早到晚待在厨房，小朱斯丹常来陪她，看她做活。

胳膊肘支她熨衣服的长木板，他瞪直了眼，打量这些扔在四周的妇女什物：方格线呢裙子、肩巾、领披、屁股大裤管窄的连腰带女裤。

小伙计拿手摸着硬衬或者挂钩，问道：

"这做什么用？"

全福带笑回答道：

"你真就从来没有见过？倒像你的女东家，郝麦太太不穿这些东西似的。"

"啊！是的！郝麦太太！"

他想了想，又道：

"难道她像你家太太，也是贵妇人？"

但是全福见他这样兜着自己打转，直不耐烦。她比他大六岁多，居由曼的听差泰奥多尔开始向她求爱。她挪开糨糊缸道：

"别搅我！你不如捣你的杏子去；你总是夹在女人堆里捣乱；小坏蛋，你想在女人堆里混呀，等你下巴颏长了胡子再说。"

"得啦,别生气,我来替你擦干净她的小靴子去。"

他立时从架子上拿下爱玛的鞋来,上面沾满了泥——幽会的泥,他拿手一掰,就掉下来了,他望着屑子在阳光里慢慢上扬。女厨子道:

"你可真怕弄坏了鞋!"

轮到她擦鞋,决不在意,因为太太一看料子发旧,就送给她穿。

爱玛的衣橱里放着一大堆鞋,她一双一双糟蹋,查理从来没有说过半句闲话。

她认为应当送伊玻立特一条木腿,他同样一声不吭,掏出三百法郎,买了一条木腿。木腿是一个复杂的机器,软木包头,弹簧关节,外头罩了一条黑裤,底下是一只漆皮靴子。可是这样漂亮的一条腿,伊玻立特不敢天天用,所以就求包法利夫人,帮他另弄一条平常好用的。当然又是医生出钱买了。

马夫渐渐又忙活起来,只见他像早先一样,在村子里跑来跑去。查理一听见他的木腿顿石板路响,就赶快换一条路走。

商人勒乐先生自告奋勇,接受木腿定货:这给他带来接近爱玛的机会。他同她谈起巴黎新出品、形形色色的妇女饰物,态度非常谦和,从不开口要钱。爱玛一时一种喜好,因为容易得到满足,也就由它去了。例如鲁昂一家伞庄,有一条极其漂亮的马鞭,她直想买下来,送罗道耳弗。一星期后,勒乐先生就把马鞭放在她的桌子上。

但是第二天,他送过来一份账单,二百七十法郎,尾数不计。爱玛窘极了:只只抽屉是空的;他们还欠赖斯地布杜瓦半个月工资、女用人半年工资,有许多还不算计在内;包法利盼望德罗兹赖先生送钱,盼得两眼发直,因为他每年付清诊费,照例总在圣彼得节①前后。

开头她总算把勒乐对付开了,可是后来他发急了,说是有人逼

---

① 圣彼得节是六月二十九日。

他，他缺现款，现款如果收不回一部分，她买下的货物，只好全部取走。爱玛道：

"取走好了！"

他回答道：

"我是说着玩儿的！其实我也就是舍不得马鞭。好吧！我向先生讨好了。"

她道：

"不！别向他讨！"

勒乐寻思道：这下子你跑不了啦！他于是成竹在胸，抓住她的把柄，一面朝外走，一面低声重复，照老习惯，嘴里发出微微的嘘嘘声：

"就这么着！再说吧！再说吧！"

她正在寻思解围办法，女用人进来，拿一小卷蓝纸放在壁炉上："德罗兹赖先生送来的。"爱玛扑过去，打开了，里面是他的诊费、十五块拿破仑①。她听见查理走上楼梯；她拿钱丢进她的抽屉，锁好了，拔去钥匙。

三天之后，勒乐又出现了。他说：

"我有一个办法；过去的账付不出就付不出，只要您肯借……"

她往他手里放下十四块拿破仑，道：

"这不是！"

商人惊呆了，于是掩饰失望，连声道歉，请她赏光。爱玛完全拒绝，然后手放在围裙袋里，摸着找回来的两个五法郎一枚的辅币，决心节省，将来好还……她转念道：

"啊！由它去！他想不到这上头的。"

除去银头镀金马鞭之外，罗道耳弗还收下一颗印章，上面刻着这

---

① 拿破仑，指有拿破仑头像的金币，每块值二十法郎。

句格言:"心心相印。"①另外还有一条围巾料子,最后还有一只雪茄匣,和子爵的雪茄匣一般模样,查理先前在路上捡到的,爱玛还保存着。不过这些礼物使他难堪,有几件就谢绝了,她一坚持,罗道耳弗结局收是收了,不过嫌她盛气凌人,过分强人所难。

再说,她净是一些古怪念头。她说:

"半夜听见钟响,你要想着我!"

万一他老实说他没有想她的话,她就百般责备,临了总是这么一句话收场:

"你爱我吗?"

他回答道:

"是呀,我爱你!"

"爱得厉害?"

"当然!"

"你没有爱过别的女人,嗯?"

他笑嚷道:

"你以为我当初是童男啊?"

爱玛哭了;他竭力安慰她,一面对天明心,一面说些俏皮话,调剂气氛。她讲道:

"因为我爱你啊!爱到离开你,我就活不成,你可知道?有时候,我一心就想再看到你,心里酸溜溜的,好不难过。我问自己:'他如今在什么地方?也许在同别的女人说话吧?她们笑嘻嘻看着他,他走过去……'不,你哪一个女人也不喜欢,对不对?比我好看的女人有的是,可是我呀,我懂得爱!我是你的奴才、你的姘头!你是我的王爷、我的偶像!你好、你美!你聪明!你强壮!"

---

① "心心相印",原文是意大利文:Amor nel cor。

这话他听了千百遍，丝毫不觉新奇。爱玛类似所有的情妇；这像脱衣服一样，新鲜劲儿过去了，赤裸裸露出了热情，永远千篇一律，形象和语言老是那么一套。别看这位先生是风月老手，他辨别不出同一表现的不同感情。因为他听见放荡或者卖淫女子，唧唧哝哝，对他说过相同的话，他也就不大相信她那些话出自本心了。在他看来，言词浮夸，感情贫乏，就该非议，倒像灵魂涨满，有时候就不免涌出最空洞的隐喻来。因为人对自己的需要、自己的理解、自己的痛苦，永远缺乏准确的尺寸，何况人类语言就像一只破锅，我们敲敲打打，希望音响铿锵，感动星宿，实际只有狗熊闻声起舞而已。

但是罗道耳弗有那种遇事退一步考虑的明智眼光，他发现这种爱情，可发掘的乐趣还很多，尽好享受。他嫌廉耻掣肘，待她不但没有礼貌，还把她训练成了一个又服帖、又淫荡的女人。这成了一种不可理喻的依恋，她对他一味倾倒，自己也是一个劲儿癫狂；一种极乐世界，她待在里头，昏昏沉沉；这类似一种酒，她喝得醉醺醺，灵魂泡在里头，皱成一团，好像克拉伦斯公爵，泡在马尔法兹酒桶里一样①。

包法利夫人纵情声色，积习难返，姿态也起了变化。视线更无忌惮，语言也更放肆；她甚至甘冒不韪，和罗道耳弗先生一同散步，口衔香烟，旁若无人；有一天，见她走下燕子，学男人穿一件背心，最后就连还不相信的那些人，也不再怀疑了。包法利老太太和丈夫大闹一场之后，躲到儿子家来，见她这般模样，反感已极。另外还有许多事，也不顺她的心思：首先，查理没有听劝，制止她看小说；其次，她不喜欢这种治家之道，不管三七二十一，说了几句，尤其有一回，说到全福，她们闹翻了。

吵架的前一晚上，老太太穿过道走，发现全福和一个男人待在一

---

① 克拉伦斯公爵(1449—1478)，英国国王爱德华四世的兄弟，传说国王判他死刑，问他愿意怎么样死，他回答愿意泡在马尔法兹酒桶里淹死。马尔法兹系希腊一地名，所产葡萄酒享有盛名。

起，那人一圈棕色胡须，四十岁上下，听见她的脚步，赶快从厨房溜掉。爱玛一听这话，笑了起来，可是老太太动了肝火，就讲：一个人除非不拿规矩当事，否则就该监视用人才是。

"您算是哪类人？"

儿媳妇说这话，视线万分无礼，老太太不由得问，她是不是回护她自己的事。

少妇跳起来道：

"滚出去！"

查理在中间劝解，喊道：

"爱玛！……妈！……"

但是两个女人一赌气，全走开了。爱玛跺着脚，说过来说过去：

"啊！真懂规矩啦！活活一个庄稼女人！"

他跑到母亲跟前，她气糊涂了，结结巴巴道：

"目无尊长的东西！轻狂的东西！也许更坏！"

儿媳妇不对她赔不是，她要马上就走。查理回到太太跟前，求她让步：他下跪了。临了她回答道：

"好吧！我去！"

她的确拿手伸给婆婆，如同一位侯爵夫人那样尊严，向她道：

"原谅我，夫人。"

然后爱玛走上楼，扑倒在床，脸埋在枕头里，哭得像小孩子一样。

她和罗道耳弗约好了，遇到大事，就在窗上贴一小张白纸，万一凑巧他在永镇，望见暗号，就跑到房后小巷会她。爱玛这样做了；她等了三刻钟，忽然望见罗道耳弗在菜场一角。她有心打开窗户喊他；可是他已经不见了。她一难过，又倒了下去。

不过没有多久，她觉得有人在人行道上走动。不用说，是他；她

走下楼梯,穿过院落。他站在外头。她扑到他的怀里。他说:

"小心有人看见!"

她回答道:

"啊!你知道也就好啦!"

她一五一十,同他讲起,又急促,又上气不接下气,夸张事实,还捏造了一些事实,添了不少按语,絮絮叨叨,讲到后来,他一句也没有听懂。

"得啦,我可怜的天使,拿出勇气来,看开些,凡事忍耐!"

"可是我已经忍耐、煎熬了四年!……像我们这样相爱,就该公之于世!他们快把我折磨死了。我受不了啦!救救我!"

她贴紧罗道耳弗:满眼泪水,闪闪发光,就像波浪底下的火焰一样;胸脯一上一下喘气,又急又快。他从来没有这样爱过她;他一时没了主张,问她道:

"该怎么办?你打算怎么着?"

她喊道:

"把我带走!抢走!……唉呀!我求你啦!"

她连忙凑到他的嘴跟前,好像要在这里捉住意想不到的同意一样。他用吻表示同意。罗道耳弗又讲:

"不过……"

"什么?"

"你女儿怎么办?"

她沉吟了几分钟后,回答道:

"只好带她走!"

他望着她走开,心想:"有这种女人!"

她朝花园溜过去了。原来是有人喊她。

一连几天,儿媳妇改了模样,老太太好生纳罕。爱玛的确和顺多了,甚至低声下气,向她请教腌黄瓜的方法。

她这样做,是为了更好地欺骗他们母子?还是就要分手了,她以一种无上的坚忍精神,愿意再进一步,体会体会生活的辛酸?可是不,她没有存这种心思。她是想着她的幸福快到手了,醉醺醺的,就像预先闻到了酒味一样。她和罗道耳弗谈话,三句不离本题。她靠着他的肩膀,嘀咕道:

"嗯!我们一上邮车呀!……你想到这上头没有?这会是真的?我觉得,车出发的一刹那,我们就像乘了气球一样,就像要上九天云霄去。你知道我在计算日子吗?……你呢?"

包法利夫人从来没有像这期间这样好看过。这种难以形容的美丽,来自喜悦、兴奋和成功,来自环境和气质的协调。就像风、雨、阳光和肥料供花木生长一样,她的贪欲、苦恼、风月经验和她那永远生气勃勃的空想,使她的本性逐步发展丰满,终于绽苞盛开。眼皮像是特地为她的视线剪裁的,看上去又杳渺、又妩媚,瞳仁沉在里头,不见踪影。气出急了,玲珑的鼻孔分开,丰盈的嘴唇翘起,同时薄薄一层黑毛,影影绰绰,盖住她的嘴唇。头发像是由一位专会诱人堕落的艺人挽成的一个肥肥的圆髻,随随便便,盘在后颈,又因为幽会,天天散开。她的声音如今越发柔和动听,身材越发袅娜可爱,甚至她的袍褶和她弓起的脚面,也妙不可言,沁人心脾。查理又像在新婚期间一样,觉得她赏心悦目,难以抗拒。

他深夜回来,不敢叫醒她。过夜的瓷灯,哆哆嗦嗦,在天花板上,聚成一个亮圈,床边摇篮放下帐子,仿佛一间小白屋,在黑影里特别明显。查理望过去,恍惚听见孩子的细微呼吸。她如今正长个子,一季一蹿。他像已经看见日落西山,她放学回家,满脸的笑,衣服上有墨水点子,胳膊挎着她的小篮子。以后还得进寄宿学校,要花许多钱;怎么办?他不由得沉吟起来。他想在附近佃一小块田,每天早晨去看病人，亲自监督。他省下田里收入，存在储蓄银行；然后买上一些股票，随便哪一家公司都成；再说，主顾会多起来的；他这样希望，因为他要白尔特受到良好教育，有才分，会弹钢琴。啊！等她长到十五岁，像她的母亲一样，在夏天也戴大草帽，该多好看！人们会老远把她们看成一对姊妹花的。他想象她夜晚在灯光底下，靠近他们做活，她会为他绣拖鞋，会料理家务，个个房间洋溢着她的可爱和她的快活。最后，他们会照料她的终身，为她挑一个殷实可靠的好丈夫；他会使她快乐，而且永远快乐。

爱玛没有睡，也就是装睡；他躺在旁边，昏昏沉沉，她却醒过来，做别的梦。

她乘了驿车，四匹马放开蹄子，驰往新国度，已经有一星期了；他们到了那边，不再回来。他们走呀走的，胳膊挽在一起，不言不语。他们站在山头，常常意想不到，望见一座壮丽的大城，有圆顶，有桥，有船，有柠檬林和白大理石教堂，教堂的尖钟楼有鹳巢。大石板地，他们只好步行；妇女穿着红紧身，举起地上的花一把一把献给你。他们听见钟响、骡鸣、六弦琴低吟、泉水淙淙；白雕像笑微微立在喷泉底下，脚边摆着成堆的水果，摞得金字塔似的，水花溅上去，个个新鲜。随后，有一天黄昏，他们来到一个渔村，沿着峭壁和茅屋，迎风晾着一些棕色鱼网。他们就在这里待下来，在海边港湾深处，住一所在棕榈树的浓荫覆盖下的平顶矮房。他们驾着小船游荡，躺在吊床上摇摆。生活又方便，又宽裕，就像他们的绸缎衣服一样；又暖和，又皎洁，就像他们观赏的温馨的星夜一样。不过她给自己设想的未来，浩瀚渺茫，绝少明确的形象出现：每天全都相仿，绚烂一片，好像波浪一样，起伏动荡，与天际相连，和谐、蔚蓝、充满阳光。但是小孩子开始在摇篮里咳嗽，要不就是包法利鼾声更响了，直到早晨，爱玛才入睡，玻璃窗已经发白，小朱斯丹已经在广场打开药房的护窗板。

她把勒乐先生找来，向他道：

"我要一件斗篷、一件大斗篷，长领披，有夹里的。"

他问道：

"您出远门？"

"不是的！不过……管它呐，我信得过您，对不对？要快！"

他鞠躬。

她接下去道：

"我还要一只箱子……不要太重……要轻便的。"

"对，对，我懂，约摸九十二公分长，五十公分宽，眼下的新样子。"

"还要一只旅行袋。"

勒乐寻思："这里头一定有把戏。"

包法利夫人边解腰带上的表，边道：

"好，拿去，用这抵账好了。"

可是商人嚷了起来！她这就不对了，他们彼此了解，难道她有什么不相信他的？真是想到哪儿去啦！她坚持要他拿，少说也要拿链子去，眼看勒乐已经把链子放进口袋要走了，她又喊他回来：

"您全留在铺子。至于斗篷（她显出思索的神情），也不用送来；您只要把裁缝住址给我，叫他们等我来取就是了。"

他们打算下月逃走。她离开永镇，装出上鲁昂买东西的模样。罗道耳弗先订好座位，办好护照，甚至去信巴黎，包一辆直达马赛的驿车；到了马赛，他们买一辆有活动车篷的四轮敞篷车，马不停蹄，直奔热那亚而去。她的行李，她小心在意，先送到勒乐那边，再直接装上燕子，这样一来，就免得人疑心了。她左右安排，只有她的小孩子，她忘了安排。罗道耳弗对此避而不谈，她也许没有想到这上头。

有些布置，他还需要两个星期才能结束；过了一个星期，他要再来两个星期；后来，说他有病；过后，他又出门有事；八月过去了，经过种种延宕，他们决定在九月四日，星期一出奔，再也不改日期。

星期六，出奔的前两天，终于到了。

天一黑，罗道耳弗就来了，比平日都早。她问他道：

"全齐备啦？"

"齐备啦。"

于是他们顺着花圃兜了一圈，过去坐到平台近旁的墙头。爱玛道：

"你怎么愁眉不展的？"

"没有。为什么呀？"

可是他古怪地看着她，一副多情的模样。她接着问道：

"是不是为了上路？为了抛弃你心爱的东西、你的生活？啊！我明白……可是我呀，我在世上就什么也没有！你是我的一切。所以我也要是你的一切，我也要是你的家、你的国：我照料你，我爱你。"

他搂紧了她道：

"你真可爱！"

她心花怒放地笑道：

"当真？你爱我吗？发发誓看！"

"我爱你不爱？爱你不爱？可是，我的心肝！我膜拜你呢！"

草原尽头，月亮就地升起，又圆又红，很快上到白杨树的枝叶当中，这些枝叶仿佛一面有破口的黑幕，左遮遮，右露露，月亮最后升到冷清清的天空，白晃晃一片晶莹，它放慢步子，朝河面洒下一片白光，变成万千星宿。这道银光好似一条无头蛇，遍体明鳞，盘来盘去，一直盘到河底，又好似一支其大无比的蜡烛台，点点滴滴，流下不可胜数的金刚石颗粒。温馨的夜晚裹住他们；树叶布满阴影。爱玛半闭眼睛，随着大声叹息，吸进吹来的清风。绮梦弥漫他们的心灵，两个人一时无话。过去的恩情，满满的，静静的，仿佛一条河，又流回他们的心

来；同时香喷喷的，也像山梅花一样，芬芳醉人；同时又软绵绵的，朝回忆投下它的影子，比安静的柳树铺在草上的影子还要宽阔，还要忧悒。刺猬或者黄鼠狼，这类夜间动物，常常搅动树叶，追赶什么东西。他们不时还听见一只熟了的桃子，自行从墙边桃树落下。罗道耳弗道：

"啊！多美的夜晚！"

爱玛回答道：

"我们以后有的是！"

于是她自言自语似的说："是啊，能旅行，再好没有……不过，为什么我感到凄凉？难道是怕陌生……是改变习惯的结果……还是别的什么？不，是太幸福的缘故！我真软弱，是不是？饶恕我吧！"

他喊道：

"还来得及！再想想看，你说不定要后悔的。"

她抢嘴道：

"决不！"

然后又靠近他道：

"我怕什么风险？沙漠、深渊、大洋，只要和你在一起，我就能过得去。我们在一起生活，就像搂抱一样，一天比一天紧，一天比一天美满！我们没有顾虑，没有困难，什么也搅扰不了我们！我们只有自己，除去你和我，就是你和我，永远这样……说话呀，回答我呀。"

他一会儿回答一声："是呀……是呀……"她拿手摩挲他的头发，老大的泪珠往下淌，可是还用小孩子的声音一遍又一遍地说：

"罗道耳弗！罗道耳弗！……啊！罗道耳弗，亲爱的小罗道耳弗！"

钟声在响。她道：

"半夜！好，我们明天走！还有一天！"

他站起来要走；他这一动，仿佛就是他们逃走的暗号，爱玛忽然

显出一副快活的模样:

"你拿到护照了吗?"

"拿到啦。"

"你没有忘记什么?"

"没有。"

"你拿稳啦?"

"当然。"

"你在普洛旺斯旅馆等我,对不对?……正午?"

他点了点头。

爱玛最后吻了他一回道:

"好,明天见!"

她望着他走开。

他不回头。她追过去,站在乱草当中,身子俯在水边,喊道:

"明天见!"

他已经来到对岸,快步走进草原。

过了几分钟,罗道耳弗站住,看见她一身白,仿佛幽灵,在黑暗中渐渐消逝,他觉得心扑腾扑腾直跳,惟恐摔倒,连忙靠住一棵树。

"我真蠢!"

他骂了一句脏话,又道:

"不管怎么说,她是个漂亮情妇!"

于是爱玛的美丽,以及这种恋爱的种种欢乐,一下子又涌到他的心头。起初他还心软,后来他又恨起她来,指手画脚嚷嚷道:

"话说回来,我不能远走高飞,再带一个小女孩子。"

他说这些话加强他的信心:

"再说,麻烦,开销……啊!不,不,一千个不!傻瓜才干这事!"

十三

罗道耳弗一回到家,就急急忙忙坐到书桌面前,正好就在墙上战利品似的公鹿头底下。可是他拿起笔,想不出词,只好支着两个胳膊肘思索。他觉得爱玛仿佛退到遥远的过去,好像是他方才下的决心把他们忽然隔得老远一样。

为了追回一点她的印象,他走到床头,从衣橱取出一个兰斯①饼干旧匣子,里面平日放着女人的书信。一股受潮的尘土和凋谢的玫瑰的气味散了出来。他首先看到一条有小暗点的手绢。手绢是她的;有一回散步,她流鼻血用过。他已经忘记这回事了。旁边有爱玛送他的小像,四角统统破损了;他嫌她装束不得当,斜眼看人的效果也极糟糕;他想多看两眼肖像,帮他回忆本人的模样,可是他想起来的爱玛的面貌,反而越来越模糊,好像活人的脸和画出来的脸,彼此对衬,就这样抵消了似的。最后,他念她的信;信上全是关于他们旅行的解说,简短、实际、急促,倒像生意人的单子。他希望看看长信、先前的信;罗道耳弗到尽底找,翻乱所有的信。他在这堆纸张和什物里头,伸手乱摸,七颠八倒,摸出了几把花、一只袜带、一个黑面具、几根别针和几缕头发——头发!棕色的、金黄色的;有的挂在铁片上,开匣子的时候绞断了。

他就这样回忆过去,查看书信的字体和风格;它们和拼写一样错综复杂,意思温柔,要不就是愉快、滑稽、忧郁;有的书信要爱情,有的书信要钱。可是有时候,他什么也想不起来。

说实话,这些女人同时跑进他的思想,互相妨碍,仿佛拘在同一

---

① 兰斯,法国马恩省省会,以制饼干出名。

爱情水平底下，截长补短，统统变小了。所以右手抓起一把弄乱了的书信，他好几分钟，看它们瀑布似的往下倾泻，再用左手接住玩。最后，罗道耳弗腻了，困了，又拿匣子放进衣橱，自言自语道：

"简直扯淡！"

这句话说明他的见解。他是风月老手，欢娱在他的心头踏来踏去，好像小学生在学校院子把地踏硬了，弄得寸草不生，女人经过他的心头，比孩子们还漫不经心，连名姓也没有留下一个，不像孩子们，还把姓名刻在墙上。他向自己道：

"好，开始吧！"

他写道：

> 拿出勇气来，爱玛！拿出勇气来！我不希望害您一辈子……

罗道耳弗寻思：

"其实，真是这样；我这是为她好；我这人再厚道不过。"

> 您下决心以前，可曾好好想过？可怜的天使，您知道我把您拖到怎样的深渊吗？不知道，对不对？您满怀信心，不顾一切，只是相信幸福、未来……啊！我们真不幸！也真不懂事！

罗道耳弗写到这里，停住笔，寻找漂亮借口。

告诉她我破产了，怎么样？……啊！不好，再说，这不顶事。过后又要重新耍这一套。难道同这样的女人能谈得通吗？

他想了想，续下去道：

> 请相信，我忘不了您；我对您将永远忠诚。不过迟早有一天，

不用说，这种热情（人间的事注定是这样的）要冷却的！我们会厌倦的。谁知道我会不会痛苦万分，看到您有一天后悔，也看自己后悔，因为我是您后悔的原因。单单想到您要难过，爱玛！我就如坐针毡！忘了我吧！为什么我偏认识了您？为什么您生得这样美？难道这是我的错？我的上帝！不，不，怨也只好怨命！

他自言自语道：

"命这个字永远打动人。"

啊！如果您是一个水性杨花的女人，像常见的那些女人一样，当然，我就可以自私自利，照眼前的安排做，因为这就不会害您了。您动人的狂热既作成您的魅力，也作成您的痛苦，且妨碍了您这样一位令人膜拜的女子看清我们将来处境的险恶。我也一样，开头没有多加考虑。我躺在这种理想的幸福的影子里，就像躺在芒色尼耶树①的影子里一样，安安逸逸，不管后果有多可怕。

"她也许以为我是舍不得花钱才不出走……啊！管它呐，她爱怎样想就怎样想，反正得散伙！"

爱玛，人世冷酷，我们走到天涯海角，也不会放过我们。您得忍受无礼的盘问、诽谤、蔑视，甚至于侮辱。侮辱您！哦！……而我却要您坐上宝座！而我却在心目中把您看成护符！因为我要亡命异乡，这样来惩罚我带给您的一切祸殃。我走。去

---

① 芒色尼耶树，即"毒树"或者"死之树"，大戟科植物，产于西印度群岛一带，果实可食，但树液有毒。

什么地方？我不知道。我疯啦！永别了！愿您永远善良！想着失去您的不幸男子。把我的名字告诉您的孩子，让她为我祈祷吧。

两支蜡烛芯子直摇晃。罗道耳弗站起，过去关上窗户，又回来坐好了，道：
"我看，也就是这些了。啊，添两句话，免得再来找我捣乱。"

您读这封忧郁的信的时候，我已经走远了；因为我要尽快逃走，免得心思不定，再去看您。不要软弱！我会回来的；说不定将来有一天，我们会在一起，心如古井，谈起我们的旧情。永别了！

最后又来了一个"永别了"，分成两截："永——别了！"认为十分得体。他自言自语道：
"现在，落什么款好？'您最忠心的'……不好。'您的朋友'？……对，就是它。"

您的朋友

他又念了一遍信，觉得很好。他带着感情，寻思道：
"可怜的小女人！她以为我的心肠比石头还硬了；应当来几滴眼泪才对；不过我呀，我哭不出来；这不是我的错。"
罗道耳弗于是倒了一杯水，沾湿手指，在半空丢下一大滴水，冲淡一个地方的墨水。随后，他找印章封信，摸到的印章偏偏就是那颗"心心相印"。
"这不很协调……啊！算啦！有什么关系！"
盖过章，封好信，他吸了三烟斗烟，睡觉去了。

第二天，罗道耳弗起床（下午两点左右：他睡迟了），叫人摘了一篮杏子，信放在尽底，盖上几片葡萄叶，马上吩咐犁地的吉拉尔，小心在意，送给包法利夫人。他平日就是用这个方法和她通信的，依照季节，送她水果或者打猎得来的野味。他说：

"她要是问起我的消息，你就回答，我出远门去了。篮子一定要当面交给本人……去吧，当心！"

吉拉尔穿上新工人服，拿手帕兜住杏子挽了一个结，蹬起他的铁钉大木底皮鞋，迈开大步，从容不迫，去了永镇。

他来到包法利夫人家，见她正和全福在厨房桌子上料理一包要洗的东西。伙计说：

"这是我们主人送您的东西。"

她惶惑了，一面在衣袋摸零钱，一面瞪圆眼睛打量农夫，同时他纳罕这么一件礼物怎会使人那样感动，望定了她，也在吃惊。他终于走了。全福还在身边。爱玛憋不住了，跑进厅房，模样像要去放杏子。她倒翻篮子，抓去叶子，找到书信，拆开了，好像背后起了大火一样，爱玛惊惶失措，朝她的卧室逃跑。

她望见查理在里头；他同她说话，她一句也听不见，急急忙忙，继续走上楼梯，气喘吁吁，慌里慌张，颠三倒四，总拿着那张可怕的信纸，信纸仿佛一张铁皮，綷縩縩，在手里直响。她上到三楼，在阁楼前面站住。门关着。

她这时打算静下心来。她想起了信；应该念完信，可是她不敢。再说，到什么地方念？怎么念？人家会看见她的。她想道：

"啊！不，这儿就好。"

爱玛推开门，走进阁楼。

空气闷热：热气笔直从石瓦下来，压抑太阳穴，阻塞呼吸。她好不容易走到天窗跟前，拔去窗闩，打开窗户，阳光一涌而入，照花了眼。

隔着房顶，就见对面的原野，一望无际。下面广场空空落落，人行道的石子闪闪烁烁，房上风标一动不动，街角有一家二楼传出呜隆呜隆的响声，还夹杂一些刺耳的音响。那是毕耐先生在旋东西。

她靠着窗台，拿起信来又念，气得直发冷笑。不过她越用心看信，心越乱。她恍惚又看见他，听他说话，两只胳膊还搂住她。心在胸脯里跳得像大杠子使劲撞城门一样，不但不匀，而且一次紧似一次。她向四周扫了一眼，恨不得地陷下去。为什么不死了拉倒？谁拦着她了？只有她一个人。她朝前走，望着石板路，向自己说：

"跳吧！跳吧！"

明晃晃的阳光，从底下笔直反射上来，裹住她的身体，往深渊拉。她觉得广场土地晃晃悠悠，齐墙凸起，地板向一边倾斜，好像船只前后摆动一样。她站在窗口，仿佛挂在半空，四周一无所有。碧天近在身边，空气在她空洞的脑袋里流来流去，她只要就势一跳，朝前一纵，也就成了。旋床呜隆呜隆，并不中断，活像一个发怒的声音在叫她一样。

查理喊着：

"太太！太太！"

她站住了。

"你在哪儿？来呀！"

想起自己险些死掉，她一害怕，几乎晕倒。她闭住眼睛；有一只手拉她的衣袖，她发抖了：原来是全福。

"太太，老爷等您，汤端上啦。"

必须下楼！必须用饭！

她勉强吃了几口，东西堵着喉咙。于是她摊开饭巾，仿佛查看补缀好了没有，而且专心致志，当真数起上面的线来。她忽然想到书信。难道她把它丢了？到哪儿找去？可是她觉得自己一百二十分劳累，就连捏

造借口,离开饭桌,也没有这份心思。而且她变得胆怯起来,害怕查理:毫无疑问,他全知道! 说实话,他这几句话就讲得古怪:

"看样子,我们有一阵子,要见不着罗道耳弗先生了。"

她战栗着问:

"谁告诉你的?"

口吻尖利,他听了有点吃惊,回答道:

"谁告诉我的? 是吉拉尔呀。我方才在法兰西咖啡馆门口遇到他。罗道耳弗先生旅行去了,要不,也快去了。"

她抽噎了一下。

"这有什么好奇怪的? 他动不动就出门找消遣去,真的! 我赞成。一个人有钱,又是单身汉! ——再说,他也善于寻欢作乐,我们的朋友! 他是一个浮浪子弟。朗格洛瓦先生告诉我……"

女用人进来,他只好住口不讲。

杏子散在摆设架上,全福又全收到篮子里。查理没有注意太太脸红,叫她端过篮子,拿起一个咬着,还说:

"啊! 好吃极啦! 来,尝尝。"

他递篮子给她,她轻轻推开了。他一连在她鼻子底下递了几回,说道:

"闻闻看:真香!"

她跳起来道:

"我出不来气!"

可是她使劲一挣,这阵痉挛也就过去了。她道:

"没有什么! 没有什么! 是神经作怪! 坐下吧,吃你的!"

因为她就怕他盘问她,照料她,不离开她。

查理听话,又坐下来了。他把杏核吐在手心,再搁到他的盘子里。

忽见一辆蓝色提耳玻里,驰过广场。爱玛喊了一声,直挺挺仰面倒在地上。

说实话,罗道耳弗考虑再三,决计还是到鲁昂去。可是从于歇特去比西,除去永镇这条路之外,就没有别的路可走。他只好穿过村子。天色昏黑,车灯如电,一闪而过。爱玛借灯亮认出了他。

药剂师听见医生家乱成一团,跑了过来。桌子连同盘子,统统打翻了;酱油、肉、刀子、盐瓶和油瓶,扔了一地;查理连声喊救;白尔特吓得直哭;全福手在哆嗦,给太太解衣服。爱玛浑身上下都在抽搐。药剂师道:

"我到我的实验室找一点香醋来。"

随后,她闻着小醋瓶,睁开眼睛,他道:

"我拿稳了有用;死人也能一闻就醒。"

查理道:

"说话!说话!醒醒!是我,爱你的查理!你认得我吗?看,这是你的小女儿;亲亲她!"

小女孩子朝母亲伸出胳膊,想搂她的脖子。但是爱玛转开了头,声音一喘一喘的:

"不,不,……什么人也不要!"

她又晕过去了。大家把她抬到床上。

她躺着动也不动,嘴张开,眼皮闭住,手放平,脸白白的,活像一座蜡像。两道眼泪慢慢流到枕头上。

查理直挺挺待在靠里床头,药剂师站在一旁,保持着人在重要关头应有的思维的静默。他拿胳膊肘杵了他一下道:

"放心好了,我想危险过去啦。"

查理看着她睡,回答道:

"是的,她现在安静多了!可怜的女人!……可怜的女人!……她又病啦!"

郝麦于是问起发病的原委。查理回答,她正吃杏子,病就突然发作了。药剂师道:

"怪事!……不过也很可能就是杏子引起昏迷的!有些人对某种气味,生来非常敏感!就病理学和生理学而言,这是一个值得研究的有趣题目。教士懂得香味的重要性,举行仪式,总要掺和香料。这也就是麻醉智力,使人入迷而已,其实,女性比男性脆弱,收效也并不难。有人引证,妇女闻见烧过的鹿角气味、新鲜面包气味……就晕了过去。"

包法利低声道:

"当心吵醒她!"

药剂师继续道:

"不光人有这种反常现象,走兽也有。比方说,您一定知道,有一种花草,学名荆芥,俗名猫儿草,对猫类动物,具有强烈春药效果;另一方面,不妨举一个我保证确实的例子,布里杜(我的一个老同学,眼下住在马耳巴吕街)有一条狗,一见人掏鼻烟盒给它闻,就倒在地上抽搐。在他的纪尧姆树林的别墅,他常常当着朋友做实验。谁相信普通一副催喷嚏的药,居然会对四足动物的机体起这样大的破坏作用?真是奇闻,对不对?"

查理没有听,信口答道:

"对。"

药剂师显出一副洋洋自得的神气,笑吟吟道:

"这证明神经系统的不规则现象,数也无从数起。至于嫂夫人这方面,我承认,我一直觉得,属于真正的敏感型。所以,我的好朋友,那些自命不凡的方子,我一个也不劝您用,说是对症下药,其实是伤害体质。不,别乱吃药!注意饮食,就是这个!用镇静剂、缓和剂、糖剂就成。然后,也许需要刺激一下想象,您看怎么样?"

包法利道：

"用什么刺激？怎么刺激？"

"啊！问题就在这儿！这正是问题所在：That is the question！[①]像我新近在报上读到的。"

但是爱玛醒了，喊道：

"信呢？信呢？"

大家以为她精神错乱；从半夜起，她果然精神错乱了：她的脑神经有了病。

一连四十三天，查理不离开她。别的病人他全不看了，觉也不睡，总在听脉，贴芥子膏，换冷水布。他差朱斯丹到新堡去找冰；冰在路上化了；他差他再去。他约卡尼韦先生会诊；他派人到鲁昂请他的老师拉里维耶尔博士来；他万分焦急，最担心的是爱玛萎靡不振；因为她不说，也不听，看样子也并不痛苦，好像她的身体和她的灵魂先前激动够了，现在一同进入休眠状态。

十月中旬前后，她可以靠着枕头，在床上坐起。查理看见她第一次吃一片面包抹果酱，哭起来了。她有了气力；下午她起来几小时，有一天她觉得大好了，他试着让她挎起他的胳膊，兜着花园散步。枯落的树叶盖着小径的沙砾；她穿着拖鞋，悠悠走去，肩膀贴紧查理，一直笑容满面。

他们这样走到花园尽头平台旁边，她慢慢直起身子，手放在眼前眺望：她远远望去，朝最远的地方望；但是天边只有几大堆草，在岭上冒烟。包法利道：

"亲爱的，你要累了。"

他轻轻推她走到花棚底下：

[①] 英文：这正是问题所在。——《哈姆莱特》中的台词。

"坐到这条长凳上,你就适意了。"

声音没有力量,她说:

"啊!不,不去那儿,不去那儿!"

她觉得头晕。当天黄昏,病又犯了,而且情形暧昧,显见复杂了。她一时心里难过,一时胸口难过,一时头里难过,一时四肢难过;她添上了呕吐,查理以为这是癌症的早期症状。

除此以外,可怜人还愁钱不够用!

十四

郝麦先生药房的药,他用了许许多多,先就不知道怎么样补报才是;他是医生,固然可以不付钱,但是过分承情,他这方面到底有些难堪。其次就是家里如今由女厨子当家,开销大得惊人;账单漫天飞来,生意人闲言闲语,直不满意,勒乐先生尤其纠缠不清。说实话,爱玛病危期间,后者利用机会,滥开账单,急忙送来斗篷、旅行袋、箱子两只(原定一只),还有许多别的东西。查理白说他用不着这些东西;商人盛气凌人,还口道:全是定货,他拿不回去;再说,太太知道了,或许妨碍身子复元,先生再考虑考虑看;总而言之,他下定决心,宁可起诉,也不放弃权利,收回货物。查理事后吩咐全福,给他送回商店去;偏偏全福忘了,他愁着别的事,也没有往这上头想。勒乐先生又讨账来了,一会儿吓唬,一会儿诉苦,逼来逼去,包法利最后只得写了一张半年借据。但是他还没有在借据上签好名,就起了一个大胆的念头,向勒乐先生借一千法郎。他于是一副窘相,问他有没有方法弄到这笔钱,又说一年为期,利息听便。勒乐一听这话,跑回商店,取来现款,要他再写一张借据,包法利在这上面写明:来年九月一日,付清一千零七十法郎,加上先前议定一百八十法郎,正好一千二百五十法郎。这样一来，六厘利，外加四分之一佣金，货物起码有三分之一赚头，一年下来，他有一百三十法郎利息，而且他并不指望就此结束：借据到期不付，就会延期，于是他的小小资本，在医生家就像在疗养院一样，足吃足喝，有一天，回到身边，肉鲜鲜的，撑破钱口袋。

而且他一帆风顺，凡事如意。他和新堡医院订立合同，由他供应苹果酒；居由曼先生答应卖给他格吕梅尼泥炭矿的股票；他打算在阿格伊和鲁昂之间再开一班公共马车，走得更快，票价更低，行李载得更多，这样一来，永镇的商业便完全落入他的手心，不用说，金狮的破车也就跟着完蛋。

查理几次问自己，偌大的债，来年他拿什么还，左思右想，一筹莫展。求父亲帮助，父亲不会答应；卖东西，他又没有东西可卖。他一看束手无策，想也想不出个所以然来，反而越想越不愉快，很快也就丢开不想了。他责备自己分心外务，忘了爱玛，好像他的思想全部属于这个女人，不往她身上想，等于偷她什么东西似的。

冬季凄楚，太太慢慢悠悠复元，赶上天晴，她坐在扶手椅里，推到窗口，张望广场，因为她如今厌恶花园，那一面的百叶窗一直关着。她要人把马卖掉；往常她喜爱的东西，现在她样样讨厌。她一心似乎只是想着料理自己。她坐在床上用点心，揿铃叫女用人来，问汤药煎好没有，或者就为和她聊聊家常。菜场棚顶的雪，朝屋里反射过来一片雅静的白光。过些日子，又是下雨。有些小事，到时必然重复，虽然同她毫无关系，她也仿佛望眼欲穿。最重大的事是燕子黄昏来到，女店家喊叫，别的声音回应，伊玻立特在车篷上寻找箱笼，手提灯在黑夜如同一颗星星。查理中午回来，接着就又出去；然后她喝点汤，五点钟左右，日落西山，孩子们放学回家，在人行道上拖着木头套鞋，个个拿着尺，一扇又一扇地敲打窗板钩子。

布尔尼贤先生就在这时过来看她。他问起她的健康，谈起一些新闻，劝她信教，娓娓道来，倒也委婉动听。单单看见他的道袍，她就感到安慰。

她有一天，病势危急，以为自己要死，请领圣体。大家在她的房间布置圣事，堆满药瓶的五斗柜改成圣坛，全福在地板上撒了一些大丽花，爱玛这期间，觉得就像有什么强有力的东西，飘过身体，帮她解除痛苦、一切知觉、一切情感。她的肉身轻松愉快，不再思想，开始新的生命；她觉得她的灵魂奔向上帝，仿佛香点着了，化成一道青烟，眼看就要融入天上的爱。床单洒了圣水；教士从圣盒取出面饼，送到她的嘴边；她努出嘴唇，领受救主身体，感到无上的愉悦，停在昏迷的状态。床帏轻轻飘起，环绕四周，如同浮云；五斗柜上点着两支蜡烛，在她眼里，仿佛耀眼的圆光。于是她又倒下头去，恍惚听见空中仙乐铿锵，隐约望见天父坐在碧霄的金座，威仪万千，诸圣侍立两侧，拿着绿棕榈枝，只见天父摆了摆手，就有火焰翅膀的天使飞下地来，伸出两只胳膊，托她上天。

这种壮丽的景象，留在她的记忆中，就像难得梦见的最美的梦一样；现在感觉继续存在，她努力追寻，味道照样隽永，不过不那样弥漫心灵。爱玛一向好胜，如今终于领会基督的谦逊精神，心平气和，体味凡事退让的愉快，欣赏意志在内心摧毁，腾出一片空地，迎接上天怜悯。原来幸福之外，还有更大的福祉，还有一种爱，凌驾世俗之爱，不间断，不结束，永远增长！希望给她带来幻境，她隐约看见她憧憬的极乐世界，浮游半空，和天成为一体。她愿意变成一位圣者。她买念珠，她戴符咒；她希望床头挂一个镶翡翠的圣骨匣，每天夜晚吻着。

爱玛这些心情，堂长看成奇迹，惊异不止，虽然他也嫌她的信仰热心过分，有一天可能走火入魔，甚至做出荒唐事。但这方面，自己不太了然，把握不住，所以他写信给主教的书商布拉尔先生，请他寄来"一些大作，供一位绝顶聪明的女子读"。书商漫不经心，就像给黑人寄铜铁器皿一样,把当时流行的善书,不管三七二十一,统统寄了过来。其中有问答手册、像德·迈斯特①先生那样口气傲慢的布道小书,还有一些类似小说的东西,玫瑰红封皮,风格近似且俗,不是初级修道院学生诗人的手笔,就是洗心革面的所谓女作家的手笔,例如《三思而行》、曾得各种奖章的德……先生写的《社交男子拜倒在圣母脚下》、少年读物《伏尔泰的谬误》等等。

包法利夫人的智力没有完全恢复,还不能认真读书;再说,她看这些书,也未免过于急促。她嫌教条苛细;她厌恶论战文字高高在上,攻击她不认识的那些人,毫不容情;宗教气息浓厚的世俗故事,在她看来,根本就不了解人生,她原来希望看到真理的具体事实,但是这样一来,她反而不知不觉离开了真理。可是她照样坚持下去,甚至于书离开手,一个纯洁的灵魂可能感到的最优美的正当忧郁,她也以为自己有了。

至于罗道耳弗,她已经不思念他了,他停在她的心灵深处,比一位国王的木乃伊在陵墓里还要尊严,还要安静。这伟大的爱情如同加了防腐香料一般,散出一股气味,透过一切,甚至她愿意在里面过活的圣洁空气,也香喷喷的,有了柔情蜜意。她从前醉心奸情,甜言蜜语,唧唧哝哝,说给她的情人听,如今她跪在哥特式跪凳上,一丝不走,向救主重复。她这样做,为了滋生信念。可是不见天上有任何快乐来到心头,她又站了起来,四肢疲乏,隐隐约约觉得像是上了当。她想,她这样苦心向道,一定会有好报。于是爱玛自负信仰虔诚,拿自己和过去那些贵妇相比,她先前对着一幅拉瓦利埃尔的画像,缅想她们的光荣:她们显出不可一世的庄重气派,曳起长袍花团锦簇的后摆,谢却荣华,遁入空门,把一颗受伤的心的满腔眼泪,倾泻在基督脚前。

---

① 德·迈斯特(1753—1821),法国政论家,主张恢复三权(上帝、教皇与国王)。

她于是大行善事。她给穷人缝衣服，给产妇送木柴；查理有一天回来，看见三个无赖汉坐在厨房喝汤。她生病期间，丈夫把小女儿送到奶妈那边照管，她如今又接回家来。她想教她认字，白尔特再哭，她也不发脾气。她打定主意凡事退让，一概宽容。随便什么事，她说起来，也充满了理想的词句。她问她的小女儿：

"我的天使，你的肚子还疼不疼？"

婆婆无话可说，除非也许嫌她家事不理，一味给孤儿编织衣服。但是老太太在家吵嘴受气，却也喜欢儿子这边清静，她一直住到复活节，免得回去听包法利老爹挖苦，他不管斋戒不斋戒，每逢星期五，就要香肠吃。

婆婆判事正确，举止端庄，给了爱玛一点力量。除去婆婆作伴之外，她几乎天天有人相陪。其中有朗格洛瓦夫人、卡隆夫人、杜勃勒伊夫人、杜法赦夫人；还有善心的郝麦夫人，两点到五点，一定来看她，从来不肯相信任何关于女邻居的闲话。小郝麦们也来看她；朱斯丹陪他们来，一同上楼，走进她的房间。他站在门外，不言不语，安安静静。包法利夫人常常不在意，当着他梳头打扮。她猛一摇头，先取下梳子；他头一回看见她这一圈一圈的黑头发散开，全部垂下来，一直搭到膝盖，仿佛忽然走进什么新奇的世界，富丽堂皇，吓坏了这可怜的孩子。

爱玛当然不注意他的默默的殷勤和他的懦怯。她一点也没有想到，花容月貌，风魔人心，爱情走出她的生命，却又来到近旁，穿着粗布衬衫，在这少年的心头跳动。而且她如今凡事漠不关心，言词亲热，目光冷淡，姿态多变，以致人们区别不出是自私还是慈悲、是恶行还是美德。譬如有一天黄昏，女用人请假出去，期期艾艾，寻找借口，她先在生气，忽然问道：

"你真就爱上了他？"

全福脸红了。她不等全福回答，就显出一副忧悒的神情，说下去道：

"好，快跑！开心去吧！"

开春前后，她不听查理劝说，叫人前前后后，把花园翻腾一遍。查理见她终于有了振作的表示，倒也高兴。她一天比一天见好，也就一天比一天振作。在她养病期间，奶妈罗莱女人，肆无忌惮，带来两个奶孩子，经常待在厨房，另外还带着一个寄居的孩子，吃起饭来，狼吞虎咽，一扫而光。她先想办法把她撵走，然后摆脱郝麦一家大小，再陆续辞谢众人的看望，甚至教堂，她去得也不怎么勤了。药剂师大加称道，立时表示好感，对她说：

"您先前有点迷过了头！"

布尔尼贤先生，像往常一样，上过教理问答，每天必来。他喜欢待在外边林阴中间，吸吸新鲜空气：他这样称呼花棚。查理正在这时回家。他们觉得天热，一道喝着新苹果酒，预祝太太完全康复。

毕耐也在那儿，就是说，稍靠下，在平台墙外，打捞蝲蛄。包法利请他喝酒，开坛子他完全在行。他望了四周一眼，心满意足，一直望到天边，然后道：

"应当像这样，在桌子上拿直瓶子，绳子剪断以后，一点一点拔软木塞，轻轻地，轻轻地，就像人在饭后开塞兹水一样。"

但是在他讲解中间，苹果酒常常溅他们一脸，于是教士格格笑着，重复一遍这句趣话道：

"好酒打眼！"①

他的确是一个老好人，甚至有一天，药剂师劝查理带太太散散心，到鲁昂剧场去听有名的男高音拉嘉尔狄，他也并不大惊小怪。郝麦见他默不作声，反而诧异了，问他有什么意见。教士讲：在他看来，

---

① "打眼"还有"一看便知"的双关意思。

音乐不像文学那样伤风败俗。

但是药剂师为文学辩护。他认为戏剧有益,不但责难偏见,而且利用娱乐,启迪道德。

"布尔尼贤先生,'在笑中移风易俗'①!例如,看看伏尔泰大部分的悲剧;他用巧妙的手法,把哲学见解撒在戏里,因而这些悲剧就成了人民在道德上、外交上,真正受教育的地方。"

毕耐道:

"我从前看过一出戏,名字叫《巴黎的野孩子》②,里面有老将军那么一个人物,简直绝妙!一位少爷勾引一个女工,挨了他一顿教训,女工后来……"

郝麦继续道:

"当然,有坏文学,就像有坏药房一样;不过,不问青红皂白,一笔抹杀最重要的艺术,我觉得是一种蠢事,一种落伍的想法,可憎可恨,不亚于监禁伽利略的时代。"

堂长反驳道:

"我知道,世上有好作品、好作家;可是不分男女,聚在一个光怪陆离的房间,陈设浮华,人又打扮得妖形怪状,搽粉抹胭脂,点着灯,嗲声嗲气,结局必然使人想入非非,心思不正,受到非礼的诱惑。至少圣父们③全是这样说的。"他忽然换成神秘的声调,同时大拇指搓着一撮鼻烟,接下去道:"总之,教会谴责戏剧,有谴责的理由,旨令下来,我们就该服从才是。"

药剂师问道:

"教会为什么驱逐演员出教?他们从前是公开参加宗教仪式的。是

---

① 这是近代拉丁诗人桑特耳(1630—1697)为剧幕拟的一句拉丁文标语:Castigat ridendo mores。
② 《巴黎的野孩子》(1836),当时的一部通俗喜剧。
③ "圣父们"指中世纪经院哲学的基督教学者。

的，他们在唱经堂当中搬演叫做圣迹剧的一类闹剧①，戏里一来就奚落礼法。"

教士做声不得，只好叹气了事。药剂师继续道：

"《圣经》也一样；里头……您知道……不止一个地方……挑逗人心……简直……色情！"

他见布尔尼贤先生做了一个恼怒的手势，就说：

"啊！你同意吧，这不是一本女孩子应该看的书。我会难过的，我要是看见阿塔莉……"

教士不耐烦了，喊道：

"可是劝人读《圣经》的是耶稣教教徒，不是我们天主教教徒！"

郝麦道：

"不管怎么样，一种精神娱乐，无害于人，而又劝善惩恶，有时候甚至还对卫生有益，到了我们今天这个光明的世纪，还有人执意禁止去看，我觉得奇怪。不是吗，博士？"

医生的想法也许和他一样，然而不愿意得罪人，要末就是什么想法也没有，所以勉强回答了一句：

"还用说。"

谈话似乎结束了，但是药剂师觉得不妨最后再踢一脚：

"我就认识有些教士，俗家打扮，去看舞女跳舞。"

堂长道：

"瞎扯！"

"啊！我就认识！"

郝麦一字一顿，重复道：

---

① 圣迹剧搬演耶稣生平事迹，在举行盛大宗教仪式的节日演出。闹剧的字义是"填入"。中世纪演宗教剧，空气沉闷，需要调剂，中间插进一段逗笑的表演，后来独立发展，衍成闹剧，十五、十六和十七世纪初叶，很受巴黎市民欢迎。郝麦错把闹剧和圣迹剧看成一个东西。

"我——就——认识。"

布尔尼贤逆来顺受，只好道：

"好吧！他们不对。"

药剂师喊道：

"家伙！他们还有别的花样！"

教士站起来道：

"先生！……"

同时眼睛冒火，连药剂师也害怕了，声调放柔，解释道：

"我不过是说，宽容才是使人信教的最稳当的方法。"

老实人又坐下来，让步道：

"这话对！这话对！"

但是他只待了两分钟就走了。他一走开，郝麦就向医生道：

"这就叫做斗嘴！您看见的，我老实不客气，咬了他几口……话说回来，听我的话，带太太去看看戏吧，哪怕单为您这辈子，气一回一只这样的黑老鸹①，也是好的！要是有人能替我的话，我愿意亲自陪你们走走。快！拉嘉尔狄只演一场；英国出高薪聘了他。据说，很有两下子！发了大财！他随身就带三个姘头、一个厨子！大艺术家个个拿钱不当钱花；他们需要生活放荡不羁，刺激刺激想象。临了他们死在救济院，因为他们年轻的时候，不懂得攒钱。好，祝您晚饭用得好；明天见！"

看戏这个意思，很快在包法利心里生了根，他没有多久就说给太太知道。她起初反对，理由是疲倦、麻烦、花钱；但是出乎意料，查理并不让步，他以为看戏散心，对她有好处。他看不出有什么障碍；他已经不指望母亲给他们汇钱了，可是还汇了三百法郎来；眼前的债又不

---

① 黑老鸹指教士而言，因为道袍是黑颜色。

怎么大,勒乐先生的借据离到期还远,不必为这担心。尤其是,查理以为她不去看戏,只是为了他好,更坚持要去了;她最后经不起再三麻烦,只得答应。于是第二天,上午八点,他们上了燕子。

药剂师随时可以离开永镇,不过他自以为有事在身,离开不得,所以看见他们走,边叹气边道:

"好,一路平安!你们真有福气!"

随后看见爱玛穿一件有四道滚边的蓝缎袍,就说:

"您标致得活像一朵鲜花!您要轰动鲁昂啦。"

驿车停在芳邻广场的红十字旅馆。这家客店类似外省所有的城郊客店,马棚大、卧室小,站在屋里往外望,就见院子当中,放着推销员的轻便马车,浑身是泥,母鸡在车底下啄荞麦吃。舒舒服服的老屋子,虫蛀的木栏杆,冬季夜晚风吹着,嘎吱直响;里头总住满了人,喊声喧天,要东要西;黑饭桌子黏黏的,沾满了光荣酒;苍蝇叮黄了厚玻璃窗;潮湿的饭巾,斑斑点点,都是廉价酒的污迹。客店总有乡村气息,好像田庄的伙计穿上过节的衣服一样,靠街有一座咖啡馆,田野那边有一座菜园。查理一下车就去了剧场。他分不清花楼和楼座、前厅和包厢,请教完了,还是莫名其妙,票房请他去问经理室,回到客店,又去剧场,这样来回跑了几趟,从剧场到马路,跑熟了城南城北。

太太买了一顶帽子、一副手套、一把花。先生直怕错过开场戏;他们来不及喝汤,就赶到剧场门前。门还关着。

十五

观众站在栏杆当中,靠墙排成两行[①]。邻街拐角地方,大幅广告写

[①] 鲁昂的艺术剧场,在艺术广场,靠近塞纳河码头。

着奇形怪状的字体:"《吕西·德·拉麦穆尔》"①……拉嘉尔狄……歌剧"等等。天晴气暖,头发里热汗直淌,人人掏出手绢擦红额头。有时候,河上吹来一阵热风,轻轻吹动小咖啡馆门口细布凉棚的外沿。再往下走,又来一股凉风,夹带着脂肪、皮和油的味道。这是大车街的气味,那条街满街都是黑洞洞的大货栈,大桶在里头滚来滚去。

爱玛怕人笑话,要在进去以前,先到码头散散步。包法利小心翼翼,手捏住戏票,插在裤袋里,顶住他的肚皮。

她一进过厅就心跳,看见观众急急向右,走进另外一条过道,自己却踏上包厢的楼梯,不由得眉飞色舞,有了笑容。门宽宽的,挂着幔子,她像小孩子一样,推开了门,觉得快乐。夹道的灰尘气味,她使劲往里吸。她坐在包厢里,微微前俯,潇洒自若,宛然一位公爵夫人。

剧场渐渐坐满。有人取出望远镜,长期观众,远远望见,互相致意。他们整日操心买卖,此刻到艺术中来消除疲劳,但是并没忘记生意,谈的照样是棉花、酒精或者蓝靛。其中有些老人,脸上没有表情,模样安详,灰白头发,灰白皮肤,好像银质奖章蒙着一层铅气,失了光泽一样。包法利夫人往下望,欣赏前厅一些美少年:他们洋洋自得,背心领口露出玫瑰红或者苹果绿领带,黄手套绷紧手掌,身子靠住金头手杖。

乐池的蜡烛点亮了;天花板上挂的多枝烛台也放了下来,上面的小玻璃片光芒四射,剧场忽然显出一片快活气象。乐师接着鱼贯而入,先是低音呜隆,跟着是小提琴吱喳,小铜号滴滴答答,长笛和短笛咿咿唔唔,乱响了一大阵。但是舞台上连响三声,定音鼓冬冬敲了起

---

① 《吕西·德·拉麦穆尔》,一出意大利歌剧(1835),根据司各特的小说《拉麦穆尔的新娘》改编。故事大意是:吕西和艾德嘉尔是一对相爱的青年,但是吕西的哥哥阿什屯讨好权贵,要把她嫁给一位贵公子阿尔色,阿什屯采用听差吉尔拜特的计谋,哄骗吕西,说艾德嘉尔已经不爱她了;她相信哥哥的假话,接受阿尔色的婚约,但是就在这时候,艾德嘉尔出现了,责备吕西负心;她疯了,在新婚之夜刺死丈夫;艾德嘉尔闻讯也自杀了。

来，接着就是铜乐合鸣，幕升上去，露出一片风景。

这是一座树林的十字路口，左边橡树浓荫下，有一股喷泉。农民和领主，肩膀搭着苏格兰式斗篷，不分贵贱，一同唱着猎歌；随后上来一位队长，朝天伸出胳膊，呼吁恶魔下凡；又来了一位；他们一走，猎人们就又唱起歌来。

她回到童年的读物中间，活在司各特小说的氛围里。她隐约听见苏格兰风笛的声音，透过浓雾，飘过映山红，反复回荡。她有对小说的记忆，很容易了解唱词，一句又一句，跟着唱词往下听。她那些朦胧的回忆，经不起音乐急吹猛打，没有多久，也就不知去向。她随着旋律摇曳，觉得自己全身心都在颤动，仿佛提琴的弓弦在拉她的神经一样。服装、风景、人物，还有人一走过就震动的画出来的树木，五光十色，使她应接不暇；小绒帽、斗篷、宝剑：所有这些虚构的事物，在音乐之中动荡，就像在另一个世界的氛围之中。一个年轻女子走向前来，拿钱包丢向一个穿绿衣服的侍从。然后舞台上留下她一个人，只听一支长笛在响，仿佛泉水潺潺，或者飞鸟啁啾。吕西神色严肃，唱着她的G大调短歌；她抱怨爱情，希望生长翅膀。爱玛同样希望离开人生，在相抱之中飞逝。突然拉嘉尔狄扮演的艾德嘉尔出现了。

他的肤色白皙，神采奕奕：一般说来，气质热情的南方人有了这种皮肤，看上去便像大理石雕像一样尊严。一件棕色紧上衣裹着他强壮的身体；左臀挂着一把雕镂的小刺刀。他露出一口白牙，同时旋转眼睛，怏怏无力，仿佛在爱情上受尽折磨。据说一位波兰公主，有一天黄昏，听见他在比阿里茨海滨①唱着歌修理小艇，爱上了他。她为他抛弃一切。他却抛弃了她，另爱别的女人：爱情上的名气越发提高了他艺术

---

① 比阿里茨海滨，位于法国西南贝云附近，但是成为海滨胜地，却在第二帝国成立之后。

上的声誉。擅长外交手腕的戏子，甚至留意广告，经常添上一个诗意的句子，夸耀自己形象动人，心灵善感。一副好嗓子、一颗冷静的心，情绪多于理智、夸张多于诗意，作成这位有理发师与斗牛士气质的江湖艺人的叫座本钱。

他一进场就激起观众的热情。他拥抱吕西，离开了，又回来，像是难过到了极点。他一时暴怒，一时又无限温柔，唱挽歌似的呻吟；他光着颈项，音符从里面逸出，一个又一个，像是充满呜咽和热吻。爱玛看他，身子向前，指甲抓挠包厢的丝绒。这些抑扬动听的哀歌，伴奏的低音提琴加以延长！就像狂风暴雨之中翻了船的人呼救一样。她心中充满这些哀歌，而且原本就熟悉这种种沉醉和焦虑的感情，且几乎为之死去。女音在她听来，似乎只是她内心的回声；她着迷的形象，也似乎只是她生命的某一部分。可是世上就没有人这样爱过她。他们最后一晚，月色溶溶，互相说起："明天见！明天见！……"他就不像艾德嘉尔哭得这样伤心。剧场一片喊好的声音；末一节全部又唱了一遍；一对情人说起他们坟上的花、誓言、流放、厄运、希望，唱到最后告别，爱玛尖叫起来，和煞尾的音乐响成一片。包法利问道：

"这位贵人为什么欺负她？"

她回答道：

"不对；他是她的情人。"

"可是他赌咒复仇，害她一家人，而另一位、方才来过的那一位，又说：'我爱吕西，我相信她也爱我。'再说，他和她的父亲，胳膊挎胳膊，一道走出去。因为那是她的父亲，那个丑矮子，帽子插一根鸡毛，对不对？"

临到宣叙调二重唱，吉尔拜特对他的主人阿什屯讲起他狠毒的计谋，查理看见欺骗吕西的假订婚戒指，任爱玛左解说，右解说，他还是说成艾德嘉尔送来的爱情纪念品。他承认他听不明白故事，——由于

音乐的缘故;对话不大听得出来。爱玛道:

"有什么关系?别说啦!"

他俯向她的肩膀,又道:

"原因是,你知道,我喜欢了解透彻。"

她不耐烦道:

"别说啦!别说啦!"

吕西半倚着侍女们,走向前来,头上戴一顶橘花冠,脸色比她的白缎袍子还白。爱玛想起她的大喜日子,恍惚又看见自己在麦田当中,沿着小径,走向教堂。为什么她当时不像吕西,又是拒绝,又是哀求?正相反,她当时兴高采烈,根本不领会她在投入深渊……啊!在她如花似玉的年龄,尚未跌入婚姻的泥淖、陷进通奸的幻灭之前,她要是能把终身许给一位心地坚定的伟大灵魂,而贞操、恩情、欢愉和责任也集于一人之身,她决不至于从那样高的幸福之巅摔了下来。毫无疑问,这种幸福只是一种谎言,编排出来抚慰人心的。艺术夸大的热情,她如今知道何等渺小了。于是爱玛努力不朝这方面想:她自身痛苦的这种再现,她一意看成游戏之作,仅供耳目之娱,她甚至怀着鄙夷和怜悯的心理笑了起来。这时就见舞台尽里,绒门帘底下,走出一个披黑斗篷的男子。

他做了一个手势,他戴的宽边西班牙式帽子就掉下来了,乐器和歌手马上开始六重奏。艾德嘉尔大怒之下,声音分外嘹亮,压倒全场,阿什屯音调低沉,唱着凶话激他;吕西尖声哀诉;阿尔色闪在一旁,用中音歌唱;牧师的次中音,唔咿唔呀,好似一架风琴,侍女们的声音,合唱一般重复他的语言,十分悦耳。他们全都站在一排做手势,半张着嘴,同时倾吐愤怒、报复、忌妒、恐怖、慈悲和惊惧的语言。情人气忿不过,拔出宝剑挥舞;胸脯一动,花边领披就跟着上下起伏;他迈开大步,左走走,右走走,软皮靴在踝骨地方开口,朱红刺马距打着地板直响。她心想他的爱情一定用之不竭，才会这样向观众大量倾泻。角色的诗意感染了她，揶揄的心理完全消失，剧中人的假象使她对演员本人产生好感，她试着想象他的生活——那种轰动远近、世间少有的辉煌生活，机缘凑巧，她兴许也能过它一过。这样一来，他们就会相识、相爱了！她同他在一起，游遍欧洲的王国，一个京城又一个京城，分享他的疲劳和他的骄傲，拾起那些朝他丢过来的花，亲自刺绣他的服装；然后每天夜晚，坐在包厢尽里，待在金栅栏后面，如醉如痴，领会这只为她一个人歌唱的心灵的倾诉；他在舞台上也边演边望她。但是她起了一种怪念头：他如今就在望她，一定的！她真想扑进他的胸怀，受到他的力量的庇护，如同受到爱情化身的庇护，对他说，对他喊："把我抢走，把我带走，一同走！我是你的，你的！我的热情、我的梦想，全都属于你！"

幕落了。

煤气灯的气味和人呼出的气息混在一起；扇子的风反而增加空气的窒闷。爱玛想出去走走；群众拥在夹道，堵住了路，她倒进扶手椅，心跳得气也喘不过来，查理怕她晕倒，跑到茶食部，给她弄来一杯杏仁露。

他费了老大气力，回到原来地方；因为他两手捧着杯子，每走一步路，都有人碰他的胳膊肘，甚至于有四分之三，他倒在一位穿短袖袍子的鲁昂女人的肩膀上。她觉得冷水往腰里灌，叫得活像一只孔雀，如同有人杀她一般。丈夫是一个开纱厂的，对笨蛋大发脾气。她拿手绢揩着她漂亮的樱桃红缎袍的水渍，他粗声粗气，咕咕哝哝，说起赔偿、开支、归还这些字眼。查理好不容易来到太太身旁，喘着气道：

"老天！我以为我过不来了！到处是人！……是人！……"

他接下去道：

"你猜我在上头遇到谁了？遇到赖昂先生！"

"赖昂？"

"正是！他这就过来看你。"

他才说完话，永镇往日的文书就进了包厢。

他伸出手来，贵人一样爽快；包法利夫人不由自已，也伸出了手，不用说，由于一种更强有力的意志的吸引。自从春季那天黄昏，雨打着绿叶，他们站在窗边道别以来，她没有再碰到这只手。可是她很快就想到不该这样出神，努力从回忆之中摆脱出来，期期艾艾，说出一些简短的字句：

"啊！您好……怎么！您也在这儿？"

第三幕开始了，后厅有人喊道：

"别说话！"

"您又回鲁昂啦？"

"是的。"

"什么时候回来的？"

"出去讲话！出去！"

大家朝他们望，他们只好住口。

但是从这时候起，她就听而不闻了；来宾的合唱、阿什屯和他的跟班的场面、伟大的 D 大调二重唱，在她看来，都离得很远，就像乐器不够响亮，人物退到远处一样。她想起药房斗牌、去奶妈家散步、花棚底下读书、炉边谈话、那可怜的恋爱，又安静，又悠长，又矜持，又温存，然而她全忘光了。他为什么回来？是什么机缘，他又走进她的生命？他站在背后，肩膀靠住板壁，鼻孔呼出的热气正好扑进她的头发，她不时感到一阵战栗。他朝她俯下身子，髭尖几乎触到她的脸，问道：

"您爱看这个？"

她信口应道：

"我的上帝，不！不怎么爱看。"

他听见这话，提议到剧场外头饮冰水去。

包法利道：

"啊！别就走！待下来吧！她的头发散开啦，看样子要演苦戏了。"

但是爱玛对发疯的场面不感兴趣，她嫌女歌手的表演过火，转向正在听戏的查理道：

"她叫得太厉害。"

他回答道：

"是的……也许……有一点。"

他一方面觉得真有意思，一方面又尊重太太的意见，说起话来，未免模棱两可。赖昂接着就叹息道：

"这儿热得……"

"受不了！真是这样。"

包法利问道：

"你热得难过？"

"是啊，我出不来气；我们走吧。"

赖昂先生拿起她的长花边披肩，轻轻放在她的肩头。他们三个人走到码头，坐在一家咖啡馆外面的空地上。起初谈她的病，爱玛不时打断查理的话，她说，怕赖昂听了腻烦。后者告诉他们，他来鲁昂，在一家大事务所熟习两年，因为人们在诺曼底处理业务，和巴黎大不相同。他接着问起白尔特、郝麦一家大小、勒弗朗索瓦太太；他们当着丈夫，没有多少话讲，谈话不久也就断了。

有些人看完戏，走过人行道，不是哼唧，就是乱喊："美丽的天使、我的吕西！"于是赖昂表示他是行家，谈起音乐。他看过唐比里尼、吕比尼、佩尔西阿尼、格里西①；拉嘉尔狄虽然热情奔放，同他们一比，也就不值一文了。查理一小口、一小口啜饮冰镇甘蔗酒，打断道：

"不过人家讲，他末一幕特别好。我后悔没有看完就走，因为我开始觉得好玩起来。"

文书接下去道：

"其实，他不久还要再演一回。"

但是查理回答，他们明天就走。他转向太太，又道：

"除非是你愿意一个人留下来，我的小猫？"

年轻人想不到有这样一个机会迎合他的希望，改变策略，恭维拉嘉尔狄末一幕的成就。简直是出神入化，难以言传！查理一听这话，坚持道：

"你星期天回去。好，决定了吧！你只要觉得对你有一点点好处，你就不该不看。"

可是周围的桌子撤空了，过来一个伙计，意在言外，站到他们旁边。查理明白是催他们走，掏出钱包；文书拉住他的胳膊，甚至没有忘记外赏两枚银币，得朗朗扔在大理石桌面上。包法利呢喃道：

"真的，您不该付……"

文书做了一个无所谓而又亲热的手势，拿起他的帽子：

"明天六点钟，讲定了，是不是？"

查理依然说起他不能久离，不过爱玛没有理由不……

她显出一种奇怪的微笑，期期艾艾道：

"原因是……我不太知道……"

"好吧！你再想想看，睡上一夜，也许你就改变主意了……"

---

① 唐比里尼（1800—1876），意大利的低音歌剧演员。吕比尼（1795—1854），意大利的高音歌剧演员。佩尔西阿尼（1804—1869），意大利作曲家，其妻塔吉纳尔第（1812—1867）是歌剧演员。格里西姊妹是意大利歌剧演员，这里指的应是妹妹吉屋莉雅（1811—1869），从一八三二年起，在巴黎演唱十五年，享有盛誉。

然后转向陪伴他们的赖昂：

"您如今回到家乡了，我希望，您随时会来舍下用用便饭吧？"

文书说他会打扰的，而且事务所有一宗业务，他也非去永镇不可。他们在圣艾尔柏朗夹道前面分手，礼拜堂的大钟正敲十一点半。

第三部

一

赖昂先生一面钻研法律,准备学位考试,一面却也相当照顾茅庐①。他在这里得到绝大成功,爱漂亮的小女工觉得他气宇轩昂,另眼看待。学生里面,数他正派:头发不太长,也不太短;一季的钱,他不在月初花光;和教授保持友好关系。说到荒唐,他永远适可而止,不是为了害羞,就是由于怕事。

他待在房间读书,或者黄昏坐在卢森堡②菩提树底下,想起爱玛,他的法典常常掉在地上。但是日久天长,情感也就渐渐淡了,他有了别的欲望;不过尽管上面压着别的欲望,这种情感照样活了下来,因为赖昂并不死心,就像一线希望,在未来摇摇晃晃,又像一枚金果,挂在怪树枝头,还有到口的可能一样。

所以别离三年,他再看见她,热情又苏醒过来了。他寻思道:事不宜迟,现在必须决心下手。再说,常和轻浮子弟厮混,畏怯之心早已不知去向,回到内地,高视阔步,他根本就看不起那些没有穿过漆皮鞋、没有走过沥青马路的人们。倘若在一位名闻四海的博士(得过勋章,出门有车的人物)的客厅,挨近一位遍体绫罗的巴黎女子,毫无疑问,可怜的文书,会像小孩子一样打哆嗦;不过如今是在鲁昂码头,眼前是这小医生的太太,他先拿稳了,胜利在握,自然也就觉得行若无事了。信心因际遇而异:人在大厅说话,和在阁楼说话不同;阔太太保护贞操,在他看来,似乎胸衣衬里放满了钞票,如同披上了铠甲一样,无从下手。

头天夜晚,赖昂和包法利夫妇分手之后,远远跟着,看见他们走进红十字旅馆,他才转身回去,整整一夜,思索进行的计划。

所以第二天下午五点钟左右,他走进客店厨房,喉咙发紧,脸色发白,活像胆小鬼横了心,要硬干到底。有一个听差回答道:

"先生不在。"

这是吉兆。他上了楼。

她看见他来,并不感到慌乱。正相反,她向他道歉,他们忘记告诉他他们的住址了。赖昂道:

"可是我猜出来了。"

"怎么会的?"

他说成是有缘相会,本能引导。她听了这话,微微一笑。赖昂一看话笨,连忙改正,说他一上午都在找她,一家又一家,问遍全城旅馆。他接下去道:

"那么,您决定待下来啦?"

她道:

"是的。我真不应该。手边一大堆事,忙都忙不过来,真不该寻什么不切实际的娱乐……"

"啊!我心想……"

"哎呀!心想不来的,因为您呀,您不是女人。"

不过男子也有男子的苦恼,谈话带上了哲理意味。爱玛大谈特谈人事无常,长年寂寞,心像活埋了一样。

年轻人为了取得好感,或者受了熏染,天真烂漫,模仿这种忧郁,讲起他在学校,一年四季,万分无聊。他嫌诉讼程序繁琐,直想改行,母亲写信给他,封封使他难过。他们谈到痛苦的原因,越谈越细

---

① "茅庐"或者"大茅庐"是巴黎拉丁区的著名舞厅,创建于一七八七年,大革命后,成为学生聚会的一个中心,一八五五年停业。
②　卢森堡,巴黎一个有名的公园,在拉丁区。

致,倾筐倒箧,畅所欲言,说到后来,全无一点兴奋。不过他们没有把话全说出来,有时候就沉吟不语,寻思一句能表达心意的话。她绝口不提她对另一个男子的热情;他也瞒住不说他曾经把她忘了。

他或许已记不起舞会后和姑娘们吃夜宵的情景;不用说,她也把清晨在草地上奔往情人的庄园去幽会之事忘在九霄云外。城市的喧嚣差不多传不到他们的耳朵;房间很小,仿佛特意造成这样,缩小他们的寂寞。爱玛穿一件条纹布梳头衣服,头发靠着扶手椅的椅背;黄墙纸像金色背景似的托着她;镜子照出她头上梳的白线似的中缝,耳朵梢露在头发外面。她说:

"不过,对不住,我错了!我左诉苦,右诉苦,诉来诉去,您听也听腻烦了!"

"不,不!没有的事!"

她仰起眼睛望天花板,眼里包着一滴眼泪,接下去道:

"您知道我一向梦想些什么也就好了!"

"我也一样!唉呀!我受够了罪!我常常走出房间,来到街上,沿着河岸,一步一步拖着身子,想在嘈杂人群里忘记自己,可是心事重重,我就没有法子做到。路旁有一家画店,橱窗里挂着一张意大利版画,上面画着一位文艺女神,披了一件贴身衣服,眼睛望着月亮,头发散开,簪着勿忘草。有什么东西不住地吸引我过去;我在那边一待就是几小时。"

然后声音发颤,他说:

"她有一点像您。"

包法利夫人转过头去,因为她挡不住自己微笑,却又不希望他看见。他接下去道:

"我常常给您写信,写好了,又撕掉。"

她不回答。他继续说:

"我有时候心想,机缘凑巧我会遇见您。别人走过街角,我错以为是您;我追赶所有的马车,只要看见车门飘出一条披肩、一幅面网,和您的一样……"

她似乎打定主意,由他说去,并不打断。她交叉胳膊,垂下脸来,望着拖鞋的鞋花,偶尔脚尖在缎面里头微微一动。不过她叹了一口气:

"世上最伤心的事,难道不是像我一样,一辈子没有正经用处?我们的痛苦如果能对别人有用的话,想着是牺牲,倒也可以自慰了。"

他开始赞扬道德、责任和默默无闻的牺牲,说来也不见得相信,不过这是实情,他自己就有一片忠心,得不到机会满足。她说:

"我真愿意做一名医院的护士,看护病人。"

他回答道:

"嘻!男子就没有这一类神圣使命,我就看不出我有什么事好做……除非也许是,做做医生……"

爱玛轻轻耸了一下肩膀,打断他的话,抱怨自己害了一场大病,偏偏不死;真是可惜!死了的话,她现在也就不至于再受罪了。赖昂马上就说,他羡慕坟墓的宁静,甚至有一晚,他立遗嘱,要人埋他时用她送他的那条有绒道道的漂亮脚毯裹他。他们未尝不希望自己曾经这样生活,所以如今做出一种理想的安排,补充到过去的生活中去。再说,语言就是一架展延机,永远拉长感情。

但是听到关于脚毯的鬼话,她问道:

"这是为什么?"

"为什么?"

他迟疑了一下:

"因为我爱您啊!"

赖昂一面庆幸自己跳过难关,一面也斜着眼睛,观察她的脸色。

她的脸色仿佛天空，一阵风刮走了乌云。黑压压的忧郁思想，似乎走出她的蓝眼睛①，整个脸熠熠发光。他等候反应。她最后回答道：

"我从前也一直这么觉得……"

于是他们谈起过去发生的那些琐细事件，其中或苦或乐，他们方才已经用一个字眼总括过了。他想起铁线莲的架子、她往常穿的袍子、她的卧室家具、她的整所房子。

"我们可怜的仙人掌怎么样了？"

"去年冬天冻死了。"

"啊！您知道我多想念它们吗？我常常看见它们像从前一样，夏天早晨，太阳照着窗帘……我望见您的两只光胳膊，在花草当中，过来过去。"

"可怜的朋友！"

她朝他伸出手去，赖昂连忙凑上嘴唇，然后深深吸了一口气道：

"就我来说，我不知道您当时有什么不可思议的力量把我俘虏了过去。有一回，好比说，我来到您家；不过，不用说，您不记得了吧？"

她说：

"记得。讲下去。"

"您在楼下前厅，正要出门，站在末一道台阶；——您还戴了一顶小蓝花帽子；您没有邀我，可是我不由自主，陪着您走。每一分钟，我越来越觉得自己犯傻，可是我照样在您旁边走动，不敢太靠近，可又不愿意离开您。您走进铺子，我待在街上，隔着玻璃窗，看您摘掉手套，在柜台上数钱。过后您在杜法赦门口拉铃，有人给您开门，门又重又大，您一进去，就又关上了，我待在外头，活像一个傻瓜。"

包法利夫人听他讲，惊讶自己竟这样老了；这些花花絮絮的事

---

① 作者在第一部第二章告诉我们，她的眼睛"由于睫毛的缘故，棕颜色仿佛是黑颜色"。在其他各章，都说"眼睛是黑的"。

情,仿佛扩展了她的生命,形成一片感情的海洋任她遨游。她半闭着眼,不时低声道:

"是啊,真是这样!……真是这样!……真是这样!……"

芳邻区很有一些寄宿学校、教堂和无人居住的大公馆,形形色色的大钟在响。他们听见钟敲八点。他们不再言语;但是你看着我,我看着你,觉得脑子里扑扇扑扇的,像有什么出声的东西,顺着他们一动不动的瞳孔流过来流过去。他们握着手,只见过去、未来、回忆和梦想,全部融化在这销魂的优美境界。夜渐渐深了,墙上挂的四幅版画,画着《奈勒塔》①四个场面,底下有西班牙文和法文说明,在阴影里,已经看不大清了,浓浓的颜色还在闪烁。从往上推的窗户望出去,尖房顶之间,露出一角黑暗的天空。

她站起来,点亮五斗柜上的两支蜡烛,回来坐下。赖昂道:

"什么?……"

她回答道:

"什么?……"

断了的谈话,他正寻思怎样才能接上,就见她对他道:

"到目前为止,从来没有人对我表示过这种感情,又是什么缘故?"

文书指出:人的精神活动是不容易理解的。他爱她就是一见钟情。如果天假良缘,他们得以早日相逢的话,彼此一定好合无间,恩爱到老,所以他一想到他们实现不了这种幸福,就万分痛苦。她接下去道:

"我有时候也这样想来着。"

赖昂呢喃道:

---

① 《奈勒塔》,大仲马和嘉雅尔代合写的一出五幕散文剧(1832)。

"多好的梦啊!"

他轻轻抚摸着她的又长又白的腰带的蓝压边,继续道:

"那么,有什么阻拦我们重新开始呢?……"

她回答道:

"不成,我的朋友。我太老……您太年轻……忘了我吧!会有别人爱你……您也会爱她们的。"

他喊道:

"不像爱您一样!"

"您真成了小孩子!好啦,放乖些,我要您这样!"

她指出他们不可能相爱,他们应当永远像往常一样,仅仅保持友谊。

她说这话认真不认真?毫无疑问,她心里充满了被诱惑的愉快,却又必须防止被他诱惑,连自己也不晓得是不是认真。他的手畏畏缩缩,试着抚摸她;她望着年轻人,眼睛充满怜惜,轻轻推开他的哆哆嗦嗦的手。他后退道:

"啊!对不住。"

爱玛觉得这种畏缩,比起罗道耳弗色胆包天、伸出胳膊搂她还要危险,不由起了一种无名的畏惧。她觉得从来没有一个男子,长得像他这样美。他的举止之间,流露出一种天真无邪的可爱神态。他垂着他的又细又长的弯弯的睫毛。他的细皮嫩肉的脸庞也因为欲火如焚——她想——涨得通红,爱玛心荡神驰,恨不得贴上嘴唇。她于是看时间似的,朝钟俯下身子,道:

"我的上帝!我们尽说话,可不早啦!"

他听出她的意思,寻找帽子。

"我连戏也忘记看了!可怜的包法利,把我留下来,就为了看戏!大桥街的洛尔莫先生和他的太太陪我一道去。"

机会错过了,因为她明天就动身回乡下去。

赖昂道:

"当真?"

"是的。"

他接着就说:

"不过我还得和您见一面,我有话告诉您……"

"什么话?"

"一件事……又要紧,又重大。哎!不,可不,您不要走,千万别走!您要是知道……听我讲……您真就不懂我的意思?您真就猜不出来?"

爱玛道:

"其实,您话说得很清楚。"

"哎呀!您还取笑人!够啦,够啦!您就可怜可怜我,让我和您再见一面……一面……只一面。"

"好吧!……"

她住了口,随后,仿佛想到什么:

"不在这儿!"

"什么地方,您说。"

"您愿不愿意……"

她想了想,一口气说完道:

"明天,十一点钟,在礼拜堂。"

他抓住她的手,喊了一声:

"我一定来!"

她抽出手,低下了头。两个人全站直了,他在她的背后,弯过身子,吻她的后颈,吻了许久。

"您疯啦!啊!您疯啦!"

她边说,边叽叽嘎嘎直笑。吻越发多了。

他于是拿头探过她的肩膀,仿佛从她的眼睛征求同意一般。她的眼睛望着他,冷冰冰的,充满庄严。

赖昂倒退三步,准备出去。他在门边停住,然后声音颤抖着,低声说道:

"明天见。"

她点点头,飞鸟一样去了里间。

爱玛当晚给文书写了一封拖拖拉拉的长信,谢绝约会;往事如烟,他们如今为了自己的幸福,不该相会。但是封好了信,她才想起不知道赖昂的住址,无从投递。她为难了一时,向自己道:

"我当面给他。他会去的。"

第二天,赖昂打开窗户,在阳台上低声唱歌,亲自刷亮皮鞋,一连刷了几遍。他穿上白裤、上等短袜、绿燕尾服,把他所有的香水统统洒在手帕上,然后头发卷成鬈鬈,再打散了,让头发具有一种自然的优雅。他发现理发店的杜鹃钟正指九点,心想:"还太早!"

他拿起一本旧时装杂志看了看,这才出去,吸着一支雪茄,荡过三条马路,心想是时候了,慢悠悠朝礼拜堂走去。

夏季早晨,风和日丽。银楼的银器晶莹耀眼;阳光斜照礼拜堂,灰色石头的断口闪闪烁烁;一群鸟绕着有三叶花饰的小钟楼,在碧空飞来飞去;广场一片喧哗,花香扑鼻:沿石板路种有玫瑰花、素馨花、石竹花、水仙花和晚香玉,中间远近不等,夹杂着一些湿漉漉的绿叶、猫尾草和喂鸟用的鹅肠菜;喷泉在当中淙淙琤琤直响;大伞底下有些没戴帽子的妇女,站在摞成金字塔似的疙瘩皮西瓜当中,拿纸包扎紫罗兰花束。

年轻人买了一把。他这是头一次为女人买花;他闻着花香,傲形于色,胸脯也挺起来了,倒像他这花不是送别人而是送自己的。

不过他怕有人看见，只好硬起头皮，走进教堂。左门当中，在翩翩起舞的玛丽亚娜①底下，守卫当时正好站在门槛，头戴羽盔，腰挎长剑，手持挂杖，比红衣主教还庄严，像圣体盒那样耀眼。

他满脸笑容，和善狡黠，仿佛教士盘问小孩子，走向赖昂：
"先生想必不是本地人吧？先生有意观光观光教堂？"

赖昂说：

"不要。"

他先沿着两侧，走了一匝，然后回到广场张望。他不见爱玛，又上来，一直走到唱经堂。

大殿屋顶、拱券上部和玻璃窗，倒映在满满的圣水盘里。花玻璃的反光，在大理石的边沿虽然断掉，反而射得更远了，摊在石地上，活像一条花花绿绿的地毯。强烈的阳光，顺着三座敞开的拱门，变成三道巨光，一直射到教堂里头。尽里不时走出一位司库，经过圣坛，斜身一跪，站起就走，好像行色匆忙的信士。水晶烛台，安安静静，挂在半空。唱经堂点着一盏银灯；偏殿、教堂的阴暗部分，有时候发出一声叹息，加上关栅栏门的声音，在高耸的穹隆底下，发出回响。

赖昂踱着庄严的步伐，在墙边徘徊。他觉得人生对他从来没有这样好过。再过一会儿，她就来了，她一定是一副迷人的模样，心神不宁，偷眼张望背后看她的男女，——穿着她的有花边道道的袍子，举着她的金丝眼镜，蹬着她的玲珑小靴：种种装饰，他见也没有见过，显出贞节将要失去时难以言传的魅力。教堂好似一间广大的绣房，迎她进来。穹隆弯下身子，在阴影里头，听取她的爱情的自白。花玻璃窗明光闪闪，就为照亮她的脸，而香炉燃烧，就为香云缭绕，她像天使一样出现。

---

① 浮雕上的舞者应当是莎乐美，一般市民误会成玛丽亚娜，左门是圣约翰门，门楣雕着他受难的经过。

然而就是不见她来。他坐在一张椅子上，望着一扇蓝玻璃窗，上面画了一些提筐携篮的船夫。他集中注意力，望了许久，计算鱼鳞和小领紧身短袄的钮孔的数目，思想却漫无目的，四下寻找爱玛。

守卫站在一旁，心里直生这人的气：他居然独自观赏礼拜堂。在守卫看来，他行事荒唐，近乎剽窃，几乎是渎圣了。

但是石板路上响起了丝绸窸窣的声音，半空露出一顶帽子的边沿、一件小黑披风……是她！赖昂一跃而起，奔了过去。

爱玛面无血色，快步走来。她递给他一张纸道：

"看吧！……啊！不！"

她急忙缩回手，走进圣母堂，靠住一张椅子跪下来，开始祷告。

年轻人恼恨她这心血来潮的虔诚，然而见她在幽会地点，仿佛安达卢西亚的一位侯爵夫人①，一心一意在祈祷，倒也感到有趣，没有多久，却又不耐烦了，因为她祷告下去，没完没了。

爱玛在祷告，或者不如说是努力在祷告，希望上天迅速帮她做出决定来；她为了得到神助，就望着光辉的圣龛，吸着插在大瓶里的开白花的南芥菜的香味，感受着教堂的一片静默：结果心倒越发乱了。

她站起来。他们正要走出，就见守卫急忙凑近道：

"太太想必不是本地人吧？太太有意观光观光教堂吗？"

文书喊道：

"不要！"

她回答：

"为什么不？"

因为眼看贞节要守不住，她只好求助于圣母、雕像、墓冢、任何机缘。

---

① 安达卢西亚，西班牙南部地区的通称。《安达卢西亚》是缪塞的一首诗(1829)，风行一时，因而诗里的侯爵夫人也就出了名。

于是按顺序进行，守卫把他们一直领到靠近广场的入口，手杖指着黑石头铺成的一个大圆圈，上面没有铭记，也没有花纹，摆出一副庄严的模样道：

"这儿就是昂布瓦斯大钟的钟口。钟重四万磅。全欧洲没有第二只。铸钟的工人一开心，闭过气去，死了……"

赖昂道：

"走吧。"

老好人往里走，回到圣母堂，伸出双臂，做了一个概括的解释姿势，比乡绅带你看他的墙边果木还要得意：

"这块石头底下，埋着彼埃尔·德·勃雷泽，法奈纳和布里萨克的领主、普瓦图大元帅和诺曼底总督，一四六五年七月十六日，死于孟来里之役。"

赖昂咬嘴唇，跺脚。

"右面这位贵人，全身铠甲，骑着一匹前腿举起的马，是他的孙子路易·德·勃雷泽，勃雷瓦尔和蒙绍韦的领主、莫勒弗里耶伯爵、莫尼男爵、御前大臣、功勋骑士，也是诺曼底总督，碑文写着：死于一五三一年七月二十三日，一个星期天；下面雕的这个男子正要葬入墓穴，面孔和他本人一模一样①。死人雕塑得这样逼真，世上找不出第二份了，是不是？"

包法利夫人举起单柄眼镜细看。赖昂看见一个口如悬河，一个冷若冰霜，执意作对，觉得心灰意懒，呆呆望着她，话也懒得说，手势也懒得做了。

絮絮叨叨的向导继续下去：

"旁边这个女人，跪在地上哭，是他的太太狄安娜·德·普瓦蒂

---

① 路易·德·勃雷泽的墓碑是一件著名艺术品，共分两层，上层是骑马雕像，下层是白玉平卧雕像。

埃,勃雷泽伯爵夫人,瓦朗蒂诺公爵夫人,生于一四九九年,死于一五六六年①。左边抱孩子的这个女人,是圣母娘娘。请看这边:这儿就是昂布瓦斯家的坟墓。这两位是鲁昂的红衣主教和大主教②。那一位是国王路易十二的一位大臣。他给了礼拜堂许多好处。他在遗嘱里给穷人留下三万金埃居。"

他娓娓道来,一刻不停,又把他们带到一间堆放栏杆的偏殿,挪开几个栏杆,露出一块笨重东西,很可能是一座雕坏了的石像。他深深叹一口气道:

"这原是装饰英国国王和诺曼底公爵'狮心'理查③的陵墓的。先生,都是加尔文信徒把它毁成这个样子④。他们不安好心,把它埋在大主教宝座底下的地里。看,大主教回府,就走这座门。我们来看看画有毒蟒的花玻璃窗⑤。"

但是赖昂连忙从衣袋摸出一块银币丢给他,抓住爱玛的胳膊就走。守卫目瞪口呆,不明白为什么提早赏钱,因为还有许多东西值得外乡人观光。所以他喊道:

"喂!先生。钟塔!钟塔!……"

赖昂道:

"不看啦。"

"先生不该不看!钟塔有四百四十尺高,比埃及的大金字塔才低九尺。整个儿是铁铸成的,钟塔……"

赖昂拔脚就跑;因为两小时以来,他觉得他的爱情,眼看在教堂

---

① 狄安娜·德·普瓦蒂埃,路易·德·勃雷泽的续弦夫人,丈夫死后,从一五三六年起,成为亨利二世的情妇,被封为瓦朗蒂诺公爵夫人。
② 昂布瓦斯(1460—1510)的墓碑也是文艺复兴时代的杰作,叔侄二人一前一后,跪在坟上。
③ "狮心"理查,即理查一世(1157—1199),尸体埋在别处,心由鲁昂礼拜堂保存。
④ 一五六二年,耶稣教教徒拆毁鲁昂礼拜堂,许多雕像遭受损坏。
⑤ 传说,鲁昂在七世纪有毒蟒为患,被主教圣罗曼杀死。花玻璃窗绘制圣罗曼生平事迹,是一五二一年的作品。

就要变成石头,现在又要化成一道烟,穿过那个半截管子似的、长方鸟笼似的、有孔烟筒似的东西(居然不嫌难看,架在礼拜堂上头,倒像一个异想天开的锅匠,在做什么古怪试验)①,不知去向。她道:

"我们去什么地方啊?"

他不回答,继续快步走去;包法利夫人已经把手指泡在圣水里了,听见背后气喘吁吁,夹杂手杖顿地的有规律的响声。赖昂转回身子。

"先生!"

"什么事?"

原来是守卫,胳膊底下抱着二十来本装订好的大书,顶住肚皮,怕掉下来。全是"关于礼拜堂"的著述。赖昂跑出教堂,咕哝道:

"浑蛋!"

一个野孩子在广场玩耍。

"去给我找一辆马车来!"

小孩子像皮球一样去了四风街;于是他们面对面,单独在一起待了几分钟,全有一点窘。

"啊!赖昂……真的……我不知道……我该不该……"

先是娇声娇气,故作媚态,接着就又摆出一副庄重的神气道:

"这不合适,您知道吗?"

文书反驳道:

"有什么不合适?巴黎就这样做!"

这句话仿佛无可驳辩的论据,说服了她。

马车还不见来。赖昂直怕她再进教堂。马车终于来了。守卫站在门槛,朝他们喊道:

---

① 木制包铅的钟塔,建于十六世纪,一八二二年,遭雷电烧毁;一八二七年重建,改为铜铸,直到一八七七年才完工;一八四八年,曾经一度停工。在小说描述的这段期间,钟塔四周搭了架子,正在重修,所以才有这样一段描写。

"再怎么也该走北门出去！看看《复活》、《最后的审判》、《天堂》、《大卫王》和《火焰地狱的罪人》。"

车夫问道：

"先生去什么地方？"

赖昂推爱玛上车道：

"随你！"

笨重的马车出发了。

它下了大桥街，走过艺术广场、拿破仑码头、新桥，在彼埃尔·高乃依的雕像前面停住①。

车里发出声音道：

"往前走！"

马车又走动，穿过拉法夷特十字路口，走下坡路，一直奔到车站②。同一声音喊道：

"别停，一直走！"

马车走出栅栏门，不久来到林阴道，在夹道的大榆树之间，放慢了速度。车夫擦擦额头，皮帽夹在腿当中，把车赶到道旁水边的草地上。

它沿河走着碎石铺的纤道，从瓦塞尔往前走了许久，一直走过河心那些小岛。

但是它猛然加快速度，驰过四塘、扫特镇、大坝、艾耳伯夫街，在植物园前第三次停了下来③。声音越发暴躁了，喊道：

"走啊！"

它立刻就又上路，走过圣赛韦尔、居朗迪耶码头、磨石码头，再

---

① 十七世纪法国悲剧作家高乃依是鲁昂人。他的雕像立在桥中心。
② 左岸西车站，在塞纳河之南。
③ 马车在南郊兜了一个大圈子。

一次过桥，走过阅兵场，来到广济医院的花园后面：花园里有些穿黑上衣的老年人，沿着绿藤蔓生的平台，在太阳地散步。它走上布弗勒依路，驰过苟什瓦兹，兜了一圈里布代岭，一直来到德镇岭①。

它往回走，漫无目的，由着马走。有人在圣波、莱斯居尔、嘉尔刚岭、红塘和快活林见到它；有人在癞病医院街、铜器街、圣罗曼教堂、圣维维安教堂、圣马克卢教堂、圣尼凯斯教堂前面、——海关前面、——下老三塔、三烟斗和纪念公墓见到它②。车夫坐在车座上，不时望望小酒馆，懊恼万状。他不明白，这两位乘客犯了什么转运迷，不要车停。他有时候想停停看，马上听见背后狂吼怒叫。于是他不管两匹驽马流不流汗，拼命抽打，也不管颠不颠，心不在焉，由着它东一撞，西一撞，垂头丧气，又渴，又倦，又愁，简直要哭出来了。

码头上，货车和大车之间，街头，拐角，市民睁大眼睛，望着这个外省罕见的怪物发愣：一辆马车，放下窗帘，一直这样行走，比坟墓还严密，像船一样摇晃。③

有一回，时当中午，马车来到田野，太阳直射着包银的旧灯，就见黄布小帘探出一只光手，扔掉一些碎纸片，随风散开，远远飘下，好像白蝴蝶落在绚烂一片的红三叶田上一样。

最后，六点钟左右，马车停在芳邻区一条小巷，下来一位妇人，面网下垂，头也不回，照直走了下去。

二

包法利夫人回到客店，一看驿车不在，大吃一惊。伊韦尔等她等

---

① 马车过河而北，又在西郊兜了一个大圈子。
② 右岸城市东部和东郊各地。
③ 六小时走不了这么多路，地名也不见得正好全是顺路。作者显然在夸张这段文字的艺术效果。

了五十三分钟,不见她来,只好出发了。

其实,她也不是非回去不可;不过她有话在先,说她当天黄昏到家。再说,查理在等她回来;她心里已经起了那种唯命是从的胆怯感:对于许多妇女,犯了奸淫,这种感觉就是惩罚,也就是所付的代价。

她连忙收拾行李、算账,到院子雇了一辆轻便马车,又是催促,又是鼓励,时时刻刻向马夫打听:用了多少时间,走了多少里路,终于在甘冈普瓦入口,追上燕子①。

她一坐到她的角落,立刻闭上眼睛,直到挨近岭下,才又睁开。她远远望见全福,站在马掌铺前瞭望。伊韦尔把马勒住,女用人攀着窗口,鬼鬼祟祟道:

"太太,您得马上去郝麦先生家一趟,有急事。"

村子静静落落,和平日一样。街角有一堆堆玫瑰色的东西冒热气,因为眼下到了做果酱的时期,永镇家家在同一天酿造。大家称道药房前面那一堆,不但分外大,也特别考究,药房理当压倒寻常人家,公众需要应该重于个人爱好。

她走进药房,只见大扶手椅翻倒,连《鲁昂烽火》也扔在地上,摊在两只杵当中。她推开过道门,望见郝麦一家大小,全在厨房,个个拿着叉,系围裙系到下巴,周围有砂糖、方糖、装满一颗一颗红醋栗的棕色坛子,桌上有天平,火上有锅。朱斯丹站着,耷拉着头,药剂师冲他嚷道:

"谁叫你到堆置间找它的?"

"怎么啦?出了什么事?"

---

① "燕子"回到永镇,经常总在下午六点钟左右。而前章说包法利夫人回到客店,已经"六点钟左右"了。伊韦尔即使等她"五十三分钟",按说她也不会在半路赶上"燕子"的,因为从鲁昂到永镇,驿车要走三小时,出发总在下午三点钟与四点钟之间。作者在第二部写包法利夫人回去的时间,往往和"燕子"离开鲁昂的时间不相符合。参阅莱昂·鲍勃的《包法利夫人诠释》第387页、第407页、第409页与第416页。

药剂师回答道：

"什么事？我们在做果酱，已经煮上了，可是汤太多，眼看要流到外头，我叫他另取一只锅来。也不知他是不起劲，还是偷懒，走到我的实验室，把挂在钉子上的堆置间的钥匙拿了下来！"

药剂师这样称呼顶楼的一间小屋，里头全是他那一行的器皿和商品。他常常一个人待在里头，一待就是几小时，不是贴标签，倒瓶子，就是捆扎包装。他不单单把它看成一间堆房，而是看成一间真正的内殿，出去的全是他亲手制成的形形色色的药品：丹药、丸药、煎药、洗药和水药，到四乡宣扬他的大名。谁也不许进去；他尊重它尊重到了这般地步，亲自打扫。总之，药房店面是他满足自尊心的地方，向公众开放；堆置间却是郝麦的隐居所，他在这里聚精会神，玩味个人所好。所以朱斯丹的轻举妄动，在他看来便是大不敬。他的脸涨得比红醋栗还红，反复道：

"是啊，堆置间！锁着酸类和苛性碱类的钥匙！去取一只备而不用的锅！一只有盖的锅！一只我自己也许永远不用的锅！我们医学实验，奥妙入微，样样重要！家伙！一定要分清界限！用于制药的器皿绝不能用在家务上！这就像拿手术刀宰填肥的子鸡一样，就像当官的……"

郝麦夫人道：

"你先平平气！"

同时阿塔莉揪住他的大衣：

"爸爸！爸爸！"

药剂师继续发作道：

"不！走开！走开！妈的！倒像开杂货店，简直就像！好，来吧！什么也不尊重！砸吧！摔吧！放走蚂蟥！烧掉蜀葵！药瓶腌黄瓜！绷带撕烂了！"

爱玛道：

"不过您有话……"

"等一等！——你知道你惹了多大乱子？……你就没有看见，左边犄角，第三橱架的东西？说呀，回话呀，哼唧一句说出来呀！"

年轻伙计结结巴巴道：

"我不……知道。"

"啊！你不知道。好！我呀，我知道！你没有看见一只蓝玻璃瓶子①，黄蜡封口，里头装着白粉，我亲自在外头写着：危险！你知道里头是什么吗？砒霜！你去碰这个！到旁边去拿一只锅！"

郝麦夫人合起双手，嚷道：

"旁边！砒霜？你简直要把我们统统毒死！"

孩子们又是哭，又是叫，好像他们已经感到肠子剧疼。药剂师继续道：

"要不然就是毒死病人！你莫非是希望我站到刑事庭的罪犯席？看我上断头台！难道你不知道，我轻车熟路，照样得小心操作？想到我的责任，我都胆战心惊！因为政府迫害我们、管制我们的可笑法规活活就是悬在达摩克利斯头上的利剑②，挂在我们的头上！"

爱玛不再指望问清要她来做什么了，药剂师又是喘，又是急，一句紧跟一句道：

"这就是你报答我的恩德！我像父亲一样照料你，这就是你的酬谢！要不是我，你在什么地方？你做什么？谁供你饮食、教育、衣着？谁供你种种便利，将来体体面面，置身于社会之中？可是为了这个呀，你就该吃苦耐劳，像人家说的，手上长膙子。Fabricando fit faber age

---

① 法令规定，装毒药须用蓝瓶，以便识别。
② 达摩克利斯，公元前四世纪叙拉古暴君迪奥尼修斯的廷臣，常羡慕帝王有福，迪奥尼修斯遂请他赴宴，让他坐上自己的宝座，同时在他头顶上用一根马鬃悬着一把脱鞘的宝剑，意谓帝王虽享荣华，但随时可能遇到危险。

quod agis.① "

他在气头上,引证起拉丁文来了。他要是懂得中文和格陵兰文的话,他也会引证的。因为他已经无法控制自己,心中所有,倾囊吐出,就像大洋一样,遇到狂风暴雨,不但露出岸边的马尾藻,就连海底的沙砾也露出来了。他接下去道:

"我可真后悔,不该照管你!我顶好还是让你像从前一样,回到你生长的脏地方,过穷日子!你呀,一辈子不会有出息,顶多也就是放放牛!你没有一点点才分学科学!你连贴标签也干不好!你待在我家,养尊处优,倒像一个教士、一只大肥公鸡,光会吃喝玩乐!"

但是爱玛不耐烦等下去,转向郝麦夫人道:

"有人叫我来……"

这位太太神色悲伤,打断道:

"啊!我的上帝!我怎么对您说才好?……是一个坏消息!"

话没有说完,药剂师就打断她,吼声震天道:

"倒空它!洗干净!拿走!快呀!"

他抓住朱斯丹的衣领,摇了两摇,就见衣袋掉出一本书来。

年轻人弯下腰拾。郝麦比他快,抢过来一看,眼睛瞪圆,下巴也耷拉下来。他分成两截,慢慢读道:

"《夫妇……之爱》!啊!好极了!好极了!漂亮极了!还有图!……啊!太不像话啦!"

郝麦夫人走过来看。

"不!别动!"

孩子们想看看图。他气冲冲道:

"出去!"

---

① 拉丁文:夫匠者,心无二用,以工得名。

他们出去了。

他起初迈开大步，来回乱走，手捏着翻开的书，转动眼睛，怒气填胸，说不出话，像要中风。随后，他一直走到学徒跟前，交叉胳膊，当前一站：

"小坏蛋，原来你样样恶习都有啊？……当心滚进泥坑！难道你想也不想，这本坏书会落到我的孩子的手里，刺激他们的头脑，损伤阿塔莉的纯洁，败坏拿破仑！眼看他就要长成大人了。至少，你拿得稳，他们没有看到？你能不能保证……"

爱玛问道：

"不过，先生，到底您有没有话同我讲？……"

"我有话讲，夫人……你的公公死了！"

老包法利饭后中风，的确在前天去世了；查理过分担心爱玛感情重，央求郝麦先生，把这可怕的消息婉转通知她。

他说什么，他也仔细想过；他要语句工整、精致、富有节奏，成为一篇审慎、委婉、措词讲究而细腻的杰作；但是忿怒战胜了修辞学。

爱玛一看听不到详情，便离开了药房；因为郝麦先生又数落起来了。不过他现在平下气来，一面拿他的希腊小帽扇风，一面用严父的口吻唧咕道：

"并非我完全不赞成这本书！作者是医生。里头有些科学知识，知道一下也是好的；我敢说，一个人也应当知道。不过，迟些日子，迟些日子！起码也要等你自己长大成人，性格稳定下来才成。"

查理在等爱玛回来，听见门环响，走上前去，伸出胳膊，两眼含泪，向她道：

"啊！我亲爱的朋友……"

他慢悠悠躬下身子吻她。但是她碰到他的嘴唇，想起另一个男子，她摩挲着脸，颤抖起来。她回答他道：

"是啊,我知道了……知道了……"

他掏出母亲的来信给她看:信上说起丧事,没有一点假惺惺哀恸的意思。他和几位旧日袍泽,在杜德镇一家咖啡馆举行爱国聚餐,过后倒在门口街上死了。她惟一的遗憾是他没有接受宗教救助。

爱玛拿信还给他。过后开上晚饭,她照顾人情,装出不要吃的样子。但是经不起他再三劝,她只好不管三七二十一,吃起来了,而查理坐在对面,没有动静,显出一副哀恸的姿势。

他不时仰起脸来看她。一看就是老半天,目光充满悲伤。他有一回叹气道:

"我真想再见他一面!"

她不做声。她最后明白自己非说话不可了,就问:

"你父亲多大年纪?"

"五十八岁!"

"啊!"

她没有话了。

他过了一刻钟又道:

"我可怜的母亲。……她如今怎么办?"

她做了一个不知道的手势。

查理看她默默无言,以为她在难过,惟恐加深她的痛苦,压制自己不再说下去。他于是丢开自己的痛苦,问道:

"你昨天玩得开心吗?"

"开心。"

桌布撤掉,包法利没有起身,爱玛也没有;她常看他这种单调的形象,怜悯心也逐渐消失了。她嫌他寒酸、软弱、无能,总之,是一个地道可怜虫。怎样才能摆脱他?夜晚过得真慢!有什么东西像鸦片气味一样,使她昏昏沉沉。

他们听见一根棍子在门道顿地板响。原来是伊玻立特给太太送行李来了。

他用假腿好不容易画了一个四分之一的圆圈,才把行李放下,满头的红头发在淌汗。她望着可怜人想道:

"他已经忘得一干二净!"

包法利在钱包尽底摸一个小钱;伊玻立特站在眼前,如同当面谴责他的不可挽救的无能一样,可是他似乎并不感到耻辱,望着壁炉上赖昂的紫罗兰道:

"你这把花真好看!"

她信口答道:

"是啊;是我方才买的……一个女叫花子卖给我的。"

查理拿起紫罗兰,小心在意,闻着香气,哭红了的眼睛也凑到上头。她赶快抢过来,放到水杯里。

第二天,包法利老太太来了。她和儿子哭了许久。爱玛借口安排家务,走开了。

过了这天,他们也该一道谈谈丧事了,就带了女红盒子,坐到水边花棚底下。

查理直在想念父亲;他惊讶自己对父亲感情会这样重,先前他以为自己爱他,也不过极其平常罢了。包法利老太太也在想丈夫。往常最坏的年月,也像值得留恋。日子久了,成了习惯,自然而然,也就没有怨尤,只有怀念了。针缝来缝去,可是不时有一大颗眼泪,顺着鼻梁往下流,有一时还在半道停住不流。

爱玛却在想:不到四十八小时以前,没有别人,只有他们单独待在一起,心荡神驰,恨不得多生几只眼睛对看才好。这一天追是追不回来了,她试着回忆当天的细枝末节。不过婆婆和丈夫的存在拘束她。她希望什么也听不见,什么也看不见,没有东西扰乱自己回味爱情,因为尽管集中力量,沉思冥想,外来的感觉眼看就要把它挤掉了。

她在拆一件袍子夹里,周围全是零幅、断线;老太太低着眼睛剪裁;查理穿着他的布头拖鞋和他当便服用的棕色旧大衣,两只手插在衣袋,也不言语;白尔特系着小白围裙,拿起她的小铲,在旁边小径刮沙子。

忽然就见布商勒乐先生走进了栅栏门。

他们遭逢大故,他效劳来了。爱玛回答,她相信不要添置东西。商人并不认输,说:

"对不住,我有两句话,希望私下谈谈。"

接着就放低声音:

"关于那件事……您知道?"

查理的脸一直红到耳梢。

"啊!对……当然。"

他心慌意乱,转向太太道:

"你好不好……我亲爱的?……"

她似乎领会他的意思,因为她站起来了。查理又对母亲道:

"没有什么!不过是家里一些鸡毛蒜皮的事。"

他不愿意母亲知道借据的事,怕她训他一顿。

勒乐先生一见没有别人,就单刀直入,恭喜爱玛有遗产承继,接着谈了一些不相干的事:墙边果木呐,收成呐,还有他本人的健康,总是"不好不歹","好上一阵,坏上一阵"。说实在的,话由人说,可是他卖足了力气,什么也赚不到手,就连抹面包的牛油也吃不起。

爱玛尽他讲去。两天以来,她正闷得要死!他继续道:

"您现在大好啦?真的,您丈夫当时那份焦急,我可看见啦!他是一个好人,别看我们之间有点纠葛。"

她问什么纠葛,因为查理瞒她,没有讲起关于货物的争执。勒

291

乐道：

"您再明白不过！就是您一时高兴，想要的那些旅行箱子啊。"

帽子压着眼睛，一双手搭在背后，他笑吟吟的，吹着口哨，做出一副令人难堪的神气，盯住她看。他疑心什么不成？她神不守舍，非常机诅。可是临了他却改口道：

"我们又谈妥啦。我来是有一个新安排和他商量。"

他指的是延长包法利立的借据。当然，先生可以按自己的心意行事；不过这样一来，他就不必在这方面操心了，特别是现在，他手上有许多事要办。

"其实，他最好把事情委托给别人料理，比如说，让您来料理；您有了代理人权力，方便多了，我们也好在一起打些小交道……"

她听不懂他的意思，偏偏他又不明说。勒乐随后谈到生意，就说：太太不买他点东西也不成。他回头给她送一块青哔叽来，十二米长，正好做一件袍子。

"您身上这件只好家里穿穿。出门做客，您该另来一件才好。我一进门，头一眼就看出来了。我的眼睛尖着呐。"

他不是派人送衣料，而是亲自送来。过后他又带尺来量；又找别的借口来，每回都竭力做出热心、殷勤的样子，或者学郝麦的说法，趋奉唯谨的样子，总在爱玛耳边来上一言半语，提醒代理人权力问题。他绝口不提借据。她也不往这上头想；查理在她复元初期，露出两句口风，可是她一脑子事由，早不记得了。再说，银钱事项，她有意避而不谈；老太太想不到她会这样不关心，把她的转变看成她病中信奉宗教的结果。

但老太太一动身，爱玛立刻表现出她有何等清醒而实际的头脑，使包法利大为赞叹。她提出应当多方打听，验明抵押物品，看看是否需要拍卖或者清算。

她随口引用专门名词，说起"程序"、"未来"、"预见"这些辉煌的字眼，不断夸大承继的困难，最后有一天，她掏出一张委托书样本给他看，上面写着"经管代理他的事务，处理一切债款，签发所有票据，偿付全部银钱"等等。勒乐的指示，她算充分利用了。

查理天真烂漫，问她这张纸是哪儿来的。

"居由曼先生那边。"

她显得异常镇静，继续道：

"我不太信任他。这些公证人，没有好名声！也许应该请教……我们就只认识……唉！谁也不认识！"

查理沉吟了一下，回答道：

"除非是赖昂……"

不过写信不抵事。她提议她走一趟。他不要她去。她一定要去。两个人抢着表示好意。她最后用假惺惺的反抗口吻嚷道：

"得，我求你啦，我一定去。"

他吻着她的额头道：

"你真好！"

第二天，她乘燕子去了鲁昂，向赖昂先生请教；她一住就是三天。

三

这三天才是真正的蜜月，妙趣无穷且又丰富多彩。

他们住在靠码头的布洛涅旅馆，待在里头，闭了窗板，锁上了门，地上撒遍鲜花，冰镇果露清早就送过来。

将近黄昏，他们乘一只遮蔽严密的游艇，到一座小岛用晚饭。

沿着船坞，这里正好听见一片嵌抹船缝的工人敲打船身的响声。

柏油烟在树木间袅袅上升；大片的油渍在绯红的夕阳照耀下起伏荡漾，好像佛罗伦萨的古铜奖章在漂浮一样。

他们从停泊的船只间穿过，游艇上部轻轻擦过长而又斜的缆索。

城里的喧嚣——大车的滚动、语声的嘈杂、甲板上的吠声，不知不觉就听不真切了。她摘下帽子，他们在小岛上岸。

他们坐在一家酒馆的低厅里，门口挂着黑网。他们吃煎胡瓜鱼、奶酪和樱桃。他们睡在草地，躲到白杨树底下吻抱。他们未尝不希望一生一世住在这小地方，就像两个鲁宾孙一样，心旷神怡，觉得这里福天洞地，不啻世外桃源。他们不是头一回看见树木、蓝天、青草，也不是头一回听见水声潺潺、微风在枝叶之间吹拂，不过毫无疑问，他们从来没有加以赞赏，好像大自然先前并不存在，或者只在他们的欲望满足之后，才开始美丽一样。

他们夜晚回去，沿着岛屿行驶，两个人待在船心，躲在阴影里，不言不语。方桨在铁榫中间吱嘎响动，静寂中仿佛节奏计的敲打，同时舵在船尾，无休无止，轻轻拍着水响。

有一回，月亮出来，他们不免搜索词句，加以形容，觉得充满诗意，悒郁感人；她甚至唱着：

你可记得，有一夜，我们摇船……

她柔和的歌声，散到水上，风带走颤音，从赖昂身边掠过，他听上去，仿佛翅膀扇动。

她坐在对面，靠着板壁，月光照进一面开着的窗板。她穿一件黑袍，褶幅摊开，如开一把扇子，衬得她更苗条，更颀长。她仰起了脸，合着手，眼睛望天。有时候，柳树影子完全遮住了她，忽而她又出现了，月光溶溶，恍若仙子。

赖昂坐在她的脚边，手底下碰到一条虞美人红的缎带。

船夫端详了一会儿道：

"啊！这也许是前一天我摇的那群人的。有男有女，一群年轻荒唐鬼，带着点心、香槟、短号，样样齐全！当中有一位先生，又高，又漂亮，一溜短髭，特别逗哏！他们一来就说：'来吧，给我们讲讲别的……阿道耳弗……道道耳弗……'我想他就叫这个名字吧。"

她哆嗦着。赖昂挨到旁边问道：

"你不舒服？"

"没有什么。一定是夜晚的寒气。"

老水手以为说话讨客人欢喜，就慢悠悠道：

"看样子，有的是女人迷他。"

他说过这话，唾唾手掌，又摇起桨来。

可是好景不长，终有一别！分离是凄凉的。

他有信可以交罗莱嫂子转；她教他用两个信封装信，她的偷情打算，清楚明白，不由得他五体投地，佩服之至。她最后吻他道：

"那么，你可以让我完全放心啦？"

"当然！"

他随后独自回家，在街上寻思道：

"可是她为什么那样关心代理人权力这个问题啊？"

四

没有多久，赖昂在朋友面前，神气十足，不但疏远了他们，连业务也丢开不管了。

他盼信；信来了，他左看右看，看个没完。他写回信，他用全部欲望和回忆的力量唤起她的形象。那种再见她的心愿，非但不因为别离淡薄,反而越来越强,他按捺不住,有一个星期六早晨,溜出了事务所。

他在岭上望见盆地教堂的钟楼,还有它的马口铁做的旗子,随风旋转,就像百万富翁荣归故里一样,心头涌起一股喜悦之情,里头有诗意,也有感慨。

他围绕她的住宅徘徊。厨房闪出一道亮光。他等候窗帘后头露出她的影子。什么也没有出来。

勒弗朗索瓦太太一看见他,就大喊大叫,觉得他"高啦,瘦啦",不过阿尔泰蜜丝不这样想,觉得他"壮啦,黑啦"。

他像往常一样,在小间用饭,不过只有一个人,没有税务员;因为毕耐等燕子等累了,决定提前一小时用饭,如今他准五点钟用晚饭,可是照样一来就说:"破车到晚了。"

赖昂下定决心去敲医生的门。太太在卧室,要一刻钟以后下楼。老爷似乎高兴又见到他;但是他一整黄昏不见动静,第二天又是一天待在家里。

第二天黄昏,很晚了,他才在花园后头小巷,单独见到她;——小巷,像和另一个男子一样!赶上雷雨,电光一闪一闪的,照着他们在一把雨伞底下谈话。

他们难割难舍,爱玛道:

"宁可死!"

她边哭,边在他的胸前扭来扭去:

"再见!……再见!……我什么时候再见到你啊?"

他们走开了又回转来吻抱;这一回,她答应他,不拘什么方法,她不久会想出一个长远的机会,自由相会,起码也要每星期一次,爱玛相信有办法。而且她满怀希望。她就要有钱了。

所以她给卧室买了一对宽道道的黄窗帘,勒乐先生早就对她吹嘘便宜来着。她梦想有一条地毯,勒乐说:"这又不是月中桂。"彬彬有礼,决定帮她弄一条来。他成了她的左右手。一天里头,她尽叫人找他;他听说她找,丢下手边的事,马上奔了过去,不出一句怨言。大家也不明白,罗莱嫂子为什么天天在她家用午饭,甚至还私下看望她。

也就是在这期间,就是说,交冬前后,她对音乐似乎有了热烈感情。

有一天傍晚,查理听她弹琴,同一琴谱,她一连弹了四次,一次比一次生气,然而他看不出有什么不同,却喊道:

"真好!……好极了!……你不该停下来!弹吧!"

"嗜!不成!糟不可言!我的手指全像长了锈一样!"

第二天,他求她"再弹点什么给他听"。

"好吧,你要听,我弹给你听!"

查理承认她有一点生疏。她弹错琴键,东碰碰,西碰碰,最后干脆住了手:

"啊!没有救!我应该跟人学琴去,不过……"

她咬了咬嘴唇,接下去道:

"二十法郎一次,太贵啦!"

查理似笑非笑,蠢模蠢样道:

"是啊,的确……有一点……其实,少出些钱,我看,也许一样好学;因为有些艺术家,别看没名气,往往比名流高多了。"

爱玛道:

"你打听打听看。"

第二天,他回到家,一副狡黠模样打量她,临了憋不住,还是把话说出来了:

"你有时候可真固执!今天我到巴尔弗舍尔去了。好!利埃热尔太太对我讲:她那两位小姐,在慈悲修道院学琴,教一次两个半法郎,还是一位有名的女教师！"

她耸耸肩膀，索性琴也不弹了。

但是她从钢琴旁边走过（万一包法利也在旁边的话），她就叹气道：

"哎！我可怜的钢琴！"

你去看望她，她少不了告诉你，她早已放弃音乐不学了，由于环境关系，现在也不可能再学了。她得到外人的同情。真可惜！她那样有才分！有人甚至同包法利谈起，说他不该不让她学，特别是药剂师："这就是您的不是了！一个人有天分，说什么也不该耽搁。再说，您想想看，我的好朋友，放太太去学琴，以后您孩子的音乐教育，不就替您省下来了吗！我认为母亲应当亲自教育子女。这是卢梭的见解，也许眼下还有一点新，不过我拿稳了，迟早会盛行的，就像母亲喂奶和种牛痘一样。"

所以查理再度谈起钢琴的问题。爱玛一听，就酸溜溜地回答：顶好拿它卖掉。这架可怜的钢琴，曾经多次满足她的虚荣心，如今卖掉，在包法利看来，就像她亲手处死她的某一部分一样，他说：

"万一你愿意的话……偶尔学一次钢琴，话说回来，也不见得有多大破费。"

她就这样设法得到丈夫允许，每星期进城一趟，会晤她的情人。一个月下来，居然有人以为她弹琴很有进步。

五

她每星期四去，从床上爬起来，悄不做声，穿好衣服，就怕惊醒查理，来上两句闲话，说她不必太早出门。她打扮消停，走来走去，要不然就站在窗前，瞭望广场。曙光在菜场柱子的空当转动，药房的窗板关着,招牌上的大写字母,衬着黎明的灰白颜色,隐约可辨。

钟针指到七点一刻,她去了金狮,阿尔泰蜜丝打着呵欠,过来给她开门。炭埋在灰烬里头,阿尔泰蜜丝为她剔红了。爱玛一个人待在厅房。她不时走到院子。伊韦尔不慌不忙套车,勒弗朗索瓦太太戴着睡帽,探出小窗口,交代任务,絮絮叨叨,对他解说来解说去,换了别人,早不耐烦了,可是伊韦尔一边套车,还一边在听。爱玛的靴跟打着院子石头地响。

他用过早点,披上粗毛斗篷,点起烟斗,拿起鞭子,终于安闲无事,坐到他的座位。

燕子悠悠走去,第一古里有四分之三,随地停留,等旅客上车。有的站在路旁,院子栅栏门前,守候它来;有的头一天约好了,由着车等;有的甚至还在家里床上;伊韦尔连喊带叫,骂过不算,还走下车来,拼命砸门。冷风吹进车窗的裂缝。

四条长凳坐满,车朝前驶去,苹果树一棵接连一棵,一闪而过;两道长沟,盛满黄水,夹着大路;大路越靠近天边,越显得窄小。

爱玛对这条路,拐弯抹角,没有一个地方不熟,知道过了一家牧场,就有一根桩子,再下去又是一棵榆树、一座谷仓,或者一间路工小屋;有时候,她甚至闭上眼睛,过一会儿再睁开,奇怪到了什么地方,但是还有多少路要走,她再清楚不过。

砖房终于到了眼前,地在车轮底下起了响声,燕子穿过两旁花园,人在开口的地方望到几座雕像、一座葡萄台①、几棵剪齐了的罗汉松和一架秋千。紧跟着一眨眼工夫,城出现了。

城像圆剧场,一步比一步低,雾气笼罩,直到过了桥,才乱纷纷展开。再过去又是旷野,形象单调,越远越高,最后碰上灰色天空的模

---

① 诺曼底的富裕农民,喜欢在花园堆一座土台,再在上面搭葡萄架。

糊的基线。全部风景,这样从高处望去,平平静静,像煞一幅画。停锚的船只,堆在一个角落;河顺着绿岭弯来弯去;长方形的岛屿,如同几条大黑鱼,停在水面,一动不动。工厂的烟筒冒出大团棕色的烟,随风飘散。教堂的尖顶突破浓雾,清越的钟声有冶铸厂轰隆轰隆的响声伴奏。马路的枯树,站在房屋中间,好像成堆的紫色荆棘。雨洗过的屋顶,由于市区有高有低,光色参差不齐。有时候,吹来一阵劲风,浮云漂向圣卡特琳岭,仿佛空气凝成波涛,冲击岸边绝壁,先是气势汹汹,转瞬就又销声匿迹了。

这些人口密集的地方似乎有什么令人晕眩的东西,使她心潮澎湃,按她的设想,仿佛活在这里的十二万人,个个热情洋溢。她的爱情在这种地方益发高涨起来,城市的喧腾填入她的爱情,使之膨胀,随即她又朝广场、林阴道、街头把爱倾泻出来。诺曼底的这座古城,在她看来,成了一座其大无比的京城,一座等她进去的巴比伦。两只手靠住车窗,她吸着吹来的微风。三匹马奔驰,泥里的石头嘎吱在响,车在摇晃,伊韦尔老远就喊路上小货车闪开,同时在纪尧姆树林过夜的资产者,乘着家里的小马车,安安详详下岭。

车在城门跟前停住;爱玛脱下木头套鞋,换过手套,理好披肩,在二十步开外,走下燕子。

全城正苏醒过来①。有些伙计戴着希腊小帽,擦亮店面;有些妇女,屁股顶着篮子,隔一会儿,在街角吆喝一声。她贴墙走,眼睛望地,黑面网拉下来,喜滋滋的,笑容满面。

她怕人看见,一般不走最近的路。她钻进不见阳光的小巷,浑身是汗,从国民街的街口,喷泉附近出来。这里是剧场、咖啡馆和妓院区。常常一辆大车,载着晃晃悠悠的布景,从她旁边走过。有些系围

---

① H. L. 在《法兰西文学史杂志》一九一〇年四月号指出:燕子早晨将近八时离开永镇,要走三小时才到鲁昂,不可能"全城正苏醒过来"。

裙的伙计,往绿色灌木丛之间的石板路上撒沙子。她闻见洋艾酒、雪茄和牡蛎的气味。

她转过一条街,看见一个人,帽子底下露出一圈一圈头发,认出了他。

赖昂在人行道上继续行走。她一直跟到旅馆;他走上楼,开开门,进去……热烈地吻抱!

吻过以后,话像激流一样,滔滔不绝。他们互相倾诉一星期来的愁闷、忧虑和盼信的焦灼;但是如今,统统烟消云散了,他们面对面望着,开心地笑着,恩恩爱爱地叫着。

床是一张船形桃花心木大床。天花板挂着素红缎幔帐,低低下垂,兜着敞口床头;——世上没有比这再美的了:红颜色衬着她的棕色头发、她的白色皮肤,同时她羞答答的,缩拢两条光胳膊,脸藏在手心。

房间暖和,地毯没有声息,陈设轻狎,光线柔和,似乎一切专为颠鸾倒凤而设。太阳进来,箭头帐竿、铜床钩、火笼的大球,马上发出亮光。两只玫瑰红大蚌壳,放在壁炉上两支蜡烛当中,举到耳边,可以听见海啸。

他们多爱这间亲密的卧室!装潢虽然有一点过时,但是充满欢愉。他们过一个星期再来,发现木器照样待在原来的地方,有时候,她上星期四忘记的头发针又在钟座底下看到。他们围着一张独腿紫檀小圆桌,在炉边用午饭。爱玛把肉切成薄片,给他放在盘子里,一边千娇百媚,卖弄风骚。香槟酒倒进精致的玻璃杯,沫子溅上她的戒指,她笑了起来,清脆动听,无拘无束。他们两下色授魂与,如胶似漆,错把旅馆当做家园,要在这里活到老死,宛如一对神仙夫妇,永远少艾。他们说起"我们的房间"、"我们的地毯"、"我们的扶手椅";她甚至说起"我的拖鞋",——这是赖昂的礼物,天鹅毛沿口。她坐在他的膝上,她的腿太短，悬在半空，于是没有后跟的玲珑拖鞋，就只套在她的光脚的脚趾。

女性生活的不可言传的美妙，他有生以来，还是头一回玩味。他从来没有领略过这种雅致的语言、这种考究的服装、这种睡鸽似的姿态。他赞赏她火热的感情和裙子的花边。再说，她不正是一位社交之花、一位有夫之妇！总而言之，一位真正的情妇！

由于性情多变，一时幽深，一时快活，一时絮叨，一时缄默，一时激愤，一时冷淡，她激发出来的欲望，在他也是无穷的，不唤起本能，就唤起回忆。她是所有传奇小说里的情人、一切剧本里的女主人公、任何诗集泛指的她。他在她的肩头又看见了《土耳其嫔妃入浴图》的琥珀颜色；她有封建时代女庄主的细长腰肢；她也很像"巴塞罗那的面色苍白的妇人"，但首先她是天使！①

他常常一边看她，一边觉得他的灵魂离开自己，变成波浪，顺着她的头部往下流，不由自主，流进她的白净的胸脯。

他坐在她面前的地上，一对胳膊肘搭在膝盖上，仰起脸来，笑眯眯打量她。

她朝他弯下身子，仿佛神魂颠倒，话也说不出来了，唧唧哝哝道：

"别动！别说话！看着我！你的眼睛像有什么东西放射出来，那样甜，那样让我惬意！"

她叫他"孩子"：

"孩子，你爱我吗？"

她简直听不见他的答话，因为他的嘴唇很快就上来封住了她的嘴。

---

① 《土耳其嫔妃入浴图》，法国画家安格尔(1780—1867)的作品。"巴塞罗那的面色苍白的妇人"指西班牙画家牟利罗(1617—1682)的《喂奶的民妇》一画而言。当时诗歌常用"天使"这种字眼称颂妇女。

钟上有一个丘比特①,小铜像,一脸媚态,弯起两只胳膊,托住一个镀金花环。他们笑他笑了许多次。但是临到非分手不可,他们觉得样样严肃了。

两个人面对面,一动不动,再三重复:

"下星期四见!……下星期四见……"

她伸出两只手,猛然搂住他的头,骤风急雨般吻着他的前额,喊一声"再会!"奔下楼梯。

她走到剧场街,在一家理发馆整理头发。天黑了;铺子点亮煤气灯。

她听见剧场摇铃,召集演员上戏;她看见对面走过白脸的男子和装束过时的女子,从后台门进去。②

这间小屋本来太低,加上假发和生发油之间,生着熊熊的炉火,显得特别暖和。她闻着铁的气味,还有那双给她梳理头发的油手,很快就昏昏沉沉,披着她的梳头衣服,眯瞪了一小会儿。伙计常常一边给她梳头,一边问她要不要化装舞会的门票。

她终于走开了!穿街越巷,来到红十字旅馆,早晨她把木头套鞋藏在长凳底下,现在又取出来穿上,挨着不耐烦的乘客,坐到她的座位。有的乘客在岭下就下了车,她一个人留在车上。

每拐一次弯,遥望城里灯火,也就一次比一次多,仿佛一大片通明的水汽,浮在杂乱的房屋上空。爱玛跪在垫子上,茫然望着这照花了眼的景象。她呜咽了,叫着赖昂,朝他送去一些情意绵绵的话和随风而逝的吻。

有一个乞丐,拄着拐杖,不顾山路崎岖,在驿车中间奔走。肩膀

---

① 丘比特,罗马神话里的爱神(童子)。
② H. L. 又指出,燕子下午六时回到永镇,离开鲁昂的时间,不可能迟到天黑、点灯、上戏。

蒙着一堆破布。一顶旧獭皮帽,没有顶子,圆圆的仿佛一个脸盆,扣住他的脸,可是他一摘掉,就见眼皮地方,有两个血窟窿。皮肉开裂,形成一道道红皮瓣,脓液淌下来,凝成绿痂,一直到鼻子。黑鼻孔痉挛似的往里吸气。说话先要仰起头来傻笑;——于是他的淡蓝瞳仁,不住朝太阳穴滚过去,一直滚到脓疮外沿。

他跟在车辆后面,唱着一首小歌:

火红的太阳暖烘烘,
小姑娘正做爱情的梦。

下边唱到飞鸟、太阳和绿叶。

有时候,他光着头,冷不防来到爱玛背后。她叫一声,就往后退。伊韦尔寻他开心,叫他赶圣罗曼集摆一个摊子,要不然就笑嘻嘻问他,他的情人一向可好。

常常车正在走,就见他的帽子突然塞进车窗,另一只胳膊抓住脚凳,车轮泥水再溅,他也揪牢不放。他的声音先是哀婉,如同婴儿啼哭,慢慢变尖了,在夜色中拖长,好像一个人说不出来为什么伤心,抽抽噎噎,听不真切哭些什么,可是透过铃铛的响声、树木的吹动和空车的轰隆,隐隐传来什么力量,扰乱爱玛的心情,好像一阵旋风进了深渊一样,沉入她的灵魂深处,又把她带到无边无涯的忧郁世界。不过伊韦尔觉出一边偏重来了,抡起鞭子,使劲抽打瞎子。鞭梢抽到他的烂疮,他摔在泥里,疼得扯嗓子乱叫。

燕子的乘客终于睡着了,有人张开嘴,有人低下头,不是靠住邻人的肩膀,就是胳膊穿进车上的皮带,随着马车的颠簸,摇来晃去。灯在车外摆来摆去,照着辕马的屁股,透过巧克力色的布帘,撒下一片血红的影子,笼罩着这些安静的男女。爱玛一阵紧似一阵凄凉,穿着衣服，直打寒噤，越来越觉得脚冷，心像死了一样。

查理在家等她回来；燕子星期四总是姗姗来迟。太太终于回来了！她勉强吻抱了一下小女孩子。晚饭没有预备好，没有关系！她原谅女厨子。现在似乎全尽这丫头做。

丈夫看出她面色苍白，常常问她是否难受。爱玛说：

"不难受。"

他反驳：

"可是你不觉得你今天晚上有点异样？"

"哎呀！没有什么！没有什么！"

甚至有些天，她一到家，就先上楼，去了卧室。朱斯丹凑巧也在，潜着脚步，奔走伺候，比一个精明的宫女还要得心应手。他理齐火柴、蜡烛盘和一本书，放好她的睡衣，摊开被窝。她说：

"好，行啦，去吧！"

因为他站在一旁，两手下垂，眼睛睁开，就像忽然沉入绮梦，千丝万缕，缠在里面无法自拔。

第二天阴沉可怕，以后几天，还要难熬，因为爱玛急于重温她的幸福，大有迫不及待之势，——正因深谙其味，越发贪得无厌，所以她熬到第七天，见到赖昂，就尽情缱绻。他的热情表现首先是惊奇和感激。爱玛享受这种爱情，审慎而专注，温存体贴，花样翻新，惟恐有什么闪失，爱情不翼而飞。她常常声音柔和，悒悒寡欢，对他道：

"啊！你！你会离开我的！……你要结婚的！……你要和别人一样的。"

他问道：

"哪些别人？"

她回答道：

"还不都是男人。"

然后她做出娇嗔的手势,推开他道:

"你们全是负心的货!"

他们有一天,心平气和,漫谈人事无常,她随便说起(为了试验他的忌妒,或者也许由于一种过分强烈的吐露心情的要求)往日,她在他之前,爱过一个男子,"并不像你!"她赶快补上一句,还用女儿的终身赌咒,说:"没有发生关系。"

年轻人信以为真,问起他的职业。

"我的朋友,他是一位船长。"

这不免去任何追究,同时不也抬高她的身分?——因为一个男人,天性好斗,听惯恭维,居然受她支配,无形之中,也就说明她的魅力。

可是文书听了这话,很嫌自己卑微。他羡慕肩章、勋章、官衔。她一定喜欢这类东西,从她爱挥霍的习惯上就能看出来。

其实爱玛有许多异想天开的事,还没有说出口来,例如她来鲁昂,希望能乘一辆蓝色提耳玻里,驾一匹英吉利马,有一个穿翻口长靴的马僮驭马。勾起她这种怪想法的是朱斯丹,他曾求她收他当一名跟班。短少这辆马车,并不减轻她每次赴幽会的快感,然而增加回去的辛酸,也是真的。

他们一道谈起巴黎,她临了总嘀咕道:

"啊!我们住在那边,要有多好!"

年轻人摸着她的头发,柔声柔气问道:

"难道我们不快活?"

她道:

"是啊,的确快活,我把话说得没有边儿啦;亲亲我!"

她待丈夫也可爱多了:给他做"阿月浑子"奶酪,晚饭后弹华尔兹舞曲。他把自己看成最走运的人,爱玛日子也过得无忧无虑的,可是有一天黄昏，他冷不防问道：

"教你弹琴的，是不是朗玻乐小姐？"

"是她。"

查理接下去道：

"噢！我方才在利埃热尔太太家里看见了她。我同她谈起你来，她说她不认识。"

她像遭了雷殛一样，不过还装出若无其事的模样，回答道：

"啊！想必是她忘记我的名姓啦！"

医生道：

"不过鲁昂也许有几位朗玻乐小姐教钢琴吧？"

"很有可能。"

然后连忙道：

"可是我有她的收据，可不！你看。"

她走到书桌跟前，翻遍抽屉，搅乱纸张，临了头昏脑涨，还是不见踪影，查理再三劝她住手，犯不上为了这些无聊收据，自讨苦吃。她道：

"嘻！我会找到的。"

果不其然，到了下星期五，他在存放衣服的黑小间换靴子，发现在一只靴子的皮和袜子之间，有一张纸，他取出来读道：

　　兹收到三个月教琴费及杂费共六十五法郎。音乐教师费莉西·朗玻乐。

"家伙！这怎么会在我的靴子里头？"

她回答道：

"想必是从放账单的旧纸盒里掉出去的。纸盒放在架子的边边上。"

从这时起,她的生活只是一连串谎话,好像面网一样,用来包藏她的爱情。

这变成一种需要、一种癖好、一种快感,以致她若说她昨天在一条街道的右侧行走的话,必须听成她在左侧行走。

有一天早晨,她像平时一样,衣着相当单薄,去了鲁昂,可是才一动身,天空忽然飘起雪来了;查理正在窗口看雪,望见布尔尼贤先生坐了杜法赦先生的包克到鲁昂去。他于是跑下楼梯,拿了一条厚披肩,拜托教士,一到红十字旅馆,就递给太太。布尔尼贤前脚才进客店,就打听永镇医生太太在什么地方。女店家回答:她很少来。临到黄昏,堂长在燕子里遇见包法利夫人,对她说起他的尴尬,不过似乎也并不怎么看重,因为他马上改口恭维一位布道师,在礼拜堂讲演,效果很好,阔太太全争先恐后来听。

他不追根究底,难保将来别人不管闲事。她这样一想,觉得每次还是在"红十字"下车的好,本村正经的男女上下楼梯看见她,也就不起疑心了。

但是有一天,勒乐先生遇见她走出布洛涅旅馆,挎着赖昂的胳膊。她怕起来了,以为他会张扬出去。他不那样蠢。

可是三天之后,他走进她的房间,把门关好,说:

"我等钱用。"

她说她付不出。勒乐唉声叹气了一大阵,提起他过去待她的种种好处。

查理签的两张借据,的确,爱玛直到如今,只付过一张。至于第二张,她请商人换成两张,付款日期还放得老远老远的。他说起这话,从衣袋取出一张欠付的货单,例如窗帘、地毯、沙发料、几件衣服和一些梳洗用的零星东西,一共约摸有两千法郎。

她低下了头。他接下去道：

"您没有现钱，可是您有房产呀。"

他说起奥马尔附近一所破烂房屋，根本没什么收益，坐落在巴恩镇，从前属于老包法利卖掉的一所小田庄。勒乐居然了如指掌，连公顷数目、邻居姓名，也都知道。他说：

"我要是您呀，拿它还清债，还有多余。"

她说找不到买主；他说有希望找到。她问怎么样她才能做主出卖。他回答道：

"难道您没有代理人权利？"

她听到这话，就像一阵清风吹来一样。爱玛道：

"您把账单留给我。"

勒乐回答说：

"哎呀！操这份心干什么！"

下星期他又来了，自吹自擂，说他千辛万苦，终于发现了一个人，叫朗格洛瓦的，许久以来，就在觊觎那所房产，不过没有说出买价来。她喊道：

"什么价钱都成！"

正相反，必须等候，试探试探这家伙。为了这事，值得走一趟，她既然去不了，他愿意代劳，当面和朗格洛瓦讲定。待他回来，就讲：买主出到四千法郎。

爱玛听见这消息，眉飞色舞。他接下去道：

"老实讲，出价够高的啦。"

她立刻收到一半议价。商人看见她要付账，又向她道：

"这样大一笔款子，您一下子用光，天地良心，我看了可真不好受。"

于是她望着钞票，想着这两千法郎能作成不计其数的幽会，不由得期期艾艾道：

"怎么！怎么！"

他装出一副老好人的模样，笑道：

"哎呀！随便什么，全好记账的。家里的事，我有什么不知道的。"

他一边盯着她看，一边捏住两张长纸，在指甲中间滑来滑去。他最后打开皮夹，掏出四张期票，每张票面一千法郎，放在桌上。他说：

"您签一个字，钱就留着用吧。"

她觉得太不像话，叫起来了。勒乐先生厚着脸皮回答道：

"我把多出来的差额给您，您也好说不是成全您？"

于是他拿起一支笔，在货单底下写了一句："兹收到包法利夫人四千法郎。"

"您卖破房子的尾数，半年内可以拿到，我再把末一张期票的日期挪到付清之后，您有什么不放心的？"

爱玛计算来，计算去，绕在里头，绕不出来了，耳边听见叮叮当当，好像金币撑破口袋，在地板上围住她响个不停。勒乐最后解释：他有一位朋友，叫万萨的，在鲁昂开了一家银行，可以照这四张期票的数字，先行代付，等他那边付过了，扣去实际欠款，他会亲自把多余的差额给太太送过来的。

但是他送来的不是两千法郎，而是一千八百法郎，因为朋友万萨（按照规矩），作为佣金和回扣，扣下了两百法郎。接着他就漫不经心的样子，要一张收据。

"您明白……交易上……有时候……写上日期，费心写上日期。"

梦想可以实现了，爱玛眼前展开一片好景。不过她也相当小心，留下一千埃居不用，按期付清头三张期票；可是第四张偏巧在星期四送来，查理凄凄惶惶，耐下心来，等太太回家解释。

她先前没有告诉他这张期票的来历，只是怕他操劳家事；她坐在他的膝盖上，疼他，哄他，一桩又一桩，列举欠了账也非买不可的东西。

"其实你也看得出来，买了这么多东西，要价不算太高。"

查理无路可走，想来想去，只得再求勒乐帮忙。他对天赌咒，说他一定息事宁人，只要老爷另立两张期票就成。一张是七百法郎，三个月付清。他预作绸缪之计，给母亲写了一封求告的家书。她不写回信，亲自来了；爱玛问他有没有从她那方面挤出钱来，他回答道：

"钱有。不过她先要看账。"

第二天，天才破晓，爱玛就跑到勒乐先生那边，求他另写一份账，不要超出一千法郎；因为她拿出四千法郎的账单来，就是说出她已经付过四分之三，那样一来，势必非承认变卖房产不可。交易是商人从中拉成的，直到后来，人才知道。

买的东西虽然件件便宜，老太太还嫌浪费。

"你不好不用地毯？为什么要换椅套？我那时候，家里只有一张扶手椅，还是为老年人预备的，——至少我母亲是这样过来的，她可是一位正经女人，我告诉你。——世人不见得个个有钱！再有钱，也经不起乱花！我要是像你这样贪舒服，就要脸红的！可是我上了年纪，倒正需要将息……看啊！看啊，修改衣服！摆阔！怎么！绸夹里，两法郎一米！……其实纱布就挺好，才半法郎一米，还有八个苏一米的！"

爱玛仰靠在长椅上，尽最大可能，平心静气回答道：

"哎呀！老太太，够啦！够啦！……"

老太太偏不住嘴，继续教训她，预先断定他们会流落到救济院的。说来说去，都是包法利的不是。幸而他答应取消那张代理书……

"怎么？"

老太太回答道：

"啊！他赌了咒的。"

爱玛打开窗户，喊查理来。三面对证，可怜人只好承认是母亲逼的。

爱玛跑开了，很快就又回来，气焰十足，拿一张厚纸递给她。老太太道：

"我谢谢你。"

她一丢就把代理书丢到火里去了。

爱玛笑了起来，笑声又尖，又响，又长：她又精神失常了。查理喊道：

"啊！我的上帝！哎呀！妈，你也不对！你来了就跟她吵……"

母亲耸耸肩膀，硬说："这全是假招子。"

可是查理第一次反抗，找话护卫太太，老太太听不下去，不肯待了。她第二天就走，他试着留她，她站在门口回答道：

"不必，不必啦！你爱她，胜过爱我，你对，这是天性。反正，好不了！你等着瞧吧！……当心身子！……因为我不会冒冒失失，再像你说的，来跟她吵的。"

查理得罪了母亲，可是在爱玛面前，照样十分尴尬。他不信任她，她决不隐藏她的怨恨。他左求右求，求到后来，她才勉强同意收回代理人权利。他亲自陪她到居由曼先生的事务所，另立一份代理书，和先前的一份完全一样。公证人道：

"我明白。一位科学工作者，分不出心照管琐碎的实际生活。"

查理听了这句奉承话，觉得心下一宽：经过恭维，他的弱点改头换面，似乎另有崇高的任务在身了。

下星期四，她来到旅馆他们的房间，和赖昂在一起，是怎样的热情奔放！又是笑，又是哭，又是唱，又是舞，要冰镇柠檬水喝，要香烟吸，他嫌她放肆，可是又觉得她娇娆动人，出尘绝世。

他不知道她的内心起了什么反应，越来越使她追逐人生的享乐。她变得好生气，爱吃嘴，喜刺激。她和他在街上散步，扬起头来，她说，不怕出事。不过有时候，她猛然想到遇见罗道耳弗，却也畏缩起来；因为他们虽然永远分手，她觉得她还没有完全摆脱他的影响。

有一天黄昏，她没有回永镇。查理急得走投无路，小白尔特没有妈妈，不肯睡觉，抽抽噎噎，心也要哭出来了。朱斯丹赶到大路张望。郝麦先生走出了药房。

最后，等到十一点钟，查理不见她回来，再也耐不下去了，驾起他的包克，跳上去，抽打牲口，早晨两点钟左右，到了红十字旅馆。她不在。他心想文书也许见到她，不过他住在什么地方？查理幸而记起他的老板的地址。他奔去了。

天才破晓。他在一家门首，看见几个牌子，就去打门。没有人开门，他问的话，有人喊着回答，还直骂那些夜晚搅扰别人的人。

文书住的房子没有门铃，没有门环，也没有门房。查理握起拳头，拚命砸窗板。过来一位巡警；查理心虚了，只好走开。他自言自语：

"我真叫傻；毫无疑问，洛尔莫先生留她用晚饭来着。"

洛尔莫一家已经离开鲁昂了。

"她大概是待下来看护杜普勒依太太。哎呀！杜普勒依太太死了有十个月了！……她到底在什么地方？"

他灵机一动，走进一家咖啡馆，要《年鉴》看，很快就找到朗玻乐小姐的名字，她住在皮缏街七十四号。

他走进这条街，爱玛本人正好从另一头出来；他不是吻抱，而是扑到她身上，一边喊道：

"昨天谁留住你啦？"

"我生病来着。"

"什么病?……住在什么地方?……怎么会的?……"

她摸了摸额头,回答道:

"在朗玻乐小姐家。"

"我晓得是她家!我正要去。"

爱玛道:

"不必去,她方才出的门;不过以后再有这类事,你放心好了。我回来晚一点点,你就急成这样,这么一来,你明白,我就不敢出门走动啦。"

话说在前头,以后再赴幽会,她可以毫无顾虑,为所欲为。所以她也就由着性子,加以充分利用。只要心血来潮,想看赖昂,她马上就随便找一个借口,去了鲁昂。他想不到她来,这一天没有在旅馆等她,她到他的事务所找他。

开头几回,欢乐异常。但是没有多久,他说出了实情,就是他的老板极不赞成有人打搅。她道:

"得啦,走吧!"

于是他溜出来了。

她要他穿一身黑,下巴留一撮尖胡须,模仿路易十三的肖像。她想认识他的住处,看过以后,嫌它寒酸;他一听这话,臊红了脸,她满不在乎。随后她劝他买些和她家里一样的窗帘,他嫌浪费,她笑道:

"哈!哈!你舍不得你的宝贝钱啊!"

赖昂必须回回向她报告:从上次幽会起,他这期间,都做了些什么。她问他要诗、一首为她写出来的诗、一首献给她的情诗;第二行韵脚,他搜索枯肠,也配对不出,结局就是从纪念册上抄一首十四行诗交卷。

他这样做,不是出于虚荣,而是为了讨她的欢心。他不反驳她的见解；他接受她的一切爱好；与其说她是他的情妇，倒不如说，他变成她的情妇。她有温存的语言和销魂的吻。这种妖媚，表面上看不出什么，实际上出神入化，到了无迹可寻的地步，奇怪，她从什么地方学来的？

六

赖昂下乡看她，常在药剂师家用晚饭，觉得应当还请才对。郝麦先生回答他道：

"愿意之至！再说，我老待在这里，快要长锈了，也该活动活动。我们去看看戏，吃吃馆子，玩它一个痛快！"

郝麦太太一听他有意去冒那些无名的危险，心惊胆战，情之所至，低声阻拦道：

"啊！好人！"

"嘻，这有什么？你以为我经年待在药房，一天到晚闻气味，就不糟蹋我的身子啦？可不，这就是女人的特征：她们忌妒科学，然后就反对最正当的娱乐。没有关系，我一定来，我说不定哪一天就来鲁昂，我们一道把洋钱用光算数。"

这样的话，药剂师先前没有说过；然而他如今看中快活的巴黎派头，认为最得风气之先，所以也像他的邻居包法利夫人一样，向文书再三打听京城风俗，甚至于话里搀上切口，来唬……资产者，说窝、摊、新潮、摩登、柏奈达路，还有，不说"我去了"，而说"我颠儿了"。①

果然有一个星期四，爱玛她意想不到会在金狮的厨房遇见郝麦先

---

① 柏奈达路，用英文，不用本国文，表示时髦。该路在巴黎歌剧院区（第九区），一八二二年开辟，土地属于柏奈达私有，曾经是谈情说爱的一个时髦地点，现在改名亨利·莫尼耶街。"我颠儿了"：借用北京土话。

生,穿着旅行装,就是说,披一件谁也没有见过的旧斗篷,一只手提一只小箱,另一只手提了一只药房的脚炉,他惟恐公众见他不在,大惊小怪,因而没有同任何人讲起他的计划。重游旧地的想法,毫无疑问,使他意兴盎然,所以一路上话不绝口。他不等车停,连忙跳下,寻找赖昂;文书推托不去,经不起郝麦先生强拉,还是把他拉到诺曼底咖啡馆去了。药剂师大摇大摆,走进咖啡馆,帽子不摘,以为在公共场所露出光头,十分土气。

爱玛等赖昂等了三刻钟,不见他来,跑到事务所找他,照样无影无踪,猜来猜去,莫名其妙。她骂他无情,怨自己心软,额头贴住玻璃,气闷了一下午。

已经两点钟了,他们面对面,坐在桌子前。大厅空空落落;炉管是棕榈树模样,枝叶镀金,在白色天花板上散成绚烂一片;靠近他们,玻璃窗外,太阳地里,有一个小喷泉,淙淙琤琤,流在大理石水池:池里有水芹和石刁柏,当中爬着三条龙虾,昏昏沉沉,躺在一堆侧卧的鹌鹑旁边。

郝麦兴高采烈,其乐陶陶,虽说使他有了醉意的,与其说是美酒盛馔,不如说是豪华气派。不过喝到波马尔葡萄酒①,他也有点飘飘然了,甘蔗酒煎鸡蛋端来的时候,他正在发挥关于女人的有伤风化的理论。最打动他的就是俏。他醉心于服装优雅和家具高贵的房间。至于形体,他不讨厌小巧玲珑。

赖昂望着挂钟,内心如捣。药剂师喝着,吃着,说着,无限快活。他忽然道:

"您在鲁昂,一定很感寂寞。其实您的对象住得也并不远。"

看见对方脸红,他问下去道:

---

① 波马尔在第戎之南,红葡萄酒非常名贵。

"好，坦白吧！您能否认您在永镇……"

年轻人期期艾艾，不知所云。

"您在包法利太太家，不是追……"

"追谁？"

"丫头！"

他不说笑；但在赖昂，虚荣心压倒了一切谨慎，冒冒失失，就绝口否认了。再说，他只爱棕色头发女人。药剂师道：

"我同意；她们比较淫荡。"

他于是俯在朋友耳边，列举辨别女人淫荡的标志。他甚至于掉转话锋，大谈人种学：德意志女人悒郁，法兰西女人轻佻，意大利女人热情。文书问道：

"黑种女人呢？"

郝麦道：

"这是艺术家的雅好。伙计！两小杯咖啡！"

赖昂不耐烦了，终于说道：

"我们走吧？"

"Yes.①"

不过他走以前，要见见老板，夸奖两句酒菜。年轻人一听这话，就说有事，希望借机溜掉。郝麦道：

"好啊，我护送你走！"

他一边陪他在街上行走，一边说起他的太太、他的子女、他们的未来和他的药房，讲它先前如何不景气，经他历年整顿，达到了完善的地步。

走到布洛涅旅馆前面，赖昂出其不意，丢下了他，跑上楼梯，发

---

① 英文：是，好吧。

现他的情妇焦灼惶惑，百无聊赖。

不提药剂师还好，提起他来，她就冒火。然而错不在他，他举出种种理由解说：难道他不了解郝麦先生？难道她会相信他喜欢和他在一起？但是她不理他，转开了身子；他拉她回来，跪在地上，搂住她的腰，一副撒娇的可怜相，充满情欲和哀求。

她站直了，眼睛冒火，睁大了望他，模样不但严肃，简直有些可怕了。接着她就泪眼模糊，红眼皮耷拉下来，把两只手给了他。赖昂正在吻手，就见进来一个茶房，回禀先生：有人找他。她说：

"你还回来？"

"对。"

"什么时候？"

"这就回来。"

药剂师一见赖昂就道：

"我用的是计。我想你也不高兴见别人，还是帮你打断了的好。我们到布里杜那儿喝一杯嘉吕斯①去。"

赖昂赌咒发誓，说他非回事务所不可。药剂师听见这话，就打趣公文、诉讼手续道：

"去他妈的居雅斯和巴尔托勒②吧！谁拦着你？大丈夫，说走就走！去布里杜家！看看他的狗：有趣极了！"

他看文书执意不肯，就改口道：

"我也到你的事务所去，我看报等你，要不然就翻翻法典也好。"

爱玛的愤怒、郝麦先生的絮叨，或许还有午饭的饱胀，把赖昂折腾得迷迷糊糊，现在经他这样一来，简直失了主张。他像受了蛊惑一样，听见药剂师重复：

---

① 嘉吕斯是一种开胃饮料，嘉吕斯是发明者的姓。
② 居雅斯(1552—1590)，法国法学家。巴尔托勒(1313—1357)，意大利法学家。

"去马耳巴昌街布里杜家,也就是两步路。"

由于懦弱、愚蠢和导致人们做违心之事的卑怯,他到底还是让他拉到布里杜家去了。他们在他的小院看见他,监督三个伙计,喘着气,转动一架酿造塞兹水的机器的大轮子。郝麦帮他们出主意,吻抱布里杜,要嘉吕斯喝。赖昂一连二十次想走;可是另一位揪住他的胳膊,对他讲:

"一会儿工夫!我这就走,我们去《鲁昂烽火》,看看报社的人。我介绍您认识托玛散。"

他总算甩掉了他,一口气跑到旅馆。爱玛已经不在了。

她怒火冲天,方才离开。她如今恨他。在她看来,爽约是一种侮辱。她想多找一些借口,索性摆脱他:他没有英雄气概,软弱,平庸,不及女人刚强,而且吝啬,胆小如鼠。

接着她又平静下来,终于觉得自己无疑冤枉了他。不过一旦贬责我们心爱的人,或多或少总要形成彼此之间的隔阂。偶像是碰不得的:一碰之后,就有金粉留在手上。

他们的谈话越来越和爱情无关。爱玛给他写信,离不开花、诗、月亮、星星——热情衰退之后的这些稚拙手段,无非是借重外援来使热情复苏。她总在期许下次幽会无限幸福,事后却承认毫无惊人之处。爱玛觉得扫兴,可是一种新的希望又很快起而代之,回到他的身旁,分外炽热,分外情急。她脱衣服,说脱就脱,揪开束腰的细带,细带兜着她的屁股,窸窸窣窣,像一条蛇,溜来溜去。她光着脚,踮起脚尖,走到门边,再看一回关好了没有;一看关好了,她一下子把衣服脱得一丝不挂,然后,——脸色苍白,不言不语,神情严肃,贴住他的胸脯,浑身打颤,久久不已。

但是在这冷汗涔涔的额头上,在这期期艾艾的嘴唇上,在这双迷惘的瞳仁里,在这两只胳膊搂抱之中,赖昂觉得像有什么极端的、模模糊糊、凄惨悲切的东西，神不知鬼不觉地，轻悠悠来到他们中间，要把他们分开。

他不敢盘问她；不过他见她经验丰富，总觉得她过去一定经过各色苦乐的考验。一样风情，从前倾倒，现在他有一点害怕了。而且他反抗她的一天大似一天的统治，这种持久的胜利使他怨恨爱玛。他甚至企图不再爱她；可是她的小靴一咯噔，他便把持不住，就像醉鬼见到了烈酒一样。

的确，她对他的关心，从菜肴的精美，直到服装的俏丽和视线的缠绵，无所不包，无微不至。她从永镇来，怀里揣着玫瑰，见了他，朝他脸上一丢。她担心他的健康，指点他的行为。她要他一心和她相好，希望得到上天协助，往他的脖子挂了一个圣母像牌。她仿佛一位圣洁的母亲，问起他的朋友。她对他道：

"别见他们，别出去，就想着我们自己；爱我！"

她希望自己能监视他的生活，又想派人到街上盯他的梢。旅馆附近，总有一个流氓似的人招呼旅客，他不会不肯的……不过她的自尊心不许她这样做。

"嘻，活该！他要是欺骗我，由他去！难道我在乎？"

有一天，他们散得早，她独自在马路溜达，望见她的修道院的墙壁；她坐在榆树树阴下一条长凳上。当年有多安静！那些不能言喻的恋爱心情，她试着照书本虚构出来的心情，她如今又多向往！

她的新婚期间、她骑马在森林的漫游、跳华尔兹的子爵和歌唱的拉嘉尔狄……又都在她的眼前出现。赖昂犹如别人，她忽然觉得同样遥远。她问自己道：

"可是我在爱着他啊！"

有什么关系！反正她不快乐，也从来没有快乐过。何以人生总不如意？何以她信赖的事物，时刻腐朽？……可是假如有一个强壮、漂亮的男子,天生英武,而又细腻多情,天使的形象,诗人的心,抱着七弦琴,演奏哀婉的祝婚歌,响彻九霄,何以她就不会凑巧遇到?哦!永远扑空!再说,也不值得追寻;处处是谎!声声微笑隐伏着因腻烦而起的呵欠,回回喜悦隐伏着诅咒,任何欢乐免不了餍足。最香的吻,在你唇上留下来的,也只是一种实现不了而又向往更甜蜜的销魂境界的热望。

空中荡漾着铿锵的响声,修道院的钟敲了四下。四点钟,她觉得自己好像有生以来,就一直坐在这条长凳上似的。不过一分钟能容纳千变万化的热情,正如小小空间能容纳一大群人一样。爱玛一心一意活在她的热情里,仿佛一位大公爵夫人,不拿银钱搁在心上。

但是有一回,家里来了一个红脸、秃顶的男子,举止猥琐,说是鲁昂的万萨先生差来的。他穿一件绿长大衣,别针别住旁边的衣袋;他取下别针,插在袖子上,恭恭敬敬,递来一张纸。

这是她立的一张七百法郎的借据,勒乐嘴上说得好听,结局还是给了万萨。

她打发女用人去找他。他不能来。

来人一直站着,东张西望,金黄颜色的粗眉毛遮住他好奇的视线,看见女用人徒劳往返,就一副天真的模样问道:

"我拿什么话回万萨先生?"

爱玛回答道:

"好吧!告诉他……我没有钱……下星期才有……他等着好了……是的,下星期。"

来人不发一言,拔脚就走。

但是第二天正午,她收到一份拒付通知书,上面贴着印花,用大字写着"比西执达吏哈朗律师"的字样。她看见这张公文,害怕极了,慌慌张张,急忙奔往布商家里。

她在他的店里找到他，他正在捆扎一个小包。他道：

"啊，有事见教？"

勒乐并不因为她来，就中断工作。一个十三岁上下的女孩子在旁相帮；她有一点驼背，既是伙计，又是厨子。

然后他在前走，大头套鞋呱嗒呱嗒，蹬着地板，把包法利夫人带到二楼，请进一间窄窄的小屋，里头有一张大松木书桌，桌面放着几本账簿，横里压着一根上了锁的细铁棍。靠墙堆着一些零头印花布，底下隐隐约约露出一只保险箱，但是容积不小，似乎盛的不止是票据、银钱。原来勒乐先生兼营当铺生意，里面放的有包法利夫人的金表链和泰里耶老爹的耳环。可怜的老头走投无路，临了拍卖家什，又到甘冈普瓦盘了一家空无所有的小杂货铺，害黏膜炎死掉，脸比四周的蜡烛还黄。勒乐坐到他的大藤扶手椅上，一边说：

"您有什么事？"

"请看。"

她拿公文给他看。

"哦！我有什么办法？"

她一听这话，忿忿不平，提醒他不转让她的期票的约言。他承认说过这话：

"不过我也是走投无路，叫人逼的。"

她道：

"那，以后呢？"

"唉呀！很简单嘛：法院裁决，再来一个扣押……完事大吉。"

爱玛恨不得打他一顿。她忍下这口气，和颜悦色问他："有没有办法疏通疏通万萨先生？"

"好啊！疏通万萨；您不晓得这个人，他比什么人都心狠。"

不过勒乐先生必须在中间尽尽力。

"您听我讲,我觉得,截至目前为止,我对您够客气的啦!"

他打开一本账簿道:

"看!"

然后,手指朝上指:

"看……看……八月三日,两百法郎……六月十七日,一百五十法郎……三月二十三日,四十六法郎……四月……"

他住了口,好像怕说错了话一样。

"我还不提您丈夫立的期票,一张七百法郎,一张三百法郎!还有您那些零星账,连本带利,算也算不清,根本就是一篇糊涂账。我可再也不上这个当啦!"

她哭,甚至于喊他"好勒乐先生"。可是他统统推到"万萨这个狗东西"身上。而且他一个小钱也没有,现在没有人还账,可把他坑苦了,像他这样一个可怜的开铺子的,就没有力量放账。

爱玛无话可说;勒乐先生在咬笔毛,见她默不作声,不用说,感到不安了,因为他接下去道:

"起码也得有一天,只要我多少有一点进项……我才可以……"

她道:

"其实,巴恩镇的尾数一到……"

"怎么?……"

听说朗格洛瓦还没有付清买房子的钱,他似乎吃了一惊,然后声音甜甜地道:

"您说,条件是……"

"唉!条件随您。"

他于是闭上眼睛想了想,写了几个数字,一边说他很不合算,这是蚀本生意,他在赌性命,一边写了四张期票,每张二百五十法郎,各自相隔一个月到期。

"但愿万萨答应!其实,决定的事,我不反悔!我这人顶诚恳不过。"

他接着就手拿了几件新货给她看,不过依他看来,不会有一件合太太的意。

"这件衣料,我说七个苏一米,保不褪色,好啊!大家抢着买!您明白,我才不拿真话告诉他们!"

说出欺哄别人,他想,她就一定相信他为人正直了。接着他又喊她回来,让她看一幅三米多长的花边,他最近从一家拍卖行弄来的。勒乐道:

"多好看!现在用的人多着呢,搭在沙发背上,非常时兴。"

他拿蓝纸卷起花边,放在爱玛手心,比变戏法还快。

"您倒是告诉我……"

他接下去道:

"啊!以后再说吧。"

转回身子往里去了。

当天黄昏,她就催促包法利给母亲写信,要她把继承的钱财的全部尾数,尽快给他们汇来,婆婆回信说,钱没有了,清算已经结束,他们除掉巴恩镇房产之外,每年还有六百法郎进项,到时她会汇来的。

包法利夫人一看婆婆那方面没有指望,就给两三家病人送账单,收诊费,看见这个法子有效,不久就大用起来。她在账单后头,总当心加上一句:"拙夫性傲,万勿向其道及……尚祈原宥……"有人写信抱怨;她劫去来信。

她为了弄钱,卖掉她的旧手套、旧帽子、废铜烂铁,无所不卖,讲起价来,锱铢必较,——她的农民的血使她连蝇头小利也在所必争。城里遇见便宜货,心想别人不收,勒乐先生一定会收,她就买下来。她还买鸵鸟羽毛、中国瓷器和木箱。她向全福、红十字女掌柜、勒弗朗索瓦太太借钱,不管张三李四,见人就借。最后,她收到巴恩镇的钱,付清两张期票,另外一千五百法郎又到期了。她再续下去,永远续下去!

有时候她的确也试着计算来的,可是她发现数字庞大无边,连自己也信不过,于是她再计算,很快就糊涂了,只好丢在一旁,再也不去理睬。

家里如今才叫凄凉!供应商人走出大门,个个怒容满面。手绢堆在灶头;小白尔特穿着破袜子,郝麦太太觉得太不像话。万一查理赔小心,偶尔说上一言半语,她就蛮不讲理,回答一句:不是她的错!

为什么这样大发脾气?他认为全是她的神经旧病的缘故;他怪自己自私,不该拿病看成过失,心里抱歉,直想跑过去吻她。他向自己道:

"不必了,我会惹她讨厌的!"

他于是待下来了。

他用过晚饭,独自在花园散步;他把小白尔特放在膝盖上,打开他的医学杂志,试着教她认字。小孩子从来没有经过文字教育,没有多久,就愁眉苦脸,睁大眼睛,啼哭起来。他只好又来哄她,倒出喷壶的水,在沙地开河,或者掰断小女贞树的枝子,当做树栽在花圃;花园到处是杂草,所以这也没怎么破坏花园的美观。赖斯地布杜瓦的工钱,他们有好些日子没有付了!随后小孩子冷了,要找母亲,查理道:

"叫姨姨好了。你知道,乖乖,妈妈不要人吵她。"

转眼入秋,落叶又已纷纷,——同她两年前生病一般光景!——到底什么时候才好得起来啊?……两只手搭在背后,他继续行走。

太太待在房间。没有人上去。她整天待在卧室,昏昏沉沉,衣服几乎不穿,有时候还点起她在鲁昂一家阿尔及利亚商店买来的宫香。丈夫夜晚就知道挺尸,她不要他睡在身旁,最后硬是把他贬到三楼。她看些荒诞不经的小说,里头不是穷奢极欲,就是流血杀人,一看就看到天亮,常常心惊肉颤,大声喊叫。查理跑进屋来看她。她说:

"啊!走开!"

别的时候,她想起奸情,欲火烧身,又是气喘,又是心跳,无可奈何,过去打开窗户,吸冷空气,迎风抖散她的过于沉重的头发,仰观星星,希望会有贵人相爱。她思念他,思念赖昂。她这时候恨不得捐弃一切,换取一次幽会,得到满足。

幽会成了她的节日。她要排场!他一个人应付不了开销,她就大大方方来补足:几乎回回如此。他试着要她明白:换一个地方、一个比较便宜的旅馆,他们一样会快活的,可是她举出理由反对。

有一天,她从提包取出六把镀金小银匙(卢欧老爹送她的结婚礼物),求他为她立刻送到当铺。赖昂害怕连累名声,不高兴去,不过还是去了。

事后他细想,觉得他的情妇行为乖张,就此分手,也许不错。

的确也有人给他母亲写了一封匿名长信,警告她:他"与一有夫之妇相好,前途堪忧"。老太太影影绰绰,就见眼前站了一个败家精,就是说,那个隐在爱情深处的怪物、妖妇、叫不出名目的害人精,她马上通知他的老板杜包卡吉律师。律师办这种事,再精明不过,找他谈了三刻钟话,希望他看清是非,悬崖勒马。这种暧昧行为将来要给他的事业带来损害的。他求他断绝关系,就算不为自己着想,至少也该为他着想,为杜包卡吉着想!

赖昂最后发誓,不再和爱玛会面,但没有做到。一想到这个女人可能给他招惹麻烦和闲话,还不算同事早晨围着炉子的打趣,他就责备自己,不该没有做到。再说,他就要升为首席文书,是该严肃的时候了。所以他放弃旧习惯、激昂的情绪和想象：——因为个个资产者，年轻时候，血气方刚，就算是一天、一小时也罢，都自以为抱有海阔天空的热情，会干出轰轰烈烈的事业来。最庸俗的登徒子念念不忘东方皇后；个个公证人心里全有诗人的残膏剩馥。

如今一见爱玛贴住他的胸脯，忽然呜咽上来，他就厌烦；他的心好像那些只能忍受一定强度的音乐的人们一样，爱情过分喧闹反使人麻木淡漠，再也辨别不出爱情的妙趣。

他们太相熟了，颠鸾倒凤，并不又惊又喜，欢好百倍。她腻味他正如他厌倦她。爱玛又在通奸中发现婚姻的平淡无奇了。

可是怎么才能把他甩掉？这种幸福她虽然觉得鄙不足道，不过习惯成自然，或者积恶成癖，她不惟安之若素，而且一天比一天迷恋，也正因为竭泽而渔，幸福反倒成为无水之池了。希望落空，她怪罪赖昂，好像他欺骗了她一样；她甚至于希望祸起萧墙，造成他们的分离，因为她没有勇气做出分离的决定。

她并不因而就中止给他写情书，因为她认为一个女人应当永远给她的情人写信。

但是她在写信中间，见到的恍惚是另一个男子，一个她最热烈的回忆、最美好的读物和最殷切的愿望所形成的幻影。他最后变得十分真实、靠近，但是她自己目夺神移，描写不出他的确切形象：他仿佛一尊天神，众相纷纷，隐去真身。他住在天色淡蓝的国度，月明花香，丝梯悬在阳台上，摆来摆去。她觉得他近在咫尺，凌空下来，一个热吻就会把她活活带走，紧跟着她又跌到地面，心身交瘁；因为这些爱情的遐想，比起淫欲无度，还要使她疲倦。

爱玛如今即使什么都不干，也时刻感到劳累。她经常收到传票、贴印花的公文，她却看也不看。她还真想不活了，要不然就睡过去，再也不醒过来。

四旬斋狂欢节①,她不回永镇,黄昏去了化装跳舞会。她穿一条丝绒长裤和一双红袜子,梳一条打结辫子,一顶小三角帽戴在一只耳朵上。她跟着双管喇叭的疯狂响声跳了整整一夜。人们拿她作中心,围了一个圈子。早晨她在剧场回廊,发现自己和五六个扮成卸船女人和水手的男子待在一起;他们是赖昂的同事,说要去用夜宵。

附近咖啡馆,人山人海。他们在码头望见一家顶不像样的小饭馆,主人把他们带到五楼一间小屋。

男子聚在一个角落嘀咕,毫无疑问,是在磋商开销。他们是一个文书、两个医学生和一个商店伙计:这就是她的伴侣!至于女人,爱玛一听她们的声调,马上看出她们十有八九属于末流社会。她胆战心惊了,抽开椅子,低下眼睛。

别人都在用饭。她吃不下去,额头滚烫,眼皮酸痛,皮肤冰凉。她觉得舞厅地板,随着千百只脚的有节奏的起伏,还在她脑子里跳动。五味酒的气味,加上雪茄的烟雾,熏得她晕头转向。她晕过去了:大家把她抱到窗口。

曙光开始显现,圣卡特琳方向,灰白色的天空有一抹红色,逐渐扩大。铅色河水,随风荡漾;桥上没有人;街灯熄了。

她终于清醒过来,想起白尔特在女用人的下房睡觉。这时过来一辆满载长铁条的大车,顺墙传来铁条颠动的响声,震耳欲聋。

她急忙溜出来,脱去服装,告诉赖昂:她有事要先回去。她终于一个人待在布洛涅旅馆。连自己在内,她什么也忍受不了。她巴不得变成一只鸟,返老还童,飞到什么遥远的仙境。

她离开旅馆,穿过马路、科镇广场和城郊,快步行走,来到一条两边全是花园的大路。空气新鲜,她安静下来了;群众的面孔、假面

---

① 四旬斋第三周星期四。

具、对舞、蜡烛架、夜宵和那些妇女,好像雾去云开一样,全都逐渐消失了。她来到红十字,走进三楼有《奈勒塔》版画的小屋,倒在床上。下午四点钟,伊韦尔喊醒她。

回到家,全福指着钟后一张灰纸给她看,上面写着:

兹经判决执行…

判决什么?不错,昨天送来一张公文,她没有看懂,所以读到今天这一张,看见这样的字句,她像遭了雷殛:"遵奉圣谕,依照法令,包法利夫人必须……"她跳过几行,就见上面写着:"限期二十四小时,不得拖延。"——什么意思?"清偿全部债款八千法郎。"再往下,她还读到:"过期不付,当即依法执行,扣押其家具与衣物。"

怎么办?……限定二十四小时;就是明天!她寻思:毫无疑问,勒乐又想吓唬她了;因为她一下子看穿了他的种种策略、他的殷勤的目标。所以看见数字庞大惊人,她倒放心了。

但是她一味买,一味欠,一味借,一味出票据,续票据,每次到期又往上滚,结局就是:她给勒乐先生积累好了一笔资金,他急不能待,直盼用在他的投机买卖上。

她装出一副若无其事的模样去看他。

"您知道我出了什么事吗?不用说,是开玩笑!"

"不是。"

"怎么会呢?"

他慢条斯理转过身子,交叉胳膊,向她道:

"我的少奶奶,您以为我单为行好,供货供钱,真就白白供您供到世纪末日?放出去的账,我应该收回来,我们要公道!"

她说她欠也欠不了这许多。

"啊！错不了！法院承认！有判决书！有通知书！再说，不是我要这样做，是万萨要这样做的。"

"您能不能……"

"嗐，无法可想。"

"可是……不过……再想想看。"

她放下正文不谈，只谈她事先一无所知……出乎意外……勒乐挪揄似的鞠躬道：

"怪谁？我像黑人一样吃苦卖力气，您这期间，寻欢作乐。"

"啊！用不着教训！"

他反驳道：

"这永远没有害处。"

她胆怯，她央求，甚至于拿她又白又长的玉手放在商人的膝盖上。

"请吧！人家会以为您有心勾引我呐！"

她喊道：

"您这个无赖！"

他笑道：

"哈！哈！您倒冒起火来啦！"

"我要叫人知道您是什么样的人。我要告诉我丈夫……"

"好吧！我呀，也有东西给您丈夫看！"

勒乐从他的保险箱取出一张一千八百法郎的收据：万萨预支现金的时候，她写给他的。他接下去道：

"您以为这可怜的好人，真就不明白您的小偷行为吗？"

这比挨了一棍还厉害，她整个瘫下来了。他在窗户和书桌之间走来走去，三番四次说着：

"啊！我要给他看的……我要给他看的……"

随后走到她跟前，柔声道：

"我知道，这不好玩；不过话说回来，也没有人为这死掉。既然这是惟一使您还我的钱的办法……"

爱玛扭绞着手道：

"可是我到哪儿去弄钱啊？"

"得啦，您有朋友，怕什么？"

他盯住她看，眼睛又亮，又吓人，她从里到外打起哆嗦来。她道：

"我答应您一定归还，我签字……"

"您签的字，我有的是！"

"我再卖……"

他耸肩膀道：

"算了吧，您卖不出什么东西来！"

他对准接连铺面的小洞喊道：

"阿奈特！别忘记十四号的三块零头布。"

爱玛看见女用人露面，明白是撵她走的意思，就问："停止诉讼，要多少钱。"

"太迟了！"

"可是如果我弄来几千法郎、四分之一、三分之一、几乎全部，又怎么样？"

"哎呀！用不着，没有用！"

他轻轻朝楼梯口推她。

"我求您了，勒乐先生，再宽限几天！"

她呜咽了。

"嘿！眼泪也使出来啦！"

"您是朝死路逼我！"

他关了门道：

"关我屁事!"

七

第二天,执达吏哈朗律师带了两位见证人,来到她家,她硬着头皮,由他记录扣押的物品。

他们先从包法利的诊室看起,骨相学人头作为"开业工具",不在登记之列;但是厨房的盘子、锅子、椅子、蜡烛台、卧室摆设架的种种摆设,他们一一点过。他们检查她的衣服、床单和桌布一类东西,还有梳洗间;她的生活仿佛一具被解剖的尸体,连最秘密的角落也露到外面,尽这三个人上上下下饱看。

哈朗律师穿一件薄青燕尾服,系一条白领带,鞋底下的带子绑得死紧,不时重复道:

"可以看吗,太太?可以看吗?"

他动不动就叫唤:

"真好!……漂亮极了!"

然后他拿笔蘸蘸左手的牛角墨水瓶,又写下去。

他们记完起居室,走上阁楼。

这里有她一张书几,里头锁着罗道耳弗的书信。他们一定要她开开。哈朗律师意有所会,微笑道:

"啊!来往信件!不过,对不住!抽屉里有没有别的东西,我得看看仔细。"

他于是轻轻举起信纸,斜着一抖,好像会有金币抖出来一样。她看见这只大手,红手指柔柔的活像蛞蝓,捏住这些曾经让她心跳的信纸,止不住心头火起。

他们终于走了!她怕包法利撞上,打发全福到外头守望,准备拿话骗开。全福看见他们走了,也就进来。留下来的看管人,她们赶快让他藏在顶楼;他答应待在那儿不出来。

一整黄昏,她觉得查理愁眉不展。爱玛焦灼不安,偷眼看他:脸上的皱纹活像一张诉状。她的眼睛落在有中国屏风的壁炉上、大窗帘上、扶手椅上,总而言之,样样曾经帮她消磨岁月的什物上,她起了内疚,或者不如说是巨大的遗憾,——不但不扑灭热情,反而激起热情。查理把脚搁在火笾上,静静地拨弄炉火。

看管人待在躲藏的地方,不用说,有一时待腻了,出了一点响声。查理问道:

"上头有人走动?"

她回答道:

"没人,一扇天窗没有关,风刮动了。"

第二天是星期日,她去鲁昂,访问她知道名姓的个个银行家。他们不是下乡,就是旅行去了,她不灰心,凡是她能见到的银行家,她就开口借钱,说她到了非借不可的地步,保证归还。有的当面笑她;个个不借。

下午两点钟,她跑到赖昂住的地方。她叩门,门不开。最后,他露面了。

"你怎么来了?"

"我打搅你啦?"

"没有……没有……"

他说房东不喜欢房客招待女人。她回答道:

"我有话和你讲。"

他掏钥匙,她拦住他。

"不必!到那边我们住的地方去。"

他们于是去了布洛涅旅馆。她一走进房间,就喝了一大杯水。她

335

脸上没有一丝血色。她向他道：

"赖昂，我要你帮忙。"

于是捏紧他的手，摇他道：

"听我讲，我需要八千法郎！"

"你疯啦！"

"还没有！"

她立刻说起扣押和她的窘境；因为查理完全不知道；她的婆婆恨她，卢欧老爹又无济于事；可是这笔钱少了又不行，他，赖昂，帮她奔走奔走看……

"你怎么指望……"

她喊道：

"你可真没有种！"

他听了这话，蠢头蠢脑道：

"事情不像你说得那样严重。也许有一千埃居，对方就不闹了。"

正是这个缘故，更该设法；决不至于找不到一千埃居。再说，她做不了担保，赖昂可以做。

"去吧！试试看！非钱不可！快！……哎呀！试试看！我会更爱你的！"

他去了一小时回来，满脸严肃地说：

"我找了三个人……没有用！"

他们面对面，坐在壁炉两角，不言不语，一动不动。爱玛又是顿脚，又是耸肩，他听见她咕哝道：

"我要是你呀，就能找得到。"

"到哪儿去？"

"你的事务所！"

她看着他。

她火热的瞳孔显出一种魔鬼般的胆量，眯缝着眼，模样又淫荡，又挑唆；这勾引他犯罪的女人的意志，顽强无比，虽然喑哑无声，也有力量鼓动年轻人。他害怕了，为防止她细说下去，他敲打着额头，喊道：

"毛赖耳今天夜晚回来！我想，他不会不借的（他是他的一个朋友、一个大富商的儿子），我明天给你送来。"

他说这话，心想她听了会喜出望外，可是爱玛的神色，并未热烈欢迎。难道她猜出了他是撒谎吗？他臊红了脸，继续道：

"不过你要是下午三点钟还不见我来的话，心肝，就别等我了。对不住，我该走了。再见！"

他握她的手，觉得毫无生气。爱玛已经没有气力感受了。

钟敲四点；她站起来，想回永镇，机器人一样，服从习惯的动力。

天气晴朗；这是三月的明亮而又寒冽的好天，白茫茫的天空，只有太阳照耀。有些鲁昂居民，穿了节日服装，潇洒自如，漫步街头。她走到礼拜堂广场。晚祷方过，群众挨挨挤挤，涌出三座拱门，好像一条河流过三个桥洞一样，守卫站在当中，一动不动，赛过一块石头。

她不由得想起那一天，她又是焦急，又是满怀希望，走进高大的教堂：当时一眼望去，正殿还不及她的爱情深长。她继续行走，一溜歪斜，眼泪在面网底下直淌，头昏脑涨，眼看就要软瘫下来。一辆马车的车门正好开开，里头有人喊道：

"当心！"

她收住脚步，让过一辆提耳玻里，当辕一匹黑马，一位穿貂皮的绅士赶车。这人是谁？她认识他……马车向前驰去，转眼不见了。

这人就是他、子爵！她转回身子；街空空的。她又难过，又伤心，靠住一堵墙、免得跌倒。

337

她再一想,是她看错了。再说,她什么都不清楚。外界的一切,连同她自己统统把她抛弃了。她像在神秘莫测的深渊里乱滚,眼看就要毁灭,所以来到红十字,望见那位善心的郝麦先生,她几乎高兴起来。

他看着一大箱药品装上燕子,手里拿着一条绸手绢,里头是给太太买的六块干粮。郝麦太太很喜欢这些包头巾似的又小又重的面包,抹上咸牛油,在四旬斋吃:这是哥特人传到今天的吃食,也许是十字军时代的发明,从前放在桌子上,两旁是桂皮酒坛子和大块猪肉,照着火把的黄光,豪壮的诺曼人以为看见的是伊斯兰教徒的头颅,狼吞虎咽,大吃一顿。药剂师太太的牙齿很坏,不过也是一派英雄作风,像他们一样啃着。所以郝麦先生每次进城,总要到屠杀街大面包房买些,给她带回去。他看见爱玛,搀她上车道:

"看见您,我很高兴!"

接着他拿干粮挂在车顶的网条上,摘下帽子,坐好了,交叉胳膊,摆出一副拿破仑似的思考的姿态。

但是临到瞎子像平常一样,又在岭下露面,他就嚷嚷道:

"这种生活方式,罪实难逭,我不明白,政府怎么会容忍到现在!应当把这些坏蛋关起来,强迫劳动才是!说实话,进步走的是蜗牛步子!我们活在野蛮时代!"

瞎子伸出他的帽子,在车门旁边摇来摇去,如同一只离开钉子的布袋。药剂师道:

"他害的是瘰疬!"

他见过这可怜虫,不过他装出第一回看到的模样,低声说着角膜、不透明角膜、巩膜、面孔这些字眼,然后用严父口吻问他道:

"朋友,这可怕的毛病,你害了有多久啦?别净在酒馆喝酒啦,顶好还是节制节制饮食吧。"

他劝他喝上等葡萄酒、上等啤酒,吃上等烤肉。瞎子一直在唱歌,那副神气,简直就像白痴。郝麦先生最后打开他的钱包道:

"好,这里是一个苏,找我两个里亚①。我的建议别忘了,会把你的病治好的。"

伊韦尔不管三七二十一,公开怀疑这些办法是否有效。可是药剂师担保用他配的一种消炎膏能治好他。他把地址给了可怜虫:

"郝麦先生,挨近菜场,一问就晓得。"

伊韦尔道:

"得啦!不顶事,您也就是给我们做戏。"

瞎子往下一蹲,头朝上仰,转动他的淡绿眼睛,吐出舌头,两只手搓揉胸脯,好像一只饿狗一样,发出一种低沉的嗥叫。爱玛觉得恶心,背转脸,拿一枚五法郎的辅币朝他丢了过去。这是她的全部财产。她觉得这样扔了倒也痛快。

车又走动了,郝麦先生忽然探出窗外喊道:

"不要吃淀粉质、乳质一类东西!拿羊毛贴身穿,拿杜松子的烟熏有病的地方!"

爱玛熟悉眼前景物。它们一个连一个,渐渐转移她的痛苦。她疲倦到了极点,回到家来,心灰意懒,呆呆瞪瞪,快要睡着了。她自言自语道:

"要来的就来吧!"

而且谁知道?时刻都有出现奇迹的可能,凭什么不?勒乐兴许会死掉。

早晨九点钟,广场那边,人声嘈杂,吵醒了她。一大群人围住菜场,读着柱子上张贴的大告示。她望见朱斯丹蹬上界石撕它。可是就

---

① 里亚,一种旧辅币,值四分之一苏。

在这时,猎警抓住了他的肩膀。郝麦先生走出药房;勒弗朗索瓦太太站在人群中,模样像在讲说什么。全福边喊,边进来道:

"太太!太太!太可恨啦!"

可怜的姑娘,慌里慌张,递给她一张刚在门口撕下的黄纸。爱玛一眼就看清上面写着:出卖她的全部动产。

她们于是不声不响,你看着我,我看着你。她们主仆之间没有相瞒的事情。全福最后叹气道:

"我要是您的话,太太,我会找居由曼先生的。"

"你看行?"

这句问话的意思是:"你和听差好,清楚底细,莫非主人有时候说起我?"

"行,去吧,有好处的。"

她穿上她的黑袍子,戴上她有黑星星的帽子;她怕人看见(广场总有许多人),绕到村外,走河边小径。

她气喘吁吁,来到公证人栅栏门前;天色阴沉,飘着小雪。

泰奥多尔听见铃响。穿着红背心,来到台阶上,一看是她,上前开门,好像迎接一位熟人一样,并不问长问短,就请进饭厅去了。

壁龛里搁着一棵仙人掌,底下有一个大瓷炉,毕毕剥剥在响,墙纸是橡树枝叶,上面挂着黑木框子,里头是斯特本的《爱斯梅拉达》和邵班的《波提乏》①。早饭开好了,两只银火锅、水晶门球、拼花地板和家具,样样透亮,一尘不染,干干净净,像英国人的房间一样。窗户四角镶的是花玻璃。爱玛心想:这才叫做饭厅,我要的正是这样一间饭厅。

公证人进来,左胳膊压住他的棕榈树叶图案便服,右手摘下他的

---

① 斯特本(1788—1856),德国画家,一八三九年,根据雨果的《巴黎圣母院》,画成《爱斯梅拉达和伽西莫多》。邵班(1804—1880),法国画家。波提乏系埃及妇人,见《旧约·创世记》。

栗色丝绒小帽,又迅速戴好。小帽偏右,高高在上,底下露出三根金黄头发,从后脑向前盘,兜住他的秃脑壳,绕了一匝。

他先请她就座,然后一面坐下用早饭,一面连声道歉,说他失礼。她道:

"先生,我求您……"

"夫人有事见教?我在听着……"

她对他说起她的情形。她即使不说,居由曼律师也知道,因为他和布商私下有勾当,遇到有人拿东西押款的时候,布庄总有资金供他用。

所以他比她还清楚这些票据的悠久历史:起先微不足道,用不同的名姓签订,期限延长,到期又不断续下去,挨到最后一天,商人把拒付的票据聚在一道,委托他的朋友万萨出面,追索欠款,因为自己不希望当地居民把他看成豺狼。

她叙说中,免不了咒骂勒乐几句,公证人听见她骂,不时来一句无关痛痒的话支应。他吃他的排骨肉,喝他的茶,下巴缩进他的天蓝领带。一条小金链子连起两个金刚石别针,别住他的领带。他显出一种古怪的微笑,样子又甜,又模棱两可。他看见她的鞋湿,就道:

"靠近炉子……脚再高些……蹬到瓷上头好了。"

她怕把瓷弄脏了。公证人用一种交际口吻道:

"漂亮的东西,无往而不相宜。"

她听了这话,就试着拿话打动他,可是说着说着,自己动了感情,什么家庭拮据喽、艰难喽、需要喽。他明白这个:像她这样一位上流女子!他并不中止用饭,可是身子完全转向她,膝盖蹭着她的小靴,小靴底朝炉子弯着,一边还在冒气。

但是临到她问他借一千埃居,他先是闭紧嘴唇,接着就讲:他很遗憾从前没有帮她料理财产,因为即使是一位女流,也有种种方法拿钱生息赢利。格吕梅尼泥炭矿也好，勒阿弗尔地皮也好，都是绝好的投机机会，万无一失。她想到自己原有可能大发其财，心里很懊恼。他接下去道：

"您先前为什么不来舍下呀？"

她道：

"我也不知道是怎么一回事。"

"为什么，嗯？难道我就那么让您害怕？正相反，应当诉苦的是我！我们几乎连认识都说不上！可是我非常关心您：我希望，您不会再不相信了吧？"

他伸出手，握住她的手，饿狼般吻着，然后留在膝盖上，意兴盎然，玩弄她的手指，一面对她说着种种媚言媚语。

他平板的声音，嗫嗫嚅嚅，好像一条小河在流一样；他的瞳仁射出一道光，透过他闪烁的镜片；他的手伸到爱玛的袖筒，抚摸她的胳膊。她觉得一股粗气吹她的脸。这人讨厌到了极点。她跳起来向他道：

"先生，我在等着！"

公证人的脸，突然之间，一点血色也没有了。他问道：

"等什么？"

"那笔钱。"

"不过……"

可是禁不住欲火如焚，只好认账道：

"好吧，有！……"

他不管便袍会不会弄脏，朝她跪着走了过来。

"求求您，待下来！我爱您！"

他搂她的腰。

爱玛立刻脸红了。她神情可怖，往后倒退，一面嚷道：

"先生，您丧尽天良，欺负我这落难的人！我可怜，但是并不出卖自己！"

她出去了。

公证人一惊之下，愣愣瞌瞌，眼睛死盯着他漂亮的绣花拖鞋，——这是情妇送他的礼物。绣花拖鞋最后安慰了他。再说，他怕这事闹下去，不可收拾。

她飞快地逃到大路上的山杨树下，自言自语道：

"多混账！多下流！……多无耻！"

借不到钱的失望，更加强了贞节受到侮辱的气愤。她想到上天一意同她为难，反而骄傲起来：她从来没有这样高看过自己，也从来不曾这样小看过别人。她产生了好斗情绪。恨不得打男人们一顿，啐他们的脸，把他们踏得粉碎。她快步朝前走去，脸色苍白，浑身哆嗦，怒不可遏，泪眼望着空空落落的天边，好像陶醉于满腹的憎恨一样。

她望见她的住宅，觉得一阵麻木，再也走不过去，但又非过去不可；何况她能往哪儿逃呢？

全福在门口等她回来。

"怎么样？"

爱玛道：

"借不到！"

两个人说起永镇上可能救她的各色人等，说了足足一刻钟。但是全福每说一个人名，爱玛就驳道：

"不行！他们不肯的！"

"可是老爷就要回来！"

"我知道……你先让我一个人待一会儿。"

她全试过了。现在她只有束手待毙；等查理回来，她只好对他讲：

"走开。你脚踩的这条地毯已经不是我们的了。家里一件家具、一个别针、一根草，都不是你的。可怜人，害你破产的就是我！"

他听了这话,呜咽一大阵,眼泪再流一大堆,最后惊惶过去,他会宽恕的。她咬住牙,咕哝道:

"是啊,他会宽恕我的,可是他有一百万献给我,我也不原谅他认识我……决不!不!"

想到包法利占着上风,她就怒火冲天。其实她说出来也罢,不说出来也罢,迟早今明,他不会不知道的。这样看来,她非等待这可怕的场面不可,非忍受他的宽洪大量不可。她想再去求求勒乐,不过有什么用?写信给她父亲:太晚了;也许她现在后悔没有依顺公证人。她听见小巷马蹄走动。是他;他在开栅栏门,脸色比石墙还白。她一步跳下楼梯,连忙逃往广场。镇长太太正在教堂前面和赖斯地布杜瓦闲谈,看见她走进税务员的住宅。

她跑去告诉卡隆太太。两位夫人走上阁楼,躲在晾在竿上的衣服后面,位置恰好望见毕耐屋里。

他独自待在顶层的小屋,正在拿木头仿制一个奇形怪状的象牙摆设:由月牙和一个套一个的空球组成、方尖碑似的无用东西;他如今做到末一环节,眼看就要大功告成!金黄木屑从他的工具飞出,在制作室的光影之间,好像快马疾驰、铁蹄底下爆出来的火星一样。两只轮子呜隆呜隆在转。毕耐一脸微笑,下巴朝下,鼻孔张开,似乎沉醉在美满的幸福中。这类活计,以微不足道的困难娱乐心灵,完成了,人也就心满意足,不再想它了。毕耐的幸福,毫无疑问,就是这类平庸活计的产物。

杜法赦太太道:

"啊!那不是她!"

但是旋床太响,她们听不见她说什么。

最后,两位夫人仿佛听到法郎这个词,杜法郝太太耳语道:

"她付不出捐税,求他许她缓付。"

另一位太太道：

"像是！"

她们望见她走来走去，看看墙边的饭巾环、蜡烛台、栏杆柱头的圆球，同时毕耐心满意足，摩弄胡须。杜法赦太太道：

"她来是不是要定做什么东西？"

她的女邻居反驳道：

"他什么也不卖！"

税务员的样子仿佛在听，可是睁大眼睛，又像听不明白一样。她讲话的姿态又动人，又可怜。她走近了，胸脯忽上忽下。他们不言语了。杜法赦太太道：

"她是不是在勾搭他？"

毕耐连耳梢也红了。她抓住他的手。

"啊！太不像话！"

毫无疑问，她作出非礼的建议，因为税务员——可是人家勇敢，在波岑和吕岑打过仗①为法兰西而战，还列在"请奖名单"之中——忽然退得老远，好像看见一条蛇一样，喊道：

"夫人！您真这样想？……"

杜法赦太太道：

"这种女人就欠鞭子抽！"

卡隆太太问道：

"她哪儿去啦？"

因为她们说话中间，她已经不见了；她们后来望见她贴大街走，好像要去公墓，又朝右转，彼此乱猜一阵，也猜不出一个所以然来。

---

① 波岑和吕岑均系德国东南地名。一八一三年，拿破仑在这里击退俄罗斯和普鲁士联军。

她走到奶妈家,说道:

"罗莱嫂子,我出不来气!帮我解解带子①。"

她躺在床上只是哭。罗莱嫂子给她盖上一条围裙,站在一旁,等她说话。老实女人见她始终不回答,走开了,坐在纺车跟前纺麻。她以为是毕耐的旋床响,咕哝道:

"嗜!停了吧!"

奶妈纳闷道:

"谁得罪她啦?她来这儿做什么?"

她跑到这里,活像家里出了煞神,把她吓跑了一样。

她仰天躺着,动也不动,眼睛直瞪瞪的,好像白痴一样,死看东西,可是看到的,只是一片模糊。她望着墙上的剥蚀的墙皮、头对头冒烟的两块劈柴、一个在头上横梁缝走动的长蜘蛛。她终于集中思想,记起……有一天,和赖昂……唉!许久以前……太阳照耀河面,铁线莲香气扑鼻……于是回忆如同湍流一样,很快就把她带到昨天。她问道:

"几点钟了?"

罗莱嫂子走出房间,朝天色最亮的方向,举起右手手指,慢慢腾腾回来道:

"快三点了。"

"好!谢谢!谢谢!"

因为他就要来了。一定会来的!他会弄到钱的。不过他想不到她在这里,也许去了那边;她吩咐奶妈跑到她家去,把他带过来。

"快呀!"

"我的好太太,我去!我去!"

---

① 十九世纪前期,"束腰"带子一般都在后背打结,必须别人帮忙解开。

她现在奇怪她开头怎么没想到他,昨天他赌了咒:不会爽约的。她看见自己像是已经到了勒乐那边,掏出三张支票,往他的书桌一丢。事后还得捏造一篇鬼话,向包法利解释。什么鬼话?

奶妈去了许久,不见回来。可是草屋里没有钟,爱玛心想,也许是自己把时间扯长了。她放慢脚步,围着园子走动;她沿着篱笆,走进小径,又连忙走回,希望老实女人走别的路回来。最后,她等累了,起了疑心,又不相信,恍恍惚惚,不知道自己在这里待了一世纪,还是一分钟,她坐在一个角落,闭住眼睛,堵住耳朵。栅栏门嘎吱在响;她一跃而起,可是罗莱嫂子不等她开口,先对她道:

"你们家没有人!"

"怎么?"

"哎呀!没有人!老爷在哭。他在喊您。他们在找您。"

爱玛一言不发,喘着气,眼睛向四下张望,庄稼女人让她那副脸相吓坏了,心想她疯了,出于本能,直往后退。爱玛猛打自己的额头,叫了起来,因为她想到了罗道耳弗;这像一道强光,闪过沉沉的黑夜。他那样好,那样体贴,那样慷慨!再说,即使他一时不想帮她这个忙,她也有法子逼他这么做的,她只要眼睛一瞟,他们的爱情就活过来了。这样一想,她就去了于歇特。她看不出同样的事,方才她在公证人家,怒不可遏,现在她却跑着送上门去,根本没有理会这是卖淫。

八

她边走,边问自己:"我说什么?我先说什么?"她一路走下去,望见灌木、树木、岭上的黄刺条、远处的庄园,仿佛旧友重逢,又有了她初恋的心情。她的可怜的心,也枯木逢春一般,欣欣向荣。暖风吹拂她的脸,雪在融化,一滴一滴,从树芽落在草上。

她像先前一样,走进草坪的小门,来到正院。边沿两排繁茂的菩提树,窸窸窣窣,长枝摇来摇去。狗在狗舍吠成一片,响声震天,不见有人出来。

她走上装有木栏杆、又直又宽的楼梯,来到有灰尘的石板地过道,好像修道院或者旅馆一样,并排开着几扇门。他的房间在尽里左手。她拿手指搁到门扶手上,忽然感到软弱无力。她害怕他不在家,却又几乎希望他不在,然而这是她惟一的指望、最后的机会。她停一分钟定了定神,想着时间紧迫,只好鼓足勇气走进去。

他坐在壁炉前面,两只脚放在框子上,噙着烟斗吸烟。他一看是她,连忙跳起来道:

"嗜!是您!"

"是呀,是我!……我想,罗道耳弗,请教一个主意。"

她用尽气力,可是再也说不下去。

"您没变,还是那样可爱!"

她伤心道:

"唉!不可爱,我的朋友,因为您没有把我搁在心上。"

他听了这话,找话解释他的行为,不过一时编不出适当的借口,就拿泛泛的话来道歉。

他的语言,尤其是他的声音和他的形体,打动了她,她听到后来,装出相信——或者也许真就相信:他们破裂的原因是一个秘密,关系第三者的名誉,甚至生命也成了问题。她伤心地望着他道:

"不管怎么样,反正我受够了苦!"

他用一种达观的口吻回答道:

"人生就是这样!"

爱玛接下去道:

"自从我们分手以来,人生待您总还好吧?"

"啊！不好……也不坏。"

"你我永不分手，也许好多了。"

"是啊……也许！"

她凑到跟前道：

"你相信？"

她叹气道：

"哎呀！罗道耳弗！你不知道……我多爱你！"

于是她握住他的手，他们也就手指交揉，待了一会儿，——仿佛第一天，在农业展览会上！自尊心不要他心软，他正在自我挣扎，就见她倒进他的胸怀，对他道：

"没有你，你怎么指望我活得下去？享惯了福，不享就不成！我可真叫伤心啦！我以为我会死的！改天我再一五一十讲给你听。可是你呀，躲着我……"

因为三年以来，他由于男性特有的天赋的懦怯，小心在意避她。爱玛拿头一动一动，做出娇憨的模样，比一只动情的母猫还要妖媚，继续道：

"你实说了吧，你爱别的女人；哎！我懂，好啦！我原谅她们。你勾引她们，就像你从前勾引我一样。你是男子，你！有种种条件博得女人欢心。不过我们再好下去，对不对？我们会相爱的！看，我笑了，我快活！……你倒是说话呀！"

她娇滴滴的，确实惹人心疼，眼里盈盈一颗泪珠，颤颤索索，好像花萼含了一滴雨水一样。

他把她抱到膝盖上，拿手背抚摸她光滑的头发。薄暮中落日的余辉投射在她的头发上，仿佛一支金箭在闪耀。他低下头，用嘴唇尖，轻轻吻着她的眼皮。他问道：

"可是你哭了！为什么？"

她反而呜咽起来了，罗道耳弗以为她的爱情爆发了；他见她不做声，错把沉默当做害羞的最后表示，嚷嚷道：

"啊！饶恕我！我只喜欢你一个人。我是又坏又蠢！我爱你，我永远爱你！你怎么啦？说话呀！"

他跪下来了。

"好吧！……我破产啦，罗道耳弗！你借我三千法郎！"

他慢慢站起来，脸上显出一种严肃的表情，说道：

"不过……不过……"

她急促地讲下去：

"你知道，我丈夫把他的财产统统交给公证人经管；他卷逃了。我们借钱，病人不付诊费。其实，清算没有结束；我们往后还会有钱的。不过今天缺三千法郎，人家就要扣押我们的动产；就在如今，就在眼前。我信得过你的友谊，所以就来了。"

罗道耳弗脸色变得十分苍白，寻思道：啊！她来是为了这个！

他最后显出非常安详的神气道：

"亲爱的夫人，我没有钱。"

他不是说谎。他要是有钱的话，不用说，他会给的，虽然这种慷慨之举，一般说来，并不愉快：摧残爱情的方式很多，不过连根拔起的狂风暴雨，却是借钱。

她先是望他望了几分钟。

"你没有钱！"

她重复了好几次：

"你没有钱！……早知道这样的话，我也不来受这场最后的羞辱了。你从来没有爱过我！你比别人好不了多少！"

她出卖自己，把话扯远了。

罗道耳弗打断她的话，说他本人也正"拮据"。爱玛道：

"啊！我可怜你！是啊，一百二十分可怜你！……"

于是眼睛望定兵器架上一管发亮的银线短铳道：

"可是人要是穷呀，铳把子不会镶银！"

她指着布勒①时钟，继续道：

"也不会买镶介壳的钟！也不会给马鞭来一串镀金的银叫子！"

她摸着这些银叫子。

"也不会给他表上来一串小玩艺链子！嘻！他什么也不缺！屋里还有一顶酒橱；因为你爱你自己，你过舒服日子，你有一所庄园、几处田庄、几座树林；你骑马打猎，你远游巴黎……单单就是这个……"

她抓起壁炉上的袖口纽扣，喊道：

"这顶小的小玩艺儿，就能变出钱来！……嘻！我不要你的！留着好了。"

她拿两个纽扣丢得老远，小金链碰在墙上，断了。

"可是我呀，为了博得你一个微笑，让你瞧上一眼，听你说一句'谢谢'，我什么都会给你，什么都会卖掉，做苦工，沿路乞讨！而你安安详详坐在你的扶手椅里，好像你先前没有让我受够罪？没有你，你明白，我会快快活活过日子的！你为什么要这样做？难道跟谁打赌来着？可是你从前爱我，你从前这样讲……方才还这样讲……啊！还不如把我撵走的好！你亲我的手，手现在还是热烘烘的。你就在这地方，在这地毯上，跪在我面前，发誓爱我一辈子。我相信你：整整两年，你带我做着最香甜、最绮丽的梦！……嗯？我们的旅行计划，你记得不，啊！你的信！你的信，撕碎了我的心！如今我看他来了，投他来了，他又有钱，又快活，又自由！求他搭救一把，随便什么人也会帮忙，苦苦央求，把恩情统统献给他，他推开我，因为这要破费他三千

---

① 布勒(1642—1732)，法国著名的细木器制造商。

法郎!"

罗道耳弗口气绝对冷静,——这种冷静就像盾牌一样,掩护抑制下去的愤怒,回答道:

"我没有钱!"

她出来了。墙在摇晃,天花板往下压她。她又走进悠长的林阴道,绊在随风散开的枯叶堆上。她终于走到栅栏门前的壕沟;她急着开门,在门闩上碰断了指甲。然后百步开外,她气喘吁吁,眼看就要跌倒,只得站住。她于是扭转身子,又瞥了一眼无动于衷的庄园:草坪、花园、三座院子和正面的全部窗户。

她呆呆瞪瞪站了许久,觉不出自己是在活着,只觉得听见自己的脉搏在跳动,仿佛震耳欲聋的音乐,在田野响成一片。脚底下的土比水还软;犁沟在她看来,成了掀天的棕色大浪。回忆、观念,大大小小,同时涌出,活跃在她的脑子里,像一道烟火放出无数的火花。她看见她的父亲、勒乐的小屋、他们的旅馆房间、另一片风景。她觉得自己要疯。她一害怕,努力收敛,但是情形混乱,也是真的;她已记不起她落到这般田地的原因,也就是说:金钱问题。她感到痛苦的,只是她的爱情。她觉得她的灵魂通过这种回忆离开了她,就像受伤的人临死觉得生命从流血的伤口走掉一样。

天黑了,乌鸦在飞。

她恍惚看见天空,突然有火球出现,好像闪亮的子弹一样,在下降中间炸开,旋转向前,融在树枝之间的雪里。个个火球当中,都有罗道耳弗的脸。火球越来越多,越来越近,钻进她的身子,全不见了。她认出点点灯火,远远在雾里闪耀。

于是她的遭遇,仿佛一座深渊,来到眼前,她喘不过气来,胸脯活像要裂开了一样。接着她的心头涌起舍身的念头,她几乎喜不自胜了,跑下岭来,穿过牛走的便桥、小径、小巷、菜场,来到药房前面。

没有人。她打算进去；但是门铃一响，会有人来的。她于是溜过栅栏门，屏住气，摸着墙，一直走到厨房门口。炉台上点着一支蜡烛。朱斯丹穿一件衬衫，端走一盘菜。

"啊！他们在吃晚饭。等等再说。"

他回来了。她敲玻璃窗。他出来了。

"钥匙！上头那把，放……"

"什么？"

他看着她，奇怪她的脸没有一丝血色，衬着黑黝黝的夜色，分外显得白。他觉得她异常美丽，幽灵一样庄严。他不明白她的意思，预先感到有什么祸事要来。

但是她放低声音，急促地说，声音又温柔，又有软化人的力量：

"我有用！给我。"

板壁薄薄的，饭厅传来叉子和盘子的响声。

她假说老鼠吵她睡觉，要药弄死老鼠。

"我得回禀一声老爷。"

"不必！别走！"

然后神情淡漠，又道：

"哎！你犯不着去，我这就告诉他。来，给我照亮！"

她走进通实验室的过道。墙上挂着一把钥匙，标明"堆置间"。

药剂师等急了，喊道：

"朱斯丹！"

"上楼！"

他跟着她。

钥匙在锁眼转动；她一直走向第三橱架，她记得明明白白，抓起蓝罐，拔掉塞头，伸进手去，捏了满满一把白粉，立时一口吞下。

他扑过去拦她，喊道：

"别吃!"

"别吵!当心人来……"

他难过得不得了,打算叫唤。

"不要说出去。小心连累你的主人!"

她走开了,忽然心平气和,差不多就像完成了任务那样恬适自在。

查理听见扣押的消息,心慌意乱,赶回家来,爱玛正好出门。他喊,他哭,他晕了过去,但是她不回来。她有什么地方好去?他差全福四处寻找,郝麦那边、杜法赦先生那边、勒乐那边、金狮那边,不见踪影;他一阵一阵心焦,看见自己名誉扫地、财产荡尽、白尔特前程黯淡!什么缘故?……一句话也没有!他一直等到下午六点钟。他最后再也等不下去了,以为她去了鲁昂,来到大路上,走了半古里,不见一个人,又等了一会儿,这才回来。

她先回来了。

"是怎么一回事?……为什么?……说给我听?……"

她坐在她的书桌前面写信,慢条斯理封口,添补日期和时间,然后以一种庄严的口吻道:

"你明天再看;从现在起,我求你一句话也不要问我!……是的,一句话也不要问!"

"可是……"

"哎呀!走开!"

她躺倒在床上。

她觉得嘴里有一股辛辣味道,醒过来了,她模模糊糊望见查理,又闭上眼睛。

她带着好奇的心理,看自己会不会难受。是啊!还没有动静。她听见钟走、火响、查理立在床旁呼吸。她寻思道:"啊!死真算不了一回事!我睡过去,就全完了!"她喝了一口水,朝墙翻转身子。

那种可怕的墨水气味一直有。她呻吟道:

"我渴!……哎呀!我好渴呀!"

查理端水给她,问道:

"你到底怎么啦?"

"没有什么!……打开窗户……我出不来气!"

她忽然觉得恶心,几乎来不及到枕头底下掏手绢,就吐出来了。她赶快道:

"拿开!扔掉!"

他问她话;她不回答。她躺平了,不敢移动;害怕一动,又要呕吐。但是她觉得从脚到心像冰一样寒冷。她咕哝道:

"啊!现在开始啦!"

"你说什么?"

她的头轻轻摇来摇去,充满痛苦,上下牙床一直张开,好像有什么很重的东西压住她的舌头一样。临到八点钟,她又呕吐起来。

查理注意到脸盆底上,有白色颗粒似的东西,贴住瓷面。他重复道:

"怪事!奇怪!"

但是她以一种坚定的声音道:

"不,你看错啦!"

他于是轻轻拿手放在她的胃上,差不多是抚摸着。她尖声一叫,把他吓得直往后退。

接着她就哼唧,起初声音低微。她的肩膀直抖,脸比床单还白,痉挛的手指抠着床单。她的脉搏不匀,现在几乎细到听也听不出来了。

她像在金属水汽中凝成的一样,脸色发青,汗水直往外渗。牙齿乱响;眼睛睁大,迷迷茫茫,向四下望。任凭问她什么话,只是摇头,甚至于微笑了两三次,哼唧的声音越来越响。她不要叫唤,可是不由自主,还是低声叫起来了。她硬说自己好多了,马上就会起来的。但是她浑身抽搐,喊道:

"啊!难受死了,我的上帝!"

他跪到床前道:

"说呀,你吃了什么?看在上天的份上,回答我!"

他看着她,一往情深,她先前像没有见过。她以一种微弱的声音道:

"好,那……那边!……"

他跳到书桌跟前,打开信封,大声念道:"什么人也不要怪罪……"他停住不念,拿手擦擦眼睛,再念下去。

"什么!救命!来人呀!"

他能重复的只有这两个字:"服毒!服毒!"

全福跑去找郝麦;郝麦在广场嚷得家家听见,勒弗朗索瓦太太在金狮都听见了;有人起来说给邻居知道:全镇活活闹了一整夜。

查理在屋里打转,心慌意乱,话也说不清,几乎站不稳,撞家具,抓头发,药剂师做梦也想不到会看见这种恐怖场面。

他回家给卡尼韦先生和拉里维耶尔博士写信。他头昏脑涨,一连起了十五次草稿,还写不好。伊玻立特去了新堡;朱斯丹拼命踢包法利的马,踢到后来,马跑不动,只有一口气了,只好丢在纪尧姆树林岭。

查理想翻医学辞典,字句跳动,看不清楚。药剂师道:

"冷静点!只要服些高效的解毒药就成。是什么毒药?"

查理给他看信。原来是砒霜。郝麦又道:

"好！应该化验一下才是！"

因为他知道，遇到中毒事件必须化验，查理不懂他的意思，回答道：

"啊！对！对！救救她……"

然后，他回到她身旁，倒在地毯上，头靠住床沿呜咽。她向他道："别哭！用不了多久，我就不再折磨你啦！"

"你为什么服毒？你凭什么非服毒不可？"

她回答道：

"我的朋友，应该这样。"

"难道你不快活？难道是我不好？可是我尽我的力来着！"

"是……对……你是好人，你！"

她慢慢拿手放在他的头发上。这种甜蜜的感觉加重了他的忧伤；就在她比从前显得更爱他的时候，他却反而非失去她不可，想到这上头，他就肝肠寸断，觉得全部生命都在崩溃。他想不出抢救的办法，不知道该怎么着手，也不敢着手，越是情况紧急，需要立刻做出决断，他就越是不知所措。

她想，一切欺诈、卑鄙和折磨她的无数欲望，都和她不相干了。现在，她什么人也不恨了。她的思想陷入迷离境地；人世的喧嚣，爱玛听见的，只有这可怜人的间歇的啼哭，柔和而模糊，好像交响乐隐隐约约的尾声。她支起胳膊肘道：

"把孩子给我带来。"

查理问道：

"你不觉得更难过，是不是？"

"是的！是的！"

女用人把孩子抱来。她穿着长睡衣，露出两只光脚，神情严肃，差不多还在做梦。她满脸惊奇，望着凌乱的房间。桌上点着蜡烛，照

花她的眼睛，不住眨动。不用说，蜡烛让她记起新年或者四旬斋狂欢节的早晨，也是点着蜡烛，老早就喊醒她，抱到母亲床头，接受礼物，她说：

"妈妈，东西在哪儿？"

她见大家不做声，又说：

"我看不见我的小鞋①！"

全福朝床抱她，她却一直望着壁炉那边。她问道：

"是奶妈拿走啦？"

包法利夫人听见奶妈两个字，想起她的奸情和她的灾殃，不由得转开了头，似乎另有一种毒药，比嘴里的毒药还猛，惹她恶心。白尔特站在床上。

"啊！啊！妈妈，你的眼睛多大啊！脸多白啊！看你净出汗啦……"

母亲望着她。小孩子后退道：

"我怕！"

爱玛握住她的小手吻；她挣扎不肯。查理在床后呜咽，喊道：

"行啦！把她抱走吧。"

随后病势缓和一时，看上去，她也不像先前那样难过。他听见她每说一句不关重要的话，每出一口比较匀静的气，就以为有了希望。最后，他看见卡尼韦进来，扑过去拥抱他，哭道：

"啊！是您！谢谢！您真好！现在好一点了，来，看看她……"

同行的看法完全两样，像他自己说的，不必兜圈子，他干脆就开呕吐剂，把胃打扫干净。

她很快就吐起血来了。舌头也更紧了，四肢抽搐，一身棕色点子，捺捺她的脉搏，滑溜溜的，仿佛一根绷紧了的线，又仿佛一条将断

---

① 她以为是圣诞节，四下寻找礼物，通常"小鞋"里面放圣诞礼物，搁在壁炉旁。

未断的琴弦。

接着她就发疯一般喊叫连天。她诅咒毒药,谩骂毒药,哀求毒药尽快发作;查理比她还痛苦,一劝她喝药,她就伸出僵硬的胳膊推开。他站直了,手绢掩住嘴唇,喉咙呼呼在响,眼泪直流,哽咽得喘不过气,连脚后跟也在抖动。全福在屋里乱跑;郝麦一动不动,只是大声叹气;卡尼韦先生虽然照样刚强,也开始心乱了。

"活见鬼!……可是……她也用过清除剂了。病源一消灭……"

郝麦道:

"后果就该消灭;理所当然。"

包法利喊道:

"救救她!"

药剂师还在提供假定:"也许这是一种有利的发作。"卡尼韦不理他,正要使用鸦片解毒剂,就听见传来一阵马鞭的响声。玻璃窗全在摇晃。一辆柏林式驿车①驾了三匹马,浑身是泥,直到耳朵,飞也似的,从菜场拐角,冲了过来。原来是拉里维耶尔博士到了。

天神出现也不见得会引起更大的骚动。包法利举起两手;卡尼韦赶快住手;郝麦不等医生进来,先就摘下他的希腊小帽。

他属于比夏②建立的伟大外科学派,目前已经不存在的哲学家兼手术家的一代,爱护自己的医道,如同一位狂热的教徒,行起医来,又热情,又明敏!他一发怒,整个医院发抖。学生尊敬他到了这步田地,一挂牌行医,就处处模仿他,以致人们在附近城镇,到处看见他的棉里美里奴长斗篷和宽大的青燕尾服。他的硬袖解开,盖住一点他胖嘟嘟的手——一双非常漂亮的手,从来不戴手套,好像为了加快救治病人一样。他看不起奖章、头衔和科学院,他仁慈、慷慨、周济穷人,不相信

---

① 一种四轮马车,轿式,玻璃窗,前后有座。
② 比夏(1771—1802),法国解剖学家,对近代医学发展有很大贡献。

道德,却又极力行善,如果不是头脑精细,使别人怕他就像怕魔鬼一样,他简直可以算是一位圣者了。他的目光比他的手术刀还要锋利,一直射到你的灵魂深处,不管是托词也好,害羞也好,藏在底下的谎话统统分解出来。他这样活在人民当中,充满和蔼可亲的庄严气概——一种觉得自己饶有才能与财富的意识和四十年勤劳、无可非议的生涯形成的庄严气概。

他一进门,望见爱玛张开口,仰天躺在床上,脸像死人一样,就皱眉头。随后他一边好像听卡尼韦解释,一边拿食指放在鼻孔底下,重复道:

"好,好。"

但是他的肩膀慢慢上耸。包法利注意到了。两个人你望我,我望你;这个人虽然看惯了痛苦,也忍不住流下一滴眼泪,落在他的胸饰上。

他想把卡尼韦带到外间,查理跟着他。

"很严重,是不是?贴芥子膏怎么样?我不知道怎么才好!想想办法,您救过那么多人!"

查理拿两只胳膊围住他的身子,眼睛望他,样子又凄惶,又哀求,简直要在他的胸前昏倒。

"好,可怜的孩子,拿出勇气来!没有法子救。"

拉里维耶尔博士走开了。

"您这就走?"

"我还回来。"

他像有话吩咐车夫,卡尼韦也走出来了,同样不高兴看爱玛死在自己手上。

药剂师在广场追上他们。他天性离不开名人。所以他恳求拉里维耶尔先生赏光,到他家里用饭。

他马上叫人到金狮去取鸽子,到肉庄去取所有的小排骨肉,到杜法郝家去取奶酪,到赖斯地布杜瓦家去取鸡蛋。药剂师亲自帮着预备;郝麦太太一边系牢罩衫带子,一边道:

"先生,您得原谅才是;因为在我们这小地方,头一天不先关照一声……"

郝麦轻声吩咐:

"高脚玻璃杯!"

"在城里的话,我们起码可以弄到灌肉蹄子。"

"少废话!……博士,请。"

用过几口以后,他觉得应该提供一些详细情况:

"起初我们发现她咽喉发干,后来上腹部剧痛,呕吐不止,呈昏睡状态。"

"她怎么会服毒的?"

"我不知道,博士,我简直不晓得她从什么地方得到这种砒霜。"

朱斯丹这时正好端上一摞盘子,听见这话,不由哆嗦起来。药剂师问道:

"你怎么啦?"

年轻人一听问话,唏里哗啦,把东西全摔到地上。郝麦喊道:

"蠢猪!笨牛!傻瓜!死驴!"

但是他猛然克制自己,回到原来的话题道:

"博士,我决计化验,首先我小心从事,拿一只细管搁到……"

外科医生道:

"顶好是拿您的手指搁进她的喉咙。"

他的同行默不作声,因为方才已经为了他的呕吐剂,私下饱受训斥,所以这位好好先生卡尼韦,治跷脚时,说话滔滔不绝,气焰不可一世,今天极其谦虚,一副心服口服的模样,不断微笑。

郝麦做了东道，自尊心得到满足，心花怒放，包法利的悲痛促成他的幸福，在他心上，模模糊糊，激起一片快感。而且他有博士在座，特别兴奋。他卖弄渊博，东拉西扯，说起斑蝥、乌巴斯树①、芒色尼耶树、蜂……

"我甚至于读到，有些香肠，熏过了头，人吃了就会中毒。博士，好像中电一样！我们有一位大师、著名的卡代·德·嘉西古尔②，我们的药物学权威，曾经写过一篇了不起的报告，就提到来着！"

郝麦太太又出来了，端着一个燃烧酒精的摇摇晃晃的机器；因为郝麦讲究在饭桌上熬咖啡而且事前经他亲手炒好，磨好，调好。他献糖道：

"Saccharum③，博士。"

他随后把子女全叫到底下，希望听听外科医生对他们的体格的意见。

最后，拉里维耶尔先生准备走了，郝麦太太请他检查检查她丈夫。他的血变稠了，每天用过晚饭，他就打盹。

"嗜！妨碍他的不是血④。"

这句双关语，没有人理会，医生笑微微的，打开了门。可是药房挤满了人，他简直难以脱身。杜法赦先生担心太太害肺炎，因为她好对灰烬唾痰；毕耐先生，一来就饿；卡隆太太，皮肤有针扎的感觉；勒乐，常常头晕；赖斯地布杜瓦，害风湿症；还有勒弗朗索瓦太太，闹胃气病。最后，三匹马出发了，人人嫌他不够和气。

布尔尼贤先生捧着圣油，走过菜场，引起公众的注意。

---

① 斑蝥有发泡作用，乌巴斯树(upas)是一种有毒汁的树，产在爪哇一带。
② 卡代·德·嘉西古尔(1731—1799)，法国药物学家，留有笔记多种。
③ 拉丁文：砂糖。
④ "血"(sang)与"感觉"、"意义"或者"官能"(sens)，在法文同音。拉里维耶尔用了一个同音双关语，取笑郝麦。

郝麦根据他的原则，把教士比做死人气味招引来的乌鸦。他一看见教士，就身心不畅，因为道袍让他想到寿衣，他憎恨前者，有一点由于畏惧后者。

不过他面对他的所谓使命，并不退却，所以就又陪卡尼韦回到包法利那边，——拉里维耶尔先生走前，再三嘱咐卡尼韦这样做来着。不是太太反对，他会连两个儿子也带过去，经历大事，将来留在脑海，也好成为一种教训、一个榜样、一幅严肃的图画。

他们走进房间，里面充满悲惨的仪式，女红桌上蒙了一条白饭巾，上面一只银盘，里头有五六个小棉花球，旁边是一个大十字架，一边点着一支蜡烛。爱玛的下巴靠住胸脯，眼睛睁得老大，两只可怜的手搭在床单上，姿势又难看，又柔和，好像快死的人，直盼早拿尸布盖好自己一样。查理停住哭泣，脸色仿佛石像那样白，眼睛好像炭火一样红，面对着她，站在床尾；教士一条腿跪在地上，咿咿唔唔祷告。

她慢悠悠转过脸来，一眼望见教士身上的紫飘带，忽然有了笑容，不用说，她在无牵无挂之中，又体会到了早年的神秘感受，看到了正在开始的天国形象。

教士站起来取十字架；她好像渴了一样，伸长颈项，嘴唇贴牢基督的身体，使出就要断气的全部气力，亲着她从来没有亲过的最大的爱情的吻。接着他就诵"愿主慈悲"和"降恩"，右手拇指蘸蘸油，开始涂抹：先是眼睛，曾经贪恋人世种种浮华；其次是鼻孔，喜好温和的微风与动情的香味；再次是嘴，曾经张开了说谎，由于骄傲而呻吟，在淫欲之中喊叫；再次是手，爱接触润滑的东西；最后是脚底，从前为了满足欲望，跑起来那样快，如今行走不动了。

堂长擦擦手指，拿蘸油的棉花球扔到火里，过来坐在病床旁边，告诉她：现在她应当把她的痛苦和基督的痛苦打成一片，等候上天怜悯。

劝告完了，他试着拿一支祝福过的蜡烛，放在她的手心，这象征天国的光辉，眼看就要环绕她。爱玛太衰弱，手指拢不过来，不是布尔尼贤先生，蜡烛就掉在地上了。

但是她显出一种平静的表情，脸色不如先前那样白，好像仪式治好了她一样。

教士看出这种现象，说给包法利听，甚至对他解释：主有时候认为有利于人，就延长寿命。查理记得她有一天领受圣体，也像这样快要死了。他寻思道："也许还有指望。"

说实话，她看看四周，慢条斯理，好像如梦方醒一般，然后声音清清楚楚的，要她的镜子。她照镜子照了许久，直到后来，流出许多眼泪，这才不照。她于是仰起头来，叹了一口气，又倒在枕头上。

她的胸脯立刻迅速起伏。舌头完全伸到嘴外；眼睛转动着，仿佛一对玻璃灯在逐渐发暗，终于熄灭了。不是肋骨拚命抽动，她已经可以说是死了。全福跪在十字架前；就连药剂师也曲了曲膝盖；卡尼韦漫无目标，望着广场。布尔尼贤又在祈祷，脸靠床沿，黑长道袍拖在背后地上。查理跪在对面，胳膊伸向爱玛。他握她的手，握得紧紧的，她一心跳，他就哆嗦，好像一所破房子在倒塌，把他震哆嗦了一样。喘吼越来越急，教士的祷告也越来越快，和包法利的哽咽打成一片，有时候又像全不响了，只有拉丁字母喑喑哑哑，咿咿唔唔，好像哀祷的钟声一样。

人行道上忽然传来笨重的木头套鞋和手杖戳戳点点的响声。一个声音起来了，一个沙哑的声音开始歌唱：

火红的太阳暖烘烘，
小姑娘正做爱情的梦。

爱玛坐了起来,好像一具尸首中了电一样,头发披散,瞳仁睁大,呆瞪瞪的。

> 地里的麦子结了穗,
> 忙呀忙坏了大镰刀,
> 快拾麦穗呀别嫌累,
> 我的娜奈特弯下腰。

她喊道:
"瞎子!"
于是爱玛笑了起来,一种疯狂的、绝望的狞笑,她相信自己看见乞丐的丑脸,站在永恒的黑暗里面吓唬她。

> 这一天忽然起大风,
> 她的短裙哟失了踪。

一阵痉挛,她又倒在床褥上。大家走到跟前。她已经咽气了。

九

说死就死,快得什么似的,不说相信,单是领会,活着的人就很难一下子做到,所以看见人死,起初总是目瞪口呆。可是查理一见她断气,就扑到她身上喊道:
"永别了!永别了!"
郝麦和卡尼韦把他拉到卧室外。
"要节哀才是!"

他挣扎道：

"是，我懂，我不会闹出事来的。不过，放开我！我要看看她！她是我太太！"

他哭着。药剂师道：

"哭吧，顺其自然，您就舒坦啦。"

查理变得比一个小孩子还软弱，由他们拉到底下厅房。郝麦先生跟着也就回家去了。

他在广场遇见瞎子。瞎子希望弄到消炎膏，逢人打听药剂师的住处，一直摸索到永镇。

"去你一边的吧！倒像我手上没有别的事一样！啊！活该，以后再来吧！"

他急急忙忙进了药房。

他得写两封信，给包法利配一副安神药水，捏造一套隐瞒服毒的谎话，写成文章，送给《烽火》登出来，还不提永镇的男男女女，等着找他打听消息。待永镇人都听说了她做香草奶油，错把砒霜当糖用的故事，郝麦便又回到包法利家。

他发现只包法利一个人（卡尼韦先生才走），坐在扶手椅里，靠近窗户，白痴似的，盯着厅房的石板地看。药剂师道：

"现在您该规定一下举行仪式的时间。"

"什么？什么仪式？"

然后，声音畏缩，结结巴巴道：

"哎！不必，是不是？不必，我要留着她。"

郝麦一听话不对劲，拿起摆设架上的水瓶，去浇天竺葵。查理道：

"啊！谢谢。您是好人！"

药剂师的举动引起满头满脑的回忆，他一难过，不再说下去了。

郝麦心想谈谈园艺，可以分散分散他的悲伤，就说："植物需要湿润。"查理低下头来,表示赞成。

"其实,春暖花开的日子,眼看也就到了。"

包法利道:

"啊!"

药剂师无计可施,轻轻拉开玻璃窗的小帘。

"看,杜法赦先生过来啦。"

查理活像一架机器,重复他的话道:

"杜法赦先生过来啦。"

郝麦不敢同他再谈丧葬事宜;最后还是教士劝他,起了效验。

他把自己关在诊室,拿起笔来,呜咽了半晌,这才写道:

我希望她入殓时,身穿她的新婚礼服,脚着白鞋,头戴花冠,头发披在两肩,一棺两椁:一个用橡木,一个用桃花心木,一个用铅。我不要人和我谈话,我会硬撑起来的。拿一大幅绿丝绒盖在她身上。这是我的希望。就这样做吧。

包法利的浪漫观点,两位先生看了,非常惊讶。药剂师马上劝他道:

"这幅丝绒,我看未免多余。再说,开销……"

查理喊道:

"关您什么事?走开!您不爱她!出去!"

教士挽起他的胳膊,兜着花园散步。他谈起人间物事的虚空。上帝极其伟大,极其仁慈;我们就该平心静气,服从他的意旨,简直就该感谢才是。查理谩骂起来:

"您的上帝呀,我恨透了!"

教士叹息道:

"您还有反抗的心情。"

包法利走远了。他迈开大步，靠近墙边果树行走，咬牙切齿，朝天投出诅咒的视线，但是没有一片树叶摇动。

细雨蒙蒙，查理没穿外衣，临了也打冷战了，他走进厨房坐下。

到六点钟，广场传来铁器的哐当声：燕子到了。他额头贴着玻璃，看着乘客一个接一个下来。全福在客厅地上给他铺了一条褥子，他往上一躺，睡着了。

郝麦先生虽然哲理一大套，却也尊重死人。所以他不和可怜的查理记仇，黄昏又守尸来了，带着三本书，还有一个活叶册子，写笔记用。

布尔尼贤先生也在。床已经挪到外头，床头点着两支大蜡。

药剂师嫌空气沉静，没有多久，就编了两句悼念的话，哀怜这"不幸的少妇"。教士回答，如今只有帮她祷告，才是正经。郝麦接下去道：

"不过，二者必有其一：或者她是蒙主召归（如教会那种说法），那她根本就用不着我们祷告；或者她是至死不悟（我相信这是教士的辞令），那……"

布尔尼贤打断他的话，粗声粗气驳他，说不管怎么样，都应该祷告。

药剂师反对道：

"上帝既然知道我们的一切需要，祷告又有什么用？"

教士道：

"什么！祷告！难道您不是基督徒？"

郝麦道：

"对不住！我佩服基督教！首先，解放奴隶，在社会树立起一种道德理论……"

"不仅这个！所有经文……"

"嘻！嘻！说到经文，看看历史吧；人人知道，耶稣会会士篡改经文来的。①"

查理进来，走到床前，慢慢腾腾，掀开幔帐。

爱玛的头歪靠右肩膀，嘴张开了，脸的下部就像开了一个黑洞。两个拇指还弯在手心。眼睫毛上仿佛撒了一层白粉。眼睛开始消失，像是蜘蛛在上面结了网，盖着一种细布似的黏黏的白东西。尸布先在胸脯和膝盖之间凹下去，再在脚趾尖头鼓了起来，查理觉得像有无限的体积、绝大的重量压在她身上一样。

教堂的钟正敲两点。他们听见河水潺潺，从平台一旁流入黑暗。布尔尼贤先生不时大声擤鼻涕；郝麦的笔在纸上吃吃直响。他道：

"好啦，我的好朋友，对景伤情，您还是走开吧。"

查理一走，药剂师和堂长又辩论起来了。一位说：

"读伏尔泰！读霍尔巴赫！读《百科全书》！"

另一位说：

"读《葡萄牙犹太人书简》！读前任文官尼古拉写的《基督教辨》！②"

两个人争执不下，面红耳赤，同时说话，谁也不听谁说。布尔尼贤想不到对方会这样狂妄；郝麦奇怪对方会这样愚蠢。两个人就要破口对骂了，忽然看见查理又出现了。有什么东西不断吸引他上楼。

为了看她看得清楚，他待在对面，凝神观看。也正由于凝神观看，他已经不觉得痛苦了。

---

① 并非事实。耶稣会教派创立于一五三四年，《圣经》早已流传于世。
② 《葡萄牙犹太人书简》，法国教士盖奈(1717—1803)的作品，反驳伏尔泰对《圣经》的攻击。尼古拉(1807—1888)，法国天主教作家。

他想起关于感应的故事，关于催眠术的奇迹；他向自己说：精诚所至，或许能起死回生。有一次，他甚至朝她弯过身子，低头呼唤："爱玛！爱玛！"声急气粗，蜡烛的火焰也被吹到墙上摇晃。

天蒙蒙亮，包法利老太太就来了；查理吻抱她，悲从中来，又哭了一场。她像药剂师一样，试着劝他撙节丧葬费用。他不但不听劝，反而大为生气，她也就只好作罢。他甚至要她立刻进城去买必需的东西。

查理独自待了一下午；白尔特交给郝麦太太照管；全福和勒弗朗索瓦太太在楼上房间守灵。

当天黄昏，他接见吊客。他站起来，握着对方的手，说不出话，随后大家挨挨挤挤坐下，在壁炉前围成一个大半圆圈，低下头，交叠着腿。他们一边摇腿，一边不时大声叹息。人人无聊到了极点，可是谁也不肯先走。

郝麦在九点钟又来了（两天以来，大家净在广场看见他），带来一堆樟脑、安息香和香草。他还带来一瓶含氯的药水①，消除秽气。女用人、勒弗朗索瓦太太和包法利老太太兜着爱玛，转来转去，这时正好给她换完衣服；她们拉下又长又硬的面网，一直盖到她的缎鞋。全福呜咽道：

"啊！我可怜的太太，我可怜的太太！"

女店家叹息道：

"看呀，她还是那样好看！谁不说，她这就要坐起来呀。"

她们接着就弯下身子，给她戴花冠。

头非举高一点不可，但是头一举高，就见嘴里流出一股黑水，好像又在呕吐一样。勒弗朗索瓦太太叫道：

---

① "含氯的药水"应当是次氯酸钠，即漂白水。

"啊！我的上帝！袍子，当心！"

她转向药剂师道：

"帮帮我们的忙！怎么！您还害怕！"

他耸肩膀驳她道：

"我，害怕？看您说的！我念药剂学的时候，我在市立医院看到的死人，那才叫多！我们在解剖教室配五味酒！死人吓不倒哲学家；我常常说起，我有心要把我的身体送给医院，供科学研究用。"

神甫一到，就问起包法利的情形，听完药剂师的回答，他讲：

"您明白，刺激还太近！"

郝麦一听这话，就恭喜他不像别人，不致有丧失娇妻的危险。他这话引起一场关于教士独身的争论。药剂师说：

"因为男人不要女人，就不合乎自然！有人犯罪……"

教士喊道：

"不过，老天爷！一个人结了婚，您倒说说，怎么能保守忏悔的秘密啊？"

郝麦攻击忏悔。布尔尼贤加以辩护，说它有恢复本性的效果，举出盗贼忽然变好的种种逸事作证明。有些军人走进告解座，觉得眼睛上有鳞掉下来①。弗里堡②有一位教士……

他的同伴睡着了。房间的空气太浊，教士觉得有一点气闷，过去打开窗户，惊醒了药剂师。他对他道：

"来，闻闻鼻烟！吸吸吧，人就清醒了。"

老远什么地方，狗不断在吠。药剂师道：

"您听见狗叫了吗？"

---

① 典出《新约·使徒行传》第九章第十八节："扫罗的眼睛上，好像有鳞立刻掉下来，他就能看见，于是起来受了洗。"意即看见了真理。
② 弗里堡，瑞士地名，是天主教的一个重要据点。

373

教士回答：

"据说，它们闻得到死人的气味。好像蜜蜂一样，闻到死人气味就会离开蜂窝。"

郝麦没有驳斥这些偏见，因为他又睡着了。布尔尼贤先生比较壮实，呢呢喃喃，嘴唇继续动了一阵，不知不觉，下巴一耷拉，丢开他的大黑书，也就呼噜呼噜打起鼾来了。

两个人相对而坐，肚子腆出，脸皮浮肿，眉头紧皱，争吵了那么长时间，终于在人类同一弱点之中携手了。尸体的模样像在睡觉一样，他们一动不动，比尸体强不了多少。

查理进来，没有惊动他们。这是末一回。他向她告别来了。

香草还在燃烧，浅蓝的氤氲飘到窗口，和进来的雾混合起来。天上有几颗星宿，夜很柔和。

大滴蜡烛油落在床单上，好像眼泪一样。查理望着蜡烛燃烧，可是望久了黄焰的亮光，眼睛疲倦了。

缎袍如同月光一样白，波纹似的闪闪烁烁。她裹在里头，好像消失了一样。他觉得她离开身体，迷迷蒙蒙，化入四周的什物，和寂静、黑夜、过往的风、升起的润泽的香气，全都混为一体。

他忽然看见她在道特的花园，坐在荆棘篱笆前面的长凳上；过了一会儿，又在鲁昂的街上，又在他们的门口，又在拜尔托的院落。他还听见男孩子们，快快活活，在苹果树底下，连笑带舞。房间充满她的头发的香味，她的袍子在他的胳膊底下，窸窸窣窣，发出火花一样的响声。这件袍子还是那件袍子！

他就这样久久回忆过去的种种欢乐，她的体态、她的手势、她的声调。他一阵一阵难过，无终无了，源源不绝，仿佛潮水上涨，坌涌一片。

他起了可怕的好奇心：他一边心跳，一边慢慢腾腾，拿手指尖掀起她的面网。但是他不看犹可，一看吓得叫了起来，惊醒另外两位。他们把他拉到底下厅房。

全福随后上来，说他要一绺头发。药剂师道：

"剪吧！"

她不敢剪；他拿起剪子，亲自去剪。他直打哆嗦，两鬓扎了好几个伤口。最后，郝麦硬起头皮，乱剪了两三剪刀，给她的美丽的黑头发添了几块空白。

药剂师和堂长继续干自己的事，中间免不了睡一会儿，但是每回醒来，就你怪我，我怪你，谁也不放过谁。于是布尔尼贤在房间洒圣水，郝麦拿一点含氯的药水倒在地板上。

全福事前在五斗柜上，给他们摆好一瓶白酒、一块干酪、一大块点心。所以临到早晨四点钟左右，药剂师熬不住了，叹气道：

"说真的，我想加加养料！"

教士不需他劝，出去做完弥撒回来，他们就碰杯吃喝起来，不知道为什么，还咯咯笑着：人在经历某些忧愁阶段之后，会生出一种泛泛的轻松感，所以教士喝到末一小杯，拍着药剂师的肩膀道：

"我们会有一天互相了解的！"

他们在底下门道遇见工人进来。于是足足两小时之久，查理不得不忍受铁锤敲打木板的响声。他们把她放进橡木棺材，再装在另外两副棺材里头，但是外椁太宽，又得拿一条褥子的毛绒塞满空当。最后三副棺盖刨平，钉牢，焊好了，就把灵柩放在大门前面。大门敞开了，永镇的男女开始集合。

卢欧老爹来了。他望见黑布①，在广场晕死过去。

---

① 丧事的标志。

十

他在出事三十六小时之后,收到药剂师的信。郝麦先生照顾他的情绪,信上含糊其辞,他看不明白到底是什么意思。

老头子看完信,先像中风一样,倒了下去。后来他明白她没有死,但是又可能死……他最后穿上工人服,戴上帽子,给鞋套上刺马距,飞也似的出发了。卢欧老爹一路焦灼万状,气喘吁吁。有一会儿,他什么也看不见,只好下马;听见周围轰隆作响,觉得自己快要疯了。

天破晓了。他望见三只黑母鸡在一棵树上睡觉;这是凶兆,他吓得哆嗦了。于是他向圣母许愿,送教堂三件祭披,从拜尔托公墓,赤脚走到法松镇的圣堂。

他一进马罗默,就喊店家,一肩膀撞开店门,跑到荞麦口袋跟前,又拿一瓶新苹果酒倒进食槽,喂饱了马,又跨上他的小马。马拚命跑,四个铁掌冒出火星来了。

他向自己道:不用说,会把她救活过来的;医生一定有法子救她。他想起先前听人说起的种种治病的奇迹。

接着他觉得她又像死了一样。她仰天躺在前面大路当中。他拉住缰绳,幻影不见了。

他来到甘冈普瓦,一连喝了三杯咖啡壮胆。

他心想信上写错了名姓。他摸索衣袋,信摸索到了,可是不敢打开看。

他最后猜想,这也许是一个玩笑,——有人报他的仇,淘气小子寻他的开心。再说,她要是真死了的话,他会没有一点感觉?然而的确没有!田野和平日没有什么两样:天是蓝的,树枝摇曳;一群羊从旁边走过。他望见村镇。大家见他伏在马背,风驰电掣,拚命打马,肚带上的血往下滴。

他醒过来,倒在包法利怀里,哭道:

"我的女儿,爱玛!我的孩子!是怎么一回事,说给我听……"

另一位抽抽噎噎回答道:

"我不知道,我不知道!反正是祸事就是了!"

药剂师分开他们:

"这些可怕的细情,听了也没有用。我回头告诉先生好了。看,人越来越多了。好,沉着点!想开些!"

可怜的包法利表示镇静,重复了几次:

"是……要勇敢。"

老头子喊道:

"好!老天在上,我一定勇敢,我送她一直送到头。"

钟响了。一切齐备。应当出发了。

他们并肩坐在唱经堂的祷告席上,只见三位唱诗队队员,不停地在前面走来走去,唱赞美诗。蛇形风管呜嘟呜嘟在响。布尔尼贤先生全身披挂,尖声吟唱,膜拜圣龛,举高两只手,伸出一双胳膊。赖斯地布杜瓦拿着他的鲸骨杖,在教堂转来转去。灵柩靠近经台,停在四排蜡烛中间。查理直想站起来,吹灭蜡烛。

不过他也努力激起笃信的心情,希望将来有一天再见到她。他想象她许久以来,就到远处旅行。但是他再一想,她就在棺材里,不但休想活转来,而且就要下葬,心头立刻涌起一种绝望、悲惨、冷酷的愤怒。有时候他以为自己失了感觉。他一面责备自己没有心肝,一面体味他的痛苦减轻。

大家听见一根包铁棍子,一板一眼,顿石板地响,声音从里发出,在教堂一侧停住。一个穿一件宽大棕色上装的男人,好不容易跪了下来。原来是金狮的伙计伊玻立特。他换上了他的新假腿。

一个唱诗队队员，兜着正殿，请求布施。铜钱一个又一个，在银盘里面响动。包法利带怒丢给他一枚五法郎辅币，喊道：

"快！我难过！我！"

队员深深一躬谢他。

歌唱、跪拜、起立，简直没完没了！他记得初来永镇，他们有一回一同望弥撒，坐在右边靠墙一面……钟又响了。椅子乱动。杠夫在灵柩底下放过三根杠子。大家走出教堂。

朱斯丹这时在药房门口出现，面无人色，步履蹒跚，忽然又进去了。

人们站在窗口看出殡。查理领头先走，挺直了腰，他装出一副勇敢模样，看见有人从小巷或者大门出来，加入行列，就点头致意。六个杠夫，一边三个，迈开小步，微微气喘。教士、唱诗队队员和两个唱诗的童子，吟诵"我从深处"①，声音抑扬顿挫，散在田野。有时候他们走进小路拐弯，看不见了，不过大银十字架总在树木之间举着。

妇女跟在后头，披着风帽朝下翻的黑斗篷，拿着一支点亮的大蜡烛。查理听见祷告声翻来覆去，看见蜡烛光络绎不绝，闻见蜡油和道袍的恶心气味，觉得自己软绵绵没有气力。一阵清风吹过，裸麦和油菜一片碧绿；露珠在道旁荆棘篱笆上颤抖。天边是一片欢乐的声音：一辆大车在车辙走动，远远传来鞭子噼啪的响声；一只公鸡啼个不住，要不然就见一匹马驹，跳跳蹦蹦，逃到苹果树底下。晴空飘着几点玫瑰色红云；淡蓝色浮光笼罩着蝴蝶花盖住的茅屋；查理走过，认出一所一所院落。他记得有些早晨如同今天一样，他看完病人，走出院落，回去看她。

黑布棺罩绣了好些眼泪似的白点子，不时被风吹开，露出灵柩。

---

① "我从深处"，见《旧约·诗篇》第一百三十篇。基督教用来为死人祷告。

杠夫走累了，放慢脚步。灵柩忽高忽低，仿佛一条小船，一个浪头打来，上下摆动。

公墓到了。

人们继续走，一直走到草地有坟穴的地方站住，围成一个圆圈，听教士讲话。红土抛在坟穴周围，又悄悄顺着四周，不断泄了下去。

随后四条绳子放好，杠夫把灵柩放到上头。他看着它往下坠，一直下坠。

最后听见一声撞响，绳子呲呲喳喳又拉上来。于是布尔尼贤拿起赖斯地布杜瓦递给他的铁铲，一面右手洒圣水，一面左手使劲推下一大堆土去；石子碰着棺木，发出可怕的声响，听起来好像永恒的回声。

教士把圣水壶递给他旁边的郝麦先生。他一副庄重的模样摇了摇，又递给查理。他双膝跪在土里，掬起满把土往里扔，一面喊着"永别了！"一面送过吻去；他爬到坟穴跟前，要和她埋在一道。

大家把他拉开了。他没有多久，也就安静下来。他也许跟别人一样，模模糊糊，感到结束的满足。

出殡回来，卢欧老爹像无事人一样，吸着烟斗；郝麦看在眼里，心下觉得很不应该。他还注意到毕耐没有露面，杜法赦听完弥撒，就"溜之大吉"，公证人的听差泰奥多尔穿一件蓝燕尾服，"倒像找不到一件青燕尾服，话说回来，这是风俗！"他从这一群人走到另一群人，说起他的观察心得。大家谈到爱玛，同声惋惜，特别是勒乐。他自然也送殡来了。

"可怜的少奶奶！她丈夫要多难过！"

药剂师接下去道：

"不是我，您知道，他会结果自己性命的！"

"那样善良的一位太太！星期六，我还在我的铺子见到她，您说说看！"

郝麦道：

"我没有时间，不然的话，我会准备几句话，到她坟上演说的。"

查理回到家，脱掉衣服。卢欧老爹换上他的蓝工人服。这是新做的，他一路常拿袖子擦眼睛，脸上也有了颜色。一脸的土，眼泪流过，留下一道一道印子。

包法利老太太和他们在一起。三个人全不言语。老头子最后叹息道：

"您记不记得，我的朋友，我有一回到道特，正赶上您丢掉您头一位太太。当时我直安慰您！我有话讲；可是现在……"

接着就膨起胸脯，长叹了一声：

"啊！您明白，这下子我完啦，我看见我女人死……后来是我儿子……今天，又是我女儿！"

他决计马上就回拜尔托，说他在这房子睡不着觉。他甚至拒绝看一眼他的外孙女。

"不！不！我受不了。您替我好好吻吻她！再会！……您是个好孩子！再说，我永远不会忘记这个……"

他打着自己的屁股道：

"别担心！总有你的火鸡的。"

但是他走到岭上，却又转回身子，如同从前在圣维克托小路和她分手，转回身子一样。太阳落在草原，光线斜射过来，村庄的窗户仿佛着了火似的。他拿手放在眼前，望见天边有一圈墙，里面的树木，左一堆，右一堆，夹在白石头当中，活像一束一束黑花①。他继续行路，缓缓走去，因为他的小马跛了。

查理和母亲虽然劳累，黄昏守在一起，仍然谈了许久。他们说起

---

① 指永镇公墓。

先前的日子和将来。她打算搬到永镇住,料理家务,母子不再离开。她机敏而且体贴,儿子的感情,多少年来,溜出她的手心,如今回到身边,自然心中暗喜。半夜了,村镇和往常一样,静静悄悄,只有钟响。查理醒过来,总在想她。

罗道耳弗整天在树林打猎消遣,安安逸逸,睡在他的庄园;赖昂在那边,也睡着了。

这时候有一个人却没有睡。

松树中间,有一个男孩子,跪在坟头哭泣,他在黑地里,胸脯一起一伏,抽抽搭搭,上气不接下气,难过得什么似的,比月光还柔,比夜色还深。

栅栏门忽然嘎吱一响。赖斯地布杜瓦方才忘记带走他的铁铲,现在寻找来了。他认出是朱斯丹爬墙:偷他的马铃薯的罪犯,总算有了下落。

十一

查理第二天接回小孩子。她要妈妈。大家回答她:妈妈出门了,会带玩具给她的。白尔特问起好几次,不过时间一久,也就不往这上头想了。包法利看见孩子快活,反而伤心,还有药剂师的慰唁,听了心烦,却又非听不可。

银钱事务不久又开始了,勒乐先生又唆使朋友万萨出面;查理认可惊人的数字,因为属于她的家具,再小他也不答应变卖。母亲气得不得了。他比她的气性还大。他完全变了。她丢下他走了。

于是人人来找便宜。朗玻乐小姐索讨半年学费,虽然爱玛一次钢琴课也没有上过(别瞧她拿出那张收据给包法利看:原来是她们两个人串通好的)。租书处索讨三年租费。罗莱嫂子索讨二十来封信的寄费;

查理问她细情,她不漏一丝口风:

"啊!我知道什么呀!反正是她寄的。"

查理每付一次账,总以为这是最后一次。但是一次又一次,没完没了。

他讨取拖延未付的诊费,人家拿他太太的信给他看,他只好连声道歉。

全福如今穿太太的衣服,不是全穿,因为他留下几件,放在她的梳洗间,他进去观看,就把自己锁在里头。全福差不多和她一样高矮,查理望见她的背影,常常产生幻觉,喊道:

"喂!别走!别走!"

可是泰奥多尔在圣灵降临节把她拐跑了。她离开永镇,偷去留在衣橱的全部东西。

就在同一时期,寡妇迪皮伊夫人送了一份喜帖给他,宣布"她的儿子、伊弗托的公证人、赖昂·迪皮伊先生,和崩德镇的莱奥卡狄·勒伯夫小姐举行婚礼"。查理给他写信道喜,并说:"我可怜的太太在世的话,听到您的喜讯,该多快乐呀!"

有一天,他在家里漫步闲走,上到阁楼,觉得鞋底踩到一个小纸球。他打开读道:"拿出勇气来,爱玛!拿出勇气来!我不希望害您一辈子。"原来是罗道耳弗的信,掉在木箱夹缝,一直待在地上,天窗的风新近又把它吹到门口。查理张大了嘴,一动不动,站在从前爱玛站的地方,当时她万念俱灰,直想寻死,脸色比他现在的脸色还要惨白。最后他在第二页底下看到一个小小的罗字。这是什么意思?他想起罗道耳弗的殷勤、他的忽然消失和以后有两三次遇到时,他的杌陧神情。不过书信的尊敬口气引他往好处想。他自言自语道:

"他们也许是闹精神恋爱。"

再说，查理不是那种追根究底的人；他看见证据，反而退缩。他的忌妒若有若无，比起他的巨大痛苦来，也就微不足道了。

在他看来，男人不膜拜她，就不可能。个个男子，毫无疑问，都想要她。他这样一想，越发觉得她美。他对她起了一种持久、疯狂的欲望。欲望无边无涯，加强他的绝望，因为现在失去了一切实现的可能。

好像她还活着一样，他讨她的欢心，迁就她的喜好、她的见解；他买了一双漆皮鞋，系白领带，髭上洒香水，学她签期票。想不到她死了以后还败坏他。

他迫不得已，一件一件卖掉银器，接着又卖掉客厅的家具。间间屋子成了空的，只有卧室、她的房间，丝毫不动，还和先前一样。查理用过晚饭，来到卧室，把圆桌推到壁炉前面，拉近她的扶手椅。他坐在对面。有一支镀金蜡烛台点着蜡烛。白尔特在他旁边，往画上涂颜色。

可怜人见她穿得那样破烂，好生难过。靴子没有靴带，罩衫从肩膀底下一直撕到屁股，因为女用人根本就不管她。但是她长得又温柔，又可爱，小脑袋朝前一歪，温文尔雅，美丽的金黄头发搭在她的粉红脸蛋上，他感到无限喜悦，好像酒酿坏了，有松香气味一样，欢乐掺有悲伤。他帮她修理玩具，用硬纸板剪小人，缝补囡囡的破肚皮。他要是见到女红盒、一条拖在外头的缎带，或者甚至一根落在桌缝的针的话，他都会沉入遐想，模样非常忧郁，连她也变得像他一样忧郁。

如今没有人看望他们了。因为朱斯丹逃到鲁昂，进杂货铺当伙计；药剂师的孩子越来越不理小姑娘，郝麦先生也不在乎友谊长存，他们的社会地位不一样了。

他的消炎膏没能医好瞎子。瞎子回到纪尧姆树林岭，对旅客讲药剂师徒劳无功,讲到后来,郝麦进城,躲在燕子的窗帘后头,不敢见他。他恨透了他;名誉攸关,他千方百计除他,还安装了一座隐蔽的炮位打他:显出他不但足智多谋,而且用心险恶。一连六个月,人们在《鲁昂烽火》可以读到这样措词的短论:

> 每一个去庇卡底肥土沃野的人,一定会在纪尧姆树林岭上,看见一个乞丐,脸上长着可怕的烂疮。他纠缠你,迫害你,简直等于征收旅客一次路捐。难道如今还是中世纪野蛮时代,流浪人参加十字军远征,带回来的癞疮和瘰疬,我们也允许公开展览?

要不然就是:

> 法律禁止流浪,可是我们的大城市近郊,依然布满成群结队的乞丐。人们还见到踽踽独行的乞丐,他们未见得就不危险。我们的市府官长在想什么?

郝麦还捏造了一些耸人听闻的故事:

> 昨天,一匹受惊的马,在纪尧姆树林岭……

接下去就讲遇见瞎子,发生了意外事件。

结果是官府把瞎子抓起来。可是又把他放了。他又开始,郝麦也又开始。这变成一场角斗。郝麦胜利了;因为他的仇敌被关进一家收容所,受到终身禁闭的处分。

成功增加胆量。从这时候起,县里压死一条狗,烧掉一座谷仓,殴打一个女人,他一知道,就永远根据拥护进步和憎恨教士的原则,立刻公之于众。他比较公立小学和教会小学，指摘后者①。他看见补贴教堂一百法郎，气愤不过，提起圣巴托罗缪惨案。他揭发弊端，散布警句：这是他自己的说法。郝麦做的是破坏工作；他变成危险分子了。但是新闻天地太小，不足以发挥他的大才，他需要来一部书、一部著作！于是他编了一部《永镇统计一览，附风土调查》。统计学把他引向哲学。他关心重大问题，例如社会问题、下层阶级的教化、养鱼法、树胶、铁路等等。他羞于做一个资产者。他摆出艺术家风度，吸起烟来了！他买了两尊彭巴杜尔风格的时髦小雕像，装璜他的客厅。

他不放弃药房；正相反！他晓得最新发明。他注意提倡巧克力的大运动。他头一个把可可和补力多介绍到塞纳河下游州。他热烈鼓吹普韦马舍的水电链②，自己就戴一条；晚上他脱法兰绒背心，露出金螺旋线，裹得又密又严，赛过斯基泰人③，严实得连人都没影了。见他金碧辉煌，如同东方王爷④，郝麦太太不禁目瞪口呆，觉得自己加倍崇拜他了。

他对爱玛的墓碑有奇妙的见解。他最先建议，立一根半截石柱，外加帷幔；后来又建议，立一座金字塔；再后又主张建成圆亭式样的火神庙……要不就是"一堆断垣残壁"。他把垂柳看成忧郁的独一无二的标志⑤，所以计划尽管改来改去，但是关于垂柳这一点，他决不让步。

查理和他一同到鲁昂一家石厂，挑选墓碑，——还有一位画家做

---

① 法国教育事业，以往完全由教会包办，一八三三年，国会通过一项法规，规定每乡必须设立一所初级小学，每县必须设立一所高级小学，每州必须设立一所师范学校。教会提出"自由"口号，企图恢复包办，形成激烈论争。一八四五年，王国政府迫于形势，封闭耶稣会设立的学校。
② 水电链是普韦马舍利用电池做出来的平流电链，供医疗使用。水电链出现于一八五二年，宣传能治百病，轰动一时，还得到巴黎医学学会的赞扬。
③ 斯基泰人，古代居住在黑海北岸一蛮族。
④ "东方王爷"即第一部第二章说起的三王节的"王"。耶稣降生，他们从东方来朝拜，见《新约》。
⑤ 垂柳是浪漫主义观念，诗人缪塞在《吕西》一诗说："我亲爱的朋友，我死的时候，在坟地给我栽一棵柳树。"

伴。他是布里杜的朋友,姓沃弗里拉,一路净说双关语。查理看了一百多种图样,又估计了一番价钱,最后,二次去鲁昂,决计采用皇陵式样,主要两面全雕了"一位司命神,拿着一根灭了的火把"。

至于碑铭,郝麦觉得就数"行人止步"漂亮;他想不出下文,搜索枯肠,不断重复"行人止步"……最后忽然想到"勿践贤妻"①,查理采用了。

奇怪的是,包法利一边不停地想念爱玛,一边却在忘记她。他想尽方法来保留她的形象,可是他觉得这形象照样溜出了他的记忆。他为这事直恨自己。其实他夜夜梦到她;梦也永远一样:他走到她跟前,然而就在搂抱的时候,她在他的胳膊中间变成了尘土。

大家看见他天天黄昏去教堂,去了一星期不去了。布尔尼贤先生甚至看望过他两三回,后来也就随他去了。而且郝麦说,老堂长心地越来越褊狭,越疯狂。他大骂时代精神,每半个月,临到讲道,必定提起伏尔泰临死的情形,大家知道,他是吞自己的粪死的②。

包法利虽然省吃俭用,离还清旧债,却还远得很。勒乐拒绝改期。扣押就在眼前了。事到如今,他只好写信给母亲求救。母亲答应拿她的财产作抵押,不过信上狠狠数落了爱玛一顿;她要一条全福没有偷去的披肩,酬谢她的牺牲。查理不肯给她。他们失和了。

她首先提出和解,向他建议接小女孩过去,陪她做伴。查理同意了。但是临到动身,他又舍不得她走。这一回,母子决裂到底,挽救不来了。

亲戚关系越淡,他的心也就越集中爱女儿。偏偏她又让他不放心,因为她有时候咳嗽,脸蛋有红印子。

---

① "行人止步,勿践贤妻"的拉丁原文是 Sta viator amabilem conjugem calcas,完全抄袭德国十七世纪初叶梅尔西将军的碑铭:"行人止步,勿践英雄"(Sta viator heroom calcas)。
② 并非事实。伏尔泰死前十天,已经不再进食。教会争取他忏悔,没有做到,怨恨之余,当时就有教士捏造他临死吃粪,耸人听闻。

对面是药剂师的家庭，又兴旺，又快活，事事如意。拿破仑帮他做实验；阿塔莉给他绣了一顶希腊小帽；伊尔玛剪圆纸片，盖蜜饯罐；富兰克林一口气背完九九表。他是最快乐的父亲，最走运的人。

错啦！有一种野心私下折磨他：郝麦热中十字勋章。他不缺乏资格：

第一，霍乱流行时期，曾经奋不顾身，热心服务；第二，自费刊印种种造福公众的著述，例如……（他提起他的报告，题目是《论苹果酒及其酿造与效用》；还有关于密毛木虱的研究，送到法兰西学院；他的《统计》，甚至他当药剂师的考试论文）；何况"我是好几个学会的会员"（他只是一个学会的会员）。他打一个转身，喊道：

"单说踊跃救火，我也该得！"

于是郝麦逢迎当局。州长先生竞选①，他私下大帮其忙。他最后卖身求荣，无所不为。他甚至给国王写了一封请愿书，求他主持公道；他称呼他我的好国王，把他比成亨利四世。

每天早晨，药剂师接过报纸，急忙打开，在任命栏寻找他的名字，只是任命老不见下来。他最后等不及了，拿花园草地修成勋章的星形，上头来两个小条，也是草做的，代表缎带。他交叉胳膊，围着这块草地散步，默念政府无能，世人负义。

爱玛常用的一张乌木书桌，查理由于尊重起见，或者由于从缓查看的一种快感，从没有打开她本人的抽屉看过。终于有一天，他坐在书桌前面，转动钥匙，推开锁簧。赖昂的书信全在里头。这一回，没有疑问了！他一直看到末一封信，搜索个个角落、件件家具、只只抽屉、张张画后，又是呜咽，又是嗥叫，心烦意乱，如癫如狂。他发现一只匣子，一脚踢破。情书散了一地，当中有一张罗道耳弗的画像，凝目

---

① 政府官员当时兼作国会议员。一八四七年，反对党要求王国政府停止州长参加竞选，政府拒绝接受。

相望。

大家奇怪他为什么那样情绪低落。他不出门，不见客，甚至拒绝去看他的病人。大家讲他："关在家里喝酒。"

有时候，好事者耸起身子，从花园篱笆上头往里张望，大吃一惊，就见这位先生，胡须老长，衣服龌龊，容貌狰狞，边走边号啕大哭。

夏季黄昏，他带领小女儿，来到公墓，直到黑夜才回，除去毕耐的天窗，广场没有亮光。

不过他的痛苦感受并不完整，因为旁边没有人和他一起分担。他看望勒弗朗索瓦太太，为了能谈谈她。但是女店家只用一只耳朵听：她像他一样，也有苦恼，因为勒乐先生的"利商车行"，最近终于开张了。伊韦尔在办货方面，卓有声誉，要求加薪，还威胁她，要加入"对方"。

有一天，他到阿格伊市场，去卖他的马——他最后的财路，遇见罗道耳弗。

狭路相逢，两个人脸全白了。爱玛出殡的时候，罗道耳弗仅仅送去他的名片，所以一见之下，就期期艾艾先表歉意，随后有了胆量，居然请他（正当八月，天气炎热）到酒馆去喝一瓶啤酒。

他靠住桌子，边说，边嚼他的雪茄；查理坐在她爱过的这张脸对面，出神遐想。他觉得像又见到她的什么东西一样。实在意想不到。他真想做罗道耳弗。

另一位继续闲谈庄稼、牲畜、肥料，看见谈话有了间隙，惟恐对方提起隐情，赶紧找无聊的话来堵塞。查理并没有听他说话；罗道耳弗也觉出来了，单从他脸色的变化，就看出回忆正在掠过。查理渐渐脸红了，鼻孔抖动，嘴唇哆嗦，甚至有一阵，气愤填胸，死盯着罗道耳弗看。罗道耳弗似乎感到恐怖，话也中断了。但是没有多久，查理脸上又显出原先那种凄惨的无精打采的神情。他说：

"我不生您的气。"

罗道耳弗默不作声。查理两手抱住头，好像无限的痛苦全都咽下去了一样，奄奄一息，低声道：

"是啊，我不再生您的气啦！"

他甚至于添上一句伟大的话、有生以来，他说过的惟一伟大的话：

"错的是命！"

罗道耳弗，作为支配这一命运的人，觉得一个人处在查理这种地位，说这种话，未免过于宽厚，简直可笑，甚至有点下贱。

第二天，查理坐到花棚底下的长凳上。阳光从空格进来；葡萄叶的影子映在沙地；素馨花芬芳扑鼻；天是蓝的；斑蝥环绕开花的百合嗡嗡地飞。查理觉得气闷，仿佛一个年轻人，心里迷迷茫茫，涨满了爱情的潮汐。

小白尔特一下午没有见到他。七点钟找他去用晚饭。

他闭住眼睛，张大了嘴，手里拿着一股又黑又长的头发，头仰靠着墙。她道：

"爸爸，你倒是来呀！"

她以为他在逗她玩耍，轻轻推了他一下。他倒在地上。原来是死了。

三十六小时以后，由于药剂师的要求，卡尼韦先生跑来加以解剖，但是什么也检验不出。

全部什物出卖，只有十二法郎七十五生丁剩下来，留给包法利小姐投奔祖母一路使用。老太太当年去世；卢欧老爹瘫了，一个远房姨母把她收养下来。姨母家道贫寒，为了谋生，如今把她送进一家纱厂。①

---

① 由于童工工资非常低廉，当时资本家喜欢雇用童工。动词一直是过去时，从这一句起，直到末一句，作者改用现在时。白尔特进工厂做童工，该有八九岁了。

自从包法利死后，一连有三个医生在永镇开业，但是经不起郝麦拚命排挤，没有一个站住了脚。他的主顾多得不得了。官方宽容他，舆论保护他。

　他新近得到十字勋章。

附　录

关于《包法利夫人》的公诉状、辩护状和判决书发表与诉讼

一八五六年四月，《包法利夫人》脱稿，作者送了一份稿本给他的好友杜刚 Maxiume Du-Camp，预备在杜刚和诗人劳朗·皮沙 Laurent Pichant 合编的的《巴黎杂志》Revue de Paris 发表。经过三个月的搁置，杂志决定在十月开始刊载，两位主编人认为全书极有删削的必要，要求他把删削的全权交给杂志。下面是杜刚写给福楼拜的信：

亲爱的老朋友，劳朗·皮沙看完你的小说，他把他的意见送给我，我现在寄给你看。你看过之后，就知道我多同意他的见解，因为里面差不多全是你走以前我说给你听的意见。我把你的书交给劳朗，除去热烈推荐以外，没有说别的话；所以我们绝不是商量好了用同一的锯子来锯你。他给你的劝告是好的，甚至于我还要说，这是你应当遵循的唯一的劝告。你的小说在杂志发表，交给我们作主好了。我们觉得必要，我们就加以删削；随后你愿意怎么样出书就怎么样出书，那是你的事了。不瞒你说，假如你不这样做，你一定连累自己，你拿一部杂乱的作品开场，风格不足以让它引起人的兴趣。勇敢些，施手术的时候闭住眼睛，不相信我们的才分，至少相信我们这一方面的经验和我们对你的友情。你把你的小说埋在一堆东西之下，写得好，然而没有用；小说不够清爽，必须剔扒；这是一种容易的工作。我们请一位干练的老手当着我们修削：不给你的稿本多添一个字，仅仅去芜存精，你的损失是百十法郎，我们拿这个钱替你缴捐。与其发表一部不完整，太繁

冗的作品，你不如发表一个真正完善的东西。你一定用你全副的力量诅咒我，但是想想看，我这样做，为的只是你个人的利害。

再见，亲爱的老朋友，回答我，记着我是你的。

马克西穆·杜刚　一八五六年七月十四日

我们明白福楼拜看见这封怪信有多气闷。他没有写回信，仅仅在背面写了这么一个大字，Gigantesgue，假如勉强译成中文，或许只有"呜呼"两个字还可以传神。他的气闷其实只是开始；杜刚的信好比一个引子，好戏留在后头，他不接受也得接受。福楼拜并不完全接受那位"干练的老手"的侮辱，他写了两封信给劳朗·皮沙抗议。这两封信值得我们引证，因为我们可以看出福楼拜坚定的艺术的认识和他反感的根据：

第一封信的日期是一八五六年十月二日。

亲爱的朋友：

我方才收到《包法利》，我先感到谢谢你的必要（我也许粗野，我不会忘恩）；它是什么面目，你接受它什么面目，你这就是帮我忙，我不会忘记。

你从前觉得我是一个可笑的热性子人，你如今还要这样觉得（也许格外觉得），你不以为然吗？我愿意有一天承认你对，我答应你，那时候我一定俯首请罪。但是你明白，亲爱的朋友，我往日从事的只是一种尝试，但愿学徒工作不太苦就好。

难道你以为这种卑贱的现实，它的描写令你生厌，就不让我和你一样恶心？你要是更认识我的话，你就会知道我憎恨通常的人生。我向来尽我的心力避免接触。但是，我愿意这次，也就是这次，彻头彻尾弄它一个透澈。所以，我把它拾起，出于一种英雄的姿态，我的意思是细微的姿态，接受一切，说破一切，描绘一切，抱负可谓不凡。

我解释自己解释得不好，但是足够让你明白我抗拒你的批评的意义，不管你的批评有多正确。你是叫我多写一本书。

你冲撞的是内在的诗学，因为如一位哲学家所谓，典型的泉源是诗学，著作取形于典型。总之，敬而不服，我觉得对不住你往常的教诲，也对不住我今日的抱负。

艺术无需乎殷勤和礼貌，要的只是信仰，永远是信仰，还有自由。说到这里我热烈地握你的手。

我是你的，在树叶常青，果实不结的树下面。

第二封信的日期是同年十二月，杂志已经开始自作聪明的删削，福楼拜不得不再三声明他的立场：

我的亲爱的朋友，

我首先谢谢你把你自己提开；我不是和诗人劳朗·皮沙说话，而是和杂志的发言人，一位抽象的人物说话。现在，这就是我对于《巴黎杂志》的答复：

第一，《包法利夫人》留了三个月没有发表，付印第一行之前，杂志应当知道所以处之之道：用或不用。既然用，有罪活该受。

第二，事情一谈定，一接受，我应允删掉一段文字（依我看，非常重要），因为杂志告诉我，对于杂志有危险。我做是做了，但是我不瞒你（我这是同我的朋友皮沙说话），从那一天起，我大为后悔有印行的念头。

有话全说，否则完全不说。

第三，我觉得我已做了许多，而杂志觉得我还须再做。可是我将完全不做，不改一字，不删一字，一个逗号也不去，什么也不去！……

但是，万一《巴黎杂志》觉得我为它招惹是非，万一有所畏惧，最简单不过，停止刊印《包法利夫人》好了。我完全不放在心上。

现在我和杂志说完了话，我不妨斗胆指出，噢！

朋友：

你删掉马车那一节，你就没有去掉触目的东西。现在要我删掉第六期里面的东西，你更是什么也没有去掉。

你注目枝节，其实留意的应当是全体。粗野的成分在紧底，不在浮面。你漂白不了黑人，你换不了一本书的血。你可以使它贫血，如此而已。

不用说，假如我和《巴黎杂志》翻脸，我和它的编辑依然还是朋友。

我知道分开文学里面的行政部分。

同时，得到编辑人的同意，在杂志刊载的小说前面，公开刊出作者的抗议："若干我不赞同的考虑，强迫《巴黎杂志》在十二月一日那一期加以删削；现在这一期，杂志方面又有所顾忌，以为应当再取消几节。为此，我宣布否认下文的责任。读者看到的仅是片段，不是一个整体。——居斯达夫·福楼拜。"这份经过宰割的稿本，作者留作纪念，在最后一页注道："依照杜刚，必须取消全部婚礼；依照皮沙，必须删削，或者至少大事节缩，从头到尾重写'农产改良竞赛会'！杂志方面一般的意见，'跛脚'那一节实在太长，没有用。"

但是，祸不单行，检察官开始注意这部小说所谓的色情的描写与不良影响。杂志方面的删削仅仅增加官方的怀疑和追究。凡是福楼拜的作品，例如在《艺术家》L'Artiste 上发表了片段的一八五六年的《圣安东的诱惑》和《包法利夫人》，是他当时公开的仅有的两种货色，也成了诲淫的罪状的证据。小说里面的包法利夫人虽说服毒自尽，终于避免鞠讯的羞辱,她的传记人却没有她那种幸福,虽说努力打消官方的企图,结局还是作者和编辑人皮沙,印刷人皮耶 Pillet,接到了法庭的传票,一同上了公堂。《包法利夫人》的出现是划时代的,有历史性的;同样是它这场官司,轰动一时,本身表现愚昧和可笑,促成它出现的声势。祸兮福所倚,福兮祸所伏。《包法利夫人》由声名狼藉的地位一跃而登文坛的高峰。检察官的代表是帝国律师艾尔奈斯提·皮纳 Ernest Pinard,辩护律师是前任国民大会主席和内政部部长塞纳 Sénard。公诉状仿佛出自小说里面郝麦的手笔,反对的不是奸淫本身,因为它承认人活在热情上面;辩护状是一篇杰作,浩浩荡荡,有声,有色,有力,有热情,有智慧,几乎可以说是一篇研究《包法利夫人》的必读文章。塞纳和福楼拜的父亲是老朋友,为正义也为交情,他从法庭救出福楼拜——老朋友的儿子,一个初出茅庐就闯了祸的年轻作家。法庭用模棱两可的口吻,申斥而又嘉奖,宣布《包法利夫人》的作者无罪。

下面是这三篇著名的有趣文献。

——译者

公诉状

被告　居斯达夫·福楼拜　　公诉人　帝国律师艾尔奈斯提·皮纳

诸位先生,检察官掀起这场辩论,毋庸讳言,遭逢一种困难。困难不在法令本身以内:败坏公众道德和宗教,不用说,词句失之于泛,失之于宽,需要加以限定。然而,当正直实际的心灵听你谈话,关于这一点,倒也易于互相了解,易于鉴别一本书的某一页伤害宗教或者道德。困难不在我们的法令以内，倒更多在你们所要裁判的作品的篇幅以内。问题关联着全部小说。呈上你们一篇报章文字鉴定，大家立即看出犯罪的始末；检察官读一下那篇文章，然后请求你们加以鉴定。现在不是关联着一篇报章文字，而是一本小说全部，在《巴黎杂志》分六期刊行，一八五六年十月一日开始十二月十五日登载完毕。遇到这种情形，怎么办才是？检察官的任务是什么？读全部小说？不可能。另一方面，仅读有罪的本文，可能引起一种极有根据的指责。人家可以对我们讲：假如你们不控诉所有的篇章，假如你们忽略有罪的段落的前后文字，你们显然缩小辩论的场合，因而将辩论加以噎室。为了避免这双重的障碍，只有一条道路可以遵循，那就是，先向你们讲述全部小说，不读，也不控诉任何段落，然后引读本文，读，控诉，最后回答关于法令进行的一般步骤的反对意见。

小说的题目是什么？《包法利夫人》。题目本身一无透露。它有一个小题目：《外省风俗》。这个题目依然表达不出作者的思想，然而可以使人有所预感了。作者用意不在依循某种真或假的哲学体系，他用意在描绘人情风习，你们这就看到什么样的描绘！！！不用说，是丈夫开始并且结束这本书，然而作品最严肃的肖像，照亮其他的描绘，显然是包法利夫人的肖像。

现在我叙述，我不引证。你发现丈夫在学校读书，而且必须承认，儿童已然透出将来做丈夫的模样。他极其愚笨懦怯，懦怯到这样程度，到了学校，人家问他姓什么，他开头拿"查包法芮"回答。他愚笨极了，工作而无进步。他在一班人里永远不是第一，也永远不是最末；他如若不是愚顽的典型，至少在学校也是开玩笑的对象。念完中学，他来到鲁昂学医，住在五楼，面对罗拜克河，母亲向她相熟的一个染工租的。他在这里研读医学，逐渐争到行医的文凭，然而不是医学博士的文凭。他常去酒馆，逃课，他总算没有染上别的嗜好，除却骨牌赌博。这就是包法利先生。

他要结婚。母亲为他找到一位女人：第厄普一个执达吏的寡妇；她有德行，丑，四十五岁，每年有一千二百法郎的息金。可是保管本金的公证人有一天早晨去了美洲，包法利媳妇受了这重重一击，意想不到的一击，抵不住，死了。这就是那第一次婚姻，这就是那第一场戏。

包法利先生鳏居了，想着再结婚一次。他搜寻他的回忆，他不需要望远里去，他立即记起近邻一个农夫的女儿，爱玛·卢欧小姐，曾经特别招惹包法利夫人疑心。她是农夫卢欧的独养女，在鲁昂的虞絮林读书。她不关心农田；父亲希望把她嫁出去。医生毛遂自荐了，他不在妆奁上留难，你们明白，彼此全都一心情愿，进行自然顺利。婚礼完成了。包法利先生拜在太太膝前，他是最快乐的男人，最盲目的丈夫；他唯一的关切是逢迎太太的意欲。

如今包法利先生的角色让位；包法利夫人的角色变成书里认真的工作。

先生们，包法利夫人爱过她丈夫，或者尽心爱过他？没有，从一开头起，即是所谓媒介场面。从这时候起，另一个国度在她前面展开，一种新的生活向她呈现。渥毕萨尔的堡主举行盛大宴会。医生被邀了，他太太被邀了，就是这里，她初度尝到物欲的一切烈火。她看见那曾经在宫廷出过风头的拉维迪耶尔公爵；她和一位子爵跳舞，感到一阵没有经过的激动。从这时候起，她过着一种新的生活；她丈夫，一切环绕她的，对于她变得不可忍受了。有一天，她在一件家具里面找东西，碰到一根铁丝，弄破她的手指；这是她的结婚花捧。看见无聊在浸蚀她，包法利先生试着改变环境，牺牲了他的主顾，搬到永镇居住，就是这里，发生第一次失足的场面。我们如今到了第二期副刊。包法利夫人来到永镇，在这里，她第一个遇见的人，她注目而视的人，不是当地的公证人，而是那位公证人的唯一的文书，赖昂·迪皮伊。这是一个年轻人，研究法律，就要到京城来。除去包法利先生，任何人都要不放心这个年轻文书的访问，但是包法利先生极其天真，相信太太的德行；赖昂没有经验，感到同一的情绪。他离开了，机会失落了，然而机会很容易就又有了。在永镇附近，有一位罗道耳弗·布朗热先生（你们注意我在叙述）。这个人三十四岁，性情粗野，对于女人，他已经有过许多不费气力的胜利；他当时有一个女戏子做情妇；他看见包法利夫人，年轻，漂亮，他决心要她做他的情妇。容易之至，他有三次机会就够了。第一次是他参加农产改良竞赛会，第二次是他拜访她，第三次是他邀她骑马散步，丈夫认为太太的健康需要；于是就在这第一次探问森林，她失足了。幽会重复着，在罗道耳弗的府邸，特别是在医生的花园。一对情人尽情放纵，到了极度！包法利夫人要罗道耳弗拐她走，罗道耳弗不敢说不是，但是他写了一封信给她，想法子向她证明，以种种充足理由，说他不能够拐她走。接到这封信，包法利夫人如遭雷击，先是脑病，接着就害伤寒。高热杀死爱情，然而病人留下了。这是那第二场戏。

我谈到第三场戏。紧跟着和罗道耳弗的堕落，是一种宗教的反动，但是为时是短暂的；包法利夫人这就又要失足。丈夫以为看戏对于太太复元有益，带她来到鲁昂。在包法利夫妇的包厢的对面，赖昂·迪皮伊坐在另一座包厢，公证人的那位年轻文书，在巴黎学法律，如今回来，受了特别的教育，有了特别的经验。他去看包法利夫人；他向她提议一次幽会。包法利夫人和他约好在礼拜堂。走出礼拜堂，赖昂向她提议乘马车。她起先拒绝，但是赖昂告诉她，巴黎就是这样子，于是没有阻难了。在马车里失足！对于赖昂，幽会次数增多，正如对于罗道耳弗，先在医生家里，后来在鲁昂租下的一间屋子。最后，就是这第二次爱情，她也疲倦了，就是这时候，开始危急的场面，这是小说的末一个场面。

包法利夫人乱花钱，乱送礼物给罗道耳弗和赖昂，过的是一种奢侈生活，为了应付糜费，写了许多期票。她从丈夫那边弄到一份委托书，代理共同的遗产，遇到一个放高利贷的，接受期票，到期不兑现，续下去，另请一个同谋的人出面。接着来了贴印花的公文，拒付的通知，审问，没收，最后是拍卖家具的告示，而包法利先生一无所知。走投无路的包法利夫人向人人借钱，人人不借。赖昂没有钱，当她向他提议为了弄钱而犯罪，他吓坏了，倒缩回去。深深浅浅的羞侮尝遍了，包法利夫人去求罗道耳弗；她不成功，罗道耳弗没有三千法郎。她留下的只有一条出路。求丈夫饶恕？不。向他解释？然而丈夫宽大为怀，会饶恕她的，这是她不能够接受的一种羞侮：她服毒。于是痛苦的场面来了。丈夫在这里，在太太的冷冷的身体旁边。他叫取来新婚衣服，吩咐给她穿上，把她的尸首放进三套棺椁。

有一天他打开书桌，发现罗道耳弗的肖像，他的信和赖昂的信。你们以为爱情就要低落吗？不，不，正相反，他激动，他兴奋，为这别人也曾占有过的女人，由于她给他留下的那些物欲的回忆；从这时候起，他疏远他的主顾，他的家庭，他把最后一点的遗产花掉，有一天，大家发现他在花架底下死了，手里握着一束长长的黑头发。

这就是那部小说；我从头到尾叙来，没有删节任何场面。人家把它叫作《包法利夫人》；你们可以给它另起一个题目，正正确确地叫作《一个外省女人的淫史》。

先生们，我完成了我分内工作的第一部分；我已经叙述，我这就要引证，引证之后，将有两种罪名成立：败坏公众道德，败坏宗教道德。败坏公众道德就在我要让你们看到的色情的描绘里面，败坏宗教道德就在和圣事相淆的肉欲的意象里面。我这就引证。我不会冗长，因为你们会读到全部小说的。我仅仅给你们引证四个场面，或者不如说作四幅图画。第一，将是和罗道耳弗的爱情和堕落；第二，两次奸情之间的宗教过程；第三，将是和赖昂的堕落，这是第二次奸情；最后，第四，我要引证的是，包法利夫人的死亡。

在掀起图画的四个角隅以前，允许我解释一番什么是福楼拜先生的颜色、笔触，因为说到临了，他的小说是一幅图画，所以必须知道他属于什么宗派，他用的是什么颜色，他的女主人公的肖像是什么。

作者的一般颜色，允许我告诉你们，是色情的颜色，在这些堕落之前、之时、之后！她是小孩子，她才十岁或者十二岁，她在虞絮林修道院。在这女孩子没有成型的年纪，女人不能够感到那些为她显示一个新的世界的启蒙的情绪的年纪，她就忏悔了。

"为了多逗留一些辰光（这第一段引证，在第一副刊，第三十页，十月一日那期）为了多逗留一些辰光，她编造一些小小过失去忏悔，跪在阴影里面，双手合十，脸贴住栅栏，听牧师呢喃。布道时候常常说起的比喻，例如未婚夫，丈夫，上天的情人和永生的婚姻，在她灵魂的深处，掀起意想不到的甜美。"

当我们知道对于一个小孩子，过失越小，越难出口，而一个小女孩子居然编造一些小小过失，这自然吗？再说，在这种年龄，一个小女孩子还没有成型，就指出她在阴影里面编造一些小小过失，听牧师呢喃，想着那些比喻，未婚夫，丈夫，上天的情人和永生的婚姻，使她在感受上仿佛唤起一种肉欲的颤栗，不正是我所谓的一幅色情的图画？

你们看到包法利夫人没有情人，没有过失，最琐细的动作也就是自由作主。我来到"未来"这个名词，来到这新嫁娘，这一无表示，不容别人有所猜测的新嫁娘，这里就已经有了一种甚于暧昧的遣词方式，不过，你想知道丈夫是什么样子吗？

这未来的丈夫，"人们简直要把他当作昨天出嫁的处女"，而新嫁娘"一无表示，不容别人有所猜测"。这丈夫起床了，出门了，"心里充满夜晚的欢愉，灵魂平静，肉体满足"，在路上"咀嚼他的幸福，好像饭后回味着正在消化的口蘑的味道"。

先生们，我坚持为你们说明福楼拜先生的文学作品的特征和他的笔触。有时候，他的文字想说许多东西，而且并不费力。

随后，到了渥毕萨尔堡，你们知道什么最吸引这年轻夫人的视线，最引起她的注意？永远是同一东西，拉维迪耶尔公爵，"据说，曾经是王后玛丽·安托瓦奈特的情人，介乎柯瓦尼先生和洛赞先生之间"，同时，"爱玛的眼睛不断转向这嘴唇下垂的老年人，好像观看什么了不起的庄严的东西。他在宫廷待过，在嫔妃的床榻待过"。

也许有人说，这里只是一段历史的补白？可怜的无用的补白！历史允许怀疑，然而并不赋予权力把怀疑当真事建立。历史曾经在所有小说里面谈起项圈，历史曾经谈起万千事物，然而这里只是一些怀疑，让我重复一遍，我不晓得它曾经允许把怀疑变成真事①。玛丽·安托瓦奈特死的时候，有帝王的尊严，基督教徒的平静，这流了的血很可以洗去一些过失，就常理推断，也只是一些怀疑。我的上帝，为了描绘他的女主人公，福楼拜先生需要一个惊人的意象，他就选了这一个，同时表示包法利夫人的邪恶本能，同时表示她的野心！

包法利夫人应当很会跳回旋舞②，如今她在跳回旋舞：

"他们起始慢慢地，渐渐快了起来。他们旋转着：一切围着他们旋转，灯，木器，板壁，地板，活像圆盘在一根轴子上面旋转。走过门

---

① 法国在一七八四年发生了一件轰动全国的大案子，一位大主教受了一位伯爵夫人的欺哄，买一串珍珠项圈送给王后玛丽·安托瓦奈特，实际是半路叫伯爵夫人骗了去。大主教没有能够付清一百六十万法郎的价钱，张扬出去，传到路易十六的耳朵。大主教下了狱，因为人民反对，最后流放到外面，伯爵夫人被判处终身监禁。但是最受损伤的却是无辜的王后，反对党利用项圈作借口，加以攻击。
② 在后来出版的译本中回旋舞改称为华尔兹舞。——编者

边,爱玛袍子的下摆轻轻蹭着他的裤管,他们的腿交错着;他向下看着她,她向上看着他;她麻痹了,只好站住。他们重新开始,动作更快了,子爵牵着她,和她一直转到画廊的末端,她喘着,几乎要倒下去,有一时拿头枕住他的胸脯。随后,还是旋转,但是放慢了好些,他带她回到她的座位;她靠住墙往上一仰,拿手盖住眼睛。"

我清楚有人会这样子跳回旋舞,但是这已经不在道德范围以内!

就最简单的行动来看包法利夫人,永远是同一笔触,页页如是。譬如朱斯丹,邻居药剂师的听差,第一次接识这女人的梳妆室的秘密,万分惊奇。他追逐肉欲的欣赏,一直到了厨房。

"胳膊靠住她(全福,丫鬟)熨衣服的长板,他贪婪地望着这些女人的东西,摊在他的四周:条纹布的裙子,肩巾,领披,连腰带的女裤,裤裆肥肥的,裤管窄窄的。

小伙计把手放在硬衬或者钩钮上面问道:

'这做什么用?'

全福笑着回答:

'你真就从来没有见过?'"

同样,丈夫当着这发出香味的女人,自己问自己。味道是从皮肤,还是从衬衣来的。

"他每天夜晚看到柔软的家具和一个装梳细巧,可爱的发出香味的女人,简直不知道这味道是从什么地方来的,说不定就是女人熏香了衬衣。"

零碎的引证够了！你们现在知道包法利夫人安息的面貌，当她不挑拨人，当她不犯罪，当她还是完全无辜，当她幽会回来，还不就在她所憎恨的丈夫旁边：你们现在知道图画的一般颜色，包法利夫人的一般面貌。作者小心翼翼，用他的文笔的所有的魔力，来描绘这女人。他曾经试由理性这方面表现她吗？从来没有过。由感情这方面？更没有过。由精神这方面？没有。由身体的美丽这方面？也没有过。噢！在这光耀万丈的淫行之后，我明白包法利夫人有一幅肖像；然而图画首先是色情的，姿态是肉感的，包法利夫人的美丽是一种挑拨的美丽。

我现在来到四段重要的引证；我只举四段；我不得不缩小我的范围。我说过第一段关于罗道耳弗的爱情，第二段关于宗教的过程，第三段关于赖昂的爱情，第四段关于死亡。

先看第一个。包法利夫人将要失足，将要堕落。

"家庭的平庸驱她思慕奢华；夫妇的恩爱驱使她想望奸淫……她咒诅自己不曾恋爱赖昂；她渴想他的嘴唇。"

是什么诱惑罗道耳弗，使他起坏心思？包法利夫人的袍服顺着身子的曲线缩进去又绷了出来！罗道耳弗带他的听差到包法利家里放血。听差就要支不住了，包法利夫人端着盘子。

"拿起盘子，放在桌子底下，她这样一弯腰，她的袍子在砖地上向四外裂开，——爱玛弯下去，伸开胳膊，不免有一点摇晃，衣服顺着身子的曲线缩进去又绷了出来。"

这里就是罗道耳弗的感想：

"他重新看见爱玛在厅房,穿着如他方才所看到的,她在脱掉她的衣服。"

第四百七十一页。这是头一天他们的谈话。

"两个人互相望着。一种强烈的欲望让他们发干的嘴唇颤栗;他们的手指,软软地,不用力,就揉混在一起。"

这里只是堕落的开端。必须读一下堕落本文。

"衣服预备好,查理写信给布朗热先生,说他接受他的盛情,他太太随时好骑马。
　第二天中午,罗道耳弗带了两匹全付鞍鞯的马,来到查理的门前。一匹马的耳朵拴着玫瑰色绒球,搭着一付鹿皮女鞍。
　罗道耳弗穿着长筒软靴,向自己说,她一定没有见过这种东西;说实话,穿着宽大的丝绒礼服,编结的白裤,他站在马凳上面,爱玛显出倾倒。……
　………………………………………………
　一到大地,爱玛的马放开蹄子。罗道耳弗的马在旁边驰骋。
　他们进了森林。
　他把她带到更远的地方,围着一座小池塘,浮萍染绿了粼粼的水纹……
　………………………………………………
　她道:
　'我错了,我错了。我不该听你。'
　'为什么?爱玛!爱玛!'

少妇依住他的肩膀,慢悠悠地道:

'噢!罗道耳弗!……'

她的呢袍勾住他的绒礼服,她仰起她雪白的颈项,颈项因为叹息涨圆了,于是荏弱,流着眼泪,长长一阵颤索,她藏起她的脸,由他摆布。"

等她站起身来,等她撼去肉感的疲倦,回到自己的家,回到有一个膜拜她的丈夫的家,在这第一次过失之后,在第一次奸淫之后,在这第一次失足之后,当着这受了骗的膜拜她的丈夫的视线,她是否感到疚心,疚心的情绪?没有!仰着额头,颂扬着奸淫,她回来了。

"一照镜子,她的脸使她惊奇。她从来没有看见她的眼睛这样大,这样黑,这样深。一种什么微妙的东西撒在她身上,把她变美了。

她向自己重复:'我有了一个情人!一个情人!'她喜爱这个观念,就像另有一个青春忽然光临。她终于得到爱情的欢愉,她痴想不到的幸福的寒热。她走进一种神怪的境界,这里一切是热情,酩酊,昏迷……"

所以,从这第一次过失起,她就颂扬奸淫,她就歌唱奸淫的圣歌,它的诗,它的肉感。这里,先生们,我以为这比堕落本身还要危险,还要不道德!

先生们,当着奸淫的颂扬,一切失色,甚至于若干日后,夜晚的幽会。

"为了警告她,罗道耳弗抓起一把沙子丢向百叶窗。她一跃而起;但是有时候他必须等待,因为查理喜好围炉闲谈,一谈就没有一个完结。她万分情急,假如她的眼睛能够的话,它们会叫他跳窗而入。最后,她开始卸妆;随后,她拿起一本书,十分安详地继续读书,似乎津津有味。但是床上的查理,唤她去睡。

他说:

'来呀,是时候了。'

她答道:

'好,我来了!'

不过,蜡烛耀眼,他转向墙,睡熟了。她溜出去,屏住气,微笑着,喘呼着,不穿衣服。

罗道耳弗披着一件宽大的一口钟;他把她全身裹住,胳膊围着她的腰,不言语,把她揽到花园紧底。

他们来到棚底下,坐在那张旧板条长凳,从前夏天夜晚,赖昂在这里情意切切地望着她。她现在一点也不想念他了。

……夜晚使他们格外搂紧,他们嘴唇的呻吟他们觉得更沉重了;他们的眼睛,他们差不多就看不见,他们觉得更大了;在寂静之中,有些话低低说出,落在他们的灵魂发出一种水晶的响声,上下荡动,回旋不止。"

先生们,你们在人世见过一种更能表达的语言吗?你们从来没有见过一幅更为色情的图画吗?再听听好了:

"包法利夫人从来没有像这时期那样美丽,这种无以形容的美丽,是喜悦、热情、胜利的结果,同时也只是性情和环境的谐调。她的贪婪、苦恼、欢乐的经验和她永远少艾的幻觉,逐渐发展她,仿佛风,雨,阳光和肥料之于花卉,她终于怒放,她的本性终于到了圆适的境界。瞳仁消失在她悠长的多情的目光里面,她的眼帘就像专为这种目光修削出来的。嘴唇上面影影绰绰照着一层黑毛，同时一口重气分开她玲珑的鼻孔，吊起她丰盈的嘴角。她的头发盘在她的后颈，你真还以为是一位精明的艺术家放在上面：它们漫不经心地绕成一堆，而幽会每天又随时打散。她的声音现在发出更柔和的抑扬，她的身段也呈出柔和的曲折；甚至于她的袍幅和她的脚面，也有什么微妙的东西钻进你的心灵。查理和新婚一样，觉得她香甜可口，不可抗拒。"

直到现在为止，这女人的美丽包含在她的神情、她的姿态、她的衣饰之中；最后，她去了面网，在你们面前呈露了，你们可以说，奸淫是否不曾增加她的美丽：

"她喊道：
'带我走！抢我走！……噢！我求求你！'
她扑向他的嘴，仿佛要在这里捉住那意想不到的同意。一个吻代替了同意。"

先生们，这就是一个肖像，正如福楼拜先生所长于描绘的。这女人的眼睛睁得多大！从她堕落以来，就像有什么销魂的东西撒在她身上！她的美丽从来没有过这样显耀，如同堕落的前夕，如同堕落以后的日月？作者给你们看的，是奸淫的诗，我再度问你们，这些色情的篇幅是不是属于一篇深度的不道德！！！

我来到第二个境界。第二个境界是一个宗教的过程。包法利夫人病得很重，离死不远。她又活过来了，她的复元用一段小小的宗教的过程表示。

"布尔尼贤（他是牧师）过来看他。他问候她的健康，同她讲些新闻，劝她崇信宗教，娓娓而谈，话甜甜的，倒也动听。看见他的道袍，她觉得心安。"

最后，她要领受圣体。我不很喜欢在一本小说里面遇见圣事，但是假如要谈，至少也要不拿语言附会。这领受圣体的淫妇可曾具有忏悔的玛德兰娜的若干信仰？没有，没有，这热情的女人永远追寻幻象，甚至于到最神圣最庄严的事物之中寻找。

"有一天，病非常危急，她以为她要去世，要求牧师颁她圣体。大家在她房间布置圣事，堆满了药瓶的五斗橱改成圣坛，全福往地板撒着天竺牡丹，爱玛觉得有什么强烈的东西掠过她，为她解除她的痛苦，一切知觉，一切情绪。她的轻适的血肉不再思索，另一生命开始了；她觉得她向上帝那边升，眼看就要在这种爱情之中消散，仿佛香烧着了，化成了气。"

谁用这种语言，谁拿淫情荡漾之际说给爱人的话来祈祷上帝？不用说，有人说这是地方色彩，同时拿这话来请人谅解：一个传奇式的抑郁女子，即使是做圣事，也不和常人一样。为这种混淆做辩解的地方色彩根本就没有！今天追求肉感，明天崇信宗教，甚至于在别的国度，甚至于在西班牙或者意大利的天空之下，也没有一个女人把对爱人讲的奸淫的甜言蜜语悄悄说给上帝听。先生们，你们鉴定这种语言，你们不会饶恕这些奸淫的话，在某种情形之下，到圣坛引用！这里是第二个境界，我来到第三个，奸淫的续篇。

经过宗教的过程，包法利夫人依然准备失足。她到鲁昂去看戏。演的是《吕西·德·拉麦穆尔》。爱玛往自己身上想。

"她要是能够在结婚的垢污和奸淫的幻灭(有人或许要说成:结婚的幻灭和奸淫的垢污)之前,在她如花似玉的年月,能把她的生命交给一颗伟大的坚实的心,那样一来,道德、温柔、欢乐和责任打成一片,她绝不会从高高的福祉跌落下来。

看见拉嘉尔狄在舞台上,她恨不得奔入他的怀抱,在他的体力之下,好像他是爱情的化身,对他讲,对他嚷:'抢我走,带我走,一同走!我是你的,你的!我的热火和我的梦想,全是你的!'

赖昂站在她后面。

他站在她后面,肩膀倚住板壁;他鼻孔的热气一直落进她的头发,她觉得自己不时为之颤栗。"

你们方才听到结婚的垢污;你们就再要看到奸淫,在它所有的诗里面,在它的没有语言可以形容的诱惑里面。我方才说,有人或许至少修改一下词句,说:结婚的幻灭和奸淫的垢污。我们结婚了,彼此预期的没有云翳的幸福常常不能够实现,我们遇到牺牲,痛苦。所以幻灭这个名词可以正确使用,垢污这个名词就不可以。

赖昂和爱玛约在礼拜堂幽会。他们到了礼拜堂,看了,或者不如说,没有看。他们走出来。

"一个野孩子在广场玩。赖昂喊道:
'去给我找一辆车来。'
小孩子好像皮球奔进了四风街。……
'啊!赖昂!……真的!……我不知道……我应当不应当……'
先是娇声媚气,后来严重的样子道:
'这太不相宜,你知道吗?'
见习生回道:

‛怎么不相宜？巴黎就是这样子！'

这句话，犹如一种不可抗拒的论证，决定了她。"

先生们，我们现在知道，堕落没有在车里发生。《杂志》的编辑由于一种值得恭维的细心，删掉车里堕落的一段文字。不过，假如《巴黎杂志》放下车帘，它却放我们深入那间发生幽会的屋子。

"爱玛想动身，因为她讲好了当天黄昏回到家。

再说，查理在等她；她内心已经感到一种懦怯的驯顺——对于许多妇女，这种驯顺仿佛是奸淫的惩罚，同时也是赎罪。……

…………………………………

赖昂一直在走道走下去。她跟他一直跟到旅馆；他上楼，他开门，他进去……什么样的吻抱！

亲吻之后，话滔滔不绝。他们互相诉说一星期的苦恼，觉得信要来，又担心信不来，但是现在，全不在怀了，他们面对面看着，开怀地笑着，恩爱地唤着。

床是一张桃花心木的船形大床。红缎帐，从天花板垂下，低低地（太低了）绕着宽大的床头；——衬着这紫色的底子，她的棕头发，她的白皮肤，真是美到无以再美，尤其是她一害羞，合拢赤裸裸的两臂，把脸藏到手里面。

温暖的房间，严密的地毯，轻佻的摆设，平静的光亮，似乎全是为了热情燕尔的便利。"

这就是在这间屋子里发生的事情。这里还有一段更重要的——所谓色情的图画！

"房间的光辉有些残退,然而汪洋着欢欣,他们多爱它呀!他们发现家具永远呆在原来的地方,有时候上星期四她忘记的发针会在钟座发现。他们在炉火旁边用饭,围着一张紫檀的小小的独脚圆桌。爱玛切着,一片一片放在他的盘子上,显出种种娇媚的本领;香槟的沫子,溢出轻俏的玻璃盏,溅到她的戒指上面,她发出一种又响朗又销魂的笑声。他们完全沉湎于他们的享有,以为住的是自己的家,仿佛一对永生的年轻夫妇,要在这里活到死。他们说着我们的房间,我们的地毯,我们的大椅,她甚至于说着我的拖鞋(赖昂的馈赠,她早就想要这么一双)。浅红缎绒,沿口一匝鹅绒。她坐在他的膝头,她的腿太短,悬在空里,鞋就像小鬼灵精,没有后帮,挂在她赤裸裸的足趾上面。

他第一次尝到女性不可言传的美妙。他从来没有遇见这种语言的雅致,这种衣着的绵密,这种睡鸽似的姿态。他赞美她灵魂的激越和裙裾的花边。而且,她不正是一位'社交之花',一位有夫之妇?一言以蔽之,一位真正的情妇?"

先生们,就法令的观点来看,我希望,这不正是一段令人无话可说的描写?这里另是一段,不如说,这里是同一场面的继续:

"她有语言燃烧他,还有亲吻席卷他的灵魂。这些爱抚的方式,由于深沉和矫饰,几乎灵化了:她从什么地方学来的?"

噢!先生们,我明白那在她回来时候想吻抱她的丈夫所引起的她的厌恶,我极其明白,当她有了这种幽会以后,对这个贴住"她的肉,躺着睡觉的男人",她在夜晚只有感到可憎。

这还不算数,在七十三页,还有最后一幅图画,我不能够略而不谈;她荒唐到了极度,感到疲倦:

"她不断给她下次旅行许下鸿福极乐,随后,她承认自己没有感到什么特异的地方。一种新的希望很快就打消这种虚妄的感觉:爱玛回到他身边,格外火炽,格外贪切,她粗野地脱掉衣服,摊开她抹胸的细带,细带是蛇一样围着她的屁股窸窣。她光着脚,踮起脚尖,再去看一眼门关好了没有,然后她一下子丢开她所有的衣服,——苍白,不言语,严肃,长长一阵颤栗,她贴住他的胸脯。"

先生们,我在这里指出两件事,一幅就才分而论值得赏叹的图画,然而一幅就道德的观点而论值得厌弃的图画。是的,福楼拜先生会用所有艺术的巧妙装潢他的图画:但是缺少艺术的节制。他不用细纱,不用面网,全部赤裸的自然,全部粗犷的自然。

再引证一回第七十八页。

"他们彼此太熟识了,增加一百倍欢忭的好合的惊喜,已经消失了。她厌恶他,他同样对她感到疲倦,爱玛重新在奸淫之中发现所有婚姻的平淡。"

婚姻的平淡,奸淫的诗!一时是婚姻的垢污,一时是婚姻的平淡,然而永远是奸淫的诗。先生们,这就是福楼拜先生喜爱描绘的境界,不幸是他描绘得太好了。

我曾经叙述三个场面:和罗道耳弗在一起的场面,你们在这里看见森林之中的失足,奸淫的讴歌,和这女人由于这种诗变得越发美丽。我谈到宗教的过程,你们在这里看见祈祷由奸淫借取语言。我谈到第二次堕落,我把赖昂在一起的场面展开给你们看。我指出马车场面——删去了——给你们看,然后我指出房间和床的图画给你们看。现在我们相信我们清楚是非所在了,让我们来看最末一个场面,惩罚的场面。

《巴黎杂志》似乎在这里删削了许多。福楼拜先生所用的申诉的词句这里就是:

"若干我不赞同的考虑,强迫《巴黎杂志》在十二月一日那一期加以删削。现在这一期,杂志方面又有所顾忌,以为应当再取消几节。为此,我宣布否认下文的责任。读者看到的仅是片段,不是一个整体。"

那么,让我们跳过这些片段,来到死亡。她服毒了。她为什么服毒?"她想道:'啊!死简直算不了一回事!我睡着了,一切就完了!'"随后,没有一丝疚心,没有一句认错,没有一滴眼泪来懊悔前夜的奸淫和这结束一切的自杀,她开始接受死者的圣礼。何必圣礼,既然她方才的思想是投入虚无?当这里没有一滴眼泪,没有一声玛德兰娜的呻吟,追悔她的背教的罪恶、她的自杀、她的奸淫,又何必圣礼?

这一场面之后,是临终洗礼。对于任何人,语言是神圣的。我们一直拿这些语言送终我们的祖先,我们的父辈,或者我们的近亲;也就是拿这些语言,我们的儿女有一天给我们送终。有谁要加以叙述,必须照实才是。至少必须不拿一个关于过去生活的肉感的意象相伴才是。

你们知道,牧师拿圣油敷在额头、耳朵、口、脚,同时宣读瞻礼的词句:由你的脚、耳朵、胸脯所犯的罪 Quidquid deliquisti per pedes, per aures, per pectus,等等,后面永远跟着慈悲 misericordia……一边是罪过,一边是怜悯。这些神圣的语言,必须照实叙述,假如你不照实叙述,至少不要往这里放肉感的东西。

"她慢慢转过脸,好像忽然看见教士的紫带喜悦了,不用说,在她意想不到的平静之中,她重新寻见失去的快感——她早期的神秘的激越,和正在开展的永生的幸福的幻象。

牧师站起来去取十字架;她像一个人渴了,伸长颈项,拿嘴唇贴住基督的身体,用她全副将竭的气力,吻着她从来不曾吻过的最大的爱情的吻。随后他诵着'愿主慈悲'和'施恩',把右手的拇指浸在油里,开始抹油:先是眼睛,曾经贪恋人世的浮靡;次是鼻孔,曾经嗜爱熏风和色香;次是口,曾经为谎语张开,为骄傲呻吟,为奢华呼喊;次是手,曾经喜好柔软的接触;最后是脚心,从前为了满足她的欲望跑的那样快,如今行走不动了。"

如今,这里有关于将死的人的祷告,牧师低声吟诵,每节有这样一句:"基督的灵魂,你动身走向一个更高的地带。"就在死人的末一口气吐出嘴唇的时候,低声祈祷。牧师吟诵着。

"喘吁加强了,教士的祷告也加快了:它们和包法利堵回去的呜咽混成一片,有时候似乎全消失了,只有拉丁字母咿咿哑哑,仿佛一片钟声在响。"

作者认为变换这些词句合适,加上一种答语。走道上有一个瞎子,唱着一首歌谣,他把它插在当中,拿渎圣的词句做成一种关于死人的祷告。

"忽然走道传来粗大的木屐的响声,和一根棍子的窸窣;一个声音起来了,一个沙哑的声音唱着:
热天的小姑娘呀,

时常想着情郎呀,

那天大风起了呀,

她的短裙飞了呀。"

就在这时候,包法利夫人死了。

所以,这就是那图画:一方面,牧师吟诵关于将死的人们的祷告;另一方面,有人弹大风琴,激起垂死的女人"一种残暴的、疯狂的、绝望的笑,以为看乞丐的丑脸,站在永生的黑暗之中,有所恐吓……她抽搐了一下,倒向被褥。大家拢近,她已经不在了"。

随后,身体冷了,我们应当特别加以尊敬的,是灵魂舍弃的尸首。当丈夫在那里,跪着,哭他的女人,当他把尸布在她身上摊开,任何人全要搁笔,就在这时候,福楼拜先生留下最后一笔:

"被单由胸到膝盖陷下去,然后又在脚趾的顶尖凸起。"

这就是死亡的场面。我撮述了一个大概。现在要你们来裁判,来鉴定这里是不是神圣和亵渎混合,或者不如说做,神圣和肉欲混合。

我说完故事,接着指出他的罪行,现在允许我说,福楼拜先生所培植的体裁,缺乏艺术的慎重,但是用艺术所有的策略,他所实现的体裁,是描写体裁,现实的图画。看他一直到了什么程度。最近我看到一期《艺术家》;我不指摘《艺术家》,但是帮助认识福楼拜先生的体裁,我要求你们允许我引证几句和福楼拜先生的公诉无关的文字,我在这里看见福楼拜先生精于描绘,到了什么程度;他喜欢描绘诱惑,特别是包法利夫人抵抗不了的诱惑。好啦!我在一月号的《艺术家》寻见这类体裁的模范文字,关于《圣安东的诱惑》,署名居斯达夫·福楼拜。我的上帝!这是一个大可发挥的主旨,然而我不相信意象能够更生动,描绘能够更显著,如阿坡里奈尔①讲给圣安东听的:——"你要学问?你要名誉?你愿意拿湿润的茉莉洗你的眼睛吗?你愿意你的身子陷进晕过去的女人的香甜的肉里,如在一片浪里?"

好啦!这属于同一颜色,同一笔触,同一生动的表现!

该是总结的时候了。我分析书,也述说了,没有忘掉一页,随后我指出罪行,这是我的第二部分工作:我说明一些肖像,我指出安息的包法利夫人,面对丈夫,面对她不应当引诱的人们,我让你们结识这个肖像的色情的颜色!随后,我分析若干伟大的场面:和罗道耳弗的堕落,宗教过程,和赖昂的爱情,死亡的场面,我在一切中间发现对于公共和宗教的道德的双重罪证。

我仅仅需要两个场面:伤害道德,难道你们没有在和罗道耳弗的堕落之中看见?难道你们没有在奸淫的讴歌之中看见?尤其是,你们没有在和赖昂的来往之中看见?再次,伤害宗教道德,我在忏悔的样式看到,十月一日,第一次副刊的第三十页,在宗教过程之中看到,十一月十五日,第八百五十四页和第五百五十页,最后,在临了的死亡的场面。

先生们,你们前面是三位被告:著作人福楼拜先生,发行人皮沙先生和印刷人皮叶先生。关于这类事,犯罪没有不公开的,凡帮助公开的同样罪有应得。但是我们赶紧声明,杂志的发行人和印刷人仅仅属于次要。主犯是作者,是福楼拜先生,抗议编辑删削的福楼拜先生。他之后是劳朗·皮沙先生。你们要问他的不是他已经有所删削,而是他应当删削的,没有删削。最后是印刷人,防守风化的前哨。其实,皮叶先生是一位君子人,我对他无所指摘。我们仅仅要求一件事,绳之

---

① 原作是阿坡楼尼屋斯 Apollonius de Tyane,茹素,精于医学,著作甚富,反对耶稣的人多推他做领袖。帝国律师误为阿坡里奈尔 Apollinaire。后者是否认基督神性的希腊阿利乌斯派崇奉的神祇,在法国瓦朗斯和意大利拉文纳均建有圣庙。

以法。印刷人应当读；他们不读而印即是取祸之道。印刷人不是机器；他们享有特权，他们声明遵守法令，他们的地位特殊，他们具有责任。假如你们允许我这样说，我就再说一遍，他们好比前哨；假如他们放罪人通过，等于放敌人通过。你们尽可以减轻皮叶的处罚，甚至于杂志的发行人也可以从宽发落，至于主犯福楼拜，你们应当从严惩办。

我的工作告成了，必须等候或者防备反驳。我们可能听到一种一般性的反驳：但是，说到临了，既然奸淫受罚，小说本质不就是道德的了吗？

对于这种反驳，有两种答复：我假定作品道德，这是一种假设，一个道德的结论并不能够赦免其中可能存在的色情的枝节。而且我说：作品本质并不道德。

先生们，我说，一个道德的结论不足以掩饰色情的枝节，不然的话，作家可以叙述一切想象得到的荒淫，描写一个妓女的全部猥亵，只要让她死在平民医院的硬板床上就成，她的淫荡的姿态就好全部加以研究叙述了！这简直侵害一切常识的规则。这简直是把毒药放在人人手边，把救药放在极少数人手边，假如这里有救药的话。谁读福楼拜先生的小说？是专心于政治或者社会经济的大人先生？不是！《包法利夫人》的轻薄文字落在更轻薄的手心，年轻姑娘的手心，有时候是已婚妇女的手心。好啦！想象受了诱惑，诱惑在心里种下了根，心说给官能，你们相信十分冷静的理智抵得住官能和感情的诱惑吗？而且，人不好太凭信自己的力量和道德，人有地上的本能，天上的观念，但是道德只是一种努力的结果，往往是一种苦修的结果。色情的描绘通常要比冷静的理智更有影响。这就是我对于这种理论的答复，这就是我的第一个答复，不过，我还有第二个。

我坚持《包法利夫人》这部小说，就哲学观点来看，绝不是道德的。不用说,包法利夫人服毒自尽;她吃了许多苦,这也是真的;但是她死得其时,死得其日,而且死于自愿,并非因为她是淫妇;她死的时候,正当美丽年轻;她死的时候,弄到两个情人,留下一个爱她的丈夫、一个膜拜她的丈夫,发现罗道耳弗的图像,发现他和赖昂的情书,读到一个做过两度淫妇的太太的情书,然而事后格外爱她,爱她一直爱到死后。谁能够谴责小说里这个女人?没有人。这就是结论。书里没有一个人能够谴责她。假如你们在里面发现一个好人,一个指斥奸淫的任何道德原则,我就算错。那么,假如全书没有一个人能够使她低头,没有一个道德观念或者一行道德文字能够痛贬奸淫,那就是我对,书是不道德的!

  这本书将以夫妇之道定罪?然而夫妇之道的代表是一位虔心的丈夫,太太去世以后,遇见罗道耳弗,从情人的脸上寻找他所爱的女人的形象(十二月十五日副刊,第二百八十九页)。我请问你们,书里没有一句话不表示丈夫在奸淫面前屈膝俯首,你们能够以夫妇之道惩治这女人吗?

  难道以公众的意见定罪?但是公众的意见有一个滑稽怪人代表,药剂师郝麦,四周全是这女人统治的可笑人物。

  你们将以宗教的情绪定罪吗?然而这种情绪,有教士布尔尼贤为你们做代表,差不多和药剂师一样滑稽的牧师,仅仅相信身体上的痛苦,从来不问精神上的痛苦,多少是一个物质主义者。

  你们将以作者的良心定罪吗?我不知道作者的良心想些什么,但是在第九章,作品唯一讲哲理的地方(十二月十五日副刊)我读到下面的句子:

  "正因为了解和强迫自己相信虚无的骤然莅临是那样难,人死以后,先来的总是一阵惊呆。"

这不是一声失却信心的呼喊,然而至少也是一声怀疑派的语调的呼喊。不用说,了解和相信是难的,但是,说到最后,为什么当着死亡就有这阵惊呆流露?为什么!因为这种骤然莅临是某种神秘东西,因为了解和判断虽难,必须强迫自己来了解,来判断。可是我呀,我说,假如死亡是虚无的骤然莅临,假如虔心的丈夫知道太太的奸情反而感到爱情滋长,假如意见是由一些滑稽怪人代表,假如宗教的情绪是由一个可笑的牧师代表,只有一个人有理由统率、治理:那就是包法利夫人。麦萨林娜有理由反对朱韦纳尔①。

这就是本书的哲学结论,不是由作者抽绎出来的,而是由一个人思维了又思维,往深里追究事物,由一个人在书里寻找一个人物可以统治这女人,抽绎出来的。这里没有这个人物。唯一在这里统治的人物,是包法利夫人。那必须到书以外寻找,必须到基督教的道德(现代文明的本质)之中寻找。拿这种道德来看,就全了然了,全澄清了。

奸淫以基督教的道德惩治、定罪,不是因为这是一种大意,勾起幻灭和忏悔,而是因为这对于家庭是一种罪恶。你们责罚自杀,不是因为这是一阵疯狂,疯子不负责任;不是因为这是一阵懦怯,有时候倒需要若干身体上的勇气;而是因为自杀蔑视人生的义务,宣告人生的终止,它是对于人生开始丧失信仰的呼号。

这种道德惩处现实主义文学,不是因为它描绘热情:憎恨、报复、爱情,世界只活在这上面,艺术应当加以描绘;而是因为它描绘的时候,漫无约束,漫无节制。没有规则的艺术不复是艺术;这像一个精赤条条的女人。把公众的礼法作为艺术唯一的规则,并非加以奴使,而是加以敬重。一个人只有伴以规则才往大里长。先生们,这里就是我

---

① 麦萨林娜 Messaline,罗马皇帝克劳狄乌斯的妻子(15—48),历史上有名的淫妇。朱韦纳尔 Juvénal,罗马有名的讽刺诗人,诗篇大都写于纪元一百年左右,共14篇,第6篇攻击败德妇女最烈。

们信守的原则,这里就是我们凭良心来保护的一种学理。

辩护状

律师塞纳

先生们,居斯达夫·福楼拜先生在你们面前让人告下来了,说他写了一本坏书,说他在这部书里伤害公众和宗教的道德。居斯达夫·福楼拜先生就在我旁边,他当着你们声述他写了一部善良的书,他当着你们声述他的书的思想,从第一行到末一行,是一种道德的、宗教的思想,假如不是被人曲解(我们方才看见一位有大才分的人,为了曲解一种思想,做了些什么),读者已经接受了的,回头你们也会(马上就要)加以接受,一个异常道德和宗教的思想可以拿这句话解释:以畏惧罪恶来发扬道德。

我把居斯达夫·福楼拜先生的声述转达给你们,我斗胆拿他的声述和检察官的公诉状摆在一起,因为他的声述是严重的;严重,从作者本人的身份来看;严重,从书的制作的环境来看,我这就说给你们知道。

就作者本人的身份来看,声述已经是严重的了。允许我来告诉你们,居斯达夫·福楼拜先生对于我不是一个生人,需要别人向我推荐,拿材料供给我用。我不谈他的品行,然而我谈他的尊严。我来到这地方,完成我一种良心上的责任。在读过书以后,在感到我所有的良善和深深宗教的东西,在读书时候,全发了出来以后。然而当我来完成一种良心上的责任的时候,我同时来完成一种友谊上的责任。我记得,我不会忘记,他父亲是我一位老朋友。他父亲,对我持有长久的友谊,一直到他去世的时候。他父亲,允许我来讲,他有名的父亲,做了三十年鲁昂市立医院的外科医生。他曾经是迪皮特朗的保护人[1],他以大的学问教书,他以大的人物送给学问;我引证一个也就够了,克洛凯[2]。他不仅在学问方面为自己留下美好的名声,由于对人类有过广大的服务,留下伟大的纪念。我想起他同我的关系,就在同时,我要告诉你们,他的儿子,被传到法庭,说他伤害道德和宗教。他的儿子是我的孩子们的朋友,正如我是他父亲的朋友。我知道他的思想,我知道他的意向,律师在这里有权来做他的委托人的人身保证。

先生们,大的名声和大的纪念本身就是一种要求。福楼拜先生的孩子们没有对他不住。他们是三个,两男一女,女的在二十一岁上死掉。长子公认为有能力继承父亲的职位;今天已经有好几年了,他在推行他父亲所推行了三十年的使命。最小的一个,就在这里;就在你们的栏杆前面。他们的父亲给他们留下一份相当的财产和一个大的名声,另外还给他们留下一种需要:做有理性有感情的人,做有用的人。我的委托人的兄长舍身于一种事业,每天服务。做兄弟的贡献生命于研究,于文学,现在当着你们被提起诉讼的制作就是他的第一本制作。这第一本制作,先生们,帝国律师认为煽动色情,正是长久研究、长久思维的结果。居斯达夫·福楼拜先生是一个性格严肃的人,生性就偏于严重的事,忧郁的事。检察官这里摘下十五行或者那里摘下二十行,把他当做一个色情图画制造者献给你们,他不是那种人。不是;我重复,凡你在人世所能想象得到的最严重、最严肃,然而同时最忧郁的,他的生性全有。只有把一个词句放回那些被印证的文字旁边,恢复原来的前后,他的书当着你立即恢复它真正的颜色,同时显出作者的意向。你所听到的太聪明的语言,留在你的回忆之中的,也只是对

---

[1] 迪皮特朗 Dupuytren(1777—1835),法国著名的解剖学家和外科医生。
[2] 克洛凯 Cloquet(1790—1883),法国的外科医生。

于一个能够改变一切的才分所有的、深深的、欣赏的情绪。

我告诉你们，居斯达夫·福楼拜先生是一个严肃而且严重的人。他的研究，和他的才具一致，是严肃而且广博的。它们不仅包含文学各个部门，而且法律也在内。观察能够供给他们活着的环境，但是福楼拜先生不以观察自足：

他访求其他环境：Qui mores multorum vidit et urbes[①]。

他在父亲去世和读完中学以后，旅行意大利，从一八四八年到一八五二年，游览近东各国，埃及，巴勒斯坦，小亚细亚，不用说，游人只要把慧心带到这些地方，就能够得到相当的崇高、诗意，检察官方才为了证实他从诬告我们的罪行而指出的那些颜色，那种动人的风格。这种动人的风格，这些文学的特色将要存在下去，经过辩论以后，明光四射，然而任何情形之下，没有可能犯罪。

自从一八五二年回国以来，居斯达夫·福楼拜就在写作，就在寻思一种大的格式，表达严肃和专心研究的结果，他在旅行之中所收集的结果。

什么是他挑选的格式，他抒写的主旨，他如何加以处理？我的委托人和许多人一样，无宗派可言，方才我倒在公诉状里发现了它的名字。我的上帝！他属于现实派，因为他着眼于事物的真实。他也许属于心理派，因为不是事物的物质存在使他执笔，而是人类的情感，热情在他置身的环境之中的发展。他不属于其他宗派，正如他不见得就属于浪漫派。因为假如浪漫主义在他的书里露面，正如现实主义在这里露面，不是由于偶尔采用了一些玩世不恭的表现，而检察官认为不

[①] 意思是"他看见许多地方和风俗"。

趣。福楼拜先生主要的用意，是从现实生活里选择一个研究的主旨，是在中产阶级里创造，构成一些真实的典型，达到一个有用的结果。是的，我的委托人所专心致志研究的正是这个有用的目的，为了达到这个目的，他勾画出来三四个活在现实生活条件之中，属于目前社会的人物，把最常在人世遇见的真实图画献给读者浏览。

检察官归纳他对于《包法利夫人》的意见，说这本著作的第二个题目是《一个外省女人的淫史》。我以全力反对这个题目。它事先据有你的注意，这为我证明你经常是在它的势力之下，假如你的公诉状不是从头到尾让我这样感觉。不对！这本著作的第二个题目不是《一个外省女人的淫史》；它是，假如你绝对需要：一个外省太太常受到的教育的故事；一个失足的故事，堕落的故事，欺诈的故事，自杀的故事。自杀：第一次故事失足的结果；一个失足的故事，失足：自身又有好些最初的错误造成，而一个年轻夫人常常让这些错误吸了过去；教育的故事，一个可怜的生命的故事，太常见了，教育是它的引言。这是福楼拜先生想要描绘的，并非一个外省女人的奸情；回头浏览一下被控告的著作，你马上就领会了。

现在，在一切之中，一切之上，检察官看见色情的颜色。假如我可以拾起检察官从书里剔下的行数和他放生的其他行数排在一起的话，我们的总比例可以得到一比五百，你可以看出这一与五百之比不是一种色情的颜色，也没有任何一部分是，在剔剪和解释的条件之下，不色情也就只好色情了。

现在，什么是居斯达夫·福楼拜先生想要描绘的东西？显示一个女人所受的教育，高过于她的生长环境，我们必须承认，这种情形太常见了；次是受了这种教育，矛盾成分的混合形成了妇女的理智，最后，结了婚，因为婚姻和教育不相配合，但是和她生长的环境配合，作者解释一切在这种境遇发生的事实。

他还让我们看到什么？他指出一个女人嫁错了人流于荒逸，再由荒逸来到堕落和不幸的最后一级。回头分段选读，我把全书的面貌介绍给大家，我将要求法庭以自由的心境接受这样一个问题：这本书放在一个年轻女人的手心，有没有效能把她卷入逸乐、奸淫，还是正相反，从第一步起，就帮她指出危险，就让她因为恐惧而颤栗？问题这样提出，要解决单看你的良心了。

我说这个，关于现在：福楼拜先生所要描绘的女人，不想法子在她现有的境遇（她的环境，她的诞生所提供的）之中安排，自己不想法子打进那属于她的生活；因为受了对她太高的教育，一心只顾万千外来的愿望；她不适应她职位上的种种责任，不做乡间医生的安分守己的太太，和他一起过活，不在她的家庭、她的婚姻之中寻找幸福，而在无终无了的梦想之中寻找。随后，不久在路上遇见一个年轻男子，和她调情，和她玩着同样的把戏（我的上帝！两个人全没有经验），逐渐有些激动了，害怕了。然而回到她早年的宗教，她在这里寻找不到一种足够的力量；回头我们就要看见，她为什么在这里寻找不到。可是年轻人的无识和她自己的无识从第一次的危险之中把她救出。但是她不久就遇到一个男子，人世有的是，太多的是，抓住了她，可怜的已经走错了路的女人，一下子就把她带去了。重要的是这个，必须看到的是这个，书本身就是这个。

在第一场面，包法利夫人冲破她的牢狱，感到一阵快活、愉悦，回到家里说："我有了一个情人。"检察官因之激怒了，我相信就人类的意识和情感的观点来看，他的激怒错了方向。你以为这里不是人类情感的第一呼声！证据在你我之间。但是必须往更远处看；那你就会看见堕落的初期，最初的瞬间，如若在这女人心里激起一阵愉悦、热狂，再过几行就来了虚妄，依照作者的语言，她似乎自己看来都感到羞侮。

是的，虚妄、痛苦、疚心，就在当时来了。她所信托的男子，所献身的男子，和她相好，也只是一时兴起，当作一件玩具玩玩；疚心咬着她，撕着她。你所厌恶的，是听见人家把这叫做奸淫的幻灭；你倒喜欢一个作家把这女人神秘化了，使用"垢污"字样，她不了解婚姻，感觉一个丈夫的接触使自己垢污；她到别的地方寻找她的理想，找到了奸淫的幻灭。你厌恶这个名词；你不要"幻灭"，倒愿意用奸淫的"垢污"。法庭回头裁判好了。至于我，假如我需要神秘化这同一个人物，我会对她说，这可怜的女人！假如你以为你丈夫的亲吻是什么单调、无聊的东西，假如你在这里找到——这个名词曾经被指出来过——婚姻的平淡，假如你以为在这里没有爱情领导的结合之中看见一种垢污，你要当心，你的梦想是一种幻觉，你有一天要被惨苦地唤醒。先生们，那高声呼喊的人，那用垢污这个名词来表示我们所谓幻灭的人，他用的名词是对的，不过浮泛了些。没有东西说给理智知道。我倒喜欢那不高声呼喊的人，不说出垢污那个名词，然而警告那虚妄、幻灭的女人，告诉她：你以为找见幸福的地方，你找见的只是苦恼。一个丈夫，安安详详去做事，吻你，戴上睡帽，和你在一起喝汤，是一个凡庸的丈夫，惹你反感，你想望一个爱你的男子，一个膜拜你的男子，可怜的孩子！这男子将是一个荒唐鬼，和你要好一分钟，为了拿你玩。幻觉将在第一次发生，也许在第二次，你将高高兴兴回到家，唱着奸淫的歌："我有了一个情人！"第三次你用不着走近它，幻灭来了。你所梦想的男子将失去他的一切魔力；你将在爱情之中重新找到婚姻的平淡；找到的时候，还有轻视、蔑视、厌恶和刺人的疚心！

先生们，这里就是福楼拜所说、所描绘的，表现在他的书的每一行，从同类所有的作品把他的作品区别出来，因为在他的书里，每页都是社会的纰缪，因为在他书里，奸淫的进行充满了厌恶和羞耻。他从生活经常的关系摘取那可以提供给一个年轻女人的最感人的教训。噢！我的上帝，我们的年轻妇女们，在善良、崇高的原则里，在一种严厉的宗教里，寻找不到什么坚强的东西来帮她们完成她们做母亲的责任，特别是在安分守己里，那人生的实际学问（告诉我们必须适应我们的所有）里，然而把她们的梦想放在生活以外，这些最善良、最纯洁的妇女们，在她们家务的凡庸里，有时候苦于她们四周的物事，一本像这样的书，定而无疑，会让她们不止一个在思维。福楼拜先生所做的就是这个。

而且要当心一件事：福楼拜先生不是这种人，为你描绘一段可爱的奸情，然后大耍一套神仙解围的把戏 Deus ex machinâ。不是的，从你读的那一页跳到末一页，你自己跳的太快了。在他的书里，奸淫只是一串折磨、懊悔、疚心；随后来到结束一切的赎罪，才叫怕人。真也过分。假如说福楼拜先生犯罪，那是由于过分。回头我就告诉你，这话是谁说的。赎罪并不迟迟其来；正也由于这个，书是极其道德有用，因为他不给年轻女人口实，过了一些美好的年月，就可以说：过此以后，人可以死了。不！从第二天起，酸楚、幻灭就来了。书的每一行都是关于道德的真谛。

这本书是以观察力量写出来的，检察官关于这一点也曾经亲口承认：这里我要唤起你的注意，因为控告如若没有根据，必须终止。这本书，就是在最小的枝节，也是用一种真正了不起的观察力量写出来的。《艺术家》的一篇文章，署名福楼拜，也成为控告的借口。希望帝国律师先生事先就注意这篇文章不和定罪有关；希望他随后注意就法庭的眼光来看，我所认为它极其清白，极其道德，有一个条件，请帝国律师往完整里看，不要加以支解。福楼拜先生的书里引人注意的地方，是若干报告所唤起的铜版式的忠实，在一切事物的形态的重现之中，在思想和人心的本性之中，——由于风格的魔力，这种重现变得格外引人注意。我要你们留心，假如他把这种忠实只用在堕落的场面，你们有理由可以说：作者喜欢以他特长的描写力量描绘堕落。从他的书的第一页到末一页，对于爱玛生平的一切事实，他不作任何种类的保留，小时候在父亲家，在修道院受教育，他丝毫也不放松。但是，像我一样，从头读到尾的读者们将说——你要感谢他的，太值得注意了，不仅将为他赢得赦免，而且理应帮他排除任何控诉——当他遇到困难的部分，恰巧就是堕落，他不学检察官熟识的若干古典作家，然而写公诉状的时候，他把他们忘却了，我挑了几段带到这里，不是为了读给你们听，而是为了回头你们在会议室浏览（我回头要引证几行的）。福楼拜先生不学我们伟大的古典作家，我们的大师，遇到男女发生性的结合的场面时并不避免加以细腻的描写，他却一句话就满足了。这时候，他的描写力量全不见了，因为他的思想是洁净的，因为这时候，他很可以任笔所之，运用他的风格的全部魔力，但他感到有些东西他不能够接近，不能够描绘。检察官还嫌他写的太多了。我这就让他看有些人，在伟大的哲学著述之中，喜欢描写这些东西；同时一个人的描写才力那样高，然而并不使用，收住笔，加以放弃。我将把他放在对面比照，我有权向控告要求正义。

同时，先生们，甚至于他喜欢为我们描写的喜笑颜开的花架，爱玛小时候在底下玩耍，它的枝叶，那些新近盛开的红白小花，和它的馥郁的小径——甚至于她从这里走出，走近别的道路，有泥泞的道路，在这里弄脏了脚，甚至于泥渍高高溅到她的身上，他全不应该叙写！然而这等于完全把书取消，我看得更远，取消道德成分，借口为了保护道德，因为假如过失不能够指出，不能够点出，假如在一幅现实生活的图画之中，目的是仰借思想指出危险、堕落、赎罪，假如你有意阻止描绘这一切，显然是抽出书的结论。

这本书对于我的委托人，不是几小时的消遣对象，它代表二、三年不间断的工作。我现在另外告诉你们一些事：福楼拜先生，经过那么多年的工作、研究、旅行、读书的笔记——我的上帝！你们这就看见他从什么地方摘取材料，因为这是一些意想不到的东西挑起担子来为他剖白——你们将要看见，他有的是色情的颜色，全是博胥埃和马西隆的影响①。我们回头再看这些作家。正由于研究这些作家，并非剽窃，他设法在他的描写之中重现他们所用的思想、颜色。当这件工作以那样多的爱情完成了以后，当他的工作达到了他的目的，虽说研究了那么多，思维了那么多，充满了自信，你们以为他真就马上投入比武的场合！假如他在人世无名无姓，假如他的名姓完全属于自己，假如他以为自己可以随意加以处分，不用说，他或许就那样做了；但是，我重复一遍，他属于那类人，身份便是要求 Noblesse oblige：他姓福楼拜，他是福楼拜先生的第二个儿子，他想在文学里面开辟一条道路，深深地尊敬道德和宗教——不是由于畏惧刑法，他的思想根本不做那种考虑——而是由于个人的尊严，假如他信托的几位朋友不认为值得发表，他不会把他的名姓放在任何一本书的上面的。福楼拜先生有些朋友，在文坛的地位很高，他曾经拿书或者断篇念给他们听，那是他有一天要付印的文字。我可以说他们没有一个人表示不满，然而同时就这样遭到帝国律师的严酷的指摘。甚至于就没有人往这上头想。大家仅仅考虑，研讨书的文学价值。至于这道德的目的，是那样显明，用那样不暧昧的字句写在每一行，根本就用不着作为问题。书的价值坚定了信心，同时受到杂志界最有名的人物的鼓励，福楼拜先生所想的也就是付印，成书。我重复一遍，大家一致赞美文学价值、风格，同时也一致赞美从第一行到末一行贯穿全书的优良思想。所以听说叫人告了下来，不仅是他本人惊奇，深深地痛苦，允许我说给你们听，我们就不明白告他什么。头一个是我，按期阅读，极感兴会；我们是密友。我的上

---

① 博胥埃 Bossuet(1627—1704)和马西隆 Massillon(1663—1742)都是法国著名的天主教文学家。前者以挽词见称，热情，庄严，富于想象；后者是法国著名的天主教文学家，以演说见称，匀整，平正。

帝！有些细致地方有时候可能在我们的习惯之中不被我们注意，但是逃不过有理解力、纯洁、贞懿的妇女们的注意。她们的名姓不可能在这个场合公开，但是假如我告诉你们那些说给福楼拜先生听的话，那些念过这本书的主妇们说给我听的话，假如我告诉你们她们的惊异，她们读了小说之后，印象非常良好，以为自己应当感谢作者；假如我告诉你们她们的惊异、她们的痛苦，当她们知道了这本书被看做违反公众道德、她们的宗教信仰、她们一生的信仰，我的上帝！但是，把这些欣赏的资料聚集起来，我已经就理由十足，假如我需要十足的理由，在反驳检察官的攻讦的时候。

不过，在这些现代文学的所有欣赏之中，有一个我想告诉你们。有一个，为我们尊敬，不仅由于一种美丽伟大的性格，在困厄之中，在忧患之中，他每天勇敢地作战；伟大，由于许多不必在这里追述的鸿业伟绩的回忆；伟大，由于文学作品，应当追述，因为这正好做成他的资格；伟大，特别由于存在他所有的作品之中的纯洁，由于他所有的写作的洁净：拉马丁。

拉马丁并不认识我的委托人，他不知道世上有这么一个人。拉马丁在乡间，在家里，每期在《巴黎杂志》上读到《包法利夫人》，拉马丁感到的印象那样深，我现在这就同你们谈起。

拉马丁来到巴黎好几天了，第二天他就打听居斯达夫·福楼拜先生的住址。他写信去问《杂志》，知道不知道一位居斯达夫·福楼拜先生的住址，曾经用《包法利夫人》这个题目发表了好些文字。他差他的书记去向福楼拜先生道贺，对他表示他读他的作品所感到的满足，同时愿意和这位以这样成功的尝试露面的新作者一晤。

我的委托人拜望拉马丁去了；他不仅遇到一位激励他的人，而且这一位还对他讲："你给我二十年以来我读到的最好的作品。"这句恭维话，我的委托人生性谦虚，几乎不敢向我重复。拉马丁向他证明，他每期全读，证明的方式再热诚不过，一页一页整个同他说起。不过，拉马丁接着讲："我无拘无束读到末一页，可是我责备结尾。你让我难受，你让我实际感到痛苦！赎罪和罪恶不成比例；你创造了一种可怕的，可怖的死亡！当然，玷污婚姻的女人应当有以自赎，不过，这是恐怖的，这是前所未闻的惩罚。你走得太远了，你让我的神经失常；这种用死亡最后辰光的描写力量给我留下一种说不出来的痛苦！"居斯达夫·福楼拜问他："不过，拉马丁先生，你明白不明白我为了写这样一部作品让人在法庭告下了，说什么伤害公众和宗教的道德？"——拉马丁回答他道："我相信我的一生，无论就文学作品或者其他作品来看，该是最懂什么叫做公众和宗教道德的人了；我亲爱的孩子，法兰西不可能有一个法庭判你罪。对你的作品的性格发生这样的误解，加以控诉，已然极其可惜，但是为了我们的国家和我们的时代的光荣，不可能有一个法庭判你罪。"

这就昨天是拉马丁和福楼拜的谈话，我有权告诉你们，这种鉴赏值得仔细考虑。

这些话表过，让我们来看一看，我自己的良心怎么会对我自己讲，《包法利夫人》是一本好书，一件好事？我要求你们允许我添加一句，我对于这类事情并不轻易放过，轻易不在我的习惯之中。我握着文学作品，虽说出自我们大作家的手笔，从来没有两分钟引起我的注意。若干文字我从来不喜欢读，我将给你们送到会议室；同时我要求你们允许我告诉你们，谈到福楼拜先生的作品的结尾，我深以为《巴黎杂志》的删削是这一切的原因。另外我还要求你们，允许把我的鉴赏和我方才追述的更崇高、更明智的鉴赏放在一起。

先生们，这里是一个书夹子，装满了当代所有文学家的意见，其中最有声望的也在，关于成为问题的作品，关于他们读这本新作所感到的惊喜，同时那样道德，那样有用！

现在，这样一部作品，怎么会让人告下来的？你们允许我讲吗？《巴黎杂志》的编辑部读到全部作品，因为稿本在刊印以前老早就送了过来，当时并无话说。等到一八五六年十二月一日的一期付印的时候，有一位杂志主持人对于马车那一场面大惊小怪了。他说："这不合适，我们要加以删削。"福楼拜为了删削气愤。他不愿意删削正文而不在下面加上一条附注。要附注的是他本人。是他为了作者的自尊心，不愿意他的作品残废；同时另一方面，也不愿意引起《杂志》的不安，便说："你们认为应当删削的，你们删削好了，不过你们要声明一下你们做删削来的。"于是大家同意下面的附注：

"这里有一节违背《巴黎杂志》的编辑方针，势在必删；我们已经正式通知作者。"

这里是那被删的一节，我就读给你们听。我们有一份校样，我们费了很大的力气弄到的。这里是第一部分，没有一个错误；第二部分有一个字改正。

"'我们去什么地方？'
赖昂把爱玛推进马车道：
'随你！'
车帘放下，笨重的马车开始出发。
它走下大桥街，穿过艺术广场、拿破仑码头、新桥，在彼埃尔·高乃依的石像前面停住。
车里发出一个声音道：
'走呀！'
马车重新走动，从拉法耶特街口起，走下坡路，马放开蹄子，一直驰进车站。

同一声音喊道：

'不，一直走！'

马车走出栅栏，不久，来到林荫道，在高大的榆树当中，放慢了步子。车夫拭着前额，皮帽夹在腿当中，把马车吆到水滨靠近草地的横路。

它沿河走，底下是铺着干石子的拉纤的小路，靠岛外吴瓦塞那边，走了许久。

但是它忽然一下子驰过四塘，扫特镇，大坝，艾耳伯夫街，第三次当着植物园停住。

声音更加发狂地喊着：

'走呀！'

于是重新出发，走过圣赛韦尔，居朗迪耶码头，磨石码头，又一度穿过桥，走过阅兵场，来到广济医院花园后面；里头有些穿着黑短上衣的老年人在太阳地散步，沿着一座绿藤蔓生的高台。它走上布弗勒依路，驰过苟什瓦兹路，然后绕着布代岭，一直来到德镇岭。

它折回来，于是，没有一定的方向，信马所之。有人在圣波看见它，在莱斯居尔、在嘉尔刚岭、在红塘和快活林见到它，在马拉代芮街、在圣罗曼教堂、圣维维安教堂、圣马克卢教堂和圣尼凯斯教堂前面，——在海关前面——在下老塔、在三烟斗和纪念公墓都见到它。车夫在车座上面不时向小酒店扔出绝望的视线。他不明白这两位发了什么转运狂，一直不要停憩。他有时候想试一试，立即背后发出一阵忿怒的呼喊。于是他使劲抽打那两匹汗水淋漓的羸马，也不管颠不颠，这里一撞，那里一碰，毫不在乎，垂头丧气，又渴、又倦、又愁，简直要哭了。

在码头的货车和大桶之间，在街角界石旁边，人们惊呆了，瞪圆眼睛，看着这个外省不经见的怪东西，一辆马车，窗帘拉下，一直这样行走，如一条船摇摆，比一座坟还要严密。

有一次，在正午，在田野，太阳高高照着发亮的旧灯，光光一只手在黄帆布小帘底下探出，扔掉撕碎的纸片，迎风散开，远远飘去，仿佛白蝴蝶，落向一片怒放的红云草。

随后，将近六点钟，马车停在芳邻区一条小巷，下来一位妇人，面网低低的，头回也不回。

来到客店，不见驿车，包法利夫人吃了一惊，伊外等她等了五十三分钟，等不下去，出发了。

其实，没有事强迫她动身；不过，她讲好了她黄昏回来。再说，查理在等她，她内心已经感到一种懦怯的驯顺——对于许多妇女，这种驯顺仿佛是奸淫的惩罚，同时也是赎罪。"

福楼拜先生提醒我，检察官曾经责备他这末一句来的。

（帝国律师插话："不，我曾经指出。"）

确实的是，假如这里有责备的话，当着这句话也就失去了根据："奸淫的惩罚，同时也是赎罪。"其实，这也很可能成为责备的材料，和其他责备同样有根据；因为在你所责备的一切之中，就没有一样能够严重地撑持自己的。

然而，先生们，《杂志》的编辑部不喜欢这类虚构的游行，加以删削。这在《杂志》方面是一种过分的谨慎；一种过分的谨慎，确而又不确，不能够惹起一场官司；然而你们就要看见它怎么样惹起一场官司。大家看不到的，这样被删削的东西变成一种非常奇怪的东西。大家假定了许多并不存在的东西，一读原来那节，你们就看出来了。我的上帝，你们知道大家假定些什么？被删的那节或许有些东西正和你们读到的一部卓绝的小说相同，出自梅里美先生的手笔，一位法兰西学会的可敬的会员。

在一部题为《双错记》的小说之中，梅里美先生叙述一个在驿车里面发生的场面①。不是马车的地点有什么重要，是车里发生的细节在这里重要。我不想愚弄听众，我把书交给检察官和法庭。假如我们写了一半或者四分之一梅里美先生所写的内容，我也许感到我担任的工作有些烦难，或者我可能放松口气。我不说我方才所说的，我方才所相信的：福楼拜先生写了一本好书，一本善良、有用、道德的书；我要说：文学有它的权利；梅里美先生写了一部极有价值的文学作品，当全盘无可指责的时候，正不必和枝节过分为难。我的话到此为止，我宽恕，你们也宽恕。哎！我的上帝！一个作家在这种地方犯罪，不可能由于删节。而且，车里发生的细节就在你们眼前。但是，像我的委托人，他呀，满意于游行本身，车里的情形只露出"光光一只手，在黄帆布小帘底下探出，扔掉撕碎的纸片，迎风散开，远远飘去，仿佛白蝴蝶，落向一片怒放的红云草"；因为我的委托人这样就满意了，没有人知道真正情形，人人假定——为其有所删削——他说了至少有"法兰西学会"的会员一样多。你们方才看到的，根本就不是。

好啦！这不幸的删削，做成了官司。这就是说，负责监督（理由十足）一切可能伤害公众道德的写作的衙门，看见这种删削，立即起了疑心。我不得不照实说出，《巴黎杂志》的先生们想必允许我说，他们的剪子少剪了几个字，应当在上车以前下剪子就好了；在上车以后剪，多此一举。删节是非常不幸；但是假如你们犯了这个小错，《杂志》的先生们，你们今天也吃足苦头了。

衙门上人说：当心续下去的东西；于是下期来了，便和单字作战。衙门上人无需乎全读；看见有人写一个女人脱下她的全身衣服，他们

---

① 《双错记》La double méprise 的女主人公去看她的女朋友，夜晚回来，风雨泥泞，马车折了轴，只得接受一个男朋友的邀请，改乘他的马车回到巴黎。

惊恐之余，不往远处看了。福楼拜先生的确不和我们的大作家一样，没有用心描写她的裸臂如玉，她的咽喉如玉，等等。他不曾如一位我们所爱的诗人说：

> 我看见她的美丽的腰，火炽纯洁如玉，
> 百合，橡树，珊瑚，玫瑰，碧蓝的纹理，
> 最后，正如往日你让我所看，
> 只用她的赤裸倩装巧扮，
> 当我们的夜晚飞去，当柔软的枕头
> 看见她在你的吻下睡睡醒醒。

他的语言没有什么东西类似安德烈·舍尼埃的语言①。但是他最后说："她由他摆布……她脱掉衣服。"

她由他摆布！什么！难道是描写就禁止吗？但是既然加人以罪，就应当全读才是，帝国律师没有读全。他所指摘的段落并非原来就在这里停顿；这里有的只是缓和：

"但是在盖着冷汗的额头，在期期艾艾的嘴唇上面，在狂乱的瞳仁里面，在胳膊的搂抱之中，赖昂觉得有什么极端、模糊而阴惨的东西，轻巧地留在他们当中，想要把他们分开。"

衙门上人没有读这段。帝国律师方才就没有加以注意。他只看见这个："然后她一下子丢开她所有的衣服"，于是就喊：败坏公众道德！他以这种方案来起诉，真也未免太轻而易举了。上帝不要叫字典的作

---

① 安德烈·舍尼埃 André Chenier(1762—1794)，法国十八世纪末叶最有修养的诗人，死在断头台上。

者落在帝国律师的手心！谁逃得出刑罚，假如割剪的不是词句而是单字，把所有可能伤害道德和宗教的字列成一张表，那还了得？

不幸遭遇了阻力，我的委托人第一个念头是："只有一件事好做，立即付印，不是节本，而是全书，如我原来所写，恢复马车的场面。"我完全赞同，这是我的委托人的最好辩护，把作品全部付印，指出成为问题的地方，特别请求法庭加以注意。我亲自起了一个标题："为居斯达夫·福楼拜先生被控败坏宗教的道德所写手册"。我亲手写：初审庭第六庭，列举主席和检察官的名姓。这里有一篇序文，写着："人家从我的书里东捡西捡了一些句子告我，我只能够拿我的书为自己辩护"。要求审判官读完全书，未免过分，但是我们是当着爱好真理的审判官，他们愿意读完全书，为了认识全书的面貌，不怕任何疲倦；我们是当着立意公平的审判官，力求公平，没有任何迟疑，读一切我们请求他们读的东西。我告诉福楼拜先生："立刻付印，把我的名字放在你的名字旁边：律师塞纳"。排印开始了，我们想要的也就是一百册；排印以一种非常的速度进行，昼夜不息，于是来了禁止继续排印的命令，而所谓排印，不是书的排印，只是一本手册，被控的作品附加注释而已！我们要求帝国诉讼代理人停止执行，——我们得到的是厉行禁令，不得撤销。

好吧！我们只得放弃发表那本附有我们的注解诠释的书；但是，先生们，假如你们第一次读的时候有怀疑的地方，我想请你们读第二次。你们喜爱真理，拥戴真理；你们不可能是那类人，看了人家不过两行文字，不问轻重，就一心一意判人家一个绞刑。你们不肯拿一些相当巧妙地删节下来的东西判决一个人的。你们不肯这样做；你们不肯剥削我们辩护的平常的材料。好啦！你们有了这本书，虽说没有我们原来要印的那本书方便，你们将自己区分、诠释、比证，因为你们拥戴真理，因为必须拿真理做你们裁判的基础，审慎检阅之后，真理自然就有了。

不过，我不能即此善罢甘休。检察官攻讦书，我必须拿书为书辩护，我必须补足他的引证，我必须就他控告的每一节，指出控告的空洞；这将是我的一切辩护。

检察官有所论列，便拿哀感的、生动的、崇高的鉴赏环绕在四周；当然，我不打算拿同类的鉴赏加以驳斥。辩护没有权利采取那种姿态，引证原文也就满意了。

最先，我声明，方才所说的色情的颜色，没有比这更虚伪的了。色情的颜色！你从什么地方找来的？我的委托人在《包法利夫人》里面描写了什么样一个女人？哎！我的上帝！说起来伤心，可又真实不过，一个年轻女孩子，几乎如所有的女孩子，生下来是良善的；至少大多数是这样子，然而全很脆弱，教育不但不加强，反而让她们柔软了，丢到一条恶劣的道路。他选了一个年轻女孩子；难道天性邪恶？不，一种易于感受，易于激扬的天性。

帝国律师曾经说：这年轻女孩子经常被表现成了色情的。然而不！人家表现她生在乡野，生在田庄，照料父亲所有的工作，没有任何淫秽思想能够经过她的精神，或者她的心。然后人家表现她，不依照那自自然然属于她的命运，在田庄教养成人，应当也活在田庄或者相似的环境中间，人家表现她在一位没有先见之明的严父支配之下，自以为是，把这生在田庄的女儿，应当嫁一个农夫、一个乡下人的女儿，送到修道院教养。她进了修道院，走出她的生活范围。检察官的话没有一句不严重，所以不应当没有答复，就轻轻放过去。啊！你说起她的小小过失，引证了几行第一次的副刊，你说："为了多逗留一些辰光，她编造了一些小小过失去忏悔，跪在阴影里面，……听牧师呢喃。"谈到鉴赏我的委托人，你已经错了一个出奇。你所责备于他的过失，他不曾写，错误全在你这方面。首先是年轻女孩子的年龄。她进修道院是十三岁，她去忏悔的时候，显然是十四岁。所以，她不是一个十岁孩子，如你所自说自话，你在这上面物质地错了。不过，一个十岁的孩子喜欢待在忏悔的地方，"听牧师呢喃"，真实与否，我并不关切。我所关切的，是你读一下前面几行，我承认，这不容易。这就是没有一本手册的不方便地方；有一本手册，我们就无需乎翻找六本副刊了。

我请求你们注意这一段文字，为了恢复《包法利夫人》的真正的性格，你们允许我告诉你们，我们认为严重的，福楼拜先生所了解、所呈现于文字的是什么吗？这里有一种宗教，通常说给年轻女孩子听的，远比什么都坏。关于这一点，个人有个人的见解。至于我，我干脆就讲，我认为美丽的、有用的、必要的，不仅仅是支持妇女在人生的道途，而是男子也需要支持，他们行走人生的道途：往往遇到惯常困苦的局面，我认为没有比宗教的情绪更有用、更必要，然而必须是严重的宗教的情绪，允许我添一句，严厉的。

我要我的子女了然于一位上帝，不是一位泛神主义的抽象的上帝，不，而是一种最高的存在，使他们宏大，使他们坚强，同时和他们有联系，要祷告先得提高自己。你们看得出来，这种思想是我的思想，是你们的思想，是恶劣日子的力量，力量，人世所谓避身所在，或者说得更好，弱者的力量。正是这种思想把坚定给了妇女，让她安于人生的万千小事，让她把自己忍受的痛苦传给上帝，向他要求慈悲完成她的责任。先生们，这种宗教就是基督教，是宗教建立起来上帝与人之间的联系。基督教在上帝和我们之间放进一种中间的力量，让上帝更可能接近我们，和他的往来更为容易。耶稣成了"人——上帝"，因而他的母亲也接受妇女的祈祷，我在这里看不出有什么东西改变纯洁，改变宗教的神圣，改变情绪本身。然而开始改变的是这里。为了宗教投合一切性情，有人横添了形形色色的小摆设，卑微、无聊、猥琐。仪式的排场也不是那种袭取我们的灵魂的伟大的排场，退而成为小小交易、遗物、纪念章、良善的小神、良善的小童贞女。先生们，好奇的、热烈的、温柔的孩子们的精神,特别是年轻女孩子们的精神,依附在什么上面?在宗教精神所有这些神像上面,软弱、柔缓、无聊。于是她们为自己形成小小实用的宗教,感情、爱情的小小虔诚,灵魂之中没有上帝的情绪、责任的情绪,她们一心就是空想,就是小小修行、小小虔诚的把戏。然后来了诗,然后又来了(必须承认)万千慈悲、温柔、神秘的爱情的思想,万千欺骗年轻女孩子的形象,把宗教感觉化了。这些可怜的孩子,天生一心相与,软弱、依附一切,诗也好,空想也好,就是不依附在什么理智的严厉的东西上面。所以你们有许多极其虔诚的妇女,然而一点也不皈依宗教,风把她们吹出了她们应当走的道路,她们找不到力量,找到的只是各色失迷人性的感觉。

啊,你们指摘我描绘近代社会,拿感觉和宗教成分相混!那么,指摘我们活在其中的社会好了,然而不要指摘那呐喊的人,如博胥埃,嚷道:"醒来啊,当心危险!"然而去告诉那些家长们:当心呀,这里没有良好习惯给你们的女儿们,这神秘主义的揉混有什么东西把宗教感觉化了;去告诉这个,是告诉真理。你为了这个控告福楼拜,我为了这个表扬他的行为。年轻人喜爱修行的小小摆设,而不奉行一种支持他们于馁弱时日的严厉强壮的宗教,激发在这里含有危险,他这样警告家庭,他做了一件好事。如今,你们来看这些小小过失的用意是从什么地方来的,"听牧师呢喃"。让我们来读第三十页。

"她读过《保尔与维吉妮》,她梦想过小竹房子,黑人多明戈,叫'忠心'的狗,尤其是有位仁德的小哥哥,情意缠绵,爬上比钟楼还高的大树给你摘红果子,或者赤着脚在沙滩跑,给你抱来一个鸟窠。"

先生们,这个,色情吗?让我们读下去。
(帝国律师插话:"我没有说这一段是色情的。")

我请你原谅,正是在这一段,你剔出一个色情的句子,你只有前后加以隔绝,才觉得它是色情的:

"她不谛听弥撒,只看书里天蓝镶边的圣画,喜爱病了的绵羊,利箭穿过的圣心,或者倾踬在十字架上的可怜的耶稣。她练习苦行,试着一整天不吃饭,还在脑子里搜寻愿望来完成。"

不要忘记这个;当她编造这一些小小过失去忏悔,在脑子里搜寻愿望来完成,你在文字前面所发现的文字,她的见解有些地方显然有一点荒谬。我现在请问你,值不值得讨论你那一节!但是我继续读下去:

"夜晚祷告以前,她们在书房上一课宗教研究。星期一到星期六是圣史节要或者福雷西路斯方丈的《演讲集》,星期日作为消遣,选读《基督教的真谛》。第一次听见浪漫主义的忧郁和人间和永生回环在一起,她多入神呀!假如她的童年是在商业区店铺的后屋度过,她也许会被大自然抒情的侵袭所吸引,而抒情的侵袭,通常又仰仗作家的诠释来撼动我们。但是她太熟悉田野了;她晓得乳品、犁锄、牛羊的鸣咽。习惯于静谧的容颜,她转向反面的激动。她爱海只为它的狂风暴雨,爱青草只因它散在废墟之间,她必须由事物提取一种切身的利益;凡不能直接养育她的情感的,她全看做无益扔掉。——正因为气质是感伤过于艺术,追寻的是情绪,而不是风景。"

你们这就看见作者如何小心在意,介绍那年老的圣女,而且,为了教导宗教,一个新成分怎样溜进修道院,介绍一个外人带来了小说。临到鉴赏宗教的道德的时候,千万不要忘记这个。

"有一个老姑娘,每月到修道院来做一星期的女红。因为是大革命毁坏的世家的后裔,大主教加以保护,她和仁慈的姆姆一同用饭,饭后可以同她们闲谈一刻,再去工作。住堂的学生时常溜出书房来看她,她记得若干前世纪的情歌,一边缝纫,一边低声唱着。她讲故事,报告你一些新闻,到城市为你跑腿,她围襟的口袋经常有一本小说,私下里借给大女孩子们看,而这位善心的老姑娘,工作之暇,自己也是一大章一大章往下吞咽。"

这不仅是文学地来讲,令人拍案叫绝;一个人写下这些值得赞美的文字,为了指出同类的教育的一切危险,为了帮助年轻女人指出她走的人生的险巇,说什么也得加以赦免。让我们继续读下去:

"里面说到的是爱情、情男、情女、晕倒在寂寞的亭榭的落难的命妇、每站遭害的驿夫、每页倒毙的麒骥、阴暗的森林、心痛、誓言、呜咽、泪与吻、月下的小艇、树丛的夜莺,公子勇敢如狮,温柔如羔羊,道德非人所能,衣饰永远修整,哭起来泪如泉涌。十五岁,足有半年,爱玛在旧书借阅处的灰尘里面弄污了手。后来读到司各特,她醉心于历史的事物,梦想着箱柜、侍卫室和行吟诗人。她真想住到一所古老的宅院,犹如那些腰身细长的女堡主,在三叶形穹窿底下,消磨她们的岁月,胳膊挂着石头,手托住下颔,望着远远从田野驰来一位黑马白羽骑士。她当时崇拜玛丽·斯图亚特,热烈地敬重有名或者遭际不幸的妇女。贞德、爱洛伊丝、阿涅丝·索雷尔、美人拉弗隆与克莱芒丝·伊索尔,对于她好比夜空的彗星,而历史上的圣路易和他的橡树、濒死的巴雅尔、路易十一的若干残暴事迹、关于圣巴托罗缪的屠杀,贝恩人的羽翎,和颂扬路易十四的彩盘的回忆,这里一闪,那里一亮,不相关联,遗失在黑暗之中。

她在音乐班上唱的歌，大都说到金翅膀的小天使、圣母、潟湖、贡多拉船夫，全是些悠闲之作，文字拙劣，曲调轻浮，让她从中隐约看出感伤现实的炫目形象。"

怎么，你不记得这个，当这可怜的乡下女孩子回到田庄，不得不嫁给一个村里医生，被邀去参加一个堡子的夜舞会，于是你设法唤起法庭的注意，指出她方才跳过的回旋舞有什么色情东西！你就不记得这种教育，当着可怜女人收到一份请帖，要她离开丈夫的庸俗的家庭，到堡子去一回，当她看见那些贵人，那些贵妇人，那年老的公爵，据说，他在宫廷很走运！……帝国律师谈到王后安托瓦奈特，行动居然也漂亮起来了！当然，我们中间没有一个人不在思想上和你的思想结合，和你一样，我们听见这位革命牺牲者的名姓就颤索；不过问题不关玛丽·安托瓦奈特，而是渥毕萨尔堡子。

这里有一位年老的公爵，据说，和王后有过关系，视线集中在他一个人身上。当这年轻女人来到这个社会的中央，看见童年的奇谲的梦想全实现了，惊于她的沉湎，你指摘她，说她色情。但是，倒不如指摘回旋舞本身，我们近代大舞会的跳舞，一位描写回旋舞的作者说，女人"把头靠在骑士的肩膀，腿妨害他动"。你以为包法利夫人在福楼拜的描写里是色情的。然而没有一个人，我并把不拿你当作例外，只要参加过舞会，看过这种回旋舞，人人有一个念头，这种快乐有一点儿狂野，妻女以戒绝为是。假如，信得过一个年轻女孩子的贞懿，有时候不妨让她享受一下这种风尚公认的快乐，必须十分信得过才成；即使信得过，假如以风俗和贞懿的名义，表现福楼拜先生所表现的印象，也不是不可能。

她到了渥毕萨尔堡子，她望着那年老的公爵，热狂地探究一切，于是你嚷嚷了：什么样的枝节！这是什么意思？枝节随手皆是，如若引证只是一段文字。

"包法利夫人注意到好几位贵妇人,没有把手套放进玻璃盏里面。

同时,在酒席的上座,独自坐在这些妇女中间,伏在他满满的盘子上面,饭巾结在背后仿佛一个小儿,口角流着一滴一滴的汤汁,是一个老头子在吃饭。眼睛充满红丝,戴着一条小假辫,扎着一条黑带。他是侯爵的岳父拉维迪耶尔老公爵,孔福朗侯爵在渥德伊狩猎时期,他曾是阿图瓦伯爵的旧宠;据说,还曾是王后玛丽·安托瓦奈特的情人,介乎柯瓦尼先生和洛赞先生之间。"

辩护王后,特别帮她辩护,当着断头台,说她以她的名号要求尊严;然而停止你的控诉,当别人满意地说,据说他曾经是王后的情人。你责备我们侮辱这不幸的女人的记忆,认真还是不认真。

"他一辈子荒唐胡闹,充满了决斗,打赌,抢夺妇女,花光他的财产,吓坏他的全家大小。他期期艾艾地指着菜肴发问,一个男仆站在椅后高声向他解释;爱玛的眼睛不断转向这嘴唇下垂的老年人,好像观看什么了不起的庄严的东西。他在宫廷待过,在嫔妃的床榻睡过!
斟着刨冰香槟酒。爱玛尝到这股子冷,不由全身寒战。她从来没有见过石榴,也没吃过菠萝蜜。"

你们看得出这些描写没有问题,是可爱的,然而东一行,西一行,拿来创造一种颜色,是不可能的,我的良心也要提出抗议。这不是色情的颜色,这是书的颜色;这是文学成分,同时是道德成分。

这年轻女孩子受了你给的教育,如今成了太太。帝国律师曾经说，她甚至于试着爱她的丈夫来的？你没有读书；假如你读过，你不会提出这种相反的见解。

先生们，这可怜的女人，起初是梦想。在第三十四页，你们可以看见她的梦想。这里还有，有些帝国律师不曾说起的东西，我必须对你们说，那是她母亲去世的时候她的印象；你们看是不是色情的，这个！请你们翻到第三十三页，随我来看：

"她母亲去世的时候，头几天她哭得很厉害。她用死者的头发画了一幅殡葬图，附一封信寄回拜尔托，信里尽是议论人生忧伤的词句，要求日后把她埋在同一坟墓。老头子以为她病了，赶来看她。这种暗淡的生存的稀有理想，常人永远达不到，爱玛一下子就达到，内心当然感到满足。于是她尽着自己沉湎在拉马丁的蜿蜒细流，谛听着湖上的琴语，濒死的天鹅的歌唱，树叶的坠落，升天的贞女，天父在壑谷宣道的声音。她并不因而少所无聊，然而不肯承认，先是凭借习惯的持续，继而凭借虚荣，最后发现平静了，不再伤心，犹如额头没有皱纹，她为之一惊。"

我要答复帝国律师的责备，说她没有下过任何心力爱她的丈夫。
（帝国律师插话：我没有那样责备她，我说她没有成功。）
假如我没有听明白，假如你没有责备，这是最好的答复了。我相信听见你说来的；就算我弄错了吧。我这里读的是第三十六页末尾：

"然而，根据她自以为良好的原则，她愿意献上爱情。月光之下，在花园里面，她吟诵所有她记得住的热情的诗词，在嗟叹中唱些忧郁的慢调，不过，她随即觉得自己和事前一样平静，查理并不因而多所爱慕，多所激动。"

她这样用火石敲打了一下她的心,没有冒出一个火星,而且,不能够了解她感觉不到的东西,犹如不能够相信一切不以习见的形式表现的东西,她轻轻易易就看出查理的热情没有一点点激昂的地方。他有一定的时间吻她。一个习惯随着又是一个习惯,就像用过单调的晚饭,预先知道要上一道果点。"

在第三十七页,我们可以找见一大堆相似的东西。现在,危险就要开始了。你们知道她是怎么样教养大的;我求你们不要有一时忘记这个。

读过书的没有一个人手里拿着书说:福楼拜先生不仅是一位大艺术家,而且是一位有感情的人,把对于女人的厌惧和义务放在最后的六页,把所有的好感全给了丈夫。他是一位大艺术家,如人所云,因为他没有改变丈夫,因为一直到完仍保留着他的原来面目:一个好人,庸俗、平凡,尽他职务上的责任,很爱太太,然而欠缺教育,思想缺乏高扬。在太太临死的时候他还是这个样子。可是,没有一个人,在我们的记忆中,比他更能引起我们的兴趣。为什么?因为一直到完,他持有情感的简单,正直;因为一直到完,他尽他的责任,而太太抛开责任不管。他的死美丽、动人,正如太太的死丑恶。在女人的尸首上,作者指出她呕吐毒药留下的斑点,弄脏了那包着她入土的白尸布,他有意叫她成为一个厌恶的对象;然而有一个男子是崇高的,就是在坟边的丈夫。有一个男子伟大,崇高,死值得人羡慕,就是丈夫。太太死了,他看见一切可能留给他的心上的幻象一个一个粉碎了,便在思想上到坟里吻抱太太去了。我求你们,把他放在你们的回忆里,作者超出——拉马丁对他说来的——人情许可的范围,让女人的死丑恶,赎罪格外恐怖。作者知道帮男子集中一切好感,因为他没有走出人生的正轨;当然,性格一直平凡,作者不能够改变他的性格。但是对于那个骗他毁他的女人，借高利贷，使用假期票，最后迫不得已自杀，他慷慨大度，把所有的恐怖聚在她的死亡上面。我们看得出这女人的死是不是自然，假如她不弄毒药了却一切，由于不幸的过度纠缠，也会毁灭的。这就是作者所写的。他的书不会有人读，假如他换一个样子写，假如为了指出包法利夫人所受的教育何等危险，他不多给些可爱的意向和力量的图画。然而人家却为这个责备他。

福楼拜先生时时显出丈夫比太太好，你们也许要问，怎样一个好法？好在尽责，而爱玛不尽责！于是，在这恶劣教育的斜坡上，在舞会的场面之后，她和一个年轻孩子出发了，赖昂，和她一样没有经验。她和他挤眉弄眼，然而不敢去的更远；没有坏事做出来。但随后来了罗道耳弗，把这个女人勾引上了手。他端详了她一刻，对自己讲：她很可爱，这女人！她将成为他的，因为轻佻，没有经验！至于堕落，你们重读一下第四十二页，第四十三页和第四十四页。关于这个场面，我只有一句话告诉你们，这里没有细节，没有描写，没有任何意象为我们描绘感官的纷乱；只有一句话帮我们指出堕落："她由他摆布。"我再度请求你们，重读一遍克拉丽莎·哈娄的堕落的细节，我不敢说是写在一本坏书里面。福楼拜先生拿罗道耳弗替代勒甫雷斯，拿爱玛替代克拉丽莎①。你们不妨比较一下两位作者和两部作品，你们心里就有数了。

但是我在这里遇到帝国律师的忿怒。疚心不紧跟着堕落来，同时堕落之后，她不表示苦楚，倒满足地对自己讲："我有一个情人。"他因而忿慨。可是，作者那样一来就不真实了，假如杯子还在唇边，酒味正厚，他却叫人家感到苦楚。照帝国律师的意思去写，可能是道德的，但是他所写的不在自然之中。不，不是在第一次过失的时候，过失的感

---

① 《克拉丽莎·哈娄》Clarissa Harlowe 是英国十八世纪小说家理查逊 Richardson (1689—1761) 的杰作。一个女孩子不见容于家庭，托命于一个表面正经其实荒唐的男子罗伯特·勒甫雷斯，受骗失身后自杀。

觉苏醒；没有这个，也就不会有过失了。不，不是正在沉醉于幻象的时候，女人犯下的大过失的酒意就能够加以警告。她从这里得到的只是酩酊；她回到家里，快乐，焕发，心里唱着歌："终于，我有了一个情人。"不过，这能够长久吗？你们读到第四百二十四页和第四百二十五页。再过来两页，到了第四百二十八页，情人的厌恶的感觉还没有流露，然而她已经有了害怕，顾虑的印象。她查究，她看，她永远不想放弃罗道夫：

"有什么更强的东西把她推向他，所以有一天，看见她不期然而来，他皱起眉头，好像有谁和他捣乱。

她道：

'你怎么啦？难过？告诉我呀！'

终于一副严肃的神情，他说出她看望他过于大意，她在祸害自己。

罗道耳弗的恐惧渐渐过给她。起先沉醉于爱情，除此以外，她什么也不想。但是，现在她的生命缺少不了他，她唯恐失掉他什么东西，或者甚至于使他不安。由他那边回来，她提心吊胆向四外窥望，留意天边走过的每个形态，村落里可以瞥见她的每个天窗。她用心谛听脚步、呼唤、犁的声音；她收住步，比她头上摇曳的白杨叶子还要苍白，还要颤栗。"

你们看得出来，她没有弄错；她感觉到什么东西不是她往常所梦想的。翻到第四百三十三页和四百三十四页，你们就越发要相信了。

"夜晚如若落雨，他们避到车棚马厩之间的诊室。她燃起厨房一只烛台，藏在书后。罗道耳弗坐下去，和在家里一样。书架、书桌、总之，整个房间，激起他的欢忻；他止不住尽拿查理取笑，爱玛的窘迫就不必说了。她愿意看见他严肃，甚至于紧张，例如有一次，她相信听见小巷有脚步往近里来。

她道：

'有人来！'

他吹熄灯。

'你带手枪了没有？'

'做什么用？'

爱玛道：

'可是……保护你自己。'

'你是说你丈夫？啊！可怜的孩子！'

罗道耳弗在这句话的结尾，做了一个手势，意思是：'我手指一弹，他就完了。'她虽说慑怵于他的勇敢，却也感到一种天真的狂妄和粗野，究竟不大像话。

罗道耳弗想了许久手枪这件事，她的话万一当真，他觉得这可太可笑了，甚至于可憎，因为他没有任何理由憎恨忠实的查理，根本就不感到所谓妒忌；——关于这一点，爱玛曾经向他赌过大誓，他也不觉得怎么样雅致。

而且，她变得非常感情用事。从前是，必须交换小像，交割一撮头发；现在，她要一枚戒指，一枚真正的结婚戒指，表示永生的结合。她时常同他说起晚钟或者'自然的声音'；随后，她同她谈起她的母亲，他的母亲。

她终于引起他的腻烦。"

随后，第四百五十三页：

"那些叫她哭的甜言蜜语，那些叫她疯的热吻轻抚，他（罗道耳弗）不像从前，全没有了；到了后来，淹没她的伟大的爱情，似乎在她下面减退，仿佛河水在河床干落，她窥见了泥滓。她不肯相信；她加倍温存；罗道耳弗渐渐不大掩藏他的冷淡。

她不知道她是否后悔依顺他，或者正相反，是否不再希望宝贵他。怯弱的感觉使她惭愧，渐渐变成怨恨，肉欲减轻怨恨的分量。这不是依恋，这像一种永久的诱惑。他制服她，她差不多有所畏惧了。"

而你，帝国律师，害怕年轻女人们读这个！我比你就不害怕，我不畏怯。就我本人来看，家长对女儿这样讲，我非常了然：年轻女人，假如你的心，假如你的良心，假如宗教的情绪，假如责任的声音，不足以使你走上正路，看好了，我的孩子，看这女人不在家里要在外边追寻幸福，得到多少无聊、折磨、痛苦和绝望！这种语言，在一位父亲口里，不会伤害你，好啦！福楼拜先生也没有说别的话；到家庭以外梦想幸福的女人即时遭遇的东西，这里是最真实、最动人的图画。

但是让我们往前走，我们来到幻灭的所有遇合。你拿第六十页赖昂的恩爱来反对我。唉！她这就马上付出奸淫的赎金；你就要发现赎金的可怕，在你所控告的作品的不远几页。她在奸淫之中寻找幸福，不幸的人！她在这里寻到的，除去婚姻的单调所能给予一个不负责任的正轨的女人的厌恶和疲倦之外，她在这里还寻到幻灭，她献身的男子的蔑视。难道这蔑视还缺什么东西不成？噢！不，你不能够否认书在你的眼前：罗道耳弗，把自己表现的那样下流，给了她一个自私和懦怯的最后的例子。她告诉他："带我走！抢我走！我堵得慌，我再也不能够在丈夫家里待下去了，我给他添羞，添不幸。"他迟疑；她坚持；他终于答应了，第二天她收到他一封雷击一般的信，读完，倒下去，压扁了，毁灭了。她生病，快死了。续出的副刊让你们看见她承受着一个挣扎的灵魂的种种折磨,由于过度的痛苦,或许可以带到责任的道路,但是不幸她不久就遇见了她没有经验的时候和她一同玩的那个孩子。这就是小说的进展,接着来了赎罪。

帝国律师打断我,对我讲:作品的目的真就算是从头到尾善良,你能够允许淫秽的枝节,如你方才所承认的?

当然之至,我不能够允许这样的枝节,不过我允许来的吗?它们在什么地方?我如今来到被指摘的段落。我不再谈马车那段事了,法庭在这方面已经满足了;我来到你们指出的段落,说是违反公众道德,在十二月一日那一期,有几页之多;为了打消你的控告的一切架空理论,我只有一件事要做,恢复你的引证的前后文字,一句话,拿全书来替代你的删节。

在第七十二页末了,赖昂和药剂师郝麦碰过头,来到布洛涅旅馆,接着药剂师又来找他。

"但是爱玛才离开,气死了,她如今恨他。她觉得爽约是一种侮辱。

随后,心平气静了,她终于发现:不用说,她连累他。但是诽笑我们所爱的人们,让我们总要和对方有一点隔离。偶像是碰不得的:金粉留在手上。

他们渐渐时常谈到和他们的爱情没有关系的事物……"

我的上帝!就为了我方才读给你们听的几行文字,我们上了法庭。现在你们听:

"他们渐渐时常谈到和他们的爱情没有关系的事物,爱玛写给他的信,说到花、诗、月和星,热情衰退了以后自然的策略,努力用外在的援助再把热情弄旺。她不断给他下次的旅行许下鸿福极乐；随后，她承认自己没有感到什么特异的地方。一种新的希望很快就打消这种虚妄的感觉：爱玛回到他身边，格外火炽，格外贪切。她粗野地脱掉衣服，摊开她抹胸的细带，细带是蛇一样围着她的屁股窸窣。她光着脚，跷起脚尖，再去看一眼门关好了没有，然后她一下子丢开她所有的衣服；——苍白，不言语，严肃，长长一阵颤栗，她贴住他的胸脯。"

帝国律师，你在这里停住；允许我继续下去：

"但是，在盖着冷汗的额头，在期期艾艾的嘴唇上面，在狂乱的瞳仁里面，在胳膊的搂抱之中，赖昂觉得有什么极端，模糊而阴惨的东西，轻轻溜在他们当中，像要把他们分开。"

你把这叫做色情的颜色，你说这引起奸淫的爱好，你说这里是能够刺激、挑动感官的文字——色情的文字！然而死亡就在这些文字当中。你不往这上面想，帝国律师，你在这里看到"抹胸"、"衣服丢开"这些字眼，惊慌失措；你就贴牢了这三四个字，"抹胸"和"衣服丢开"！你愿意我说破一本古典的书，十分古典的书，怎么样也有"抹胸"出现吗？我高兴我马上就指给你看。

"她粗野地脱掉衣服……（啊！帝国律师，你就没有看懂这段文字！）

她粗野地脱掉衣服（不幸的女人），摊开她抹胸的细带，细带是蛇一样围着她的屁股窸窣；苍白，不言语，严肃，长长一阵颤栗，她贴住他的胸脯。……在盖着冷汗的额头……在胳膊的搂抱之中，……有什么极端，模糊而阴惨的东西……"

现在必须请问，色情的颜色在什么地方？什么地方又是那严厉的颜色？假如年轻女孩子看到这本书，感官能够被挑逗、被刺激，——好像读一本在所有古典之中最古典的书，我马上就要引证，印过一千回，从来没有帝国律师或者王国律师想到控诉。我方才读给你的，里头有什么相同的地方吗？不是正相反，引起对于罪恶的恐怖的刺激，那"什么阴惨的东西，轻轻溜在他们当中，像要把他们分开"？让我们继续下去，我求你们：

"他不敢盘问她；但是，看见她经验丰富，他对自己说，她一定受过一切苦乐的考验。从前迷惑他的如今有些惊吓他了。而且，她一天大似一天对他的统治越来越厉害，他起反感。他恨爱玛长久胜利。他甚至于用心不去爱她；可是，一听见她的鞋响，他觉得自己馁弱了，就像醉鬼看见了烈酒。"

这个，色情？

随后，翻到末一段：

"有一天，他们很早就分开，她一个人在马路走，她瞥见她修道院的墙壁；于是她坐在榆树阴影中间一张长凳上面。那时多静呀！她依照书想出来的爱情的难以形容的情绪，她如今多向往呀！

她结婚的头几个月，她在森林里面骑马漫游，跳回旋舞的子爵，唱歌的拉嘉尔狄，全在她眼前浮过。"

帝国律师，别忘记这个，当你想裁判作者的思想，当你毅然在这我只能认为一本好书之中寻找色情的颜色。

"她忽然觉得赖昂和别人一样遥远。

她向自己道：

'可是我现在爱着他呀！'

她不快乐，从来不曾快乐。何以不如意事十常八九？何以她依附的事物随时腐朽？"

这个，色情？

"但是，假如什么地方有一个强壮美丽的人物，英武天生，既慷慨，又文雅，诗人的心，天使的貌，铿锵的古琴，向九霄弹奏哀挽的贺婚诗，为什么她就不会遇到？噢！什么样的不可能！而且，没有一样值得追寻，全在扯谎！每一微笑藏有一个无聊的呵欠，每一欢忻藏有一种诅咒，一切欢乐藏有它的厌恶，最好的吻给你嘴唇留下的只是一种对于更高肉感实现不了的羡望。

空中回荡着一种金声，修道院的钟声敲了四下。四点钟！她觉得自己好像有生以来，就一直坐在这长凳上面似的。"

千万不要在一本书的结尾寻找什么东西，去解释另一本书的结尾。我读这段被指摘的文字，不添一个字，为了辩护一部作品，本身就是辩护。让我们就道德观点，继续读这段文字：

"太太在她的房间。没有人上去。她整天待在卧室，昏昏沉沉；衣服也难得穿，有时候还燃着她在鲁昂一家阿尔及利亚商馆买来的官香。夜晚，不要那躺着睡觉的丈夫，贴住她的肉，她装模作样，终于把他逼到三楼；她读些荒诞不经的书，里面不是穷奢极欲，就是流血杀人，一读就读到早晨。（这引起奸淫的欲望，不是吗？）她时常恐惧上来,大声喊叫。查理跑来。

她道:

'啊!走开!'

要不然,有时候,奸淫重新燃旺她内心的火焰,她分外炽热,喘吁着,悸动着,充满了欲火;她打开窗户,吸着冷空气,她过分沉重的头发在风里散开,望着星宿,向往王公的爱情。她思念他,赖昂。她当时真还想拿一切来换取一次餍足她的幽会,只一次就成。

幽会是她大喜的日子。她要排场!他一个人付不了开销,她慨然补足全数,差不多回回如此。他试着让她明白,他们换一个地方一样好,到小点儿旅馆也成,但是她举出理由反对。"

你们看得出,只要全读,这一切有多简单,但是经帝国律师一删节,最小的字也变成了一座大山。

(帝国律师插话:我没有引证这里任何一个句子,既然你喜欢引证我没有指摘的东西,千万不要轻轻一下子就跳过第五十页。)

我没有跳,我着重引证之中被指摘的词句。我们在为第七十七页和七十八页引证。

(帝国律师插话:我说的是公堂上的引证,我以为你拿你方才读的文字作为我的引证。)

帝国律师,我引证所有你想拿来构成罪状的文字,罪状如今不成立了。你在公堂上发挥你认为有利的证件,你的机会很好。幸而我们有书,辩护人知道这本书;假如他不知道这本书,允许我对你讲,他的地位就要很奇怪了。我让传了来解释某些段落的,到了公堂上,人家拿别的段落替换掉了。我要是对于书不熟的话,辩护一定无从着手。现在,我以忠实的分析,帮你指出小说,不仅不应当看做淫书,而且相反地,应当看做一部本质地道德的作品。这样做了以后,我拿起那些吃官司的段落，可是我拿前后文字接上你删节的东西以后，控告变得十分软弱无力，在我读的时候，你对你的控告起了反感！同一段落，有一时你认为有罪，当然我也有权利来引证，让你看看你的控告的空虚。

我在停顿的地方重新拾起我的引证，在第七十八页末了：

"爱玛忽然在他的胸部呜咽，他如今起腻；爱情的细巧他已经分辨不出，所以他的心对着爱情的喧嚣，慵慵入寐，就像若干人仅仅能够忍受某种音乐。

他们彼此太熟识了，增加一百倍欢忭的好合的惊喜，已经消失了。她厌恶他，他同样对她感到疲倦，爱玛重新在奸淫之中发现所有婚姻的平淡。"

"婚姻的平淡！"剪下这个的人讲：怎么，居然有一位先生说，婚姻之中只有平淡！这对于婚姻是一种攻击，对于道德是一种败坏！帝国律师，你一定同意把文字巧妙地裁剪下来，控之诉之，随心所欲。作者所谓婚姻的平淡到底是什么？爱玛所畏惧，所要逃避的单调，不断又在奸淫之中找到，这才正是幻灭。你看得出，不隔离字句，前后文字连在一起读，就没有什么好控诉的；你清楚我的委托人，抓牢自己的思想，看见这样加以附会，一定难免反感。让我们继续下去：

"她厌恶他，他同样对她感到疲倦。爱玛重新在奸淫之中发现所有婚姻的平淡。

但是怎么样才能够甩开？她感到这样一种幸福的卑鄙，屈辱虽说屈辱，习惯或者腐败不惟没有让她松手，她反而一天比一天倚牢了不放，所望于福祉太大了，于是吸干了一切福祉。她把她的失望归罪于赖昂，好像他出卖了她，她甚至于希望发生一种灾害，达到他们分离的目的，因为她没有勇气决定这样做。

她并不停止给他写情书，她有这么一个见解，一个女子永远应当给她的情人写信。

但是，写的时候，她看到的另是一个男子，一个她最火热的回忆衍成的影子。"

这个不再加以指摘：

"她随即堕在地上，粉碎了，因为这些迷漠的爱情的兴奋，比纵欲还要令她疲茶。她现在感到一种苦恼，持久而又普遍……她收到贴印花的公文，她正眼看也不看。她真还不想活了，或者一直睡下去。"

我把这叫作激发道德（由于罪恶的恐怖），正如作者所宣示，最心不在焉的读者，不带一点恶意不会看不出来。

现在，谈点儿别的，好让你们明白你们所要裁判的是个什么样人。为了叫你们知道我从事的不是什么样的答辩，而是，假如福楼拜先生有色情的颜色，他从什么地方得到他的灵感，让我把这本他用烂了的书放在公案，读一下他那些给他灵感的段落，描写这种肉感，这个女人走的错路：她在不正当的欢乐里寻找幸福，不能够遇到，再去寻找，找来找去，永远遇不到。先生们，福楼拜先生从什么地方得到他的灵感？就在这本书里；听好了：

"感官的幻象。

所以谁依恋感受，谁必然一定从对象到对象流浪，可以说是自骗自，改换地点；所以肉感，就是说欢乐的爱好，永远在变换，因为在继续之中，它的全部火热萎掉，死掉，是变换使它再活下去。所以感官的生命不是别的，只是一种交替的行动，从欲望到厌倦，从厌倦到欲望，漂泊的灵魂，在懈怠的火热和新生的火热之间，永远犹疑不定。反复无常的欲望 Inconstantia concupiscentia，这就是感官的生命。不过，在这永恒的行动里，没有人肯拿一种没有定向的自由的意象来取乐罢了。"

这就是感官的生命。这是谁说的？你们方才听见的语言，说到激发和不断的火热，是谁写的？是什么书，福楼拜先生日夜翻阅，得到灵感，写成帝国律师指控的文字？是博胥埃！我方才读给你们听的，是博胥埃关于《不正当的欢乐》的演说的断片。我将要让你们看，所有被控的段落只是——不是剽窃，占有一个观念并非剽窃——模仿博胥埃。你们愿意再来一个例子吗？这里是：

"关于过失。

信士们，不要问我，根据什么样的大变动，我们的欢乐就成了刑罚，《圣经》上有的是例子。是'天道'这样说，是'万能'这样做。不过，你观看一下你所溺纵的那些热情的性质，你很容易就明白它们能够变成一种忍受不了的刑罚。它们本身全含有残忍的苦楚、厌恶、痛苦。它们全含有一种无限的欲求，为了不能够餍足而发怒；它们全有激动揉混在里面，退而成为一种郁怒，苦楚正不小于理性丧失。爱情，假如允许我在这讲坛上指出，爱情有它的变幻，它的激烈的骚动，它的踌躇的决定和它的妒忌的地狱。"

再往远看：

"哎！还有什么比这更容易的：把我们的热情变成我们的过失的一种不可忍受的苦楚，去掉那引诱我们的一点点甜蜜，（那是十分正当的，）仅仅给它们留下它们富有的残忍的枉虑和痛苦？我们的过失贴住我们，我们的过失压住我们，我们的过失在我们当中：利箭贴住我们的胸脯，不可忍受的重量压住我们的头，吞噬的毒药烂掉我们的脏腑。"

你们方才听见的这一切，难道没有为你们指出热情的痛苦？我把这本书留给你们看，全是记号，这用功的人从里面拾取他的思想，拇指把它翻烂了。从这样一个泉源得到灵感，用你们方才听见的词句描写奸淫，这个人却以败坏公众和宗教的道德让公家告了下来！

再看几行关于《有罪的女人》，你们就明白福楼拜先生，需要描绘这些热情，知道从他的范本吸取灵感：

"然而我们，惩于我们的过失，并未因而觉悟，我们在变动之中为我们的错误寻找一种解救；我们一个对象又一个对象错了下去；假如最后有了一个什么对象把我们定住，不是因为我们满意于我们的选择，是因为我们没有常性，人家恭维了我们一顿。

....

她觉得万物之中，一切空洞、虚伪、令人生厌：最初她在这里发现的美好，吃了许多苦也拦阻不住自己去亲迎，如今她看到的只是轻佻、危险和虚荣。

....

我不谈一个人卷进了热情，秘密炸开了，多怕会死人！在礼貌和荣誉方面，要多当心检点，多少眼睛要避开！多少看管的人要欺骗！把热情告诉选好的心腹和助手，他们的忠心要多担心！为他牺牲了名誉和自由，到时让你失望，还不敢埋怨！在这一切之外，还得算上那些残酷的时间，热情不太激烈，给我们留下反省的闲暇，感到个人的挫辱，心生来是为了更坚固的欢乐，到了这时厌倦自己的偶像，在厌恶和无常性之中找到自己的刑罚。世俗的人间！假如这里是你对我们吹嘘的福祉，拿这种福祉赏赐你的信徒好了；但是，你让他们这样快乐了，他们对于你的期许也就轻易相信了，信仰在最后反而成为一种惩罚。"

让我告诉你们这个：一个人在静静的夜晚思索女人走了歪路的原因，发现是在所受的教育之中，想要把它们表现出来，又怕个人的观察不够，便在方才我指出的泉源浸熟了，直到从博胥埃和马西隆的思想得到灵感以后，他这才有了胆子动笔，允许我请教你们，这里有没有一个字向你们表示我的惊奇，我的痛苦，看见把这个人告到法庭，——为了他的书的若干段落，正也就是他尽可能聚集的最真实和最崇高的观念和情绪！关于败坏宗教的道德的控告，我求你们不要忘记的就是这个。再者，假如你们允许我，关于这一切，我将把我所谓的伤害道德的文章请你们过目一下，就是说，感官满足而没有痛苦，没有那"大滴冷汗"，从追寻欢乐的人们的额头滴下；我不引证淫书，作者在这里力求刺激感官，我给你们引证一本书，——在中学当奖品发，但是我求你们允许我先不说出作者的名姓，等我读过一段文字以后再说。这里就是那段文字，我回头会拿书给你们看的；这是一个中学生得到的奖品本子；我不想拿福楼拜先生的本子给你们，我倒愿意拿这个奖品本子：

"第二天，我让人带到她的房间。我在这里感到一切能够引起肉感。屋里撒着最恰意的香料。她躺在一张床上，遮住床的只有花环；她懒洋洋地躺在里面。她把手伸给我，叫我坐到她的旁边。一切，甚至于遮住她的脸的面网，全有韵致。我看着她的美丽的身体。一块简单的布幅围着她动，一时让我丧失销魂的美丽，一时又让我找到。"

一块简单的布幅，铺在一具尸体上面，你觉得是一个色情的意象；这里它铺在活的女人身上。

"她看出我的眼睛看着她，往外冒火，那块布幅似乎自己打开了，我看见一种天仙似的美丽的所有珍宝。她这时候握牢我的手，我的眼睛失了张支。我向自己喊道，只有我的阿耳达西耳才有这样美丽；不过，我以诸神作证，我的忠实……她搂住我的脖子，把我拥在胸前。屋子忽然黑了，她的面网打开，她给了我一个吻。我失掉了自主，一片火焰忽然流入我的脉管，点燃所有我的感官。阿耳达西耳的观念离我远了。还有一点回忆……但是也就是像一个梦……我眼看……眼看喜欢她，甚于本人。我已经拿手摸她的胸脯，迅快地到处在摸；爱情露面的只是它的欲火；它驰往胜利；再一刻，阿耳达西耳不能够抵抗了。"

谁写的这个？这还不是《新爱洛伊丝》的作者，这是孟德斯鸠主席！这里没有痛苦，没有厌恶，一切为文学的美丽牺牲，先生把这作为奖品发给修辞班的学生，不用说，作为他们课题的描写或者发挥的例子。孟德斯鸠在《波斯书简》里面描写了一个简直不能够读的场面。作者把一个女人放在两个男子中间，互相争夺。这女人，这样放在两个男子中间，有些梦想——他觉得非常恰意。

帝国律师，想来也该够了，难道还需要为你引证《忏悔录》的卢梭，或者别的作家？不，我仅仅要告诉法庭，假如被告是梅里美先生，由于《双错记》的马车的描写，他会立刻宣告无罪的。大家在他的书里看到的只是一件艺术作品，伟大的文学的美丽。他不会遭受处分，正如画家或者雕刻家不会遭受处分，他们不仅以表现身体的全部美丽自满，还要表现所有的火炽，所有的热情。这都不谈；我要求你们明白，福楼拜先生没有加重他的意象，他只做了一件事：以最坚强的手制作堕落的场面。他在他的书的每一行摊出幻灭,结尾不是什么美好,而是叫我们看这女人憎恶、抛弃、毁坏她的家庭以后,来到最可怕的死亡。一句话,我只能够重复我在辩护状开端所说的话,福楼拜先生是一本好书的作者,一本激发道德(由于厌惧罪恶)的书。

现在我查看败坏宗教。福楼拜先生败坏宗教!请问,怎样一个败坏?帝国律师以为他是一个怀疑派。我能够答复帝国律师,他弄错了。我这里没有什么信仰宣布,我有的只是书来辩护,这让我把自己限制在这简单的字面。但是谈到书,我敢向帝国律师挑战,在这里找不到任何类乎败坏宗教的东西。你看见宗教怎样被介绍进爱玛的教育来,而这种宗教,以万千方式误解,在爱玛步入邪途的时候怎样没有力量把她挽住。你愿意知道福楼拜先生用什么样的语言谈宗教吗?听我读一下头一个副刊,第二百三十一页、第二百三十二页和二百三十三页。

"有一天黄昏,窗户开着,她坐在窗口,先还看见教堂的执事赖斯地布杜瓦修剪黄杨树,忽然就听见晚祷的钟声响了起来。

正当四月初旬,莲馨花开放;一阵温煦的风卷过掘好的花畦,花园犹如妇女,似乎为了夏节全在打扮。隔着棚柱,往远里看去,河在草原流着,在草上勾成蜿蜒的线路,黄昏的雾气在枯落的白杨之间漂浮,用紫颜色描出它们的轮廓,比挂在树枝的轻纱还要苍白,还要透明。远远有牲畜走动,听不见它们的脚步,也听不见它们的鸣吼;钟一直在响,在空里继续着和平的啼哭。

听着钟声来回在响,少妇的思想失落在她童年和寄宿时期的回忆。她记起高大的烛台,比圣坛的花瓶和细柱神龛全高。她真愿意和往常一样,依旧在一长列修女的白面网当中厮混,姆姆伏在她们的跪凳上面,僵硬的帽子或远或近形成好些乌黑的点子。"

这就是表现宗教的语言；依照帝国律师的意见，怀疑派的论调从头到尾主有福楼拜先生的书。那么在什么地方，我求你，你发现怀疑派的论调？

（帝国律师插话：我没有说这里有。）

假如这里没有，到底什么地方有？在你删下来的东西里面，当然喽。但是书全在这里，法庭裁判好了，他将看见宗教的情绪非常强烈地印在里面，怀疑派的论调的指控是一种真实的诽谤。现在，帝国律师许我对他讲，控告作者是怀疑派的论调，声势煊赫真还犯不上。让我们读下去：

"星期日做弥撒的时候，她一抬头，就望见圣母和蔼的脸，四周缭绕着浅蓝的香云。她感动了：她觉得自己软弱，摇摇无主，犹如一根鸟羽在狂风之中回旋，于是不由自己，她走向教堂，只要她的灵魂可以附着上去，全部生存在里面消失，任何信仰她也承受。"

先生们，在热情的斜坡上，想把爱玛挽住，这是第一回对于宗教的呼吁。可怜的女人，她失足了，随后她顺从的男子拿脚把她踢开。她几乎死了，挣扎出来，又活了，你们现在来看文章（一八五六年十一月十五日那一期，第五百四十八页）：

"有一天，病非常危急，她以为她要去世，要求牧师颁与圣体。大家在她的房间布置圣事，堆满了药瓶的五斗柜改成圣坛，全福往地板撒着天竺牡丹，爱玛觉得有什么强烈的东西掠过她，为她解除她的痛苦、一切知觉、一切情绪。她的轻适的血肉不再思索，另一生命开始了；她觉得她向上帝那边升，眼看就要在这种爱情之中消散，仿佛香烧着了，化成了气。圣水洒着床褥；牧师由圣爵取出白的圣饼；她伸出嘴唇去接救主的身体，因为欢悦过度，柔荏无力。"

我求帝国律师原谅，我求法庭原谅，我打断了这一段诵读，但是我需要说，作者有话讲，要你们注意他用什么样的词句表现领取圣体的秘密；我在继续读下去以前，也要求法庭记牢从这一幅图画借来的文学价值，我需要一再申述那些属于作者的表现：

"她伸出嘴唇去接救主的身体，因为欢悦过度，柔荏无力。她的床帷云一样围着她柔柔飘起；五斗柜上面的两支烛光，对于她恍若万道金光。于是她倒下头，自以为听见四空有仙琴鸣奏，同时觑见碧霄黄金宝座上面，在持绿羽的圣者当中，坐着威仪万千的天父。她做了一个手势，就见好些火焰一样翅膀的天使下到地面，拿胳膊把她捧走。"

他继续道：

"这庄严的景象留在她的记忆，仿佛可能梦想的最美丽的东西；现在她努力追寻当时的感觉，继续虽说继续，美好的情景同样深厚，但是，并不那样能够完全吸有她。她的灵魂，因于骄傲，终于在基督教的谦逊之中得到休息，爱玛尝到为人荏弱的快乐，体会她的意志在内心摧毁；没有意志作梗，上天的慈悲自然而然就好源源而来了。所以在幸福之外，还有更大福祉存在，一种凌驾一切爱情的爱情，不间断，无终结，永远在增加！在她幻想的种种希望之中，她隐约看见一种纯洁的境界，在半空飘浮，和天融化一片：她指望她活在里面。她愿意变成一位圣者。她买念珠，她戴符箓；她希望床头挂一只镶翡翠的宝匣，里面盛着先圣的遗物，她好每天黄昏吻着。"

这是宗教的情绪！假如你们愿意停一刻，弄明白作者主要的思想，我求你们翻到下一页：

"她嫌教条苛细，她厌恶笔战的文字，自命不凡，肆意攻击那些她不认识的人；宣扬宗教的世俗故事，在她看来，完全和人世隔膜，本来她在等待真理有实例给她看，却会不知不觉让她离开真理。"

这就是福楼拜先生的语言。现在，你们愿意的话，我们来看另一个场面，临终洗礼。噢！帝国律师，当着头几个字你就停住，控告我的委托人拿神圣和亵渎混在一道，你真也觉得太离奇了，其实他只是把临终洗礼的那些美丽的程式翻译一下而已，正当牧师摸着我们的感觉的器官，他会遵照圣典的表示说：凭这神圣的油，以他伟大的慈悲，主赦免你的罪行 Per istam unctionem, et suam piissimam misericordiam, indulgeat tibi Dominus quidquid deliquisti。

你曾经说，千万不要动用神圣的物事。你有什么权利附会这些神圣的语言："愿上帝在他的神圣的慈悲之中，饶恕你犯下的一切过失，视觉的、嗅觉的、听觉的，等等？"

看，我来读那被指摘的一段文字给你听，这将是我所用的报复。我敢说作我的报复，因为作者需要报复。是的，福楼拜先生走出这里，不仅仅宣告无罪，还要报复！你这就看到他读些什么书。被指摘的段落在十二月十五日那一期第二百七十一页，原文是这样构思的：

"查理不哭了，苍白犹如一尊石像，眼红红的像炭，在床脚面对面望着她，同时牧师挂着一个膝盖，呢喃些低微的语言。……"

这幅图画真好，读起来也真动听；但是你放心好了，我不会过分加以延长的。现在是被指摘的正文：

"她慢慢转过脸，好像忽然看见教士的紫带喜悦了，不用说，在她意想不到的平静之中，她重新寻见失去的快感——她早期的神秘的激越，和正在开展的永生的幸福的幻象。

牧师站起来去取十字架；她像一个人渴了，伸长颈项，拿嘴唇贴住基督的身体，用她全副将竭的气力，吻着她从来不曾吻过的最大的爱情的吻。"

临终洗礼还没有开始；但是人家对我责备这个吻。我不到女圣德肋撒那里寻找解释①，你或许知道，可惜大家离她太远，记不得了，我甚至于不到费内隆那里寻找居永夫人的神秘主义②，也不要那些更现代的神秘主义，我为它们找到其他的理由。这些学派你可以说成感觉的基督教，我不想向它们请教这个吻的解释；我想请教博胥埃，博胥埃本人：

"耶稣的喜好是结合，享受和爱情，所有的《福音》这样呼喊：服从罢，行洗礼的时候，试着打进耶稣的喜好。耶稣要人和他在一起；他要享受，他要人享受他。他的神圣的肉是这种结合和这种洁净的享受的场所；他献出身子。等等。"

我再读一次那被指摘的段落：

---

① 德肋撒 Therese(1515—1582)，西班牙的女宗教师，被封为天主教圣人，具有神秘色彩。
② 费内隆 Fenelon(1651—1715)，法国天主教文学家，带有神秘色彩，晚年相信居永夫人的"寂静"神修理论，引起大的争论，被教皇谪放。
居永夫人 Guyon (1648—1717)，宣扬一种新的祈祷方式，舍弃世俗的风格，以心灵直接和上帝默契，她曾经几次为了这个下狱。

"随后他诵着'愿主慈悲'和'施恩',把右手的拇指浸在油里,开始抹油:先是眼睛,曾经贪恋人世的浮靡;次是鼻孔,曾经嗜爱薰风和色香;次是口,曾经为谎语张开,为骄傲呻吟,为奢华呼喊;次是手,曾经喜好柔软的接触,最后是脚心,从前为了满足她的欲望跑的那样快,如今行走不动了。

牧师拭拭手指把蘸油的棉花扔进炉火,回来坐在病榻旁边,告诉她:现在她应当把她的痛苦和耶稣·基督的痛苦合而为一,接受上天的怜悯。

劝告完了,他试着把一支圣烛放在她手里面。这象征天堂的荣耀。天堂的荣耀眼看就要把她抱住。爱玛太荏弱了,手指合不拢,如若不是布尔尼贤,蜡烛一定掉在地上。

可是她的脸色并不那样苍白,透出一种明静的表情,好像圣礼真还救了她。

牧师讲出他的观察所得,他甚至于向包法利解释,主有时候延长人间的寿命,假如他以为有益于福祉的话:查理记起从前有一天她快要死了,也是这样领受圣体。他想,他也许并不应当就存绝望的心思。"

现在,一个女人快死了,牧师给她行临终洗礼,人家把这做成一个神秘的场面,我们谨慎将事,忠实译出圣事语言,人家倒说我们动用神圣的物事。我们拿手乱碰神圣的物事,因为我们在"你由眼睛,由口,由耳朵,由手和脚犯的过失 deliquisti per oculos, per os, per aurem, per manus et per pedes"之外,还添上每个器官犯过的罪孽。我们不是头一个走这条路的。圣佩夫先生,在一本你知道的书里,也有一个临终洗礼的场面,他是这样表现的:

"噢!是呀,先抹眼睛,最高贵,最灵活的感官;为了它们曾经观看，瞭望温柔的东西，别人眼里看来太邪恶的东西，太尘世的东西；为了他们曾经读，读了又读销魂的东西，太亲昵的东西，为了它们白流眼泪，哭脆弱的财产和不忠实的爱人；为了夜晚尽做梦想，太多次忘了的睡眠！

还有听觉，为了它曾经听，要人家说太甜的东西，太谄媚和醉人的东西，为了耳朵慢慢从骗人的语言偷来的声音；为了它饮这里藏着的蜜！

再次是嗅觉，为了树林深处春夜的太精细销魂的馥香，为了早晨收到天天那样喜欢开的花！

还有嘴唇，为了它们曾经宣示太纷乱的东西或者太虚心的东西；为了它们有些时候不回答或者不对有些人说破，为了它们曾经在寂寞之中歌唱太好听的东西，太多眼泪的东西，为了它们不出声的唧哝，为了它们的沉默！

还有替代胸脯的颈项，依照教会的说法，为了炽热的激情 Propter ardorem libidinis；是的，为了爱情妒忌的痛苦，为了人类情意的过分焦虑，为了堵住失声的喉管的眼泪，为了一切使心跳的东西，或者一切啮心的东西！

还有手，为了曾经握一只不洁的手；为了曾经承接太烫的眼泪；为了曾经或许开始写了，没有写完的什么不许写的答复！

还有脚，为了没有逃走，为了满意于孤寂的悠长的散步，为了在重来覆去的谈话之中，不尽早感到疲倦！"

你没有把这告了下来。这里是两个人，各有各的范围，拿起同样东西，在每一感官之后添上罪孽、过失。你倒真想禁止他们翻译《圣典》的程序：由眼睛、耳朵所犯的罪行 Quidquid deliquisti per oculos, per aurem, 等等？

福楼拜先生所做，正如圣佩夫所做，可也不能够算作剽窃。他使用属于任何作家的权力，往另一个作家的话上添话，把一个主旨补全。《包法利夫人》小说的最后一个场面，正如所有同类的研究，根据宗教的资料写成。福楼拜先生写临终洗礼这个场面，根据他的一位可尊敬的教会朋友借给他的一本书，后者读完这个场面，感动到流眼泪，想象不到宗教的庄严会受损伤。这本书的题目是：《教理问答释义，历史的、教条的、道德的、瞻礼的、教会的，根据学理驳复反宗教论》，勒芒草地圣母院教士、昂波罗瓦斯·居伊瓦院长撰，六版，等等，经红衣主教古塞和勒芒、图尔、波尔多、科洛米耶等地大主教与主教审定，第三册，一八五一年，查理·毛奴瓦耶在勒芒印行。但是，你这就在这本书看见，正如你从博胥埃看见，帝国律师所指摘的原则和相差无几的文字。如今我引证的不复是圣佩夫，一位艺术家，一位文学的幻想人；听教会本身发言好了：

"临终洗礼能够恢复身体的健康，假如对于上帝的光荣是有益的话……"

牧师说这常常发生。现在来看临终洗礼：

"牧师对病人来一段短的劝告，假如他听得见的话，诱导他正正经经来接受他就要对他做的圣事。

随后，牧师拿刀子或者右拇指的尖端，给病人敷油，每次再在病人的油里蘸蘸。这些油应当特别涂身体的五个部分，自然交给人作为感觉的器官的，那是：眼睛、耳朵、鼻孔、口和手。

牧师一边敷油（我们一字一句照录《圣典》，我们抄了一份），一边宣读些对答的语言。

眼睛，闭住的眼帘：凭这神圣的油，以他伟大的慈悲，愿上帝饶恕你所有你由视觉犯的罪过。病人应当在这时候，重新憎恨他由视觉犯的罪过：许多不谨慎的视线，许多犯罪的好奇，多少书不该读偏偏去读，引发许多违反信仰和风俗的思想。"

福楼拜先生写了些什么？他把两方面连接起来，放在牧师口中那应当在他的思想里和同时在病人的思想里的。

"耳朵：凭这神圣的油，以他伟大的慈悲，愿上帝饶恕你所有你由听觉犯的罪过。病人应当在这时候，重新憎恨他由听觉犯的罪过：由于喜欢听诽谤、谗诬，没有信义的谈话，淫秽的歌唱而犯了罪。

鼻孔：凭这神圣的油，以他伟大的慈悲，愿上帝饶恕你所有你由嗅觉犯的罪过。病人应当在这时候，重新憎恨他由嗅觉犯的罪过：所有对于香料的考究和肉感，所有的感受，所有他呼吸的不忠不正的气味。

口，嘴唇：凭这神圣的油，以他伟大的慈悲，愿上帝饶恕你所有你由味觉和语言犯的罪过。病人应当在这时候，重新憎恨他由味觉和语言犯的罪过：肆口冒犯神明……饮食上漫无节制。

手：凭这神圣的油，以他伟大的慈悲，愿上帝饶恕你所有你由触觉犯的罪过。病人应当在这时候，重新憎恨所有他犯过的窃盗，不公道，所有许多犯罪的事由。牧师们在手背上接受油，因为他们晋职的时候已经在手心里接受过，其他病人全在手心。

脚：凭这神圣的油，以他伟大的慈悲，愿上帝饶恕你所有你由行走犯的罪过。病人应当在这时候，重新憎恨他在不忠不正的道路行走的步子，许多惹人议论的散步，许多有罪的会晤。油放在脚底的上部或者下部，依照病人的方便，同时也依照所在地教区的习惯。最常见的用似乎是在脚底。

最后到了胸脯。(圣佩夫照抄下来的,我们没有,因为这里是一个女人的胸脯。)由于炽热的激情 Propter ardorem libidinis,等等。

胸脯:凭这神圣的油,以他伟大的慈悲,愿上帝饶恕你所有你由情火犯的罪过。病人应当在这时候,重新憎恨所有他听从的坏思想,坏欲望,所有心里育养的恨和报复的情绪。"

依照《圣典》,我们还可以谈胸脯以外的东西,但是上帝知道,假如我们要是说起腰部,我们在检察官的心里不知道要刺激出什么样的盛怒来:

"腰 ad Lumbos:凭这神圣的油,以他伟大的慈悲,愿上帝饶恕你所有由肉的狂乱的动作犯的罪过。"

假如我们说了这个,帝国律师,你要以什么样的电火致力于打击我们!然而《圣典》继续说:

"病人应当在这时候重新憎恨许多不正当的欢乐,许多肉的耽爱……"

这就是《圣典》,你们在这里看到被指摘的文章;这里没有一句嘲笑,全是严肃和感动。我再说给你们听一回,拿这本书给我的委托人的人,看见我的委托人这样使用那本书,流着泪,握牢他的手。所以帝国律师,你看得出来,控告我们动用神圣的物事有多冒昧——为了避免一个(正确地看来)更严厉的措辞。你现在明白,我们对于每一感官指出所犯的罪过,我们没有拿亵渎和神圣混在一起,因为这是教会本身的语言。

现在我要不要坚持下去，看一看伤害宗教的其他详细罪证呢？检察官同我讲："你伤害的这不复是宗教，而是自古以来永生的道德；你侮辱死亡！"我怎么侮辱死亡来的？因为在这女人死的时候，街上过来一个人，是她赴奸淫的幽会回来，当车慢慢走上斜坡时，常常遇见的一个在车边乞讨的人，一个唱着山歌的瞎子，她扔钱给他，可他的脸却让她打哆嗦。这人在街上走过；就在神圣的慈悲饶恕或者答应饶恕这不幸的女人的时候（她以一种可怕的死亡赎回她的生平的过失），人类的嘲笑用一个山歌的形式出现，在她的窗下走过。我的上帝！你以为这是侮辱；但是福楼拜先生所做，也只是莎士比亚和歌德所做的，在死亡最重要的关口，永远要人听见歌唱，或者是哀悼，或者是嘲笑，让那到永生去的人想起他不再享受得到的欢乐，或者需要赎回的过失。

让我们读一读来看：

"说实话，她向四周望着，慢悠悠地，仿佛一个人做着梦醒过来；随后，声音清清楚楚的，她要一面镜子，往里照了好久，照到临了，眼睛流出大颗的泪来。于是她仰起头，叹息一声，重新倒向枕头。

她的胸脯立即往快里喘动。"

我不能够读下去，我和拉马丁一样："对于我，赎罪远在真实以上"……不过，我不相信做了一件坏事，帝国律师，对我出嫁的女儿读这些文字，她们见到良好的榜样，受到良好的教训，做长辈的也从来没有大意过一次，让她们走出最狭隘的道路，走出能够听，应当听的事理之外……我不可能继续读下去，我只读那被指摘的文字：

"把臂伸给爱玛（查理在另一边，这个可钦敬的人，你从来看不见），喘吁加强了，教士的祷告也加快了：它们和包法利堵回去的呜咽混成一片,有时候似乎全消失了,只有拉丁字母咿咿哑哑,仿佛一片钟声在响。

忽然走道传来粗大的木屐的响声,和一根棍子的窸窣,一个声音起来了,一个沙哑的声音响着:

热天的小姑娘呀,
时常想着情郎呀。

爱玛直直挺起,好像一具中了电的尸首,头发蓬散,瞳仁睁大,定定的。

田呀给我们麦穗,
割下来呀大镰刀,
拾呀拾呀不怕累,
我的小娜弯着腰。

爱玛喊了一声:"瞎子!"
她开始笑着一种残暴的、疯狂的、绝望的笑,以为看见乞丐的丑脸,站在永生的黑暗之中,有所恐吓:

那天大风起了呀,
她的短裙飞了呀。

她抽搐了一下,倒向床褥。大家拢近,她已经不在了。"

先生们,你们看见在这重要关口唤回她的过失,她的疚心,和一切刺心与可怕的成分。这不是艺术家的幻想,仅仅想来一个对比,没有用,没有道德,这是她听见在街上唱着那可怕的山歌的瞎子,从前当她一身汗,丑不堪言,幽会回来,他唱的山歌;这是她每次幽会看见的瞎子:也正是这瞎子,以他的歌,以他的烦扰,在追逐她;也正是他,就在神圣的慈悲降临的时候,象征人类的忿怒,在死亡的最后关口追逐着她!人家却把这叫做伤害公众的道德!但是我能够相反地说,这里正是对公众的道德表示敬礼,没有比这更道德的了;我能够说,在这本书里,教育的罪恶是生动的,属于真实生活,属于我们社会的鲜血淋淋的活肉,作者每段都拿这句问话来问我们:你为你的女儿们的教育尽了心力没有?你交给她们的宗教,能够在人生的暴风雨之中支持她们吗?还只是一堆物质的迷信,在狂风暴雨之下无能为力?你有没有教给她们,人生不是虚诞的梦想的实现,而是必须适应的散文境界?你教她们这个来的?你曾经为她们的幸福致力了没有?你曾经告诉她们:"可怜的孩子们,除去我为你们指出的道路之外,在你追逐的欢乐之中,你只有等着你的厌恶,家庭的舍弃、纷扰、混乱、舞弊、痉挛、扣押……"你看图画里是不是还缺什么东西,执达吏在那里,那里还有犹太人贩卖东西满足这女人的私情,家具扣押,快拍卖了,丈夫还被瞒在鼓里。这不幸的女人也就只剩下死了!

可是,检察官说,她的死是自愿的,这女人死得其时。

难道她能够活下去?难道她没有受罚?难道她没有到了耻辱和卑鄙的最后阶段?

是的,在我们的舞台上行为不检的妇女被写成了文雅的、微笑的、快乐的。我不想说她们干了些什么,我怜悯身体干的好事 Questum corpore fecerant,我只说这么一句就成了。我们看见的她们是快乐的、可爱的,裹着洋纱,举起一只文雅的手给伯爵、侯爵、公爵,往往她自己的称呼也是侯爵夫人，或者公爵夫人，这就是你们所谓的尊敬公众的道德。而那为你们把淫妇写成在耻辱之中死去的人，倒犯了败坏公众的道德的罪！

好啦，我不想说你表现的不是你的思想，因为你已经表现了，而且你事先有了大的存心。不，在这里的不是你，丈夫、家长、男子，不是你，这不可能；假如不是事先存心控告，有了成见，你不会来说福楼拜先生是一本坏书的作者！是的，听信你的灵感，你的鉴赏会和我的鉴赏一样；我不说文学观点，在这一点我们双方不可能不同，而是你所了解、我所了解的道德和宗教的情绪的观点。

人家还告诉我们，我们写了一个物质主义的牧师。我们写牧师，正如我们写丈夫。他不是一位高明的教士，他是一个普通的教士，一个乡下教士。如同我们没有侮辱任何人，我们没有表示可能伤害丈夫的任何感情、任何思想，我们也没有侮辱这里的教士。我在这上面只有一句话。

你们要看一些书，教士在里面扮演一个可怜的角色吗？看勒萨日的《吉尔·布拉斯》，巴尔扎克的《乡村教士》，维克多·雨果的《巴黎圣母院》。假如你要看一些遗羞教士的牧师；到别的地方寻找，你不会在《包法利夫人》里面找到的。我写了些什么？一个乡下牧师从事于乡下牧师的职务，正如包法利先生，从事于一个寻常人的职务。我把他写成荒唐鬼、酒鬼、贪嘴来的吗？我没有一句写到这上面。我写他完成他的职务。不是以一种崇高的智慧，而是如他的生性所表示于他的。我安排了一个典型人物和他接触，差不多永远在辩论情态之中，一个有活力的典型，——如普吕多姆先生①创造的典型，如我们时代创造的其他典型——从生活里提取、研究出来

---

① 普吕多姆 Prudhomme 是莫尼耶 Henri Monnier(1805—1877)创作的戏剧人物，一个大言炎炎的官僚。

的,你想忘记他们就不可能;那就是乡下药剂师,伏尔泰的信徒,怀疑派,不信教,永远和牧师在争执的人。但是,在这些争执之中,是谁不断地被击败,被嘲弄,被取消?是郝麦,是那扮演最可笑的角色的人,因为他最真实,他最能代表我们怀疑的时代,一个过激派,所谓反牧师派。允许我再为你们读一下第二百零六页。是女店家倒什么东西给她的牧师喝:

"'牧师先生,您有事要我做吗?'

客店的女东家一边问,一边走向壁炉,去拿和蜡烛并排摆着的铜烛台:

'您用点什么东西吗?一小盅黑醋栗酒?一杯葡萄酒?'

教士极有礼貌地谢绝。他是来找他的雨伞的,前一天他忘在艾讷蒙修道院,想拜托勒弗朗索瓦太太派人取来,夜晚给他送到住宅。教堂晚祷的钟声直响,他就告辞走了。

药剂师听见他的皮鞋在广场消失了,就说他方才的行径十分欠礼。居然拒绝喝一口提神的东西,是虚伪之中最要不得的虚伪;其实牧师个个瞒住人大吃大喝,甚至连什一税的日子也直想扳回来。

女主人替她的牧师辩护:

'再怎么说,像你这样的男人,他一膝盖头可以顶四个。去年他帮我们收麦秸子,才叫壮实,一次好能扛六捆!'

药剂师道:

'太好啦!打发你们女儿向那种结实的小伙子忏悔去好啦!我呀,我要是政府的话,我真还想一个月抽牧师一次血。是的,勒弗朗索瓦太太,每一个月,好好儿放一次血,为了治安和风化的缘故!'

'你少说一句吧,郝麦先生!你就不敬神!你就不信教!'

475

药剂师还口道：

'我信教，信我自己的宗教，他们只会装蒜会骗人，我比他们哪一个都有信仰！正相反，我崇拜上帝！我相信最高的存在，我相信创造者，无论他是什么，我全不在乎，他把我们放在人世间，就为我们尽我们公民和家长的义务；然而我用不着进教堂，吻银盘子，拿我口袋的钱填肥一堆饮食比我们考究的小丑！因为什么地方也可以礼拜上帝，在树林，在田地，或者就跟古人一样，望着蔚蓝的苍穹。我的上帝，我的真正的上帝，就是苏格拉底的上帝、富兰克林的上帝、伏尔泰和贝朗热的上帝！我拥护《萨瓦教务协理的信仰宣言》和一七八九年的不朽原则！我不承认什么糟老头子上帝，拄着手杖在他的花坛散步，把他的朋友打发到鲸鱼肚子居住，叫唤一声死掉，三天之后又活过来：本身滑稽，而且，完全和物理学所有的原理相反，这反而帮我们证明，我们不妨这么说说，牧师永远沉沦在一种淫秽的愚昧境地，结局也就是把众生一道儿卷入泥淖。'

他住了口，拿眼睛向四外寻找听众，因为，兴奋之下，药剂师一时以为置身于县参议大会。不过，商店的女东家已经没在听他了。"

这里有些什么？一段对话，一个场面，正如每次郝麦遇到谈牧师的机会便是这样子。

现在，最末一节有点儿东西更好，第二百七十一页：

"布尔尼贤捧着圣油，穿过广场，吸引公众的注意。

郝麦遵循他的原则，把牧师比作死尸气味招引来的乌鸦，看见教士，他私人先不开心，因为道袍让他想到寿衣，他憎恶前者，有一点由于畏惧后者。"

我们的老朋友，那借教理问答给我们的，非常喜欢这一节文字；他告诉我们：这属于一种惊人的真理；这正是反牧师派的画像，"道袍让他想到寿衣，他憎恶前者，有一点由于畏惧后者"。这是一个不敬神的人，他憎恶道袍，或许有一点由于不敬神，但是大部分更因为让他想到寿衣。

允许我撮述一下这一切。

假如遇到的是一种文学批评，关于他的书的形式，关于某些表现，关于太多的细节，关于某一点或另一点，我所辩护的这个人会以最大的热心接受这种文学批评。但是看见被控败坏道德和宗教！福楼拜先生不接受这个：他以他所能有的一切惊异和一切力量，在这里，当着你们，抗议这样一种控告。

你们不是拿几行字定罪一本书的人，你们是那种人，先裁判思想，先裁判写作的方法，你们向自己提出的问题正是我开始和我结束我的辩护的问题：读这样一本书，引起的是对罪恶的爱好，还是对罪恶的厌惧？赎罪赎得这样可怖，是不是把人刺激到道德的路上？你们读这本书得到的印象不会和我们得到的印象两样，那就是：这本书就全盘来看是优良的，细节也是无懈可击的。一切古典文学保障我们描绘我们不许自己描绘的东西。我们在这一点很可以拿古典文学做榜样，但是我们没有那样做；你们可以证明，我们不许自己逾越规矩。假如可能，福楼拜先生随便拿一个字超过他给自己立下的限制，我不仅仅要你们注意这是一本处女作，我当时甚至于还要对你们讲，他要是错了的话，他的过失也不会损伤公众的道德。把他传到法庭，——他，你们现在从他的书有一点认识他，我相信你们已经有一点爱他，假如你们知道他更多，会更要爱他——对他也就够数了，对他已经是太残忍的惩罚。现在，你们判决好了。你们曾经就全盘和细节审判书来的；你们不可能犹疑！

判决书[①]

被告赖翁·劳朗·皮沙先生与古斯特·阿莱克西·皮耶先生，前者是《巴黎杂志》定期刊物的经理，后者是该定期刊物的印刷人，与文人居斯达夫·福楼拜先生，法庭曾于八天以前开庭辩论：三被告罪名为：（一）劳朗·皮沙，于一八五六年在《巴黎杂志》十二月一日与十五日各期刊登一部题为《包法利夫人》的小说的片段，尤其在第七十三页、第七十七页、第七十八页、第二百七十一页、第二百七十二页、第二百七十三页各页所载的片段伤害公众和宗教道德与善良风俗；（二）皮耶与福楼拜，皮耶承印各该片段，公之于世，福楼拜写作各该片段，交与劳朗·皮沙发表，题为《包法利夫人》的小说片段已如上述，劳朗·皮沙明白协助，得使前述罪行有所准备，便利完成，因即构成同谋，触犯一八一九年五月十七日的法律第一与第八条，并刑律第五十九与第六十条。

检察官皮纳提出公诉。

塞纳律师为福楼拜先生辩护，戴玛赖律师为皮沙先生辩护，法如芮律师为印刷人辩护，法庭于听过辩论之后，延于今日（二月七日）宣判，主文如下：

"案查劳朗·皮沙，居斯达夫·福楼拜与皮耶，被控伤害公众和宗教道德与善良风俗；第一人，即主犯，是题做《巴黎杂志》的定期期刊的主编人兼经理，在一八五六年十月一日与十五日、十一月一日与十五日、十二月一日与十五日各期，发表一部题为《包法利夫人》的小说；居斯达夫·福楼拜与皮耶，即从犯，前者供给稿本，后者承印该

[①] 一八五七年二月八日，《法院公报》Gazette des tribunaux 刊出引言和判决书。

小说;

案查该成为问题的小说,计有三百页左右,依照送到初审庭的起诉文件,特别指控的各节,刊在第七十三页、第七十七页与第七十八页(十二月一日号)和第二百七十一页、第二百七十二页与第二百七十三页(一八五六年十二月十五日号);

案查被指控各节,抽象地、隔离地看来,无论是表现方面,无论是意象方面,无论是图画方面,性质有害于正当与高尚的感受,显然呈有不为良好鉴赏力所容许的东西;

审查同样的观察可以确切地用到其他未经起诉的各节,初次接触,似乎陈述一些理论,违反社会的基础的善良风俗与制度,正不下于违反宗教的最庄严的仪式应有的尊敬;

案查被控的作品,具有上述数项罪名,便应严加申责,因为文学的使命应当是装璜与娱乐心神,提高智慧,修正风俗,远甚于刊梓罪恶的厌憎,宣泄可能在社会存在的混乱图画;

案查各被告,特别是居斯达夫·福楼拜,力排所加控告,声称交给法庭裁判的小说有一个极高道德的目的;作者主要的用意是揭发不能够配合环境的教育的危险结果,于是认定这个观念,指出女人,小说的主要人物,妄想一个和她不相宜的世界和社会,因为命运让她不幸,把她放在低下的环境,起先忘记她做母亲的责任,继而亏负她为妻的责任,接二连三往家里引进奸淫和破败,经过最齐全的堕落的所有阶段,甚至于下流到偷窃,结果自杀完事;

案查这种论据,在原则上不用说是道德的,应当以相当严厉的语言和缜密的谨慎态度辅助发展,特别是牵连到呈现图画和环境,依照作者的计划,放在公众的眼前;

案查一个作家从事于描绘人物,不许借口描绘性格和地方色彩,照原来样子呈现他们荒谬的言行姿态,这样一种学说,无论是用在理智制作或者是用在美术出品，势必进展成为一种否定美与善的现实主义，产生伤害视野和精神的作品，不断败坏公众的道德和善良的风俗；

案查文学必有限制，即使是最轻薄的文学，也不应当逾越，居斯达夫·福楼拜和同案两被告，似乎对于这一点并不十分明了；

然而案查福楼拜的作品，就文学观点和性格的研究来看，似乎经过长久和认真的工作，被检举的段落，虽说自有其取罪之道，和全书的长度一比究竟为数不多；这些段落，无论在它们流露的观念方面，无论在它们表现的环境方面，和作者企图描绘的全盘性格两相切合，仅仅失之于夸张，沾染一种俗浅的往往不堪入目的现实主义；

案查居斯达夫·福楼拜再三声明，尊敬善良风俗和一切关于宗教的事物；同时他的书也不像某些作品，惟一的目的是满足情欲、放逸和荒唐的精神，或者取笑人人应当尊敬的事物；

同时他的过失仅仅是有时候忽略任何有自尊心的作家应当永不逾越的规则，忘记文学犹如艺术，为了完成劝善的使命，不应当仅仅在形式和表现方面贞静纯洁；

如上所述，案查皮沙、居斯达夫·福楼拜和皮耶的罪行不足以完全成立；

法庭因即撤消公诉，并免其担负费用。"

圣安东的诱惑

[法]福楼拜 著

【编者按】福楼拜的《圣安东的诱惑》是李健吾先生一九三七年一月通过上海生活书店第一次介绍给中国读者的,之后再未有机会再版。本次新版依据译者生前为重新出版而在初版上的手改稿;由于时间久远,部分译名与现在有较大差别,编者作了适当补注。

布罗该的《圣安东的诱惑》

我看见一幅布罗该的画，叙述圣安东的诱惑。自己也很想把《圣安东的诱惑》写成一出戏；不过，这得另请高明，我可不成。大多数人看这幅画，一定以为糟糕，然而我宁可拿《正报》的收藏，外加十万佛郎，来买这幅画。

一八四五年五月十三日，福楼拜写给勒·蒲瓦特万的信

这是我一生的著作，一八四五年，在阶努瓦（即热那亚——编者），当着布罗该的一幅画，这本书的观念第一次走进我的脑子，从这时候，我就一壁想，一壁读参考书，没有停过。

一八七二年六月五日，福楼拜写给尚特比女士的信

贾劳的《圣安东的诱惑》

一八四六年八月,福楼拜买来一张贾劳的《圣安东的诱惑》刻画,挂在他的书房。他写信给高莱女士说:

"我很爱这件作品。好久我就想弄一张来。忧郁的奇丑于我有一种异常的魔力;我的性格是滑稽地苦辣,所以这正好应和它密切的需要,我并不因之发笑,不过它让我永长地思维。"

莫里斯·桑的漫画

一八七二年三月,《圣安东的诱惑》行将完成,乔治·桑的儿子莫瑞斯·桑画了这些小妖精,寄给福楼拜过目。福的回信,说他看见了很开心,特别欢喜靠右的两个:一个是小孩头,一个是死人头。

《圣安东的诱惑》定稿的清稿

《圣安东的诱惑》定稿的草稿

目 录

提要	493
一	499
二	513
三	534
四	546
五	610
六	658
七	666
跋	689

提 要

第一章

　　夕阳西下，圣安东停了工。从修行的苦闷，他想到以往错过的机缘。他觉出精神不振，翻开《圣经》诵读，然而这更引动他的幻想。他盼望有人做伴。他听见不同的隐约的呼唤。活动的形影包围住他。他想喊叫，然而喊不出口，晕在草席上。

第二章

　　魔鬼挟着七大业障，俯伏在他的屋顶，开始诱惑。最初是无尽的山珍海味，其后是无量的金银珠宝；他恍惚来到亚力山太城，率领门徒，屠杀异教的人士；他仿佛独受君士旦丁大帝礼遇；他羡慕尼布甲尼撒的暴行，仿佛自己就是，变成牛，在桌面走着——四肢向地，在沙上走着。他醒过来，用皮鞭抽晕了自己。示巴女王带着隆重的礼品投奔他，但是他摈拒了她的蛊惑。

第三章

　　一个侏儒似的幼童坐在他的门槛上，他以为是女王的随侍，然而却是他当年的弟子：伊拉芮影。后者同他谈论教理，列举《新约》矛盾的记载。他勾起安东知识的欲望。

第四章

　　于是在他面前，起了一座高大的教堂。伊拉芮影领他进去，但是伊拉芮影渐渐就不见了。各派教士纷呶着，争辩着。他恍惚来在一群殉教的囚犯中间。他仿佛来到茔地，看着教徒伤悼死者。他仿佛来到竹林，望着婆罗门教徒焚化。他似乎依旧站在他的门前：于是最初西门同海兰，继而阿坡楼尼屋斯同达米斯，大吹法螺，然而全没有引走他。

第五章

伊拉芮影似乎变大了，重新来在他的身旁。他们看着一切神祇覆灭；史前的木偶、婆罗门、佛、奥阿迺斯、巴比伦的神祇、奥尔穆士、狄亚娜、西拜勒、伊西丝、希腊的神祇和罗马的神祇，向着无底的深渊，所有过往的神祇滚下去。然后一声霹雳。上帝吐露最后的声音。只剩下伊拉芮影站在安东面前——他是科学；他是魔鬼。

第六章

他挟起安东，游览宇宙万象。但是他依然存有一线希望，魔鬼便舍弃了他。

第七章

安东拒绝死亡与物欲的纠缠。司凡克司（谜）与石麦尔（妄念）继之出现，随后是奇形怪状的山禽海兽，蔚成大观，拥聚在他的眼前。他企望和万物同化。然而晨曦渐上，映出基督的面孔。他跪下来祈祷。

译者

一九三六年八月三十一日

纪念吾友亚夫莱德·勒·蒲瓦特万①，一八四八年四月三日，亡于瓦塞勒之乐维勒·尚。

① 莫泊桑的舅父，早亡。一八七二年十月三十日，《圣安东的诱惑》结束，作者写信给莫泊桑的母亲道："我要刊印的话，第一部书的开头就写着令兄的名姓，因为在我思想里面，《圣安东的诱惑》永久是'献与亚夫莱德·勒·蒲瓦特万'的。在他死前六个月，我就和他谈起这本书。现在我算写完了，中间辍而复始，始而复辍，整整占了我二十五年！"

一

在戴巴伊德①境内，山顶上一个半月形的圆平台，四周圈了一遭巨石。

隐士的茅庐占据后方。泥和苇子盖成，平顶，没有门。室内有一只坛子和一块黑面包；一本大书，放在中央的木几上面；地上远远近近放着一些编织用的藤条，两三条席，一只篮子，一把刀。

离茅庐十步远，地面竖着一个长十字架；在平台的另一端，一棵虬结的老棕树横在深渊之上，因为山势陡直，尼罗河在绝崖下面好像成了一座湖。

左右有石头挡住，望不出去。然而靠沙漠那边，好像海滩相接，灰黄的平行巨浪一个高似一个，前前后后，往开里伸长；随后，越过沙漠，里比②山脉远远形成一堵铅粉色的墙，影影绰绰，隐在堇色的水汽里面。太阳迎面落了下去。北方的天空，呈出一种珠灰颜色，同时天心的紫云，排列如一片庞大的鬣毛，在苍穹展开。这些光线变成了暗褐色，碧蓝的部分转成一种珠光似的苍白；荆棘、石子、地，全仿佛黄铜一般坚硬，空间飘浮着一种细微的金粉，和日光的波动混作一片。

圣安东③

长胡须，长头发，穿着一件山羊皮袄，屈膝而坐，编着席。

太阳消失，他长长叹息一声，望着天边：

——又是一天！又过了一天！

——然而往常，我并不这样苦！夜完之前，我开始祈祷；随后我下到河边取水；皮囊搭在肩膀上面，唱着赞美歌，我重新爬上崎岖的山道。然后，我在我的茅庐安排一切，消磨光阴。我拿起我做活的东西；我设法要席一般大小，要篮子轻；因为当时，工作尽管琐细，我全觉得在所应当,并不辛苦。

——到了规定的时间,我放下我的工作;我伸开两个胳膊祷告,觉得仿佛一道慈悲的泉水,从天上流入我的心内。如今,泉水涸了。为什么?……

他在石坪里慢慢走着。

——离开家的时候,人人责备我。母亲倒下去,快死了,妹妹远远招手,要我回来;而另一个哭着,阿媚娜芮亚,这女孩子牵着水牛,我每天黄昏在池边遇见她。她跑着追我。她的脚环在尘土里面闪烁,开衩的后襟迎风飘荡。领我走的老修士高声咒她。我们的两匹骆驼总在奔驰;我再没有看见一个人。

——起初,我选了一个法老④的陵墓居住,然而一种神秘的空气在这地下的宫殿流动,黑暗经过往年香料的熏染,似乎也加厚了。我听见棺木的深处发出一种哀哀的声音唤我;或者,我看见墙上画的可怕的东西忽然活了过来;我一直逃到红海边,一座荒凉的砦堡。我在这里,伴侣有石头之间爬动的蝎子,有我的头上蓝天里不断盘旋的鹰。夜晚有爪子撕我,嘴啄我,柔柔的翅膀打我;可怕的鬼怪朝我嗥叫,在

---

① 戴巴伊德,古代埃及三省之一,即上埃及。
② 里比(即利比亚——编者),尼罗河以西的高原沙漠地带。
③ 圣安东,关于圣安东,我们今日所有的史料,几乎十九出自他友生圣阿塔纳斯的记述:《我们的圣父安东的生平》一书。二五一年左右,他生在中埃及一个富裕人家,他的父母虔心向教,怕他在外沾染恶习,没有让他求学。他不认识希腊文,也就不知道读书。他所有宗教的知识,可以说是完全由教堂零零碎碎听来的。二十岁左右,他丧父亡母,仅仅余下一个弱妹。有一次,他走进教堂,正好听人在读《马太福音》第十九章第二十一节:"耶稣说,你若愿意作完全人,可去变卖你所有的,分给穷人,就必有财宝在天上,你还要来跟从我。"他把这当做上天的启示,分散财产,退隐在离村不远的一座坟墓。他在里面住了十二年光景,其后他退隐到上埃及的山洞。他的名声渐传渐远,虽说力求隐晦,他阻挡不住从学者的众多。几乎走到一处,便自然建立一座道院,成为"修道业"的创始者。他活了一百零五岁的样子,死于三五六年左右。他身受的诱惑成为中世纪一个美丽的传说。差不多八十来年,他仅仅两次离开沙漠:三一一年他来到亚力山太,鼓舞被迫害的教徒;三三五年,应阿塔纳斯之请,当众指斥阿芮屋斯的邪说。他不是一个学者,不过有七封信传说是他写的。
④ 法老,古埃及帝王的称号。

地面把我推倒。甚至于有一次，往亚力山太①去的结队的旅客救下我，带了我和他们一同走。

——于是，我决意就长者狄第穆②受教。虽说他是一个瞎子，他对于《圣经》的知识没有人可以相比。功课完了，他叫我扶着他散步。我领他上到巴勒穆③，瞭望法尔④和大海。我们随后由码头绕回，遇见各国的人士，以至于穿熊皮的希麦人⑤，涂牛粪的恒河的行乞僧⑥。然而因为犹太人拒绝纳税，或者乱党企图驱逐罗马人，市街常常发生战事。而且全城充满了邪教者流，摩尼⑦的信徒，法朗旦⑧的信徒，巴西黎德⑨的信徒，阿芮屋斯⑩的信徒，——全都纠缠住你，为了辩论，说服你。

----

① 亚力山太（又译亚历山大、亚历山卓——编者），埃及的希腊首都，纪元前三三二年，亚力山大大帝所建。沿地中海，在尼罗河三角洲之西。在多力买（今多译为托勒密——编者）帝室时代，亚力山太是近东艺术文学的中心点，有一个著名的图书馆，毁于战火。
② 狄第穆，从四岁起，他就失明。他在亚力山太主持了六十余年的学校，三九五年逝世。
③ 巴勒穆，亚力山太城中央一座假山，有级盘旋而上，可以瞭望全城。
④ 法尔（今多译为法洛斯——编者），离亚力山太一英里远近的小岛，横蔽全城码头海港。其东角为世界七奇之一的灯塔，也叫法尔，共四层，第一层为一柱院，第二层为方形，第三层为八角形，第四层为圆形，上有灯即所谓镜。顶端为一海神雕像。共四百尺高，十四世纪毁于地震（参阅本书第二章关于塔的描写）。全岛有一长桥与陆地相接，自九世纪起，改筑长堤代替。"大海"即地中海。
⑤ 希麦人（即辛梅里安人——编者），黑海沿岸的古代民族，纪元前七世纪，侵入古代小亚细亚西端的一个小国里第（即吕底亚——编者）。
⑥ 行乞僧（又译裸仙人——编者），古希腊对印度一派裸体修行者的称呼。字义虽是行乞，实际所谓"贫"者，更有一种精神的意义，"贫"对上帝而言，非仅世俗的解释。此派支别尚多，类似中世纪基督教的苦修僧侣。
⑦ 摩尼，摩尼教（又译为明教——编者）的创始人，二一五年生于巴比伦，二七七年于波斯殉教。他去过印度，精于绘画，有书简（希腊文）传世。他糅合基督教与波斯教，主张善恶二元论，光明与黑暗即其征记。善神创造原始人，为黑暗所因服，恶神继而创造现世人，自救之道唯有信奉耶稣圣子。他以圣灵自命。《资治通鉴》载唐宪宗元和元年"回鹘入贡，始以摩尼偕来"。
⑧ 法朗旦，亚力山太人，聪慧多识，谋主教不成，忿而自创一派，仅仅承认《约翰福音》。其后赴罗马讲书，旋被逐，一六〇年去世。他的影响很大，但是临到五世纪，便默默无闻了。
⑨ 巴西黎德，二世纪亚力山太人。他相信人有两种成分，一为精神，一为肉体，例如耶稣，基督徒应求精神胜利。这一派的教士多自命具有法术，不同常人，所作所为，每每流于邪僻。
⑩ 阿芮屋斯，二五六年生于里比，著名的异说领袖，创立新派，成一大势力，与基督教正统派相争。三二五年，君士旦丁大帝召集宗教会议于尼塞，调解两派争论，阿芮屋斯卒以势孤被逐。君士旦丁大帝晚年又召他回来，把对方领袖阿塔纳斯流放出去。三三六年逝世。他否认耶稣的神性，否认"三位一体"的存在。

——我有时候想到他们的演说。不加以注意又不可能,心一来就乱。

——我逃到高齐穆①;我竭诚忏悔,临到后来,我不害怕上帝了。若干人聚在我的四周要做隐修士。我给他们立下切实的规律,一反格劳斯派②的狂妄和哲学者流的主张。各地来信问我。人从极远的地方来看我。

——不过人民虐待承认自己信教的男女,我渴于殉教,重新来到亚力山太。迫害已经停了三天了。

——折回的时候,赛辣皮斯③庙前聚了一大群人,拦住我的去路。有人告诉我,这是总督最后一次示众。在廊庑中央,大太阳底下,一个赤裸裸的女人缚在柱子上面,两个兵用皮条抽她。每打一下,她的全身抽搐一下。她转过脸来,张开嘴;——越过人群,隔着她覆面的长发,我相信我认出了阿媚娜芮亚……

——不过……这个女人还要高,……还要美,……美得出奇!

他把手放在额头。

——不!不!我不要往这上面想!

——又有一回,阿塔纳斯④叫我帮他对付阿芮屋斯的信徒。所谓辩论也就是谩骂和嘲笑。然而从那时候起,他就遭人指摘,去了职,亡命

---

① 高齐穆(今多译为克津山——编者),即今日埃及的苏伊士。
② 格劳斯派(又译诺斯替派——编者),或译作智慧学派,是基督教初年各种异说的一个总称呼。它们的来源多系非基督教的,或为犹太,或为希腊,或为波斯,或为埃及,用以诠释各自臆想的基督教义。圣安东时代正是格劳斯学派全盛时代,本书第四章便是格劳斯学派的一个大展览。
③ 赛辣皮斯,埃及的神祇。相传奥西芮斯是赛辣皮斯的前身,即奥西芮斯在人世的征象是一只公牛,取名阿皮斯,备受崇拜,二十五年后处死,改名赛辣皮斯,统治阴曹。赛辣皮斯庙是亚力山太最著名的神庙,建于多力买朝初年。内中神像为木质,涂缀各种金石,被香烟熏成黑色。相传庙为方形,周围是道院,地下尚有廊庑。
④ 阿塔纳斯,二九六年生于亚力山太,基督教正统派著名的战士。他用全力对付阿芮屋斯等异说领袖。他在尼塞会议得名,三二八年升任亚力山太主教,其后被放逐,流亡在外,直到三六一年返回故乡,重任主教,三七三年逝世。他传下来的著述很多,大都基于拥护"三位一体"的主张。

在外。如今他在什么地方？我完全不知道！人家犯不上给我送信！我的弟子全离开了我，伊拉芮影①也和别人一样！

——来的时候，他也许是十五岁；他异常聪明，时时有话问我。随即思维的样子，他静静听着；——我需要的东西，他不作声就帮我拿来，比小山羊还要轻快，而且高高兴兴，主教也要让他逗笑了。他好似我一个儿子！

天是红的，地完全成了黑的。好像宽大的尸布，沙子随着狂风扬了上去，又落了下来。在一角青天，忽然飞过好些鸟，形成一彪三角形的队伍，仿佛一块金板，只有边缘颤动。

安东望着它们。

——啊！我多想随它们飞！

——有多少次，我满怀妒忌，看着长长的船，帆像翅膀，特别是把我的客人送往远方！我们的时间过得多么有趣！多倾怀相与！其中阿蒙②最使我感到兴味；他对我讲起罗马的旅行，地下坟穴，斗兽场，名门闺秀的虔诚，成千上万的事物！……我没有意思和他一同走！何以我坚持要过这种生活呢？我在尼屯③的僧侣那边停下也就好了，好在是他们求我。他们住各自的小屋，彼此全有来往。星期天，喇叭把他们聚在教堂，里面挂着三条惩罚破戒、偷盗和擅自闯入的人们的鞭子，因为他们的纪律是严厉的。

——其实他们并不缺少美味甘旨。信徒给他们带来鸡蛋、水果，甚至于拔脚刺的器具。皮司牌芮④周围有葡萄园，住在巴拜⑤的人们还有一个筏子去取食品。

---

① 伊拉芮影，巴勒士登（又译巴勒斯坦——编者）人，四世纪的隐士圣安东的弟子。
② 阿蒙，与圣安东同时的埃及僧侣，为尼屯寺院的创始人。
③ 尼屯，下埃及的一区，早期基督教徒隐居的地方。
④ 皮司牌芮，在中埃及曼菲司（今多译为孟菲斯——编者）之南，圣安东早年在这里隐居过，建有寺院。
⑤ 巴拜，埃及的一个村庄，是下埃及苦修僧人巴考穆最初建立一个寺院的地方。

——然而我仅只做一个教士,我对于我的教侣或许更有用处。援助穷人,分配圣事,为各家所敬重。

——而且俗人并不完全打入地狱,我尽可以做……例如……文法家,哲学家。屋子里面来上一个苇子做的浑天仪,永远握着写字板,年轻人围住我,门口挂着一个桂冠做幌子。

——不过得意在这里具有过多的骄傲!当兵好些。我又结实,又胆大,——捆挽机件的缆索,穿越阴沉的森林,顶着盔走进冒烟的城邑,我全可以!……就是我拿钱买一个收过桥税的税吏做做,也并不怎么为难;旅客可以告诉我好些故事,打开行李让我看许多稀奇古怪的东西……

——过节的日子,亚力山太的商人在喀劳浦①河上泛舟,用荷花的苞萼饮酒,喧阗的鼓声震得沿岸的酒店颤索!再往远去,好些剪成圆锥形的树木挡住南风,保护着安静的田庄。细细的小柱聚在一起,仿佛一所围场的棍子,撑住高高的房顶;主人躺在长椅上面,藉着小柱的空当,望着他四周所有的平原,麦地的猎户,压葡萄酒的榨床,踩麦颗的牛。他的子女在地上玩耍,他的女人弯下身子吻他。

在夜色灰白的朦胧之中,远远近近,露出好些尖尖的面孔,发直的耳朵和熠耀的眼睛。安东走过去。石子摊开,走兽逃掉。原来是一队豺狼。

只有一个留下来,蹲在后爪上面,蜷着半个身子,斜着头,样子充满了疑惧。

——多好看!我真想轻轻摸一下它的背。

安东吹口哨叫它来。豺狼消失了。

——啊!它会伴侣去了!多寂寞!多无聊!

---

① 喀劳浦,下埃及滨海的一个城邑,离亚力山太不远,即今日的阿布基尔。

苦笑：

——织席，编篮子，把棕榈枝子烤成牧羊人的棍子，然后拿这些东西和土人交换一些咬不动的面包，——是一种怎样美丽的生存！啊！苦命的我！真就没有一个完！倒不如死了好！我忍不下去了！够了！够了！

他跺着脚，在石头中间快步旋转，随后喘着气，收住步，侧身倒在地上，哭泣起来。

平静的夜晚；数不清的星宿在悸动；仅仅听见蜘蛛的兹兹的响声。

十字架的两条胳膊往沙子上面撒下一个影子，安东在哭泣之中望见。

——我就这么弱，我的上帝！拿出勇气，站起来！

他走进他的茅庐，捡出一颗埋在灰烬的炭火，燃起一根火把，放在木几上面，照亮那本大书。

——假定我翻开……《使徒行传》？……是的！……随便哪一页全好！

——"……看见天开了，有一物降下，好像一块大布，系着四角，缒在地上。里面有地上各样四足的走兽和昆虫，并天上的飞鸟。又有声音向他说：'彼得，起来！宰了吃。'"①

——那么主愿意他的使徒什么全吃吗？……可是我……

安东的下颌垂到胸口。风吹动书页，引他重新抬起头；他读着：

——"犹太人用刀击杀一切仇敌，任意杀灭恨他们的人。"②

——接着是他们杀了的人数：七万五千。他们先前受够了罪！而且，他们的敌人就是真上帝的敌人。屠杀偶像崇拜的人们，又为自己

---

① 《新约·使徒行传》第十章第十一至第十三节。
② 《旧约·以斯帖记》第九章第五节。

复仇,他们该多高兴!不用问,城里全是死人!花园的门首是,楼梯上是,屋内高高积的也是,门就没法子转动!……——不过,我简直沉在血和暗杀的念头里面!

他翻到另一个地方。

——"当时,尼布甲尼撒王俯伏在地,向但以理下拜……"①

——啊!这才对!上天把他的先知置诸帝王之上;其实尼布甲尼撒花天酒地,镇日沉湎在快乐和骄傲之中。可是上帝惩罚他,把他变做走兽。他四条腿走路!

安东大笑;一伸胳膊,他的手指弄乱了书页。他的眼睛落在这句话上面:

——"希西家听从使者的话,就把他宝库的金子、银子、香料、贵重的膏油,和他武库的一切军器,并他所有的财宝,都给他们看。"②

——我可以想象……他们看见宝石、金刚石、达利克③,一直堆到天花板。一个人这样富裕,不再和常人一样了。他一壁摸弄它们,一壁思索他握着计算不清的人力的结果,好似民族的生命,他吸了进来,可以喷出去。这是一种对于帝王有用的预防。那位最贤明的王就想到这层。他的战舰为他运来象牙、猴子……这在哪一章?

他急忙翻着。

——啊!这儿是:"示巴女王听见所罗门因耶和华之名所得的名声,就来要用难解的话试问所罗门。"④

——她怎么希望诱惑他呢?魔鬼就想诱惑耶稣来的!然而耶稣得了胜,因为他是上帝;所罗门也得了胜,或许由于他巫师的学问。这种

---

① 《旧约·但以理书》第二章第四十六节。
② 《旧约·列王纪下》第二十章第十三节。
③ 达利克(又译大流克——编者):波斯金币,发行于达利乌·西斯塔斯普斯在位(纪元前五二一年到前四八五年)时代,通行近东,迄亚力山大大帝时代尚为流行,今日约合美金五元二角八分。
④ 《旧约·列王纪上》第十章第一节。"最贤明的王"即指所罗门而言。

学问非同小可！因为世界，——有一位哲人曾经为我这样解释，——形成一个整体，而其各部分互相影响，犹如一个身子的器官。知道了事物的自然的爱憎，进而加以玩弄，不就是这种学问吗？……那么，形似不变的程序真还能够加以修改？

于是十字架的胳膊在他后面撒下的两道影子投射到他前面。它们仿佛两只大犄角；安东喊叫：

——救命，我的上帝！

影子回到原处。

——啊！……一种幻觉！不是别的！——我白折磨我的精神，没有用！我没有事做！……绝对没有事做！

他坐下，交着胳膊。

——其实……我当年自以为"他"要来……可是"他"做什么来？而且，他的心计我有什么不知道的？我拒绝了那笑着献给我小热面包的奇怪的隐修士，那试着驮我走的桑陶①——和那美极了的黑小孩子，在沙子中间出现，告诉我他叫"淫欲之神"。

安东向左向右急急走着。

——奉了我的命，大家盖了许多隐修的地方，住满了山羊皮底下穿着苦衣的僧侣，多到可以成为一支军队！我老远就治好了病人；我赶走了魔鬼；我在鳄鱼中间渡过了河；君士旦丁②皇帝给我写了三封信；巴拉齐屋斯③拿痰唾我的信，被他的马撕烂了他；我露面了，亚力山太的人民争先恐后来看我；阿塔纳斯亲自送我上路。全是什么样的

---

① 桑陶（又译半人马族——编者），古代一种野蛮民族，诗人想象作上半身是人下半身是马的妖怪。通常心性良善，例如齐龙（又译喀戎——编者），是医神艾斯库拉普的先生。
② 君士旦丁，三〇六到三三七年的罗马皇帝，迁都毕让司，改名君士坦丁堡。他正式承认保护基督教。
③ 巴拉齐屋斯，埃及的公爵，阿塔纳斯遭流放，圣安东几次写信给他，他置之不顾。相传五日之后他就死掉。

事业！如今有三十多年了，我一直在沙漠之中呻吟！好像尤赛布①，我腰上缠了八十磅的黄铜；好像马开尔②，我露出身体叫虫来蜇；好像巴考穆③，我一连五十三夜不闭眼睛；和我一比，砍头的人们，钳死的人们，或者烧死的人们，也许全不如我道高德重，正唯我的生命是一串不断的殉难！

安东放缓步子。

——显然，没有一个人遇到的困难有我这样深沉！慈悲的心肠少了。人不再施舍我东西。我的袍子烂了。我没有芒鞋，简直一个盘子也没有！——因为，我把我的全部财产分给穷人和我的家族，自己不留分文。就算为我添置一些做活必须的器具，我也需要一点儿钱。噢！不必多！一点小数目！……我会省着用的。

——尼塞④的圣父们，披着紫袍，好像东方的玛吉⑤，沿墙坐在宝座上；人家邀他们饮宴，礼遇优渥，特别是巴福鲁斯⑥，因为自从狄奥克莱先⑦施行迫害以来，他便瞎了一只眼，瘸了一条腿！皇帝吻了好几次他那只瞎眼；简直胡闹！其实，主教大会就有若干会员声名扫地！一个西古提⑧主教，戴奥菲勒；另一个波斯的主教，约翰；一个看守牲口

---

① 尤赛布，巴勒士登该撒利亚（地中海东岸的古城，在特拉维夫与海法之间——编者）的主教，生于二六七年，死于三四〇年，著有《圣教史》一书。
② 马开尔，上埃及的苦修僧人，约生于三〇九年，死于四〇四年。
③ 巴考穆，下埃及人，约生于二九二年，死于三四八年。三二五年，他在尼罗河的一座岛上创立一个僧人会社，每三人住一间小室。同时他创立一座女修道院，开后世的先河。
④ 尼塞（又译尼西亚——编者），小亚细亚黑海西南比提尼亚地区的城邑，325 年在这里举行宗教会议。即今日的伊司尼克。
⑤ 玛吉（又译穆护、祆教传教士——编者），《旧约·但以理书》把"玛吉"译作"术士"，《新约·马太福音》译作"博士"，实际他们是波斯教圣经《亚吠陀》的教士，地位很高，民间朝廷无不有赖于他们的指导。他们自成一种阶级，不仅是教士，而且是学者。
⑥ 巴福鲁斯，上埃及某地的主教。
⑦ 狄奥克莱先（又译戴克里先——编者），二八四年嗣位为罗马皇帝。三〇五年让位，退隐故乡，农耕为乐。他反对基督教，特别是统治后期，被称为"殉教者时期"。
⑧ 西古提，黑海与波斯以北的广大地带。

的，司皮芮丁①！亚力山大②太老了。阿塔纳斯要想阿芮屋斯的信徒让步，应当对待他们更和缓一些！

——可是人家肯让步倒也好了！人家连我的话都不要听！那个反驳我的人，——一个卷卷胡子的高大的年轻人，——一副安详的神气，拿似是而非的话来反对我，我寻思语言的时候，他们伸出凶恶的面孔望着我，豺狼一样地狂吠。啊！如今我要是能够叫皇帝把他们一个一个流放出去，或者不如打他们一顿，压烂他们，看他们受罪，有多好！我哪，我就受够了罪！

软弱无力——靠住他的茅庐。

——我断食太久！我没有力气。我要是吃……一次也好……一块肉。

他懒洋洋地半阖住眼睛。

——啊！红红的肉……一串咬着吃的葡萄……在盘子上颤索的奶冻！……

——不过我怎么了！……我怎么了！……我觉得我的心大了，和海在狂风暴雨以前膨胀一样。我感到一阵无边无涯的慵软，温暖的空气好像为我吹来头发的香气。没有女人来，可不是？……

他转向石间的小径。

——她们从这儿来，随着太监的黑胳膊的起落，坐在她们的床舆里面摇摇摆摆。她们走下来，合着她们戴戒指的手，跪下来，把她们的忧虑告诉我。她们折磨于一种超人的欢愉的需要；她们宁可死，她们梦见神招呼她们；——她们的袍子的下摆搭在我的脚上。我推开她们。她们说："噢！不，不要这样！"我应当怎么办？她们欢迎任何忏悔。她们要求最厉害的忏悔，分我的忏悔，和我一同居住。

---

① 司皮芮丁，地中海东部居比鲁（即塞浦路斯——编者）岛的一位主教，知名于尼塞主教大会。
② 亚力山大，亚力山太的主教（312—326），死后由阿塔纳斯继承主教之职。

——如今有好久了，我没有看见她们！也许她们还要来？为什么不？万一忽然……我会听见骡子的铃铛在山里响。我觉得……

安东爬上小道入口的一块石头，他俯向前，眼睛望进黑暗。

——是的！那边，老远的地方，一堆东西在动，好像寻路的旅客。他们在那儿！他们迷了路。

呼唤：

——这边！来呀！来呀！

回声重复着：来呀！来呀！

胳膊落下，他惊呆了。

——多不害臊！啊！可怜的安东！

他立即听见有人耳语："可怜的安东！"

——谁？答话呀！

石隙起了过往的风，抑扬顿挫；他从杂乱响朗的风声辨出好些声音，好像空气说话，低而悠柔，呼哨一样嘶着。

第一：

——你要女人吗？

第二：

——还是大堆的银子？

第三：

——一把亮煌煌的剑？

其余：

——全体人民仰慕你！

——睡你的吧！

——你要杀他们，好，你要杀他们！

就在同时，事物换了形体。绝崖边沿的那棵老棕树和它绚烂一片的黄叶，变成一个女人的上身，俯在深渊上面，摇摆着粗壮的头发。

安东

转向他的茅庐，支持那本大书的几子，和书页上的黑字，他觉得类似一丛灌木，飞满了燕子。

——不用问，是火把的光亮在作怪……弄灭了它！

他弄灭火把，黑暗幽深了。

忽然，空中先过来一塘水，随后一个妓女，一座庙的角落，一个士兵的形象，一辆驾着两匹撩起后脚的白马的车。

这些形象急遽而来，一闪一闪地映上夜幕，好像朱色的图画镶在乌木上面。

它们的动作加快。它们的来去就无法接识。它们有时候停住，渐渐黯淡下去，溶化了；或者，它们飞开，别的立即来了。

安东闭住眼帘。

它们增多了，环绕他，攻打他。一种难以形容的恐惧袭有他；他什么也感觉不到，除去上腹一阵炽热的抽搐。脑中虽说一片喧嚣，他感觉一种浩瀚的沉静把他和世界分开。他打算说话。不可能！他生命的一般的关联似乎溶解；安东不再抵抗，倒在席上。

二

于是地上显出一个庞大的影子,比通常的影子细致,缘边缀着若干别的影子。

这是魔鬼,肘子挂着茅庐的房顶,两翼下面挟着——好像一只奇大的蝙蝠乳喂子女——七大业障①,隐隐约约,露出他们的鬼脸。

安东一直阖住眼睛,享受他的静止;他在席上摊开他的四肢。

他觉得席越来越温软,简直装满棉花,高鼓起来,变成一张床,床又变成划子;水溅着它的两侧响。

左右突起两座黑岬,上面是耕种的田亩和一棵一棵间隔的枫树。远远传来铃铛、鼓和歌者的声音。这是一群到喀劳浦河的赛辣皮斯庙求梦的人。安东知道这个;风推着他,滑过运河的两岸。巴皮鲁司②的叶子和睡莲的红花,比人还高,垂在他的上空。他躺在船心;一把桨拖在船尾的水中。不时吹来一阵热风,细削的芦苇彼此拂击。小水浪的潺潺声减小。他困过去了。他梦见自己是埃及的一位隐士。

于是他一跃而起。

——我做梦来的?……清楚极了,我不信是梦。我的舌头发燥!我好渴!

他走进他的茅庐,在各处胡乱摸索。

——地是湿的!……难道下雨来的?瞧!碎瓦片!我的坛子砸了!……不过皮袋呢?

他寻见皮袋。

——空的!完全空的!

——下到河边,少说我也要三小时,夜这样黑,我摸不到河边的。我的肠子绞动。面包在什么地方?

寻了半天,他捡起不到蛋大的一块面包皮。

——怎么?叫豺狼偷吃了吗?啊!真倒楣!

他一生气,把面包扔在地上。

他刚这样一做,便见出来一张桌子,摆满一切可口的东西。

毕苏丝③桌布,织成一道一道,仿佛司凡克司④的条纹,本身发出粼粼的晶莹。上面是整幅的红肉、大鱼、带羽的鸟、带毛的兽,颜色染来几乎巧夺天工的水果;白色的冰块和堇色水晶的酒樽,相映成辉。安东看见桌子中央有一只全身毛孔冒气的野猪,爪子蜷在肚子底下,眼睛闭住一半;他想到能够吃这可怕的走兽,他十二分快活。此外还有好些他从来没有见过的东西,黑色的杂烩,金色的冻子,炖肉中间漂起的香菇仿佛池面的荷花,沫子好似浮云一样轻。

席面的馥郁为他带来大洋的咸味,泉水的清凉,树林浓烈的芬芳。他用力张开他的鼻孔;他流着涎水;他向自己道,这足够他一年,十年,他一生用的!

他睁大眼睛浏览这些菜肴,同时菜肴越聚越多,形成一座金字塔,四角向下倾圮。酒开始流注,鱼开始跳跃,盘子里的血沸腾,果肉好像多情的嘴唇往前伸,桌子高高升到他的前胸,他的下颌,上面只有一个碟子和一块面包,正好对着他的面孔。

他想拿起面包。别的面包呈了上来。

——给我吃的!……全都是!不过……

安东向后退。

---

① 七大业障,一八四九年《圣安东的诱惑》初稿的分配是:嫉妒、吝啬、物欲、忿怒、饕餮、懒惰、骄傲。
② 巴皮鲁司(即纸莎草——编者),生长在尼罗河两岸的一种苇子,埃及人用它制成纸来写字,其后罗马人征服埃及,意大利、希腊各地全部采用。所以,在本书内,作者有时用作植物,有时用作纸。
③ 毕苏丝,海中某类软体动物的足部的分泌物,形状如丝,古人有用以织名贵物品者。
④ 司凡克司(又译斯芬克司——编者),埃及象征太阳(因而象征权威)的狮身人面兽,雕置于陵墓之前。

——原来一块面包，如今变成许多块！……那么，这是一种灵迹，和救主所显的灵迹一样！……

——为了什么目的？哎！这不见其那么难懂！啊！魔鬼，滚开！滚开！

他踢酒席。酒席不见了。

——没有剩下什么？——没有！

他呼了一口长气。

——啊！诱惑好厉害。可是我到了儿逃出来了！

他抬起头，误践着一个响亮的东西。

——什么东西？

安东弯下腰。

——噫！一只杯子！一定是旅客丢失的。不必大惊小怪……

他沾湿手指擦着。

——发亮！铜的！不过，我看不清……

他燃起火把，检查杯子。

——是银的，口上镶着一圈卵样的小东西，紧底有一个奖章。

他用指甲挑起奖章。

——这是一块钱，值……七八个达克穆①；不会再多了！管它哪！我拿这钱很可以给自己弄到一件母羊皮。

火把映亮杯子。

——不可能！金的！可不！……全是金的！

紧底露出一块更大的钱来。在这下面，他发现了好几块。

——数目可真不小了……足够买三只牛……一小块田的！

杯子如今盛满了金币。

---

① 达克穆（又译德拉克马——编者），一种古希腊银币，值不到一个法郎。

——好呀！一百名奴隶，兵士，一堆钱，可以收买……

杯口的细粒脱开，形成一串珍珠项圈。

——拿着这串珠宝，一个人简直可以买通皇后！

安东仅仅一摇，项圈滑上他的手腕。他用左手端住杯子，右臂举起火把打亮。好像水从水池流散，钻石、红宝石、蓝宝石，夹杂着帝王肖像的大金币，泉一样不断向外涌，在沙地涌成一座丘阜。

——怎么？怎么？司塔泰①，西克勒②，达利克，阿里杨笛克③！亚力山大大帝、戴麦屯屋斯④、多力买各代的帝王⑤、恺撒⑥！可是他们谁都没有这么多的钱过！还有什么办不到的事！用不着再受苦！这些亮光映花了我的眼睛！啊！我的心溢出来了！这太好了！是的！……是的！……多来点儿！永远不会够的！我就是抓起来不断往海里扔，我还有的是钱。何必丢掉呢？我全藏起来，谁也不告诉；我在石头当中掘一间屋子，里面用铜片包住——我走进去，体味成堆的金子在我的脚跟底下陷落；我把胳膊伸进去，好像伸进粮食口袋。我愿意用它们揩脸，在上面睡觉！

他丢开火把来抱成堆的金子，胸口朝地摔了下去。

他站起来。地面完全是空的。

——我怎么了？

——我要是在这时候死了，一定下到地狱！无从挽救的地狱！

他的四肢颤索了。

——难道我注定遭劫？哎！不对！是我自己错！是我让自己上

---

① 司塔泰（又译斯塔德——编者），一种古希腊的币值标准，常指四达克穆面值的银币。
② 西克勒，一种通行巴比伦与犹太的银币。
③ 阿里杨笛克，达利乌在位时代，波斯的埃及省长阿里杨带斯所铸的银币。
④ 戴麦屯屋斯（又译德米特里一世——编者），纪元前二九五到前二八七年的马其顿王，攻掠若干希腊城市。
⑤ 多力买各代的帝王，埃及的王室，自纪元前三二三年，传至纪元前三〇年，共得十六代。
⑥ 恺撒，罗马共和国晚年最著名的将军。同时，恺撒又是罗马前十一代皇帝的称号。

当！没有比我再蠢再无耻的了。我想打自己一顿，或者简直从我的身体把自己抓掉！我容忍自己未免太久了！我需要处罚，打，杀；我的灵魂里像有一队野兽。我真愿意在人群之中用斧子……啊！一把刺刀！……

他瞥见他的刀子，扑了过去。刀滑出他的手，于是安东贴着他茅庐的墙，张大了嘴，一动不动，软瘫了。

四周完全消失了。

他以为自己站在亚力山太的巴勒穆上面。这座假山正在城市中心，一架蜗牛式的梯子盘绕着。

他面前是马迺奥提司湖①，右手是海，左手是田野，正当他的眼下，是一片纷零的平屋顶，南北东西有两条街，互相交切，从头到尾，形成一行哥林多②式样的柱头的廊庑。高出于双层柱廊之上的房屋，装着有色的玻璃窗户。有些窗户靠外安着巨大的木笼，吸收空气进来。

样式不同的建筑紧紧靠在一起。埃及的皮劳③主有希腊的庙宇。方尖塔好像长枪突出红砖的雉堞。在好些空场当中，立着尖耳的海尔麦斯④同犬头的阿鲁比斯⑤。安东望见院子的砌画，和挂在天花板小梁的毡子。

他一眼望尽两座港口（大港和尤闹司特），二者全和竞技场一样圆，中间一道坝隔开；坝把亚力山太连在陡斜的小岛；岛上耸立着四角

---

① 马迺奥提司湖，亚力山太以南城外的大湖。
② 哥林多（又译科林斯——编者），古代希腊最繁盛的一座城；在建筑里面，哥林多式样的柱子最称富丽。
③ 皮劳（即塔门或桥头堡——编者），埃及古代神庙门前的一种四方门台，雄巍异常。
④ 海尔麦斯（又译赫耳墨斯——编者），希腊的神祇，即罗马神话中的麦尔库尔（又译墨丘利——编者），天神之间的使者，发明字母、数目、天文学等，保护商业，馈赠幸运与梦，又因为聪明狡黠，窃盗奉为他们的神祇。
⑤ 阿鲁比斯，古代埃及象征忠实的神祇，奥西芮斯和其弟媳涅芙媞丝的私生子，人身，豺头。

形的法尔塔，五百库代①高，分做九层，顶端有一堆黑炭冒烟。

靠岸好些小港切碎了大港，坝的两头接着一座桥，架在海里大理石的柱子上面。底下有帆船来往，装多了的沉重的驳船，镶嵌着象牙的画舫，支着帐幕的游艇，三排橹或者两排橹的战舰，各式各样的船只，靠住码头停泊，或者钻来钻去走动。

围着大港是一串不断的皇家建筑：多力买的官殿、博物馆、海神庙、恺撒庙、马克·安东尼②避难的提冒尼乌穆，亚力山大的陵寝扫麻③；同时在尤闹司特之后，城市的另一端，可以望见一座关厢的玻璃、香料和造纸的工厂。

好些小贩、挑夫、驴夫跑来跑去，你撞着我，我撞着你。这儿那儿，走过一个肩头披着豹皮的奥西芮斯④教士，一个戴着铜盔的罗马兵士，许多黑人。在商店的门限，好些妇女站住，好些匠人做活；车辆吱呦的声音吓开在地面啄食残鱼剩肉的飞鸟。

好像一面黑网，街市的图案撒向房屋白色的纯一。充满了草的市场在这里活似绿花捧；染房的晒台活似各色板片；庙头的金饰活似若干亮点：这一切包在浅灰色墙壁的卵形圈子里面，在碧天的穹窿之下，靠近平静的海。

然而群众收住步，往西望，从那边卷来成团的尘土。

这是戴巴伊德的僧侣，穿着山羊皮，挥着粗棍，喊着一种战争和

---

① 库代（又译肘——编者），古代一种量度，肘到中指尖的距离，约当中国一尺。
② 马克·安东尼，恺撒的朋友，替他复仇之后，与奥克塔夫（又译屋大维——编者，即罗马帝国的创业者，后改名亚古士督）和赖皮得（又译雷必达——编者）共掌大权，随后来到埃及，与奥克塔夫失和，被困于亚力山太，纪元前三〇年自杀。
③ 扫麻，传说中亚力山大大帝的陵寝，埃及多力买各代帝王的陵寝也在扫麻下面。
④ 奥西芮斯，埃及的神祇，象征善、光明与创造。相传他和夫人伊西丝来到埃及，开化人民，见忌于他的兄弟提丰（又称赛特——编者）。后者设计，把奥西芮斯骗进一只箱匣，抛在尼罗河。箱匣漂到腓尼基的毕布劳司（即今黎巴嫩朱拜勒——编者），长进一棵树心，伐成柱子，立在腓尼基王宫。伊西丝率领义子阿鲁比斯四处寻觅，终于运回埃及，藏在一座森林。提丰发现箱尸，斫成十四块扔掉。伊西丝寻回十三块。据说奥西芮斯又是尼罗河神，每年看望伊西丝一次。伊西丝象征大地。

宗教的圣歌，其中的叠句是："他们在什么地方？他们在什么地方？"

安东明白他们是来杀阿芮屋斯的信徒的。

忽然街心空了，只看见一些砍掉的脚。

那些隐士如今到了城里。他们的可怕的钉子棍，和钢铁的太阳一样旋转。房屋传出东西摔碎了的声音。有一时静了下来。随即呼喊破空价响了起来。

街这头到街那头，是不断的惊惶的人民的浪涛。

好些人拿着长矛。有时候，两群人遇见，合成一群；于是这堆人在石地滑动，分开，倒了下来。然而长头发的人们总在重新出现。

若干厦宇的角隅升起团团的烟网。门扇裂开。墙倒坍。柱头掉下来。

安东一个一个寻见他所有的仇人。他忘记的仇人他也认出来了；他先加以凌辱，然后杀死。他剖开他们的肚腹，割断他们的咽喉，砸倒他们，揪老年人的胡须，压轧小孩子，殴打受伤的人们。隐士们毁坏奢华的东西出气；不识字的人们撕书，有的敲碎弄坏雕像、画幅、木器、箱柜，成千成万他们不懂用法的玲珑什物，唯其不懂，他们更加气闷。他们不时停下来喘气，随即重新开始破坏。

居民逃在院子呻吟。妇女向天伸起她们的泪眼和赤臂。她们抱住隐士的膝头，希图感动他们；他们推翻她们；血一直激到天花板，瀑布似的又沿墙倾下来，流出砍掉头颅的尸身，流满了阴沟，地面聚成大摊红水。

安东在血里面，一直陷到膝盖。他在里面走；他吸掉嘴唇上面的血滴；他感觉血淋着他的四肢，湿透他的皮袄，贴着他的皮肤，因为欢喜，哆嗦起来了。

夜来了。巨大的喧哗平息了。

隐士们不见了。

忽然，安东瞥见好些粗的黑线，绕着法尔九层塔的外廊，和乌鸦落在那里一样。他跑过去，站在塔尖。

一面大铜镜，照向远海，映出行驶的战舰。

安东望着它们消磨时间；他越望去，它们的数目也越发增多。

它们聚拢在一个新月形的海湾。后面一座海岬上面，露出一座罗马建筑式样的新城，石铺的圆顶，锥形的屋顶，粉红和蓝的大理石，还有多量的点铜锡包着螺旋的柱头、屋脊、柱头凸帽的四角。一座柏树林子主有全城。海的颜色更绿，空气更冷。雪盖着天际的峰峦。

安东寻找路走，就见一个人靠近招呼他道："来！有人等着你！"

他穿过一个市场，走进一座院子，在一座门底下弯腰；他来到宫廷的前脸，上面装璜着一群蜡制的人物，是君士旦丁皇帝降龙的故事。一个云斑石的承水盘，中间有一个金海螺，盛满了松子仁。向导告诉他可以拿，他便拿了一些松子仁。

随后他来在一串迷宫似的房间。

沿墙的砌画是好些将军伸出手心，向皇帝献上征服的城邑。到处是火成岩的柱子，银丝盘绕的栅栏，象牙座椅，绣着珍珠的毡子。光从穹顶落下。安东继续行走。温薰的气息流散着；他有时候听见云鞋轻微的响声。卫兵仿佛机器人站在前厅，肩头扛着镀银的御杖。

最后，他来在一间厅房的下首，末端紧底挂着橙色的帷幕。帷幕分开，露出宝座上面的皇帝，堇色上身，红底黑道的短靴。

他戴着一顶珠冕，头发理成对称的圆绦。眼帘下垂，鼻子端正，面貌浊重而又狡黠。他头上宝伞的角落立着四只金鸽，宝座下面踞着两只珐琅狮子。鸽子开始歌唱，狮子开始吼号。皇帝旋转眼睛。安东向前走；他们并不寒暄，立即互相陈述事变。在安提阿①、以弗所②和亚力山太各城，有人抢劫庙宇，拿神像去做锅罐；皇帝听见大笑。安东责备他宽纵闹法先③的信徒。不过皇帝怂恿了，闹法先的信徒、阿芮屋斯的信徒、麦莱斯④的信徒，他全厌烦。可是他赞美主教制度，因为基督教徒推举主教出来，后者依恃五六位大人物做靠山，只要买通几位靠山，此外也就都成了他的。所以他拿出大量钱来贴补他们。不过他憎恨尼塞主教大会的圣父。"我们看看去！"安东随着他。

他们走上一座高台，立在一起。

他们正好俯瞰一座竞赛场，挤满了人，上面是廊庑，另外一群人在这里散步。跑马场中心有一座窄小的平台，长里放着一座麦尔库尔的小庙、君士旦丁的雕像、三条纠缠着的铜蛇；一端是好些大木蛋，一端是七只尾巴朝天的海豚。

皇帝的看台后面坐着各部会长官、禁军统领和御前顾问，一排一排，一直排到一座教堂的第一层楼。教堂的窗户挤满了妇女。右手是蓝队的看台，左手是绿队的看台，下面是一排整装待发的兵士，和场地在同一层是一列哥林多样式的拱门，形成包厢的入口。

马排好了，竞赛就要开始了。高羽翎插在马耳当中，树木一样迎风摇摆，马的跳跃牵连着蚌壳似的车也在震荡。车夫穿着一身颜色斑驳的铠甲，袖子当臂的地方宽，来到腕子又窄了；赤着腿；大胡须；前

---

① 安提阿（又译安条克——编者），叙利亚的古城，纪元前三百年左右建立，在奥伦提斯河左岸，离地中海十六英里半，介乎两山之间，通常称为"东方的门户"。
② 以弗所（又译艾菲斯，位于土耳其伊兹密尔南约五十公里——编者），古代小亚细亚最重要的通商大埠，三面环山，濒临爱琴海。具有世界七奇之一的月神狄亚娜大庙，费时二二〇年，用全亚细亚募来的款筑成。长四二五尺，宽二二〇尺，用最白净的大理石起造，相传彗星一样闪烁。柱子高六十尺，共一二七根。庙内藏有希腊著名雕刻家和画家的作品。庙内中央是狄亚娜的神像，相传从天上坠下，其后毁于兵火。
③ 闹法先（又译诺瓦替安——编者），意大利神学家，二五一到二五八年被拥立为罗马天主教会的敌对教皇，同时反对重婚，自成一派。
④ 麦莱斯，四世纪初叶，上埃及里考包里司城的主教，反对亚力山太的彼得，尼塞主教大会取消他的职位。

额的头发学匈奴人的式样剃光了。

安东起初被喧哗震聋了耳朵。从上到下，他瞥见的只是傅粉的面孔、五颜六色的衣服、亮煌煌的金银首饰；同时场里的沙子，白皙皙的，镜子一样熠耀。皇帝陪他谈话，告诉他好些重要秘密的事体，承认暗杀他的儿子克里斯浦斯①，甚至于向他请教自己的健康。

同时，安东注目包厢靠里的奴隶。他们是尼塞主教大会的圣父，穿着褴褛的衣服。殉教者巴福鲁切给一匹马刷鬣毛，戴奥菲勒给另一匹马洗腿，约翰给第三匹马漆蹄子，亚力山大往一只筐子里拾粪。

安东在他们中间走过。他们闪在两边央他说情，吻着他的手。全部的群众呼骂他们；看他们沦落，他非常愉悦。现在他成为朝廷大臣的一员，皇帝的亲信，首相！君士旦丁把皇冕加在他的额头。安东视为当然，接受这种荣誉。

不久，黑暗之中显出一间金烛台照亮的大厅。

柱子非常高，半截沦入阴影，在桌子外面一行一行列开。桌子一直摆到天际。层层叠叠的楼梯、绵延不断的拱廊、高大的雕像和塔，在一种明亮的水汽中间呈现；再远的地方是一片迷濛的宫殿和高出宫殿的柏树，在黑夜形成更黑的物体。

宾客戴着堇冠，肘子靠着低低的床榻。爵倾侧着，沿着两行床榻注酒；尼布甲尼撒王戴着冠冕，全身红宝石，一个人坐在顶里边饮宴。

两列戴着尖帽的教士在左右给他摇摆香炉。在他下面地上，爬着俘来的王公，没有脚，没有手，啃着他扔给他们的骨头；再往下去是他的许多兄弟，眼睛蒙着一条带子，因为全是瞎子。

地牢深处传出不断的呻吟。一架水力风琴的悠柔的声音同歌队的

---

① 克里斯浦斯，君士旦丁大帝听信后妻的诬告，于三二六年毒死他前妻的儿子克里斯浦斯。

合唱交相起伏；大厅四周仿佛围着一座浩淼的城市，一片人海，而波浪打着墙壁。

奴隶端着盘子奔跑。妇女来来往往地斟酒，面包的重量压着筐子响；一匹单峰骆驼驮着戳破的皮袋，踱来踱去，一路流出马鞭草，好让石地清凉。

兽奴牵来狮子。好些舞女由鼻孔往外吐火，头发用网罩住，手拄着地旋转；卖艺的黑人变着戏法，赤身的儿童彼此扔着雪球，落下来碰到辉煌的银器。喧阗好似一场狂风暴雨，肉香和呼吸像一片厚极了的云飘浮在宴席上面。有时候风吹动巨大的烛台，落下一个火星，好似一颗流星飞过夜空。

尼布甲尼撒王用臂拭着面孔的香气。他用供神的瓶罐吃喝，随即摔碎；他心里数着他的战舰、军队、臣民。忽然心烦了，他想焚烧他的宫殿和宾客。他打算重建巴别塔①，废除上帝。

安东远远就在他的前额看出他全部的思想。跟着思想钻了进去，他变成了尼布甲尼撒。

他尽兴了，毁足了，立即想望在卑下之中翻滚。其实，人们所畏惧的沉沦，不仅对于他们的精神是一种凌辱，正也是一种震慑他们的方式；天下最微贱的莫过于走兽，所以安东在桌面爬着，公牛似的吼着。

他觉得手心发痛，——一颗石子凑巧碰伤了他，——他依旧在他的茅庐前面。

石坪是空的。星星照耀着。一切是静静的。

——我又上了一回当！为什么这样子？由于肤肉的叛离。啊！浑

---

① 巴别塔，依据《旧约·创世记》第十一章，挪亚的儿子们"往东边迁移的时候，在示拿地遇见一片平原，就住在那里。他们彼此商量说：'来吧！我们要作砖，把砖烧透了。'他们就拿砖当石头，又拿石漆当灰泥。他们说：'来吧！我们要建造一座城和一座塔，塔顶通天，为要传扬我们的名，免得我们分散在全地上'"。上述引文中的城就是巴比伦，塔就是巴别塔。

账东西!

他冲进茅庐,取出一捆末梢镶着铁爪的绳索,一直裸到腰围,仰头望着天:

——接受我的忏悔,噢,我的上帝!不要因为忏悔的力量薄弱不屑一顾。往厉害里收拾。往长里收拾,越凶越好!是时候了!整治好了!

他用力抽打自己。

——呵嚯!不!不!不要心疼!

他重新开始。

——噢!噢!噢!鞭鞭撕着我的皮,割着我的四肢。我好不烧痛!

——哎!不厉害!我会惯了的。我简直觉得……

安东停住手。

——抽吧,懦夫!抽吧!好!好!照准了胳膊,照准了脊背,照准了胸口,照准了肚子,照准了全身!来吧,皮鞭子,咬烂我,抓拦我!我倒愿我的血滴一直激上星星,我的骨头喀嚓断掉,我的脑皮揭开!钳子、老虎凳、熔了的铅!殉教者受的罪还要多!不对吗,阿媚娜芮亚?

魔鬼犄角的影子又露出来。

——我原该捆在靠近你的柱子,脸对脸,就着你的眼睛,用我的叹息回答你的号啕;我们的痛苦就会合成一个,我们的灵魂就会搅在一起。

他疯了一样抽打自己。

——瞧!瞧!为了你!再来一下子!……可是如今我全身都在发痒。毫不痛苦!好不快活!就像亲嘴。我的骨髓溶了!我死了!

他看见迎面来了三个绿袍武士,骑着山驴,手里拿着百合花,容貌全都相仿。

安东转回身，看见另外三个相似的武士，骑着同样的山驴，都是同一的姿势。

他往后退。于是山驴同时迈前一步，伸出头，脸蹭着他，打算咬他的衣服。好些声音喊道："这边，这边，就是这儿！"山豁显出好些旗帜，挽红丝络的骆驼头，驮行李的骡子，和蒙黄面网的妇女，跨着黑白相间的马匹。

牲口喘着气，卧下来；奴隶们奔向包裹，摊开颜色斑驳的地毯，就地陈列下若干亮煌煌的东西。

一只披着金纱的白象，摇摆着拴在额头的一捧鸵鸟羽毛，奔驰下来。

一个女人衣着华丽，光彩四溢，交起腿，眼帘半掩，摇晃着头，坐在白象背上的蓝毛垫子中间。群众放倒身子，白象曲起膝盖，沿着它的颈项，

示巴女王

溜到地毯，向圣安东走来。

她的金线锦袍齐齐整整缀着珍珠、黑玉和蓝宝石的缝带，另外还有一件窄小背心紧紧束着她的腰身，上面用凸起的各种颜色代表黄道十二宫。她蹬着一双高跟云鞋，一只是黑的，撒着银的星星，挂着一牙新月，另一只是白的，布满金的小点，中间拥着一轮太阳。

她的小小的圆臂裸露在装点着碧玉鸟羽的宽袖筒外面，手腕戴着一副乌木镯子，手指戴着戒指，指甲尖尖，差不多像针。

一条扁平的金链绕过她的下颔，盘上她的两颐，螺旋似的围住她扑着蓝粉的头发，随后，重新下来，拂过她的两肩，用一只钻石蝎子结在她的胸口，蝎尾伸在她的两乳之间。耳朵坠着两颗大金黄珍珠。眼帘的边沿涂成黑色。她的左腮有一颗生成的棕斑。她张开嘴呼吸，仿

佛她的背心太紧。

她向前走动，摇着一把周遭坠着镀银铃铛的象牙柄绿伞；十二个头发卷卷的小黑人捧着她袍子的长后摆，另外有一只猴子握住后摆的尖梢，不时往上举举。

她开口道：

——呵！好看的隐士！好看的隐士！我的心瘫了！

——我因为心急，脚后跟顿出胝子来了，我的指甲也折了一个！我打发牧羊人站在山顶，手张在眼前瞭望，我打发猎人到树林里头呼唤你的名字，我打发探子上路询问每个行人："你看见他没有？"

——夜晚，我哭着，把脸转向宫墙。我的眼泪流来流去，把砌画流成了两个窟窿，好像石头里面囤积的海水，因为我爱你！噢！对了！非常爱你！

她握住他的胡须。

——笑呀，好看的隐士！笑笑吧！你看，我高兴极了！我弹着里拉琴①，我像蜜蜂一样跳舞，我有一大堆故事讲，一个比一个好玩。

——你想不出我们跋涉的路程有多遥远。看呀，绿袍信使的山驴全累死了！

山驴倒在地上不动。

——足有三个月，不息不止，它们跑着，口里嚼着一块石头挡风，尾巴总是挺直，膝头总是弯着，总是奔着，奔着。这样的牲口不要再想寻见！它们是我的外祖：萨哈芮皇帝、伊亚克沙布的儿子、伊亚辣布的孙子、喀斯唐的曾孙，送给我的！要是它们还活着的话，我们驾上驮轿，也好快些回家！不过……怎么了？……你在想什么？

她端详他。

---

① 里拉琴，古希腊的一种竖琴。——编者

——啊！你做了我丈夫，我会为你穿衣服，为你揩香东西，为你剔头发。

安东动也不动，死人一样惨白，比一根桩子还要僵硬。

——你一副忧愁的样子；难道是丢舍不下你的茅庐？我哪，为了你全能丢掉，——甚至于所罗门王，他可有的是聪明，还有两万战车和一把好看的胡须！我给你带来我的嫁妆，挑好了。

她走在奴隶和货物行列之间。

——这是基尼列①的香膏，嘉德放海岬②的乳香，还有香脂、肉桂和调汤的席芙穆③。这里头有亚述④的绣货、恒河的象牙、以利沙⑤的紫靛；这只雪罐里盛着一羊皮袋的沙里崩⑥，它是为亚述帝王贮留的酒，——要酒味醇洁，用独角马⑦的角啜饮。那里是项圈、别针、发网、伞、巴萨⑧的金粉，塔尔特苏司⑨的锡，潘狄奥⑩的蓝木，伊司道尼⑪的白皮，巴莱西孟德⑫岛的红宝石，用塔沙思⑬——地下发现的绝种的走兽——的毛做成的牙签。这些垫子是艾马司⑭的出品，这些大衣的

---

① 基尼列，巴勒士登北部的大湖，亦称加利利海或提彼利亚湖，约旦河南来灌入，又向北流出。又，湖西北一新月形地带，田产丰饶，也叫基尼列。
② 嘉德放海岬，待考（即今非洲最东端索马里半岛的非洲之角，称为瓜达富伊角——编者）。
③ 席芙穆，古代昔兰尼克（非洲北部埃及以西临海一带）出产的一种阿魏属植物，现已灭绝，汁液可作药品调料。
④ 亚述，亚述国最初的首都，在尼比微之南六十英里，底格里斯河的南岸上。依据《旧约·创世记》第十章，亚述是闪的儿子，创建亚述王国于米所波大米亚（即美索不达米亚——编者），最盛时期括有亚细亚西部与非洲若干地土，亡于巴比伦。
⑤ 以利沙，《旧约·以西结书》第二十七章，哀悼推罗城道："你居住海口，是众民的商埠；你的交易通到许多海岛……你的凉棚是用以利沙岛的蓝色紫色布作的。"以利沙岛或即邻近希腊的群岛，出产蓝靛紫靛。
⑥ 沙里崩，叙利亚的城邑，产酒著称，即用以名酒。
⑦ 独角马，神话里的奇兽，罗马生物学家浦黎以为是马身、鹿头、象脚、野猪尾巴，前额中央一根二尺长的黑犄角。性情非常狂野，但是看见童贞姑娘就驯顺了。
⑧ 巴萨，疑即巴珊，约旦河以东之平原，介于两山之间，土质肥沃，尽是岩石粉屑。
⑨ 塔尔特苏司，西班牙昂达鲁西的南部。
⑩ 潘狄奥，印度的南部。
⑪ 伊司道尼，西古提人沿里海所有的土地。
⑫ 巴莱西孟德，锡兰岛的古名。
⑬ 塔沙思，见于《旧约·出埃及记》的一种动物，犹太人拿它的皮来装饰神龛。
⑭ 艾马司，叙利亚的城邑，在阿伦底司江中游。

流苏是巴米尔①的出品。在这巴比伦②的毯子上面，有……可是你来呀！来呀！

她揪圣安东的袖管，他抗拒着。她继续道：

——这薄薄的衣料，握在手心，火星子一样在响，它是巴克屯阿③的商人带来的有名的黄布。他们一路要四十三个通译。我拿这种衣料给你做袍子，将来你好在家穿。

——打开枫木匣的钩子，把我象脖子上的象牙盒子给我！

有人从一只盒子取出一个蒙着纱的圆东西，有人捧上一只雕金的小箱。

——你要不要那盖金字塔的蒋·邦·蒋④的盾牌？这儿就是！七张龙皮做成的，一张压一张，用钻石的螺栓连在一起，在弑君者的胆汁里面浸泡过。这一面绘着武器发明以来所有的战争，另一面绘着直到世纪末日将要发生的战争。闪电打在上面，像软木球一样跳开。我把这挂在你的胳膊上面，将来你打猎好带着它。

——可是你再也想不到我小盒子里头有什么东西！转转看，想法子把它打开！没有一个人打得开；亲亲我；我就说给你听。

她捧住圣安东的两颊，他伸直胳膊把她推开。

——有一夜晚，所罗门发昏章第十一，终于和我商量了一桩交易。他站起来，潜手蹑脚走出去……

她打了一个转身。

---

① 巴米尔（又译巴尔米拉——编者），即达莫，叙利亚的古城，在大马色（即大马士革——编者）东北，为通米所波大米亚要道，毁于罗马。《旧约·历代志下》第八章第四节："所罗门建造旷野里的达莫"。
② 巴比伦，参阅本章注释"巴别塔"，巴比伦是巴别的希腊写法，迦勒底和巴比伦帝国的首都，跨有伯拉（今译幼发拉底）河的两岸。城为方形，大小计二百平方英里。两道城墙，上有塔二五〇座，铜门一百扇。
③ 巴克屯阿，古代亚细亚的一国，介乎波斯与土耳其斯坦之间。
④ 蒋·邦·蒋，古代埃及传说中的英雄，相传金字塔由他一手兴建。

——啊！啊！好看的隐士！你再也不会知道！你再也不会知道！

她摇着她的伞，伞上的小铃全响起来。

——我还有许多别的东西，可不是！我有好些宝物，关在画廊，人走进去，和在树林一样迷失方向。夏天我有苇帘的行宫，冬天我有黑大理石的行宫。在海一样大的湖中心，我有银币一样圆的岛屿，铺满贝珠，每逢热浪卷上沙滩，岸边有音乐喧响。我的厨役在我的鸟笼捕鸟，在我的鱼盆钓鱼。我有好些雕刻家经久不息地在坚石上面为我凿像，好些冶工喘吁着为我铸像，好些弄香料的人拿植物的汁液调在醋里面做香饼。我有好些女裁缝为我剪衣料，好些金银匠为我嵌镶珠宝，好些梳头女人为我挑选头饰，好些细心的画师为我向板壁浇灌沸滚的树脂，随后再用扇子扇凉。我的侍婢足可以充作一座穆斯林的后宫，宦官可以做成一支军队。我有的是军队，我有的是臣民！我的过道有一队侏儒禁卫，象牙喇叭搭在后背。

安东呻吟。

——我有驾羚羊的车辆，有象的驮乘，有千百成双的骆驼，还有良种牝马，每逢奔驰，蹄子就陷在长长的鬣毛里面，还有成群牛羊，犄角太大，踏进牧场，当前的树木必须斫掉。我有长颈鹿在我的花园里散步，饭后我出来纳凉，它们把头伸进我屋子的檐口。

——我坐在一个海豚拖着的蚌壳里面，在穴洞谛听钟乳水的滴落。我来到钻石的国度，我的方士朋友由着我挑选最美的钻石；随后我重新上到地面，回到我的宫掖。

她发出一声尖锐的呼哨；天空落下一只大鸟，站在她的头发上，弄掉上面的蓝粉。

橘色的羽翼好像金鳞做成。它的小头配着一个银冠子，却是张人脸。四个翅膀，秃鹫爪子，一个孔雀的巨尾在后面团团打开。

它用嘴噙住女王的伞，晃了几晃站定了，随即竖起全身羽毛，一动不动。

——多谢,美丽的西冒尔·昂嘉①!是你告诉我情人藏在什么地方!多谢!多谢!我的心的使者!

——它和欲望一样飞翔。一天绕遍世界。夜晚回来了,站在我的床前,给我讲它看见了些什么:在它底下流逝的有鱼和船的海洋,从九霄望去空旷的大沙漠,田野里歪歪斜斜的所有农植,和荒城废邑的墙头的乱草。

她扭动她的胳膊,委顿的模样。

——噢!只要你愿意,只要你愿意!……我有一所别馆,介乎两座大洋,在一道地峡中央海角上面。方玻璃嵌成的围墙,龟甲铺成的地板,迎受四野的天风。我在高处看见我的军舰回港,肩荷着东西的臣民爬上丘陵。我们将要睡在比云更柔的羽绒上,我们将要用果皮来喝冷的饮料,我们将要隔着碧玉瞭望太阳!来呀!……

安东后退。她拢近,带着一种激恼的声调:

——怎么?阔绰也不成?娇媚也不成?多情也不成?你要的不是这路女人,嗯?难道是要淫荡的、肥胖的,一个嘎嗓子、火颜色头发、一身肿肉的女人?你倒喜欢蛇皮一样冷的身子,或者比神秘的洞穴还要深沉的大黑眼睛?看呀,我的眼睛!

安东不由自主,看着它们。

——所有你遇见的女人,灯下歌唱的街头妓女,坐在舆轿拂着玫瑰的贵妇,所有你邂逅的形体,所有你欲望的想象,你要好了!我不是一个女人,我是一个世界。我的衣服只要一脱,你就会在我的身上发现成串的秘密!

安东咬牙响。

---

① 西冒尔·昂嘉,波斯神话中硕大的善鸟。

——你只要把手指放在我的肩膀上面,你的血管就像曳着一道火。沾着我身体一点点地方,你的喜悦会比征服了一个帝国还要热狂。来呀你的嘴唇!我的吻有一种果子的味道,溶进你的心里!啊!你要怎样在我的头发下面失迷,吸吮我的胸脯,对着我的四肢发呆,于是我的瞳孔烧着,我的胳膊搂着,天旋地转……

安东画了一个十字。

——你侮蔑我!再会好了!

她哭着走开,随即转回身道:

——你真就打定了主意?一个这样美的女人!

她笑了,捧着她下摆的猴子举高袍子。

——你要后悔的,好看的隐士,你要叹气的!你要无聊的!可是我全不在乎!拉!拉!拉!噢!噢!噢!

脸藏在手心,一只脚跳着,她走了。

奴隶们当着圣安东排好了:马、单峰骆驼、象、侍婢、骡子(重新驮上东西),小黑人和绿袍信使,握着折了的百合花;示巴女王走远了,发出一种抽搐的喧嚣,像呜咽,又像冷笑。

三

等她不见了,安东瞥见一个小孩子在茅庐的门限。他心想:

——这是服侍女王的一个什么人罢。

这孩子矮小犹如一个侏儒,然而短粗好似一个喀毕尔①,形体丑陋,容貌寒苦。头异常硕大,白头发,穿一件破烂的小袄,握着一卷纸,直打冷战。

月光穿过浮云,照着他。

安东

远远细看他,怕了起来。

——你是谁?

孩子

答道:

——你往年的弟子伊拉芮影!

安东

——你扯谎!伊拉芮影在巴勒士登住了好些年了。

伊拉芮影

——我从那里回来了!的确是我!

安东

凑近端详。

——不过他的脸晨阳一样明亮、直爽、愉快。你这张脸只是阴沉、衰老。

伊拉芮影

——多年辛劳把我毁到这般地步!

安东

——声音也不同了。调子怪刺人耳朵的。

伊拉芮影

——因为我吃的是苦东西!

安东

——头发又怎么白了呢?

伊拉芮影

——我的苦恼那么多!

安东

自语:

——天下会有这种事?……

伊拉芮影

——我并不像你想的那么遥远。今年晒巴月②,保罗③隐士来看望过你。土人上次给你送面包,到如今正好是二十天。前天,你告诉一个水手,设法给你弄三个锥子来。

安东

——他全知道!

伊拉芮影

——你知道,我从来没有离开过你。你不过长期没有看见我罢了。

安东

——这怎么会?可也是真的,我的头脑十分昏乱!特别是今天夜

---

① 喀毕尔(又译众卡比洛斯,传说中的一组七个地下冥神——编者),火神,来自近东,仅仅希腊人供奉,特别在撒摩特拉基(即萨莫色雷斯——编者)等小岛。
② 晒巴月(又译细罢特月——编者),迦勒底和犹太年历的十一月(相当于公历一二月之间——编者)。
③ 保罗,戴巴伊德的隐士,二五〇年来到这里逃避迫害,活到九十八岁。

晚……

伊拉芮影

——大业障全来过。可是碰着你这样一位圣者,它们无聊的诡计也就粉碎了。

安东

——噢!不!……不!我时时刻刻软弱下来!有些人精神坚定,心灵永久不屈不挠。例如伟大的阿塔纳斯,——我能够像他就好了。

伊拉芮影

——他是七位主教违法任命的。

安东

——有什么关系?只要他的品德……

伊拉芮影

——得了!高傲、暴虐,永远诡计多端,最后叫人流放出去,罪名是垄断居奇。

安东

——诽谤!

伊拉芮影

——你也好否认他有意贿赂尤斯塔特①司库?

安东

——据说是真的;我承认好了。

伊拉芮影

——他为了报复,烧掉阿尔塞②的房子!

安东

——嗜!

---

① 尤斯塔特,待考。
② 阿尔塞,三五〇年生于罗马,先在宫廷担任太子的讲席,其后隐居戴巴伊德,死于四四五年。

伊拉芮影

——在尼塞大会，他把耶稣说成"主的仆人"。

安东

——啊！这话的确亵渎！

伊拉芮影

——而且见解也太有限了，他承认自己完全不懂"外尔布"①的性质。

安东

喜而微笑：

——说实话，他的悟性不很……高。

伊拉芮影

——要是把你放在他的位置，对于你和你的教友倒都是一种大大的幸福。这种离群索居的生涯并不好。

安东

——正相反！既属精灵，人就应当回避红尘。一切动作使人堕落。我倒愿意不沾地——甚至于脚底也如是！

伊拉芮影

——伪君子！你陷在寂寞之中，为的是更好纵欲！你摒弃酒、肉、浴室、奴仆和荣誉；可是你放任你的想象贡献给你宴席、香料、赤身的妇女和喝彩的群众！你的节操只是一种更加微妙的腐败，厌恶人

---

① 外尔布，拉丁的外尔布 verbum 一字同于古希腊的老高斯（今多译逻各斯——编者）logos 一字。中文《新约·约翰福音》借老子"道可道，非常道"译成"道"。柏拉图的哲学用它表示智慧和语言，象征观念之神的存在。《约翰福音》借用这个字代替耶稣，以为耶稣即是"道成了肉身，住在我们中间"，而道者"太初有道，道与神同在，道就是神"，于是加上圣灵，基督教的"外尔布"就成了三位一体（上帝、耶稣与圣灵）的第二位。三二五年尼塞大会，有一信经道："我信独一上帝，全能之父；我信独一主耶稣，为上帝独生子，在万世之先，由父而生，受生而非受造，与父一体，我信圣灵，由父子而出，与父子同受钦崇，同受颂美。"（《官话圣经备典》）又，《官话圣经备典》解释道："……始觉上帝为三，就是抚育的为父，救赎的为子，赐生的为灵，实在为三大利益；再想到抚育的，救赎的，赐生的，实为一不是为三……"

世只是对于它憎恨的无力！这就是为什么你的同类全那样阴沉，否则也许由于缺少信心。真理的具有该令人喜悦。耶稣可曾忧郁？他和朋友结伴而行，在橄榄树的阴凉休息，走进税吏家，一碗一碗地喝酒，饶恕有罪的女人，治疗一切病苦。你哪，你只可怜你的忧患，好像带着一颗枒桎的疢心和一种犷野的疯癫，你甚而拒绝一只狗的殷勤或者一个小孩子的微笑。

安东

呜咽上来：

——够了！够了！你太伤我的心！

伊拉芮影

——抖掉你破布烂衫上的虱子！从你的粪堆里站起来！你的上帝不是一个要用肉来祭的摩洛①！

安东

——不过上天福佑苦难。嘡嗠咱②俯身接受忏悔者的血。

伊拉芮影

——你倒不如羡慕孟塔鲁斯③的信徒！他们最最吃苦。

安东

——不过引人殉教的是教义的真理！

伊拉芮影

——既然殉教同时表示教义的错误，如何能够证明教义的优越？

---

① 摩洛，巴勒士登亚扪人崇拜的偶像，牛头，上面戴着一个王冠。像与像座全是铜的，空心，可以从中燃烧。通常祭祀多用幼童，投到火里面烧死。
② 嘡嗠咱，类似天使，却又不是。依据《旧约》，有种种作用：第一是上帝降临的表彰，第二是背负上帝的活物，第三是防守圣地生命树的活物。《以西结书》第十章说："嘡嗠咱各有四脸，第一是嘡嗠咱的脸，第二是人的脸，第三是狮子的脸，第四是鹰的脸。……我就知道他们是嘡嗠咱，各有四个脸面，四个翅膀，翅膀以下有人手的样式。"
③ 孟塔鲁斯，弗吕嘉（又译弗里吉亚，土耳其中西部地区——编者）人，西拜勒（又译西布莉或库柏柏勒，古代小亚细亚人崇拜的自然女神——编者）的教士，一六〇年左右改奉基督教，自创一派。自命是耶稣的使者，他宣扬末日和最后审判就要降临。教皇把他逐出教门，但是，得到泰尔屠连（拉丁教会方面的大学者——编者）的援引，颇得一般人士信仰。

安东

——闭住嘴,坏东西!

伊拉芮影

——这也许不怎么困难。朋友的劝勉,侮蔑老百姓的快感,原先立的誓,某种晕眩,成千成万的机宜帮他们走上这条路。

安东离开伊拉芮影。伊拉芮影随住他。

——再说,这种死法惹大乱子。带尼①、席浦连②和格迺格瓦③就不这样做。亚力山太的彼得④不以为然,艾勒维⑤大会……

安东

堵住耳朵。

——我不要听下去了!

伊拉芮影

提高声音:

——看,你又陷入你的恶习:慵懒。愚昧是高傲的沫子。你讲:"我信定了,何必辩论?"于是你厌恶司铎、学者、传统,甚至于你不知道的圣戒。你真就以为你把握住了智慧?

安东

——我听见他讲话。他的喧杂的语言装满我的脑壳。

伊拉芮影

——你以苦修感动上帝,大不如尽力于瞭解上帝。渴求真理

---

① 带尼,亚力山太的主教,二五〇年基督教徒遭受迫害,他隐匿起来,其后被罗马皇帝法莱芮烟(即瓦莱里安,二五三到二六〇年在位的罗马帝国皇帝——编者)流放。
② 席浦连,迦太基的主教,二五〇年基督教徒遭受迫害,他隐匿他处,次年归来,但终于二五八年被人杀掉。
③ 格迺格瓦,受业于奥芮金,改奉基督教,被推为本都新该撒力亚城的主教,参加安提阿主教大会,他逃脱二五〇年的迫害,死于二七〇年左右。
④ 亚力山太的彼得,亚力山太的主教,劝告被迫害的基督教徒用钱赎命,三一二年殉教。
⑤ 艾勒维(即埃尔韦拉——编者),西班牙的城市,即今日的格拉纳达,三〇〇年的主教大会在此举行,斥责借机殉教的人士。

539

是我们仅有的功勋。宗教本身解释不了一切；你无所省识的问题的解决可以让给更高明、更不可攻讦的人。所以，一个人为了自己的永福，必须和他的教友来往，——否则教堂，所谓信徒的集会，只是一句空话，——必须聆取所有的理由，不蔑视任何事、任何人。巴兰①巫士、诗人艾斯基勒②和库穆司③的女巫都曾经宣示救世主。亚力山太的带尼奉到天谕诵读所有的书籍。圣克莱芒④盼咐我们研究希腊文学。海尔玛斯⑤因为一个他爱过的女子的憧憬皈依宗教。

安东

——多有权威的模样！我觉得你长高了……

说实话，伊拉芮影的身体逐渐高了起来；安东，为了不再看他，把眼睛闭住。

伊拉芮影

——放心，好隐士！

——让我们坐到那边大石头上，——犹如当年，天才破晓，我向你致敬，把你称作"光明的晨星"；接着你开始教导我。学问没有底。月亮照着我们就够亮的。我听你讲。

他从腰带抽出一根喀拉穆⑥，于是就地盘起腿，握住一卷巴皮鲁

---

① 巴兰，摩西率领以色列人侵掠巴勒士登，将到摩押，摩押王大恐，遣使聘请比珥的儿子巴兰，前往诅咒以色列人，然而他却奉上帝之命四次加以赐福。参阅《旧约·民数记》第二十二至二十四章。
② 艾斯基勒（即埃斯库罗斯——编者），希腊悲剧之父，为希腊三大悲剧家之一。他的戏剧富有宗教气息，完全承受传统的神话。
③ 库穆司（即库迈——编者），在意大利南部刚巴尼亚（即坎帕尼亚——编者）省，拿波里（即那不勒斯——编者）的西北。靠城有一座小山，上面是一片神圣的树林，山脚有一座洞，里面住着一个著名的女巫，叫做戴伊佛拜，曾向艾奈（即埃涅阿斯——编者）预言命运及入地狱方法，见于《艾奈伊德》（即《埃涅阿斯纪》——编者）第六卷。
④ 圣克莱芒，基督教最早的大学者，一五〇年生于亚力山太，死于二一五年。在他三部主要著作里面，有一部是《劝告希腊人》，指出希腊宗教的腐恶，不过他也承认希腊哲学和异教的好处。
⑤ 海尔玛斯，基督教早年的一个学者，著有《牧人》一书。他所爱的女子叫做罗玳。
⑥ 喀拉穆，古人写字的一种芦苇笔。

司，仰起头来望着圣安东。后者坐在一旁，低下前额。

沉默了一时，伊拉芮影继续道：

——上帝的语言不有灵迹为我们证实吗？然而法老的巫士制造灵迹；别的骗子也可以制造；人一来就上当。那么，灵迹又是什么？一件我们以为超乎自然的事变。不过我们认识它所有的力量吗？一件我们通常不以为奇的事，难道我们真就了解吗？

安东

——有什么要紧！我们必须相信《圣经》！

伊拉芮影

——圣保罗①、奥芮金②，还有许多人，并不一字一句全懂；然而如若用比喻来解释，变成少数人的所有物，真理的明确性就又消逝了。如何是好？

安东

——凭信教会好了！

伊拉芮影

——那么，《圣经》没有用？

安东

——不然！虽说《旧约》，我承认，有……些含混……不过《新约》，放出一道纯洁的明光。

伊拉芮影

——可是，报喜的天使，在《马太福音》里面，显给约瑟，到了

---

① 圣保罗，耶稣的伟大信徒，最初反对基督教，于纪元后三五年，亲往大马色擒拿耶稣的使徒，半路失了明，耶稣显灵治好他的眼睛，从此信奉基督教，力事宣扬，六七年在罗马殉教。
② 奥芮金，圣克莱芒的弟子，名誉更在他的师傅之上。一八五年生于亚力山太，父亲于二〇二年殉教，从十八岁起他就教书为生。为了避免诱惑，他割去他的阳势。他喜欢用寓言解释《圣经》。二五〇年，基督教徒大遭迫害，他被捕下狱，极受苛待，其后幸蒙释出，不久死于推罗。

《路加福音》里面,又是马利亚①。一个女人为耶稣敷油,依照第一部《福音》在他公共生活开始的时候,依照其余三部,在他死前不久②。在十字架上,人家献给他的饮料,《马太福音》是醋和苦胆,《马可福音》是酒和没药。按照《路加》和《马太》,使徒不应当带钱带口袋,甚至于鞋和拐杖;临到《马可》,正相反,耶稣只许携带鞋和拐杖③。我简直弄不清楚……

安东

从未想到:

——说实话……说实话……

伊拉芮影

——碰到一个患血漏的女人④,耶稣回转身问道:"谁摸我的衣裳?"那么,他不知道谁摸他?耶稣无所不知,恰好矛盾。假如坟有兵士看守⑤,妇女们用不着急急寻找帮手,掀开坟上的石头。可见没有兵

---

① 约瑟和马利亚,耶稣的父母。《马太福音》记载:"他母亲马利亚已经许配了约瑟,还没有迎娶,马利亚就从圣灵怀了孕。她丈夫是个义人,不愿意明明地羞辱她,想要暗暗地把她休了。正思念这事的时候,有主的使者向他梦中显现,说:'大卫的子孙约瑟,不要怕! 只管娶过你的妻子马利亚来……'"《路加福音》记载:"到了第六个月,天使加百列奉上帝的差遣……到一个童女那里,是已经许配大卫家的一个人名叫约瑟,童女的名字叫马利亚。天使进去,对她说:'蒙大恩的女子,我问你安,主和你同在了!'"
② 一个女人,第一部指《路加福音》,见于第七章;其余三部指《马太福音》、《马可福音》和《约翰福音》,分别见于第二十六章、第十四章与第十二章。
③ 鞋和拐杖,耶稣差遣门徒传道,路上"不要带食物和口袋,腰袋里也不要带钱,除了拐杖以外,什么都不要带,只要穿鞋,也不要穿两件褂子"。见于《马可》第六章。《路加》第九章和《马太》第十章又是另一种说法。
④ 患血漏的女人,《马可福音》第五章记载:"有一个女人,患了十二年的血漏,在好些医生手里受了许多的苦,又花尽了她所有的,一点也不见好,病势反倒更重了。她听见耶稣的事,就从后头来,杂在众人中间,摸耶稣的衣裳;意思说:'我只摸他的衣裳,就必痊愈。'于是她血漏的源头立刻干了,她便觉得身上的灾病好了。耶稣登时心里觉得有能力从自己身上出去,就在众人中间转过来,说:'谁摸我的衣裳?'"参阅《路加福音》第八章。
⑤ 坟有兵士看守,《马太福音》第二十七章第六十六节:"他们(祭司长和法利赛人)就带着看守的兵同去,封了石头,将坟墓把守妥当。"

士，要不然就是虔诚的妇女们不在这里。在以马忤斯①，他和门徒一同吃饭，叫他们摸他的伤口。一个人身子，一个可以秤的物体，然而穿过墙壁。这可能吗？

安东

——回答你要花很长的时间！

伊拉芮影

——他既然是圣子，何必接受圣灵？他假如是"外尔布"，何所用其洗礼？魔鬼怎么能够引诱他，他，上帝？

——你就从来没有想到这些问题吗？

安东

——是呀！……时常想到！潜伏也好，怒发也好，它们停在我的意识里。我压抑它们，它们重新起来把我堵住，我有时候以为我受了诅咒。

伊拉芮影

——那么，除去服侍上帝，你真就无事可为？

安东

——我时时需要膜拜上帝！

长长沉默了一阵，

伊拉芮影

继续道：

---

① 以马忤斯，《路加福音》第二十四章记载："正当那日（耶稣复活），门徒中有两个人往一个村子去；这村子名叫以马忤斯，离耶路撒冷约有二十五里。……正讨论相问的时候，耶稣亲自就近他们，和他们同行；只是他们的眼睛迷糊了，不认识他。……到了坐席的时候，耶稣拿起饼来，祝谢了，掰开，递给他们。他们的眼睛明亮了，这才认出他来；忽然耶稣不见了。"又，《约翰福音》第二十章记载："多马却说：'我非看见他手上的钉痕，用指头探入那钉痕，又用手探入他的肋旁，我总不信。'过了八日，门徒又在屋里，多马也和他们同在，门都关了。耶稣来站在当中说：'愿你们平安，'就对多马说：'伸过你的指头来，摸我的手；伸出你的手来，探入我的肋旁。不要疑惑，总要信。'"

——然而在教义之外，我们有自由探讨一切。你想知道天使的品级，数的价值，胚芽和变化的道理吗？

安东

——是呀！是呀！我的思想直想挣出它的牢狱。我觉得聚起我的力量，我会成功的。有时候甚至于，也就是电光一闪的工夫，我好像悬在半空，随即摔了下来。

伊拉芮影

——你想望的机密只有贤人知道。他们住在一个辽远的国度，坐在大树底下，穿着白衣服，神一样静谧。一种温煦的空气滋养他们。周围草地走着好些豹子。泉水的呢喃、独角马的嘶鸣，和他们的声音混成一片。你会听见的；"不识者"的面目会显露的！

安东

呻吟：

——路太长，我也老了！

伊拉芮影

——噢！噢！饱学之士并不少！你身边就有；这里！——我们进去好了！

四

于是安东看见当前一座绝大的教堂。

光从后方射来,神奇犹如一个复色的太阳,照亮无数的人头。人群挤满教堂中心,然后沿着柱子,涌向偏后的侧殿。在这些木板小间里面,可以看见祭坛、榻、碧玉小链和画在墙上的星座。

在群众中间,这里,那里,聚了好些人,站在一起。有些人手指向上,站在小凳上面讲演;有些人胳膊交成十字祈祷,卧在地上,唱赞美诗,或者喝酒,有些信徒围着一张桌子举行爱筵①,有些殉教者露出四肢,指点他们的伤痕;有些老年人拄着手杖,谈说他们的旅行。

有的来自日耳曼人②的国度,有的来自特拉基③和高卢④,西古提和印度,胡须沾着雪,头发插着羽毛,衣服的流苏带着荆棘,云鞋让尘土弄黑了,皮肤也让太阳晒焦了,紫红大衣,麻布长袍,绣花祭服,竖毛战衣,水手小帽,主教法冠,形形色色的服装混在一起。他们的眼睛电光一般异常。他们的神气仿佛刽子手或者宦官。

伊拉芮影走在他们当中。全向他致敬。安东靠紧他的肩膀,观察他们。他发现许多妇女。若干妇女头发剪平,穿着和男子一样;他怕了起来。

伊拉芮影

——她们是劝服丈夫皈依基督教的妇女。其实妇女永远拥戴耶稣,就是崇拜偶像的妇女也一样,例如彼拉多的夫人浦罗库娜⑤,尼罗的姘头包拜⑥。不必害怕!往前去!

不断有人来到。

一时增多，一时分开，他们影子一样轻，同时发出一团喧嚣的声音，杂有忿怒的吼号、爱情的呼唤、颂扬和谩骂。

安东

低声：

——他们要什么？

伊拉芮影

——主说："我还有好些事要告诉你们。"⑦他们懂这些事。

他把他推向一个金座，有五层台阶，围着九十五位门徒，全涂着油，又瘦又肤色惨白，——上面坐着先知摩尼，天使长一样美，雕像一样静穆，披着一件印度袍子，头发梳成辫子，中间有红宝石，左手一本有画的书，右手下面一颗地球仪。画上是浑沌之中睡眼蒙眬的禽兽。安东斜过身子看。随即

摩尼

转动他的地球仪；依着一个声音铿锵的里拉琴，调整他的词句：

——天界在最高的一端，人界在最低的一端，两个天使扶持，六个面孔的司普朗笛特囊斯和奥冒否尔⑧。

---

① 爱筵，使徒效法耶稣最后一夜逾越节的宴会，让晚餐规矩，与圣餐大义，合而成一爱筵，不过没有能够普遍推行，或用或废，成为济贫之举了。所以叫做爱筵的，为耶稣在最后一夜曾云："我与尔一新命令，即彼此相爱。"所以使徒同食，即名爱筵。按爱筵原文系一希腊字，含有"爱"的意义。
② 日耳曼人，散居北欧德意志一带，与希腊拉丁同种，而文化稍晚，纪元后九世纪建立日耳曼王国，迄十一世纪初叶始亡。
③ 特拉基（即色雷斯——编者），古时属希腊统治，在马其顿以东，黑海以西。
④ 高卢，通常分为两地，一在阿尔卑斯山之南，意大利北部，一在阿尔卑斯山之北，法兰西一带。居民性勇好战，纪元前五〇年，为恺撒征服，分做四省。
⑤ 彼拉多的夫人浦罗库娜，《马太福音》第二十七章记载："到了早晨，众祭司长和民间的长老，大家商议要治死耶稣，就把他捆绑解去交给巡抚彼拉多。……巡抚原知道，他们是因为嫉妒才把他解了来。正坐堂的时候，他的夫人打发人来说：'这义人的事，你一点不可管，因为我今天在梦中，为他受了许多的苦。'"
⑥ 尼罗的姘头包拜，尼罗（即尼禄——编者）是纪元后五四到六八年的罗马皇帝，荒淫无道，包拜原是别人的妻子，夺为己有，纪元后六五年，又一怒把她踢死。
⑦ 《新约·约翰福音》第十六章第十二节。
⑧ 司普朗笛特囊斯和奥冒否尔，摩尼所承认的五种最高生物中的两种。

——在天顶最高的地方,住着一尘不染的上帝;下面,面对面,是上帝的儿子和黑暗的君王。

——黑暗逼近他的王国,上帝由本体提出一种德能,形成元人!以五种质素加以包围。然而黑暗的魔鬼窃去了他一部分,这一部分就是灵魂。

——这里只有一个灵魂,无所不在,仿佛一道河水分成若干支流。是它在风里面呻吟,在下锯的大理石里面轹轹作响,凭藉海声吼号;掰下无花果树的叶子。它哭出乳白的眼泪。

——灵魂走出这个世界,迁往有生命的星宿。

安东

笑将起来。

——哈!哈!多荒诞不经!

一个男人

没有胡须,外表严肃:

——为什么?

安东正要回答,可是伊拉芮影低低告诉他,这就是非同小可的奥芮金;同时

摩尼

继续道:

——灵魂先在月亮里面停住,洗净自己,随后升到太阳里面。

安东

纡徐地:

——我不知道有什么……拦阻我们……相信他。

摩尼

——解放囚在物里的灵光是每个生物的目的。它比较容易靠着香味、香料、焙热的香酒的馥郁和思想一样轻盈的东西逃走。然而生命

的活动把它拘在里面。凶手会在一个赛莱福①的身体里面重生，杀死一只走兽会变成这只走兽；你要是种一棵葡萄，你将存在于它的枝柯之中。吸收养料。所以，节食吧！斋戒！

伊拉芮影

——你看见的，他们也节食！

摩尼

——它在肉里面就多，草里面就少。而且，纯洁之士，仰仗他们的功德，从菜蔬提取这晶莹的部分，让它升回它的故居。动物通过生殖把它囚在肉体里面。所以，回避妇女！

伊拉芮影

——羡慕他们的节欲吧！

摩尼

——要不然，最好设法叫她们不要怀孕。——灵魂宁可落在地上，也不要憔悴在肉欲的桎梏里面！

安东

——啊！多可恶！

伊拉芮影

——淫恶分成等级有什么关系？教会已经神圣化了婚姻！

萨士南②

叙利亚装梳：

——他宣扬一种凶恶的物汇的体制！天父惩罚反叛的天使，吩咐他们创造世界。基督来了，为的是犹太人的上帝，反叛的天使中间的一个……

---

① 赛莱福，阉人。
② 萨士南，二世纪安提阿的智慧学派的一个领袖，见解和巴西黎德相近。他没有离开叙利亚一步，死后门徒星散。

安东

——一个天使？他！造物主！

赛尔冬①

——他没有想杀掉摩西②,欺骗他的先知,诱取民族,散布谎语和偶像崇拜吗？

马尔席影③

——当然啦,造物主不是真正的上帝!

亚力山太的圣克莱芒

——物质永在!

巴德隆④

巴比伦的教士打扮：

——物质由七座行星的元神形成。

海尔米亚斯⑤**教侣**

——天使制造灵魂!

浦芮席连⑥**教侣**

——是魔鬼制造世界!

安东

掷身向后：

---

① 赛尔冬,叙利亚人,一四〇年左右,来到罗马宣扬智慧学派。他否认耶稣的人化和复活。
② 摩西,犹太国的领袖与创建者。参阅《旧约·出埃及记》、《利未记》、《民数记》与《申命记》。
③ 马尔席影,二世纪前叶生于本都,被父亲逐出家门,来到罗马,认识赛尔冬后刻苦修行,自成一派,直到七世纪还有信徒存在。他承认三种上天的力量：一个是基督宣示的上帝（不是《旧约》的上帝）,一个是魔鬼统治的物质,一个是犹太人的上帝、造物主。基督的生死只是一种幻象。基督即是上帝。
④ 巴德隆,一五四年生于叙利亚,起初他驳斥迦勒底人的星相论,后来反而相信了。
⑤ 海尔米亚斯,二世纪人,主张人的一切知识全都来自叛逆的天使。
⑥ 浦芮席连,西班牙人,死于三八五年。他凭女友阿嘉拜的帮助,得到许多女信徒。他以为人的灵魂与上帝同一来源,降到地上,被魔鬼拾来附在身体上面。

——荒谬之至!

伊拉芮影

扶住他:

——你的绝望也太快!你误解了他们的教义!这里有一位承受的是圣保罗的朋友戴奥达斯①的教义,听听他!

于是,看见伊拉芮影的手势,

法朗旦

穿着银线道袍,尖脑壳,而且尖声音:

——世界是一个精神错乱的上帝的作品。

安东

低下头来:

——一个精神错乱的上帝的作品……

长长沉默了一阵:

——怎么会这样的?

法朗旦

——最完美的生物,最完美的"艾翁"②,"深渊"和"思想"一同停在"深邃"的胸臆。它们的结合出来"颖悟",后者的女伴是"真理"。

——"颖悟"和"真理"生出"外尔布"和"生命","外尔布"和"生命"又生出"人"和"教会";——合在一起,成为八个"艾翁"!

他用手指计算:

——"外尔布"和"生命"生出十个"艾翁",这就是说,五对夫

---

① 戴奥达斯,圣保罗的弟子,法朗旦自谓得其真传。
② "艾翁",源出希腊字,永生、永存之意,柏拉图以为永生长在者即"艾翁",对神曰"艾翁",对尘世曰时期。亚里士多德以为包括万物的元神就是"艾翁"。波斯教以为神祇之中最高者即"艾翁",与太阳相近。其后智慧学派承此二说,把"艾翁"看做上帝发出的永久的力量,掺入阴阳相生之说。所以"艾翁"不止一个,或主六个,或主十三个,或主三十个,越近于原始的"艾翁"者越尊,递降者越卑。

妇。"人"和"教会"另外生出十二个,其中有"巴辣克莱"[①]和"信仰","希望"和"慈悲","完美"和"智慧",或称苏菲亚[②]。

——这三十个"艾翁"聚在一起,组成"浦莱罗穆"[③],或者上帝的"普遍性"。所以,犹如一个远逝的音响的回声,犹如一种消散的香水的气味,犹如太阳西沉的余晖,"本原"释放的"能力"总是越来越弱。

——不过苏菲亚一心要认识天父,冲出"浦莱罗穆";——于是"外尔布"又弄出一对夫妇,"基督"和"圣灵",把所有的"艾翁"在他们中间连结起来;它们合而为一,形成耶稣,一朵"浦莱罗穆"之花。

——然而,苏菲亚逃亡的心力在空间遗下一个她的形象,一个有罪的物体:阿沙辣媚丝[④]。救主可怜她,把她从苦难救出;获释的阿沙辣媚丝的微笑生出光明;她的眼泪变成水,她的忧郁生出黑暗的物质。

——由阿沙辣媚丝出来戴缪尔吉[⑤]:大千世界、天和魔王的制造者。他住的地方比"浦莱罗穆"低得多,简直望不见后者,自以为是真正的上帝,藉他先知的口重复道:"只有我是上帝!"随后他制造人,往灵魂里扔进无形的种子——教会,就是"浦莱罗穆"里面另一个"教会"的反映。

——阿沙辣媚丝有一天会来到最高的地域,她将和救主结合;藏在世界的火将销毁一切物质,吞掉自己,人变成纯洁的精灵,将和天使

[①] "巴辣克莱",出自希腊字,意即安慰者,通常指圣灵而言。法朗旦把"巴辣克莱"看做"艾翁"之一。——编者
[②] 苏菲亚,意为神授的智慧。——编者
[③] "浦莱罗穆",意为神的全善全能。——编者
[④] 阿沙辣媚丝,出自希伯来字,意即聪明。
[⑤] 戴缪尔吉,柏拉图的哲学把戴缪尔吉看做创造世界的神祇。

结婚!

奥芮金

——然后魔鬼平服,上帝的统治终将开始!

没等安东喊出口,

巴西黎德

立即抓住他的肘子:

——最高的"存在"和他无限的分化叫做阿布辣萨斯①,救主和他的所有的品德叫做考拉考②,或者叫做"线上加线","直上加直"。

——依仗某些字,人可以得到考拉考的法力。为记忆方便起见,字刻在这颗乳白玛瑙上面。

他指着颈间一颗刻着古怪线纹的小宝石。

——然后你将移到"看不见"的境界中,高居戒律之上,你会厌弃一切,甚至于道德。

——我们,纯洁之士,应当回避痛苦,拿考拉考做榜样。

安东

——怎么!十字架也回避吗?

艾嘉萨伊教侣③

穿着橙宝石道袍,回答他道:

——多谢福音光临,我祖先的忧郁、卑鄙、刑罚和压迫得以取消!

——你可以否认低下的基督、肉身的耶稣;然而必须膜拜另一个基督,在圣鸽羽翼下面以他的形体降生。

---

① 阿布辣萨斯,一种雕镂的宝石,从二世纪起,近东人带在身边,用来避邪。智慧学派用它来代表三百六十五的数目,象征最高的存在。
② 考拉考,智慧学派用语,象征基督。这句话的来源是《旧约·赛亚书》第二十八章第十节:"他竟命上加命、令上加令、律上加律、例上加例、这里一点、那里一点。"
③ 艾嘉萨伊(又译艾波奈特——编者)教侣,一世纪末艾嘉萨伊教派的信徒。他们承认两个基督,一个属于上天,一个属于人世。

——尊敬婚姻！圣灵乃是女性！

伊拉芮影不见了，群众把安东拥近。

喀包克辣斯教侣①

和妇女躺在朱红褥垫上面：

——在回到"唯一"之前，你将遭遇一连串的状况和行动。你想由黑暗把你救出，从现在起，完成它的工作！丈夫对妻子说："周济你的兄弟"，她将吻你。

尼哥拉教侣②

围着热气腾腾的馔肴：

——这是献给神像的肉；请用！心地纯洁，许可叛教。你的肉要什么东西，塞它什么东西。设法以纵欲毁灭它！浦鲁妮考丝③天之母，淫乱无度。

马尔考斯教侣④

戴着金戒指，身上香脂四溢：

——到我们这里，把你和"元神"结为一体！到我们这里来饮不朽！

当中有一位揭开一张毯子，指一个驴头的人身给他看。这象征萨巴奥斯⑤，魔鬼之父。表示憎恨，他唾痰上去。

另一位露出一张撒着花的低低的床，说道：

---

① 喀包克辣斯（即卡波克拉特——编者）教侣，二世纪亚力山太的喀包克辣斯的信徒，否认基督是神，以为世界是天使所造。
② 尼哥拉教侣，尼哥拉见于《使徒行传》第六章第五节，说是进过犹太教的安提阿人。相传他是耶路撒冷的一个祭司，渐渐流入歧途，收下若干信徒。不过，这话靠不住，实际倒许是巴兰的信徒，表面信奉基督教，暗地遵循偶像崇拜的礼节。另一说，尼哥拉是仇人给圣保罗起的诨号，所以他的信徒叫做尼哥拉教侣，后人不明，以为真有其人了。
③ 浦鲁妮考丝，淫妇的意思，智慧学派给《福音书》内患血漏的女人起的名字，看做一尊神祇。
④ 马尔考斯，二世纪人，法朗旦的弟子，自成一派，改"三位一体"为"四位一体"，相传准许妇女出入内堂。
⑤ 萨巴奥斯，意思是万军之主，即希伯来的 Tsebaoth，译成希腊的 Sabaoth，形容耶和华的称呼。其后智慧学派用来称呼恶之创造者，即以色列的神祇。

——元神的婚礼就要完成了。

第三位拿着一只玻璃杯，念念有词，里面冒出血来：

——啊！请看！请看！基督的血！

安东走开。然而一只大缸有水溅他。

海维笛屋斯教侣①

头向下跳进去，同时呢喃着：

——人行洗礼就不堕落了！

随后他走过一团大火，亚当教侣②在这里取暖。他们全身赤裸，来模拟乐园的纯洁。随后他碰到

麦萨连教侣③

卧在花砌的地面，睡眼朦胧，愚蠢：

——噢！你要踩我们就踩好了，我们就是不动！工作是一种罪孽，任何职业全是坏事！

在他们后面，猥贱的

巴特尔尼教侣④

不分男女小孩，乱纷纷聚在垃圾堆，仰起酒污的丑恶的面孔：

——身体卑下的部分是魔鬼做的，也就属于魔鬼。喝吧！吃吧！胡闹吧！

艾齐屋斯⑤

——在上帝的治下，罪恶尽有必要！

但是忽然

---

① 海维笛屋斯，他认为圣母马利亚嫁后生过其他子女。
② 亚当教侣，发生于二、三世纪，非洲北部人所创，不衣不履，恢复亚当最初无罪的情况，所以也不婚嫁。
③ 麦萨连教侣，三世纪麦萨连的信徒，自成一派。
④ 巴特尔尼教侣，四世纪基督教的一个支派，以为肤肉是魔鬼的制作。
⑤ 艾齐屋斯，阿芮屋斯的重要心腹之一。

一个男子

披着一件迦太基①大衣，拿着一捆皮条，跳在他们当中，用力向左右乱抽：

——啊！骗子、强盗、奸商、异端、鬼怪！学院之蠹、地狱之渣！这家伙，马尔席影，是西闹浦②一个犯乱伦罪被人赶出来的水手；喀包克辣斯叫人当做魔术士放逐出去；艾齐屋斯偷他的妍头，尼哥拉让他的女人卖淫，至于摩尼以佛自称，他的名字是库布芮库斯，被人用一根苇子尖活活剥下皮，到如今他的老皮还挂在克泰西奉③城门！

安东

认出是泰尔屠连④，赶过去要跟他在一起。

——先生！救我！救我！

泰尔屠连

继续道：

——砸碎神像！童女蒙面纱！祈祷、斋戒、哭泣，折磨自己！用不着玄理！用不着书籍！有了耶稣，学问就没有用了！

全逃走了；泰尔屠连不见了，安东看见一个女人坐在一条石凳上面。

她呜咽着，头倚着一根柱子，头发垂下来，身子瘫在一件棕色的长袍里面。

随后，远远离开人群，他们聚在一起；——一阵沉静，一阵异常的

---

① 迦太基，纪元前七世纪腓尼基人在非洲北部创建的国家，其后与罗马争霸，为罗马所亡。
② 西闹浦（又译锡诺普——编者），黑海南岸的一个商埠。
③ 克泰西奉（今译泰西封或忒息丰——编者），在底格里斯河北岸，巴比伦的西北，原是帕提亚人的都城。
④ 泰尔屠连，一六〇年生于迦太基，死于二四〇年。早年受律师的教育，其后皈依基督教，成为拉丁教会方面的大学者，著述颇多，文字流畅雄壮，反对重婚、奢华与逃避迫害。晚年他信从孟塔鲁斯的主张。

绥和,仿佛在树林里面,风停住,树叶子忽然不动了。

这女子极其美好,惜乎憔悴不堪,带着一种坟墓的惨白。他们彼此望着,仿佛一片汪洋的思想,他们的眼睛互相输出万千零乱幽深的过去的事物。最后,

浦芮西娜①

开口道:

——我在末一间浴室,我听着街上隆隆的声音睡着了。

——忽然我听见一阵呼嚣。有人喊着:"是一个魔术士!是魔鬼!"一群人在我们的门前停住,正对着艾斯库拉普庙②。我用手高高攀住小窗。

——庙廊上有一个人,脖子绕着一条铁链。他从火盆拾起炭块,在胸口划来划去,喊着:"耶稣!耶稣!"人们说:"他在犯罪!拿石头砍他!"他,他一直在讲。全是不经见的事,令人兴奋。太阳一样大小的花在我的眼前盘旋,我听见半空有金竖琴响。天黑了。我的胳膊松开窗栏,身子倒下来,临到他把我带到他家的时候……

安东

——可是你在说谁呀?

浦芮西娜

——还有谁,孟塔鲁斯!

安东

——他死了,孟塔鲁斯。

浦芮西娜

——这话不对!

---

① 浦芮西娜,孟塔鲁斯教派的一个女先知。
② 艾斯库拉普(又译艾斯克莱庇厄斯——编者),希腊人的医神,阿坡龙(今译阿波罗——编者)的儿子。

一个声音

——是呀,孟塔鲁斯没有死!

安东回转身;在另一面,凳子上坐着第二个女子,——金黄头发,然而还要惨白,眼皮下面发肿,好像她哭了好久。不等他问她,她就说道:

马克西米娜①

——我们离开达苏②,从山路回来,在一个拐弯的地方,我们看见一个人在一棵无花果树下面。

——他远远就喊:"站住!"他一壁骂我们,一壁奔了过来。奴隶统统跑过来。他大笑了。马扬起后腿。冒闹斯狗③全在噪叫。

——他直直站着。脸上淌着汗。风刮着他的大衣响。

——他唤着我们的名字,指责我们的工作无聊,我们的身体龌龊;——他向单峰骆驼举起拳头,因为它们下颌挂着银铃铛。

——他的忿怒令我从心里惊惧——然而这好似一阵快感摇我、醉我。

——奴隶先拢近。他们说:"先生,我们的牲口累了";随后,妇女们讲:"我们害怕",奴隶走了。随后,小孩子哭将起来:"我们饿了!"没有人答理妇女,她们散开了。

——他,他说着。我觉得有人靠近我。是我的丈夫;我在听另一个人讲话。我的丈夫在石头中间挨蹭,一面喊道:"你不要我了吗?"我回答道:"是呀!滚开!"——为了陪伴孟塔鲁斯。

安东

——一个阉人!

---

① 马克西米娜,孟塔鲁斯派的一个女先知。
② 达苏(又译大数——编者),小亚细亚基利家(又译奇里乞亚——编者)东南临海的城邑。
③ 冒闹斯(又译摩罗斯——编者)狗,一种高大的看门犬,极有名。冒闹斯人是古代马其顿之西的以拜路司国(又译伊庇鲁斯——编者)的一个部落。

浦芮西娜

——啊！这你也诧异，下流东西！其实抹大拉、约亚拿、马大和苏撒拿①都没有和救主同过床。灵魂比身体更好互相搂住取乐。为了保全尤丝陶利的清白，赖翁斯②主教把自己弄成残废，——他爱惜他的爱情甚于他的男性。而且，这不是我的错；有什么东西强我去做；骚塔斯③也治不了我。可是，他很专横！管他哪！我是末一个女先知；我以后世界的末日就要到了。

马克西米娜

——他拿许多礼物送我。再说，也没有人那样爱他，——那样为他所爱！

浦芮西娜

——你说谎！那是我！

马克西米娜

——不对！那是我！

她们揪打起来。

她们肩膀中间露出一个黑人头。

孟塔鲁斯

披着一件黑大衣，用两根死人骨头扣住。

——息了怒吧，我的鸽子！我们不能够享受人间的幸福，却也凭

---

① 抹大拉、约亚拿、马大和苏撒拿，《路加福音》第八章记载："过了不多日，耶稣周游各城各乡传道……和他同去的有十二个门徒，还有被恶鬼所附，被疾病所累，已经治好的几个妇女，内中有称为抹大拉的马利亚，曾有七个鬼从她身上赶出来；又有希律的家宰苦撒的妻子约亚拿，并苏撒拿，和好些别的妇女，都是用自己的财物供给耶稣和门徒。"同书第十章记载："他们走路的时候，耶稣进了一个村庄。有一个女人，名叫马大，接他到自己家里。她有一个妹子，名叫马利亚，在耶稣脚前坐着听他的道。马大伺候的事多，心里忙乱，就进前来，说：'主啊，我的妹子留下我一个人伺候，你不在意吗？请吩咐她来帮助我。'耶稣回答说：'马大！马大！你为许多的事思虑烦忧；但是不可少的只有一件；马利亚已经选择那上好的福分，是不能夺去的。'"
② 赖翁斯，安提阿的主教。
③ 骚塔斯，特拉基东北临海安嘉勒（在达苏附近——编者）城的主教，他想劝转浦芮西娜，但是没有成功。

这种结合得到精神的圆满。天父时代以后,圣子时代;我开始第三时代,"巴辣克莱"时代。天上的耶路撒冷在星空,在我的派普萨①住宅上面熠耀了四十夜,他的明光降到我的身上。

——啊!皮鞭子抽你们的时候,你们怎样苦苦呼号!你们痛楚的四肢怎样献给我的热狂!爱情不能实现,你们怎样在我的胸脯上面枯萎!爱情的强烈为你们发现了好些世界,你们如今可以用自己的眼睛望见灵魂。

安东做手势,表示诧异。

泰尔屠连

回到孟塔鲁斯身边:

——当然,唯其灵魂有一个身体,——没有身体的东西就不存在。

孟塔鲁斯

——为要灵魂更加精致,我制定苦修条例,一年三次斋戒,每夜闭住嘴祈祷。——害怕出口的嘘息染污思想。必须避免重婚,或者,简直不要结婚!天使就和女人犯过罪。

阿尔孔特教侣②

穿着鬃鬣编织的苦衣:

——救主说过:"我来为了破坏女人的制作。"

塔田教侣

穿着芦苇编织的苦衣:

——女人正是罪恶之树!肉皮的衣服是我们的身体!

于是沿着一边向前走,安东遇见

---

① 派普萨,弗吕嘉的小城,一六八年左右,变成孟塔鲁斯信徒的圣地。
② 阿尔孔特教侣,古代希腊的最高执政叫做"阿尔孔特",意思是"首领"。四世纪,法朗旦信徒中有人另成一派,以为世界由七天组成,各个天由"阿尔孔特"创造统辖。他们不承认复活,厌恶妇女。

法莱西屋斯①教侣

躺在地上,下半截腹部的道服下面,带着一片一片的红。

他们拿一把刀给他看。

——干罢,和奥芮金一样,和我们一样!难道你怕疼,懦夫?难道你爱惜你的肉,丢舍不开,伪君子!

正当他观看他们仰天躺在他们的血水里面挣扎,

该隐教侣②

用一条蛇挽住头发,走过他的身边,向他的耳里嚷道:

——该隐万岁!所多玛③万岁!犹大④万岁!

——该隐造下强壮的民族。所多玛以它的惩罚震惊全球;上帝仗着犹大救了世界!——是呀,犹大!没有他,就没有死,没有赎罪!

他们消失于一群

席尔共斯里影教侣⑤

穿着狼皮,戴着荆棘冠,拿着铁棒:

——捣碎果子!搅浑泉水!淹死婴孩!抢掠自命快乐的饱食的富人!鞭打羡嫉驴鞍、犬食、鸟窠的穷人,看见别人不和他一样贫苦因而绝望的穷人。

——我们,圣者,为了促成世界末日,我们下毒药、放火、屠杀!

——只有殉教可以得救。我们舍身殉教。我们用钳子揭去我们的

---

① 法莱西屋斯,模仿奥芮金,自阉以坚信心,更变本加厉,以有后为罪愆。其后信徒渐多,被教会逐出,退居阿拉伯。
② 该隐是亚当和夏娃的长子,因为上帝没有采取他的供物,而采取他的兄弟亚伯的供物,便怀恨杀了他的兄弟亚伯。上帝便把他从面前赶开。参阅《旧约·创世记》第四章。其后基督教有一支派,以为上帝耶和华是万恶的根源,凡违抗他的全是好的。
③ 所多玛,参阅《创世记》第十八与第十九章。所多玛是邻近迦南的一座城,居民无恶不为,耶和华降火烧掉。相传死海就是所多玛及其附近的原址。
④ 犹大,耶稣的门徒,后来受贿出卖耶稣。参阅《四福音书》。
⑤ 席尔共斯里影教侣,非洲基督教会分离派的一个支别。分离派并非基督教的异端,平素服从教制,谨守信经。他们反对教权属诸政府。席尔共斯里影教侣奔走非洲境内,解放奴隶,废止债务,以殉教为职志。

头皮,我们把四肢伸在犁耙下面,我们把自己扔进炉灶!

——废除洗礼!废除圣体餐礼!废除婚姻!普遍的永劫!

于是,全教堂变成怨怒的波涛。

欧笛屋斯①教侣放箭去射魔鬼;考里芮德教侣②拿蓝头巾投天花板;阿西特教侣③匍匐在一只酒囊前面,马尔席影教侣拿油给死人行洗礼。靠近阿派勒④,一个女人说明她的意思,叫人看一只瓶子里面的一块圆面包;另一个女人,在桑普塞昂教侣⑤中央,施舍她芒鞋上面的尘土,犹如施舍祭饼。撒着玫瑰的马尔考斯教侣的榻上面,两个情人搂在一起。席尔共斯里影教侣彼此在割咽喉,法莱西屋斯教侣喘着末一口气,巴德萨唱着,喀包克辣斯舞着,马克西米娜和浦芮西娜呜呜地哭泣;——加帕多嘉⑥的伪女先知,全身赤裸,扶住一只狮子,摇动三支火把,吼号着可怕的祈愿。

柱子仿佛树身摇摆,邪说领袖的颈间的符箓发出交错的火线,偏殿的星座移动,墙壁迎着来往的群众后退,每颗人头只是一个跳吼的浪头。

不过,——就在喧嚣的中心,杂着笑声,升起一片歌唱,不时可以听到耶稣的名字。

歌唱的是一群穷人,拍着手来打拍子。在他们中间是

阿芮屋斯

穿着助祭的法衣:

---

① 欧笛屋斯,四世纪人,拿各种人形赋与上帝,以为水、火、黑暗全没有开端。
② 考里芮德教侣,四世纪基督教的一个支派,把圣母当做一种异教的女神看待,上供一种叫做"考里芮德"的祭饼。
③ 阿西特教侣,二世纪基督教的一个支派,围着一只酒囊舞蹈,以为得了道的人等于皮袋盛了新酒。"阿西特"有水臊的意思。
④ 阿派勒,马尔席影的弟子,不承认死人复活和《旧约》,赞美结婚。
⑤ 桑普塞昂教侣,一世纪死海沿岸的一个教派。"桑普塞昂"一字来自希伯来的"太阳",常人以为他们崇拜太阳,所以这样称呼他们。
⑥ 加帕多嘉(即卡帕多西亚——编者),小亚细亚最东最大的一省。二三五年左右,当地有一个女子,宣称世界末日就到,一时人心为之震动。

——那些排斥我的蠢货妄想解释荒诞不经；为了毁掉他们，我编了好些发笑的小诗，磨坊、酒店、码头，全有人会背。

——一千个不！圣子和天父不属于同一永生，也不属于同一物质！否则他不会讲："天父，把这祭杯从我面前取开！——为什么你称我好？只有上帝好！——我去见我的上帝，你们的上帝！"还有好些别的话证明他属于生人。而且，他所有的称呼正好帮我们坐实他是羔羊、牧人、泉源、贤惠、人子、先知、正路、基石！

萨布里屋斯①

——我，我以为他们虽二犹一。

阿芮屋斯

——安提阿大会的决定恰好相反。

安东

——那么，"外尔布"怎么讲？……耶稣又是什么？

法朗旦教侣

——是悔了过的阿沙辣媚丝的丈夫！

塞特教侣②

——是挪亚的儿子，闪③！

戴奥道土斯④**教侣**

——是麦基洗德⑤。

---

① 萨布里屋斯（又译撒伯里乌——编者），三世纪前半叶比人，以为圣子圣灵全是天父的一部分。
② 塞特教侣，二世纪基督教的一个支派，拥戴亚当的少子塞特。《旧约·创世记》第四章记载："亚当又与妻子同房，她就生了一个儿子，起名叫塞特。意思说，神另给我立了一个儿子代替亚伯，因为该隐杀了他。"
③ 闪，参阅《旧约·创世记》第五章第二十八节以后各章。
④ 戴奥道土斯，二世人，以为基督是上帝的义子，所以才算神祇。只有麦基洗德真是上帝的儿子。
⑤ 麦基洗德，《旧约·创世记》第十四章，记载亚伯兰大胜归来，"又有撒冷王麦基洗德，带着饼和酒，出来迎接；他是至高神的祭司。"《新约·希伯米书》第五章，说到基督和麦基洗德，引用《诗篇》一百一十第四节："基督也不是自取荣耀作大祭司，乃是在乎向他说：'你是我的儿子，我今日生你'的那一位；就如经上又有一处说：'你是照着麦基洗德的等次永远为祭司。'"

麦林特①教侣

——只是一个平常人罢了！

阿包里迺②教侣

——他也就是取其外貌而已！他假装受难。

安西尔的马尔塞③

——是天父的一种发展！

喀里斯特教皇④

——天父圣子只是一个上帝的两种仪态。

麦陶笛屋斯⑤

——他先在亚当身子里面，后来在人身子里面！

赛林特⑥

——他要复活的！

法朗旦

——不可能，——他是金身！

萨冒萨特的保罗⑦

——他从受洗起才是上帝！

海尔冒金⑧

——他住在太阳里面！

---

① 麦林特，一世纪末基督教的一个支派领袖。他以为耶稣行洗礼时，上帝的元神才降到他身上。然后耶稣才是基督。但是临到遇难时节，基督便离开耶稣而去了。
② 阿包里迺，生于四世纪初，死于三九〇年，曾仿柏拉图问答式，改编《圣经》授人，著述很多，是教会的一个大学者。三八一年，君士旦丁大会加以排斥，他就自创一派，以为上帝有两个儿子，一个是上帝生的，一个是圣母生的。
③ 安西尔的马尔塞，安西尔是小亚细亚迦拉太的旧省会。马尔塞是四世纪一个主教，反对三位一体之说，见解与萨布里屋斯相仿。
④ 喀里斯特教皇，二一八年当选为教皇，二二三年殉教。
⑤ 麦陶笛屋斯，小亚细亚的美西亚东北奥林普斯地方的主教，反对奥芮金，三一一年左右殉教。
⑥ 赛林特，即麦林特。
⑦ 萨冒萨特的保罗，萨冒萨特（即萨莫萨塔——编者）是古代叙利亚的城邑。曾做过安提阿主教的保罗，在萨冒萨特出生，否认三位一体和耶稣是神，二六八年免职。
⑧ 海尔冒金，他想折衷希腊哲学和基督教义，痛遭泰尔屠连指斥。

所有邪说领袖团团围住安东。他捧住头哭泣。

一个犹太人

红胡须,皮肤沾着癞斑,过来拢在他的近旁;——狞笑着:

——他的灵魂是以扫①的灵魂!他害了白莱罗奉②似的病;他的母亲,一个卖香料的,在秋收的一个夜晚,靠着成捆的玉蜀黍,和一个罗马兵潘太鲁斯③苟合。

安东

急急仰起头,望着他们不言语;随即一直走向他们:

——司铎、魔术士、主教和助祭、人和鬼,退后!退后!你们全在撒谎!

邪说领袖

——我们有些殉教者比你的殉教者还要坚苦,有些祈祷比你的祈祷还要困难,更高的爱情的激越,同样长久的禅定。

安东

——可是没有天示!没有物证!

于是全在空里挥着成卷的巴皮鲁司、成方的木版、成块的皮、成条的布;——你推搡我,我推搡你:

赛林特教侣

——请看《希伯来人福音》④!

马尔席影教侣

——《救主福音》⑤!

---

① 以扫,以撒的长子,和雅各是双生。参阅《旧约·创世记》第二十五到第三十六章。
② 白莱罗奉,古代希腊神话中的英雄,曾经骑上飞马白嘉斯,杀死妖精石麦尔。晚年他陷于一种难以言传的忧郁,本文所谓病,即指此而言。
③ 潘太鲁斯,反对基督教的人们说他是马利亚的情夫,耶稣的生父。
④ 《希伯来人福音》,《新约》除《四福音书》外,另有五十余种,未经收入,通常多视为伪书。《希伯来人福音》即伪书之一。
⑤ 《救主福音》,伪书之一。

马尔考斯教侣

——《夏娃福音》①!

昂克辣蒂教侣②

——《多马福音》③!

该隐教侣

——《犹大福音》④!

巴西黎德

——《灵魂不期而来论》!

摩尼

——《巴尔库夫预言》⑤!

安东由他们中间挣脱身子；——他望见一个充满阴影的角落里,

年老的艾毕影教侣⑥

木乃伊一样干枯，黯弱的目光，白眉。

他们说话带着一种颤声：

——我们认识他，我们这些人，我们认识他，那木匠的儿子！我们和他一样年纪，我们住在他那条街上。他喜欢用泥捏小鸟儿，帮他父亲做活，不怕顶板的切锯，要不然就帮母亲聚起染好的毛线球。后来他到埃及旅行，带回好些惊人的秘密。他来寻访吃蝗虫的人，那时我们在耶利哥⑦。他低声低气地说话，人听不见他讲些什么。可是就打这时候起，他在加利利⑧有了名气，人也讲起他许多传说。

---

① 《夏娃福音》，伪书之一。夏娃是上帝创造的第一个女子，亚当的妻室。
② 昂克辣蒂教侣，基督教的一个支派，茹素，不结婚。
③ 《多马福音》，伪书之一。多记耶稣幼年故事，荒诞不可置信。多马系耶稣十二门徒之一。
④ 《犹大福音》，伪书之一。
⑤ 《巴尔库夫预言》，巴西黎德所作，巴尔库夫实无其人。
⑥ 艾毕影教侣，"艾毕影"是希伯来字，原义贫穷。艾毕影教派接近犹太教，发生于《新约》撰著时代，承认耶稣是救主，然而否认他是神圣。通常习医道巫术，节欲，拜太阳。
⑦ 耶利哥（即杰利科——编者），在约旦河西岸，死海正北。
⑧ 加利利，约旦河上游以西一省，耶稣行教大多不出该省。

他们哆哆嗦嗦地重复着：

——我们认识他，我们这些人！我们认识他！

安东

——啊！再讲下去，说吧！说吧！他的脸是什么模样？

泰尔屠连

——样子又野又丑；——因为他让自己承担人世一切罪恶，一切痛苦和一切丑陋。

安东

——噢！不！不！正相反，我心想他的全身呈有一种超人的美丽。

该撒力亚的尤赛布

——在巴逦戴司①，靠着一所旧茅草房子，在一堆乱草中间，有一个石像，传说是那患血漏的女人立的。不过时间蚀坏了它的面孔，雨水打伤了铭志。

一个女人从一群喀包克辣斯教侣中间走来。

马丝丽娜②

——从前，我在罗马一个小教堂做助祭，我领信徒观看圣保罗、荷马③、皮塔高尔④和耶稣基督的银像。

——我留下的只有他的。

她半敞开她的大衣。

——你想看吗？

一个声音

——我们呼唤他，他就露面！是时辰了！来吧！

---

① 巴逦戴司，叙利亚的城市，从推罗到大马色路经的地方。
② 马丝丽娜，一六五年左右，她来到罗马，崇拜耶稣、柏拉图等人的偶像。
③ 荷马，古代希腊的大诗人。
④ 皮塔高尔（即毕达哥拉斯——编者），纪元前六世纪希腊哲学兼数学家。相传乘法表是他发明的。

安东觉得一只粗野的手抓住他的胳膊，带着他走，

他登上一座漆黑的楼梯；——走过好些台级，他来到一扇门前。

然后，领他的人（是伊拉芮影吗？他弄不清楚）向他的耳边道："救主快来了。"——有人把他们让进一间没有家具，天花板低极了的屋子。

最先引他注目的，是迎面一条血色的长蛹，有一颗放光的人头，四周是用希腊文写的克鲁菲斯①这个字。它主有一根柱子，柱子立在一个底座中央。屋子其他板壁有磨亮的铁牌，上面是些禽兽的头：牛、狮、鹰、犬——还有，驴！

挂在这些铁像下面的陶土灯，放出摇摇不定的光亮。安东由一个墙穴瞥见远远水上熠耀的月亮，他甚至于辨出匀整的粼粼的波荡和一只船身碰到坝石的沉重的响声。

好些蹲着的男子，把脸藏在大衣下面，不时发出一声喧回的犬吠。好些妇女睡着，前额靠住膝盖支着的两只胳膊，完全消失在她们的面网里面，简直可以说做一堆衣服沿墙放着。靠近她们，好些半裸的孩子，一身虱子，白痴也似的望着灯光；——谁也不做事；大家等着什么。

他们低声谈论他们的家族，或者互相交换一些病方。当局的迫害太厉害，有些人打算黎明上船远去。其实欺哄异教徒并不难。"糊涂虫，他们相信我们膜拜克鲁菲斯！"

然而有一位教友，忽觉神灵附体，来在柱子前面站定。柱子上面放着一只装满了茴香和马兜铃的篮子，顶端是一块面包。

其余人士站好了地位，形成三道平行线。

神灵附体的教友

展开一张长圆形体交杂的告白，随后开始道：

---

① 克鲁菲斯，埃及的蛇形神祇。

——"外尔布"的光下降在黑暗上面，传出一声强烈的呼唤，好像光的声音。

全体

一壁摇摆身体，一壁回答：

——基芮爱·爱莱伊松①。

神灵附体的教友

——然后，以色列②无耻的上帝造下人来，还有这些帮手：

指着铁牌，

——阿斯陶哀奥斯、奥辣伊奥斯、萨巴奥斯、阿道纳伊、艾脑伊、伊阿奥③！

——而人，丑恶、软弱、不成形、没有思想，卧在泥泞上面。

全体

如泣如诉：

——基芮爱·爱莱伊松！

神灵附体的教友

——然而苏菲亚，起了怜悯，用她灵魂的一部分把人救活过来。

——于是，看见人这样美，上帝恼怒了。他把人拘在他的王国，禁止他接近智慧之树。

——另一位又来救了他！她打发蛇去，用了许多计谋，让他违背这嫉视的法令。

——而人，尝到了智慧，也就明白了天道。

全体

用力：

---

① 基芮爱·爱莱伊松，两个希腊字，"基芮爱"等于"主"，"爱莱伊松"等于"怜悯"。弥撒开始时，多诵此语。
② 以色列，《创世记》第二十二章记载雅各与天使摔跤，胜了天使，天使叫他改名以色列。他的后裔就是以色列族，出了埃及，分为十二支，占有巴勒士登，成为今日所谓犹太人。
③ 全是智慧学派恶意称呼耶和华（以色列的上帝）的名字。

——基芮爱·爱莱伊松！

神灵附体的教友

——然而为了报复起见，伊阿布达拉奥斯①把人和蛇一同投在物质里面！

全体

低极了：

——基芮爱·爱莱伊松！

他们闭拢嘴，不作声。

码头的气味和灯烟糅混在温暖的空气里面。灯捻子爆响着，快灭了；长蚊子盘旋着。安东因为焦灼喘哮；好像一种妖异的感觉漂浮在他的四周，一种罪恶的恐怖眼看就要完成。

然而

神灵附体的教友

顿着脚跟，拍打着手指，摇着头，随着铙钹和一支尖锐的笛子，和着一种狂暴的节拍，唱起圣歌：

——来呀！来呀！来呀！走出你的洞穴！

——没有脚，快跑！没有手，抓牢！

——川流一样曲，太阳一样圆，星空一样带着金点子黑！仿佛葡萄的纠缠，脏腑的盘绕！

——不经胎生！以地球为食！永久年轻！聪明！受艾皮道尔②尊奉！待人良善！治好多力买王、摩西的兵士和米闹斯的儿子格楼库斯③！

---

① 伊阿布达拉奥斯，智慧学派恶意称呼耶和华的一个名字。
② 艾皮道尔，古代希腊阿尔高里德（即阿尔戈利斯州——编者）一个临海的城邑，有一座医神艾斯库拉普庙，神像是蛇形。
③ 米闹斯（又译米诺斯——编者）的儿子格楼库斯（又译格芳科斯——编者），米闹斯是地中海基利底（即克里特——编者）岛之王，也是地狱的审判官，其子是鱼尾人身的海神。

——来呀！来呀！来呀！走出你的洞穴！

全体

重复：

——来呀！来呀！来呀！走出你的洞穴！

不过，没有东西出现。

——为什么？怎么了？

于是彼此商议，提出方案。

一个老年人献出一块草泥。随后，篮子里面高了上来。草泥摇动，花落着，——露出一颗蟒头。

蟒沿着面包慢慢蜿蜒，好像一个圆环绕着一只不动的圆盘，随即展开、伸长；——大极了，十分沉重。唯恐沾地，男子把它捧在胸脯，妇女顶在头上，小孩子举在臂梢；——而它的尾巴，钻出墙穴，一直坠向渺茫的海底。它的环节自相分裂，充满屋子，把安东团团围住。

信徒

嘴贴住蟒皮，抢夺它咬过的面包。

——就是你！就是你！

——先是摩西把你高高举起，后来希西家①弄断了你，又经弥赛亚②重新放好。他在洗礼的水里面喝你；不过你在橄榄园③离开他，于是他觉得自己没有了气力。

——你缠着十字架的杆子，比他的头还要高，口涎溅着他的荆棘冠，望着他死。——因为你不是耶稣，你，你是"外尔布"！你是基督！

---

① 希西家，犹大国的王，在位二十九年，废除偶像崇拜，打碎摩西所造的铜蛇，恢复崇奉上帝。参阅《旧约·列王纪下》第十八章。——编者
② 弥赛亚，《新约·约翰福音》第一章第四十一节："弥赛亚翻出来就是基督。"
③ 橄榄园，《圣经》作橄榄山，在耶路撒冷城东，三里长的一座小山，山上有四峰，其中一峰即耶稣升天的地方。

安东不堪惊惧，晕了过去；他倒在他的茅庐前面的碎木上，火把从他的手里滑出，柔柔地烧着。

他的眼睛因为震动半睁开；他瞥见月光之下粼粼的清澄的尼罗河，恰似沙地中央一条巨蛇；——太像蛇了，他不由幻想自己还没有离开奥菲教侣①；——他们围住他，呼唤他，搬运行李，走下码头。他随他们上了船。

一段不可计度的时间流了过去。

随后一座牢狱的穹隆把他包住。迎面的栅栏在蓝天映出黑的线条；——在阴影之中，他的两旁有人哭着，祈祷着，四外另有一圈人鼓舞他们，安慰他们。

外面像有一群人在喧哓，一片夏日的辉耀。

有尖声呼喊西瓜、水、冰饮料和草编的坐垫。不时传来一阵喝彩。他听见头上有人走动。

忽然发出一阵悠长的吼声，又响又空，好像阴沟的水声。

他望见当前另一座兽槛的栅栏后面有一只狮子徘徊，——随即一排云鞋、赤腿和紫红的流苏。再过去，一级一级石圈，从围绕平地的最低一层到最高一层，越来越大，匀匀称称，坐着一圈一圈男女。最高一层竖着若干旗杆，撑起风信子色的帐帘，用绳子在空中把它们绷开。若干向中央聚拢的台阶把这些大石圈齐齐分开。人坐在上面，台级看不见了，尽是骑士、元老、兵卒、百姓、外丝塔的女祭司②和娼妓——穿戴着羊毛风帽、丝织肩带、褐色袍褂，夹杂着宝石帽花、羽翎帽缨、前卫斧钺；这一切骚扰、叫嚣、乱杂和激昂，好像一只沸滚的巨釜，使

---

① 奥菲教侣，"奥菲"是希腊的"蛇"字。二世纪基督教的一个支派，把蛇看做弥赛亚崇拜。
② 外丝塔的女祭司，外丝塔（又译维丝塔——编者）是女性的火神，罗马人供奉的主要家神。她的女祭司多由名门望族选出，昼夜守护着祭坛的神火。神火如灭了，或者不守清规，便活活埋掉。外丝塔在希腊原名 Hestia（赫斯提亚——编者）。

他罔知所以。在平地空场的中央，在一座神坛上面，焚着一瓶乳香。

那么，他四周的人士是罚来喂走兽吃的基督徒。男子披着萨图恩①大祭司的红袍，妇女披着赛奶丝②的条带。他们的朋友分赠他们残余的衣服和指环。他们说，进狱探望必须送许多钱。管它哪！他们要待到末尾。

在这些劝慰的人里面，安东注目到一个秃顶男子，穿着黑袍，面孔曾在什么地方会过；他和大家谈起人世的空虚，天堂的幸福。安东充满爱的激越。他希望有机会为救主流血，不知道他自己并不是一个殉教者。

可是除去一个伸起胳膊、长头发的弗吕嘉③人以外，全是忧愁的模样。一个老年人靠住一条凳子呜咽，一个年轻人站直了，垂下头，梦想着。

老年人

因为在一个十字街头的转弯处，当着一座米迺尔甫④神像，他不愿意捐款；望着他的同伴，意思像是说：

——你们应当救我才是！有些宗教团体有时候就安排得极好，没有人来搅扰。你们中间就有几位弄到那种信件，假装说你们已经祭拜过偶像。

他问道：

——一个人受刑不过，可以随意而行，不是亚力山太的彼得这样规定的吗？

---

① 萨图恩，在罗马神话中被视为裘彼特（又译朱庇特——编者）的父亲，被裘彼特驱出天外，逃在拉丁，劝民稼穑，成为诗人歌咏的黄金时代。在希腊原名 Kronos（克洛诺斯——编者）。
② 赛奶丝（即刻瑞斯——编者），萨图恩的女儿，拉丁人的农神。在希腊原名 Demeter（得墨忒耳——编者）。
③ 弗吕嘉（即弗里吉亚——编者），小亚细亚中部的地带。
④ 米迺尔甫，裘彼特的女儿，司理各种技艺的智慧女神。在希腊原名 Pallas-Athene（雅典娜——编者）。

随后，向自己道：

——啊！到了我这把年纪还受罪，也太苦了！我老弱到没有一点气力！可是，我还可以挣扎下去，活到下一个冬天！

想起他的小花园，他伤心了，——于是他端详着神坛的侧面。

年轻人

曾经捣乱一次阿坡龙①的节会。呢喃道：

——其实，我只要往山里一逃也就成了！

一个教友

——兵士会擒住你的。

年轻人

——噢！我很可以学席浦连先隐匿，然后再回来；临到第二回，当然，我就更有气力了！

随后，想到他应该活着的无数的年月，他有日要享受的一切喜悦；——于是他端详着神坛的侧面。

不过

穿黑袍子的男子

向他跑来：

——还成什么体统！怎么了你，一种天意所在的牺牲？这些女人全看着你，想想看！再说，上帝有时候会显灵迹的。皮奥尼屋斯②弄麻了他的刽子手的手，包里喀浦③的血弄熄了刑场积薪的火焰。

他转向老年人道：

——老先生！老先生！你应当拿你的死为我们宣教才是。迟迟其

---

① 阿坡龙（又译阿波罗——编者），裘彼特的儿子，司理预言、医药、文艺、太阳等，和月神狄亚娜是双生。在希腊原名 Phoebus（福玻斯——编者）。
② 皮奥尼屋斯，小亚细亚临近爱琴海的司每拿（即今伊兹密尔——编者）的教士，二五〇年殉教。
③ 包里喀浦，耶稣门徒圣约翰的弟子，司每拿的主教，一六七年，他九十五岁的时候，殉教而死。

死,你一定会干出什么坏事,毁了你生平的善行。何况上帝的能力无限。也许你的例子要叫全国人民皈依。

对面兽槛的狮子停也不停,过来过去,放步而行。最大的一只忽然盯住安东,吼将起来,口里冒着气。

妇女靠住男子,挤作一团。

劝慰的人

走来走去。

——要是人家拿铁片烧你,拿马分裂开你,拿蜜抹你一身,叫苍蝇来咬你,你们又该怎么办,你又该怎么办!眼前你好比是一个猎人,在树林遭了野兽的暗算。

安东愿忍受这一切刑罚,也不要可怕的野兽吃他;他自信能感到它们的牙、它们的爪,能听到他的骨头在它们的牙床之间碎裂。

窨里进来一个兽奴,殉教者哆嗦了。

只有那位弗吕嘉人无动于衷,在一旁祈祷。他烧了三座庙宇;他向前走,举起胳膊,张开嘴,头向天,一无所睹,和梦行人一样。

劝慰的人

呼喊:

——向后!向后!小心孟塔鲁斯的精灵过给你们!

全体

一壁倒退,一壁叫骂:

——孟塔鲁斯的信徒该死!

他们咒他,唾他,心想打他。

狮子扬起后爪,彼此咬着鬣毛。民众叫嚣:"喂兽呀!喂兽呀!"

殉教者不禁呜咽了,你拥住我,我拥住你。一杯麻醉酒献给他们。他们拿酒迅速传递过去。

靠着兽槛门,另一个兽奴等候信号。门开了;出来一只狮子。

它斜跨大步,走过空场。后面随着成行的狮子,还有一只狗熊,三只猫豹,若干豹子。它们向四外散开,和草原上一群羊一样。

一根鞭子暴响。基督徒蹒跚着,——于是,但求早死,他们的教友推着他们。安东阖住眼睛。

他睁开眼睛,然而四外暗无所睹。

不久透出亮光;他看出一片枯瘠的原野,高低不平,好像荒废的石矿的四周。

和地一样平的是石片,中间远远近近立着一丛丛的灌木,好些白色形体,比云彩还要模糊,俯在石片上面。

又有形体隐约而来。眼睛在长面网的罅隙发亮。听着步子的轻忽,放出的馥香,安东认出是一些贵族妇女。其中也有男子,不过出身低贱了,因为他们的面孔同时表现诚实与粗野。

妇女中间的一位

吸了一口长气:

——啊!坟地凉夜的空气多好呀!我厌倦极了床的柔软,白昼的嘈杂,太阳的吸力!

她的女仆从一只布袋取出一根火把,燃了起来。别的信徒就着它点起另外若干火把,过去插在坟头。

一位妇女

喘着气:

——啊!到底我到了这里!可是嫁给一个信偶像的人多无聊呀!

另一位

——探望监狱,和我们的教友谈话,我们的丈夫全觉可疑!——甚至于画十字记号,我们也得隐藏;他们把这当做一种邪咒。

577

另一位

——同我丈夫，天天只有吵嘴；我不愿意听他蹂躏我的身子；——于是为了出气，他告发我是基督徒。

另一位

——你们还记得鲁齐屋斯么？那美极了的年轻人，叫人家拿车倒挂着他的脚后跟，和海克陶①一样，从艾司古伊里城门一直拖到提布尔的山边②；——血染红道路两旁的荆棘！我收了几滴血来。看呀！

她从胸口取出一块全黑的绵，吻遍它，然后扑在石地喊道：

——啊！我的朋友！我的朋友！

一位男子

——算到今天，道米蒂娜③整整死了三年。她叫人拿石头在浦罗赛娉④树林的深处砍死。我收起她的骨头，骨头亮亮的和草里的萤火虫一样。如今土掩住了它们！

他扑在一座坟头。

——噢，我的未婚妻！我的未婚妻！

其余人众

在原野上：

——噢，我的姐姐！噢，我的哥哥！噢，我的女儿！噢，我的母亲！

他们跪着，两手捧住前额，或者全身向地，两只胳膊伸开；——他

---

① 海克陶（又译赫克托耳——编者），特罗亚（即特洛伊——编者）王浦芮阿穆（即普里阿摩斯——编者）的太子，和希腊人作战，被阿士勒（即阿喀琉斯——编者）杀死。
② 从艾司古伊里城门一直拖到提布尔的山边，艾司古伊里城门是罗马的东门，有大路通提布尔。提布尔即今日的提渥里（即蒂沃利——编者），以风景著名。
③ 道米蒂娜（又译多米提拉——编者），罗马一个富人的女儿。又，罗马外斯巴先（即韦帕芗——编者）大帝有一个同名的女儿，丈夫为兄所杀，皈依基督教，流放在外，相传于纪元后九五年左右殉教。
④ 浦罗赛娉（即珀耳塞福涅——编者），罗马人的地狱的皇后，裘彼特和赛奶丝的女儿，被冥王浦路东（即哈迪斯——编者）抢做妻室。

们压住哽噎,胸脯一起一伏,快要裂了。他们望着天道:

——怜悯我的灵魂罢,噢,我的上帝!它在黯淡无光的地方憔悴;恩准它复活吧,叫它享受您的光明!

或者,眼睛盯住石地,呢喃道:

——别生气了,你不再受罪了!我给你带来了酒,肉!

一位寡妇

——这里是普尔提司①,我亲手照着你的口味做的,用了好些鸡蛋,用了双料的面粉!我们要在一块儿吃,和往常一样,不是吗?

她舀了点儿往嘴唇送;忽然,疯了似的,怪样地笑将起来。

别人和她一样饮着,咀嚼着什么东西。

他们互相讲起他们殉教的故事;痛苦加强,祭酒加倍。眼里充满了泪水,你看定我,我看定你。他们又是酩酊,又是悲哀,口也发吃了;渐渐他们手碰手,唇接唇,面网半开,于是介乎杯盏火把之间,他们在坟头混成一片。

天开始发白。雾湿着他们的衣服;——于是,像不相识般,他们取道分手,向四乡散开。

太阳熠耀着,草长高了,原野换了模样。

隔着竹子,安东清清楚楚看见一片浅蓝的灰柱。这是一根树干分出来的若干树干。一个枝子压着一个枝子,陷入地心;这些水平的、垂直的线条,多到无数,如若不是随处长着小无花果和类似枫树的浅黑叶簇,活脱脱就是一片巨大的房架。

他在树杈丛生的地方辨出成簇的黄花、堇花和与鸟羽相仿的羊齿蕨。

---

① 普尔提司,一种古罗马人饮用的面汤。

在最低的树枝下面，或远或近，露出一只巨羚的犄角，或者一只羚羊的发亮的眼睛，鹦鹉栖止，蝴蝶翩跹，蜥蜴蜿蜒，蚊蝇薨薨在响；人在沉静中仿佛听见一种深厚的生命的跳动。

在树林的入口，在一座类似刑场积薪的东西上面，有一个奇怪的东西——一个男子——完全赤裸，涂着一身牛粪，比一具木乃伊还要发干；在棍子一样骨头的末梢，他的关节形成若干绳结。他的脸长极了，耳朵挂着成行的介壳，鼻子活似秃鹫的嘴。他的左臂关节不遂，直直挺在半空，桩子一样硬峭；——他在这里停留已久，鸟在他的头发里面搭窠。

积薪的四角燃着四把火。太阳正好当面，他睁大着眼睛沉思；——但不看安东。

尼罗河畔的婆罗门

——你以为如何？

四外木柴的空隙冒出火焰；

行乞僧

继续道：

——仿佛犀牛，我把自己埋入寂寞。我住在我身子后面的树里。

说实话，那棵大无花果树陷空的地方真有一个相当人身的天然窟窿。

——我拿花同果实喂自己，严守戒律，就是一条狗也看不见我吃东西。

——正因为生存来自腐坏，腐坏来自欲望，欲望来自感觉，感觉来自接触，我逃避一切动作，一切接触；于是——和墓碑一样动也不动，我用我的两个鼻孔呼吸，眼睛定定望住我的鼻子，观察我元神里的以太，我四肢里的世界，我心里的月亮；——我梦想着那广大的"灵魂"的本质,仿佛火星,从这里不断爆出生命的元素。

——我终于由所有的生物抓住最高的"灵魂",由最高的"灵魂"抓住所有的生物;——我把我的官感收在灵魂里面,然后我用力把我的灵魂收在最高的"灵魂"里面。

——我直接从上天领受知识,犹如茶塔喀①鸟,只用雨丝解渴。

——正因为我认识万物,万物不复存在。

——对于我,如今没有希望,也没有忧虑,没有幸福,没有道德,没有日,没有夜,没有你,没有我,一无所有。

——我惊人的严肃让我高出强权。我一动念,能够杀掉一百个太子,推倒神祇,颠覆乾坤。

他用一种单调的声音说着这一切。

四周的树叶干皱了。好些老鼠贴着地面逃走。

他慢慢把眼睛低向上升的火焰,随后发话道:

——我厌憎形体,厌憎知觉,甚至于厌憎知识本身,——因为思想不能够活过发生它的霎那的事实,精神犹如其他只是一种幻觉。

——凡生全要灭亡,凡死全要重生,现在消毁的生命要宅居在尚未成形的子宫,返回地面,怀着痛苦,服侍别的生命。

——不过,我已经辗转于无限数量的存在,忽而神,忽而人,忽而兽,我放弃轮回,我不愿意再受这种疲倦!我扔掉我身体的龌龊的客店,肉所筑成,血所染红,一种奇丑的皮所覆盖,盛满了不洁之物;——为了我的酬劳,我最后将安息于绝对的最深的幽居,"绝灭"之中。

火焰一直升到他的胸口,——随后把他包住。他的头好像从墙穴露出。他睁大的眼睛总在张望。

---

① 茶塔喀,梵文的鹧鸪一类的飞鸟。

安东

站起来。

地上的火炬烧着了碎木片；火焰烧焦他的胡须。

安东一壁叫唤，一壁踩熄了火，最后只剩下一堆灰：

——倒说，伊拉芮影在什么地方？他刚才还在这里。我看见他的！

——哎！不，这不可能！我弄错了！

——为什么？——我的茅庐，这些石头、沙子或许全不存在。我疯了。放安静！我先在什么地方来的？出来些什么事？

——啊！那行乞僧！——这种死法通行在印度的贤哲中间。喀拉闹斯①当着亚历山大把自己烧掉；还有一位在亚古士督②时代也这样做。必须多么憎恨生命！难道是骄傲把他们赶到这条路上？——无论如何，他们具有殉教者的果敢！——说起这些人，我现在倒相信所有人家告诉我的他们的荒唐的行为。

——再往前呢？是的，我想起来了！那群邪说领袖——怎样的叫喊！怎样的眼睛！可是为什么要那样放纵肉体，失迷理性呢？

——仰仗所有这些路径，他们自信可以奔往上帝的去处！我有什么权利诅咒他们，我自己在我的路径失足？他们消逝的时候，我或许因而多有所学。来去也太快了；我就没有时间答复。如今，我的悟性似乎格外开展，格外澄明。我平静了。我觉得自己能够……怎么了？我相信我弄灭了火的！

一道火光在山石中间飞翔；山里远远传来一阵破碎的声音。

——是豺狼叫唤，还是什么旅客迷了路呜咽？

---

① 喀拉闹斯，一个回教的行乞僧，当着亚力山大和他的军队，把自己烧掉。
② 亚古士督，恺撒的义子，战胜政敌安东尼，被举为罗马皇帝。

安东静听。火光拢近了。

他看见走来一位妇女,哭着,靠着一个白胡须男子的肩膀。

她披着一件褴褛的紫袍。他和她一样光着头,穿着一件同一颜色的法衣,捧着一个青铜瓶子,里面冒出一团小小的蓝焰。

安东害怕——可又想知道这女人是谁。

生人(西门[①])

——这是一个年轻姑娘,一个可怜孩子,我领她各处走走。

他举高点青铜瓶子。

安东藉着这摇摇不定的火光端详她。

她的脸上有咬伤,沿胳膊有鞭打的痕迹;凌乱的头发和破烂的衣服纠结在一起,她的眼睛好像对光没有感应。

西门

——有时候,老半天,老半天,她就这样呆着,不说话,不吃东西;随后她醒了,——谈些稀奇古怪的事情。

安东

——真的?

西门

——艾脑伊亚[②]!艾脑伊亚!艾脑伊亚!你有什么说的,说给

---

① 西门,《新约·使徒行传》第八章记载:"有一个人,名叫西门,向来在那城里行邪术,妄自尊大,使撒玛利亚的百姓惊奇;无论大小,都听从他,说:'这人就是那称为神的大能者。'他们听从他,因他久用邪术,使他们惊奇。及至他们信了腓利所传神国的福音,和耶稣基督的名,连男带女就受了洗。西门自己也信了;既受了洗,就常与腓利在一处,看见他所行的神迹和大异能,就甚惊奇。……西门看见使徒按手,便有圣灵赐下,就拿钱给使徒,说:'把这权柄也给我,叫我手按着谁,谁就可以受圣灵。'彼得说:'你的银子和你一同灭亡吧!因你想神的恩赐是可以用钱买的……'"其后用钱贿买圣物的行为,就叫做 simonie。根据泰尔屠连,西门和圣彼得以后又言归于好,他来到推罗,买了一个叫做海兰(又译海伦,与引发特洛伊战争的美女同名——编者)的妓女,带他招揽信徒。西门把她看做麦酒拉斯(即希腊神话中的斯巴达国王墨涅拉俄斯——编者)之妻的后身,有时又解做圣母或者米涅尔甫的化身。纪元后四一年,他来到罗马,受盛大欢迎,死于六四年,相传他模仿耶稣升天,跳向空中摔死。

② 艾脑伊亚,意即"思想",海兰的法号。

他听!

她好似一梦方醒,转动她的瞳孔,手指慢慢抹过她的两眉,然后用一种哀哀的声音道:

海兰(艾脑伊亚)

——我记得一个辽远的地方,碧玉的颜色。只有一棵树长在那里。

安东抖颤上来。

——在它粗枝子的每一节,空里全停着一对"精灵"。他们四周的杈丫互相交割,好像身体的脉管;他们望着永生从浸没在阴影的树根一直循环到高出太阳的树梢。我哪,在第二杈丫上面,用我的脸照亮夏夜。

安东

拍着他的前额。

——啊!啊!我明白了!头脑不清。

西门

手指放在嘴边。

——嘘!……

海兰

——帆张满了,船身破开白浪。他同我讲:"我扰乱我的祖国也罢,我丢掉我的王国也罢,我全不放在心上!你归了我,到了我的家里!"

——他高大的宫院多温馨!他睡在象牙榻上,抚弄我的头发,情意绵绵地唱歌。

——临到黄昏,我望见两方的军营,燃起的烽火,尤理斯[①]在他的

[①] 尤理斯(即尤利西斯或奥德修斯——编者),特罗亚大战之中,希腊方面的英雄,以谨慎狡黠著名。他是荷马第二部史诗《奥德赛》的主要人物。

帐边，阿士勒①全副武装，沿着海滨驾起一辆战车。

安东

——她可不简直疯了！为什么？

西门

——嘘！……嘘！……

海兰

——他们用香膏涂我，把我卖给人民作乐。

——有一天夜晚，我站直了，手里抱着弦子，哄一群希腊水手跳舞。雨像瀑布一样打着酒店，杯里的热酒冒着气。门不见开，一个人就进来了。

西门

——那就是我！我重新寻见你！

——安东，她就是人们所谓的西皆②，艾脑伊亚，巴尔布劳③，浦鲁妮考丝！统治世界的"精灵"嫉妒她，把她打进一个女人的身体。

——她曾经是特罗亚人④的海兰，诗人司泰西考⑤诅咒她的名声。她曾经是鲁可乃丝⑥，被王室蹂躏的贵家女子。她曾经是大利拉，割掉参孙⑦的头发。她曾经是那以色列的女儿，委身给公山羊。她喜爱奸淫、欺罔、愚痴，而且崇拜偶像。她到所有的民族卖淫。她在一切十字

---

① 阿士勒，特罗亚大战之中，希腊方面的英雄，荷马第一部史诗《伊利亚特》的主要人物。他杀掉海克陶，但是脚踵中了巴芮斯（即帕里斯——编者）一支毒箭。本文海兰所说的"他"，即指诱她私奔的巴芮斯，海克陶的兄弟。
② 西皆，意即"寂静"。法闰旦的三十个"艾翁"之一。
③ 巴尔布劳，"艾翁"之一，伊阿布达拉奥斯与萨巴奥斯的母亲。
④ 特罗亚人，即伊里影（希腊人称特洛伊为伊利昂——编者）人，小亚细亚一个城市的居民，巴芮斯诱拐海兰引起希腊人的远征，战争支持十年之久，终为希腊所灭。荷马的《伊利亚特》即歌此事。
⑤ 司泰西考，希腊纪元前六世纪的抒情诗人，对于合歌的影响最大。
⑥ 鲁可乃丝，罗马贵妇人，受到塔尔干（纪元前五三四到前五一〇年在位的罗马王政时代最后一位国王）的太子赛克斯土斯凌辱，羞愤自杀，引起王室的颠覆和罗马共和国的建立。
⑦ 大利拉和参孙，在非利士人辖治以色列人的时候，参孙做了二十年的以色列士师，因为具有神力，非利士人无可奈何他，后来买通他喜爱的一个妇人大利拉，得到他的隐秘，才把他拿住。参阅《旧约·士师记》第十三到第十六章。

街头唱歌。她吻所有的面孔。

——在推罗①,这叙利亚女子正做盗贼的情妇。她陪他们长夜饮酒,把凶手藏在她的爬满虱子的热床。

安东

——哎!这同我有什么关系?……

西门

悠悠然:

——我把她赎出来,我告诉你,——重新树立她的华严;就是喀伊屋斯·恺撒·喀里古拉②也爱上了她,因为他想同月亮睡觉!

安东

——什么?……

西门

——她就是月亮!教皇克莱芒③不是曾经下诏把她拘到塔里面吗?有三百人来围塔;就在每一个小窗口,就在同时,人人看见一个月亮出来,——虽说世界上没有几个月亮,没有几位艾脑伊亚!

安东

——是的,……我好像记得……

他坠入一阵梦想。

西门

——和为男子而死的基督一样无辜,她为妇女而献身。既然亚当的违戒显出耶和华④的无能,就应当撼动那违反万物顺序的旧法。

---

① 推罗,腓尼基著名的商埠,在地中海东岸的一个岛上,其后亚力山大大帝为进攻便利起见,筑堤和大陆相接,今已淤成平地。
② 喀伊屋斯·恺撒·喀里古拉,罗马帝国三七到四一年的皇帝。暴虐无道,他甚至于希望人民合成一颗头颅,杀起来方便。他荒唐到把他的马封做执政官。他后来叫人暗杀掉。
③ 教皇克莱芒,纪元九一到一〇〇年的教皇。他也叫做圣克莱芒,但是他和亚力山太的圣克莱芒不是一个人。参阅本书第三章注圣克莱芒。
④ 耶和华,《旧约》以色列人的上帝。

——我宣讲新生，在以法莲①和以萨迦②，沿着比朔江③急流，在豪里湖④后，在玛基大谷⑤里，翻山越岭，在波斯拉⑥和大马色⑦！一身酒的人、一身泥的人、一身血的人，到我这里来；我要用希腊人叫做米洒尔甫的"圣灵"，扫除他们的垢污！她是米洒尔甫！她是"圣灵"！我是裘彼特⑧、阿坡龙、基督、巴辣克莱，上帝的权能附在西门身上。

安东

——啊！是你！——原来是你吗？可是我知道你的罪恶！

——你生在撒玛利亚⑨附近的基陶伊。你第一个主人，道希泰屋斯，把你赶走！你怨恨圣保罗，因为他把你的一个女人劝信了教；后来，你叫圣彼得折服了，又气又怕，拿起你的戏法口袋扔到水里面！

西门

——你不想学戏法吗？

安东望着他，——一个内在的声音在他的胸里呢喃道："为什么不呢？"

西门

继续道：

---

① 以法莲，约瑟次子的后裔分有的地方，在迦南中心，从约旦河到地中海的地带。
② 以萨迦，雅各第五子的后裔分有的地方，在约旦河以东，以法莲以北。以法莲和以萨迦中间隔着玛拿西地带。
③ 比朔江，巴勒士登南境的大河，流入地中海。
④ 豪里湖，《旧约·约书亚记》第十一章第五节与第七节均作米伦水。豪里湖是阿拉伯人的名字。在加利利海以北十一英里，三角形，约旦河上游流注的湖泊。
⑤ 玛基大谷，约书亚攻取迦南，杀死五位迦南同盟君主的地方。在耶路撒冷西北，或云即在吕大（今改称卢德——编者）附近，梭烈谷的北边。
⑥ 波斯拉，《旧约》里面有两个波斯拉，一个在以东，一个在摩押。前者约距死海东南二十英里左右，后者约距大马色南六十英里。此地当指后者。
⑦ 大马色，叙利亚最古老最有名的城市。离耶路撒冷四百英里远近。三面环山，中间为一大平原，有两道河水灌溉，气候适宜，物产丰饶，阿拉伯人呼做"沙漠的眼睛"，或者"东方的珠子"。回教人把大马色看做地上的乐园。
⑧ 裘彼特，罗马最高的天神，即希腊的 Zeus（宙斯——编者）。"裘彼特"的意思是"天父"。
⑨ 撒玛利亚，离示剑西北六英里，耶路撒冷北三十英里的一个重要城市。罗马人征服巴勒士登，分而为四，其一是撒玛利亚。

——认识自然的力量和精灵的本质的人,应当有灵迹做出。这是一切贤哲的梦想——和咬啮你的希望;承认了罢!

——我在罗马人中间,飞入竞技场,高高飞起,没有人再看见我。尼罗命人砍我的头,可是落下地的,不是我的头,是一只母绵羊的头。最后有人把我活埋了;可是第三天我又活了过来。证据吗?我站在你眼前!

他拿手给他闻。尸首味道。安东向后退。

——我能够叫铜蛇蠕动,大理石像发笑,狗说话。我可以指给你巨量的金子;我可以建立王国,你会看见好些民族膜拜我!我能够穿山、御电、在云和水上行走,变成少年、老人、虎和蚂蚁,化做你的面孔,把我的面孔给你。你听见没有?

雷声殷殷,电光闪闪,

——这是"至高"的声音!"因为耶和华你的上帝是一团火,"①万物全凭这座灶头的火星工作。

——你应当接受它的洗礼,——耶稣宣示的第二次洗礼,有一天狂风暴雨,窗户敞开,落在使徒身上!②

于是用手挑起火焰,慢慢地,像要洒向安东:

——慈悲的母亲,你发现隐秘,为了我们在第八宅第得到安息……

安东

呼喊:

---

① "因为耶和华你的上帝是一团火",《旧约·申命记》第四章第二十四节则作:"因为耶和华你的神乃是烈火……"

② 耶稣宣示的第二次洗礼,《马太福音》第三章第十一节记载施洗约翰的话道:"我是用水给你们施洗,叫你们悔改;但那在我以后来的,能力比我更大,我就是给他提鞋也不配。他要用圣灵与火给你们施洗。"同样预言见于《路加福音》第三章第十六节。西门同时引用《使徒行传》第二章:"五旬节到了,门徒都聚集在一处。忽然,从天上有响声下来,好像一阵大风吹过,充满了他们所坐的屋子;又有舌头如火焰显现出来,分开落在他们各人头上。"

——啊！我要是有圣水就好了！

火熄了，冒出许多烟来。艾脑伊亚同西门不见了。

一片难闻，不透明，十分寒冷的雾充满四空。

安东

伸出胳膊，恍如一个瞎子：

——我在什么地方？……我怕我坠入深渊了。不用说，十字架离我太远……啊！怎样的夜晚！怎样的夜晚！

一阵风过，雾半开了；——他望见两个人，披着长白法衣。

第一位是高身量，柔和的面容，严肃的风度。金黄色的头发，和基督的头发一样分法，整整齐齐垂在他的肩膀，他扔出手里的小棒，由他的同伴接住，并且依照东方人的样式致敬。

后者又矮，又粗，塌鼻梁，臃肿脖子，卷曲头发，一副天真的模样。两个人满身尘土，赤脚，裸头，仿佛远道归来。

安东

惊起：

——你们要什么？说！走开！

达米斯[①]

就是那个矮子。

——得，得！……好隐士！我要什么？我简直不知道！这里是师傅。

他坐下来；另一位直直立着。寂静。

安东

——那么你们来？……

---

① 达米斯，阿坡楼尼屋斯（又译泰安那的阿波罗尼奥斯，约纪元前三到纪元后九七年，演说家与哲学家——编者）的友生和传记人，所述多荒诞不经。

达米斯

——噢！来自远方，——远的远方！

安东

——那么你去？……

达米斯

指着另一位：

——去他去的地方！

安东

——他到底是谁？

达米斯

——看好了！

安东

自语：

——他的样子像一位圣者！我要是斗胆……

烟雾消散了。天晴气和。月亮熠耀着。

达米斯

——你究竟想些什么，话也不见说了？

安东

——我想……噢！一无所想！

达米斯

往前走向阿坡楼尼屋斯①，弯下腰，低着头，围住他绕了几匝。

——师傅！这是一个加利利的隐士，想要知道智慧的来源。

---

① 阿坡楼尼屋斯（即前注泰安那的阿波罗尼奥斯，不要与佩尔塔的阿波罗尼奥斯混淆，后者是纪元前二六二到前一九〇年的大数学家。泰安那和佩尔塔两地都是小亚细亚的古城，但一东一西——编者），加帕多嘉人，死于纪元后九七年左右。他属于皮塔高尔哲学一派的人物，茹素，精于医术，著作甚富。反对耶稣的人多推他做领袖，来和耶稣比并。关于他的奇迹，传说颇多。

阿坡楼尼屋斯

——让他走过来!

达米斯

——过来吧!

阿坡楼尼屋斯

高声喝道:

——过来呀!你要知道我是谁,我做什么,我想什么,不是吗,孩子?

安东

——除非这些事能够帮我超度。

阿坡楼尼屋斯

——快乐吧,我这就告诉你!

达米斯

低声向安东:

——多不易!一定是他头一眼就看出你非常喜好玄理!我也要沾点儿光,我!

阿坡楼尼屋斯

——我先告诉你我修道的艰长的历程;假如发现我生平做过一件坏事,你就止住我,——因为所行不正,花言巧语,终无成就。

达米斯

向安东:

——人多正直!呃?

安东

——的确,我相信他真挚。

阿坡楼尼屋斯

——我出世那一夜,母亲以为看见自己在湖边采花。来了一道电光,她听着天鹅在她的梦里唱歌的声音,生下我来。直到十五岁,每日三次,有人把我投在阿司巴戴泉①,失信的人遇着这水就要水肿;同时有人用克尼萨②叶子搓我的身体,叫我清心寡欲。

——有一夜晚,一位巴米尔公主来寻我,拿她所知道藏在坟墓的财宝献给我。一个狄亚娜③庙的圣奴④绝了望,用祭神刀子自刎;基利家⑤的总督,看见他的期许完全无效,当着我的家人嚷嚷,要把我弄死;可是三天以后,死的是他,叫罗马人暗杀了。

达米斯

一壁用肘子碰安东,一壁向他道:

——怎么样?我不给你说来的!何等样人!

阿坡楼尼屋斯

——一连四年,我遵守皮塔高尔学派的沉默,并无差池。最意想不到的痛苦不必妄想我会呻吟;走进戏园,人和见了鬼一样躲我。

达米斯

——你做得出来这个,你?

阿坡楼尼屋斯

——过完我苦难的年月,我从事教诲那些失去传统的教士。

安东

——什么传统?

达米斯

——让他讲下去!闭住你的嘴!

---

① 阿司巴戴,或作阿司巴麦,加帕多嘉的神泉。
② 克尼萨,菊科蓟属,法国人称"跳蚤草"。
③ 狄亚娜,裘彼特的女儿,月神,喜好狩猎,所以也是猎神;同时终身不嫁,又是贞节之神。希腊原名 Artemis(阿尔忒弥斯——编者)。
④ 圣奴,古希腊神庙中的男女奴隶。——编者
⑤ 基利家,古代小亚细亚沿地中海的地带。

阿坡楼尼屋斯

——我跟恒河的萨玛学派①、迦勒底②的星相先生、巴比伦的玛吉、高卢的坠伊德③、黑人的司铎谈过话！我上过奥林普④的十四峰，我下过西古提的湖沼，我量过沙漠的大小！

达米斯

——全是真的！我同他在一起来的，我！

阿坡楼尼屋斯

——起先我一直走到伊尔喀尼海⑤。我沿海绕了一匝；然后由巴罗玛特人⑥住的地方，也就是布塞法勒⑦埋葬的地方，我来到尼尼微⑧。就在城门口，一个人走来了。

达米斯

——我！我！我的好师傅！我一下子就爱上了你！你比一个女孩子还要温柔，比一尊天神还要美！

阿坡楼尼屋斯

充耳不闻：

——他想陪伴我，给我当翻译。

达米斯

——可是你回答我，你懂所有的语言，你猜透所有的心思。于是我吻着你袍子的下摆，随在你后面行走。

---

① 萨玛学派，印度的隐士，希腊作家恐其和回教的行乞僧混淆，另外起了这个名称。
② 迦勒底，米所波大米亚偏东的地带，在替格利司（即底格里斯——编者）河以南，波斯湾以西。通常分做两区，各有四城。《旧约》多以迦勒底代巴比伦。
③ 坠伊德，高卢人的教士。他们最高的神祇是战神特塔泰斯。他们赋予植物若干异征，同时相信灵魂的轮回。从罗马人征服高卢以后，就渐渐消灭了。
④ 奥林普（又译奥林匹斯或奥林帕斯——编者），古希腊若干山岳的名称。最著名的一座在马其顿的南境，相传是神的住所。
⑤ 伊尔喀尼海，里海的古名。
⑥ 巴罗玛特人，印度民族之一。
⑦ 布塞法勒，亚力山大大帝的坐骑，曾经救他出险，力竭而死。
⑧ 尼尼微，古亚述的都城，在替格利司河东岸，纪元前六〇六年毁于兵火。

阿坡楼尼屋斯

——走过克泰西奉,我们来到巴比伦的土地。

达米斯

——看见一个人这样苍白,萨塔普①叫唤起来!

安东

自语:

——他的意思是?……

阿坡楼尼屋斯

——国王站直了接见我,靠近一张银的宝座,在一间布满星宿的圆厅;——从上面的圆顶,垂下眼睛看不见的丝线,挂着四只庞大的金鸟,两翼平平展开。

安东

梦想:

——地上真有这类东西吗?

达米斯

——这才算得起一座城,这巴比伦!人人富足!家家油成蓝色,古铜门,还有一座阶梯往河边盘!

用手杖在地上指画。

——就像这样子,你看见没有?此外,有的是庙宇、空场、浴池、水道!宫殿有红铜覆着!至于宫殿里面,更不必提了!

阿坡楼尼屋斯

——在北面的城墙上,立着一座塔,塔上还有第二座、第三座、第四座、第五座——另外还有三座!第八座是一间小庙,有一张床位。

---

① 萨塔普,古波斯帝国省区总督的官衔。

谁也不许进去，除非是教士给天神巴力①选下的妇女。巴比伦的国王请我住在里面。

达米斯

——我哪，人家看也不看一眼！所以，我一个人在街头散步。我留心风俗；我参观工厂；我查验把水带进花园的大机器。可是离开师傅，我觉得无聊。

阿坡楼尼屋斯

——最后，我们走出巴比伦；月光之下，我们忽然看见一个昂毕丝②。

达米斯

——可不是！它踏着铁蹄子蹦跳；它和一匹驴子一样嘶叫；它在山石中间奔驰。他咒骂了它几句；它就不见了。

安东

自语：

——他们的用意是什么呢？

阿坡楼尼屋斯

——在塔克西拉③，有五千堡垒的都城，恒河的国王福罗尔特斯④领我们观看他的身高五库代的黑人卫队，和宫苑之中碧绿锦缎幔帐下面的一头巨象。后妃喜欢把象弄得香喷喷的。这是包路斯⑤的象，亚力

---

① 巴力，意思是"主"，原文或作 Baal，或作 Bel，全是一尊天神的不同名号。《旧约》有时又作米罗达 Merodach，米所波大米亚各地最高的阳性神。
② 昂毕丝，地狱女神海喀蒂（又译赫卡忒——编者）役使的鬼怪。三头或者三身的海喀蒂相当于浦罗赛娉，一头一身者相当于月神狄亚娜。
③ 塔克西拉，古印度的一个城市，位于印度河支流伊达司浦（又译海达斯佩斯河，在今巴基斯坦伊斯兰堡附近，亚历山大东征的终点——编者）上游。
④ 福罗尔特斯，纪元前七世纪，米底亚王国（波斯以北）的国王有一位叫福罗尔特斯第一，败亡于亚述；纪元前六世纪，另有一位福罗尔特斯第二，败亡于波斯王古列（又译居鲁士——编者）。本书所谓恒河的国王不知是否即此。
⑤ 包路斯（又译波拉斯——编者），印度西北潘牙布（即旁遮普——编者）的国王，纪元前三二年，在伊达司浦河畔，率兵抵御亚力山大，战败被俘。亚力山大放了他，后来为人暗杀。

山大死了以后逃出来的。

达米斯

——是人在一座森林里面寻到的。

安东

——他们的话滔滔不休,和醉了的人一样。

阿坡楼尼屋斯

——福罗尔特斯请我们入席。

达米斯

——多古怪的国家!那些王公大人一壁饮酒,一壁寻乐。拿箭照准一个跳舞孩子的脚底下投去。不过我不赞成……

阿坡楼尼屋斯

——看我快要动身,国王给了我一把阳伞,向我道:"靠印度河,我有一群白骆驼。你如若不用它们,往它们耳朵吹一口气,它们就回来了。"

——我们沿河而下,夜晚藉着竹林萤火虫的亮光行走。仆厮打起一种口哨驱蛇;走过树底下,我们的骆驼弓下腰,好像走过太低的城门。

——有一天,一个黑人孩子,握着一根金的喀都塞①,领我们走进一座学院。院长伊阿尔嘉斯和我讲起我的祖先,我所有的思想,我所有的作为,我所有的存在。他的前身是印度河,他告诉我,在赛扫斯屯斯②国王时代,我做过尼罗河的舵夫。

达米斯

——我哪,人家什么也不同我讲,所以我不知道我的前生。

---

① 喀都塞,海尔库尔(即赫尔墨斯——编者)的桂杖或橄榄杖,上面是两个翅膀,杖身绕着两条蛇,象征和平与商业。
② 赛扫斯屯斯,古埃及的王室,普通多指著名的英雄辣穆赛斯(即拉美西斯——编者)第二,纪元前十四世纪左右的君主,曾经征服叙利亚等地。

安东

——他们的样子像影子一样模糊。

阿坡楼尼屋斯

——我们在海边遇见好些饱饮乳液的西闹塞法勒①，远征塔普罗巴岛②回来；温薰的波浪迎我们推来金黄珠子。琥珀在我们的脚底下响着。岸边悬崖的裂缝曝着鲸鱼的骨骼。最后，地面比一只云鞋还要窄；——我们冲着太阳扔了几滴大洋的水，取道往右回来。

——我们回来走过阿罗玛特人的领土③，恒河人④的国境，高玛芮亚海岬⑤，萨嘉里特人⑥、阿抓米特人⑦和荷麦芮特人⑧的疆域；——随后，越过喀萨山⑨、红海和陶巴曹司岛⑩，我们由皮格麦⑪王国进了艾刁卑⑫。

安东

自语：

——地可真大！

达米斯

——等我们回家一看，我们从前认识的人全死了。

安东垂下头。沉默。

---

① 西闹塞法勒（即狒狒——编者），犬头的巨猿。埃及人以为它们膜拜晨阳夕阳。
② 塔普罗巴岛，锡兰岛的古名。
③ 阿罗玛特人的领土，现今介乎非洲东角与红海口的骚马利（即索马里——编者）北部的地带。"阿罗玛特"是香料的意思。
④ 恒河人，意指恒河三角洲上的居民。
⑤ 高玛芮亚海岬，印度的南角，现今即高冒峦（多译为科摩林——编者）海岬。
⑥ 萨嘉里特人，阿拉伯南部的居民。
⑦ 阿抓米特人，阿拉伯南端的居民，现今约当邻近亚丁海湾的哈抓冒（又译哈达拉毛，是《古兰经》中常提及的阿德人的聚居地，今属也门——编者）一带。
⑧ 荷麦芮特人，阿拉伯也门的古代居民，有时候叫做伊米亚芮特人。
⑨ 喀萨山，在阿拉伯西境。
⑩ 陶巴曹司（又译托帕斯——编者）岛，位于红海，有时叫做奥菲要戴司岛。
⑪ 皮格麦（即俾格米人——编者），一种侏儒族，身体短小，长约一尺三寸，住在尼罗河上游，邻近艾刁卑。
⑫ 艾刁卑，埃及北的国家。旧称阿比西尼亚，即今埃塞俄比亚。

阿坡楼尼屋斯

继续道：

——于是世上人开始谈论我。

——瘟疫在以弗所盛行；我叫人拿石头砍死一个老乞丐。

达米斯

——瘟疫就没有了！

安东

——怎么！他扫除疾病？

阿坡楼尼屋斯

——在革尼土①，我医好了维纳丝②的爱人。

达米斯

——是的，一个疯子，还答应娶它哪，——爱一个女人也还罢了；爱一座石像，多傻呀！——师傅拿手搁在他的心上，爱情登时就消灭了。

安东

——什么！他驱逐妖怪？

阿坡楼尼屋斯

——在塔朗特③，有人运一个少女的尸首焚化。

达米斯

——师傅碰了碰她的嘴唇，她就呼唤母亲站起来。

安东

——怎么！他起死回生？

---

① 革尼土（即尼多斯——编者），小亚细亚西南角的一个商埠。
② 维纳丝，希腊罗马的美神，或者爱神，从海沫里出来，嫁给丑陋的匠神乌勒看（即赫菲斯托斯——编者），另和战神马尔斯（即阿瑞斯——编者）等相好。希腊原名 Aphrodite。据萨冒萨特的吕先（即罗马帝国时代著名无神论讽刺作家琉善——编者）所说，有一个希腊青年，看见维纳丝在革尼土的雕像，发生亵渎的热情。
③ 塔朗特（即塔兰托——编者），意大利南部的商埠。

阿坡楼尼屋斯

——我预言外斯巴先①登基。

安东

——怎么！他预知未来？

达米斯

——在哥林多……

阿坡楼尼屋斯

——在巴伊亚②海边，和他同席……

安东

——对不住，两位，夜深了！

达米斯

——一个叫做麦尼浦的年轻人。

安东

——不！不！走开！

阿坡楼尼屋斯

——一只狗进来了，口里叼着一只切断的人手。

达米斯

——有一夜晚，他在城厢遇见一位妇人。

安东

——你们没有听见我讲吗？退开！

阿坡楼尼屋斯

——它茫茫然围着床榻徘徊。

安东

——够了！

---

① 外斯巴先，罗马六九到七九年的皇帝（全名是提图斯·弗拉维乌斯·维斯帕西亚努斯，罗马帝国弗拉维王朝的开创者——编者）。
② 巴伊亚（即巴亚——编者），古意大利的城镇，靠近拿波里，以泉水风景著名。

阿坡楼尼屋斯

——人家想撵它走。

达米斯

——于是麦尼浦来到她家;他们就相爱了。

阿坡楼尼屋斯

——用尾巴打着花砌地,它把这只手放在福拉维屋斯的膝盖头。

达米斯

——可是第二天早晨,麦尼浦到学校上课,肤色惨白。

安东

跳起:

——还说不完!啊!说下去好了,既然没有法子……

达米斯

——师傅告诉他:"噢!美少年,你抚爱一条蛇;一条蛇抚爱你!什么时候举行婚典?"我们全去观礼。

安东

——我真不应该听这个!

达米斯

——从外廊起,下人就在忙乱,门全打开;可是人听不见脚步的响声,门的响声。师傅站在麦尼浦一旁,未婚妻看见法师们,立即恼怒起来。可是金银器皿、酒僮、厨役、侍从,全不见了;屋顶飞了,墙倒了;阿坡楼尼屋斯一个人直直站立,女人伏在他的脚边哭泣。她原来是一个吸血鬼,满足那些美少年,为了吃他们的肉,——因为,对于这类鬼怪,没有比爱人的血更好的了。

阿坡楼尼屋斯

——你假如想知道法术……

安东

——我什么也不想知道！

阿坡楼尼屋斯

——我们来到罗马城门那一夜……

安东

——噢！是的，给我讲讲教皇城！

阿坡楼尼屋斯

——一个醉鬼同我们打招呼，柔声柔气唱着歌。这是一首尼罗的贺婚诗；谁不用心听，他就有权让谁死。他背上扛着一个匣子，里面有皇帝的三角琴上摘下的一根弦。我耸了耸肩膀。他拿泥朝我们的脸上扔。于是，我解下我的腰带，放在他的手心。

达米斯

——这回你可错了！

阿坡楼尼屋斯

——皇帝当夜把我唤到他的宫邸。他左胳膊挂着一张玛瑙桌，正和司包路斯①玩奥司奈②。他回转身，皱起他的金黄眉，问我道："你为什么不怕我？"我答道："因为上帝使你可畏，使我胆大。"

安东

自语：

——有什么不可解的东西恫胁我。

沉默。

达米斯

尖声继续道：

——再说，全亚细亚会对你讲……

---

① 司包路斯，叙利亚人，罗马的自由奴，尼罗王的宠幸，曾经替他设计夺取包拜。
② 奥司奈，羊脚上的小骨头，小孩子们做游戏用的。

安东

惊起：

——我病了！离开我！

达米斯

——你且听听。他从以弗所看见罗马有人杀死道米先①。

安东

强笑：

——真有你的！

达米斯

——是的，在戏园，在大白天，就在第十四个十月的喀朗德②，他忽然喊道："有人谋害恺撒！"他不时发话道："他滚到地上了；噢！他好不挣扎！他起来了；他打算逃跑；门全关了；啊！完了！他现在死了！"说真的，你知道，提图斯·福拉维屋斯·道米提亚鲁斯就是那一天叫人暗杀的。

安东

——没有魔鬼帮忙……一定……

阿坡楼尼屋斯

——他原想把我弄死，这道米先！我吩咐达米斯躲开，只我一个人囚在牢狱。

达米斯

——这是一种可怕的冒险，必须承认！

---

① 道米先（即图密善——编者），外斯巴先的幼子，罗马八一到九六年的皇帝，罗马十二大帝的末一个。皇后和人同谋把他杀死。即前面说起的福拉维屋斯和下文之提图斯·福拉维屋斯·道米提亚鲁斯。

② 喀朗德，罗马古历每月的第一日。罗马人为适应生活起见，用喀朗德、闹迺和伊德三个日子把每月分成三份，做成偿债的期间。在三、五、七与十月从喀朗德到闹迺是六天的距离，其他的月是四天的距离。而从闹迺到伊德总是八天的距离，所以伊德在每月的十三或者十五。

阿坡楼尼屋斯

——临到五点钟,兵士把我带到法庭。我早已备好了状词,放在我的袍子里面。

达米斯

——下余我们这群人,全在浦曹里①的岸上!我们相信你死了,都在哭着。临到六点钟,你忽然出现了,向我们讲:"是我!"

安东

自语:

——和基督一样!

达米斯

提高声音:

——完全一样!

安东

——噢!不!你说谎,不是吗?你说谎!

阿坡楼尼屋斯

——他从天上下来。我哪,我上去,——我凭借我的品德,高高上到本元!

达米斯

——他的故乡提亚勒②,为他立下一座庙,还有好些教士!

阿坡楼尼屋斯

趋近安东,向他的耳里喊道:

——因为我认识一切神圣,一切仪式。一切祈祷,一切天谕!我

---

① 浦曹里(即波佐利——编者),拿波里附近的城镇。
② 提亚勒(即泰安那——编者),加帕多嘉西南境的一个城市。

曾深入阿坡龙子嗣陶弗尼屋斯①的坟墓！我曾为叙拉古②妇女揉搓带上山的饼！我曾受米塔③八十次试探！我曾拿萨巴西屋斯④的蛇紧紧贴在心口！我曾领受喀毕尔诸神的披带！我曾用刚巴尼⑤湾的海水沐浴西拜勒⑥，我曾在撒摩特拉基⑦的山洞住过三个月！

达米斯

蠢然而笑：

——哈！哈！哈！领略慈悲女神的秘密！

阿坡楼尼屋斯

——现在我们重新开始跋涉！

——我们到雪和天鹅的北方。瞎眼的伊包包德⑧在白色的原野驰骋，脚尖踩坏了海外的草木。

达米斯

——来吧！破晓了。鸡啼了，马嘶了，帆备好了。

安东

——鸡没有啼！我听见沙里的蟋蟀，我看见月亮停在原来的地方！

阿坡楼尼屋斯

——我们到南方去，越山浮海，在香料中寻找爱情的来源。你可

---

① 陶弗尼屋斯，古希腊有名的建筑家，和他的兄弟阿伽墨德斯共同建筑了德尔斐的阿坡龙神庙。他的坟穴是一个著名的求签的地方，求签的人毕生会忧郁的。
② 叙拉古，古代西西里的都城。
③ 米塔（即密特拉——编者），波斯人的日神。
④ 萨巴西屋斯，弗吕嘉和特拉基的神祇，类似希腊的酒神巴库斯。
⑤ 刚巴尼（即坎帕尼亚——编者），意大利南部西境沿海的一省。
⑥ 西拜勒，小亚细亚的女神，纪元前二〇四年，罗马人正式迎入她的偶像——一块大黑石头，每年逢节，在河里洗浴一次。希腊原名 Rhea（瑞亚——编者）。
⑦ 撒摩特拉基，爱琴海里的岛屿，靠近特拉基。荷马说，站在岛上的山头，可以望见特罗亚战场。
⑧ 伊包包德，西古提民族之一，希腊人以为他们长着马蹄子。

以闻见熏死衰弱的人的没药①的气味。你可以在裘闹尼亚②岛的玫瑰油湖洗你的身体。你可以看见蜥蜴，睡在莲馨花上面，每逢一百年，额头的红宝石长成下落，它也就苏醒过来。星宿和眼睛一样跳动，瀑布和里拉琴一样歌唱，绽放的花吐出醉人的芬芳；你的精神会在这种气氛扩大，在你的心里，也在你的脸上。

达米斯

——师傅！是时辰了！风要起来，燕子醒了，桃金娘的叶子落了！

阿坡楼尼屋斯

——是的！我们动身罢！

安东

——不！我，我不走！

阿坡楼尼屋斯

——你想要我教你什么地方生长起死回生的巴里斯草③吗？

达米斯

——还是问他吸银、吸铁、吸铜的安多达码司④吧！

安东

——噢！我好不难受！好不难受！

达米斯

——你将会了解所有生物的声音，狮子的吼声，鹧鸪的鸣声！

阿坡楼尼屋斯

——我能够叫你骑独角兽、桑陶、海豚和龙！

---

① 没药，一种生长在阿拉伯的多刺的低树，剖开皮，流出乳汁，凝成干块，可以配制香料。常见于《旧约》。
② 裘闹尼亚，在大西洋，即今日的喀那瑞群岛，气候温和，产酒。
③ 巴里斯草，待考（传说中一种使被毒蛇咬后晕厥后复苏的植物——编者）。
④ 安多达码司，一种坚硬的赤铁，黑色（传说中一种能治疗精神心理疾患的宝石——编者）。

安东

涕哭。

——噢!噢!噢!

阿坡楼尼屋斯

——你将认识山中穴居的鬼怪,林中密语的鬼怪,兴风作浪的鬼怪和驶云驾雾的鬼怪!

达米斯

——收紧你的腰带!系好你的云鞋!

阿坡楼尼屋斯

——我将为你解说神圣形体的来源,为什么阿坡龙站着,裘彼特坐着,维纳丝在哥林多是黑的,在雅典是方的,在帕弗司①就是圆锥形!

安东

手握在一起:

——叫他们走好了!叫他们走好了!

阿坡楼尼屋斯

——我将会当着你抓下神祇的铠甲,我们会攻下庙宇,我会帮你蹂躏皮娣②!

安东

——主,救我!

他奔向十字架。

阿坡楼尼屋斯

——你的欲望是什么?你的梦想是什么?时间不多了,你单只往

---

① 帕弗司(即帕福斯——编者),居比鲁岛西境的商埠。
② 皮娣(又译皮媞亚——编者),戴勒福司(即德尔斐,位于雅典西北方的帕尔纳索斯山麓——编者)阿坡龙大庙的女巫。相传阿坡龙在戴勒福司杀了一只叫做皮东的妖蟒,后人就地起庙。每四年举行一次大典庆祝。传达神旨的女巫因而叫做皮娣。

这方面想……

安东

——耶稣，耶稣，援助我！

阿坡楼尼屋斯

——耶稣？你愿意我叫他露面吗？

安东

——什么？怎么？

阿坡楼尼屋斯

——是他！不会是别人！他会扔掉他的冠冕，我们将面对面谈话。

达米斯

低声：

——说你都想要！说你都想要！

安东在十字架下面呢呢喃喃祷告，达米斯比着诡佞的手势，施施然，在他周围旋转。

——看，好隐士，亲爱的圣安东！君子人，名人！颂扬不完的人！你不必惊恐；这是东方人的一种夸张的说法。这拦不住……

阿坡楼尼屋斯

——由他去吧，达米斯！

——他和牲畜一样，相信万物真实。畏惧神祇，他不能够了解神祇；他把他的上帝贬成了一位嫉妒的国王！

——你哪，孩子，不要离开我！

他后退到绝崖近边，越过绝崖，悬在半空。

——在一切形体之上，远出地面，高出九霄，是"观念"的世界，完全充满"外尔布"！纵身一踊，我们可以跳过空间；你就可以从它的无限抓住"永生"、"绝对"、"真宰"！——我们走吧！把手递给我！

动身吧!

  两个人比肩而立,慢慢向空起去。

  安东抱住十字架,遥望他们上升。

  他们消逝了。

五

安东

缓缓踱着:

——这家伙好比全地狱!

——尼布甲尼撒不曾这样让我目眩神移,示巴女王不曾这样让我深深入迷。

——他谈论神祇的样式引起认识神祇的欲望。

——我记起来了,在狄奥克莱先时代,在艾莱放亭岛①,我一下子见过好几百神祇。皇帝拿一大块土地让给游牧民族,条件是他们守卫边疆;条约以"看不见的神祇"的名义缔结。因为每一民族忽视另一民族的神祇。

——野蛮民族带来他们的神祇。他们占据河边的沙丘。有人看见他们抱住他们的偶像,和抱着瘫痪的儿童一样;要不就是,驾着一根棕树身子,他们在瀑布中间航行,远远露出他们脖子上的符箓、他们胸膛上的颗文;——这一切不见其就比希腊人、亚细亚人和罗马人的宗教罪恶更多!

——住在海里奥包里司②庙宇的时候,我时常观察墙上的一切:抱着权杖的秃鹰,拨着里拉的鳄鱼,蛇身的男子面孔,匍匐在象征阳物的神祇之前的母牛头的妇女;他们超乎自然的形体把我引到别的世界。我真想知道这些平静的眼睛望着什么。

——物质既有那么多的能力,一定含有一种精神。神祇的灵魂凭附在它的形象……

——具有表面的美丽就有可能引诱。然而那些……卑贱或者可畏的东西,如何又相信呢?……

他看见沿着地面卷过好些树叶、石头、介壳、树枝和动物模糊的形象。随后又是侏儒一类患水肿的东西;全是神。他大笑起来。

他的身后也发出一阵笑声,伊拉芮影出现了——穿着隐士的衣服,比方才高大多了。简直是巨灵了。

安东

重新看见他,并不诧异。

——膜拜这一切,该多蠢呀!

伊拉芮影

——噢!是的,蠢透了!

于是他们面前走过一排偶像,各国的,各时的,木头的,金属的,花岗石的,羽毛的,皮缝的。

洪水时代以前最古的偶像,消失在鬣毛一样下垂的海藻之下。有些偶像高极了,座子支不住,骨节咯嚓在响,一走路腰也折了。有些偶像的腹穴,往外流着沙子。

安东和伊拉芮影觉得非常好玩。他们笑到扶住两胁。

随后,过来一些羊面模样的偶像。两腿向内弯曲,走起来踉踉跄跄,半张着眼帘,它们哑巴一样口吃道:"呗!呗!呗!"

它们越接近人形,安东越感到烦激。他不顾一切,加以拳打脚踢。

它们变可怕了——高巍巍的羽翎,球似的眼睛,鲨鱼的牙床,臂梢长着爪子。

当着这些神祇,人被杀了,供在石祭坛上面;有些在白里被碾碎了,用四轮车压扁了,钉在树身上。还有一位,全身烧红的铁,公牛犄角,拿婴儿活活吞了下去。

---

① 艾莱放亭岛,尼罗河上游的一个小岛。
② 海里奥包里司(又译赫利奥波里斯,也叫"太阳城"——编者),尼罗河下游东岸的一个城市,原址在开罗附近。

安东

——太惨了!

伊拉芮影

——可是神祇永久要求刑罚,甚至于你的上帝也要……

安东

哭了起来:

——噢!别说下去,闭住你的嘴!

山石嶙峋的地方变成一片溪壑。一群牛吃着短草。带着它们的牧童望着一片云;——他尖声向空里命令呼唤。

伊拉芮影

——他盼雨心切,所以打算用歌唱强制上天张开浓云。

安东

一壁笑着:

——这家伙的骄傲够多孩子气!

伊拉芮影

——你为什么念咒呢?

溪壑变成一片汪洋的牛乳,不动,没有涯涘。

中间浮着一个长摇篮,由一条蛇回旋而成,蛇有好些头,同时俯下来,遮住一位睡在它身上的神祇。

他没有胡须,年轻,披着透明的面网,比一个女孩子还要姣好。他冠上的珠子,和月亮一样,柔柔发光,一道星星似的念珠绕他胸脯绕了好几匝;——一只手放在头下面,另一只胳膊伸出去,他安息着,一副酩酊思维的模样。

一个女人蹲在他的脚前,候他苏醒。

伊拉芮影

——这就是婆罗门最初的二元,——"绝对"不靠任何形象表现。

神的肚脐长出一枝莲花,花托当中,另外显出一位三个面孔的神祇。

安东

——看呀!什么样的玄虚!

伊拉芮影

——天父、圣子和圣灵,其实也只是一个人!

三颗头分开,出来了三位高大的神祇。

第一位是玫瑰色,咬着自己的大脚趾尖。

第二位是蓝色,舞着四只胳膊。

第三位是绿色,戴着一串人脑盖项圈。

迎住他们,立即涌出三位女神,一位被网包住,一位捧上一只酒杯,末一位挥着一张弓。

于是这些男女神祇,十倍以至于增到无数倍。他们的肩头涌出胳膊,胳膊末梢涌出手,握着旌旗、斧钺、盾牌、刀剑、阳伞和鼓。从他们的头顶冒出泉水,从他们的鼻孔垂下草来。

有的跨着飞禽,有的在轿子里摇摇摆摆,有的高居金座,有的直直立在神龛,梦想的梦想,旅行的旅行,命令的命令,饮酒的饮酒,闻花的闻花。舞女在旋转,巨灵在追逐妖魔;在石窟入口,有隐士瞑目思维。你分不清瞳孔星宿,云霞旗旄,孔雀在金粉的溪涧饮水,幔帐的彩绣和豹子的斑纹混淆,五色的光辉在碧空与飞箭和摇曳的香炉交割。

一切自相扩展,仿佛一个雕花的高柱头——下部倚住山石,往上一直承住九霄。

安东

眼花缭乱:

——有多多少少!他们要什么?

伊拉芮影

——一位用他的象鼻抓挠他的肚子,是太阳神,智慧的启发者。

——另一位,六颗头顶着塔,十四只胳膊握着标枪,是军队之王,是火,焚掠者。

——骑着一只鳄鱼的老人要到岸边洗涤死人的灵魂。那位牙齿腐落的黑女人,地狱的统治者,要来磨难那些灵魂。

——红牝马拖着的四轮车,由一位没有腿的车夫驾驭,上面坐着太阳的主宰,在晴空徐徐驰过。月神陪着他,乘着一辆驾三只羚羊的舆轿。

——"美丽"女神跪在鹦鹉背上,拿她圆圆的奶头喂她的儿子"爱情"。现在她更远了,在草原欢欢喜喜跳跃。看呀!看呀!戴着一顶亮晶晶的冠子,她跑在麦子上,波浪上,升在空中,无处不在!

——介乎这些神祇,坐着各种风仙、星仙,各月各日以及其他万千的神祇!他们有无数的容颜,有迅速的变化。这里就是一个,由鱼变成乌龟,添上一只野猪的头,一个侏儒的身干。

安东

——为了什么?

伊拉芮影

——为了重新树立平衡,为了抵御罪恶。不过,生命自行消蚀,形象自行腐朽;他们必须在变化之中演进。

一个赤身男子

忽然出现,盘起腿,坐在沙子中间。

一个大光轮,悬在他的身后颤动。他黑发卷成的小环,发出天青色的光芒,层次分明,围绕着脑盖突起的地方。他的胳膊长极了,直直垂在他的两旁。手心摊开,两手平平放在大腿上面。他的脚底露出两颗太阳的形象。他完全不动,——迎住安东和伊拉芮影,四周全是神祇,在山石上比次排好,犹如一家马戏场的位次。

他的嘴唇半开,发出一种幽深的声音:

——我乃大布施,普渡众生,不问信否,向一切男女说法。

——我发宏愿,投生人间,救此尘世。临别依依,众神哭泣。

——其初我觅一于我相宜之女子:武人之裔,王者之妻,姿美性良,脐窝深广,身体坚似金钢;时当满月,不假男子,我即投胎伊腹。

——我破右胁而出。星曜皆为停止。

伊拉芮影

齿间呢喃作声:

——"他们看见那星,就大大地欢喜。"①

安东更加用心观看。

佛

继续道:

——喜马拉雅山腹,有一百龄修士,奔来见我。②

伊拉芮影

——"有一个人名叫西面……知道自己未死以前,必看见主所立的基督。"③

佛

——尔时我既入学,所知多于教师。

伊拉芮影

——"……坐在教师中间,……凡听见他的,都稀奇他的聪明。"④

---

① 《新约·马太福音》第二章第十节。
② 有一百龄修士,奔来见我,按《释迦谱出因果经》云:"有一阿私陁仙人,居在香山,……以神通力腾虚而来……'我今年寿已百二十'……"或即一人。
③ 《路加福音》第二章第二十五与第二十六节。全文作:"在耶路撒冷有一个人名叫西面,这人又公义又虔诚,素常盼望以色列的安慰者来到,又有圣灵在他身上。他得了圣灵的启示,知道自己未死以前,必看见主所立的基督。"
④ 《路加福音》第二章第四十六与第四十七节。全文作:"过了三天,就遇见他(耶稣)在殿里,坐在教师中间,一面听,一面问。凡听见他的,都稀奇他的聪明和他的应对。"

安东做手势叫伊拉芮影住口。

佛

——尔时我在花园，长日思维。树影皆移；唯荫我之树，影则不移。

——诸凡经籍知识，原子枚举，象之驯使，蜡之制作，天文星象，诗歌拳击，一切操练，一切艺术，我之所知，无与伦比！

——我乃循俗娶妻，日居王宫；珠衣蔽体，香雨薰身，并有三万三千妇人，持扇驱蝇，挥扇成风，我则身据高楼，远瞩吾民，楼有铃铛，回环交鸣。

——唯睹人世愁苦，思我独乐，心为不欢，我即只身逃脱。

——尔时我沿路行乞，衣服褴褛，取诸坟墓；尔时有一隐士，学高道邃，我发宏愿，供伊驱使，为伊守门洗足。

——一切感觉，一切喜悦，一切疲倦，俱乃绝灭。

——尔时排除万虑，思路广阔，我即稔知万物成因，形色皆幻。

——为时无几，我已尽穷婆罗门之学。彼等貌为严肃，内则贪婪，以粪涂身，枕彼荆棘，思藉死径，达于极乐！

伊拉芮影

——"假冒为善的法利赛人，粉饰的坟墓，毒蛇的遗种！"①

佛

——尔时我亦忍苦修行，耸人听闻——日仅食米一粒，彼时米粒，大亦如今；——毛发尽脱，身体变黑；两目陷入眶内，犹井底所见星宿。

——我唯静坐不动，听彼蚊蝇狮蛇骚扰；或当炎阳，或值暴雨，风

---

① 《马太福音》第二十三章第二十七节。全文作："你们这假冒为善的文士和法利赛人有祸了！因为你们好像粉饰的坟墓，外面好看，里面却装满了死人的骨头和一切的污秽。"法利赛人是犹太教的一派，传统派，外表上严饬，内则腐朽，所以耶稣劝人不要相信他们，后来法利赛人坚持钉死耶稣。

雪雷雹，我皆一一承受，并不用手掩蔽——如是六年。

——过往行客，以我已死，每拾泥土，自远投掷！

——尔时魔王尚未试我。

——我即唤彼前来。

——其子便来，——面容奇丑，身披鱼鳞，腥臭作恶，如入尸窟；或作狼嗥，或作蛇声，或作牛鸣，并有铠甲尸骨，交相错响。或鼻孔喷出火焰，或两翼遮成黑暗，或念珠以断指串成，或于手心啜饮蛇毒；有作猪头，有作蛙头，有作犀牛头，千形万状，可憎可怖。

安东

自语：

——从前我也经到这个！

佛

——彼复遣女俱来——美颜丽色，敷粉涂红，腰束金带，牙白如茉莉，臀圆似象鼻。或呵欠伸臂，展露肘窝；或眉目示意，或笑靥传情，或半解衣裳。有赧颜少女，有傲色命妇，并有后妃，行李众多，扈从甚盛。

安东

自语：

——啊！他也这样吗？

佛

——尔时克服魔王，我仅啖香料，十有二载；——既获五德、五能、十力、十八体，入世外四方，"颖悟"为我所有，我即正果成佛！

神祇全低下头；头多的神祇将所有的头同时低下。

他向空中举高他的巨掌，继续道：

——尔时超度众生，我乃作千百牺牲！我以绸袍、床、车、房舍、金银珠宝，与彼贫婆。我以手与无手之人，以腿与彼跛足之人，以瞳孔与瞽目之人；我复割头，贻彼断头之人。我在位时，纷举州邑与人；我奉婆罗门教时，曾未轻视一人。我为隐士时，贼来杀我。我以温语劝慰；我为虎时，忍饥不食，听我自毙。

——尔时我既现种种身，随宜说法，终至无事可为，完成大业！人、兽、众神、竹、海、群山、恒河沙粒，与夫无数星辰，均将死亡；——宇宙覆灭，仅一火焰，舞于废墟之上，伫候新生苁！

于是众神晕眩。他们蹒跚着，抽搐着，呕出他们的化身。他们的冠冕裂开，他们的旌旗飞掉。他们抓下他们的特征，他们的性别，由肩上扔掉他们啜饮长生不老的杯子，用他们的蛇自相绞扼，化做烟霞消灭掉；——等到一切不在了……

伊拉芮影

慢慢地：

——你方才看到亿万人的信仰！

安东伏在地上，手捧住脸。伊拉芮影站在旁边，背向十字架，看着他。

一段相当长的时间流过。

随后，出现一个奇怪的生物，鱼身人头。尾巴打着沙子，他在空中笔直走来；——他那副主教的尊容，带着许多小胳膊，把安东引笑了。

奥阿洒斯[①]

一种哀怨的声调：

——尊敬我！我和太初万物同时。

——我住在形体没有一定的世界，在不透明的空气重量之下，在

[①] 奥阿洒斯，又作艾阿（Ea），迦勒底人的神祇，半人半鱼，相传从波斯湾上来，以各样技艺教人。

黑暗的波涛的深处，雌雄同体的动物在这里沉沉睡着——手指、鱼鳍和翅膀混淆不分，软体动物一样没有头的眼睛漂来浮去，其中还有人脸的公牛和狗爪的蛇。

——奥媚洛喀①弯成一个圈子，把她的妇女身子在这些生物上面伸开。可是巴力把她砍做两截，一半造地，一半造天；这两个相同的世界遥遥对望。

——我哪，"混沌"的最早的意识，跃出深渊来坚定物质，来调节形体；我教人类捕鱼、播种、写字和神祇的历史。

——从此以后，我便在洪水遗留的池沼过活。不过四外的沙漠扩大了，风把沙子吹进池沼，太阳又把池沼吸干；——于是，隔着水，望着星宿，我死在我的泥床之上。我回去了。

他跳进尼罗河，不见了。

伊拉芮影

——这是迦勒底人的一尊古神。

安东

嘲弄地：

——那么巴比伦的神祇又将如何？

伊拉芮影

——你可以看见！

他们来在一座方塔的平台上面。方塔下面又有六座塔，越高越窄，形成一座异常的金字塔。他们辨出下面一大堆黑东西——不用说，是城了——在平原展开。空气是冷的，天是一种深蓝色，无数星宿在跳动。

在平台中心，立着一根白石柱子。好些教士穿着麻布袍子，在附

---

① 奥媚洛喀，一条象征"混沌"的龙。迦勒底人传说，巴力把她斫成两截，创造天地。

近来来往往，为了根据星宿的变动，画出一个运行的圈子；然后，仰起头，他们观察星象。

伊拉芮影

指点若干星宿给安东看：

——这里有三十颗主星。十五颗瞭望地的上半，十五颗瞭望地的下半。每隔一定时间，上方便有一颗投往下方，而下方也有一颗离开，升到上方。

——七座行星之中，两座有利，两座有害，三座模棱两可；人世一切，无不有赖于这些永生之火。依照它们的位置和行动，人能够有所预测；——如今你登践的正是大地最尊贵的地方。皮塔高尔和曹罗阿斯屯①在这里会过面。为了接近神祇，这些人观天已经有一万二千年了。

安东

——星宿不是神祇。

伊拉芮影

——他们说，是的！因为万物环绕我们的四周；和永恒一样，天保持不变！

安东

——无论如何，他有一位主宰。

伊拉芮影

指着柱子：

——这就是巴力，最初的光辉，太阳，男性！——另一位，承受繁殖，在他下面！

---

① 曹罗阿斯屯（即琐罗亚斯德——编者），或作苏鲁支（Zarathustra），相传是波斯教（又称拜火教或祆教——编者）的创立者，约当纪元前一千年左右。他以为一切全是相对的，犹如清浊、水火、生死，宇宙有善有恶。象征善的是奥尔穆士，象征恶的是阿芮芒。善恶相争，最后胜利终属于善。

安东望见一座灯火辉煌的花园。

他在一条扁柏林道的一群人中间。左右全有小径，通到好些筑在石榴树林的茅舍，茅舍四周围着芦苇篱笆。

大多数男子，戴着尖顶帽，穿着孔雀羽一样的花袍子。其中北方人穿着熊皮，游牧人穿着棕色羊毛大衣，苍白的恒河人戴着长耳环；身份和国别全混淆不分，有些王公戴着红宝石冠，握着柄把雕镂的长杖，和水手、石匠在一起挨挤。大家张开鼻孔，摄于同一的欲望。

他们不时散开，好让一辆覆蔽的长牛车过去；或者是一匹驴，背上摇摇摆摆坐着一个裹了一身纱的女子，同样向着茅舍消逝。

安东害怕了，想回身走开。不过他敌不住一阵不可表达的好奇心。

在扁柏根旁，妇女成排蹲在鹿皮上面，头上没有帽子，挽着一圈绳结。有些妇女衣著华贵，高声呼唤行人。最羞怯的，把脸藏在胳膊底下，后面一位年长的命妇（不用说，是她们的母亲了）在劝勉她们。有些妇女，头包着一幅黑巾，身子完全赤裸，远看仿佛一尊一尊肉像。只要男子望她们的膝头扔钱，她们就站了起来。

树叶下面可以听见吻声，——有时一种高而且尖的呼声。

伊拉芮影

——这些是巴比伦的姑娘，为女神卖淫。

安东

——什么女神？

伊拉芮影

——这里就是！

他让他看林道底，在一座亮晶晶的洞口，有一块石头象征女性器官。

安东

——烂污！叫神也有性别，多可恶！

伊拉芮影

——你何尝不是活人一样来想象神祇!

安东发觉自己在黑地。

他望见空中有一个亮圈,放在好些和地一样平的翅膀上面。

这指环一样的东西,仿佛一根松松的腰带,围住一个矮小的人。他戴着一顶法帽,捧住一个花冠,下身消失在裙裾一样展开的大羽毛之下。

这是波斯人的神,

奥尔穆士①

一壁飞翔,一壁呼喊:

——我害怕!我瞥见他的嘴了!

——我克服了你,阿芮芒②!可是你又来了!

——起初,你反抗我,弄死了最年长的动物,人牛喀伊澳毛慈③。其后,你引诱人类最初的夫妇麦斯加和麦斯姬阿洒;你拿黑暗散进人心,你把你的兵士驱往上天。

——我有我的兵士,星宿的人民;我从我的宝座往下观看所有贵贱的星辰。

——米塔,我的儿子,住在一个足迹不到的地方。他在这里接收灵魂,放出灵魂,每天早晨起来发散他的财产。

——地面映出上苍的光辉。火在山头熠耀,——征象我创造万物的另一团火。担心垢污,死人不用火烧,鸟把它们衔上天去。

——我调整牧场、农田、牺祭用的木材、杯盏的样式、醒时应说的

---

① 奥尔穆士,波斯人的善神,一个理想的神祇,犹如全能的耶和华。
② 阿芮芒,波斯人的恶神,魔鬼的领袖。
③ 喀伊澳毛慈,波斯人以为他是地上出现的第一个动物。

语言；——我的教士不断在祈祷，为了敬礼获有上帝的永恒。人用水洗净自己，面包献上供桌，高声忏悔自己的罪恶。

——郝马①为了把力量过给人们，拿自己供他们啜饮。

——天上的神祇和妖魔交锋的时候，伊兰②的子孙也在追逐蛇蟒。国王有无数廷臣跪着侍奉，他象征我的身体，戴着我的冠冕；他的园囿具有天堂乐土的富丽，他的陵墓画着他在宰杀妖怪，是"善"歼灭"恶"的标志。

——因为我应该有一天，依仗无限的时间，完全把阿芮芒克服。

——不过介乎我们二者的间隔消逝了；夜上来了！到我这里来呀，阿穆沙斯劳③，伊晒④，率鲁艾⑤！救我呀，米塔！拿起你的剑！喀奥西亚克⑥，你应当回来解救全世界，保护我来吧！怎么？……一个也不见！

——啊！我死了！阿芮芒，你胜利了！

伊拉芮影，在安东后面，忍住一声欢呼——奥尔穆士跳入黑暗。

于是出现

以弗所高大的狄亚娜

黑皮肤，珐琅质的眼睛，肘节贴住两胁，下半胳膊向外伸出，两手摊开。

好些狮子爬上她的肩膀，果实、花和星曜在她的胸上交割，再往下去，列着三排乳峰；由腹到脚，裹进一个窄鞘，好些公牛、鹿、林鸦、蜜蜂从这里探出半段身体。——她的头后挂着一个银盘，圆如满

---

① 郝马，波斯人祭神用的酒，本文这里看做一位神祇。
② 伊兰（今译伊朗——编者），即波斯。
③ 阿穆沙斯劳，奥尔穆士的儿子，波斯不朽的七圣之一。
④ 伊晒，波斯语的"神祇"。
⑤ 率鲁艾，波斯教的天使。
⑥ 喀奥西亚克，相当于犹太人的弥赛亚，波斯人的基督。

月,微微发出白光,隐约把她映照出来。

——我的人民在什么地方?

——我的阿马松①全在什么地方?

——我怎么了……我,不可毁灭,如今竟然四肢无力!

她的花凋了。她的果实熟透了,落了。狮子、公牛垂下颈项,鹿吐着口沫,奄奄待毙,蜜蜂营营作声,死在地上。

她一个挨一个挤着她的乳头。全瘪了!她发狠使力,鞘断了。她伸臂把它拾起,和提下摆一样,把她的禽兽花果扔进去,——随即重新返回黑暗。

远远有好些声音呢喃,似雷响,似狮吼,似鹿鸣,似牛叫。夜因嘘息而加厚。落下一阵热雨。

安东

——棕榈的馥郁,绿叶的战栗,泉源的清澄,都多好呀!我真愿意合身睡在大地上面,让我的心来感受;我的生命重新浸润在它永生的青春!

他听见响板铙钹的声音;——在一群乡下人中间,有些人穿着红飘带的白道袍,领着一匹鞍鞯富丽的驴子,尾巴绕着绦带,蹄子绘着花纹。

一个匣子,上面覆着黄色的土布罩子,在它的背上两只篮子中间晃动;一只篮子装着上供的东西:鸡蛋、葡萄、梨和干酪、家禽、制钱;第二只盛满了玫瑰,领驴的人们一边走,一边拿花往前面撒。

他们戴着耳环,披着宽大的外衣,头发编在一起,两颊打着胭脂;一顶橄榄冠,在前额用一个雕着小像的纪念章锁住,腰带佩着匕

---

① 阿马松,古代希腊神话里的一个妇女部落,好战,相传住在加帕多嘉境内。这里借做女兵的意思。

首;他们摇着乌木把的鞭子,每条鞭子有三根装饰小骨头的皮带。

最后护从的人们,往地上放着一棵烛台一样直的大松树。松树顶端燃着火,最低的枝子掩住一只小羊。

驴停住了。土布罩子掀掉,下面覆着一方黑毡的罩子。于是穿着白道袍的人们,摇着响板,舞将起来;另外一位,跪在匣子前面,敲着梗鼓①。

队中最老的人

开始道:

——这里是贤良的女神,伊达②的山神,叙利亚的祖母,向前来呀,众君子!

——她颁赏愉悦,医治疾病,馈赠产业,满足爱情。

——是我们不问阴晴,把她抬在四乡散步。

——我们常常睡在露天,也不是天天全有美食盛馔。树林住着强盗。野兽跑出它们的窝。光滑的小道贴近绝崖。她在这里!她在这里!

他们掀起覆盖的东西,露出一个嵌着小宝石的匣子。

——比柏树还要高,她在碧空盘旋。比风还要大,她环绕世界。她用老虎的鼻孔呼吸;她的声音在火山下面隆隆响动,她的忿怒就是狂风暴雨;她面色的苍白漂白了月亮。她让五谷成熟,她让树皮洋溢,她让芒刺生长。给她点儿东西吧,因为她憎恨吝啬!

匣子开了一半;在一幅蓝缎盖布下面,露出一尊西拜勒的小像,——全身金玉闪闪,戴着多层的塔冠,坐一辆红宝石车,驾着两只前爪上举的狮子。

群众拥上前来观看。

---

① 梗鼓,一种圆柱形的长鼓。
② 伊达,小亚细亚的一座山,靠近特罗亚。

何尔其·贾勒[①]

继续道：

——她爱打琴的回响，脚的顿踏，狼的嗥叫，洪朗的峰峦，幽深的山峡，杏树的花，石榴和绿的无花果，回旋的舞蹈，呜呜的笛子，甜甜的树液，咸咸的眼泪，——还有，血！为你！为你，山母！

他们用鞭抽打自己，胸口振振有声，梗鼓的皮快要颤裂了。他们拿刀割自己的胳膊。

——她忧愁；让我们也忧愁吧！讨她欢喜，我们必须受苦！这样一来，你的罪孽就赦免了。血洗去一切；扔你的血滴，和扔花一样！她要另外一位——一位纯洁者的血！

何尔其·贾勒拿刀举向绵羊。

安东

大为惊骇：

——别杀羔羊！

一股赤血喷出。

教士将血洒向群众；大家——包含安东和伊拉芮影——全排好围住那棵燃烧的树，静静观察牲口最后的跳动。

教士中间走出一位"女子"，——完全和关在小匣里面的偶像一样。

她停住了，瞥见一位"青年"，戴着一顶弗吕嘉帽子。

他穿着一条窄裤，这里那里，有好些整齐的菱形开口，用彩色的结子扎住。他用肘节靠住树的一枝，握着一管笛子，一种萎靡的姿势。

西拜勒

两只胳膊围住他的腰：

---

① 何尔其·贾勒，西拜勒的大祭司，就是前述队中最老的人。

——我经过所有的地域——和荒旱蹂躏的田野,为了同你结合。你欺骗我!管它哪,我爱你!暖暖我的身子!让我们合在一起吧!

阿提斯①

——春天再也不会回来了,噢,永生的母亲!我虽说爱你,钻不进去你的本质。我倒愿意穿一件著色的袍子,和你的袍子一样。我羡慕你奶水胀起的乳头,你头发的长度,你生儿养女的粗腰。我是你多好!我是女人多好!——不!永不!走开!我厌憎我的阳性!

他用一块尖锐的石片去掉他的阳势,随后往空里举起他割下的东西,气急色败,跑将起来。

教士模仿神的做法,信徒模仿教士。男男女女交换衣服,抱做一堆;——血肉模糊的漩涡去远了,然而声音总在,和出殡之时听见的声音一样,越发锐厉。

一个张着绯幕的灵台,顶端放着一张乌木床,四周围着蜡烛和银线细工的篮子,篮子盛着绿油油的莴苣、锦葵和茴香。台阶从上到下,坐着女人,穿一身黑,腰带松开,赤着脚,忧郁的样子握着大捧花。

台子四角,靠地放着白玉瓶,盛满了徐徐焚烧的没药。

床上露出一个男子的尸首。大腿有血流出来。臂虚悬着;——一只狗,号着,舐他的指甲。

妇女的啼哭停住,静默了一时,

全体

同时歌颂道:

——美呀!美呀!他真美呀!睡够了,抬起头来!站直了!

——闻闻我们的花!这是水仙和秋牡丹,从你的园子采来讨你欢

---

① 阿提斯,小亚细亚的春神。

喜的。活过来呀，你让我们害怕！

——说呀！你要什么？你想喝酒吗？你想睡在我们的床上吗？你想吃小鸟样式的蜜糕吗？

——搂紧他的腰，吻他的胸呀！看呀！看呀！你觉得出我们戴指环的手指抚摸你的身体，我们的嘴唇寻找你的嘴，我们的头发拂过你的大腿吗？晕过去的神呀，不闻不问我们的祈祷！

她们尖声呼唤，用指甲抓破自己的脸，随即缄默了；——一直听见狗的嗥叫。

——哎呀！哎呀！黑血流上他雪样的肉！如今他的膝盖弯曲了；他的胁陷下去了。他脸上的花湿了绯幕。他死了！让我们哭吧！让我们伤心吧！

她们排成一行，依次走来，把她们的长头发放在蜡烛之间，远远望去仿佛黑或金黄色的蛇；——灵台渐渐低下去，低到和一个山洞相平，一个在后方张开口的黑暗的墓穴。

于是

一位女子

俯在尸首上面。

她的不曾剪短的头发，从头到脚把她包住。她的眼泪多极了，她的痛苦不和别人的痛苦相仿，超乎人类，臻于无限。

安东想到耶稣的母亲。

她开口道：

——你从东方逃出来，把沾着露水颤索的我抱在你的胳膊，噢，太阳！好些鸽子在你大衣的天青上面飞翔，我们的吻把风带进树叶；我不顾一切依从了你的爱情，享受我的失身的愉快。

——哎呀！哎呀！为什么你要跑上山去？

——一只野猪秋分时节伤了你！

——你死了；泉水哭着，树木遥相倾斜。冬天的风吹进赤裸裸的荆棘。

——黑暗既然把你遮住，我的眼睛也就要合拢了。如今，你住到世界的另一端，靠近我的更有力的情敌。

——噢！牌赛否娜①，美的呀都归你，再也不回来了。②

她说话的时候，她的伴侣举起死人，放下墓穴。他停在她们的手心。这只是一具腊制的尸首。

安东看见，心头一阵舒适。

全消灭了；——茅庐，山石，十字架重新出现了。

不过他辨出尼罗河对岸有一位"女子"。——站在沙漠中间。

一幅长黑纱遮住她的面孔，她用手握住它的下梢，同时左臂抱着一个喂乳的婴儿。旁边沙上蹲着一只大猿。

她仰头向着天；——距离虽远，她的声音可以听见。

伊西丝③

——噢，奈丝④，万物的肇始！阿蒙⑤，永生的主宰！菩塔⑥，造物主！陶斯⑦，智慧之神！阿芒提⑧的神祇！劳穆⑨的地方三神！碧空的苍鹰！庙旁的司凡克司！栖在牛角之间的白鹤！行星！星座！堤岸！

---

① 牌赛否娜（即冥后珀耳塞福涅——编者），希腊人的地狱的皇后，相当于罗马的浦罗赛娉。
② 说这段话的女神是维纳丝。死者是阿道尼斯，著名的希腊美男子，喜狩猎，被一只野猪咬死。维纳丝非常爱他。
③ 伊西丝，埃及的女神，奥西芮斯的孪生姐妹和妻室，象征丰富的自然，参见本书第二章对阿鲁比斯和奥西芮斯所作的注释。
④ 奈丝（又译涅伊特——编者），埃及三角洲西部的萨伊司（即塞易斯——编者）居民膜拜的女神。
⑤ 阿蒙，创造万物的神祇，极受埃及戴布司（又译忒拜或底比斯——编者）的居民崇敬。
⑥ 菩塔，埃及曼菲司的主要神祇。相传神由他的口里出来，人由他的眼里出来。
⑦ 陶斯（又译托特——编者），埃及的智慧神和月神，因为月是时间的衡度，所以又是测量之神，引申成一切文艺之神。
⑧ 阿芒提，埃及人以为阿芒提是人死后，灵魂去受奥西芮斯审判的地方。
⑨ 劳穆，古代埃及设立的省区。

风的呢喃！光的闪灼！告诉我呀，奥西芮斯在什么地方？

——我到所有的运河和所有的湖泊寻找他，——还要远，直到腓尼基的毕布劳司①。阿鲁比斯竖直耳朵，围住我跳跃，吠叫，拿嘴搜索一丛丛的柽柳。谢谢，好狒狒，谢谢！

她和颜悦色轻轻拍了两三下猿头。

——可憎的红毛提丰②杀了他，砍成碎块！我们寻见他的四肢。可是我如今失却让我怀孕的男子！

她发出凄厉的哀号。

安东

恼怒上来。他咒骂她，拿石子投她。

——不知羞耻的东西！滚开！滚开！

伊拉芮影

——尊敬她吧！这是你祖先的宗教！你在摇篮佩过她的符箓。

伊西丝

——从前，夏天来了。大水把不洁的走兽赶往沙漠。堤开了，船在一起击撞，喘吁的土地醉醺醺啜饮河流，你，有公牛犄角的神呀，在我的胸脯上面把你摊开——远远可以听见永生的母牛呼号！

——随着季节的交替，播种、收割、打谷、酿酒，依次相承。大的星宿耀在永久清明的夜晚。白昼沐浴在一种不易的光辉。在地平线的两边，仿佛一对王室夫妇，可以看见"太阳"和"月亮"。

——我们两个人，双生的君王，自从永恒孕育以来便是夫妇，坐在一个更崇高的世界，——他哪，握着一柄库库发头③的权杖，我哪，

---

① 腓尼基的毕布劳司，腓尼基是叙利亚临近地中海东岸的一个狭长地带。居民喜航海，善经商。毕布劳司是腓尼基的一个商埠，在西顿（又称赛达，现属黎巴嫩——编者）以北。
② 提丰，埃及的恶神，杀掉他的兄长奥西芮斯。
③ 库库发头，一种犬或豺狼的头（又说是猎兔狗的头——编者），雕在埃及神祇帝王的权杖上面。

握着一柄莲花的权杖,两个人手挽手,站在一起;——帝国的倾覆改变不了我们的姿势。

——埃及铺在我们下面,琳琅严肃,长长好像一座庙宇的画廊,右面是方尖塔,左面是金字塔,中间是它的迷宫,——处处是奇禽异兽的林道,森林一样的柱子,屏翼墓门的沉重的塔门,墓门顶端是在一对翅膀中间的地球。

——地球的黄道带的走兽在牧场放青,它们的形体和颜色充满了它神秘的文字。犹如一年分做十二个月,——每月每日,各有自己的神祇,——它被分做十二宫,重新描摹上天不变的法序;人断气的时候,面貌依然不改;但是,浸着香料,变为不可毁灭,他要在另一个缄默的埃及长眠三千年。

——那另一个埃及,比这个埃及还要广大,横在地的下面。

——你可以沿着梯子下到下面好些大厅,那里面重新呈现善人的欢悦,恶人的痛苦,一切在目不可睹的第三世界的事变。沿墙好著色的棺椁,死人在里面等候轮到他们;灵魂免去徙移,继续长眠,直到另一个生命苏醒。

——不过,奥西芮斯有时候回来看我。他的魂魄让我成为哈包克辣特①的母亲。

她端详婴儿。

——和他一模一样!他的眼睛;他的头发,编成公羊犄角的样式!你有一天要继续他的工作。我们有一天要莲花一样开放。我永久是伟大的伊西丝!还没有人揭开我的面纱!我的果实就是太阳!

——春天的太阳,云来掩住你的面孔!提丰的嘘息吞掉金字塔。

---

① 哈包克辣特,奥西芮斯和伊西丝的儿子,大了改名荷鲁斯,替他父亲复仇,所以通常譬做晨阳。

就是方才,我看见司凡克司逃走,豺狼一样奔窜。

——我寻找我的教士,——我的教士披着麻布大衣,荷着高大的竖琴,带着一只神秘的小艇,艇边镶着好些祭祀用的银器。湖上再也没有庆典!我的三角洲①也不再灯火辉煌!菲赖岛②也看不见一杯杯的牛奶!阿皮斯③许久不见露面。

——埃及!埃及!你高贵的神祇,动也不动,肩头被鸟粪落成了白色!风刮过沙漠,卷起你子女的骨烬!——阿鲁比斯!魂魄的保护人,不要离开我!

狒狒消逝了。

她摇撼她的婴儿。

——可是……你怎么了?……你的手冰冷,你的头垂了下来!

哈包克辣特正好夭亡。

于是她冲空里疾声一呼,又尖,又悲,又惨,安东不由回应一声,伸出胳膊去扶她。

她不在那里了。他低下头,不胜其羞愧。

他适才看见的一切混入他的精神。这仿佛旅途的惊愕,醉倒的机陧。他想憎恨;然而一种朦胧的怜悯,软下他的心肠。他痛哭了。

伊拉芮影

——是谁让你这样忧愁?

安东

心下寻思了半晌:

——我想到所有毁于这些虚伪的神祇的灵魂!

---

① 三角洲,尼罗河下游分道入海形成的岛屿。
② 菲赖岛,尼罗河上游的岛屿(相传是伊西丝女神的圣地,因庙宇多而被称为庙岛——编者)。
③ 阿皮斯,曼菲司地区崇拜的神牛,是奥西芮斯在人世的标识。参阅本书第一章注"赛辣皮斯"。

伊拉芮影

——你不觉得他们……有时候……和真正的神祇相似?

安东

——这是魔鬼更好引诱忠实信徒的一种狡计。他用精神攻打强者,用肉攻打弱者。

伊拉芮影

——可是淫佚到了极度,具有忏悔的无私无我的精神。身体的痴迷加速身体的毁灭,——以它的脆弱宣谕"不可能"的广大。

安东

——这同我有什么关系!当着这些禽兽似的神祇,要的总是屠杀、乱伦,我从心作呕!

伊拉芮影

——想想《圣经》里面一切令你难堪的物事;难堪,因为你不知道怎样去了解它们。同样,这些神祇,形体虽说有罪,能够容纳真理。

——有的是神祇可看。你回过身子来!

安东

——不!不!这太冒险!

伊拉芮影

——你方才还想认识他们。难道这些谎言谎语也会摇动你的信仰?你害怕什么?

安东面前的石头变成一座山。

一排浮云切去半山;上面更有一座全绿的大山,或谷或壑,大小不一,山顶是一座桂林,当中有一座金瓦象牙柱头的古铜宫殿。

正殿中央的宝座,坐着半身赤裸、巨灵似的裘彼特,一手握着胜利,一手握着电光;他的鹰扬起头,站在他的两腿中间。

裘龙①，在旁边转动她的大眼睛。她戴着皇冕，垂下一块面纱，迎风飘扬，仿佛一片水汽。

后面，米涹尔甫，站在一个座子上面，倚住她的长矛。高尔贡②的皮护住她的胸口；一件褶纹匀整的麻布坎肩，一直下来垂到她的足趾。她的帽檐下面亮晶晶的海青眼睛，一瞬不瞬，远远向外望去。

在官殿右面，年老的赖浦土恩③跨着一只海豚。海豚的鳍打着一大片浅蓝，是天也许是海，因为海水远远连起碧空，混成一片。

在官殿左面，粗犷的浦路东④披着夜色的外衣，戴着一顶钻石王冠，握着一根乌木权杖，坐在司梯克司河⑤环绕的一座小岛中央；——这条阴暗的幽灵河的河水流向黑暗，它在绝崖下面形成一个大黑窟窿，一个没有形体的无底深渊。

马尔斯⑥披着铜铠，悠悠然，舞动他的大盾和剑。

海尔库勒⑦，地位低些，靠住他的棍棒望着他。

阿坡龙，容光焕发，伸长右臂，引导四匹奔驰的白马，赛奶丝乘着一辆驾牛的四轮车，握住镰刀，向他走来。

巴苦斯⑧来在她的后面，乘着一辆低低的二轮车，由猞猁缓缓拖着。肥胖，没有胡须，额头缠着葡萄枝叶，他捧着一双耳爵满溢的酒过来。席奈⑨骑着一匹驴子，在他的身旁蹒跚。尖耳的潘⑩吹着席南克

---

① 裘龙，裘彼特的姊妹，同时也是他的妻室，忠贞不贰，成为已婚女子的保护者，原名 Hera。
② 高尔贡（即戈尔贡——编者），希腊神话里的妖怪，共总姊妹三个，能够把看她们的人变成石头。其中一位叫做麦都丝（即美杜莎——编者），貌美发长，不幸得罪了米涹尔甫，把她的头发变成一团可怕的蛇。牌尔塞（即帕尔修斯——编者）斫下她的头，献给米涹尔甫，镶在她的盾牌上面。
③ 赖浦土恩，希腊的海神，水手渔夫的保护者，在希腊原名是 Poseidon（波塞冬——编者）。
④ 浦路东，赖浦土恩的兄弟，阴曹的统治者，在希腊原名是 Hades（哈迪斯——编者）。
⑤ 司梯克司河，希腊神话中的冥河，环绕地狱七遭。
⑥ 马尔斯，裘彼特和裘龙的儿子，希腊的战神，在希腊的原名 Ares（阿瑞斯——编者）。
⑦ 海尔库勒（即赫拉克勒斯，又称赫丘利——编者），希腊神话中最著名的英雄，号称大力神。
⑧ 巴苦斯，希腊的酒神，在希腊的原名 Dionysus（狄俄倪索斯——编者）。
⑨ 席奈，弗吕嘉的神祇，希腊神话中的丑角，抚育大巴苦斯。
⑩ 潘，希腊的牧神，羊角羊脚，生息于山林之间。

司①,米玛隆奶伊德打着鼓,麦娜德撒着花,巴康特②披散头发,头向后仰,旋转着。

狄亚娜挽起长袍,同她的南芙③们走出树林。

乌勒看④和一些喀毕尔在洞底打铁;好些年老的福勒巫⑤或远或近,肘子支住绿茸茸的石头,洒着他们瓶里的水;缪斯⑥站在山谷唱歌。

身量相等的赫尔⑦,彼此手挽着手;麦尔库尔,脚上长着翅膀,戴着有翅膀的圆帽,拿着他的蛇杖,斜挂在一道虹上。

然而,在神梯的高处,在羽毛一样柔的云端(它一旋转,玫瑰花纷纷下落),维纳丝·阿纳狄姚脉娜⑧照着镜子;她的瞳孔在微微沉重的眼帘下面懒洋洋地溜来溜去。

金黄色的浓发卷下她的肩膀,乳峰小,腰身瘦长,肥大的屁股好似里拉琴的曲线,大腿滚圆,好些肉窝围着膝盖,两脚纤小;离她的嘴不远,有一只蝴蝶蹁跹。身体的光辉把她的四周映成一道发亮的珠母似的光轮;此外的奥林普沐浴在一种破晓朦胧的朱色里,朱色渐渐达到蓝天的高度。

安东

——啊!我的心涨大了。一种我不认识的喜悦一直降到我灵魂的深处!这真美呀!这真美呀!

---

① 席南克司,牧神的七管笛。
② 米玛隆奶伊德、麦娜德、巴康特,酒神巴苦斯的女祭司。
③ 南芙,希腊神话中的仙女,散居山林水野之间,类别很多。
④ 乌勒看,裴彼特和裴龙的儿子,火神,同时也是匠神,相传他在奥林普山上有一家铁铺。希腊原名 Hephaistos(赫菲斯托斯——编者)。
⑤ 福勒巫,河神。
⑥ 缪斯,希腊罗马的九位文艺女神。她们都是姊妹,司掌历史、音乐、喜剧、悲剧、跳舞、挽歌、抒情诗、天文与史诗。
⑦ 赫尔,时间之神。
⑧ 维纳丝·阿纳狄姚脉娜,阿纳狄姚脉娜是"出水"的意思,表示维纳丝的出处。

伊拉芮影

——他们俯立在云端,指挥战争;在道旁你可以遇见他们,在家里你可以具有他们;——这种亲昵神化了人生。

——人生的目的只在自由和美丽。宽大的衣服易于完成姿态的高贵;雄辩家对着海洋练习声音,所以声音发出冲浪的波涛,冲击大理石的廊庑。成年的壮丁涂了油,在大太阳地赤身格斗。最神圣的动作是曝露纯粹的形体。

——这些人尊敬妻子、老人、香客。在海尔库勒庙后面,有一座献给"怜悯"的祭坛。

——他们以花环绕指,献祭牺牲。甚至于回忆不含死人的腐朽。死人留下的只是一点灰烬。灵魂化入无边无际的以太,奔往神祇!

俯向安东的耳朵:

——而且他们永久活着!君士旦丁大帝膜拜阿坡龙。你将从撒摩特拉基的宗教看到"三位一体",从伊西丝看到洗礼,从米塔看到赎罪,从巴苦斯的节祭看到一尊神的殉难。浦罗赛娉就是圣母!——阿芮斯泰[①]就是耶稣!

安东

低下眼睛,随后忽然背诵耶路撒冷信条[②],——尽他记得起来的,——每说一句,叹一口长气。

——我只信一位上帝,天父——只信一位救主,耶稣基督,——上帝的长子,——托生为人,——十字架受难,——埋葬,——升天,——要回来裁判已死未死之人,——他的王国没有终结;——我只信一位圣灵,——只信一种悔罪的洗礼,——只信一座天主教的圣堂,——只信肉身的复活,——只信永生!

---

① 阿芮斯泰,阿坡龙的儿子,教人育养蜜蜂,希腊的田神。
② 耶路撒冷信条,纪元后五〇到五二年,使徒在耶路撒冷举行会议公决的信条。

十字架立即高了,穿过浮云,往神祇的天空投下一片阴影。

全苍白了。奥林普山摇动起来。

安东辨出山脚好些锁在一起的高大身体,一半陷在山洞,或者用肩膀顶着石头。这些人属于提唐族①,皆昂族②,海喀东吉尔族③,席克劳浦族④。

一个声音

起来了,含糊,然而可畏,——仿佛波涛的喧哗、暴风雨之下树林的嘈杂、绝崖之间风的吼号:

——我们知道,我们知道!神应当完结。萨图恩毁掉乌辣鲁斯⑤,裘彼特毁掉萨图恩。他自己也要消灭。人人轮到;命该如此!

于是,一点一点,他们陷进山去,不见了。

同时,宫殿的金瓦飞了起来。

裘彼特

走下他的宝座。电光在他的脚边冒烟,好像一根将灭未灭的木柴;——鹰则伸长颈项,用嘴拾起落下的羽毛。

——那么,我不复是万物的主宰,希腊各族各部落至善至大的神,一切帝王的先祖,上天的阿嘉麦穆农⑥!

——神鹰呀,是艾乃布⑦哪阵风把你一直吹到我的身边?还是,从马尔斯的战地飞来,给我带来最末一个皇帝的灵魂?

——我不再要人的灵魂了!让大地留下他们罢,让他们和它的卑污在一起骚动罢。他们现在有了一副奴心,忘记凌辱、祖宗和誓言;到

---

① 提唐族,天与地的十二个儿子,反抗众神,他们聚山成梯,心想爬上天去。裘彼特把他们殛死。
② 皆昂族,类似提唐族的巨灵。他们打算推翻裘彼特,反被打下地狱去。
③ 海喀东吉尔族,是"天"乌辣鲁斯同"地"的儿子,有一百条胳膊的巨灵。
④ 席克劳浦族,前额只有一只眼睛的巨灵,在乌勒害的监工之下,给裘彼特制造雷电。
⑤ 乌辣鲁斯,希腊的天之神。
⑥ 阿嘉麦穆农,麦迺拉斯的长兄,希腊征讨特罗亚的元帅。
⑦ 艾乃布,希腊人地狱的名称。

处得意的是群众的愚蠢，个人的庸俗，种族的丑恶！

他的呼吸掀动两胁，将要裂开；他扭动他的拳头。海拜①哭哭啼啼，献给他一只杯子。他抓住它。

——不！不！不管在什么地方，只要有一颗头具备思想，厌憎纷乱，孕育法则，裘彼特的精神就活着！

然而杯子是空的。

他用他的指甲慢慢把它弄歪。

——一滴也没有了！安布罗西②缺了，神也就走了！

杯子滑出他的手心；他靠住一根柱子，觉得自己离死近了。

裘龙

——你不应当见一个爱一个！鹰、公牛、天鹅、金雨、云、焰，你化做所有的形体，把你的光消耗在一切的物质，把你的头发丢在所有的床上！这次离婚挽救不回了，——我们的统治，我们的存在消散了！

她往空里走远了。

米逎尔甫

长矛没有了；好些乌鸦，原先在柱头的雕刻里面搭窝，如今团团围住她，咬她的盔兜。

——让我看看我的船，破开熠耀的海面，有没有回到我的三座海口，让我看看为什么田野荒芜，并且雅典的女孩子们现在做些什么。

——在海喀东拜翁③那一月，官长和教士领着我的人民全向我走来。随后，长长几排姑娘，穿着金衫白袍，拿着杯子、篮子、阳伞，向

---

① 海拜，童神，裘彼特和裘龙的女儿。她司掌神的饮料，其后嫁给海尔库勒。
② 安布罗西，天神的饮料，古人以为九倍甜于蜜，然而又有人以为它是精美食品，和甜饮迺克塔不同。
③ 海喀东拜翁，古希腊雅典历的第一个月，相当于西历的七到八月之间。

前走来；随后是三百只牺牛、摇着绿树枝的老人、铠甲相触的兵士、唱赞美歌的壮丁、吹笛子的、弹里拉琴的、诗人、舞女；——最后，在一艘靠轮子滚动的三排橹战舰的桅杆上，张着一年来享用特别饮食的女孩子们为我刺绣的大帆；它在歌唱不停的行列中央，飘飘扬扬，走过所有的街巷，所有的空场，所有的庙宇，一步步踏上阿克罗包勒①山，轻轻拂过浦罗皮莱②，走进巴尔泰龙③。

——可是我感到一阵晕眩，我，智巧的女神！怎么，怎么，没有一点思想！我如今比一个女子哆嗦得还要厉害。

她回身看见一堆废墟，大呼一声，不提防前额被击，仰身倒在地上。

海尔库勒

扔掉他的狮皮，两脚立定，弓起背咬住嘴唇，他用了绝大的力量顶住倾圮的奥林普。

——我曾经征服塞尔考浦④，阿马松，桑陶。我曾经杀了许多帝王。我曾经扭断阿开劳屋斯⑤的一只犄角。我曾经割断好些山，我曾经连接好些洋。我曾经解放被奴役的国家；我曾经使无人的原野人丁兴旺。我曾经走遍高卢人的土地。我曾经跋涉让人口渴的沙漠。我曾经保护神祇，我曾经解脱翁法娜⑥的羁绊。不过，奥林普太重了。我的胳膊没有力量。我死了！

山崩下来压死他。

---

① 阿克罗包勒，古代雅典的卫城，在一百五十尺高的山头建的砦堡，上面全是庙宇、纪念物和雕像。
② 浦罗皮莱，雅典卫城的山门，白大理石建筑的廊庑，纪元前五世纪所建。
③ 巴尔泰龙，米洒尔甫的大庙，正在阿克罗包勒山头，希腊著名建筑雕刻家菲狄亚斯设计。
④ 塞尔考浦，以弗所的妖精，半人半猿，海尔库勒把它们拴在一起。
⑤ 阿开劳屋斯，希腊神话中的河神，人头牛身，前额有两个牛犄角，海尔库勒和他角力，拔下他一个犄角。阿开劳屋斯也是希腊西境的一条大河，即现今的阿克洛奥斯河。
⑥ 翁法娜，里第的女王。海尔库勒杀了他的朋友伊菲托斯，罚做三年翁法娜的奴隶，给她纺线织布，三年之后，他娶她为妻。

浦路东

——这是你的错，安分屯影纳德①！你为什么下到我的帝国来？

——啄食提替姚斯②脏腑的秃鹫举起头，唐塔勒③的嘴唇湿了，伊克西影④的轮子停了。

——同时，凯奶⑤伸出她们的爪子，想抓回灵魂；芙芮⑥绝了望，旋转她们头发里面的蛇；塞尔拜尔⑦被你用链子拴住，三张嘴溅着沫子喘哮。

——你把门敞开一半也不管。别人会跟随进来。人间的阳光射到了地狱尽头！

他沉进黑暗里面。

赖浦土恩

——我的神叉再也搅不起狂风暴雨。让人害怕的妖怪在水底腐烂了。

——安分屯媞⑧的白脚在波涛上面奔驰；绿的奈赖伊德⑨隐隐在天边出现；一身鳞的西乃娜⑩，拦住船舶讲故事；年老的屯东⑪往介壳里

---

① 安分屯影纳德，海尔库勒的绰号。海尔库勒是裘彼特和阿尔克曼（又译阿尔克墨涅——编者）的私生子。阿克曼是戴夫司国王安分屯影（即安菲特律翁——编者）的妻室，所以海尔库勒有这样一个绰号。"纳德"是"属于"的意思。或者不如译作"小安分屯影"。
② 提替姚斯（又译提堤俄斯——编者），一个凌辱拉陶娜（又译勒托——编者）的巨灵，并为此被打在地狱，永久有两只秃鹫啄他的肝脏。拉陶娜是裘彼特的情妇，阿坡龙和狄亚娜的生母。
③ 唐塔勒（又译坦塔罗斯——编者），里第的国王。神祇拜访他，他拿自己的儿子的四肢端上酒席，试验他们的真伪。裘彼特把他打下地狱，永久为饥渴所苦。
④ 伊克西影（又译伊克西翁——编者），古代希腊拉皮特（即拉皮斯——编者）人的领袖，裘彼特恩准他在奥林普停留。因为对于裘彼特失敬，裘彼特把他打下地狱，拴在一只火轮上，永久转动。
⑤ 凯奶（即克蕾丝——编者），夜神倪克斯的女儿，管辖死者的魂魄。
⑥ 芙芮，浦罗赛娉的女儿，共总姊妹三个，住在阴曹，惩罚人间的罪恶。希腊原名 Erinyes 或 Eumenides（厄里倪厄斯——编者）。
⑦ 塞尔拜尔（即塞伯拉斯——编者），看守地狱的恶犬，有三只头、龙尾。相传只有海尔库勒能够驯服它，把它牵到阳间，再打发回阴曹。
⑧ 安分屯媞，赖浦土恩的妻室。
⑨ 奈赖伊德，海神之一奈赖的五十个女儿，地中海的女仙，总称做奈赖伊德，或者"小奈赖"。
⑩ 西乃娜，海里的妖精，半女、半鱼或半鸟，住在意大利沿岸与喀浦赖岛之间，用她们的歌唱诱惑海上的旅客。
⑪ 屯东，赖浦土恩和安分屯媞的儿子。

面吹气；全死了！海的愉快不见了！

——我也不活下去了！让大洋重新盖住我吧！

他在天蓝之中消灭了。

狄亚娜

穿着黑衣服，站在她的变成狼的狗中间：

——我醉心于森林的独立，野兽的气味和沼泽的嘘息。我保护怀妊的妇女，她们生下死孩子。月亮因为巫婆的咒语颤索。我想望强暴和广大。我想喝毒药，把自己失迷在雾里、梦里！……

过来一阵云带走了她。

马尔斯

光着头，一身血：

——起初我一个人交锋，咒骂挑逗大队人马，任何国家也不在意，只求屠杀一个快活。

——随后，我有了伴侣。他们谐着笛子的声音走路，队伍整齐，步伐一致，高高的帽羽，斜横起长矛，盾护着前胸呼吸。他们冲进战场，鹰一样呼啸。战争有宴会的欢乐。三百人抵抗全亚细亚。

——可是他们又来了，那些野蛮人！百万百万地来，无数无数地来！既然数目、机器和诡计更为强壮，倒不如勇士一般死了吧！

他自杀了。

乌勒看

用一块海绵拭着四肢的汗水：

——世界冷了起来。必须弄热泉源，火山和地下翻滚五金的河流！——用力打！抡起胳膊！使出你们全身的力量！

喀毕尔锤伤自己，火星烧瞎他们的眼睛，于是一壁摸索，一壁失迷在影子里面。

赛奶丝

站在她的二轮车上。轮毂有翅膀扇动。

——停住！停住！

——排除外国人，无神论者，伊壁鸠鲁①的信徒和基督教徒，实在应当。如今篮子的神秘揭开，神龛亵渎，一切完了！

她跑着一个下坡路，——绝望，呼喊，抓自己的头发。

——啊！一片谎话！他们没有把达伊辣②还我！钟声叫我到死亡那边去。这是另一个地狱尽头！去了不要再想回来。多怕人呀！

深渊吞下她去。

巴苦斯

发疯地笑：

——管它哪！阿尔孔特③的太太是我的女人！法律自己就在酩酊之中。到我这里来呀，新的歌和繁复的形体。

——吞下我母亲的火，流在我的血管。再烧得厉害些吧，哪怕把我销毁了也好！

——男的，女的，我一律殷勤。我把我献给你们，巴康特！葡萄将缠绕树身！喊吧，跳舞吧，扭动身子吧！放开老虎和奴才！用你们凶猛的牙齿咬肉吧！

于是潘，席奈，萨提尔④，巴康特，米玛隆奶伊德和麦娜德，带着他们的蛇，他们的火把，他们的黑面罩，一壁互相投花，一壁吻着一根

---

① 伊壁鸠鲁，希腊的哲学家，生于纪元前三四一年，死于纪元前二七〇年。他在雅典讲学，以为快乐是人生的究竟，追求的鹄的。后人错会其意，解做生活的放佚，肉欲的争逐。
② 达伊辣，即浦罗赛娉，地狱的皇后。参阅第四章注浦罗赛娉。
③ 阿尔孔特，古代希腊的执政官，其初是一个人，为期十年，后来改做九个人，每年一选。九位阿尔孔特，各有所司。第二位的称呼是"阿尔孔特王"，管理先王的宗教祭祀。据说每年他的夫人以一种神秘的仪式，嫁给巴苦斯。
④ 萨提尔，巴苦斯的伴侣，尖耳朵，小犄角，羊腿，手里不是握着一只杯子，就是一管笛子，或者一根酒神杖。

暴露的阳具，——击打起扬琴，敲着他们的替尔司①，彼此用介壳抛打，嚼着葡萄，扼死一只雄山羊，撕烂了巴苦斯。

阿坡龙

鞭打他的辕马，他的白发飞散：

——我离开那座戴劳司②礁石岛，那样白净，那里一切如今全像死了；趁戴勒福司③的灵焰没有完全消散，我赶上前去。骡子嚼着它的桂树。皮娣失了本性，也不在了。

——加强努力集中，我可以得到壮丽的诗歌，不朽的制作；一切物质将被我齐特拉琴④的震颤透入！

他拨动弦索。弦断了，抽到他的面孔。他扔掉琴；气急色败，鞭打他的四匹辕马。

——不！形式足够了！还要高！一直到顶！到纯粹的观念！

但是马往后一退，扬起后腿，弄折了车；于是，夹在破碎的车辕和凌乱的鞍鞴当中，头朝下，他跌往深渊。

天发暗了。

维纳丝

打寒战，皮肤也冻紫了。

——我用我的腰带做成全海赖尼⑤的天边。

——它的田原开遍了我两颊的玫瑰，它的堤岸照着我嘴唇的样式修砌；它的峰峦，比我的鸽子还要白，在雕像人的手底下跳动。人在节祭的布置、发髻的安排、学者的对话、共和国的宪法，处处寻见我的灵

---

① 替尔司，巴苦斯和他的伴侣的酒神杖，顶端是松实，四周绕着葡萄和藤萝。
② 戴劳司（即提洛岛——编者），希腊东南的席克拉德群岛（即基克拉迪群岛——编者）中最小的一个，相传是阿坡龙和狄亚娜生长的地方，有一座著名的阿坡龙大庙。
③ 戴勒福司，古代希腊的城市，参阅第四章注皮娣。
④ 齐特拉琴，古希腊一种拨弹的平置弦乐器。——编者
⑤ 海赖尼，即希腊，它的古名。

魂。不过我太溺爱人类了！败坏我的名誉的正是爱情！

她向后仰起身子哭着。

——世界真正可憎。我呼吸的空气也没有！

——噢！麦尔库尔，里拉琴的发明者，灵魂的领导人，带我走吧！

她拿一个手指放在嘴上，接着划了一个大抛物线，跌进深渊。

什么也看不见。完全黑暗。

然而仿佛有两道红箭，从伊拉芮影的瞳孔射出。

安东

终于注意到他的高大的身材。

——已经有好几次了，你说话的时候，我觉得你大了起来；——这不是一种幻觉。是怎么一回事？解释给我听——你的身子让我害怕！

若干步子拢近。

——什么响？

伊拉芮影

伸开他的胳膊：

——看好了！

于是，藉着一道灰白的月光，安东辨出一队络绎不绝的客商，走过山尖；——一个挨一个，他们从绝崖跌进深渊。

领头是撒摩特拉基的三大神祇：阿克谢罗斯、阿克萧开罗斯、阿克萧开尔萨①，捆成一束，戴着紫面罩，举高他们的手。

---

① 阿克谢罗斯、阿克萧开罗斯、阿克萧开尔萨，七个喀毕尔神祇中的三个。

艾斯库拉普忧郁的模样向前行走，甚至不曾看见撒摩[①]和泰莱斯弗尔[②]，引他们焦急探问。艾里司[③]城的骚息包里斯[④]，蟒的形体，盘成环向深渊卷动。道艾丝牌奶[⑤]，晕头晕脑，跳了进去。布芮陶玛尔娣丝[⑥]，又是害怕，又是呼号，抓紧她的网结。桑陶疾驰而来，乱七八糟滚进黑穴。

在他们后面，一瘸一跛，走着一队悲伤的南芙。草地的南芙一身尘土；树林的南芙让樵夫的斧子砍伤了，一壁流血，一壁呻吟。

皆鲁德[⑦]，司屯吉[⑧]，昂毕丝，所有阴曹的女神，交混起她们的铁钩、火把和蝮蛇，聚成一座金字塔；——塔尖铺着一张秃鹫皮，像绿头苍蝇一样浅蓝的尤芮闹穆[⑨]，坐在上面啃她自己的胳膊。

随后，一阵旋风，同时不见了的有：嗜生的奥尔媞亚[⑩]，奥尔考麦[⑪]的西穆妮[⑫]，巴塔司[⑬]的拉芙芮亚[⑭]，艾金[⑮]的阿芬亚[⑯]，特拉基的邦

---

① 撒摩，爱琴海东口的一个岛，皮塔高尔的生地，居民信奉裘龙。本文用作人名，待考。
② 泰莱斯弗尔，艾斯库拉普的随从，管理身体复原。参阅第四章注艾斯库拉普。
③ 艾里司（即伊利斯——编者），古希腊伯罗奔尼撒半岛西北部的城邑。
④ 骚息包里斯（即索西波利斯——编者），古希腊保护城邑的神祇。
⑤ 道艾丝牌奶，古代希腊阿尔喀狄亚（即伯罗奔尼撒半岛中部的阿卡狄亚山区——编者）人信奉的女神。
⑥ 布芮陶玛尔娣丝，地中海基利底岛供奉的女神，类似狄亚娜。
⑦ 皆鲁德，赖司保司岛（在小亚细亚之西，今名）信奉的吸血鬼一类的鬼怪。
⑧ 司屯吉，吸血鬼一类的夜间的鬼怪，男女老少都有，盛行于四、五世纪，俄罗斯与希腊北部还有关于他们的传说。
⑨ 尤芮闹穆（即欧律诺墨——编者），古代希腊的晨曦之神，大洋河流之神俄刻阿诺斯与海洋女神始祖忒提斯的女儿，三千海洋女仙之一。
⑩ 奥尔媞亚，斯巴达的女神，每年当着她的祭坛，年轻人受鞭打，皮破血流，不许出声告饶，否则便是一生的污点。
⑪ 奥尔考麦（即奥舍迈那——编者），阿尔喀狄亚的城邑。
⑫ 西穆妮，狄亚娜的别称。
⑬ 巴塔司，古代希腊阿喀伊亚西北滨海的城邑。
⑭ 拉芙芮亚，类似狄亚娜的女神。
⑮ 艾金，邻近雅典的大岛。
⑯ 阿芬亚，狄亚娜的别称。

狄丝①，鸟腿的司炭法利亚②。屯姚巴斯③的瞳孔不见了，只剩下三个眼眶。艾芮克陶尼屋斯④，腿软软的，好像一个没有腿的人，拄起手腕，匍匐而行。

伊拉芮影

——多幸福，不是吗？看他们全在卑贱和痛苦之中！随我到这块石头上来；你将和检阅军队的薛西斯⑤一样。

——那边，在遥远的雾中间，你没有望见那位金黄胡须的巨灵，扔下一把血染红了的剑？他就是西古提的茶勒冒克西斯⑥，介乎两座行星：阿尔炭巴萨——金星和奥尔西劳凯——月亮。

——再往远去，探出灰白的云端，是希麦人膜拜的神祇，甚至于跨越屠莱⑦，依然为人膜拜。

——他们的大殿温暖；藉着挂在穹顶的剑光，他们用象牙犄角来饮蜜水。他们用魔鬼铸成的铜盘吃着鲸鱼的肝；或者，他们静静听着俘来的巫士用手弹奏石琴。

——他们倦了！他们冷了！雪加重他们熊皮的分量，他们的云鞋破了，露出他们的脚。

——他们哭着那些田野，从前他们登上了追寻两极的边涯，臂梢扛起和他们一同旋转的苍天。

---

① 邦狄丝，海喀蒂的另一名称。参阅第四章注昂毕丝。
② 司炭法利亚，阿尔喀狄亚的女神，类似狄亚娜。司炭法勒是阿尔喀狄亚一个湖泊，相传海尔库勒除尽湖边的铁喙鹤，这种鹤也叫司炭法勒。司炭法利亚不知是否即司炭法勒。
③ 屯姚巴斯，小亚细亚西南革尼土的日神。
④ 艾芮克陶尼屋斯，屯姚巴斯的儿子，革尼土的神祇。
⑤ 薛西斯，纪元前四八五到前四六五年在位的波斯王，达利乌的儿子，平复埃及，其后远征希腊，全军覆没，自己仅以身免。参见第一章注达利克。
⑥ 茶勒冒克西斯，史乘说他和皮塔高尔同时或稍前，属于特拉基的皆提人（即下多瑙河一带的盖塔人——编者），去世以后，皆提人以为他没有死，敬礼如神。
⑦ 屠莱（又译图勒——编者），苏格兰以北的一个岛，或即今日谢提兰（又译设德兰——编者）群岛之一。（另有说，图勒人是西伯利亚因纽特人的祖先；或指图勒岛是大西洋最南部的岛屿，南桑威奇群岛的一部分。——编者）

649

一阵风霜把他们包住。

安东把眼睛低向另一侧。

他望见——红底子衬出一些黑轮廓——好些奇异的人物，戴着领罩、护手，互相抛球，你跳过我，我跳过你，做鬼脸，疯狂地跳舞。

伊拉芮影

——他们是艾土芮①的神祇，那数不清的伊萨尔②。

——这里是塔皆斯③，占卜的发明者。他打算用一只手增加天上的区分，另一只手拄着地。请他回到地里去吧！

——劳尔西亚④，望着庙墙，从前她往上面钉钉子，记忆年岁的数目。墙面钉满了，最后的世纪也完成了。

——好像两个遭到暴雨的旅客，喀斯土尔和浦鲁土克⑤战战索索，躲在一件大衣下面。

安东

闭住眼睛：

——够了！够了！

然而随着空中一片翅膀扇动的嘈杂声，飞过了来自喀彼陶勒⑥的所有胜利女神⑦，——她们用手掩住前额，臂上悬挂的战利品纷纷下坠。

---

① 艾土芮（即伊特鲁里亚——编者），古代意大利中部西岸一带土地，居民从小亚细亚迁来，在纪元前十五世纪左右，便有十二共和城邦同盟的组织。
② 伊萨尔，艾土芮人的"神"的意思。
③ 塔皆斯，裴彼特之孙。据云艾土芮某城有一农夫耕田，地下出来一个小孩，知识非凡。小孩即塔皆斯，启迪居民之后，不明去向。
④ 劳尔西亚，艾土芮的茹西尼司城的女神，每年有人往她庙里墙上钉一个钉子。
⑤ 喀斯土尔和浦鲁土克，艾土芮人对于喀斯陶和包路克斯（即卡斯托尔与波吕杜克斯，海伦的哥哥——编者）的称呼，他们是裴彼特和赖达（即斯巴达王后勒达——编者）所生的一对孪生兄弟。
⑥ 喀彼陶勒，罗马城内的一个区（即卡比托利欧山，相当于卫城——编者），建有裴彼特、裴龙与米酒尔甫的庙宇。
⑦ 胜利女神，主持战争的众多女神，有翅膀，手中捧着棕榈和王冠。

雅鲁斯①——黄昏的主宰，骑着一只黑公羊逃走；他有两个脸，一个已经腐烂了，一个因为疲倦睡熟了。

苏玛努斯②——黑暗的天空的神祇，没有头，拿一块轮样的陈腐糕饼贴住他的心口。

外丝塔——在一座颓圮的穹顶下面，试想重新燃起她熄了的灯。

拜劳娜③——割开自己的两颊，然而没有血涌出来洗净她的信徒。

安东

——饶命吧！他们惹我厌烦！

伊拉芮影

——从前他们惹人开心！

于是，他让他看豆丛里面一个全身赤裸的"女子"——走兽一样四肢向下，一个黑皮肤男子跨在她上面，一只手一支火把。

——这是阿芮恰④的女神，和魔鬼维尔毕屋斯⑤在一起。他是她的司铎，丛林的恶霸，应当做过凶手；——逃亡的奴仆、盗墓的强梁、萨拉芮亚⑥大道上的匪寇、苏布里齐屋斯⑦桥头的跛子、所有苏布尔⑧破烂房屋的宵小，全都一百二十分地崇拜她！

——马克·安东尼时代的贵族妇女更喜欢丽比媞娜⑨。

于是他让安东看扁柏玫瑰之下另一个女子——披着轻纱。虽说四周围满了锄、舁床、黑帐和一切殡葬的器皿，她仍微笑着。她的钻石远

---

① 雅鲁斯，拉丁神话里最古的王。裘彼特把萨图恩赶出天国，后者来到拉丁，很受雅鲁斯礼遇，为了报答起见，萨图恩付给他一种法力，能够知道未来过去，所以通常把他看做两张脸。罗马人把他敬做年神。
② 苏玛努斯，罗马人的夜神，夜晚的雷电神。
③ 拜劳娜，罗马人的战争女神，相传她是战神马尔斯的妻或妹。
④ 阿芮恰，罗马东南的一个小城，有一座狄亚娜庙。"女神"即指狄亚娜而言。
⑤ 维尔毕屋斯，阿芮恰人崇拜的日神，和狄亚娜供在一起。
⑥ 萨拉芮亚，从罗马通往意大利东岸安科纳的一条通衢要道。
⑦ 苏布里齐屋斯，古代罗马城内一座桥的名称。
⑧ 苏布尔，古代罗马城内一个区的名称。
⑨ 丽比媞娜，古代意大利一位女神，其后和地狱的皇后浦罗赛娉混而为一。

远在蜘蛛网下面闪烁。拉尔雾①,仿佛骷髅,在树枝中间露出他们的骨头,还有小鬼赖穆尔②,展开他们的蝙蝠翅膀。

泰尔穆神③在田边让人连根拔起,沾了一身粪污。外尔土穆④的庞大尸身躺在犁沟,有红狗在啃。

田野的神祇哭哭啼啼走开:萨辣陶、外尔法克陶、高丽娜、法劳娜、郝斯蒂里鲁斯⑤,——全都披着带风帽的小小的大衣,各自拿着锹、叉、篱笆和棍子。

伊拉芮影

——他们的灵魂繁荣别墅,连带它的鸽子笼,睡鼠和蜗牛的园囿,架防护网的养家禽的院子和柏木熏香的温暖的马厩。

——他们保护一切苦人:有的在萨毕尼⑥的碎石上拖着脚镣,有的吹起喇叭召唤猪,有的从榆树梢头摘榆钱,有的在小道上吆喝运厩粪的驴。农夫倚住犁的把,一壁喘气,一壁祈求他们给胳膊添加气力;放牛的在菩提树荫下,靠近挤牛奶的葫芦,交相用苇笛吹着他们的颂歌。

安东叹息。

在一间大厅中央,一座高台上面,放着一张象牙床,四周围了一圈拿着松枝火把的人。

——他们是司理婚姻的神祇。他们在等候新娘!

——道米都喀应当把她领来,维尔高解开她的腰带,苏毕高请她上床,——浦赖玛分开她的胳膊,在她耳边说着甜甜的话。

---

① 拉尔雾,不得其死或者因罪而死的人们的鬼魂,漂泊地上,与人为难。
② 赖穆尔,罗马人相信存在的一种鬼怪(相传是一些等待转生的枉死鬼——编者)。
③ 泰尔穆神,罗马的地界神,通常是一根石桩子,上面雕着他的半身像,立在两地交界的地方。
④ 外尔土穆,罗马的果园神。
⑤ 萨辣陶、外尔法克陶、高丽娜、法劳娜、郝斯蒂里鲁斯,全是罗马和田野有关的神祇。
⑥ 萨毕尼,意大利中部一省,在罗马东北(指古代萨宾人居住的台伯河东岸山区——编者)。

——可是她不会来了！于是别的神祇也都遭辞谢：女看护闹娜和戴齐玛，三位稳婆妮克西，两位奶妈艾都喀和包媞娜，——还有照料婴儿入睡的喀尔娜，她的山楂花束可以驱除噩梦。

——还有负责婴儿长大的神祇：奥西巴高要揉硬他的膝盖，巴尔巴土斯给他胡须，司媞穆娜给他初次欲望，渥鲁皮亚给他初次享受，法布里鲁斯教他说话，奴麦辣教他计数，喀米娜教他唱歌，孔苏斯教他思索。

大厅空了；床边只余下赖妮亚①——一百岁了，——为自己呢喃着她每逢老人死亡呼号的挽歌。

然而不久就有锐厉的呼号压下她的声音。这是

家庭的拉尔②

蹲在廊院紧底，披着狗皮，周身绕花，手握在一起顶住两颊，嚎啕大哭。

——全到什么地方去了，人家每餐供奉我们的一份馔肴、女仆的殷勤、主妇的微笑、小孩子们在院子花地玩耍"奥司奈"的快活？等他们长大了，还会拿他们金的或者皮的诏书挂在我们的胸口。

——凯旋那一夜，主人回来，会把湿漉漉的眼睛转向我们，有多幸福呀！他述说他的交战；这窄小的家宅比一座宫殿还要骄傲，和一座庙宇一样神圣。

——家人的聚餐多甜蜜，特别是率辣里亚③的第二天！在追念死人的温情里，一切嫌隙和解；于是他吻我，我吻你，大家喝着酒庆祝过去

---

① 从道米都喀到赖妮亚，这十九种神祇，其中司媞穆娜属于拉丁，喀米娜是希腊文艺女神缪斯的拉丁名称，其他十七种神祇都属于罗马。
② 家庭的拉尔，"拉尔"或许是个艾土芮字，意思是"主、王、或者英雄"。拉尔原指各家族先人的灵魂，庇佑子孙繁荣。每一家族各有一位创业的人，他死了，就成为家族的拉尔，和另一种家神牌纳特（通常是两位）供在一起。这种家族的拉尔，类似江浙一带的"家堂"。但是，拉尔并不限于一家一族，另外有公共的拉尔，全城设庙供奉，甚至于原野、道路、湖泊，都有各自的拉尔。
③ 率辣里亚，罗马人纪念死者的节会。

的光荣，未来的希望。

——可是关在我们身子后面上色的蜡祖蜡宗，慢慢长了一层霉。新的种族受了骗，惩罚我们，弄断我们的牙床；经不住老鼠咬啮，我们的木头身子碎成片片。

无数的门神、灶神、窖神、浴神，四面八方纷纷散开，——变成大蚂蚁模样奔跑着，或者大蝴蝶模样飞翔。

克赖皮土思①

嚷着叫人来听：

——我哪，从前也有人尊崇我。他们献酒给我。我算一尊神哪！

——雅典人把我当做一种财禄的预兆致敬，同时，虔诚的罗马人举起拳头诅咒我，埃及的大祭司戒食蚕豆，听见我的声音就哆嗦，闻见我的气味脸就发白。

——当战士的醋溅湿了没刮的胡须，当人们高高兴兴嚼着橡子、豌豆和生洋葱，用牧童的酸臭的奶油煎炒切成块的羊肉，这时候没有人介意邻座，也不拘乎细节。食物坚硬，消化就轰轰然作响。当着田野的太阳人们慢慢方便。

——所以，好比人生其他的需要，好比麦娜是女儿们的苦恼，好比熙和的鲁米娜②保护奶妈青筋膨胀的乳头，我并不有失体面。

——我有过骄傲的日子。好阿芮斯陶法③把我邀上戏台，克楼狄屋斯·德鲁苏斯④皇帝请我陪他用膳。我庄严地在贵族的官服里面往来！仿佛洋琴，金便盆在我底下殷殷作响；——于是装满了海鳗、蘑菇和肉点心，主上的肠子花喇一松，屏息以待的宇宙知道恺撒用过御膳！

---

① 克赖皮土思，司掌粪便的神祇。
② 麦娜和鲁米娜，全是罗马的神祇（鲁米娜是罗马保护乳母与乳婴的女神，其庙在罗马城内的帕拉蒂尼山脚一棵野无花果树下——编者）。
③ 阿芮斯陶法，纪元前五世纪希腊最大的喜剧家，利用喜剧形式，讽刺当时人物风格。
④ 克楼狄屋斯·德鲁苏斯，即罗马帝国的尼禄皇帝。他的全名是 Nero Claudius Drusus Germanicus Caesar。

——不过如今,我放逐在老百姓中间,——甚至于听见我的名字,便大惊小怪地嚷嚷!

克赖皮土思一壁悲歌,一壁走远了。

随即一阵雷响;

一个声音

——我是万军的上帝,天主,天主上帝!

——我在丘岭摊开雅各①的帐幕,在沙上喂我逃亡的人民。

——是我烧了所多玛!是我放洪水浸没大地!是我淹没法老、亲王公子、战车和御夫。

——我是妒忌的上帝,憎恨别的神祇。我碾碎不净,我打倒不凡;——我的蹂躏左右奔驰,仿佛一匹单峰骆驼,来到玉蜀黍田。

——为了解救以色列,我挑选淡泊的人士。有火焰翅膀的天使在荆棘之中和他们说话。

——用甘松、肉桂和没药熏香,穿着透明的袍子和高跟鞋,不知畏惧的妇女前去手刃队长。刮过的风带走先知。

——我把我的戒条刻在石板上面,仿佛一座城堡,拘禁我的人民。他们是我的人民。我是他们的上帝!大地是我的,人是我的,人的思想、制作,农耕的器具和他们的后裔,全是我的。

——我的方舟②放在一间三重的神龛,在紫帐和燃起的蜡台后面。我有一整个部族服侍我,摇摆香炉,大祭司穿着风信子色的长袍,胸前挂着排列整齐的宝石。

——祸殃!祸殃!最神圣的地方被打开,帷帐被撕烂,牺祭的香味随风飘散。财狼在坟墓里面嘶号;我的庙毁了,我的人民散了!

---

① 雅各,以撒的次子,即以色列。参阅《旧约·创世记》第二十五章及以后各章。
② 方舟,耶和华要发洪水淹掉大地,吩咐挪亚制造一种方舟,救出他和他的家人。参阅《创世记》第六至第八章。

——他们用祭司的衣服的绳绶缢杀祭司，妇女成为俘虏，圣瓶全被镕化！

声音渐远：

——我是万军的上帝，天主，天主上帝！

于是一阵异常的沉静，一个深沉的夜晚。

安东

——全过去了！

有人

说道：

——还有我哪！

伊拉芮影站在面前，然而形象变了，天使长一样美丽，太阳一样光明；——而且高大极了，为了看他，

安东

仰起头。

——你到底是谁?

伊拉芮影

——我的王国是宇宙的幅员，我的欲望没有涯涘。我永远解放精神，衡量世界，没有恨，没有畏，没有怜，没有爱，没有上帝。人家把我叫做"科学"。

安东

向后倒退：

——你倒应当叫做……魔鬼！

伊拉芮影

眼睛盯住他：

——你想看他吗?

安东

不复躲避他的视线;魔鬼的好奇心抓住他。他的恐怖增加了,他的欲望大到无穷无尽。

——假定我看看他……假定我看看他?……

随后,忽然忿怒:

——我的厌惧将永久把他从我的身边赶掉。——好吧!

出现一只蹄子。

安东后悔了。

可是魔鬼把他扔在他的犄角上面。带走他。

六

　　魔鬼摊平身子，仿佛一个泅水的人，在他下面飞翔；——他的两只翅膀展开，完全把他藏住，和一块云一样。

安东

　　——我到什么地方去？

　　——方才我还瞥见魔鬼的形体。不！一块云驾着我。或者是我死了，投往上帝？……

　　——啊！我的呼吸多舒适呀！清新的空气涨满我的灵魂。不再觉得沉重！不再痛苦！

　　——远远在我的下面，雷鸣电闪，地平线扩大，江河交流。这金黄点子是沙漠，这水池子是海洋。

　　——又有海洋出现，我不认识的广大的地域。如今是炭一样冒烟的黑的土地，永久被雾遮暗的雪的地带。我试试发现太阳每天黄昏沉落的山头。

魔鬼

　　——太阳从来就不沉落！

　　安东听见这声音并不吃惊。这像是他思想的一个回声，——他记忆的一句答复。

　　大地渐渐变成一个球形；他望见它在碧空中间，一壁就它的两极旋转，一壁围着太阳旋转。

魔鬼

　　——它不是世界的中心，是不是？人类的骄傲，放谦虚罢！

安东

　　——我如今几乎辨不清它。它同别的火混在一起了。

——天空只是一种星宿的组织。

他们一直上升。

——一点声音没有！鹰的聒噪也没有，什么也没有！……我俯下身子谛听行星的音乐。

魔鬼

——你不会听见的！你也不会看见柏拉图①的安提克陶②，菲劳拉屋斯③的中央火，亚里士多德④的星球，或者犹太人的七霄，水晶穹窿之上的长江大河！

安东

——从下面望，穹窿像墙一样坚固。如今正相反，我穿进来，陷了进去！

他来到月亮前面，——这好像一块圆冰，充满一种不动的光。

魔鬼

——从前它是灵魂的家宅。好皮塔高尔甚至给它配置了一些灿烂的花鸟。

安东

——我只看见荒凉的平原，熄了的火山口，在漆黑的天色下面。

——让我们奔向那些光色更为柔和的星辰，去看天使用臂梢把它们举起，和火把一样！

魔鬼

把他带进星宿中间。

---

① 柏拉图，纪元前四二九到前三四七年的希腊大哲学家，苏格拉底的弟子，他的哲学是理想主义最高的表现，有时相当接近基督教的观念。
② 安提克陶，依照皮塔高尔和柏拉图，世界的中心是一团火，围着它有若干大星旋转。在土星、木星、火星、金星、水星、日、月和地球之外，另有一颗意拟的行星，就是安提克陶。它离"中央火"最近，地球次之，日月又次之。它永久在地球的对面，所以我们看不见"中央火"，也看不见它自己。
③ 菲劳拉屋斯，纪元前四世纪的希腊哲学家，私淑皮塔高尔的哲学，在意大利南部各地讲学。
④ 亚里士多德，纪元前三八四到前三二二年的希腊大哲学家，柏拉图的弟子，亚力山大大帝的师傅。

659

——它们同时自相吸引,自相排拒。每个星宿影响其他星宿的行动,助成它们的行动,——不假一个助手,单凭法则的力量,程序的唯一的德能。

安东

——是的……是的!我体会你的意思!这是一种超乎情谊的快乐的喜悦!我喘吁,我惊呆于上帝的浩大。

魔鬼

——你的思想上升,天空也就扩大,犹如你越往上去,天空也就越高;——随着世界的发现,无限的开展,你觉得你的喜悦增加。

安东

——啊!再高些!再高些!永远往上走!

星辰闪烁,越来越多。天顶的银河往开里扩展,仿佛一条绝大的腰带,每隔若干远便是窟窿;在它这些光亮的罅口里面,黑暗的空间放长了,这里有星雨,垂丝的金尘,漂散的光雾。

有时候忽然过去一颗彗星;——随即重新开始无数亮光的静谧。

安东伸开胳膊,扶住魔鬼的两个犄角,据有中间所有的广度。

回想旧日的愚昧,梦想的平庸,他轻视自己。如今靠近他的,正是他在下方瞭望的光亮的球体!他辨出它们交割的轨道,它们复杂的方向。他看见它们自远而来,——和投石器①的石头一样虚悬,画出它们的轨道,推远它们的抛物线。

他一眼揽尽南十字座、大熊座、天猫座、半人马座、剑鱼座的星云,猎户座的六个太阳,木星和它的四颗卫星,巨大的土星的三道环!一切行星,一切人类往后将要发现的星辰!他的眼睛充满它们的光明,他的思想沉沉的全是它们的距离的计算;——随后他垂下头。

---

① 投石器,古代一种战具,一条皮带,中间放上石头,然后抡起皮带两端的绳子,向敌人远远投出。

——这一切为了什么?

魔鬼

——什么也不为!

——上帝怎么会有所为?什么经验能够教他,什么思虑能够决定他?

——开始以前既然没有目的,如今就是有了目的也没有用处。

安东

——可是他曾经用他的语言只一次创造下世界!

魔鬼

——然而繁殖地球的生物不断而来。同样,天上新的星辰出现,复杂原因的不同效果。

安东

——原因复杂是上帝的意志!

魔鬼

——然而承认上帝的意志有几种执行,就是承认有几种原因,破坏他的一致性。

——他的意志和他的本质不可析离。他不能够另有一种意志,因为他不能够另有一种本质;——既然永久存在,他永久行动。

——看看太阳吧!高的火焰溅出它的边缘,迸出火星,散开变成好些世界;——跨过那些你仅能见到夜的深渊,比末一个还要远,又有别的太阳旋转;在这些太阳后面还有别的太阳;别的太阳还有别的太阳,没有终止……

安东

——够了!够了!我害怕!我要跌倒深渊里去了。

魔鬼

停住;柔柔地摇动他:

——无所谓虚！无所谓空！处处有身体在"幅员"不动的空间行动；如若有什么东西加以限制，它就不复是"幅员"，而是一个身体，它没有界限！

安东

惊呆。

——没有界限！

魔鬼

——永远，永远往上走，你不会到顶！朝地球下面走，走上亿万世纪，你不会到底，——因为这里没有底，没有顶，没有高，没有低，没有任何界限；上帝含有"幅员"；他不是空间的一段，如何大，如何小，而是其大无垠。

安东

慢慢地：

——那么……物质……是上帝的一部分？

魔鬼

——为什么不是？你能够知道他的终点吗？

安东

——正相反，当着他的威权，我只有匍匐，只有听命！

魔鬼

——可是你妄想感动他！你同他说话，你甚至于用道德、善良、公正、仁慈装饰他，然而不承认他含有一切完备的条件！

——想象另外有什么东西，就是想象上帝之外另有上帝，生存之外另有生存。所以，他是唯一的"生存"，唯一的"实质"。

——假如"实质"能够分开，它就失去它的性质，它就不是它，上帝也就不复存在。所以，犹如无限，他不可分开；——假如他有一个身体，他就是部分所组成，不复是一，不复是无限。所以，他不是一个人!

安东

——怎么？我的祈祷，我的呜咽，我肤肉的痛苦，我热心的欢狂，难道这一切投向一个谎语，……在空间……没有用处，——犹如一声鸟鸣，犹如一片枯叶的飘旋！

他哭了。

——噢！不！在这一切之上，有一个我的心膜拜的、应当爱我的人，一个伟大的灵魂，一位天主，一位天父！

魔鬼

——你愿意上帝不是上帝；——因为，他要是感到爱情、忿怒，或者怜悯，他就是从他的完备来到另一个更大或者更小的完备。他不能够俯就一种情感，也不能够置身于一种形体。

安东

——无论如何，我有一天将要看见他！

魔鬼

——同那些有福之人，不是吗？——那时候，有限享受无限，在一个关牢"绝对"的小小地方！

安东

——管它哪，善必须有一座天堂，恶必须有一座地狱！

魔鬼

——你的一心情愿也好做成万物的法则？显而易见，上帝不介意恶，否则，地球上不会布满了恶！

——是由于无能为力，他忍受它？还是由于酷虐，他保存它？

——你以为他不断在重整世界，犹如重整一件不完备的作品，他监视所有生物的所有行动，由蝴蝶的翱翔直到人类的思想？

——假如他曾经创造"宇宙"，他的庇佑就是多余。假如"庇佑"

存在，创造就有缺陷。

——所谓善恶，仅仅同你息息相关，——犹如昼夜、苦乐、生死，仅仅在幅员的一个角落，一个特殊的环境，一种个别的利害之上是相对的。既然只有无限永久，就有"无限"；——没有别的！

魔鬼逐渐展开他的长翅膀；现在它们盖住空间。

安东

一无所睹。他晕眩上来。

——一阵可怕的寒冷一直冷到我灵魂的深处。这超过痛苦的绝峰！这像是比死亡更深的一种死亡。我在黑暗的浩淼之中翻滚。黑暗进了我的心。我的良心在"虚无"的延扩之下粉碎！

魔鬼

——万物以你的精神的媒介和你接触。仿佛一面凹镜，你的精神歪扭万物；——而你缺乏一切方法来证实它们的正确。

——你永远不会认识"宇宙"于其全部的幅员；结果你不能够得到一个宇宙成因的观念，一个上帝公正的概念，甚至于说不出"宇宙"无限，——因为你必须先得认识无限！

——"形体"或许是你的感官的一种错误，"实质"或许是你的思想的一种想象。

——世界既然是万物的一个永恒的潮汐，"外表"正许是最切实的真实，幻象正许是唯一的现实。

——可是你拿稳了看见吗？你拿稳了活着吗？或许就一无所有！

魔鬼抓住安东；他把他抱起，张开口，预备吞下去。

——膜拜我吧！诅咒你所谓上帝的鬼怪吧！

安东举起眼睛，激于最后一线的希望。

魔鬼放开他。

七

安东

发现自己仰卧在绝崖的边缘。

天色开始发白。

——这是曙色,还是一道月光?

他想站起来,却又倒下去了,他的牙齿辚辚作声:

——我感到一种慵倦……我的骨头好像全碎了!

——为什么?

——啊!我想起来了,是那魔鬼!——甚至于我由老狄第穆学来的赛闹法①、海辣克里特②、麦里斯③、阿纳萨高耳④关于无限、创造、不可能认识任何事物的种种意见,他全向我重说一遍!

——我从前自信能够同上帝结合!

苦笑:

——啊!狂妄!狂妄!是我的过错吗?我忍受不了祈祷!我的心比一块石头还要硬!从前它有的是爱情泛滥!……

——早晨,天边的沙子冒气,仿佛一座香炉的香烟;黄昏,火色的花在十字架上面怒放;——临到午夜,我时常觉得众生万物敛入同一的沉静,随我一同膜拜天主。噢!祈祷的魔力,禅定的福祉,上天的馈赠,你们如今变成了什么!

——记得我同阿蒙在一起旅行,寻找一个幽静的地方建立寺院。是最后一个黄昏吧;我们加紧步子,呢喃着赞美词,并着肩,不言语。随着太阳的低落,我们的影子伸长,仿佛两座方尖塔,越来越大,在我们前面行走。我们弄断手杖,用它们远远近近竖下十字架,标记修行小屋的位置。夜幕姗姗其来;黑浪卷上地面,同时一大片玫瑰颜色仍然占有天边。

——做小孩子的时候,我喜欢拿石子搭建寺庵。母亲在旁边看着我。

——我丢下她,她或许一把一把揪下她的白发诅咒我。她的尸首躺在茅庐当中,上面是苇子房顶,四面是坍塌的墙。豺狼闻见气味,从窟窿伸进嘴来!……可怕!可怕!

他呜咽上来。

——不,阿媚纳芮亚不会离开她的!

——如今她在什么地方,阿媚纳芮亚?

——也许如今她在一间浴室的紧底,一件一件脱去她的衣服,先是袍子,随后腰带,外衬衫,更轻的内衬衫,所有她的项圈;肉桂的氤氲包住她光光的四肢。最后她睡向温暖的花地。她的头发围住她的腰臀,仿佛一片黑羊毛,——空气太热,她有点儿憋闷,弓起身,两乳向前,呼吸着。得!……我的肤肉如今又反叛了!焦忧积虑之余,还有情欲折磨我,同时受两样罪,太难了!我不能够再容忍自己了!

他俯下身,望着悬崖。

——人摔下去一定死。往左一滚,再容易不过了;只要迈上一步就成!只要一步就成!

于是出现了

一个老妇人

安东一惊而起。——他以为看见他的母亲复活。

---

① 赛闹法(即色诺芬尼——编者),纪元前六世纪的希腊哲学家,埃里亚学派的创始人,著作传世的,仅仅残诗一首。
② 海辣克里特,较后于赛闹法的希腊哲学家,生于以弗所,行文多用比喻反讽,艰晦难解,有"黑暗的哲人"之称。
③ 麦里斯,纪元前五世纪的希腊哲学家,宗埃里亚学派,著作有残篇传世。
④ 阿纳萨高耳,纪元前五○○到前四二八年的希腊哲学家,创种子说,以为种子是世界的根源,性各不同,为数无限,各具活力,向一目的而行。

不过这女人老多了,异常消瘦。

一块尸布围着她的头挽结,同她的白发一起垂到她的拐杖一样瘦的腿边。她的象牙色的牙齿的光辉,更加显出她的土色的皮肤的阴沉。她的眼眶充满黑暗,紧底摇曳着两道火焰,仿佛坟墓的灯光。

——上前呀。谁拦住你了?

安东

口吃:

——我怕犯罪!

老妇人

继续道:

——可是扫罗王①就是自杀的!辣恰斯②一个正直人,是自杀的!安提阿的女圣裴拉吉③是自杀的!还有三位女圣,阿莱浦④的道米娜⑤同她的两个女儿是自杀的;——你再想想有多少信士,等不及死,自己奔向刽子手。米莱⑥地方的姑娘,为了快些享受死,用她们的带子勒死自己。哲学家海皆西雅斯⑦在叙拉古宣扬死亡,听众离开勾栏,去到田地上吊。罗马的贵族把寻死当做一种取乐。

安东

——是的,这是一种顽强的爱情!许多隐士甘于死亡。

---

① 扫罗王,以色列人的第一位君主,基士的儿子,参阅《旧约·撒母耳记上》第九及以后各章。第三十一章记载他的自杀道:"非利士人与以色列人争战……非利士人紧追扫罗和他儿子们,就杀了扫罗的儿子……势派甚大,扫罗被弓箭手追上,射伤甚重,就吩咐拿他兵器的人说:'你拔出刀来,将我刺死,免得那些未受割礼的人来刺我,凌辱我。'但拿兵器的人甚惧怕,不肯刺扫罗就自己伏在刀上死了。"
② 辣恰斯,马加比时代的犹太人,纪元前一六二年,叙利亚的元帅尼喀闹攻入耶路撒冷,派人搜捕他。他用刀割开肚腹,从城墙跳下,最后还把肠脏扔向四周。犹太人很敬重他。
③ 裴拉吉,纪元后四世纪基督教的殉教女子。
④ 阿莱浦,叙利亚北部的城市。
⑤ 道米娜,安提阿的一个富家女子,和她两个女儿皈依基督教,退居米所波大米亚的埃德萨,后来被人告发,相偕投河而死。事在纪元后二九九年。
⑥ 米莱(即米利都——编者),小亚细亚靠近爱琴海的城市。相传该地若干少女,厌倦人世,预备自杀。别人拦阻不住,便恐吓她们,把她们的尸首赤裸裸陈在公共地方。
⑦ 海皆西雅斯,纪元前三〇〇年的希腊哲学家,以为人生毫无价值,与其寻乐,不如求死。

老妇人

——想想，做一桩事让你和上帝平等！他创造你，你破坏他的作品，你以你的勇气，自由行动！艾罗斯塔特①的欣快不会更高。而且，你的身体取笑够了你的灵魂，你临了正好报复它一下子。你不会痛苦的。很快就完结。你怕什么？一个大黑窟窿！说不定是空的，不是吗？

安东听了不回答；——从另一边出现了

另一位妇人

异常年轻美丽。——他先把她当做阿媚纳芮亚。

然而她更高，蜜一样金黄，胖极了，两颊打着胭脂，头上插着玫瑰。她的长袍上的珠宝发出金属的光辉，她肥厚的嘴唇透着血色，她的眼皮有点儿沉重，坠满了慵倦，人会把她说成瞎子。

她

唧哝道：

——活吧，享受吧！所罗门劝人快乐！到你的心领导的地方，到你的眼睛希望的地方去吧！

安东

——寻找什么快乐呢？我的心倦极了，我的眼睛发暗！

她

继续道：

——跑到辣考提司②关厢，推开一座上了蓝漆的门，你走进一座有喷泉潺湲的院子，一个女人就露面了——穿着滚金边的白绸坎肩，头发凌乱，笑起来和响板呱哒呱哒一样。她真能干，你会从她的亲热尝

---

① 艾罗斯塔特，以弗所人，妄想不朽，燃火焚烧世界七奇之一的狄亚娜大庙，正当纪元前三五六年亚力山大大帝降生的那夜。以弗所当局下令，禁止人民说出艾罗斯塔特的名字，犯者死罪。

② 辣考提司，亚力山太的西区，也叫做埃及区。赛辣皮斯的大庙就在该区。

到一种入门的骄傲，一种需要的舒散。

——何况你不认识奸淫的骚乱、跳墙、诱拐、看见衣着齐整为人尊敬的女子赤条条一丝不挂的喜悦。

——你曾经把一个爱你的姑娘紧紧搂在你的胸前吗？想想她半推半就，一阵愉快的眼泪把疚心化为乌有！

——你能够望见你们漫步在月光之下的树林，不是吗？你们相握的手只要一压，就感到一阵颤栗流过全身；你们拢近的眼睛，仿佛无形的粼粼，互相倾注；你们的心溢了，裂了；一阵温柔的旋转，一阵泛滥的酩酊……

老妇人

——寻欢只为感受痛苦，大可不必！仅仅遥遥相望，你们就兴味索然。同一动作的单调，日月的持续，世界的丑陋，太阳的愚蠢，你应当感到疲倦！

安东

——噢！可不是，太阳照亮的东西，我全讨厌。

年轻妇人

——隐士！隐士！你将在石子中间寻见钻石，沙子下面寻出泉水，在你轻视的危险之中感到愉快；甚至于地上有些所在美极了，恨不得紧紧搂在胸口。

老妇人

——每天夜晚，睡在地上，你希望它不久把你盖住！

年轻妇人

——无论如何，你相信肉体复活罢，复活会把生命渡到永生！

老妇人说话的时节越发消瘦了；她的脑壳没有头发，上面有一只蝙蝠在半空盘旋。

年轻妇人越发胖了。她的袍子发光，鼻孔翕动，眼睛柔柔地旋转。

老妇人

张开胳膊：

——来吧，我是安慰、休息、遗忘，永久的绥静！

年轻妇人

献上她的胸脯：

——我是安眠者、欢乐、生命，汲不尽的幸福！

安东转脚要跑。她们拿手放在他的肩膀上面。

尸布敞开，露出死亡的骷髅。

袍子破裂，露出物欲的全身，纤细的腰，绝大的屁股，波状的厚发，发梢飘起。

安东站在二者之间，动也不动，端详她们。

死亡

向他道：

——立刻或者回头，没有关系！你属于我，犹如太阳、种族、城市、帝王、山上的雪、田里的草。我比鹰飞得还要高，比羚羊跑得还要快，我甚至于追上希望，我曾经击败上帝的儿子！

物欲

——不要抵抗吧；我是万能！森林响应我的呻吟，我的骚扰摇动江河。道德、勇敢、虔诚，溶于我的口香。人走一步，全有我相伴，——走到墓门，他又朝我转回！

死亡

——我将为你揭露你往常试想藉着火把的亮光，由死人的面孔了解的东西，——或者藉由越过金字塔，在那些人类残骸组成的大沙漠之中流浪。脑壳的碎片不时滚落到你的芒鞋下面。你拾起尘土，让它从你的手指中间流出；你的思想和尘土混在一起，陷入虚无。

物欲

——我的深渊还要深！大理石曾经引起猥亵的爱情。人们奔往惊心动魄的遇合。人们钉牢自己诅咒的锁链。从什么地方来的娼妓的蛊惑，梦想的奇突，我的忧郁的广大？

死亡

——我的嘲弄凌驾其他一切嘲弄！帝王的殡葬、种族的灭绝，有欢乐夹在中间抽搐——人打仗也有音乐、羽翎、旌旗、金鞍鞯，一种隆重的仪式向我表示更高的敬礼。

物欲

——我的忿怒不弱于你。我号，我咬。我有咽气的汗水，尸首的容颜。

死亡

——是我使你严肃；让我们合在一起吧！

死亡冷笑，物欲咆哮。

死亡与物欲

你抱住我的腰，我抓牢你的腰，她们在一起唱道：

——我催促物质瓦解！

——我援助种子散布！

——你破坏，做成我的重生！

——你生育，做成我的毁灭！

——我的权能激发活动！

——我的腐朽引发蕃殖！

他们的声音在天边回环响动，越来越强，强到后来，安东仰身倒了下去。

时不时的一阵摇撼让他半睁开眼睛；他望见黑暗之中一个妖怪似

的东西在他前面。

一颗死人的头戴着一顶玫瑰花冠。头主有一个珠母似的白的女上身。下面一条绣着金星的尸布仿佛一条尾巴——全身波动，好像一条直直站立的大蚕。

幻象模糊了，消逝了。

安东

站起来。

——这回又是魔鬼作祟，戴着两种面具：奸淫和毁灭。

——二者并不令我恐惧。我拒绝幸福，我觉得自己永生。

——所以，死亡只是一种幻象，一块面纱，在某些地方掩饰生命的赓续。

——然而，实质属一无二，"形体"为什么变化无穷？

——应该在什么地方有些元始的形象，它们的身体只是反映。假如人能够看见这些形象，也就认识了组成"生命"的物质和思想的关联！

——也就是这些形象画在巴比伦巴力的庙墙上面，并且覆盖迦太基港内一张础画。我自己，我有时候望见天空恍惚也有若干妖异的形体。穿越沙漠的人们遇见不可思议的走兽……

司凡克司在对面尼罗河的另一岸出现。

他伸出爪子，摇着前额的绦带，肚子贴住地卧倒。

绿眼睛的石麦尔[①]跳着，飞着，鼻孔喷着火，龙尾巴拍打着她自己的翅膀，不停地旋着，吠着。

她的发环飘在一边，和她腰间的毛混在一道；另一边则一直垂在

---

① 石麦尔（又译喀迈拉——编者），希腊神话里的妖怪，身子是半狮半羊，龙尾巴，嘴里喷着火焰。后来叫捕获了天马的英雄白莱罗奉（即柏勒洛丰——编者）杀掉。

沙上,随着她全身的摆动起伏。

司凡克司

一动不动,看着石麦尔:

——就是这里,石麦尔;停住吧!

石麦尔

——不!绝不!

司凡克司

——别跑得这么快,别飞得这么高,别吠得这么响!

石麦尔

——你既然永远当哑巴,就别再叫我,别再叫我了!

司凡克司

——别拿你的火焰往我脸上喷,别往我的耳朵吼号;你熔化不了我的花岗石!

石麦尔

——你捉不住我,可畏的司凡克司!

司凡克司

——和我同居,你太轻狂!

石麦尔

——尾随我,你太笨重!

司凡克司

——你跑得这么快,你往什么地方去?

石麦尔

——我在迷宫的画廊奔驰,我在山头盘旋,我从水面掠过,我在悬崖的深处嗥叫,我拿嘴把我挂上云端。我以我的拖曳的尾巴涂抹海滩。丘陵依照我的肩膀的形象起伏。可是你,我发现你永久不动,或者用你的爪尖在沙上描摹字母。

司凡克司

——我哪，保守我的秘密！我思维，我计算。

——海返回它的床，麦子随风披拂，结队的客商走过，尘土飞扬，城镇颓圮；——没有东西能够转移我的视线，它透过万物，看向不可接近的天边。

石麦尔

——我哪，又轻盈又快活！我为人们揭露炫目的景色，云端的乐园，遥远的福祉。我往他们的灵魂倾注永生的狂妄，幸福的经营，未来的计划，荣誉的梦想，爱情的誓言，道德的决心。

——我强迫他们从事危险的旅行，伟大的企图。我用我的爪子雕镂建筑的奇迹。是我把铃铛挂在包塞纳①的陵寝，是我用一堵奥芮喀克②墙圈起阿特朗提德③的码头。

——我寻找新的香料，更大的花，没有经过的欢愉。假如我在什么地方瞥见一个人，在智慧之中养息精神，我便扑过去，把他扼死。

司凡克司

——被上帝的欲望折磨的人们，我吞下去。

——最强壮的人们，为了爬到我的高贵的前额，蹬着我的绦带的纹理，仿佛踏着一座楼梯的台级。他们疲倦了，倒栽下去。

安东开始哆嗦。

他不在他的茅庐前面，而是在沙漠中间，——两边是这两个庞大的妖怪，嘴拂着他的肩膀。

司凡克司

——噢，"幻想"，把我带上你的翅膀，解解我的愁闷吧！

---

① 包塞纳，艾土芮的国王。他的坟上建有五座金字塔，尖顶虚悬着许多铃铛。
② 奥芮喀克，古希腊传说中的一种金属，名称是希腊字 Oros "山"和 Khalkos "点铜锡"的组合。
③ 阿特朗提德（即亚特兰蒂斯——编者），希腊神话中的陆地，传说在直布罗陀海峡以西的大西洋内。

石麦尔

——噢,"不识者",我爱你的眼睛!怀孕的需要占有我。仿佛一只欲火中焚的豺狼,我在你的四周旋转,祈求怀孕。

——张开嘴,举起脚,爬上我的脊背!

司凡克司

——我的脚自从放在地面,再也举不起来。青苔仿佛一层癣疹,长在我的嘴上。因为思索,我反而无话可说。

石麦尔

——你撒谎,假冒为善的司凡克司!为什么你总叫我,又不要我?

司凡克司

——是你,一时一个主意,来来去去地打旋!

石麦尔

——难道是我的错?怎么?离开我!

她吠着。

司凡克司

——你摇动,你甩开我!

他吼着。

石麦尔

——让我们试试!——你压死我了!

司凡克司

——不!不成!

于是一点一点下陷,他没入沙子,同时石麦尔伸长舌头,匍匐着,一旋一转,去远了。

她的嘘息形成一片雾。

在雾里面,安东望见成卷的云,模糊的弧线。

最后,他辨出好些具有人形的东西:先往前走的是

一群阿斯陶米[①]

仿佛太阳透射的气泡。

——出气轻些!雨滴打坏我们,虚声假音剥我们的皮,黑暗弄瞎我们眼睛。我们是微风和香味合成,滚着,飘着,——比梦稍微重一点点,不好算作生物……

尼斯纳斯[②]

只有一只眼睛,一个颊,一只手,一条腿,半个身子,半颗心。他们说话的声音非常高:

——我们住在我们的半个家,带着我们的半个女人和半个孩子,极其安逸。

布莱米[③]

完全没有头:

——我们的肩膀因而更宽;——我们能驮的东西,没有一头牛、一只犀牛或一只大象能够驮得了。

——好些纹理,仿佛一张模糊的脸,印在我们的胸前,算是我们的尊容!消化是我们的思想,分泌是我们的极致。就我们看,上帝在肠胃内的养液漂浮,过着承平的日子。

——我们笔直走我们的路,经过所有的泥泞,贴近所有的深渊;——我们是最勤劳、最快乐、最道德的人。

皮格麦

——我们是矮小的老实人,聚在世界,蠢蠢然,好比一只单峰骆驼上面的寄生虫。

---

① 阿斯陶米,希腊和罗马传说中的神奇民族,居住在印度恒河口,只需嗅花香便可存活。
② 尼斯纳斯,锡兰岛上猿猴一类的东西(又有人认为是非洲东北部一种灰绿长尾猴——编者)。
③ 布莱米(又译布伦米或无头人——编者),靠近埃及边境艾刁卑的居民。希腊罗马的神话把他们看做一种眼和嘴长在胸口的无头神怪民族。

——人家烧我们，淹我们，压我们；我们永远重新出现，更灵活，更多，——数量做成我们的可畏！

夏包德①

——我们葛一样长的头发把我们挽在地面，我们的脚和阳伞一样大，我们在它们的阴凉下面生长。光线透过我们的脚跟照我们。没有紊乱，不用工作！——头尽量低垂，乃是幸福的秘诀！

他们举起腿，好像树身，越来越多。

一座森林出现了。好些狒狒在中间四脚落地跑来跑去；它们是犬头，人身。

西闹塞法勒

——我们剥掉小鸟的羽毛，我们从这一枝跳到那一枝把蛋吸掉；我们把它们的窝当做帽子顶到头上。

——我们抓掉母牛的奶头，挖下狸猫的眼睛；我们从树梢拉下屎来，我们在大太阳地曝露我们的猥亵。

——撕碎花，敲碎果子，弄浑泉水，强奸妇女，我们是主宰——以我们的膂力，我们的心的残暴。

——干呀，伙伴们！咬响牙床！

血乳淌下它们的嘴唇。雨流下它们茸茸的脊背。

安东吸着绿叶的清新。

树叶骚动，树枝在一起击撞；忽然出现一只大黑公鹿，公牛头，耳朵中间长着一只白犄角。

萨都茶格②

——我犄角的七十四根侧枝和笛子一样中空。

---

① 夏包德（又译作独脚人或伞脚人——编者），里比传说中的居民，他们的脚特别大，倒转起来可以遮住阳光。
② 萨都茶格，一种传说中的奇兽，待考。

——当我朝向南风，里面发出的声音，引来如醉如痴的动物。蛇绕着我的腿，黄蜂黏在我的鼻孔，鹦鹉、鸽子、白鹤落下来栖在我犄角的丫杈上。——听！

它倒过它的犄角，发出一种难以形容的愉快的音乐。

安东用手压住他的心，他觉得这音调要带走他的灵魂。

——可是我一朝向北风，我的犄角比一排长矛还要密，呼出一阵吼号；森林颤索，河水倒流，果皮爆裂，草仿佛一个懦夫的头发竖直。——听！

它把它的犄角向前歪斜，发出嘈杂的呼喊；安东仿佛被撕烂了。

他的恐怖增加了，看见

马提考辣斯①

庞大的红狮，人脸，三排牙：

——我的朱毛条纹和沙漠的反光相混。我从鼻孔吹出寂寞的惊惧。我唾出瘟疫。我吃掉在沙漠冒险的军队。

——我的指甲弯弯如螺锥，我的牙齿尖尖如锯；我转折自如的尾巴，插满箭戟，随我往右投，往左投，往前投，往后投。——看！看！

马提考辣斯扔出它的尾上的棘刺，箭一般射向各方。血滴像雨一样打着树叶。

喀陶布莱巴斯②

黑水牛，一颗搭在地面的猪头，由一根空肠似的细长绵软的颈项连在肩膀上面。

---

① 马提考辣斯（又译蝎狮——编者），传说中的印度的动物，或即箭猪一类的东西。辣布莱（即拉伯雷——编者）的《潘塔格鲁艾勒》（即《巨人传》——编者）第五卷第三十章，有一段描写芒提考尔，按即马提考辣斯："我在这里看见好些芒提考尔，非常稀奇的走兽：它们的身子和狮子的一样，红毛，人脸，人耳朵，三排牙，交相插入，好像你拿两只手的手指互相夹在一起。它们的尾巴有一把尖刺，和蝎子的尾巴一样蜷曲；它们的声音谐和极了。"

② 喀陶布莱巴斯，传说中非洲的一种类似大麋的怪兽，头大，垂向地面。辣布莱称为喀陶布莱浦："我在这里看见好些喀陶布莱浦野兽，小身子，然头大得没有法子比例了；它们几乎举不起头来；它们的眼睛毒到谁一见它们，就会死掉，和看见一个巴西黎克一样。"

它平平卧在地面,硬毛的大鬃盖住它的面孔,掩起它的脚。

——肥胖,忧郁,犷野,我不断感到我肚子下面烂泥的温暖。我的脑壳沉极了,我简直举不起来。我慢慢在四周滚它!牙床半张,我拿舌头拔着我的气息浇注的毒草。有一次,没有觉察,我把自己的蹄子吞下去了。

——安东,没有一个人看见过我的眼睛,至少,看见过的人全死了。我要是翻上我的眼皮,——我玫瑰色的臌胀的眼皮,——你马上就死。

安东

——噢!这家伙!……不过……不过……我要是愿意呢?它的愚蠢吸引我。不!不!我不要看!

他盯住地。

可是草燃烧了,在火焰盘旋之中,站起

巴西黎克①

大堇蛇,头上长着三顶肉冠子,两个牙,一个在上,一个在下。

——当心,你要跌进我的嘴里来!我喝火。火,就是我;——我从各处吸进火来:阴云、燧石、枯树、兽毛和卑湿的地面。我的体温维持火山;我做成宝石的光泽和五金的颜色。

格芮奉②

秃鹰喙的狮子,白翅膀,红爪子,蓝颈项。

——我是光色灿烂的大师,我认识旧日帝王陵寝的秘密。

——墙里出来一条链子,把他们的头拴直。他们钟爱的女人靠近

---

① 巴西黎克(又译毒蜥或鸡蛇——编者),一种见于神话的毒蛇,眼睛有杀人的力量。又,属于蜥蜴一类的动物。罗马的生物学家浦黎(又译普林尼——编者)形容道:"它不像别的蛇,向前蠕蠕而行,而是隆起身子高傲的样子往前走。不仅仅靠碰触,只要出口气,它就可以毒死草木,并且力量太极了,可以劈开石头。"

② 格芮奉,希腊神话中的妖怪,狮身,鹰头,鹰翅,马耳,生鬃鬣的地方生了好些鱼鳍。

他们，漂浮在云斑石的黑水池。他们的财宝摆在若干厅房，排成菱形、阜形、金字塔形；——再往下去，在陵寝下面，在窒息的黑暗里面跋涉许久，可以看见金的河，钻石的森林，红宝石的田地，水银的湖泊。

——靠住地下的门，爪子举在半空，我的发焰的眼睛侦伺着想来的人们。平原漠漠，赤裸裸直到天边的尽头，白皑皑的全是旅客的骸骨。两扇古铜门将为你打开，你将会吸到矿气，你将下到洞穴……快呀！快呀！

它用脚刨地，公鸡一样啼着。

无数声音回应它。森林在哆嗦。

各种各类惊人的野兽露面：半鹿半牛的塔吉拉夫斯①；前半狮后半蚂蚁、生殖器倒长的米尔穆考劳②，使摩西畏惧的有六十库代长的阿克萨③巨蟒；气味能熏死树木的大黄鼠狼巴斯提纳喀④；人一碰触就变成傻子的普赖斯泰罗斯⑤；住在海岛、有犄角的野兔米辣格⑥；因为吼号撑破肚子的豹子法勒芒；用舌头撕烂自己子女、有三只头的狗熊色纳德⑦；让自己的蓝乳往石头上面流的塞浦斯⑧狗。

蚊子开始营营，蛤蟆开始跳跃，蛇开始奔窜。电光闪动。雹子下落。

一阵狂风，刮来各种奇异的形体。狍足的鳄鱼；蛇尾的鸱枭；虎脸的猪；驴臀的公山羊，狗熊一样苴苴的青蛙；河马一样大的变色蜥蜴；两个头的牛犊，一个头哭，一个头叫喊；一孕的四胞胎儿，牢牢抓住脐窝，轮子一样旋转；长翅膀的肚子，苍蝇一样飞来飞去。

---

① 塔吉拉夫斯，神话中的奇兽，半公山羊半鹿，不是半鹿半牛。
② 米尔穆考劳，即食蚁兽的希腊名（又指神话传说中的蚁狮——编者）。
③ 阿克萨，待考。
④ 巴斯提纳喀，传说中一种卵生的四足兽。
⑤ 普赖斯泰罗斯，一种毒蛇。
⑥ 米辣格，待考。
⑦ 色纳德，一种巨兽的阿拉伯名。
⑧ 塞浦斯，一种艾刁卑的猿猴。

它们从天上落下，从地底出来，从石头流来。处处是冒火的眼睛，咆哮的口；胸脯弓起，爪子伸长，牙齿磨搓，肤肉激荡。有的生产，有的交媾，有的互相吞咽。

它们因为众多而窒息，因为接触而蕃殖，你爬上我，我爬上你；——全围住安东，仿佛地面是船的甲板，以一种规则的韵律摇动。他的腿肚感到蚰蜒的拖曳，手上感到蝮蛇的冰冷，纺织的蜘蛛把他关进它们的网。

然而妖怪的圈子破开，天忽然变作蓝色，随即

独角马

出现。

——奔呀！奔呀！

——我有象牙蹄子，钢的牙，紫颜色的头，雪样白的身子，额头的犄角带着虹的纹彩。

——我从迦勒底旅行到鞑靼的沙漠、恒河的岸边和米所波大米亚①。我跑得飞快，赶过鸵鸟，风落在后面。我的背擦着棕榈树。我在竹林打滚。我一跳就跳过河。鸽子飞在我上面。只有一个处女能够约制我。

——奔呀！奔呀！

安东看着它逃掉。

眼睛举起，他望见所有以风为食的飞禽：古依斯②，阿雨提③，阿法里穆④，喀夫⑤山的犹克迺斯⑥，遭暗杀的阿拉伯人的灵魂郝玛伊⑦。他

---

① 米所波大米亚（即美索不达米亚——编者），字义是"介乎河流之间"。古代亚细亚底格里斯河与幼发拉底河灌溉的地域。
② 古依斯，待考。
③ 阿雨提，待考。
④ 阿法里穆，待考。
⑤ 喀夫，高加索山的阿拉伯名。
⑥ 犹克迺斯，传说中的怪鸟，见于希伯来法典《塔木德》。
⑦ 郝玛伊，待考。

听见鹦鹉口吐人言,远海的^①水禽像婴儿一样啼哭,老妪一样冷笑。

一阵盐味扑进他的鼻孔。他前面如今是一片沙滩。

远远有鲸鱼喷上来的水柱;从天边尽处,有好些

海里的动物

如羊皮酒袋一样圆,刀刃一样薄,锯一样带齿,在沙上向前一曳一曳走来。

——你和我们一道来。来到我们浩淼的世界,还没有人下来过的世界!

——不同的种族住在海洋的国度。有的以暴风雨为家宅;有的在寒冷透明的波涛当中游泳,有的像牛一般啃食珊瑚的平原,有的用鼻子吸入倒退的潮水,有的肩挑着海洋源头的重量。

鱼鳞和海豹的髭发出磷光。海胆旋转如车轮,菊石的犄角舒展似缆索,牡蛎响动它们的关节,珊瑚虫伸开它们的触须,水母仿佛水晶球颤栗,海绵漂浮,海葵唾水;苔藓、海藻生长。

各种各类的植物伸出杈丫,扭成螺锥,长如尖钉,圆如扇子。葫芦仿佛乳头,葛交缠如蛇。

巴比伦的戴达伊穆^②虽说是树,结出人头的果子;曼陀罗^③歌唱,巴辣斯^④的根在草里面迅速延伸。

现在,草木禽兽不复辨识。珊瑚虫的巢穴仿佛枫树,枝头挂着胳

---

① 远海的,原文作pélasgiens。按此字来自裴拉斯吉人pélasges,史前的一个民族,占有希腊、小亚细亚及意大利各地,其后为希腊人所灭,不复存在。而色萨利(爱琴海西岸的地带)东南的海湾,就叫裴拉斯吉海湾。同时希腊有一个字 Pelagos,"海"的意思,借成形容字,pélagiens,便是"远海的"意思。因为两个形容字来源不同,形体又十分容易混淆,我们揣测文意,依据高纳书店注释者的见解,采用后者。
② 戴达伊穆,曼陀罗的希伯来名。
③ 曼陀罗,茄科植物,一年生草本,果实卵圆形,外皮有刺,成熟裂开,种子含麻醉性的毒质,花叶亦有毒,可以入药。
④ 巴辣斯,类似中国的灵芝,而又不是。据云:雪融即生,昼隐夜明,根作火色。作者在《萨郎宝》第十章叙述沙哈巴芮医治萨郎宝道:"他甚至于使用巴辣斯草,火颜色的根,北方人用来驱除魔鬼。"

膊。安东以为看见一个蛹介乎两张叶子，竟然是一个翱翔的蝴蝶。他要踏一块沙砾，一只灰蝗虫跳起。一棵小树，仿佛玫瑰花瓣，聚满昆虫；浮游的尸身落成一地雪。

木石随即也难分辨。

石子好像脑壳，钟乳石好像乳头，坚挺的花好像绣像的毡子。

在碎冰片里面，他辨出花粉、荆棘和介壳的形迹——也不清楚只是它们的形迹，还是就是这些东西。钻石熠耀如眼睛，矿石在悸动。

他不再害怕了！

他拄着两个肘子，伏在地面，屏住气看。

没有肚子的昆虫依旧在吃东西；枯了的羊齿重新开花；缺了的四肢又长出来。

最后，他瞥见好些小颗粒，针头一样大，一身睫毛。它们微微颤动。

安东

欢狂

——噢幸福！幸福！我看见生命产生，我看见动作肇始。我的血激荡着，要涨破脉管，迸裂出来。我想翱翔，我想游泳，我想吠叫，我想呼喊，我想吼号。我愿意长出翅膀，长出甲壳，长出树皮，长出象鼻，喷出烟氛，旋扭我的身体，分裂开，散入一切，和香气一样发散，和草木一样成长，和水一样流动，和声音一样响颤，和光一样发亮，隐藏在一切形体。钻入一粒一粒原子，一直坠到物质的尽头，——成为物质！

白昼终于出现；仿佛一座神龛的幔帐掀开，金色的云霞盘旋向上，露出天空。

就在中央，正当太阳的圆盘，耶稣基督的面孔熠耀着。

安东画了一个十字，开始祈祷。

跋

福楼拜用了二十五年来克服《圣安东的诱惑》给他的困难。他胜利了。这场胜利是光荣的,因为他收服了一个读者的读者,他自己。一个作家最大的胜利,不在读者的喝彩,而在自己的归顺。他的精神绥静,他的良心安宁。这是敌人,同时也是朋友,因而,不免带着一个和老伴儿分手的忧郁。看完定稿的校样,一八七四年二月七日,福楼拜向他的前辈女友文豪乔治·桑报告道:

"这完了,我不再在上面用心了。《圣安东》于我成为一种回忆。然而我不瞒你,看看最后的校样,我有一刻钟的广大的忧郁。和一个老伴儿分手,本来也就难受。"

文字语言是种奥妙的组合。同样文字语言,我们多知道一点它们的根据,便可以多欣赏一点它们的意义。读到福楼拜的"这完了,我不再在上面用心了",想起一生他在《圣安东的诱惑》上消耗的年月心力,我们立即感出他如释重负的轻适。但是,这不是说,作者的推敲斟酌,便是他才尽力拙的征候。所以,法盖(Faguet)以为《圣安东的诱惑》是作者最吃力最痛苦的创造,狄保戴(Thibaudet)立即回答他一句:C'est mal tomber[①]。莫芮(Middleton Murry)不聪明,临到一九二一年,冒冒然断定"他在文笔上最少操作的书——一个福楼拜式最小的限度却不就像别人的限度——是他最为人记忆的一本书"[②]。他的意思是指《包法利夫人》(*Madame Bovary*)。然而我们知道,一八五三年四月六日,正当从事《包法利夫人》的时节,福楼拜给他的女友写信道:

> "《包法利夫人》引起我精神的紧张，《圣安东》连四分之一也不用。这是一个水闸，写的时候我唯有快乐：我一年半写成五百页，这一年半是我生平兴会最淋漓的时辰。"①②

福楼拜从一八四八年开始《圣安东的诱惑》，到次年九月，全书脱稿。这就是现今传世的一八四九年的初稿。他读给两位朋友，结果他们劝他扔到火里烧掉。他必须约束他过分发展的抒情倾向。于是对症下药，一位朋友向他建议，写一个俗不可耐的现实的故事。他接受了，这就是他的《包法利夫人》。但是，他痛苦，一八五二年六月，开始写作的时候，他向女友去信比较二者道：

> "在《圣安东》里面，我和在自己的家一样。这里，我和在邻家一样，所以我寻不见一点舒服。"

然而莫芮先生，却以为《包法利夫人》的文笔最少人工气息。《包法利夫人》用了五年完成，《圣安东的诱惑》初稿用了一年半；一八五六年，他用了整整一个秋季修改，删成他骨瘦如柴的次稿；直到一八六九年六月，他重新拾起他的旧稿，整理成功他一八七二年的定稿，也就是我们现在译出来的《圣安东的诱惑》，中间除掉一八七〇年普法之战避难的时日，和其他人世必有的消耗，只用了一年半的光景。从初稿到定稿的距离是二十五年，中间他完成了三部杰作：《包法利夫人》、《萨郎宝》(*Salammbô*) 和《情感教育》(*L'Éducation sentimentale*)，而不是用了二十五年来写一本书。实际，对于《圣安东的诱惑》，福楼拜的操作不在文笔方面，更在一个全部的解决方案，一个适当的形体，犹

---

① 参阅法盖的 *Gustave Flaubert* (Hachette) 和狄保戴 (新近去世) 的 *Gustave Flaubert* (Gallimard)。
② 参阅莫芮的 *Gustave Flaubert* 一文，收在 *Countries of the Mind* (Collins) 里面。

如作者所谓,一个线索。一八五二年一月十六日,他向女友去信,指摘早年《圣安东的诱惑》道:

"我再也找不见这样热狂的文笔,像那一年半我的文笔。我用了怎样一腔热血修削我项圈的珍珠!我只遗忘了一件事,就是穿珠的丝线。"

所以,法盖的武断由于缺少材料,莫芮的错误由于缺少同情。莫芮以为没有更比"《萨郎宝》、《圣安东的诱惑》和《布法与白居谢》(*Bouvard et Pécuchet*)那样内在空洞的作品",我们无从指摘,因为我们推不倒一个人的存在和他的主见。每一个人有每一个人的主见,和其必然结果的爱恶。莫芮把《圣安东的诱惑》看做内在空洞,但是另一位批评家,新近去世的散慈玻芮(Saintsbury)却特别加以推崇:

"在作者的书中间,它最得我的喜爱;正如好些书,你可以只为享乐来读它,或者把它看做一个研究的题目,随你高兴——你要是聪明的话,你把你百分之五的注意用在后者,把你百分之九十五的注意用在前者。"①

我们不是有意用散慈玻芮纠正莫芮,而是藉了这两个相反的例,看一部书可以把两个高明的批评家带到怎样不同的极端。介乎二者之间,像我们这样可怜的小读者,何所依从呢?让我们先再引来莫芮一段深刻的见解,做我们一个观察的根据:

---

① 参阅散慈玻芮的 *History of the French Novel* 的下卷第十一章。

"两个魔鬼站在福楼拜和他的梦中间,'文笔'和'征信'(truthfulness)。二者之中,魔难他的更是'征信'。这把他驱往不可置信的搜集材料的努力:什么是他所工作的真实?他要是问一下,他会不得不答道:历史的真实,不是艺术的真实。然而他从来没有把它们划分清楚。"

这段精微的指责的另一面,便是赤裸裸的:

"他得到更多的材料,然而没有更大的能力把握。"

福楼拜的《布法与白居谢》,我们晓得,是一千五百册参考书和若干趟小旅行的结果。他自己说:"我笔记的卷宗有八寸之高"①,为什么他要这样耗费或者浪费自己?因为"要写这部书,我必须读许多我不知道的东西:化学、医学、农学"②。唯其这部小说将是一册"滑稽的批评的百科全书"③。我们没有多少理由责备福楼拜这样的工作者,正如我们没有多少理由责备那些一挥而就的天才。我们赞美后者,然而临到欣赏工作的成就,我们无所用其轩轾,一切只是五十步百步的程度上的差别。我们不问作者的汗血,我们得问他最后的目标。有的人在搜集材料上得到一种快乐,止于材料的搜集;犹如若干藏书家,藏书只为藏书。福楼拜不然。一切在他只是创造过程上必有的步骤,为了达到一个终极的更高的追求——艺术。他得鉴别什么材料合乎他的需要,他得造出他想象的氛围,吸进心灵,化成一片血肉,作为他创造的力量。他不是为了历史的真实而努力,而正是从历史的真实奔往艺术

---

① 一八八〇年一月,福楼拜致翟迺蒂夫人(Genettes)书。
② 一八七二年一月十八日,福楼拜致翟迺蒂夫人书。
③ 一八七二年一月十八日,福楼拜致翟迺蒂夫人书。

的真实。看来是二，其实是一。到了重要关头，必须有所依违的时节，福楼拜知道怎样牺牲历史，完成艺术的真实。在《萨郎宝》里面，他不惜歪扭事实，叫哈龙（Hannon）死在马道（Mâtho）的手心。在《希罗底》（Hérodia）里面，他不惜提前请出叙利亚的总督维特里屋斯（Vitellius）。让我们来看福楼拜自己的辩护。一八五七年八月，开始写作《萨郎宝》的时候，他向费斗（Feydeau）解释他的态度道：

"至于考古方面，只要或能就成。我的需要是，只求人家证明不出我的东西荒唐无稽。至于什么叫做植物学，满不在我的心上。凡是我所需要的树木花草，我全亲眼看过。

而且，这还是次焉者，不关紧要。一本书也许充满了荒与谬，然而不见得因此，就不美丽。我知道，类似这种学说，如果接受下来，绝不会好，特别在法国，有的是冬烘学究。不过在相反的倾向（可怜正是我的倾向）之中，我看见一种很大的危险。衣服的考究，使我们忘掉灵魂。五个月来，我读了九十八部书，写了一叠一叠的笔记；如果有三分钟，我的英雄的热情真正激动了我，哪怕只是三分钟，我也可以扔掉我的笔记。如今就有一种画派，因为太爱彭派伊（Pompéi），结果比吉罗岱（Girodet）还要来得繁重（rococo）。所以我相信，不可以爱，这就是说，应该不偏不倚地俯览一切的对象。"

福楼拜或许没有做到自己期许的地步。然而我看不出他这段话和莫芮的见解有什么参差。如若福楼拜在材料上傻卖力气，临到艺术上，他并非绝对忽视适可而止。结束了《圣安东的诱惑》定稿，一八七三年六月十八日，他向翟迺蒂夫人去信道：

"关于《圣安东》,我一点也不想有所删削了。我弄够了它,现在我很可以不再睬理它了,因为我会毁坏全盘的。完美不属于这个世界。认命吧。"

唯其"完美不属于这个世界",我们不能不同意泰尼(Taine)的指责①,以为希腊的神祇不应当采用罗马的称呼,临尾的动植物未免太接近现代的生物学。一八七〇年七月八日,福楼拜给尚特比(Chamtepie)女士去信,把《圣安东的诱惑》看做"一个四世纪亚力山太世界的戏剧的展览"。四世纪容不下现代的生物学,亚力山太是希腊后期文化的中心,不会采用罗马的称呼。然而这些节目,挡不住泰尼对于全书的颂扬:

"我一口气读完了你,如今重新在读;从物质的观点来看,这有趣,变化,一出神仙剧似的光彩耀目。实际,这正好是我以往所想的:一个隐士的头脑看到的第四世纪。唯其当时统治的人物是神学方面的隐士,神学的梦想和机构是时代的大事,眼镜选得正好。生理和心理的准备,非常之好;人家一看就知道你熟悉幻觉的先兆和作用,这齿轮一样地交切而动。"

泰尼不愧是福楼拜的一位畏友。福楼拜有时诚然失之过分,然而当他看对了的时节,他知道轻重,知道牺牲《圣安东的诱惑》初稿的热狂和紊乱,达到凝结的艺术的效果。反对福楼拜的作品的,例如尼采(Nietzsche)、蒲鲁斯提(Proust),甚至于莫芮,根本有所厌憎于他同他作品里面所呈露的本质。莫芮不明白古尔孟(Gourmont)对于福

---

① 泰尼致福楼拜书,附在高纳书店的《圣安东的诱惑》后面。

楼拜的膜拜。然而，不像我们现今的作家，一言不投，便即一笔抹杀，他们能够欣赏他在某一方面的造诣。比较没有偏见的散慈玻芮，曾经指出《圣安东的诱惑》的特点道：

"这种在台子上一掠而过的梦的进行，藉着文笔的华丽传达给读者；这种文笔的华丽，或许是第一件震撼他的事体，而且这绝不走味。然而，如若不是立即，不久，任何真正批评的心灵一定看到有些东西，不同于文笔，而更珍贵于文笔。这就是那卓绝的能力——不见任何过分或者浪费的工作，而把梦的成分重现于正确，修洁和自由的叙述。"

我们并不预备替福楼拜回护过失，更不打算帮他的《圣安东的诱惑》说话。我们也不想限定读者把百分之若干的注意用在阅读或者研究的某一方面。因为这全不聪明，而聪明的倒是读者个别的感受。如若第一件震撼读者的事体是作者的文笔，对着我这半生不熟的翻译，中国读者一定立即感到失望。这太显而易见了，我正也无所用其粉饰。然而另外一个困难，倒怕不出莫芮所料，是时代和地域的生疏。特别是中国读者，缺乏四世纪宗教的知识。我们不能根据这种知识，领略《圣安东的诱惑》所形成的想象的活动的奇谲的世界。

我们不得不借重注解。关于这方面，我们得感谢高纳（Louis Conard）书店出版的福楼拜全集，在《圣安东的诱惑》三个稿本后面，附录古伊涅拜（Guignebert）先生的考证和维洛路（Virolleaud）先生的注释。小泉八云（Lafcadio Hearn）先生的英文译本偶尔注明原来引据的出处。不过遗憾依旧难以免掉。例如"赛莱福"、"嘉德放"、"阿克萨"、"法勒芒"，等等，维洛路先生付之阙如，我们一样查不出来。"以利沙"，维洛路先生疑是迦太基，我们证明是希腊以东的岛屿。惜乎限于知识、时日和参考书，我们所补足的太渺不足道了。

散慈玻芮告诉我们，"这本书最近有一个例外地良好的翻译。"他没有指明英文的译者和出版的地方。我们猜想是小泉八云的英文译本。最近钱公侠先生根据他的英文译本重译，在启明书局出版，封面嵌着"足本"两个大字。不幸的是，小泉八云的英文译本经过删削。凡作者大胆、过分、刺目的辞句，尤其是有伤基督教徒感情或者道德观念的形容，小泉八云大致跳过不译。狄保戴以为作者在定稿"没有勇气牺牲掉"的克乃皮士思，小泉八云完全删去。另一个英文译本也把这一节抹掉。英文译本虽然如此，我们看不出中文译本有什么可忌讳的必要，所以，为了保存原来面目起见，便照直全译出来。小泉八云并非没有错误，最显然的，例如 hirondelles 译成 nightingales，volupté surhumaine 译成 human pleasure；值得讨论的，例如 tout au fond, une masse remue, comme des gens qui cherchent leur chemin. Elle est là! Ils se trompent. 小泉八云把 Elle est là 译成 She is there, 另一个英文译本译做 Here it is.[①]但是这些错误，大半由于疏忽，并不足以妨害小泉八云的英文译本是"一个例外地良好的翻译"。他的文章有风格，而且尤其难能可贵的，是他相当保存原作高贵的气度和"文笔的华丽"。

钱公侠先生幸而依据小泉八云的英文译本重译，可以保存原作若干面目，而错误，一部分自然应由英文译本负责。实际，钱公侠先生很有他不可埋没的用心，例如，用佛经的体格翻译第五章佛的独白。他的成功是我的师法，他的失败是我的借鉴，我得感谢前人孤苦的经验。

凡见于官话《新旧约全书》的人名地名以及章句的引证，我这里一律采用。

---

① 这里三个例子，散在第一章临尾各节。

我用的是高纳书店的版本。插图十六幅，选自福楼拜百年纪念全集《圣安东的诱惑》的插图。绘者为吉芮欧（Pierre Girieud）先生。

关于《圣安东的诱惑》的参考书，重要的有：

1. *La Correspondance de Gustave Flaubert*（Louis Conard）

2. Du Camp: *Souvenirs littéraires*（Hachette）

3. René Descharmes: *Flaubert avant* 1857（Ferroud）

4. René Dumesnil: *Gustave Flaubert*（Deschée de Brouwer et Compagnie）

5. René Descharmes et René Dumesnil: *Autour de Flaubert*（Mercure de France）

6. Louis Bertrand: *Gustave Flaubert*（Mercure de France）

7. Alfred Lombard: *Flaubert et Saint Antoine*（Editions Victor Attinger）

中文方面，请参阅译者的《福楼拜评传》（商务印书馆）。

译　者
一九三六年九月二十九日